20世纪中国文学研究论文选

Selected Studies of Chinese Literature
in the 20th Century

20世纪中国文学研究论文选

Selected Studies of Chinese Literature in the 20th Century

Selected Studies of Chinese Literature
in the 20th Century

20世纪中国文学研究论文选

先 秦 卷

丛书主编 张燕瑾 赵敏俐

檀作文 选编

社会科学文献出版社
SOCIAL SCIENCES ACADEMIC PRESS (CHINA)

教育部人文社会科学重点研究基地

首都师范大学中国诗歌研究中心规划项目

目 录

前　言

檀作文

　　20世纪的先秦文学研究，与百年间的各大学术思潮紧密相关。在某种程度上，我们可以说20世纪的先秦文学研究史，便是一部浓缩了的世纪学术史。

　　20世纪的先秦文学研究，基本上可以划分为四大时期：50年代以前，以"《古史辨》派"的出现为界，分为前后二期。50年代以后，"改革开放"之前是一个时期，之后又是一个时期。这四大时期，先秦文学的基本研究方法与关注焦点，各不相同，但又有一定的连续性。总的来说："《古史辨》派"出现之前，即20世纪最初的二十几年，先秦文学的研究基本处在今古文经学的影响之下，可以视作清代经学的一个延续。二三十年代"《古史辨》派"的出现，则是对传统经学的扬弃，并对西洋研究方法有所吸收。从此，先秦文学研究逐步进入现代化进程。20世纪五六十年代，文学研究界处于一个运用以阶级分析法为主的马列主义文艺理论思想整理传统文化的时期，此期的先秦文学研究在系统性上有所加强，但由于方法上偶或失于机械套用，不可避免地造成了一些偏差，模式化倾向更是一个突出的问题。20世纪80年代以来，先秦文学的研究，和整个文学研究一起，步入了一个多元化取向的时期，在对五六十年代造成的研究偏差进行反思与清理的同时，具体问题的研究得以深化，研究方法也更加系统和严密。

（一）

　　考察19世纪和20世纪之交的中国学术活动，我们不难总结出这样一些特征：（1）今文经学影响强劲；（2）古文经学传统悠久；（3）诸子学方兴未艾；（4）甲骨、金文日受关注。当时的学术活动并不限于此数端而已，但此数种特征尤其引人注目。而经学和子学的研究对象，恰好集中在先秦时代。这就使得20世纪初期，先秦文学的研究，远较秦汉之后的历代文学的研究，要繁荣许多。当然，此期的关于先秦典籍的研究，笼统地称之为"先秦研究"，似乎要比"先秦文学研究"更合适一些。

　　经学的重要典籍，高度集中在先秦时代。先秦典籍（尤其是经学典籍）的阐释在整个中国学术史上始终处于显学地位。在经学典籍的阐释史上，先有两汉所谓的"今、古文经学之争",后来又有所谓的"汉、宋之争"。到了清代,学术界又对尚义理、轻考据的宋学表示不满,于是乾嘉的考据家们又标榜汉学,以与宋学相对抗。

梁启超在《清代学术概论》和《近三百年学术史》里,对清代考据学的基本研究方法和发展流变都有很好的论述。"清学"以考据为根本特征,从发生学上来讲有两大原因:外因是清代"文字狱"政治高压,学术研究不得不做出调整适应;内因则是出于对宋明理学末流"空谈心性"作风的反动。

中国学术素有诉诸权威、诉诸经典的传统,每一次大的学术交锋,都以争夺先秦经典的解释话语权为中心。清儒欲破除宋明理学末流"空谈心性"的影响,必然要对先秦经典做出更有说服力的阐释。清儒基本是从两条路径来对"宋学"进行围剿:一是借助于文字、音韵、训诂等手段探求经典"本义";二是发掘"宋学"之前的汉儒对经典的阐释。这二者之间又往往相互支撑,而"无征不信"是其根本原则。在发掘汉儒对经典的阐释上,清学往往有越追越古的倾向。以《诗经》学为例,有清一代便有这样一个发展过程:关注中心由《郑笺》到《毛传》,再到今文三家《诗》学。清儒先是以《郑笺》来驳朱熹的《诗集传》,后又拿《毛传》来驳《郑笺》,再后来又以今文三家《诗》学来驳《毛传》。重实证、不尚空谈的"清学",本与"汉学"的"古文经学"一派较为接近,但在"援史为据"的过程中,越追越远,于经学阐释学上,关注重心便很自然地由盛行于东汉的"古文经学"上到西汉显学"今文经学"。清儒对经学阐释学的关注重心转移到西汉"今文经学"时,已然是19世纪末了。特殊的时代环境,恰恰又给了以经世致用为目的的今文经学家们借尸还魂的机会。于是乎,19世纪后半叶,文献学意义上和政治哲学意义上的"今文经学"胜利会师。19世纪和20世纪之交,是"清学"发展的最后一个阶段,今文经学影响强劲,而考据传统同样强大。在这样的学术思想背景之下,出现了以考据直接服务于政治哲学的"南海圣人"康有为。今文经学家康有为也讲考据,其代表作《新学伪经考》、《孔子改制考》,单从书名便可看出"考据"的味道来,但其考据是为其政治哲学张本,寻求史学上的理论根据,终究免不了陷进预设结论的"先信而后考"的泥坑。此一时期的经学研究在门户划分上亦相对复杂。康有为、廖平自然可以视作"今文经学"的代表;章太炎、刘师培自然是"古文经学"的代表。但亦有一些学人和著作游离其间,比如王先谦的《诗三家义集疏》,从书名上来看,自然是属于"今文经学"范畴的,但其研究方法却是地道的考据学,亦无经世致用的政治动机。再如皮锡瑞,身为晚清"今文经学派"的代表人物，但其研究方法却不同于康有为、廖平的"先信而后考"，反倒和"古文经学派"的章太炎、刘师培比较接近。因此，20世纪初的先秦文学研究基本处在今、古文经学的交叉影响之下。落实到具体的研究，今文经学一派，有廖平所谓"天学"的今文齐诗学研究和楚辞研究。廖平在一系列著作中，对今文经学一派的齐诗义例做了诸多总结发挥。廖平还把《楚辞》看作"天学"《诗经》的羽翼和分支，做了许多阐释。廖平的"天学"，被时人（甚至是他的学生，如谢无量）看作奇谈，确是荒诞不经。谨守考据家法的古文经学一派的章太炎、刘师培等人，亦对先秦的经学典籍做了诸多研究和阐释，他们的研究要平实可靠许多，主要成就体现在文字训诂和文献考据方面。刘师培关于《左传》义例的总结，章太炎的《六诗说》，都是此期的研究成果。

在今、古文经学的纷争之中，诸子学的研究在世纪之交悄然而起。1840年之后，西学东渐风气日浓。中国的学术界不再把兴趣局限于经学典籍，人们发现儒家之外的典籍在声光电气等方面具备比儒家更丰富的内容，于是对这些典籍倍加关注。俞樾《诸子评议》、孙诒让《墨子间诂》等著作的问世，都已是19世纪晚期了。世纪之交，子学研究风气更浓。以《庄子》研究而言，几个重要的注本——郭庆藩《庄子集释》、王先谦《庄子集解》、马其昶《庄子故》，差不多都在世纪之交的几年内问世；随后不久，章太炎《齐物论释》、严复《庄子评点》也相继问世。关于诸子的起源，也日益成为学界论争的焦点。章太炎有著名的"诸子出于王官论"，另外也有相当一部分学者不同意这个看法，和他有论争。

20世纪初的先秦子学研究，在方法上，与同期的经学研究差别不大，主要成就亦在文字训诂和文献考据上。这本是清代经学（考据学）的优良传统。19世纪末，殷墟甲骨的发现，是中国学术史上的大事。从此，运用地下出土新材料与传世文献相对照的"二重证据法"，逐渐成为中国学术的新传统。这方面的代表人物是王国维。王国维以二重证据法开古史研究的新风气，其对《诗经》学的研究是其古史研究的一个重要组成部分，以精于考据训诂和运用地下出土新材料为显著特色。其《诗经》学研究关注点在《颂》诗及其与乐舞的关系，重要论文有《说商颂》、《说周颂》、《周大武乐章考》、《说勺舞象舞》、《汉以后所传周乐考》等数篇。

林义光则于晚近出土的三代器物铭文多有留意，又合之以清儒音声通假之法，尝著《文源》一书，以擅长文字训诂之学名于世。故其所著《诗经通解》，往往取证金文，每多胜说，实与王国维的二重证据法同一声气，为后来闻一多、于省吾利用古文字材料以明《诗》之训诂之先声。

(二)

进入 20 世纪，西学东渐之风空前高涨，"五四"新文化运动更是推波助澜，在胡适等人的倡导下，学术界掀起一股以西洋科学方法来"整理国故"的潮流。胡适本人开风气之先，之后，二三十年代兴起的"《古史辨》派"更是对全部古史加以清理。胡适及其门徒顾颉刚认为中国上古史是"层累"地造成，先秦典籍中有很多后人伪托、造伪的成分。于是，他们要对上古史及相关文献进行全面的考问审查。他们的研究成果，集中体现在《古史辨》丛书中。

阎若璩的《古文尚书》辨伪，是乾嘉汉学的标志性成果。《左传》的真伪，是清代经学史上长期争论的话题。《古史辨》对于上古相关文献的考问，更多地集中在诸子书以及《诗序》问题上，对其他先秦典籍，如《周易》、《战国策》亦有涉及。

关于诸子书的研究，"《古史辨》派"学人关注较多的是成书的过程、作者行年与事迹，以及书中是否有后出或伪托成分。《古史辨》所收，亦非全是该派学人文章。与该派学人意见相左，但所讨论的话题相关的文章，《古史辨》亦多有收入。故此，《古史辨》可以视为20世纪二三十年代中国学术界对于上古相关文献的讨论集。从《古史辨》所收文章来看，固然以胡适、钱玄同、顾颉刚、罗根泽等"《古史辨》派"中坚人物之文为主，梁启超、冯友兰、钱穆等非"《古史辨》派"学人的也有不少。老子其人以及《老子》成书年代的论争，是当时的焦点话题之一。众多学人发表了各种意见，各有根据，并非一个简单的疑古、信古立场问题可以概括。正是在诸子学热的时代背景之下，钱穆才遍考先秦诸子，作《先秦诸子系年》一书，对先秦诸子的行年及关系做了整体勾勒。

关于《诗经》的研究，是"《古史辨》派"学术活动的一个重要组成部分。"《古史辨》派"对《诗经》研究的重视，与其对《诗经》的认识有关。在他们看来，《诗经》是研究上古史最可靠的史料，而且涉及社会生活的各方面，是认识上古社会的一把金钥匙。《诗经》学在此期备受关注的另一个重要原因，在于胡适等人对平民文学的提倡。为配合其社会改革思想及白话文运动，胡适等人大力宣扬民间的文学才是活的有生命力的文学，从而掀起了民间文学研究的高潮。在此风气影响之下，北京大学开展起对民间歌谣的收集和整理的工作。而此期在《诗经》学卓有建树的顾颉刚等人，正是"《古史辨》派"和民间歌谣研究的灵魂人物。这在研究方法上，给此期的《诗经》学研究烙上了两个显著的特征：（1）疑古成为主导思想，极力破坏和廓清封建经学研究的影响；（2）用民间歌谣作比较，并由此认识《诗经》的性质。

胡适是现代学术史上开风气之先的人物，在引进西方科学研究方法上有着不可磨灭的贡献。其对现代学术研究的贡献可概括为以下两点：（1）洋考据法的建立；（2）用现代观念诠释传统文化。前者对史料的可信度加以严格审定，在史料排比上注重其内部联系，使乾嘉汉学以来的考据学更加系统化、科学化。后者则丰富了人们理解古代典籍的视角，并为古代与现代的沟通架起了一座桥梁。其对整个现代学术史有着深远影响，具体到《诗经》学研究上，更是如此。可以说他是《古史辨》派《诗经》学研究的旗帜。

胡适在《诗经》学研究上有重要影响的论文有以下三种：（1）《中国哲学史大纲》之第二篇《中国哲学发生的时代》；（2）《诗三百篇言字解》；（3）《谈谈诗经》。《中国哲学发生的时代》引用《国风》及《小雅》中众多诗篇，并由此推断出那时代（前8世纪到前6世纪）的大概情形，并把"那时代的思潮"分为五派（忧时派、厌世派、乐天安命派、纵欲自恣派、愤世派）。《诗三百篇言字解》指出：研经者宜从经入手，以经解经，参考互证，并以此寻绎《诗》三百篇中"言"字的意义和用法。表示要借鉴《马氏文通》的方法，以新文法读旧籍，为《诗经》作新笺今诂。提倡以经解经，以新文法读旧籍，在现代《诗经》学训诂方法上有开创之功，闻一多的《诗经》训诂即受此影响。《谈谈诗经》可以看作"《古史辨》派"《诗经》学研究的纲领性文件。该篇强调对《诗经》要树立几个基本观念：（1）《诗经》不是一部经典；（2）孔子没有删诗；（3）《诗经》不是一个时代辑成的，而是慢慢地收集起来，不是哪一个人辑的，也不是哪一个人作的；（4）两千年来《诗经》的研究一代比一代进步，并指明了现代《诗经》学的两条根本性的研究方法：（1）用精密的科学的方法，在比较归纳的基础上，来做一种新的训诂工夫，对于《诗经》的文字和文法上都重新下注解。（2）大胆地推翻两千年积累下来的附会的见解，多备一些参考材料，细细涵咏原文，用社会学的、历史的、文学的眼光重新给每一首诗下个解释。这对后来的《诗经》学研究都具有指导性意义。

胡适、顾颉刚师徒，还和周作人、俞平伯师徒，对于《诗经》的文本解读进行了系列讨论。这些讨论有利于对《诗经》文学性的认识。此后，人们习惯于将《诗经》视作文学作品。俞平伯的《读诗札记》与刘大白的《白屋说诗》，便是对《诗经》进行文学解读的优秀成果。

"《古史辨》派"学人对于《诗经》的一个重要看法是，《诗序》为东汉卫宏所作，非《诗》本义，不可信。这本是对朱熹一派意见的继承。这一认识在整个20世纪居于主导地位，并使得《诗序》的作者及写成时代成为20世纪《诗经》学研究的一个热点。"《古史辨》派"学人对于《诗经》的另一个重要看法是，《国风》是"民歌"。这一认识在整个20世纪亦影响巨大。后来，朱东润对此看法发难，以至于20世纪《诗经》学史上有所谓的《国风》"民歌说"与"非民歌说"之争。

"《古史辨》派"学人虽然对《诗经》做了"是文学作品"的论断，但该派学人对于《诗经》研究的标志性成果却不是建立在"文学性"的探讨上。"《古史辨》派"学人《诗经》研究的标志性成果是顾颉刚的两篇长文：《诗经在春秋战国间的地位》和《论诗经所录全为乐歌》。

前文指出：《诗经》是为了"典礼"（祭祀、宴会）和"讽谏"等种种的应用而产生的，有的是从民间采来，有的是贵族作出来的。它是一部入乐的诗集。这些乐歌大家都能唱，都能听得懂，并有随意使用它的能力。"赋诗言志"多采取"断章取义"的方法而不管作诗的本义。该文还对"孔子对于诗乐的态度"、"孟子说诗的方法"以及"春秋、战国间的诗乐关系之变化"这三个问题给予了讨论。指出：孔子对诗的观念也是实用的，他认为诗的作用在于修养品性和周旋上下推论事物；从《论语》上，可以看出孔子时音乐界有三个趋向（①僭越；②新声的流行；③雅乐的败坏），孔子对它们各有反动。孟子说诗没有时代观念，也没有正确的研究宗旨。他将主观的"赋诗言志"改为"以意逆志"，其意是好的，但实际所做，却是"乱断"诗人的志，是用"以意用诗"的方法把"以意逆志"的名目冒了，这在后来产生了极坏的影响。"从西周到春秋中叶，诗与乐是合一的，乐与礼是合一的。春秋末叶，新声起了。新声是有独立性的音乐，可以不必附歌词，也脱离了礼节的束缚。因为这种音乐很能悦耳，所以在社会上占极大的势力，不久就把雅乐打倒。战国时，音乐上只管推陈出新，雅乐成为古乐，更加衰微得不成样子。一二儒者极力拥护古乐诗，却只会讲古诗的意义，不会讲古乐的声律。"

后者从（1）春秋时的徒歌；（2）《诗经》的本身；（3）汉以来的乐府；（4）古代流传下来的无名氏诗篇这四个方面，证明了《诗经》所录全为乐歌，其中一大部分是为奏乐而创作的乐歌，一小部分是由徒歌变成的乐歌。

这两篇文章都以考据辨析见长，对《诗经》的性质做了很好的揭示。

《古史辨》不收《楚辞》研究文章，但该派，尤其是胡适对20世纪的《楚辞》研究亦产生过巨大影响。胡适《读楚辞》一文，对《史记·屈原传》提出质疑，认为"屈原"是理想的忠臣，是一个"箭垛式"人物。这和廖平的意见一起，构成所谓的"屈原否定论"。整个20世纪，围绕"屈原"是否《离骚》等作品的作者，产生过一系列的论争。何天行有著名的"《楚辞》作于汉代说"，朱东润亦赞成此说。郭沫若等人则对此做了严厉批评。"屈原否定论"一系学人在论证方法上明显"疑古太过"。

（三）

"《古史辨》派"疑古太过，以及论证中的"默证法"（未见某种记载，便认为伪）及"文学进化论"思维，都有失偏颇。但将《诗经》看作文学作品，并对具体问题进行翔实考辨，在分析问题时借重民俗学等方法，则是很好的风气。这些优点，为学术界广泛采纳，并成为20世纪先秦文学研究的主流方法。

经过"《古史辨》派"的洗礼，《诗经》、《楚辞》作为文学作品，备受人们关注。20世纪30年代之后，先秦文学研究的重点，完全从经学、子学的文献研究转移到《诗经》、《楚辞》的阐释研究上来。"文学性"的认定，虽然没有带来文学分析上的空前繁荣，但却将学人的关注焦点引导到对《诗经》、《楚辞》的性质解释上来。文化心理分析及民俗学方法的使用，在《诗经》、《楚辞》的解读上尤为重要。闻一多是这方面的代表。闻一多是当之无愧的现代《诗经》学大师，其研究成果尤其引人注目。先秦典籍和神话的研究，是其学术活动的主要关注点之一。他继承了乾嘉学派的方法，以小学为手段，以经史为主攻对象，醉心于考据训诂之学，广泛吸收王念孙父子、孙诒让和俞樾等朴学大师的成果；但又并不局限于乾嘉学派，而对殷商甲骨文和周代钟鼎文进行深入研究，并且还运用了近代的社会学、民俗学、神话学与文化人类学等方法。他研究《诗经》，既注意到它是"经"，又注意到它是"诗"，对汉唐训诂及宋儒诗说，无不胪列追究而吸取之，同时又强调直对本文。他的《诗经》研究，总是把字义的解释置于一定的历史时代之中，在清代朴学家训诂学的基础上，利用社会历史知识，如民俗、心理、宗教、思想等等意识形态进行关照，从而对诗义做出全新而又合理的解释。他是《诗经》新训诂学和文化人类学取向的奠基人和集大成者。

闻一多关于《诗经》的研究，有著名的《诗经性欲说》、《说鱼》等文章。《诗经性欲说》是受弗洛伊德学说影响，用泛性论和潜意识理论来解读《诗经》的代表性作品。《说鱼》进一步发展了《诗经性欲说》中的某些观点，揭示了鱼在民俗歌谣和古籍中作为"配偶"或"情侣"的隐语广泛地运用，不仅进一步证明了"《国风》中言鱼，皆两性间互称其对方之廋语"，亦为向来说诗者所未道,而且解决了古籍中许多语义问题。该篇实际是把"鱼"当做一个典型的隐语的例子来研究,很好地揭示了"隐语"的性质和作用。

闻一多另有《姜嫄履大人迹考》,则是用文化人类学的方法研究上古神话,揭示"姜嫄履大人迹"的真相:履迹乃祭祀仪式之一部分,疑即一种象征的舞蹈;所谓"帝",实即代表上帝之神尸;神尸舞于前,姜嫄尾随其后,践神尸之迹而舞,舞毕相携止息于幽闲之处,因而有孕。当时实情,只是与人野合而有身,后人讳言野合,则曰履人之迹,更欲神异其事,乃曰履帝迹。

闻一多对于《楚辞》的认识和研究,在方法上,同于他的《诗经》研究。《九歌古歌舞剧悬解》等论文,亦以民俗学、神话学的解释见长。《伏羲考》更是他在神话研究方面的经典之作,在整个20世纪的神话研究中具有典范意义。

闻一多在《诗经》新训诂学及文化人类学取向上的影响是极其深远的。其《诗经》训诂,继承了乾嘉学派因声求义的优良传统,又吸收了王国维、林义光等汪重金文材料的新成果,且对胡适倡导的文法研究多所借鉴。每说一字,既能以六书理论证明(尤善于音训,兼及甲骨、金文、小篆字形演变),又长于文例疏通,且能从文法角度考虑,广列旁证,务使新义突出,令人信服。在他的影响下,现代《诗经》训诂学得以完善发展。其对现代《诗经》学文化人类学取向的影响更为深刻:20世纪五六十年代孙作云的研究受他的影响,80年代以来兴起的《诗经》文化人类学研究热亦以他为始作俑者。

郭沫若则在对先秦文学典籍进行历史学解释上树立了典范。郭沫若是现代学术史上独树一帜的人物,其金文及古史研究皆独步一时,他还是最早系统地运用马克思主义理论来认识中国古代社会性质的学者。他的学术成就是多方面的,仅就《诗经》研究来说,他是当之无愧的现代《诗经》研究历史学取向的大师。他在《中国古代社会研究》、《青铜时代》等著作中,采用以《诗》证史的方法,用《诗经》中的材料,说明当时的社会生活情况,而且是自觉地运用唯物史观与阶级分析的方法,来建构自己关于中国古代社会性质的学说。在他之前,谢无量等人也试图在《诗经》研究中采取一种历史学的取向,但他们对《诗经》的理解过于守旧,只是依了郑玄《诗谱》所定的世次来附会图解古史,并无多大的学术价值。历史学家刘节、傅斯年等对与《诗经》相关的个别史实有所考订,但仅限于考据学范畴,并非系统性的梳理。胡适《中国哲学史大纲》以《诗》证史的观念已经是全新的了,但其论述终嫌简略而缺少系统。到了郭沫若,不但是以全新的眼光看《诗经》本身,其历史理论也已是全新而有体系的,而且广泛吸收了金文和古史研究的新成果,所以他的研究具体而呈系统，集这一取向的大成，且对后人产生了深远的影响。

郭沫若以《诗》证史的《诗经》研究有三方面的特色：一是自觉而系统地运用马克思主义的唯物史观和阶级分析法；二是对金文材料及出土文物的重视；三是部分地采用了人类学的视角。后两个方面，与闻一多较为接近。但其研究对整个现代《诗经》学产生深刻而巨大的影响，则是五六十年代的事了。

闻一多与郭沫若先秦文学研究的共同之处在于，都有鲜明的指导方法，同时长于利用甲骨、金文资料。这在三四十年代先秦文学研究中具有典范意义。

（四）

20世纪五六十年代，伴随着政治经济上的全新局面，时代的学术风气亦为之一变。马克思主义成为意识形态领域法定的主导的思想，人文社会科学研究界无不自觉地运用唯物史观、辩证法和阶级分析的方法，来系统整理各自的学说。一时间，学术研究的系统性大大加强。再由于大众文化普及的需要和成为现实的可能，众多学者将精力投入到文化普及的工作中去，这在传统文化研究领域的影响，一是许多名著的选注本的出现，一是全国通行教材的推行。这就使得许多过去高深的专门化的学问成为一般读者耳熟能详的读物。其功劳之大，有目共睹。但是其片面性也是很明显的，普及性的提高往往是以牺牲专门化为代价。何况，马克思主义理论成为唯一合法的指导思想，一方面固然加强了学术研究的系统性，但又不可避免地造成了研究视角的单一化，"反右"斗争更使得文化学术研究界由"百花齐放"一变而为"一葩独艳"。再加上一些研究者自身理论修养的局限，往往只是对马克思主义理论生搬硬套，这就使其研究的科学性大打折扣。整个学术风气如此，此期的先秦文学研究自不能例外。

值得一提的是郭沫若对此期的《诗经》研究有着难以想象的巨大影响。郭沫若新历史学取向的《诗经》研究，在前文已有充分说明，其对马克思主义唯物史观和阶级分析方法的自觉而系统的运用，在当时可谓独树一帜，但由于政治上的原因，他的研究在解放前未能起到很大影响；20世纪50年代以来，其研究则乘时代之东风，大放异彩。个中原由不难理解，主要是因为当时学者对马克思主义理论的接受尚在起步阶段，而郭沫若的权威性研究恰好为他们提供了一个很好的典范，于是他们纷纷效仿。其在研究方法上的影响是决定性和毫无疑问的。有趣的是郭沫若对《诗经》研究的具体分析和解说，也为学术界广泛接受。凡是他在著作中剖析过的诗篇，都成为人们研究的热点；凡是他所做过的原则性的定性评价，人们亦不轻易违背。最典型的例子莫过于：在当时乃至此后相当长时期内有巨大影响的余冠英和高亨的《诗经》选本、游国恩等主编的中国社会科学院文学研究所编的《中国文学史》，都将《七月》一诗的分析放在很重要的位置，而且无一例外地沿用郭沫若的解释。各种《诗经》选本和《中国文学史》着重介绍的篇目，几乎都可以在他的著作中找到渊源，对他评述过的篇目详加讨论，亦是当时所发表的论文的中心点。

五六十年代研究先秦文学的具体问题而能卓然成家者，当数孙作云。其论文集《诗经与周代社会研究》一书在整个现代《诗经》学史上足占一席之地。从某种程度上讲，他的《诗经》研究兼有闻一多、郭沫若二家之长，只是局面不及二家恢弘。他采用了郭沫若式的历史学取向，以《诗经》为基础材料，探讨西周的社会性质，不同于郭沫若的是他持"西周封建说"；但在具体研究中，他又对闻一多的民俗文化学视角多有借鉴。他用了诗史互证的方法来论证自己的学说，在材料运用上广采传统史书、金石文字与出土文物。由于兼顾到文学、史学、民俗学和考古学各个方面，所以他的见解多新颖而有据。他的《诗经恋歌发微》，该文以民俗为线索，通过《诗经》中《郑风·溱洧》、《鄘风·桑中》等十五首恋歌的分析，论证了《诗经》中有许多恋歌与上巳节有关。指出：上巳节的风俗是在春天聚会、在聚会时祭祀高媒和被禊于水滨以求子，《诗经》中有许多恋歌是在这节日中唱出的，并引申闻一多以"鱼"为性爱隐语的论断，剖析了礼俗中凝固的恋爱隐语，指出其产生原因是：当初男女欢会在河滨，因此把这些带有现实性的东西变成打情骂俏的隐语，以后就完全变成一种套词，一说到恋爱、一说到结婚，就把它用上了。

孙作云在《楚辞》研究上亦有成就，研究方法大抵同于其《诗经》研究。

（五）

"文化大革命"是人类文明史上的一场浩劫，十年浩劫期间，正常的学术研究遭到了彻底的破坏，先秦文学的研究自然是毫无进展。十年浩劫之后，学术研究迎来了一个新的春天，在拨乱反正的同时，学术研究沿着正常的道路逐渐深入。尤其是80年代以来，学术界进入了一个西方理论与新视角再度引入的时期，学术研究出现了一个多元化取向的新局面。先秦文学的研究也在多方面取得了进展，具体表现是：（1）对五六十年代单一视角的突破；（2）文化人类学取向一时间成为潮流；（3）研究的广度和深度都有很大加强。

新时期的先秦文学研究，不仅仅是对十年浩劫时期的拨乱反正，还对五六十年代研究的片面性有所反思，对反映论和阶级分析方法的单一视角有很大的突破。这首先表现为对某些问题的重新认识和评价上。以《诗经》研究为例，袁宝泉、陈智贤的《诗经探微》一书便是对《诗经》中一些流传较广、影响较大的名篇的思想主题的新的探索，并对某些论题进行专题阐述。总的倾向是针对游国恩《中国文学史》、余冠英《诗经选》的某些认识做翻案文章，核心意见是要否定"诗经民歌说"。作者认为五六十年代的《诗经》研究拔高《国风》、《小雅》而轻视《大雅》和《三颂》的关键原因，是基于民歌和非民歌的判断，而这一判断自身是戴有色眼镜的结果。此后，对《诗经》的《雅》《颂》部分以及文化背景的研究，渐渐多了起来。学术上的禁区，一个一个地被突破，具体问题的研究深度和广度都空前得到加强。

文化人类学取向是80年代以来先秦文学研究的一股潮流。早在闻一多，便以在研究中采取过这一视角闻名。在他之后，对先秦文学的具体问题，如《大雅·生民》姜嫄"履大人迹"、"弃子"的研究，以及对《楚辞》的《天问》、《九歌》相关问题的研究中，很多学者都采用了民俗学、人类学的视角。80年代以来，叶舒宪、萧兵踵事其华，更是发展出所谓的"三重证据法"。叶舒宪的《诗经的文化阐释》一书，是用文化人类学观点和方法对《诗经》的文化蕴涵做全面的发掘和理论阐发。作者努力在贯通中西学术传统的基础上开辟文学人类学研究的新局面，既突出跨文化视野对中国古典的解构功效，又尝试中西之间的互阐和汇通，提倡把本国本民族的东西放置在人类文化的总格局中加以探讨。在该书《自序》——《人类学"三重证据法"与考据学的更新》中，更倡导所谓"三重证据法"——即"用人类学新材料，以今证古"。他的这些主张可以视为先秦文学文化人类学研究取向的旗帜。其探讨，在拓宽先秦文学研究的思路方面有开拓意义；但其在具体问题的论述上也存在较多的问题。其论证虽然取材广泛，但在具体运用上，以西例中、以今例古的痕迹过于明显；且在关键问题的论证上，多用西方例证类比，中国古籍例证则用得很少，而且多加以改头换面。在训诂及对古籍文献的解读上主观随意性较大，甚至不乏曲解之例；在研究方法上，对本土文化学取向关注较少；在论证方式上，亦多以偏概全；穿凿附会之处更不在少数。因此其结论难以令人信服。

总的来说，80年代以来的先秦文学研究在各方面都有很大的进展，但也明显存在不足。这一时期，几乎举不出可以与民国时期相抗衡的先秦文学研究大家。杨树达曾批评当时的学界有"温故而不知新"和"不温故而知新"两种不良倾向，先秦文学研究的历史积累过于丰厚，处于先秦文学研究高度发达之后的今天，研究先秦文学自然难逃这种尴尬处境。如何将新的研究取向与角度和传统的研究方法结合起来，是先秦文学研究界共同面临的难题。

（六）

通行的文学史教材在处理"先秦文学"这一对象时，所涉及的材料，几乎包括所有的先秦典籍在内。人们谈论"先秦研究"时，津津乐道于"文、史、哲不分家"。这是先秦文学不同于后代文学的一个重要特征。讨论"先秦文学"，似乎以"大文学"这一概念为宜。在某种程度上，它是几乎等同于孔门四科中的"文学"的，即先秦时代学术文化的总和。20世纪初期的先秦文学研究，在这一点上似乎最切合原始的"文学"界定，而与后来着眼于抒情性和修辞学的所谓"文学性"研究取向大异其趣。在某种意义上，此期的先秦文学研究，应笼统称之为"先秦学研究"或"上古学研究"为宜。此后的先秦文学研究，渐渐关注"文学性"。但成就并不体现在"文学性"的分析上，而是将关注焦点转移到"文学性"强的作品——《诗经》、《楚辞》上来。这就造成了巨大的负面效应，20世纪30年代以来的先秦文学研究，过于偏重"文学性"强的诗歌文学研究，包括历史散文和诸子散文在内的先秦散文，逐渐被边缘化。最后的结果是研究发展的极端不平衡，20世纪的先秦文学研究在先秦散文研究上成果甚微，非但如此，简直是患了散文批评失语症。

说到研究方法和传统，也令人担忧。回过头来看，似乎20世纪的先秦文学研究只有两个传统：（1）以文献考据为特点的经学研究传统，（2）以文化人类学等为特点的现代解释学传统。前者是中国经学的传统，后者从西洋移植而来。20世纪先秦文学研究的典范之作，基本都在这两个研究传统之内。有分量的研究文章，仍旧是以作家的生平事迹与作品集的文献考察见长，或者以文化人类学的解释见长。说到其他的研究方法，便很可怜。即使是对"文学性"极强的《诗经》、《楚辞》等作品，如何对其进行"文学分析"，和先秦散文研究一样，学界同样患有失语症。名作鉴赏，不能成为真正意义的"文学研究"。像游国恩《楚辞女性中心说》、闻一多《说鱼》这样触及《诗经》、《楚辞》文学表现特征的研究，吉光片羽，难得一见。此亦令人深思。

六诗说

章太炎

春官大师"教六诗：曰风，曰赋，曰比，曰兴，曰雅，曰颂。"《郑志》："张逸问：'何诗近于比、赋、兴？'"答曰："比、赋、兴，吴札观《诗》，已不歌也。孔子录《诗》，已合风、雅、颂中，难复摘别，篇中义多兴。"此谓比、赋、兴，各有篇什。自孔子淆杂第次，而毛公独旍表兴，其比、赋俄空焉。圣者颠倒而乱形名，大师偏胬而失邻类，何其悎忘，遂至于斯邪？

余以缀文言事，名有通别。左氏说赋《彤弓》、《角弓》，其实《小雅》也。吉甫作诵，"其风肆好"，其实《大雅》也。若斥《彤弓》、《角弓》曰赋，《崧高》曰风颂，则不可投壶记言。凡《雅》二十六篇，其八篇可歌，歌《鹿鸣》、《狸首》、《鹊巢》、《采蘩》、《采蘋》、《伐檀》、《白驹》、《驺虞》。今独《鹿鸣》、《白驹》在《雅》，《狸首》无文，《鹊巢》以下五篇，皆在《风》矣。董仲舒书，言"文王受命，有此武功，既伐于崇，作邑于丰，乐之《风》也。"《楚庄王篇》。今案其诗，亦在《大雅》，非《国风》甚明。寻此类例，《故训传》虽言"兴"，宁知非泛言通名？抑大司乐"以《乐语》教国子，兴、道、讽、诵、言、语"？"兴者，以善物喻善事"。郑君说。将《故训传》所指在是欤？《关雎》兴于鸟，《鹿鸣》兴于兽，其皆《乐语》所谓"兴"者，而不与六诗之"兴"同科。

要之，比、赋、兴，宜各自有主名区处，不与四始相挈。鲋生季材，不识也，以为故无篇什。尚考古者声均之文甚众。瞽蒙掌九德六诗之歌，以役大师。九功之德，皆可歌也，谓之九歌，大别为十五流。而三百篇不见九歌。不疑九歌本无篇什，或孔子杂乱其第，独疑比、赋、兴三种，何哉？《乐记》师乙说四始外复有《商》、《齐》、《投壶》记其凡，最七篇，明不为《商颂》、《齐风》。齐大师作《徵招》、《角招》，其诗曰"畜君何尤"，则《齐诗》复有合《大韶》者。《商》者，五帝之遗声，亦不指谓十二名颂。而《投壶》复有《史辟》、《史义》、《史见》、《史童》、《史谤》、《史宾》、《拾声》、《叡挟》八篇，废不可歌。外有武王飫诗《新宫》、《祈招》、《河水》、《辔柔》诸名，时时杂见于《春秋传》，今悉散亡。则比、赋、兴被删，不疑也。

《艺文志》曰："不歌而诵，谓之赋。"《韩诗外传》说孔子游景山上曰"君子登高必赋。"子路、子贡、颜渊，各为谐语，其句读参差不齐。次有屈原、荀卿诸赋，篇章闳肆。此则赋之为名，文繁而不可被管弦也。其事比于简阅甲兵，簿录车乘，贵其多陈胪，而声歌依咏鲜用。故周乐与三百篇，皆无赋矣。

比者，辩也。凡龚事治具，《周官》言比庀，汉世言辩辨，其声相转。自伏戏有《驾辩》，夏后启乃有《九辩》、《九歌》。晚周宋玉，犹仪刑之，其文亦肆，不被管弦，与赋同。故周乐与三百篇，皆无比矣。

兴者，《周官》字为廞。大师"大丧，帅瞽而廞，作枢谥。"郑君曰："廞，兴也，兴言王之行。谓讽诵其洽功之诗，故书廞为淫。郑司农云：淫，陈也，陈其生时行迹，为作谥。"瞽矇"讽诵诗"。郑君曰："主谓廞作枢谥时也，讽诵王治功之诗，以为谥。"王伯申谓：《司裘》、《司服》、《巾车》、《车仆》、《司常》、《司兵》、《圉人》、《大司乐》、《眠瞭》、《笙师》、《镈师》、《籥师》、《典庸器》、《司干》言廞者，皆谓陈器物，《大师》亦同。不悟彼言者，下皆明斥其物。今大师直言廞，不指何器，明不得以文字偶同为例，既言"帅瞽而廞，"又不得言命眠瞭为之也。此为兴，与诔相似，亦近述赞，则诗之一术已。诔或时无韵。兴无韵者，亦或取以称说。天官张衡《灵宪》曰："圣人无心，因兹以生心，故《灵宪》作，兴曰：大素之前，幽清玄静，寂漠冥默，不可为象。"其下文辞甚广。《续汉书·天文志》注引。古者读诔观象，皆太史之守，故其文通曰兴。观象者既不可歌；王侯众多，仍世诔述，篇第填委，不可遍观，又亦不益教化。故周乐与三百篇，皆无兴矣。

孔子曰："自卫反鲁，《雅》、《颂》各得其所。"若合以比、赋、兴者，是令棼淆失统，何得所之有乎？世儒复疑风、雅、颂为异体，比、赋、兴为异辞。苟以不见，荒芜章阕，泯绝经略，令六义亡其三，是不喻《诗传》之过也。《诗传》所谓兴者，或通言，或与《乐语》称兴同科，本不谓四始杂有兴体。

问曰：昔太史公言："古者诗三千余篇。及至孔子，去其重，取可施于礼义，上采契、后稷，中述殷、周之盛，至幽、厉之缺，始于衽席。故曰《关雎》之乱以为《风》始，《鹿鸣》为《小雅》始，《文王》为《大雅》始，《清庙》为《颂》始。三百五篇，孔子皆弦歌之，以求合《韶》、《武》《雅》、《颂》之音。"世多疑三千为虚言。征以吴札所观周乐，安得三千篇邪？

章炳麟曰：九德六诗之歌，较今《风》、《雅》、《颂》五倍。《风》、《雅》《颂》已三百篇，复尚有见删者，五倍之，则千五百篇以上也。是十五流以外，六代之乐，九夏之舞，又当依其节奏，和其声容，以为歌曲。兼诸官箴、《容经》、《弟子职》、醮祭之辞，凡有韵者，悉亦《诗》之陪贰。《周官·瞽矇》言"讽诵《诗》，世、奠、系"。杜子春曰：世、奠、系、谓帝系，诸侯卿大夫世本之属是也。小史主次序先王之世，昭穆之系，述其德行；瞽矇主诵《诗》，并诵世、系，以劝戒人君。世、系可诵，宜如《急就章》道姓名，次为韵语，亦《诗》之流也。从是推之，言古诗三千余篇，尚省略矣。然诸列国所常教者，无过什一。吴札所观，殆与今时亡大殊尤。何者？诵《诗》三百，弦《诗》三百，歌《诗》三百，舞《诗》三百，墨子犹患君子无以听治，庶人无以从事也。（墨子说见《公孟篇》）。弥多则益旷于事，是故立中制节，不逾其数。不略取《九歌》、比、赋、兴、世以备凡目者，水、火、金、木、土、穀诸歌，犹《七略》所录山陵、水泡、云气、雨旱、草木、器械、剑戏诸赋。世、奠、系，犹《急就章》，不道性情怨思之事，学者疲于讽诵，不娱其艺，久矣。比、赋、兴虽依情志，而复广博多华，不宜声乐。由是十五流者，删取三种，而不遍及。孔子所定，盖整齐其篇第，不使凌乱，又求归于礼义，合之正声，以是为节。而荀卿犹欲杀《诗》也。

原载《国粹学报》1910年1-3册，收入《章太炎全集》第二卷）《检论》，
上海人民出版社，1986

论《老子》作于战国之末

梁启超

　　这部书从老子孔子讲起，蔡子民先生说他"有截断众流的手段"（序文），这是我极同意的。但应否从老子起，还是问题；这却不能怪胡先生，因为这问题是我新近才发生的。我很疑心《老子》这部书的著作年代，是在战国之末；诸君请恕我枝出题外，许我趁这机会陈述鄙见。

　　我们考老子履历，除了《史记·老庄申韩列传》外，是没有一篇比他再可靠的了。但那篇实在迷离惝恍，一个人的传有三个人的化身：第一个是孔子问礼于老聃，第二个是老莱子，第三个是太史儋。又说："盖老子百有六十余岁，或曰二百余岁。"又说："或曰儋即老子，或曰非也，世莫知其然否。"这样说来，老子这个人简直成了"神话化"了。所以崔东壁说著书的人决不是老聃，汪容甫更咬定他是太史儋；特因旧说入人太深，很少人肯听信他们。我细读那篇传，前头一大段，固然是神话，但后头却有几句是人话；他说："老子之子名宗，宗为魏将，宗子注，注子宫，宫玄孙假，假仕于汉孝文帝，而假子解，为胶西王邛太傅。"这几句话就很发生出疑问。魏列为诸国，在孔子卒后六十七年，老子既是孔子先辈，他的世兄，还捱得到做魏将，已是奇事；再查孔子世家，孔子十代孙聚为汉高祖将，封蓼侯，十三代孙安国，当汉景武时；前辈的老子八代孙，和后辈的孔子的十三代孙同时，未免不合情理：这是第一件可疑。孔子乐道人之善，对于前辈或当时的贤士大夫如子产、蘧伯玉等辈，都常常称叹，像《史记》说的"老子犹龙"那一段话，孔子既有恁么一位心悦诚服的老夫子，何故别的书里头没有称道一句？再者：墨子、孟子都是极好批评人的人，他们又都不是固陋，谅来不至于连那著"五千言"的"博大真人"都不知道，何故始终不提一字；这是第二件可疑。就令承认有老聃这个人，孔子曾向他问过礼，那么《礼记·曾子问篇》记他五段的谈话，比较的可信（因为里头有讲日食的事实），却是据那谈话看来，老聃是一位拘谨守礼的人，和五千言的精神恰恰相反（这话前人已曾说过）；这是第三件可疑。《史记》这一大堆神话，我们试把他娘家根究一根究，可以说什有八九是从《庄子》中《天道》、《天运》、《外物》三篇凑杂而成，那些故事，有些说是属于老聃，有说是属于老莱子，《庄子》寓言十九，本就不能拿作历史谭看待，何况连主名都不确定；这是第四件可疑。从思想系统上论老子的话，太自由了，太激烈了，像"民多利器，国家滋昏；人多伎巧，奇物滋起；法令兹彰，盗贼多有"；"六亲不合有孝慈，国家昏乱有忠臣"，这一类的话，不大像春秋时人说的。果然有了这一派议论，不应当时的人不受他的影响，我们在《左传》、《论语》、《墨子》等书里头，为什么找不出一点痕迹呢；这是第五件可疑。再从文字语气上论；《老子》书中用"王侯"、"侯王"、"王公"、"万乘之君"等字样者凡五处，用"取天下"字样者凡三处，这种成语，像不是春秋时人所有。还有用"仁义"对举的好几处，这两个字连用，是孟子的专卖品，从前像是没有的。还有"师之所处，荆棘生焉，大兵之后，必有凶年"，这一类的话，像是经过马陵、长平等战役的人才有这种感觉，春秋时虽以城濮、鄢陵……等等有名大战，也不见死多少人，损害多少地方，那时的人，怎会说出这种话呢？还有"偏将军居左，上将军居右"，这种官名，都是战国的，前人已经说过了：这是第六件可疑。这样说来，《老子》这部书或者身分很晚，到底在庄周前或在其后，还有商量余地。果然如此，那么胡先生所说三百年结的胎，头一胎养成这位老子，便有点来历不明了。胡先生对于诸子年代，考核精详，是他的名著里头特色之一，不晓得为什么像他这样勇于疑古的急先锋，忽然对于这位"老太爷"的年代竟自不发生问题！胡先生听了我这一番话，只怕要引为同调罢？……

选自《古史辨》第四册，北平朴社，1933

殷卜辞中所见先公先王考

王国维

甲寅岁暮，上虞罗叔言参事撰《殷虚书契考释》，始于卜辞中发现王亥之名。嗣余读《山海经》、《竹书纪年》，乃知王亥为殷之先公，并与《世本·作篇》之"胲"，《帝系》篇之"核"，《楚辞·天问》之"该"，《吕氏春秋》之"王冰"，《史记·殷本纪》及《三代世表》之"振"，《汉书·古今人表》之"垓"，实系一人。尝以此语参事及日本内藤博士(虎次郎)，参事复博搜甲骨中之纪王亥事者得七八条，载之《殷虚书契后编》。博士亦采余说，旁加考证，作《王亥》一篇，载诸《艺文杂志》，并谓自契以降诸先公之名，苟后此尚得于卜辞中发见之，则有裨于古史学者当尤巨。余感博士言，乃复就卜辞有所攻究，复于王亥之外得王恒一人。案《楚辞·天问》云"该秉季德，厥父是臧"，又云"恒秉季德"，王亥即该，则王恒即恒，而卜辞之季之即冥(罗参事说)，至是始得其证矣。又观卜辞中数十见之囲字，从甲在囗中(十，古甲字)，及通观诸卜辞，而知囲即上甲微。于是参事前疑卜辞之🔣、🔣、🔣(即乙、丙、丁三字之在[或]中者，与囲字甲在囗中同意)，即报乙、报丙、报丁者，至是亦得其证矣。又卜辞自上甲以降，皆称曰"示"，则参事谓卜辞之示壬、示癸，即主壬、主癸，亦信而有征。又观卜辞，王恒之祀与王亥同；太丁之祀与太乙、太甲同；孝己之祀与祖庚同，知商人兄弟，无论长幼，与已立、未立，其名号典礼盖无差别，于是卜辞中人物，其名与礼皆类先王而史无其人者，与夫父甲、兄乙等名称之浩繁求诸帝系而不可通者，至是亦理顺冰释，而《世本》、《史记》之为实录，且得于今日证之。又卜辞人名中有🔣字，疑即帝喾之名；又有土字，或亦相土之略。此二事虽未能遽定，然容有可证明之日。由是有商一代先公先王之名，不见于卜辞者殆鲜。乃为此考，以质诸博士及参事，并使世人知殷虚遗物之有裨于经史二学者有如斯也。丁巳二月。

夋

卜辞有🔣字，其文曰"贞：宴(古燎字)于🔣"(《殷虚书契前编》卷六第十八叶)，又曰"宴于🔣囗牢"(同上)，又曰"宴于🔣，六牛"(同上卷七第二十叶)，又曰"于🔲奠牛六"，又曰"贞：求年于🔲，九牛" (两见，以上皆罗氏拓本)。又曰"(上阙) 又于🔲"（《殷虚书契后编》卷上第十四叶）。案🔲🔲二形，象人首手足之形。《说文》戈部："🔲，贪兽也。一曰母猴，似人。从页。巳、止、戈，其手足。"毛公鼎"我弗作，先王羞之"，羞作🔲。克鼎"柔远能🔲"之柔作🔲。番生敦作🔲。而《博古图》、薛氏《款识》齻和钟之"柔夒百邦"、晋姜鼎之用"康柔绥怀远廷"柔并作🔲，皆是字也。夒、羞、柔三字，古音同部，故互相通借。此称高祖夒，案卜辞惟王亥称高祖王亥（《后编》卷上第二十二叶），或高祖亥（《戬寿堂所藏殷虚文字》第一叶），大乙称高祖乙（《后编》卷上第三叶），则夒必为殷先祖之最显赫者。以声类求之，盖即帝喾也。帝喾之名，已见《逸书·书序》。自契于成汤八迁，汤始居亳，从先王居，作帝告。《史记·殷本纪》告作诰，《索隐》曰"一作偆"。案《史记·三代世表》、《封禅书》、《管子·侈靡篇》皆以偆为喾，伪孔传亦云契父帝喾都亳，汤自商丘迁亳，故曰 (从先王居)。若《书序》之说可信，则帝喾之名已见商初之书矣。诸书作喾或偆者，与夒字声相近，其或作夋者，则又夒字之讹也。《史记·五帝本纪·索隐》引皇甫谧曰"帝喾名夋"，《初学记九》引《帝王世纪》曰"帝喾生而神灵，自言其名曰夋"，《太平御览》八十引作"逡"，《史记·正义》引作夋，"逡"为异文，"岌"则讹字也。《山海经》屡称帝俊 (凡十二见)。郭璞注于《大荒西经》"帝俊生后稷"下云："俊宜为喾"，余皆以为帝舜之假借，然《大荒东经》曰"帝俊生仲容"，《南经》曰"帝俊生季釐"，是即《左氏传》之仲熊、季狸，所谓高辛氏之才子也。《海内经》曰帝俊有子八人，实始为歌舞，即《左氏传》所谓有才子八人也。《大荒西经》帝俊妻常羲生月十有二，又传记所云帝喾次妃诹訾氏女曰常仪，生帝挚者也 (案《诗·大雅·生民》疏引《大戴礼·帝系篇》篇曰帝喾下妃娵訾之女曰常仪，生挚。《家语》、《世本》其文亦然，《檀弓正义》引同，而作"娵氏之女曰常宜"。然今本《大戴礼》及《艺文类聚》十五、《太平御览》一百三十五所引《世本》，但云"次妃曰娵訾氏产帝挚"，无"曰常仪"三字。以上文有邰氏之女曰姜嫄，"有娀氏之女曰简狄"例之，当有"曰常仪"三字)。三占从二，知郭璞以帝俊为帝舜，不如皇甫以夋为帝喾名之当矣。《祭法》"殷人禘喾"，《鲁语》作"殷人禘舜"，舜亦当作夋。喾为契父，为商人所自出之帝，故商人禘之。卜辞称高祖夒，乃与王亥、大乙同称，疑非喾不足以当之矣。

相 土

殷虚卜辞有Ѻ字，其文曰"贞：熏于Ѻ，三小牢，卯一牛"（《书契前编》卷一第一十四叶，又重见卷七第二十五叶），又曰"贞：求年于Ѻ，九牛"（《铁云藏龟》第二百十六叶），又曰"贞，熏于Ѻ"（同上第二百二十八叶），又曰"贞于Ѻ求"（《前编》卷五第一叶）。Ѻ即土字。盂鼎"受民受疆土"之土作土，卜辞用刀契，不能作肥笔，故空其中作Ѻ，犹天之作夭，囗之作口矣。土疑即相土。《史记·殷本纪》契卒，子昭明立；昭明卒，子相土立。相土之字，《诗·商颂》、《春秋左氏传》、《世本·帝系》篇皆作土，而《周礼·校人》注引《世本·作篇》"相土作乘马"作士（杨倞《荀子注》引《世本》此条作土），而《荀子·解蔽》篇曰"乘杜作乘马"，《吕览·勿躬》篇曰"乘雅作驾"，注："雅，一作持。"持、杜声相近，则土是士非。杨倞注《荀子》曰："以其作乘马，故谓之乘杜。"是乘本非名。相土或单名土，又假用杜也。然则卜辞之Ѻ，当即相土。曩以卜辞有邦土（《前编》卷四第十七叶），字即邦社，假土为社，疑诸土字皆社之假借字，今观卜辞中殷之先公，有季，有王亥，有王恒，又自上甲至于主癸，无一不见于卜辞，则此土亦当为相土而非社矣。

季

卜辞人名中又有季。其文曰"辛亥卜囗贞，季囗求王"（《前编》卷五第四十叶，两见），又曰"癸巳卜之于季"（同上卷七第四十一叶），又曰"贞之于季"（《后编》卷上第九叶），季亦殷之先公，即冥是也。《楚辞·天问》曰"该秉季德，厥父是臧"，又曰"恒秉季德"，则该与恒皆季之子。该即王亥，恒即王恒，皆见于卜辞，则卜辞之季，亦当是王亥之父冥矣。

王 亥

卜辞多记祭王亥事。《殷虚书契前编》有二事，曰"贞，熏于王亥"（卷一第四十九叶），曰"贞之于王亥，卅牛，辛亥用"（卷四第八叶）；《后编》中又有七事，曰"贞于王亥，求年"（卷上第一叶），曰"乙巳卜囗贞之于王亥十"（下阙。同上第十二叶），曰"贞：熏于王亥"（同上第十九叶），曰"熏于王亥"（同上第二十三叶），曰"癸卯囗贞囗囗高祖王亥囗囗囗"（同上第二十一叶），曰"甲辰卜囗贞，来辛亥熏于王亥，卅牛，十二月"（同上第二十三叶），曰"贞登王亥羊"（同上第二十六叶），曰"贞之于王亥囗三百牛"（同上第二十八叶）；《龟甲兽骨文字》有一事，曰"贞，熏于王亥，五牛"（卷一第九叶）。观其祭日用辛亥，其牲用五牛、三十牛、四十牛、乃至三百牛，乃祭礼之最隆者，必为商之先王先公无疑。案《史记·殷本纪》及《三代世表》，商先祖中无王亥，惟云："冥卒，子振立。振卒，子微立。"《索隐》："振，《系本》作核。"《汉书·古今人表》作垓。然则《史记》之振，当为核，或为垓字之讹也。《大荒东经》曰："有困民国，句姓而食，有人曰王亥，两手操鸟，方食其头，王亥托于有易河伯仆牛，有易杀王亥，取仆牛。"郭璞注引《竹书》曰："殷王子亥，宾于有易而淫焉，有易之君绵臣杀而放之。是故殷主甲微假师于河伯以伐有易，克之，遂杀其君绵臣也。"（此《竹书纪年》真本，郭氏隐括之如此）今本《竹书纪年》："帝泄十二年，殷侯子亥宾于有易，有易杀而放之。十六年，殷侯微以河伯之师伐有易，杀其君绵臣。"是《山海经》之王亥，古本《纪年》作殷王子亥，今本作殷侯子亥。又前于上甲微者一世，则为殷之先祖冥之子、微之父无疑。卜辞作王亥，正与《山海经》同。又祭王亥皆以亥日，则亥乃其正字。《世本》作垓，《古今人表》作核，皆其通假字。《史记》作振，则因与核或垓二字形近而讹。夫《山海经》一书，其文不雅驯，其中人物，世亦以子虚乌有视之。《纪年》一书，亦非可尽信者，而王亥之名，竟于卜辞见之，其事虽未必尽然，而其人则确非虚构。可知古代传说存于周秦之间者，非绝无根据也。

王亥之名及其事迹，非徒见于《山海经》、《竹书》，周、秦间人著书多能道之。《吕览·勿躬》篇："王冰作服牛"，案篆文冰作𣲖，与亥字相似，王𣲖亦王亥之讹。《世本·作篇》："胲作服牛。"（《初学记》卷二十九引。又《御览》八百九十九引《世本》，"鲧作服牛"，鲧亦胲之讹。《路史》注引《世本》，"胲为黄帝马医，常医龙"，疑引宋衷注。《御览》引宋注曰"胲，黄帝臣也，能驾牛"，又云"少昊时人，始驾牛"，皆汉人说，不足据。实则《作篇》之胲，即《帝系》篇之核也。），其证也。服牛者，即《大荒东经》之仆牛。古服、仆同音。《楚辞·天问》："该秉季德，厥父是臧，胡终弊于有扈，牧夫牛羊。"又曰："恒秉季德，焉得夫朴牛。"该即胲，有扈即有易（说见下），朴牛亦即服牛，是《山海经》、《天问》、《吕览》、《世本》皆以王亥为始作服牛之人。盖夏初奚仲作车，或尚以人挽之。至相土作乘马，王亥作服牛，而车之用益广。《管子·轻重戊》云："殷人之王立帛牢，服牛马，以为民利，而天下化之。"盖古之有天下者，其先皆有大功德于天下：禹抑鸿水，稷降嘉种，爰启夏、周，商之相土、王亥，盖亦其俦。然则王亥祀典之隆，亦以其为制作之圣人，非徒以其为先祖。周秦间王亥之传说，胥由是起也。

卜辞言王亥者九，其二有祭日，皆以辛亥，与祭大乙用乙日，祭大甲用甲日同例。是王亥确为殷人以辰为名之始，犹上甲微之为以日为名之始也。然观殷人之名，即不用日辰者，亦取于时为多。自契以下，若昭明，若昌若，若冥，皆含朝莫明晦之意，而王恒之名，亦取象于月弦。是以时为名或号者，乃殷俗也。夏后氏以日为名者，有孔甲，有履癸。要在王亥及上甲之后矣。

王 恒

卜辞人名，于王亥外又有王Ɫ。其文曰："贞之于王Ɫ。"（《铁云藏龟》第一百九十九叶及《书契后编》卷上第九叶）又曰："贞，Ɫ之于王Ɫ。"（《后编》卷下第七页）又作王Ɫ。曰："贞，王Ɫ□。"（下阙，《前编》卷七第十一叶）案Ɫ字即恒字。《说文解字》二部："恒，常也。从心，从舟，在二之间，上下心以舟施，恒也。Ɫ，古文恒，从月。《诗》曰：'如月之恒。'"案，许君既云古文恒从月，复引《诗》以释从月之意，而今本古文乃作Ɫ，从二、从古文外，盖传写之讹字，当作Ɫ。又《说文·木部》，"桓，竟也。从木，恒声。Ɫ，古文桓。"案古从月之字，后或变而从舟。殷墟卜辞朝莫之朝作Ɫ（《后编》卷下第三页），从日月在茻间，与莫字从日在茻间同意。而篆文作朝，不从月而从舟。以此例之，Ɫ本当作Ɫ。舀鼎有Ɫ字，从心、从Ɫ，与篆文之恒从Ɫ者同，即恒之初字，可知Ɫ Ɫ一字。卜辞Ɫ字从二从Ɑ（卜辞月字或作Ɑ，或作Ɒ），其为Ɫ、Ɫ二字或恒字之省无疑。其作Ɫ者，《诗·小雅》："如月之恒"。毛传："恒，弦也。"弦本弓上物，故字又从弓。然则Ɫ Ɫ二字确为恒字。王恒之为殷先祖，惟见于《楚辞·天问》。《天问》自"简狄在台，喾何宜"以下二十韵，皆述商事（前夏事，后周事）。其问王亥以下数世事曰："该秉季德，厥父是臧，胡终弊于有扈，牧夫牛羊？干协时舞，何以怀之？平胁曼肤，何以肥之？有扈牧竖，云何而逢？击床先出，其命何从？恒秉季德，焉得夫朴牛！何往营班禄，不但还来？昏微遵迹，有狄不宁，何繁鸟萃棘，负子肆情？眩弟并淫，危害厥兄，何变化以作诈，后嗣而逢长？"此十二韵，以《大荒东经》及郭注所引《竹书》参证之，实纪王亥、王恒及上甲微三世之事。而《山海经》、《竹书》之有易，《天问》作有扈，乃字之误。盖后人多见有扈，少见有易，又同是夏时事，故改易为扈。下文又云："昏微遵迹，有狄不宁"，昏微即上甲微，有狄亦即有易也。古狄、易二字同音，故互相通假。《说文解字·辵部》，逖之古文作逷。《书·牧誓》："逖矣西土之人。"《尔雅》郭注引作"逷矣西土之人"。《书·多士》："离逖尔土"，《诗·大雅》："用逷蛮方"，《鲁颂》："狄彼东南"，《毕狄钟》："毕狄不龚"，此逖、逷、狄三字异文同义，《史记·殷本纪》之简狄，《索隐》曰"旧本作易"，《汉书·古今人表》作简遏，《白虎通·礼乐》篇"狄者，易也"，是古狄、易二字通。有狄即有易。上甲遵迹而有易不宁，是王亥弊于有易，非弊于有扈，故曰扈当为易字之误也。狄易二字不知孰正孰借，其国当在大河之北，或在易水左右（孙氏之说）。盖商之先，自冥治河，王亥迁殷。（今本《竹书纪年》：帝芒三十三年，商侯迁于殷，其时商侯即王亥也。《山海经注》所引真本《竹书》，亦称王亥为殷王子亥，称殷不称商，则今本《纪年》此条古本想亦有之。殷在河北，非亳殷，见余撰《三代地理小记》）已由商邱越大河而北，故游牧于有易高爽之地，服牛之利，即发见于此。有易之人乃杀王亥，取服牛。所谓"胡终弊于有扈，牧夫牛羊"者也。其云"有扈牧竖，云何而逢，击床先出，其命何从！"者，似记王亥被杀之事。其云"恒秉季德，焉得夫朴牛"者，恒盖该弟，与该同秉季德，复得该所失服牛也。所云"昏微遵迹，有狄不宁"者，谓上甲微能率循其先人之迹，有易与之有杀父之仇，故为之不宁也。"繁鸟萃棘"以下，当亦记上甲事，书阙有间，不敢妄为之说。然非如王逸《章句》所说解居父及象事，固自显然。要之《天问》所说，当与《山海经》及《竹书纪年》同出一源，而《天问》就壁画发问，所记尤详。恒之一人，并为诸书所未载。卜辞之王恒与王亥，同以王称，其时代自当相接，而《天问》之该与恒，适与之相当。前后所陈又皆商家故事，则中间十二韵自系述王亥、王恒、上甲微三世之事。然则王亥与上甲微之间，又当有王恒一世。以《世本》、《史记》所未载，《山海经》、《竹书》所不详，而今于卜辞得之；《天问》之辞，千古不能通其说者，而今由卜辞通之，此治史学与文学者所当同声称快者也。

上 甲

《鲁语》："上甲微能师契者也，商人报焉"，是商人祭上甲微，而卜辞不见上甲。郭璞《大荒东经》注引《竹书》作主甲微，而卜辞亦不见主甲。余由卜辞有𠃊、𠃌、𠃌三人名，其乙、丙、丁三字皆在 [或] 中，而悟卜辞中凡数十见之田（或作田），即上甲也。卜辞中凡田狩之田字，其口中横直二笔皆与其四旁相接，而人名之田则其中横直二笔或其直笔必与四旁不接，与田字区别较然。田中十字即古甲字（卜辞与古金文皆同）。甲在口中，与𠃊、𠃌、𠃌之乙、丙、丁三字在 [或] 中同意，亦有口中横直二笔与四旁接而与田狩字无别者，则上加一作田以别之。上加一者，古六书中指事之法，一在田上，与二字（古文上字）之一在一上同意，去上甲之义尤近。细观卜辞中记田或田者数十条，亦惟上甲微始足当之。卜辞中云"自田（或作田）至于多后衣"者五（《书契前编》卷二第二十五叶三见，又卷三第二十七叶、《后编》卷上第二十叶各一见)，其断片云"自⊕至于多后"者三 (《前编》卷二第二十五叶两见，又卷三第二十八叶一见)，云"自⊕至于武乙衣"者一 (《后编》卷上第二十叶)。衣者，古殷祭之名。又卜辞曰"丁卯贞，来，乙亥告自⊕"(《后编》卷上第二十八叶)，又曰"乙亥卜，宾贞□大御自⊕" (同上卷下第六叶)，又曰"(上阙)贞：翌甲□㦰自⊕" (同上第三十四叶)。凡祭告皆曰自⊕，是⊕实居先公先王之首也。又曰"辛巳卜，大贞之自⊕元示二牛、二示一牛，十三月"(《前编》卷三第二十二叶)，又云"乙未贞：其求自⊕，十又三示牛，小示羊"(《后编》卷上第二十八叶)，是⊕为元示及十有三示之首。殷之先公称示，主壬、主癸，卜辞称示壬、示癸，则⊕又居先公之首也。商之先人王亥始以辰名，上甲以降皆以日名，是商人数先公当自上甲始。且⊕之为上甲，又有可征证者。殷之祭先，率以其所名之日祭之，祭名甲者，用甲日；祭名乙者，用乙日，此卜辞之通例也。今卜辞中凡专祭⊕者皆用甲日，如曰"在二月甲子□祭⊞ (《前编》卷四第十八叶)，又曰"在十月又一 (即十有一月) 甲申□彡祭⊕"(《后编》卷下第二十叶)，又曰"癸卯卜，翌，甲辰之⊕牛，吉" (同上第二十七叶)，又曰"甲辰卜，贞，来，甲寅又伐⊕，羊五，卯牛一" (同上第二十一叶)，此四事，祭⊕有日者，皆用甲日。又云"在正月□□ (此二字阙) 祭大甲、㦰、⊞ (同上第二十一叶)，此条虽无祭日，然与大甲同日祭则亦用甲日矣。即与诸先王先公合祭时，其有日可考者，亦用甲日。如曰"贞，翌甲□㦰自田" (同上)，又曰"癸巳卜，贞，彡肜日自⊞至于多后衣，亡它，自□在四月，惟王二祀" (《前编》卷三二十七叶)，又曰"癸卯王卜，贞，彡翌日自⊞至多后衣，亡它，在□在九月，惟王五祀" (《后编》卷上第二十叶)。此二条以癸巳及癸卯卜，则其所云之肜日、翌日皆甲日也。是故⊕之名甲，可以祭日用甲证之。⊕字为十 (古甲字) 在口中，可以◧、⑤、⑤三名乙、丙、丁在匚中证之，而此甲之即上甲，又可以其居先公先王之首证之。此说虽若穿凿，然恐殷人复起，亦无易之矣。《鲁语》称商人报上甲微，《孔丛子》引逸《书》惟高宗报上甲微 (此魏晋间伪书之未采入梅本者。今本《竹书纪年》武丁十二年报祀上甲微，即本诸此)，报者盖非常祭，今卜辞于上甲，有合祭，有专祭，皆常祭也。又商人于先公皆祭，非独上甲，可知周人言殷礼已多失实，此孔子所以有文献不足之叹与?

报丁　报丙　报乙

自上甲至汤，《史记·殷本纪》、《三代世表》、《汉书·古今人表》有报丁、报丙、报乙、主壬、主癸五世，盖皆出于《世本》。案卜辞有匕、司、司三人，其文曰"乙丑卜，□贞，王宾匕祭"（下阙，见《书契后编》卷上第八叶，又断片二），又曰"丙申卜，旅贞，王宾司□亡固"（同上），又曰"丁亥卜，贞：王宾司肜日亡□"（同上），其乙、丙、丁三字皆在〔或〕中，又称之曰王宾，与他先王同，罗参事疑即报乙、报丙、报丁，而苦无以证之。余案：参事说是也。卜辞又有一条曰："丁酉酚匚（中阙）司三、司三，示（中阙）、大丁十、大"（下阙，见《后编》卷上第八叶），此文残阙，然示字下所阙当为壬字。又自报丁经示壬、示癸、大乙而后及大丁、大甲，则其下又当阙示癸、大乙诸字。又所谓司三、司三、大丁十者，当谓牲牢之数。据此则司、司在大丁之前，又在示壬、示癸之前，非报丙、报丁奚属矣。司、司既为报丙、报丁，则匕亦当即报乙，惟卜辞司、司之后即继以示字，盖谓示壬，殆以匚、匦、匚为次，与《史记》诸书不合，然何必《史记》诸书是而卜辞非乎？又报乙、报丙、报丁称报者，殆亦"取报上甲微"之报以为义，自是后世追号，非殷人本称，当时但称匕、司、司而已。上甲之甲字在□中，报乙、报丙、报丁之乙、丙、丁三字在〔或〕中，自是一例。意坛墠或郊宗石室之制，殷人已有行之者与？

主壬　主癸

卜辞屡见示壬、示癸，罗参事谓即《史记》之主壬、主癸，其说至确，而证之至难。今既知田为上甲，则示壬、示癸之即主壬、主癸，亦可证之。卜辞曰"辛巳卜，大贞之，自田元示三牛、二示一牛"（《前编》卷三第二十二叶），又曰"乙未贞，其求自田十又三示牛，小示羊"（《后编》卷上第二十八叶），是自上甲以降均谓之示，则主壬、主癸宜称示壬、示癸。又卜辞有示丁（《殷虚书契菁华》第九叶），盖亦即报丁。报丁既作司，又作示丁，则自上甲至示癸，皆卜辞所谓元示也。又卜辞称自田十有三示，而《史记》诸书自上甲至主癸、历六世而仅得六君，疑其间当有兄弟相及而史失其名者，如王亥与王恒疑亦兄弟相及，而《史记》诸书皆不载，盖商之先公其世数虽传，而君数已不可考。又商人于先王、先公之未立者，祀之与已立者同（见后），故多至十有三示也。

大　乙

汤名天乙，见于《世本》（《书·汤誓》释文引）及《荀子·成相篇》，而《史记》仍之。卜辞有大乙，无天乙，罗参事谓天乙为大乙之讹，观于大戊卜辞亦作天戊（《前编》卷四第二十六叶），卜辞之大邑商、《周书·多士》作天邑商，盖天、大二字形近，故互讹也。且商初叶诸帝，如大丁，如大甲，如大庚，如大戊，皆冠以大字，则汤自当称大乙。又卜辞曰"癸巳贞：又彡于伊，其□大乙肜日"（《后编》卷上第二十二叶），又曰"癸酉卜贞，大乙伊其"（下阙，见同上）。伊即伊尹。以大乙与伊尹并言，尤大乙即天乙之证矣。

唐

卜辞又屡见唐字，亦人名。其一条有唐、大丁、大甲三人相连，而下文不具（《铁云藏龟》第二百十四叶）。又一骨上有卜辞三，一曰"贞于唐，告𢀸方"；二曰'贞于大甲，告'；三曰"贞于大丁，告𢀸"（《书契后编》卷上第二十九叶）。三辞在一骨上，自系一时所卜。据此则唐与大丁、大甲连文，而又居其首，疑即汤也。《说文·口部》"𣆪，古文唐，从口、易"，与汤字形相近。《博古图》所载齐侯镈钟铭曰："虩虩成唐，有严在帝所，溥受天命。"又曰："奄有九州，处禹之都。"夫受天命，有九州，非成汤其孰能当之？《太平御览》八十二及九百一十二引《归藏》曰"昔者桀筮伐唐，而枚占荧惑曰不吉"，《博物志》六亦云。案唐亦即汤也。卜辞之唐，必汤之本字，后转作𣆪，遂通作汤。然卜辞于汤之专祭必曰王宾大乙，惟告祭等乃称唐，未知其故。

羊　甲

卜辞有羊甲，无阳甲。罗参事证以古乐阳作乐羊，欧阳作欧羊，谓羊甲即阳甲。今案：卜辞有"曰南庚、曰羊甲"六字（《前编》卷上第四十二叶），羊甲在南庚之次，则其即阳甲审矣。

祖某　父某　兄某

有商一代二十九帝，其未见卜辞者，仲壬、沃丁、雍己、河亶甲、沃甲、廪辛、帝乙、帝辛八帝也。而卜辞出于殷虚，乃自盘庚至帝乙时所刻辞，自当无帝乙、帝辛之名，则名不见于卜辞者，于二十七帝中实六帝耳。又卜辞中人名若戋甲（《前编》卷第十六叶，《后编》卷上第八叶），若祖丙（《前编》卷一第二十二叶），若小丁（同上），若祖戊（同上第二十三叶），若祖己（同上），若中己（《后编》卷上第八叶），若南壬（《前编》卷一第四十五叶），若小癸（《龟甲兽骨文字》卷二第廿五叶），其名号与祀之之礼皆与先王同，而史无其人。又卜辞所见父甲、兄乙等人名颇众，求之迁殷以后诸帝之父兄，或无其人。曩颇疑《世本》及《史记》于有商一代帝系不无遗漏。今由种种研究，知卜辞中所未见之诸帝或名亡而实存，至卜辞所有而史所无者，与夫父某、兄某等之史无其人以当之者，皆诸帝兄弟之未立而殂者，或诸帝之异名也。试详证之。

一事：商之继统法以弟及为主，而以子继辅之，无弟然后传子。自汤至于帝辛二十九帝中，以弟继兄者凡十四帝（此据《史记·殷本纪》，若据《三代世表》及《汉书·古今人表》则得十五帝），其传子者亦多传弟之子，而罕传兄之子，盖周时以嫡庶长幼为贵贱之制，商无有也，故兄弟之中有未立而死者，其祀之也与已立者同。王亥之弟王恒，其立否不可考，而亦在祀典。且卜辞于王亥、王恒外又有王夨（《前编》卷一第三十五叶两见，又卷四第三十三叶及《后编》卷下第四叶各一见），亦在祀典，疑亦王亥兄弟也。又自上甲至于示癸，《史记》仅有六君，而卜辞称自田十有三示，又或称九示、十示，盖亦并诸先公兄弟之立与未立者数之。逮有天下后亦然，《孟子》称大丁未立，今观其祀礼则与大乙、大甲同。卜辞有一节曰"癸酉卜，贞：王宾（此字原夺，以他文例之，此处当有宾字）父丁耴三牛眔，兄己一牛，兄庚□□（此二字残阙，疑是一牛二字），亡□"（《后编》卷上第十九叶），又曰"癸亥卜，贞，兄庚□眔，兄己□"（同上第八叶），又曰"贞，兄庚□眔，兄己其牛"（同上）。考商时诸帝中凡丁之子，无己、庚二人相继在位者，惟武丁之子有孝己（《战国》秦燕二策、《庄子·外物》篇、《荀子·性恶》、《大略》二篇、《汉书·古今人表》均有孝己，《家语·弟子解》云高宗以后妻杀孝己，则孝己武丁子也），有祖庚，有祖甲，则此条乃祖甲时所卜，父丁即武丁，兄己、兄庚即孝己及祖庚也。孝己未立，故不见于《世本》及《史记》，而其祀典乃与祖庚同，然则上所举祖丙、小丁诸人名，与礼视先王无异者，非诸帝之异名，必诸帝兄弟之未立者矣。周初之制，犹与之同。《逸周书·克殷解》曰："王烈祖太王、太伯、王季、虞公、文王、邑考以列升。"盖周公未制礼以前，殷礼固如斯矣。

二事：卜辞于诸先王本名之外，或称帝某，或称祖某，或称父某、兄某。罗参事曰："有商一代帝王，以甲名者六，以乙名者五，以丁名者六，以庚、辛名者四，以壬名者二，惟以丙及戊、己名者各一。其称大甲、小甲、大乙、小乙、大丁、中丁者，殆后来加之以示别，然在嗣位之君，则径称其父为父甲，其兄为兄乙，当时已自了然，故疑所称父某、兄某者，即大乙以下诸帝矣。"余案：参事说是也。非独父某、兄某为然，其云帝与祖者，亦诸帝之通称。卜辞曰"己卯卜，贞，帝甲□（中阙二字），其眔祖丁"（《后编》卷上第四叶），案祖丁之前一帝为沃甲，则帝甲即沃甲，非《周语》"帝甲乱之"之帝甲也。又曰"祖辛一牛，祖甲一牛，祖丁一牛"（同上第二十六叶），案祖辛、祖丁之间，惟有沃甲，则祖甲亦即沃甲，非武丁之子祖甲也。又曰"甲辰卜，贞，王宾求祖乙、祖丁、祖甲、康祖丁、武乙衣亡□"（同上第二十叶），案：武乙以前四世为小乙、武丁、祖甲、庚丁（罗参事以庚丁为康丁之讹，是也），则祖乙即小乙，祖丁即武丁，非河亶甲之子祖乙，亦非祖辛之子祖丁也。又此五世中名丁者有二，故于庚丁 (实康丁) 云康祖丁以别之，否则亦直云祖而已。然则商人自大父以上皆称曰祖，其不须区别而自明者，不必举其本号，但云祖某足矣；即须加区别时，亦有不举其本号而但以数别之者，如云"□□于三祖庚"(《前编》卷一第十九叶)，案商诸帝以庚名者，大庚第一，南庚第二，盘庚第三，祖庚第四，则三祖庚即盘庚也。又有称四祖丁者 (《后编》卷上第三叶，凡三见)，案商诸帝以丁名者，大丁弟一，沃丁弟二，中丁弟三，祖丁弟四，则四祖丁即《史记》之祖丁也。以名庚者皆可称祖庚，名丁者皆可称祖丁，故加三、四等字以别之，否则赘矣。由是推之，则卜辞之祖丙或即外丙，祖戊或即大戊，祖己或即雍己、孝己 (此祖己非《书·高宗肜日》之祖己，卜辞称"卜贞，王宾祖己"，与先王同，而伊尹、巫咸皆无此称，固宜别是一人。且商时云祖某者，皆先王之名，非臣子可袭用，疑《尚书》误)，故祖者，大父以上诸先王之通称也。其称父某者亦然。父者，父与诸父之通称。卜辞曰："父甲一牡，父庚一牡，父辛一牡。"(《后编》卷上第二十五叶) 此当为武丁时所卜，父甲、父庚、父辛，即阳甲、盘庚、小辛，皆小乙之兄。而武丁之诸父也 (罗参事言)。又卜辞凡单称父某者，有父甲 (《前编》卷一第二十四叶)，有父乙 (同上第二十五及第二十六叶)，有父丁 (同上第二十六叶)，有父己 (同上第二十七叶及卷三第二十三叶，《后编》卷上第六、第七叶)，有父庚 (《前编》卷一第二十六及第二十七叶)，有父辛 (同上第二十七叶)，今于盘庚以后诸帝之父及诸父中求之，则武丁之于阳甲，庚丁之于祖甲，皆得称父甲；武丁之于小乙，文丁之于武乙，帝辛之于帝乙，皆得称父乙；廪辛、庚丁之于孝己，皆得称父己。余如父庚当为盘庚或祖庚，父辛当为小辛或廪辛。他皆放此。其称兄某者亦然。案卜辞云兄某者，有兄甲 (《前编》卷一第三十八叶)，有兄丁 (同上卷一第三十九叶，又《后编》卷上第七叶)，有兄戊 (《前编》卷一第四十叶)，有兄己 (《前编》卷一第四十及第四十一叶，《后编》卷上第七叶)，有兄庚 (《前编》卷一第四十一叶，《后编》卷上第七叶及第十九叶)，有兄辛 (《后编》卷上第七叶)，有兄壬 (同上)，有兄癸 (同上)。今于盘庚以后诸帝之兄求之，则兄甲当为盘庚、小辛、小乙之称阳甲，兄己当为祖庚、祖甲之称孝己，兄庚当为小辛、小乙之称盘庚，或祖甲之称祖庚，兄辛当为小乙之称小辛，或庚丁之称廪辛，而丁、戊、壬、癸则盘庚以后诸帝之兄在位者，初无其人，自是未立而殂者，与孝己同矣。由是观之，则卜辞中所未见之雍己、沃甲、廪辛等名，虽亡而实或存，其史家所不载之祖丙、小丁 (此疑即沃丁或武丁，对大丁或祖丁言，则沃丁与武丁自当称小丁，犹大甲之后有小甲，祖乙之后有小乙，祖辛之后有小辛矣)、祖戊、祖己、中己、南壬等，或为诸帝之异称，或为诸帝兄弟之未立者，于是卜辞与《世本》、《史记》间毫无抵牾之处矣。

殷卜辞中所见先公先王续考

丁巳二月，余作《殷卜辞见先公先王考》，时所据者，《铁云藏龟》及《殷虚书契前后编》诸书耳。逾月，得见英伦哈同氏《戬寿堂所藏殷虚文字》拓本凡八百纸；又逾月，上虞罗叔言参事以养疴来海上，行装中有新拓之书契文字约千纸，余尽得见之。二家拓本中足以补证余前说者颇多，乃复写为一编，以质世之治古文及古史者。闰二月下旬，海宁王国维。

高 祖 夋

前考卜辞之□及□为夋，即帝喾之名，但就字形定之，无他证也。今见罗氏拓本中有一条曰："癸巳贞于高祖□。"(下阙) 案卜辞中惟王亥称高祖王亥(《书契后编》卷上第二十二叶) 或高祖亥 (哈氏拓本)，大乙称高祖乙 (《后编》卷上第三叶)，今□亦称高祖，斯为□□即夋之确证，亦为夋即帝喾之确证矣。

上甲 报乙 报丙 报丁 主壬 主癸

前考据《书契后编》上第八叶一条，证□□即报丙、报丁，又据此知卜辞以报丙、报丁为次，与《史记·殷本纪》及《三代世表》不同。比观哈氏拓本中有一片，有田□示癸等字，而彼片有□□等字，疑本一骨折为二者，乃以二拓本合之，其断痕若合符节，文辞亦连续可诵，凡殷先公先王自上甲至于大甲。其名皆在焉。兹模二骨之形状及文字如右。其文三行，左行其辞曰："乙未，酒□□田十、匚乙三、匚丙三、匚丁三、示壬三、示癸三、大丁十、大甲十。"(下阙) 此中曰十曰三者，盖谓牲牢之数，上甲、大丁、大甲十而其余皆三者，以上甲为先公之首，大丁、大甲又先王而非先公，故殊其数也。示癸、大丁之间无大乙者，大乙为大祖，先公先王或均合食于大祖故也。据此一文之中，先公之名具在。不独田即上甲，匚乙匚丙匚丁即报乙、报丙、报丁，示壬示癸即主壬主癸，胥得确证，且足证上甲以后诸先公之次，当为报乙、报丙，

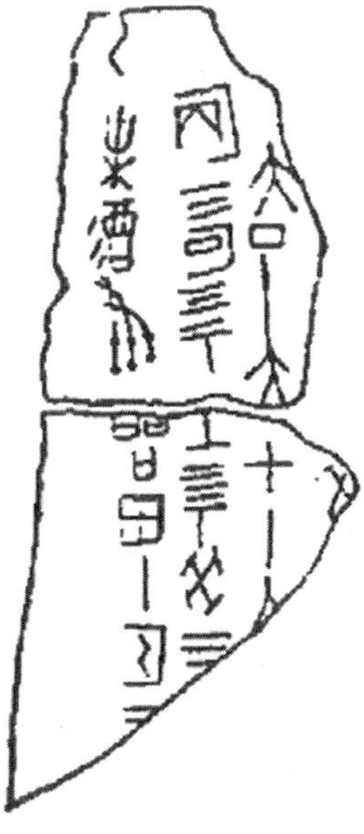

报丁、主壬、主癸，而《史记》以报丁、报乙、报丙为次，乃违事实。又据此次序，则首甲、次乙、次丙、次丁，而终于壬癸，与十日之次全同，疑商人以日为名号，乃成汤以后之事，其先世诸公生卒之日，至汤有天下后定祀典名号时，已不可知，乃即用十日之次序以追名之，故先公之次乃适与十日之次同，否则不应如此巧合也。

多　后

卜辞屡云"自田至于多𦭖衣"（见前考），曩疑"多𦭖"亦先公或先王之名。今观《戬寿堂所藏殷虚文字》，乃知其不然。其辞曰："乙丑卜，贞：王宾𦭖祖乙□亡尤。"又曰："乙卯卜，即贞：王宾𦭖祖乙父丁𦭖亡尤。"又曰："贞𦭖祖乙古十牛四月。"又曰："贞𦭖祖乙古十物牛四月。"（以上出《戬寿堂所藏殷虚文字》）又曰："咸𦭖祖乙。"（《书契前编》卷五第五叶）又曰："甲□□贞：翌乙□酒肜日于𦭖祖乙亡它。"（《后编》卷上第二十叶）则𦭖亦作𦭖。卜辞又曰："□丑之于五𦭖。"（《前编》卷一第三十叶）合此诸文观之、则"多𦭖"殆非人名。案卜辞𦭖字异文颇多，或作𦭖（《前编》卷六第二十七叶）、或作𦭖（同上卷二第二十五叶）、或作𦭖、作𦭖、作𦭖（均同上）、或作𦭖（同上二十五叶）、或作𦭖（《后编》卷上第二十叶），字皆从女从古（倒子），或从母从古，象产子之形。其从八丨八，者，则象产子之有水液也。或从人者，与从女从母同意。故以字形言，此字即《说文》育之或体毓字。毓从每从㐬（倒古文子），与此正同。吕中仆尊曰："吕中仆作𦭖子宝尊彝。"𦭖子即毓子。毓，稚也。《书》今文《尧典》："教育子。"《诗·豳风》："鬻子之闵斯。"《书·康诰》"兄亦不念鞠子哀。"《康王之诰》："无遗鞠子羞。"育、鬻、鞠三字通。然卜辞假此为后字，古者育、胄、后声相近，谊亦相通。《说文解字》："后，继体君也，象人之形，施令以告四方，故厂之，从一口。"是后从人，厂当即人之讹变，一口亦古之讹变也。后字之谊，本从毓义引申，其后毓字专用毓育二形，后字专用𦭖，又讹为后，遂成二字。卜辞𦭖又作𦭖（《后编》卷下第二十二叶），与𦭖𦭖诸形皆象倒子在人后，故先後之後古亦作后。盖毓、后、後三字实本一字也。商人称先王为后，《书·盘庚》曰："古我前后。"又曰："女曷不念我古后之闻。"又曰："予念我先神后之劳尔先。"又曰："高后丕乃崇降罪疾。"又曰："先后丕降与汝罪疾。"《诗·商颂》曰："商之先后。"

是商人称其先人为后。是故多后者，犹《书》言"多子"、"多士"、"多方"也。五后者，犹《诗》《书》言"三后在天"、"三后成功"也。其与祖乙连言者，又假为后字。后祖乙，谓武乙也，卜辞以后祖乙父丁连文。考殷诸帝中父名乙、子名丁者，盘庚以后。惟小乙武丁及武乙文丁，而小乙卜辞称小祖乙（《戬寿堂所藏殷虚文字》），则后祖乙必武乙矣。商诸帝名乙者六。除帝乙外，皆有祖乙之称，而各加字以别之。是故高祖乙者谓太乙也，中宗祖乙者谓祖乙也，小祖乙者谓小乙也，武祖乙后祖乙者谓武乙也。卜辞君后之后与先后之后均用后或后，知毓、后、後三字之古为一字矣。

中宗祖乙

《戬寿堂所藏殷虚文字》中，有断片，存字六，曰"中宗祖乙牛，吉"，称祖乙为中宗，全与古来《尚书》学家之说违异。惟《太平御览》（八十三）引《竹书纪年》曰："祖乙滕即位，是为中宗，居庇。"（今本《纪年》注亦云"祖乙之世，商道复兴，号为中宗"即本此）今由此断片，知《纪年》是而古今《尚书》家说非也。《史记·殷本纪》以太甲为大宗，太戊为中宗，武丁为高宗，此本《尚书》今文家说。今征之卜辞，则太甲、祖乙往往并祭，而太戊不与焉。卜辞曰："□亥卜，贞：三示御：太乙、太甲、祖乙五牢。"（罗氏拓本）又曰："癸丑卜，□贞：求年于太甲十牢，祖乙十牢。"（《后编》上第二十七叶）又曰："丁亥卜，□贞：昔乙酉服后御（中阙）太丁、太甲、祖乙百鬯、百羊、卯三百牛。"（下阙，同上第二十八叶）太乙、太甲之后，独举祖乙，亦中宗是祖乙非太戊之一证。（《晏子春秋·内篇谏上》"夫汤、太甲、武丁、祖乙，天下之盛君也"，亦以祖乙与太甲、武丁并称）。

大示　二示　三示　四示

《戬寿堂所藏殷虚文字》中有一条，其文曰："癸卯卜，酚，求贞：乙巳自田廿示一牛，二示羊人奠，三示羲牢，四示犬。"前考以示为先公之专称，故因卜辞十有三示一语，疑商先公之数不止如《史记》所纪。今此条称"自田廿示"，又与彼云"十有三示"不同。盖示者先公先王之通称。卜辞云："□亥卜，贞：三示御：太乙、太甲、祖乙五牢。"（见前）以太乙、太甲、祖乙为三示，是先王亦称示矣。其有大示（亦云元示）、二示、三示、四示之别者。盖商人祀其先自有差等，上甲之祀与报乙以下不同，太乙、太甲、祖乙之祀又与他先王不同。又诸臣亦称示，卜辞云："癸酉卜，右伊五示。"（罗氏拓本）伊谓伊尹，故有大示、二示、三示、四示之名。卜辞又有小示，盖即谓二示以下。小者，对大示言之也。

商先王世数

《史记·殷本纪》《三代世表》及《汉书·古今人表》所记殷君数同，而于世数则互相违异。据《殷本纪》则商三十一帝（除太丁为三十帝），共十七世。《三代世表》以小甲、雍己、太戊为太庚弟（《殷本纪》太庚子），则为十六世。《古今人表》以中丁、外壬、河亶甲为太戊弟（《殷本纪》太戊子），祖乙为河亶甲弟（《殷本纪》河亶甲子），小辛为盘庚子（《殷本纪》盘庚弟），则增一世，减二世，亦为十六世。今由卜辞证之，则以《殷本纪》所记为近。案殷人祭祀中，有特祭其所自出之先王，而非所自出之先王不与者。前考所举求祖乙（小乙）、祖丁（武丁）、祖甲、康祖丁（庚丁）、武乙衣，其一例也。今检卜辞中又有一断片，其文曰："（上阙）太甲太庚（中阙）丁祖乙祖（中阙）一羊一南。"（下阙。共三行，左读，见《后编》卷上第五叶。）此片虽残阙，然于太甲、太庚之间不数沃丁，中丁（中字直笔尚存）、祖乙之间不数外壬、河亶甲，而一世之中仅举一帝，盖亦与前所举者同例。又其上下所阙，得以意补之如右。

由此观之，则此片当为盘庚、小辛、小乙三帝时之物，自太丁至祖丁皆其所自出之先王，以《殷本纪》世数次之，并以行款求之，其文当如是也。惟据《殷本纪》，则祖乙乃河亶甲子，而非中丁子。今此片中有中丁而无河亶甲，则祖乙自当为中丁子，《史记》盖误也。且据此，则太甲之后有太庚，则太戊自当为太庚子，其兄小甲、雍己亦然，知《三代世表》以小甲、雍己、太戊为太庚弟者非矣。太戊之后有中丁，中丁之后有祖乙，则中丁、外壬、河亶甲自当为太戊子，祖乙自当为中丁子，知《人表》以中丁、外壬、河亶甲、祖乙皆为太戊弟者非矣。卜辞又云"父甲一牡"、"父庚一牡"、"父辛一牡"（《后编》卷上第六十五叶），甲为阳甲，庚则盘庚，辛则小辛，皆武丁之诸父，故曰父甲、父庚、父辛。则《人表》以小辛为盘庚子者非矣。凡此诸证，皆与《殷本纪》合，而与《世表》《人表》不合，是故殷自小乙以上之世数，可由此二片证之；小乙以下之世数，可由祖乙、祖丁、祖甲、康祖丁、武乙一条证之。考古者得此，可以无遗憾矣。

附表　　殷世数异同表

帝名	殷本纪	三代世表	古今人表	卜辞
汤	主癸子	主癸子	主癸子	(一世)
大丁	汤子	汤子	汤子	汤　子 (二世)
外丙	大丁弟	大丁弟	大丁弟	
中壬	外丙弟	外丙弟	外丙弟	
大甲	大丁子	大丁子	大丁子	大丁子 (三世)
沃丁	大甲子	大甲子	大甲子	
大庚	沃丁弟	沃丁弟	沃丁弟	大甲子 (四世)
小甲	大庚子	大庚弟	大庚子	
雍己	小甲弟	小甲弟	小甲弟	
大戊	雍己弟	雍己弟	雍己弟	大庚子 (五世)
中丁	大戊子	大戊子	大戊弟	大戊子 (六世)
外壬	中丁弟	中丁弟	中丁弟	
河亶甲	外壬弟	外壬弟	外壬弟	
祖乙	河亶甲子	河亶甲子	河亶甲弟	中丁子 (七世)
祖辛	祖乙子	祖乙子	祖乙子	祖乙子 (八世)
沃甲	祖辛弟	祖辛弟	祖辛弟	
祖丁	祖辛子	祖辛子	祖辛子	祖辛子 (九世)
南庚	沃甲子	沃甲子	沃甲子	
阳甲	祖丁子	祖丁子	祖丁子	祖丁子 (十世)
盘庚	阳甲弟	阳甲弟	阳甲弟	阳甲弟 (十世)
小辛	盘庚弟	盘庚弟	盘庚子	盘庚弟 (十世)
小乙	小辛弟	小辛弟	小辛弟	小辛弟 (十世)
武丁	小乙子	小乙子	小乙子	小乙子 (十一世)
祖庚	武丁子	武丁子	武丁子	武丁子 (十二世)
祖甲	祖庚弟	祖庚弟	祖庚弟	祖庚弟 (十二世)
廪辛	祖甲子	祖甲子	祖甲子	
庚丁	廪辛弟	廪辛弟	廪辛弟	祖甲子 (十三世)
武乙	庚丁子	庚丁子	庚丁子	庚丁子 (十四世)
太丁	武乙子	武乙子	武乙子	
帝乙	太丁子	太丁子	太丁子	
帝辛	帝乙子	帝乙子	帝乙子	

选自《观堂集林》,中华书向,1959

与友人论《诗》、《书》中成语书

王国维

　　《诗》、《书》为人人诵习之书，然于六艺中最难读。以弟之愚暗，于《书》所不能解者殆十之五，于《诗》亦十之一二。此非独弟所不能解也，汉魏以来诸大师未尝不强为之说，然其说终不可通，以是知先儒亦不能解也。其难解之故有三：讹阙，一也；此以《尚书》为甚。古语与今语不同，二也；古人颇用成语，其成语之意义，与其中单语分别之意义又不同，三也。唐、宋之成语，吾得由汉、魏、六朝人书解之；汉、魏之成语，吾得由周、秦人书解之。至于《诗》、《书》，则书更无古于是者。其成语之数数见者，得比校之而求其相沿之意义，否则不能赞一辞。若但合其中之单语解之，未有不龃龉者。试举一二例言之。如"不淑"一语，其本意谓不善也。不善或以性行言，或以遭际言，而不淑古多用为遭际不善之专名。《杂记》记诸侯相吊辞，相者请事，客曰："寡人使某，如何不淑。"致命曰："寡君闻君之丧，寡君使某，如何不淑。"《曲礼》注云："相传有吊辞云："皇天降灾，子遭罹之，如何不淑'。如何不淑者，谓遭此不幸，将如之何也。"《左》庄十年传，"宋大水，公使吊焉，曰：'天作淫雨，害于粢盛，若之何不吊'。"又襄十四年传，"公使厚成叔吊于卫，曰：'寡君使瘠，闻君不抚社稷而越在他竟，若之何不吊'？"古吊、淑同字，若之何不吊，亦即如何不淑也。是如何不淑者，古之成语，于吊死唁生皆用之。《诗鄘风》"子之不淑，云如之何"，正用此语，意谓宣姜本宜与君子偕老，而宣公先卒，则子之不淑，云如之何矣。不斥宣姜之失德，而但言其遭际之不幸，诗人之厚也。《王风》"遇人之不淑"，亦犹言"遇人之艰难"，不责其夫之见弃，而但言其遭际之不幸，亦诗人之厚也。诗人所用，皆当时成语，有相沿之意义。毛、郑胥以"不善"释之，失其旨矣。古又有"陟降"一语。古人言陟降，犹今人言往来，不必兼陟与降二义。《周颂》"念兹皇祖，陟降庭止"，"陟降厥上，日监在兹。"意以降为主，而兼言陟者也。《大雅》"文王陟降，在帝左右"，此以陟为主，而兼言降者也。故陟降者，古之成语也。陟降亦作"陟恪"，《左》昭七年传："叔父陟恪，在我先王之左右。"正用《大雅》语。恪者，各之借字，是陟各即陟降也。古陟、登声相近，各、格假字又相通，故陟各又作"登假"。《曲礼》告丧曰"天王登假"，《庄子·德充符》"彼且择日而登假"，《大宗师》"是知之能登假于道也若此"，登假亦即陟降也。又作"登遐"，《墨子·节葬篇》："秦之西有仪渠之国者，其亲戚死，聚柴薪而焚之，熏上则谓之登遐。"登遐亦即陟降也。登假、登遐，后世用为崩薨之专语，而通语之陟降，别以登降、升降二语代之。然四语所从出之源，尚历历可指。《书·文侯之命》言"昭登于上"，（今《书》作"昭升于上"，然《史记·晋世家》、《典引》蔡邕注皆引《书》"昭登于上"，盖今文如是。）《诗·大雅》言"昭假于下"，登与假相对为文，是登假即陟降之证也。《左传》之陟恪，《曲礼》之登假，《墨子》之登遐，皆谓登而不谓降，此又《大雅》之陟降不当分释为上、下二义之证也。《诗》、《书》中语此类者颇多，姑举其一二可知者，知字义之有转移，又知古代已有成语，则读古书者可无以文害辞、以辞害志之失矣。

与友人论《诗》、《书》中成语二

古之成语，有可由《诗》、《书》本文比校知之者，如高邮王氏之释《书》"猷裕"、《诗》"靡监"，瑞安孙氏之释《书》"棐忱"、"棐彝"、《诗》"不殄"、"不瑕"，皆是也。今尚有可说者，如《书·康诰》云："汝陈时臬司。"《孔传》读"司"字下属，案下文云："汝陈时臬事"，古司、事通用，（《诗·小雅》：择三有事。毛公鼎云：粤三有嗣。）则"臬司"即"臬事"。孔读失之。又云："我时其惟殷先哲王德，用康乂民作求。"传说未了。案《诗·大雅》："王配于京，世德作求。"求者，仇之假借字。仇，匹也。"作求"，犹《书》言"作匹"、"作配"，《诗》言"作对"也。《康诰》言与殷先王之德能安治民者为仇匹，《大雅》言与先世之有德者为仇匹，故同用此语。郑笺训"求"为"终"者，亦失之。《酒诰》云："惟天降命，肇我民。""天降命"正与下文"天降威"相对为文，《多方》云："天大降显休命于成汤"是也。传以为天下教令者失之。天降命于君，谓付以天下；君降命于民，则谓全其生命。《多士》云："昔朕来自奄，予大降尔四国民命。"《多方》云："予惟大降尔命，尔罔不知"，又云："我惟大降尔四国民命"，又云："乃有不用我降尔命，我乃其大罚殛之。"盖四国之民与武庚为乱，成王不杀而迁之，是重予以性命也。传以民命为四国君，以降为杀，大失经旨矣。《酒诰》云："汝劼毖殷献臣"，劼毖义不可通。案：上文"厥诰毖庶邦庶士"，"劼毖"殆"诰毖"

之讹。又云："汝典听朕毖"，亦与上其"尔典听朕教"文例正同，则毖与诰、教同义。传释劼为固，释毖为慎，亦大失经旨矣。《梓材》云："庶邦享，作兄弟方来。""兄弟方"与《易》之"不宁方"、《诗》之"不庭方"皆三字为句，方犹国也。传于"兄弟"句绝，又以方为万方，亦失经旨。《鲁颂》："鲁邦是常。"笺云："常，守也"。《商颂》"曰商是常"，笺云："成汤之时，乃氐羌远夷之国来献来见，曰是我常君也。"实则"常"当读为"尚"。《大雅》"肆皇天弗尚"，《墨子·非命下》引去发曰："谓人有命，谓敬不可行，谓祭无益，谓暴无伤。上帝不常，九有以亡。""上帝不常"即"上帝弗尚"。陈侯因资敦"永为典尚"，"典尚"即"典常"，古常、尚二字通用，尚之言右也。此皆可由《诗》、《书》比校知之者也。其余《诗》、《书》中语，不经见于本书，而旁见彝器者，亦得比校而定其意义，如《书·金縢》云："敷佑四方"，传云："布其德教以佑助四方。"案盂鼎云："匍有四方"，知"佑"为"有"之假借，非佑助之谓矣。《多方》云："越惟有胥伯小大多正，尔罔不克臬。"胥伯，《尚书大传》作"胥赋"。案：毛公鼎云"埶小大楚赋"，楚、胥皆以疋为声，是《大传》作"胥赋"为长。而"小大多正"，当亦指布缕粟米力役诸征，非《孔传》"伯长正官"之谓矣。《诗·羔裘》云："舍命不渝"，笺云："是子处命不变，谓守死善道，见危授命之等。"案：克鼎云"王使善夫克舍命于成周"，毛公鼎云"厥非先告父厝，父厝舍命，毋有敢蠢，勇命于外"，是"舍命"与"勇命"同意。舍命不渝，谓如晋解扬之致其君命，非处命之谓也。《楚茨》云"先祖是皇，神保是飨"，又云"神保是格"，又云"鼓钟送尸，神保聿归"，传、笺皆训保为安，不以"神保"为一语。朱子始引《楚辞》"灵保"以正之。今案：克鼎云"巠念厥圣保祖师𤔲父"，是"神保"、"圣保"皆祖考之异名。《诗》之"先祖是皇，神保是飨"、"皇尸载起"、"神保聿归"，皆相互为文，非安飨、安归之谓也。《文王》："永言配命，自求多福。"传云："永，长。言，我也。我长配天命而行。"案：毛公鼎"皇天弘厌厥德，配我有周，膺受大命"，又云"丕巩先王配命"。配命谓天所畀之命，亦一成语。"永言配命"，犹云"永和畀命"，非我长配天命之谓也。《思齐》云"不显亦临，无射亦保。"传云"以显临之，保安无厌也。"笺云"临，视也。保，犹居也。文王之在辟雍也，有贤才之质而不明者，亦得观于礼；于六艺无射才者，亦得居于位。"说尤迂曲。案：毛公鼎云："肆皇天无射，临保我有周。"师詢敦云："肆皇帝无致，临保我有周"，则临犹保也。《大明》云"上师临女"，《云汉》云"上帝不临"。"上帝不临"，犹《书·多士》云

"上帝不保"也。然则《诗·思齐》盖临、保互文，又知上云"雝雝在宫，肃肃在庙"，亦宫、庙互文，非辟雍宫之谓也。《卷阿》云："俾尔弥尔性。"传云"弥，终也。"案：龚姞敦云"用蕲眉寿，绾绰永命，弥厥生"，齐子仲姜镈云"用求考命弥生"。是"弥性"即"弥生"，犹言"永命"矣。《韩奕》"干不庭方"，传云"庭，直也"。笺云"当与不直，违失法度之方，作贞干"。案：毛公鼎云"率怀不廷方"，《左》隐十年传"以王命讨不庭"，则"不庭方"谓不朝之国，非不直之谓也。《江汉》云"肇敏戎公"，传云"戎，大也。公，事也。"笺云"戎犹女也"。案：不婴敦云"女肇诲于戎工"，虢季子白盘云"庸武于戎工"。皆谓兵事。训大、训汝，皆失之。《商颂·殷武》云："天命降监，下民有严。"传云"严，敬也"。笺云："天乃下视下民有严明之君。"案："有严"一语，古人多以之斥神祈祖考，齐侯镈钟云"虩虩成唐，有严在帝所"，宗周钟云"先王其严在上，熊熊戫戫，降余多福"，虢叔旅钟云"皇考严在上，翼在下"，番生敦云"不显皇祖考严在上，广启厥孙子于下"。是"天命降监，下民有严"者，意谓天命有严，降监下民。句或倒者，以就韵耳。笺以为"下视下民有严明之君"者失之。又《康诰》"要囚服念五六日，至于旬时，丕蔽要囚"，《多方》"要囚殄戮多罪"，又"我惟时其战要囚之"。传云"要囚，谓察其要辞以断狱"。案："要囚"即"幽囚"，古要、幽同音。《诗·豳风》"四月秀葽"，《夏小正》作"四月秀幽"。《楚辞·湘君》、《远游》之"要眇"、《韩非子》七之"要妙"，亦即"幽眇"、"幽妙"也。传以为"察要辞者"失之。如《书·君奭》云"在让后人于丕时"，《诗·大雅》云"帝命不时"，《周颂》云"褱时之对"，"丕时"、"不时"、"褱时"，当是一语。《洛诰》云"叙弗其绝厥若"，《立政》云"我其克灼知厥若"，《康王之诰》云"用奉恤厥若"，"厥若"亦当是成语。此等成语，无不有相沿之意义在，今日固无以知之，学者姑从盖阙可矣。

选自《观堂集林》，中华书局，1959

屈子文学之精神

王国维

我国春秋以前，道德政治上之思想，可分之为二派：一帝王派，一非帝王派。前者称道尧、舜、禹、汤、文、武，后者则称其学出于上古之隐君子，(如庄周所称广成子之类。) 或托之于上古之帝王。前者近古学派，后者远古学派也。前者贵族派，后者平民派也。前者入世派，后者遁世派 (非真遁世派，知其主义之终不能行于世，而遁焉者也。) 也。前者热性派，后者冷性派也。前者国家派，后者个人派也。前者大成于孔子、墨子，而后者大成于老子。(老子，楚人，在孔子后，与孔子问礼之老聃系二人。说见汪容甫《述学·老子考》。) 故前者北方派，后者南方派也。此二派者，其主义常相反对，而不能相调和。观孔子与接舆、长沮、桀溺、荷蓧丈人之关系，可知之矣。战国后之诸学派，无不直接出于此二派，或出于混合此二派。故虽谓吾国固有之思想，不外此二者，可也。

夫然，故吾国之文学，亦不外发表二种之思想。然南方学派则仅有散文的文学，如老子、庄、列是已。至诗歌的文学，则为北方学派之所专有。《诗》三百篇，大抵表北方学派之思想者也。虽其中如《考槃》、《衡门》等篇，略近南方之思想。然北方学者所谓"用之则行，舍之则藏"，"有道则见，无道则隐"者，亦岂有异于是哉？故此等谓之南北公共之思想则可，必非南方思想之特质也。然则诗歌的文学，所以独出于北方之学派中者，又何故乎？

诗歌者，描写人生者也。(用德国大诗人希尔列尔之定义。) 此定义未免太狭，今更广之曰"描写自然及人生"，可乎？然人类之兴味，实先人生，而后自然。故纯粹之模山范水，流连光景之作，自建安以前，殆未之见。而诗歌之题目，皆以描写自己之感情为主。其写景物也，亦必以自己深邃之感情为之素地，而始得于特别之境遇中，用特别之眼观之。故古代之诗，所描写者，特人生之主观的方面；而对人生之客观的方面，及纯处于客观界之自然，断不能以全力注之也。故对古代之诗，前之定义，宁苦其广，而不苦其隘也。

诗之为道，既以描写人生为事，而人生者，非孤立之生活，而在家族、国家及社会中之生活也。北方派之理想，置于当日之社会中，南方派之理想，则树于当日之社会外。易言以明之，北方派之理想，在改作旧社会，南方派之理想，在创造新社会。然改作与创造，皆当日社会之所不许也。南方之人，以长于思辩，而短于实行，故知实践之不可能，而即于其理想中求其安慰之地，故有遁世无闷，嚣然自得以没齿者矣。若北方之人，则往往以坚忍之志，强毅之气，持其改作之理想，以与当日之社会争，而社会之仇视之也，亦与其仇视南方学者无异，或有甚焉。故彼之视社会也，一时以为寇，一时以为亲，如此循环，而遂生欧穆亚 (HumOUr) 之人生观。《小雅》中之杰作，皆此种竞争之产物也。且北方之人，不为离世绝俗之举，而日周旋于君臣父子夫妇之间，此等在在界以诗歌之题目，与以作诗之动机。此诗歌的文学，所以独产于北方学派中，而无与于南方学派者也。

　　然南方文学中，又非无诗歌的原质也。南人想象力之伟大丰富，胜于北人远甚。彼等巧于比类，而善于滑稽，故言大则有若北溟之鱼，语小则有若蜗角之国；语久则大椿冥灵，语短则蟪蛄朝菌。至于襄城之野，七圣皆迷，汾水之阳，四子独往。此种想象决不能于北方文学中发见之。故庄、列书中之某部分，即谓之散文诗，无不可也。夫儿童想象力之活泼，此人人公认之事实也。国民文化发达之初期亦然，古代印度及希腊之壮丽之神话，皆此等想象之产物。以我中国论，则南方之文化发达较后于北方，则南人之富于想象，亦自然之势也。此南方文学中之诗歌的特质之优于北方文学者也。

　　由此观之，北方人之感情，诗歌的也，以不得想象之助，故其所作遂止于小篇。南方人之想象，亦诗歌的也，以无深邃之感情之后援，故其想象亦散漫而无所丽，是以无纯粹之诗歌。而大诗歌之出，必须俟北方人之感情，与南方人之想象合而为一，即必通南北之驿骑而后可，斯即屈子其人也。

　　屈子南人而学北方之学者也。南方学派之思想，本与当时封建贵族之制度不能相容。故虽南方之贵族，亦常奉北方之思想焉。观屈子之文，可以征之。其所称之圣王，则有若高辛、尧、舜、禹、汤、少康、武丁、文、武，贤人则有若皋陶、挚说、彭、咸、(谓彭祖、巫咸，商之贤臣也，与"巫咸将夕降兮"之巫咸，自是二人，《列子》所谓"郑有神巫，名季咸"者也。) 比干、伯夷、吕望、宁戚、百里、介推、子胥，暴君则有若夏启、羿、浞、桀、纣，皆北方学者之所常称道，而于南方学者所称黄帝、广成等不一及焉。虽《远游》一篇，似专述南方之思想，然此实屈子愤激之词，如孔子之居夷浮海，非其志也。《离骚》之卒章，其旨亦与《远游》同。然卒曰："陟升皇之赫戏兮，忽临睨夫旧乡。仆夫悲余马怀兮，蜷局顾而不行。"《九章》中之《怀沙》，乃其绝笔，然犹称重华、汤、禹，足知屈子固彻头彻尾抱北方之思想，虽欲为南方之学者，而终有所不慊者也。

屈子之自赞曰："廉贞"。余谓屈子之性格，此二字尽之矣。其廉固南方学者之所优为，其贞则其所不屑为，亦不能为者也。女嬃之詈，巫咸之占，渔父之歌，皆代表南方学者之思想，然皆不足以动屈子。而知屈子者，唯詹尹一人。盖屈子之于楚，亲则肺腑，尊则大夫，又尝管内政外交上之大事矣，其于国家既同累世之休戚，其于怀王又有一日之知遇，一疏再放，而终不能易其志，于是其性格与境遇相得，而使之成一种之欧穆亚。《离骚》以下诸作，实此欧穆亚所发表者也。使南方之学者处此，则贾谊 (《吊屈原文》) 扬雄 (《反离骚》) 是，而屈子非矣。此屈子之文学，所负于北方学派者也。

然就屈子文学之形式言之，则所负于南方学派者，抑又不少。彼之丰富之想象力，实与庄、列为近。《天问》、《远游》凿空之谈，求女谬悠之语，庄语之不足，而继之以谐，于是思想之游戏，更为自由矣。变《三百篇》之体，而为长句，变短什而为长篇，于是感情之发表，更为宛转矣。此皆古代北方文学之所未有，而其端自屈子开之。然所以驱使想象而成此大文学者，实由其北方之朒挚的性格。此庄周等之所以仅为哲学家，而周、秦间之大诗人，不能不独数屈子也。

要之诗歌者，感情的产物也。虽其中之想象的原质， (即知力的原质。) 亦须有朒挚之感情，为之素地，而后此原质乃显。故诗歌者实北方文学之产物，而非儇薄冷淡之夫所能托也。观后世之诗人，若渊明，若子美，无非受北方学派之影响者。岂独一屈子然哉! 岂独一屈子然哉!

选自王国维遗书《静安文集续编》，上海书店出版社，1983

《春秋左氏传》时月日古例考

刘师培

春秋左氏传时月日古例考序目

史公《三代世表》序云："孔子因史文作《春秋》，纪元年，正时月日，盖其详哉！"刘子骏《三统历》亦云："是故元始有象，一也；春秋，二也；三统，三也；四时，四也。合而为十，成五体。"是则《春秋》一经首以时月日示例，公、谷二家例各诠传。左氏所诠，尤为近实。乃传文所著书日例，仅日食、大夫卒二端，余则隐含弗发，以俟隅反。汉儒创通条例，肇端子骏。贾、许诸君执例诠经，于时月日书法，三致意焉。虽遗说湮沦，存仅百一，然掇彼剩词，详施考核：盖以经书月详略不同，均关笔削。礼文隆杀，援是以区；君臣善恶，凭斯而判。所谓辨同异、明是非者，胥于是乎在。故数事同月，而有系月、不系之殊；二事同日，复有书日、不书之别；又或去月书日，使二事同日，隐有系时系日之分，义法昭垂，迥超二传。至征南《释例》，荡抉旧藩，彼以日食、大夫卒而外，别无传例可征，故大夫卒例曰："丘明之传，月无征文，日之为例，二事而已。其余详略皆无义例。"而诸儒溺于公羊、谷梁之说，横为左氏造日月褒贬之例。经传久远，本有其异义，犹当难通，况以他书驱合左氏，引二条之例，以施诸日无例之月（疑日字当在之下），妄以生义，此所以乖误而谬戾也。不知汉儒之说或宗师训，或据传文，即与二传偶符，亦匪雷同剿说。观于桓经两书丙戌，一为鲁郑同盟，一为卫丧。以旧说通之，一由载辞之详，一由赠吊之厚。去上日则涉辞略，去下日则涉礼亏。又各经之中，或时月空书，或时月不具。以旧说通之，则去月由于不视朔，去时由于不登台，与僖五年传文宛合。斯例不明，则别嫌明微之旨乖，惩恶劝善之谊失，而左氏不传《春秋》之说，亦将援是以生矣。《释例》又曰："案《春秋》朝聘侵伐、执杀大夫之属，或时或月，皆不书日。要盟战败，崩薨卒葬之属，亦不皆同。然已颇多书日。自文公以上，书日者二百四十九；宣公以下，亦俱六公，书日者四百三十二。计年数略同，而日数加倍。此则久远遗落，不与近同也。承他国之告，既有详略；且鲁国故典，亦又参差。去其日月，则或害事之先后；备其日月，则古史有所不载。故《春秋》皆不以日月为例。"据杜说，则经文所书时月日均承旧史。今考《公羊》隐元年益师卒，传云："何以不日，远也。"杜袭彼文，复昧彼旨。不知昭定之朝距修经未远，乃昭公十年不书冬，定十四年亦然。则久远遗落之说非矣。且春不书王，何以独见于桓经？奔不书日，何以独书于卫衎，于此而曰匪义例所寓，夫岂可哉？况传书月日，较经为详。传有经无，计十百事。有经仅书时、传兼书月者，隐十年夏翚帅师，传书五月是也。有经仅书月、传兼书日者，隐元年夏五月郑伯克段，传书辛亥是也。有经仅书时、传书月日者，隐十年秋宋蔡卫伐戴、郑伯伐取之，传书八月癸亥是也。以传勘经，知关笔削。目为遗落，亦岂其然？杜既深觚汉例，故说经之词恒乖旧说。汉儒之例，以为下事系月，则上事与同月者，虽不系月，亦以月名冠事首。杜例则谓事不冠月，或与下事月同。（桓十六年冬城向，十有一月卫侯朔出奔齐。杜注云："此城向，亦是十一月。但本事异，各随本而书之耳。经书夏，叔弓如滕。五月，葬滕成公。传云五月如滕，即知但称时者，未必与下月异也。又推析此年，闰在六月，则月却而节前，水星可在十一月而正也。《诗》曰"定之方中，作于楚宫"，此未正中也。功役之事，皆揔天象，不与言历数同也。故传之释经，皆通言一时，不月别之也。《释例·土功例》及《长历》并同。《土功例》云："以经传事类相推，则通在下建戌之月。"《长历》云："经书夏、叔弓如滕。五月，葬滕成公。若无传词，则必谓四月叔弓如滕。推此言之，城向亦俱是十一月。孔疏云："杜以城向与下同月，故检叔弓滕，经、传之异，如滕与葬同，知此城向与出奔同月。但本事既异，各随本而书之。下有月而此无月，其实同是十一月也。"据杜、孔说，是事不冠月者，得与冠月之事同月。依贾君例，使城向果在十一月，例虽不系月，亦当援还至之例，书于十一月之下。今既书于十一月之前，则为十月甚明。且是年水正之期，在十二月朔日。即城向属之十一月，亦为先时。先儒以为传误其说，至确。若叔弓如滕，彼疏引刘炫《规过》云"叔弓以四月发鲁滕，以五月葬君。叔弓书始行之月，滕书实葬之月"，故书经异文也。传述遇仇之事，并就葬月言耳。其说足辟杜谬。则经尽书时，与下同月说，非左氏例矣。）汉儒之例，凡二事同日，一应书日。一不系日者，则下事书日，上事或去月书时。与因不告朔去月者，文同旨异，杜例则均属有日无月，不复施以区别。弗唯此也，彼于去月、去时之例，概谓阙文。于大夫卒一例，明著隐传者，且目为无预褒贬。孔疏本之，更谓褒贬不系于书晦。（昭二十三年疏。）于先儒日月例指为横造，且以溺于二传为讥。（序疏。）而汉儒所诠大义，至是尽沦，弗克与何范之书并显，岂不恫哉！自曾祖王父治左氏学，作旧注疏证，汉儒故训甄录靡遗，惟旧例未遑衰辑。师培缵承先业，于赓续疏证之暇，知五十凡例之说基于征南；汉儒之说则以凡与不凡，无新旧之别。经有异文，莫不著义。因刺取《释例》及唐疏所引者，援类以区，错综以求，厥归冥素，以探其旨。积思既久，举所谓名例、地例、事例、礼例、灾异例者，咸豁然通贯。又以时月日之例，近儒治二传者，咸有专书，惟《左氏》独缺，乃先取汉例涉及时月日者，略诠其蕴。刘、贾、颍而外，虽兼及服说，要以刘、贾为归。汉说不存，则从缺疑。不复引二传为说。成《春秋左氏传时月日古例考》一卷。若夫月日乖历，或经传之日互殊，是由历术之歧，与书法靡涉。又经文所书月日，恒出孔修。别详总例，非此卷所述也。

今将分目列于后

目录

以上计二十五例，均正例也。附例详正例子目下，今不悉标。例之无考者，兹亦不著。庚戌年十二月初二日师培记。

春秋左氏传时月日古例考

元年例

《公羊》隐元年疏曰："若《左氏》之义，不问天子、诸侯，皆得称元年。《公羊》之义，惟天子乃得称元年，诸侯不得称元年。"是诸侯得于境内改元，乃《左氏》故义。当即刘、贾说也。（《公羊》隐元年何休解诂云：惟王者然后改元立号。《白虎通义·爵篇》则云："《春秋》曰元年春王正月，公即位改元位也。王者改元，即事天地。诸侯改元，即事社稷。"与何不同，或用《左氏》古文说，或据《公羊》古谊，今不可考。）观桓二年本传云"惠之二十四年"，又云"惠之三十年"，则侯国建元，确为周制。（隐公以摄位称元年者说，详《隋书·李德林传》德林复魏收《论齐书起元书》。又《汉书·律历志》下引刘歆《世经》有"周公摄政五年"之文，则摄位得纪年自系古文说。天子与诸侯一也。）

春三月书王例

《汉书·律历志》上引刘歆《三统历》云："经元一以统始，《易》太极之首也。春秋二以目岁、《易》两仪之中也。于春每月书王，《易》三极之统也。"又曰："于春三月每月书王，元之三统也。"案子骏所云三统，即指天地人，正道言。《志上》又引《三统历》云："经月（作文案：字误，当作曰。）春王正月、传曰周正月。火出，于夏为三月，商为四月，周为五月。夏数得天，得四时之正也。三代各据一统。明三统常合，而迭为首。登降，三统之首，周还五行之道也。故三五相包而生。天统之正，始施于子半，日萌色赤。地统受之丑初，日肇化而黄，至丑半，日牙化而白。人统受之于寅初，日孳承而黑，至寅半，日生成而青。天施复于子，地化自丑，毕于辰；人生自寅，成于申。故历数三统，天以甲子，地以甲辰，人以甲申。孟仲季迭用事为统首。此即子骏述三统之词。又《尚书·甘誓》"怠弃三正"，《释文》引马注云："建子，建丑，建寅，三正也。"是夏代以前之历已析三正，三王各以一正为岁首。犹《连山》、《归藏》、《周易》，本古法，三代各取其一也。子骏以《春秋》书王拟《易》三极，三极即三才，（《易·系辞》三极之道，《集解》引陆绩云："此三才，极至之道。"又《周书》小开武解云："三极，一维天九星，二维地九州，三维人四佐。"亦三极即天地人之碻证也。）则正月书王，所以统人道。二月书王，所以统地道。三月书王，所以统天道。（《汉志上》又引《三统历》云："三统者，天施、地化、人事之纪也。由十一月，乾之初九以下，均诠三才之蕴。"）虽周之二月即殷正，三月即夏正，然《春秋》仍书王二月、王三月者，则所据皆周正，王即周王。此即以周统鲁之谊。非书王二月以存殷正，书王三月以存夏正也。（《说文》王字下云："三者，天地人也。而参通之者，王也。"孔子曰："一贯三为王，是其旨。"又《宋书·礼志一》载魏青龙元年诏曰："故太极连三辰五星于上，元气运三统五行于下。登降周旋，终则又始。言天地与人所以相通也。仲尼以大圣之才，祖述尧舜，宪章文武，制作《春秋》，论究人事，以贯百王之列。故于三微之月，每月称王。以明三正迭相为首。"亦用《左氏》义。）乃隐元年孔《疏》引服虔云："孔子作《春秋》，于春每月书王，以统三王之正。虽三王之正，即三统。然与《公羊》所云，存二王后，两说易淆。观《公羊》隐元年《疏》引贾逵成长义，力斥《公羊》王鲁说，贾知黜周为二王后之非，则于二月三月之书王，必弗以夏殷之王为释。盖《左氏》古例，当如子骏所云也。

春三月不书王例

桓三年孔《疏》引贾逵云："不书王，弑君、易祊田、成宋乱，无王也。元年治桓，二年治督，十年正曹伯，十八年终始治桓。"《疏》及李贻德《贾服古注辑》并谓贾说本《谷梁》。由今观之，贾说悉与《谷梁》合者，惟元年、十年二条已耳。二年书王，《谷梁》以为正与夷之卒，贾君以为治督，与宋督去氏之旨互明。（杜预《释例·氏族例》云："贾氏以为督有无君之心，故去氏。"）三年以下不书王，《谷梁》以为由桓行篡弑。贾于弑君而外，别引易祊，成宋乱二端。（易祊，为废祀；成宋乱，为成就宋乱。均子骏伸师古说。）十八年书王，《谷梁》无说。范宁《集解》云："此年书王，以王法终治桓之事。"即袭贾君《左氏》谊。并足证终始治桓，始乃羡文盖元年书王，为始治。末年书王，为终治。与《孟子》成《春秋》惧乱贼之说互以阐明。（正与治殊。正为与词治为讨词。《左氏》于曹伯无讥，而其卒适于正月，月不书王，则涉于罪曹伯。故经文书王，而贾君诠其旨。）王为周王，所谓假王法以明其例也。三年以下不书王，所以著周鲁弗相摄，系绝桓于周，兼以王不正桓为弃鲁。是犹公孙宁、仪行父不系陈，长葛不系郑也。且桓既无王，则二年、十年书王，必非因鲁发义。此亦《左氏》古例也。乃杜、孔说桓经不书王，以为周不班历；刘炫以为阙文；近高邮王引之又以《谷梁》无王非达诂。不知《春秋》以书王为恒例，十一公之经，其有不书王者，均书春，不书月，则桓经书月不书王，自系《春秋》特笔。众说均非。

空书时月及时月不具例

《汉书·律历志上》引刘歆《三统历》云："于四时虽无事必书首月，《易》四象之节也。时月以建分、至、启、闭之分，《易》八卦之位也。"经于四时虽无事必书时月，时所以记启闭也，月所以记分至也。《礼记·中庸篇》孔《疏》云："《春秋》四时皆具。桓四年及七年不书'秋七月'，成十年不书'冬十月'（今本有此三字，衍文也。）桓十七年直云五月，不云夏，（石经亦无夏字，宋本有，亦衍文。）昭十年直云十二月，不云冬，贾、服之义：若登台而不视朔，则书时不书月；若视朔而不登台，则书月不书时；若虽无事视朔登台，则空书时月。"又昭十年《公羊》疏云"贾服以为去冬，刺不登台视氣。"就众说审之，子骏之意，谓经文空书时月，由于建分、至、启、闭之分。贾、服则谓由登台视朔。然语词虽异，其旨实同。知者，《三统历》又云："是以《春秋》曰举正于中，又曰闰月不告朔，非礼也。闰以正时，时以作事，事以厚生，生民之道于是乎在矣。不告闰朔，弃时正矣。何以为民？故善（宋本作鲁。）僖五年春王正月辛亥朔，日南至，公既视朔，遂登观台以望，而书，礼也。凡分、至、启、闭，必书云物，为备故也。"子骏引此者，明必登台视朔，然后至朔书于经。此例既明，则所谓无事必书时月者，指行登台视朔之典言，非谓不登台视朔仍空书时月也。（《初学记》二十一引《七略》云："《春秋》两家，文或具四时，或不，古文无事不必具四时。"臧琳《经义杂记》谓必上不字系衍文，其说是也。无事必具四时，指空书四时言，特未明著，其必由登台耳，与《汉志》说互明。）若贾服二家析分书月、书时为二例，盖于登台之典行于时，（《周礼·春官·冯相氏》先郑注曰："以二至、二分视云色。"《太平御览》引《三辅旧事》曰："汉作灵台，以四孟之月登台。"此其证。）视朔之礼行于月。故登台不视朔，例仅书时；视朔不登台，例仅书月。两典均缺，则时月不复空书。两典并行，则无事亦书时月。此即就子骏之说扩充者也。由贾服之说求之，则凡有日无月者，（日不在其月。）舍僖二十八年戊辰外，大抵均由不视朔；（僖二十八年冬壬申，是由会温，不当书月。与此异。）而时月不具，小匪缺文。（如定十四年无冬是。）即空书时月之故，亦可爥然明晰矣。（隐七年杜注云："虽无事而书首月，具四时以成岁。他皆仿此。"《释例》云："年之四时，虽或无事，必空书以纪时变以明历数也。"《疏》谓注用《公羊》为说，其说至的。然《公羊》于时月不具均以讥贬为说，杜则弗然。《中庸》疏云："杜元凯之意，凡时月不具，皆史阙文。"是杜说又异《公羊》也。均弗足辩。）又案空书时月例，均书孟月，惟庄二十一年书夏五月，与例不符。以《三统历》推之，是年闰在十月后，春分为四月二十四日，而时历五月适当《三统》四月，或登台之典行于五月，故经不书四月也。书以俟考。

晦朔例

僖十五年"九月己卯，晦，震夷伯之庙"。《汉书·五行志下之上》云："刘歆以为《春秋》及朔言朔、及晦言晦，人道所不及，则天震之。展氏有隐慝，故天加诛于其祖夷伯之庙，以遣告之也。成公十六年六月甲午，晦，晋侯及楚子、郑伯战于鄢陵。皆月晦云。"就子骏之说绎之，所谓及朔言朔、及晦言晦者，仅指天灾物异言。复举六月甲午晦者，所以明晦均月晦，以别二传训冥之说。非谓鄢陵书晦，亦及晦书晦例也。观贾君以战泓、战鄢陵书晦朔为讥，以雩父不书晦为夷，则经书人事均以晦朔示褒贬，迥与灾异例殊。（下详。）贾说出于刘，知子骏之说亦然。

闰月例

文六年"闰月不告月，犹朝于庙"。《汉书·律历·志下》引《三统历》云："五年闰余十，是岁亡闰，而置闰。闰所以正中朔也。亡闰而置闰，又不告朔，故经曰闰月不告朔，言亡此月也。传曰：'不告朔，非礼也'。《礼记·玉藻》《疏》引《五经异文》云："《公羊》说：每月告朔、朝庙，至于闰月不以朝者，闰月，残聚余分之月，无正，故不以朝。今闰月犹朝庙，讥之。《左氏》说：闰以正时，时以作事，事以厚生。生民之道，于是乎在。不告闰朔，弃时正也。谨案：从《左氏》说，不显朝庙、告朔之异，谓朝庙而因告朔。"审绎其说，盖《公羊》之谊，不以闰月例常月，故哀传又云'闰不书'。《左氏》之谊，以闰月例常月，故事在闰月，则闰亦书。哀经闰月，葬齐景公。先儒说佚。以传文屡书闰月证之，必以书闰为恒例。与《公羊》说殊。

是月例

僖十六年"正月戊申，朔，陨石于宋五。是月，六鹢退飞过宋都。"杜注云："是月，陨石之月。重言月，嫌同日"。臧寿恭《春秋古义》云："杜注盖本旧说。"

盟列（胥命附）

杜预《释例·大夫卒例》引贾氏许氏云："盟载详者，日月备。易者，日月略。"寻贾、许谊，盖以盟见于经凡百三事。不书日者五十三，均由盟载略。其书日者五十三，均由盟载详。载即载书。《释例》驳之曰："详易之别，殊无其证。清丘之盟，恤病、讨贰也。溴梁之盟，同讨不庭也。辞无详易，而溴梁书日、清丘不书日。此比甚多，皆散他例。"今案李贻德《贾服古注辑》曰："僖九年盟葵丘，传纪盟言，经书九月戊辰。二十八年盟践土，传纪要言，经书五月癸丑。襄九年同盟于戏，传纪载书，经书十有二月己亥。十有一年盟于亳城，传纪载书，经书七月己未。由是推之，盟载详者，日月备。若盟载简易，则具月而不书日。故曰日月略也。"其说足辟征南之谬。且盟书于经载词，不必记于传。传誌载词，亦匪甄录全语，奚得据传文所志以定详易乎？观于桓三年齐卫胥命，传言不盟，经则书时不书月。又经书来盟莅，盟或时或月，未有兼书月日者，则以载书简易，与他盟殊。贾、许之说，奚得谓之无徵乎？（平例或时或月，先儒无说。）

会遇例

僖二十八年经云："冬，公会晋侯、宋公、蔡侯、郑伯、陈子、莒子、邾子、秦人于温。天王狩于河阳。壬申，公朝于王所。"杜氏《释例·大夫卒例》引贾氏曰："欲上月，则嫌异会。欲下月，则嫌异日。"据贾说审之，盖以朝王与会温同日，会无书日之例，故以朝王之事系日，以会温之事系时。其不复书月者，所以著二事同日之隐也。由是而推，则会遇均不书日。至于书时、书月之异，先儒说佚，其详不可闻。疑再会例，月大事亦书月也。

崩薨卒例

隐元年经"公子益师卒"。传云："公不与小敛，故不书日。"杜预《释例·崩薨卒例》曰："刘贾许颖复于薨卒生例云：日月详者，吊赠备。日月略者，吊有阙。其说即由传例而推。盖崩薨及卒，经文或书或否。又或经书其事，而日月详略不同。其书法之殊，悉视鲁君所加之礼。观于隐五年臧僖伯卒，传言葬之加一等。襄五年季文子卒，传言大夫入敛，公在位。经皆书日，此日月之详，由于礼厚之徵也。又隐元年经《疏》云："先儒以为虽以卿礼终，而不临其丧，皆没而不书。"传《疏》又引贾逵曰："不与大敛，则不书卒"。此又君礼愈薄，书法愈略之证也。丁晏《杜解集正》曰："传举不与小敛不书日为例，先儒举不临不书卒为例，均指鲁君无故不临丧言。若大夫非卒于国，或国君有故，苟所施礼备，虽非临丧与敛，亦必书卒书日。如公子牙、仲遂、公孙敖、叔孙婼、叔诣、公孙婴齐、季孙意如，卒皆书日是也。其说至确。盖不与小敛，僅吊赠不备之一端。且就可与而不与言。故刘贾许颖说薨卒书日例，均以吊赠备为说，以扩传例所未言。由是而推，则凡诸侯书薨，王子王臣内女书卒，（王姬卒附。）其书日与否，悉援吊赠厚薄为区。故天王之崩，莫不书日。乃杜预《释例·大夫卒例》驳贾氏例云：邾文公卒，公使吊焉，不敬，因云吊有阙，故不书日。杞伯益姑卒，经亦不书日，而传曰如同盟，礼也。复不申解。不知传言吊如同盟，与王子虎卒，传同赠礼之备，传无明文。故两者均书时月。岂得以吊礼未缺，遂云吊赠均备乎？（杜预隐元年传注云："人臣轻贱，死日可略，故特假日以见义。"《释例》说同，不悉辨。）又案鲁君及夫人薨、卒，莫不书日。子般、子野亦然。恶视独否？由旧说而推，当缘丧礼厚薄不同。附志于此。

葬例

天子、诸侯之葬，恒以鲁使往会而书。王臣及内女亦然。以前例推之，则书日、不书日，亦视鲁君所施之礼，薄则书时，厚则书日。观僖二十七年齐孝公卒，传称"不废丧纪"，经于卒、葬皆书日。此其证也。

弒例

《春秋》书臣子弒君，或日，或不日。先儒例逸。盖不日均变例。至于书葬与否，则杜预《释例·葬吊赠例》引贾颖说，云："君弒不书葬，贼不讨也。"此别一例，与日月例靡涉。

出奔及归入纳例

文八年经："公孙敖如周，不至而复。丙戌，奔莒。"杜预《释例·大夫卒例》引贾氏曰："日者，以罪废命，大讨也。"由此谊而推，则出奔之例，日月详者，其恶深；日月略者，其恶减。非惟奔例为然，归入纳之例亦然。知者，经书诸侯出奔者十五，时月兼书者，于郕伯邾子益来奔。外仅郑突奔蔡、卫朔奔齐二事。（桓十一年郑忽，昭三年徐子章禹，亦均书月。或书月，蒙上事也。）月日兼书，仅襄十四年卫侯出奔，一书己亥耳。（天王出居亦仅书时。）及其归入，则郑突、卫朔，亦均书月。传于郑忽出奔复归，并书月日，经则不书。惟卫侯衎复归，乃并书日。是郑突、卫朔，为《春秋》所讥。郕伯、邾子例同。卫衎尤为《春秋》所绝。（桓十一年，突归于郑。以贾君所云公孙宁、仪行父绝于陈例之，比乃绝突于郑之词。卫朔出奔复入，刘歆于公子溺会齐纳朔，以为犯王命，逐天王所立，不义至甚。见《汉书·五行志》。此《左氏》贬郑突、卫朔之证。）自是以外栾凡归入纳书月者，或缘下事而书。（或谓鱼石、栾盈之复入，亦不书月，似此例不可书通。不知以恶曰复入，传有明文。即书复入，其恶已著，不必以日月示贬也。）内外大夫出奔，亦然。外大夫尽月，仅宋万及宋华亥、向宁、华定已耳。（尹氏、召伯、毛伯以王子朝奔楚，亦系书月。此乃贬子朝之词。故上文天王入成周，不月。月因子朝而书。）内大夫书月，仅公子憖。而侨如、臧纥，乃并书日。则均《春秋》示大讨之例也。杜氏《释例》驳贾氏曰："公子庆父弑君出奔，应在大讨，而经不书日，何以又不说？"不知庆父弑君，鲁讳内恶。罪庆父以宣弑君之恶，则与内讳谊乖。弗得以此难贾氏也。（逃例疑同。）

侵伐袭例（次例、救例、退例、围例、戍例、师还例附）

僖三十三年经云"冬十二月"公至自齐。乙巳，公薨于小寝。陨霜不杀草，李梅实。晋人、陈人、郑人伐许。杜氏《释例·大夫卒例》曰："贾氏惟以二事系月，云月者，为公薨，不忧陨霜李梅实也"。由贾说推之，则侵伐及袭，均以书时为恒例。凡经文书次、书救、书围、书戍、书还者，例亦应然。书月均为变例。先儒说佚其详弗克闻。（庄二十八年三月"甲寅，齐人伐卫，卫人及齐人战"。日因交战而书，非为伐书也。）

战例（败例、克例、取某师例、败绩例附）

桓十三年经："春，二月，公会纪侯、郑伯。己巳，及齐侯、宋公、卫侯、燕人战。"传云："不书所战，后也。"注引服虔云："下日者，公至而后定战日。"据服说，以战例均书日。然吴楚战长岸，经仅书时。又僖二十二年，宋楚战泓；成十六年，晋楚郑战鄢陵。于书日而外，别书晦朔。昭二十三年七月戊辰，吴败顿、胡、沈、蔡、陈、许之师于鸡父，传言戊辰，晦；经仅书日。《疏》引贾氏云："泓之战，讥宋襄，故书朔。鄢陵之战，讥楚子，故书晦。雞父之战，夷之故，不书晦。孔《疏》谓《左氏》无其说。经不以晦示褒贬，其说至非。据贾说，是日月愈详，贬讥愈甚。经所讥贬，晦朔必书。则战非晦朔，而详书日月者，亦为贬例。即《孟子》所谓无义战也。若遇晦，仅书月日，为经文讥贬所弗加。则战非晦朔而不书月日者，其例亦同。故长岸书时，犹之雞父不书晦，均列在裔族，经弗致讥者也。由是而推，则经文书败、书克、书取某师、书败绩者，讥贬浅深，视乎日月之详略。或贾君之例然也。（溃例，疑同。）

灭入取例（迁邑例、降例附）

灭入取之，书于经者，或日、或月、或时。迁邑之例，或时、或月。降例，均时。先儒说佚。以前例推之，疑月日愈详，其恶益甚。凡夷狄相并及亡由自取者，则月日从略。与《谷梁》之例略同。（归田邑例，或时或月，先儒无说）。

朝觐例（如例、来例附）

僖二十八年："戊辰，公朝于王所。"贾君谓上月则嫌异会，下月则嫌异日，是朝王之例，当书日。本年六月朝王，与盟践土同日，故蒙上事癸丑为文。成十三年，公如京师，亦书时月。是鲁君如周，日月当详也。若夫他国君臣往鲁朝聘，（以他事来者例附。）鲁国君臣朝聘他国，以及诸侯互朝，王臣使鲁，鲁夫人他往，均以书时为恒例。其有时月兼书者，先儒说佚，其详弗可闻。

还至例

僖三十三年十二月，公至自齐。贾君谓此事不系月。又襄五年十有二月，公至自救陈。辛未，季孙行父卒。《公羊·疏》引贾氏云："月为下卒起其义也。"定八年三月，公至自侵齐。曹伯露卒。《公羊·疏》引贾逵云："还至不月，为曹伯卒月"。由贾说推之，则还至之例，仅书时。僖四年八月，公至自伐楚，著下葬许君月也。十五年九月，公至自会，为下震夷伯庙月也。文十四年正月，"公至自晋，为下邾伐南鄙月也。宣十年五月，公至自齐，为下陈弑君月也。成三年二月，公至自伐郑，为下新宫灾月也。十一年三月，公至自晋，十七年十一月，公至自伐郑，为盟郤犫及公孙婴齐卒月也。襄二十九年五月公至自楚，昭五年七月公至自晋，为下卫侯卒及败莒师月也。定四年七月，公至自会哀，十年五月，公至自伐齐，为下刘卷卒及葬齐悼公月也。桓十六年，公至自伐郑，经书七月，传举以饮至之礼明之。僖十六年，公至自会，经书九月，传以讳执及犹有诸侯之事明之。成六年正月，公至自会，十三年七月，公至自伐秦，昭七年九月，公至自楚还。至而外，月无他事乃亦时月并书。在贾君必有释词。今不可考。（观鱼之属仅书时，与此例同。）

内外逆女例

内逆外女，均书时至则书月。外逆内女，恒书月。内女归他国，亦然。而纳币、求妇、致女、媵女，以及王后、王姬之迎逆，大抵书时。内女归宁，亦然。惟莒庆逆叔姬，仅书时。哀姜之入，兼书日。在先儒必有释词，今不可考。

执杀例（放例附）

执杀之例，书日、书月、书时，各自不同。（内杀大夫书刺。）先儒无说。疑书日者，均贬词。如宋人执邾子用之，楚子虔诱蔡侯杀之于申，经均书日是也。（放大夫，例均书时。）

城筑新作例

庄二十九年春，"新延厩"。传云："书，不时也。凡马日中而出，日中而入。"又"十有二月，纪叔姬卒。城诸及防"。传云："书，时也。凡土功，龙见而毕务，戒事也。水昏正而栽，日至而毕。"僖二十年，"春，新作南门"。传云："书，不时也。凡启塞，从时。"是城筑、新作之役，或时，或不时，而经文所书，则皆书时，不书月。时与不时，附著于传。其系月者，均因上下事而书。如宣八年城平阳，在十月下。成七年城中城，在十一月下。是也。平阳之城，传云："书时。"而十月之时，水未昏正，则更在十月之后，甚明。此土功例不书月之证。惟僖二年正月城楚丘，经独书月。据《诗》言："定之方中，作于楚宫。"即此城楚丘之事。以岁差之术推之，僖公初年，水正当后立冬七八日。又以《三统历》推之，僖元年立冬节当十二月十一日，则水正当在十八日后。次年春正月，亦城筑兴役之期。若仅书春，则与不时例混，故特书正月，以著兴役之时。盖时与不时，悉以水正为断也。（桓十六年冬城向，传云："书，时也。"杜注云：先儒以为传误，盖城向，在十一月前，是年水正当后立冬七日，而立冬则在十一月二十二，是水正当在十二月朔也。今于十月，故云传误。杜氏妄说，孔《疏》尤不足信。）此乃土功变例。若定二年十月，新作雉门及两观，经亦书月。或新作从时者，亦时月并书也。（立宫之例，或日、或月，旧例无考。）

郊雩烝尝例

桓五年传例云："凡祀，启蛰而郊，龙见而雩，始杀而尝，闭蛰而烝。过则书。"先儒旧说，以启蛰为夏令正月，（《玉烛宝典·一》引服虔注云："启蛰者，谓正月阳气始达，发土开蛰，农事始作，故郊祀后稷，以配天祈农。"）即周历三月。以龙见为夏令四月，（《续汉书·礼仪志》注引服虔注云："四月，昏龙星体见，万物始盛，待雨而大，故雩祭以求雨也。"）即周六月。以始杀为夏令七月，（《疏》云：贾服始杀，惟据孟秋。"《宝典·七》引服虔云："谓七月阴气始煞，万物可尝。鹰祭鸟，可尝祭之也。"）即周九月。以闭蛰为夏令十月，（《宝典·十》引服虔曰："谓十月盛阴在上，物成者众，曰烝。"）即周十二月。（杜谓烝尝用仲月，误甚。）祀在其月，则弗书。（如庄三十三年传，雩讲于梁氏，不见于经。是也。）祀非其月，则郊及烝尝均书日。（桓八年正月己卯烝亦系过时，十四年八月乙亥尝亦系先时，服谓不以灾害为恐，盖兼二义。）云惟一月再雩，书日。余则书月。书时，其著不时，则一也。（禘或书日、不书日、先儒无说。）

蒐狩例

蒐均书时。狩则或时或月。大阅、治兵，皆书日。桓四年正月狩郎，传云："书时，礼也。"似日月详者，均中礼。略者，则否。惜先儒说佚。

日食例

桓十七年，"十月，朔，日有食之"。传云："不书日，官失之也。"僖十五年，"五月，日有食之"。传云："不书朔与日，官失之也。"《汉书·五行志下之下》引刘歆说云："周衰，天子不班朔。鲁历不正，置闰不得其月，月大小不得其度。史记日食，或言朔而实非朔，或不言朔而实朔，或脱不书朔与日，皆官失之也。"据传例及子骏说，是遇朔而蚀，例当书日、书朔。非朔，则仅书月。阙书，则由日官之失。此定例也。

内外灾变例

经书内灾，凡地震、火灾，例均书日。无冰及大水、大旱，例均书时。（饥及有年，同。）惟震电、雨雹、霜雪之灾，书时、书月、书日，例各不同。（雨、水、冰，亦书月。）又星变，或月，或日。虫灾，或月，或时。所书不同。雨或历时总书，或每时一书，例均互殊。据僖三十三年，十二月，"陨霜不杀草，李梅实"。杜氏《释例·大夫卒例》引贾氏云："月者，为公薨，不忧陨霜、李梅实也。"杜驳之曰："然则假设不忧，即不得书月。不得书月，则无缘知霜不杀草之月。"据杜说，似贾君之例以为忧灾书月，不忧灾书时。贾云不忧陨霜、李梅实，"不"乃衍文。援此以推，则经书天灾虫异，凡书时不书月，均由不以灾变为忧。又僖三年，春正月不雨，夏四月不雨。孔《疏》云：《谷梁传》曰："一时言不雨者，闵雨也。闵雨者，有志乎民者也。文二年传历时而言不雨，文不忧雨也。不忧雨，无志乎民也。"言僖有忧民之志，故每时一书。文无忧民之志，是以历时总书。贾、服取以为说，是贾君所诠不雨，例以为忧则详书，弗忧则略。与忧灾书月不忧书时例，互相诠明。盖以日月详略，示忧否也。若夫书日之例，或灾变仅著于一日之中，或数日之间变异再著。先儒无说，其详莫克闻。至经文所书外灾，亦以书时为恒例。其书日者，仅陨石于宋，书戊辰、朔；沙鹿崩，书辛卯；陈、郑、灾，书壬午；宋灾，伯姬卒，书甲午。其书日之故，先儒说亦弗存，不可考矣。

选自《刘申叔遗书》，江苏古籍出版社，1997

《列子》伪书考

马叙伦

世传《列子》书凡《天瑞》至《说符》八篇，出东晋光禄勋张湛注。 湛云是："其祖录于外家王氏，永嘉之乱，仅余《杨朱》、《说符》、《目录》三卷；过江复得四卷于刘正舆家，正舆亦王氏甥也；又于王辅嗣女婿赵季子家得六卷，参校有亡始得全备。"湛述今本《列子》辜较如此。 然高似孙谓《列子》与《庄子》合者十七章，其间尤有浅近迂僻者，出于后人会萃而成。黄震谓列子之学，不过爱身自利，全类杨朱；其书八篇，虽与刘向校雠之数合，实则典午氏渡江后，方杂出于诸家。姚际恒谓《列子》言西方圣人，则直指佛氏，殆属明帝后所附益无疑。后人不察，以《庄子》中有《列子》，谓《庄子》用《列子》，不知实《列子》用《庄子》也。 钱大昕谓《列子》书，晋时始行，恐即晋人依托。钮树玉谓《列子》之书，见于《庄子》十有七条，泛称黄帝五条，鬻子四条，邓析、关尹喜、亢仓、公孙龙或一二见，或三四见，而见于《吕览》者四条，其辞气不古，疑后人杂取他书而成。何治运以为出郭璞后人所为。 俞正燮谓出晋人王浮、葛洪后。汪继培谓《列子》浅近卑弱，于《韩策》所称贵正（正即虚之误字），《尸子》、《吕氏春秋》所称贵虚之旨，持之不坚。吴德旋谓《列子》恐是周秦间人采一时小说而稗贩老庄之旨以为之，其同于《庄》处，亦似从《庄》剽剥者。今人章炳麟亦谓其书疑汉末人依附刘向《叙录》为之（章氏又云魏晋人作）。余籀读所得，知其书必出伪造，兹举证二十事（有三事同何治运）如左：

一事：书前有刘向《校录叙》云："列子，郑人，与郑缪公同时，其学本于黄帝、老子，号曰道家。" 然班固《汉书·艺文志》道家著录八篇，自注云："名圄寇，先庄子，庄子称之。"《吕氏春秋·观世篇》高诱注云："列子著书八篇，在庄子前，庄子称之。"皆不云何时人。 柳宗元据《史记》諟正刘向言，谓列子与驷子阳同时，鲁穆公时人。叶大庆谓驷子阳乃郑繻公时，刘向以为缪公者，误以繻为缪，而缪、穆古字通耳。余谓叶说是矣。 然《郑世家》注云："繻，或作缭。"考谥法并无二谥，缭繻与缪字，字形相近，则本谥穆公，传写讹为繻缭。（本梁玉绳说。按《文选·琴赋》注引正作缪公。）或谓郑前有穆公，故柳以为鲁穆，不寤谥法穆乃美行，缪是恶号，后人通假，以致不别，祖孙异名，岂相妨哉？然余人考《庄子·让王篇》云："子列子穷，容貌有饥色，客有言于郑子阳者曰：'列御寇盖有道之士也，居君之国而穷，君无乃不好士乎？'郑子阳即令官遗之粟。子列子见使者再拜而辞。使者去，子列子入，其妻望之，拊心曰：'妾闻为有道者之妻子，皆得佚乐，今有饥色，君过而遗先生食，先生不受，岂不命耶？'子列子笑谓之曰：'君非自知我也，以人之言而遗我粟，至其罪我也，又且以人之言，此吾所以不受也。'其卒，民果作难而杀子阳。"陆德明《释文》云："子阳，郑相，严酷，罪者无赦，舍人折弓，畏子阳怒责，因国人逐猘狗而杀子阳。"然《吕氏春秋·首时篇》、《观世篇》高诱注云："子阳，郑相也，一曰郑君。"自诱已不能考定。然诱知郑君者，《韩非子·说疑篇》云："郑王孙申之为臣也，思小利，忘法义，进则揜蔽贤良以阴闇其主，退则扰乱百官而为祸难，有臣如此，身死国亡为天下笑，故郑子阳身杀，国分为三。"然史无郑君名子阳者，故又曰郑相，则诱意亦谓驷子阳矣。津田凤卿（日本人，著《韩非解诂》）谓："子阳似郑君遇弑不谥者。考《郑世家》，昭公弟子亹为齐桓公所杀，子亹弟子婴为甫瑕所杀，成公庶兄繻，郑人杀之，并无谥号，然事皆不类。又《六国年表》，韩列侯二年，郑人杀君；四年，郑相子阳之徒杀其君繻公。然《世家》繻公二十五年杀驷子阳，二十七年子阳之党弑繻公，中无别立君事，《表》云郑人杀君者似讹。考《世家》注徐广曰：'一本云立幽公弟乙阳为君，是为康公。《六国年表》云立幽公子骀，又以郑君阳为郑康公乙。班固云郑康公乙为韩所灭。'然则子阳岂即郑康公耶？其年与缪公相承，刘向言列子为缪公时人，岂指其始居郑时耶？然《庄子·让王篇》，苏轼以为伪作，盖所记列子、子阳事即本《吕氏春秋》（《说苑》载之亦本《吕氏》），别无可证。"余谓子阳当作子驷，因驷子阳而讹。考《庄子·德充符篇》云："申徒嘉，兀者也，而与郑子产同师于伯昏无人。"《田子方篇》云："列御寇为伯昏无人射。"又《吕氏春秋·下贤篇》云："子产相郑，往见壶丘子林，与其弟子坐，必以年，是倚其相于门也。"高诱注云："子产，壶丘子弟子。"而《庄子·德充符篇》云："列子见之而心醉，归以告壶子。"司马彪云："壶子名林，郑人，列子师。"是列子又与子产同师。又《庄子·达生》、《吕氏春秋·审己》并著列子问于关尹子，关尹子与老子同时，则列子并子产时可信。子驷正与子产同时。向校录群书，博见洽闻，号为通人，而不省如此耶？然则《叙录》亦出依托也。（姚际恒已有此说。）

二事：《尸子·广泽篇》、《吕氏春秋·不二篇》并云："列子贵虚。"《庄子·应帝王篇》云："列子三年不出，为其妻爨，食豕如食人，于事无与亲，雕琢复朴，块然独以其形立，纷而封哉，一以是终，无为名尸，无为谋府，无为事任，无为知主，体尽无穷而游无朕，尽其所受乎天而无见得，亦虚而已。"三子可谓知列子矣。（此是结成列子既道之实，故《尸》、《吕》并云列子贵虚也。本书乃以一以是终结，季咸一章，即伪作者不达其说，剿袭而割裂之，文义不全矣。）而向《叙录》云："《穆王》、《汤问》二篇迂诞恢诡，非君子之言也。至于《力命篇》一推分命，《杨子》之篇唯贵放逸，二义乖背，不似一家之书。"（汪中以《穆王》、《汤问》他书误入，亦误信为真故。）则不与三子之言相应，而《别录》曷为入之道家？且寓言诡诞，庄生有甚，何足怪焉？岂非以二篇之义，远出后世恐致诘难，故借托向言以为掩饰耶？又云："孝景皇帝时，贵黄老术，此书颇行于世，及后遗落，散在民间，未有传者，且多寓言，与庄周相类，故太史公司马迁不为列传。夫汉初百家未尽出，太史公未见《列子》书，不为传何伤？"顾云："孝景时，其书颇行，"则汉初人引《列子》书者，又何寡也？列子在庄子前，庄子称之，使其书颇行景帝时，太史公安得以寓言与庄子相类而不称，斯则缘其剿袭庄生，用为弥缝者也。

三事：张湛曰："八篇出其外家王氏。"夫晋世玄言极畅，老庄之书家传户诵，列子贵虚，必在不遗，使其书未亡，流布必广。虽有播失，求之未难，何以湛述八篇，既失复得，不离王氏乎？

四事：《天瑞篇》"有太易有太初有太始有太素"一章，湛曰："此全是《周易乾凿度》也。"《乾凿度》出于战国之际，（胡谓纬书兴于哀平之际，《乾凿度》纵出其先，当在汉世；惠栋、汪继培并谓先秦有之；金鹗谓纬候创于孔氏，增于战国，盛于哀平；又谓孟喜《卦气图》本于《易纬》。）列子何缘得知？且老庄言义，并与《易》通，然其敷辞，俱不及《易》，斯则晋世《易》、《老》并在玄科，作伪之徒，缘以纂入耳。

五事：《周穆王篇》叙驾八骏见西王母于瑶池事，与《穆天子传》若合符节，《穆传》出晋太康中，列子又何缘知？或云《史记》略有所载，然未若此之诡诞也。（此文亦极偎弱，无先秦气息。）盖汲冢书初出，虽杜预信而记之，作伪者艳异矜新，欲以欺蒙后世，不窭其败事也。（《四库提要》反以《穆传》出于晋，为汉魏人之所未睹，而此书与之相合，证此稿为秦以前书，正为所欺也。）

六事：《周穆王篇》言梦有六候，一曰正梦云云，与《周官》占梦相合；《周官》，汉世方显，则此其剿窃明矣。

七事：《穆王篇》记儒生治华子之疾。寻《史记·游侠传》，"轵有儒生侍使者坐。《主父偃传》，齐诸儒生相与排摈，不容于齐。《匈奴传》，其儒先以为欲说折其辩。《集解》："儒先，《汉书》作儒生。"《汉书·王吉传》："延及儒生。"《王莽传》："其与所部儒生，各尽精思。"儒生之名盖汉世所通行，先秦未之闻也。

八事：《仲尼篇》云："孔子动容有间曰：'西方之人有圣者焉。'"夫使列子与子产同时，固可以闻孔子之言，然西方之人何所指谕乎？（如《庄子·让王篇》伯夷、叔齐二人相谓曰："吾闻西方有人，似有道者。"此西方之人谓文王也。此历举三皇五帝而以圣者归之西方之人，何所指喻？沈濂《怀小编》必辨西方之人非指佛，盖未明其伪也。）斯缘晋言名理剿取浮屠，作伪者囿于习尚，遂有斯矣。（湛叙云"所明往往与佛经相参"，可知此书剿取非一。）

九事：《汤问篇》所言多《山海经》中事；《山海经》亦晚出，（《史记·大宛传》云："至《禹本纪》、《山海经》所有怪物，余不能言也。"《汉志》形法家《山海经》十三篇，郭璞、毕沅皆据为古有此书之证。然《大宛传》，司马贞谓褚少孙所补，近人崔适谓后人直录《汉书·张骞李广利列传》，则《山海经》云云，亦非司马迁笔矣；要亦如《列子》真者亡，伪者作耳。）则亦艳异矜新，取掇可知。

十事：《汤问篇》云："三曰方壶，四曰瀛洲，五曰蓬莱。"殷敬顺《释文》引《史记》云："方丈，瀛洲，蓬莱，此三神山，在渤海中。"此事出秦代，引以为注，足征前无所征也。（《文选·琴赋》"凌扶摇兮憩瀛洲，要列子兮为好仇"，李善引《史记》及本书为注。）

十一事：《汤问篇》云："渤海之东，不知其亿万里，有大壑，实惟无底之谷。"案《山海经·大荒东经》云："东海之外大壑。"郭璞注云："《诗·含神雾》曰东注无底之谷，谓此壑也。"此为显窃《山海经》注两文合而成之；不然，郭何为不引此详文，而反援《诗纬》乎？

十二事：《力命篇》："颜渊之才，不出众人之下，而寿十八。"寻《史记·仲尼弟子列传》："颜渊二十九，发尽白，早死。"阎苦璩、毛奇龄、江永、左暄、金鹗并证二十九为颜渊发白之年，又证颜渊年四十二。惟《淮南·精神训》高注注颜渊十八而卒。《后汉书·郎顗传》："昔颜渊十八，天下归仁。"是十八之说，汉季所行，此由作伪者耳目所近，喜其说新，忘其牾实也。

十三事：《汤问篇》记火浣之布，末云："皇子以为无此物，传之者妄。萧叔曰：'皇子果于自信，果于诬理哉！'"考《庄子·达生篇》云："齐有皇子告敖者。"《释文》引司马云："皇姓，告敖字。"俞先生樾云："即《列子》之皇子。"然《广韵》，皇子复姓。又《尸子·广泽篇》云："皇子贵衷。"皆无征于他书。昔魏文著论，不信有火浣布，明帝时有献此者，遂欲追刊前论，疑即作伪者所本也。

十四事：《汤问篇》云："伯牙善鼓琴，钟子期善听。"汪中证钟子期即《史记·魏世家》之中旗，《秦策》之中期，《韩非子·难势篇》之钟期，则楚怀王、顷襄王时人，列子何缘得知？由作为伪者既诬列子为六国时人，故一切六国时事，辄附之而不疑耳。

十五事：《黄帝篇》云："鲵旋之潘为渊，止水之潘为渊，流水之潘为渊，滥水之潘为渊，沃水之潘为渊，汧水之潘为渊，雍水之潘为渊，汧水之潘为渊，肥水之潘为渊，是为九渊焉。"俞先生樾谓："此五十八字乃他书之错简，《庄子·应帝王篇》止列首三句，而总之曰渊有九名，此处三焉，盖以其与本篇文义无关，而古本相传，又不敢竟从芟薙，姑存大略耳。"不悟此文全袭庄书，而作伪者未悉《庄子》之旨，致《庄子》所削者举而列之，自显败阙。盖《庄子》此章之旨，如佛家所言止观，成玄英、林希逸、德清俱已明之。三机正当三止三观，其意亦与南岳智者不殊，于古说九渊之中独取三渊以为比拟，非是全无干涉，所为不列九渊全名，正以其他无关耳。作伪者不达，则取《尔雅》杂而成之，九渊虽具，而文旨已绝矣。（《容斋续笔》十二论此云："《尔雅》之书，非周公所作，盖是训释《三百篇》所用字，不知列子之时已有此书否，细碎虫鱼之文，列子决不留意，得非偶相同耶？"然则容斋已疑及此，特不悟今本《列子》出伪作，故犹有偶同之说。）

十六事：《力命编》云："邓析操两可之说，设无穷之辞，当子产执政，作竹刑，郑国用之，数难子产之治，子产屈之，子产执而戮之，俄而诛之。"考《汉志》名家《邓析》二篇，班固自注云："郑人，与子产并时。"颜师古曰："据《左传》昭公二十年，子产卒，定公九年，驷歂杀邓析而用其竹刑，则非子产所杀也。"此湛注亦云："子产卒后二十年而邓析死也。"夫列子，郑人，事又相及，何故歧误如此？盖作伪者用《吕氏春秋·离谓篇》邓析难子产事，影撰此文，故不寤与《左氏》牴牾也。（《荀子》亦云子产杀邓析，盖邓析与子产同时，而见杀在子产卒后，荀吕盖以邓析数难子产，故谓子产杀邓析也。）

十七事：《汤问篇》记孔子见小儿辩日事。桓谭《新论》所载略同。谭云"小时闻闾巷言"，不云出《列子》。《博物志》五亦记此事，末云："亦出

《列子》。"则华所据为《新论》，疑"亦出《列子》"四字为读者注语，不然华当据《列子》先见之书也。此为窃《新论》影撰，对校谭记，确然无疑。

十八事：《汤问篇》曰："朽壤之上有菌芝者，生于朝，死于晦。"按《庄子·逍遥游篇》曰："朝菌不知晦朔。"陆德明《释文》引司马彪曰："朝菌，大芝也，天阴生粪上。"又引崔撰曰："粪上芝，朝生暮死，晦者不及朔，朔者不及晦。"王引之引《淮南·道应训》，朝菌作朝秀（《广雅》秀作蓨）。高诱说为朝生莫死之虫，以斥司马、崔说之非，是也。此谓朽壤之菌芝，朝生莫死，乃影射《庄子》之文，而实用崔氏之说，其为伪作，亦复显然。

十九事：《力命篇》曰："彭祖之知，不出尧舜之上，而寿八百。"按《庄子·大宗师篇》曰："彭祖得之，上及有虞，下及五伯。"则其寿不止八百岁。宋忠《世本注》、王逸《楚辞注》、高诱《吕氏春秋》、《淮南子注》乃有七百八百之说。孔广森、严可均曰："大彭历事虞夏，于商为伯，武丁之世灭之，故曰彭祖八百岁。谓彭国八百年而亡，非实篯不死也。"以余考定，生于尧舜之世者为彭寿。（即彭篯，亦即彭铿，亦即篯铿，见《大戴礼》及《竹书纪年》，以受封于彭，号彭祖。）而其后世尝有于商为诸侯伯者，即《左传》、《国语》所谓大彭氏，亦号彭祖，古盖有因传闻而误以为一人者。宋忠之徒，数其自唐虞，历夏商，约七八百年，故云七百（陆德明《庄子释文》引李颐、崔撰说），或云七百余岁（高诱《淮南子注》），或云八百（宋衷《世本注》，王逸《楚辞注》），而作伪者不暇考定，即袭而用之耳。

二十事：《天瑞篇》曰："列姑射山在海河洲中，山上有神人焉。"按《庄子·逍遥游篇》曰："藐姑射之山有神人居焉。"不云在海河洲中，此乃袭《山海经·海内北经》文也。彼文郭璞注曰："庄子所谓藐姑射之山也。"使《列子》非出伪作，郭何为不引此以注乎？

由此言之，世传《列子》书八篇，非《汉志》著录之故，较然可知。况其文不出前书者，率不似周秦人，词气颇缀裂，不相条贯。又如《天瑞篇》言："天地空中之一细物，有中之最巨者。"《周穆王篇》言："西极之国，有化人来，入水火，贯金石，反山川，移城邑，乘虚不坠，触实不硋，千变万化，不可穷极，既已变物之形，又且易人之虑。"《汤问篇》言："其山高下周旋三万里，其顶平处九千里，山之中间相去七万里，以为邻居焉。其上台观皆金玉，其上禽兽皆纯缟，珠玕之树皆丛生，华实皆有滋味，食之皆不老不死。所居之人皆仙圣之种，一日一夕，飞相往来者，不可数焉。"此并取资于浮屠之书，尤其较著者也。（朱熹谓此书言精神入其门，骨骸反其根，我尚何存者，即佛书四大各离，今者妄身，当在何处之所由出。伦案此本《淮南·精神训》文，亦中土古义。）若《汤问篇》之六

鳌焦螟，放《庄子》之鲲鹏蛮触，《黄帝篇》之海上沤鸟，放《吕览》之好
蜻，（谢灵运《山居赋》自注、刘孝标《世说新语》注并引《庄子》"海上之人好鸥者"云云，则此本
《庄子》文也。）如此者不可胜数。崔述谓其称孔子观于吕梁，而遇丈夫厉河水，
又称息驾于河梁而遇丈夫厉河水。此本庄周寓言，盖有采其事而稍窜易其文
者，伪撰《列子》者误以为两事而遂两载之也。汪继培谓其会萃补缀之迹，诸
书见在，可覆按也。知言哉。盖《列子》书出晚而亡早，故不甚称于作者，魏
晋以来好事之徒，聚敛《管子》、《晏子》、《论语》、《山海经》、《墨子》、
《庄子》、《尸佼》、《韩非》、《吕氏春秋》、《韩诗外传》、《淮南》、《说
苑》、《新序》、《新论》之言，附益晚说，成此八篇，假为向叙以见重。而刘
勰乃称其气伟采奇，柳宗元谓其质厚少伪，洪迈、宋濂、王世贞且以为简劲出
《庄子》右，刘埙谓漆园之言皆郑圃之余，岂盲于目者耶？夫辅嗣为《易注》，
多取诸《老》、《庄》，而此书亦出王氏，岂弼之徒所为与？

选自《古史辨》第四册，北平朴社，1933

诗经序传笺略例

黄 侃

经 例

诗名作者自为

《书·金縢》："于后，公乃为诗以贻王，名之曰，'鸱鸮'。"

《国语·楚语》："昔卫武公年九十五，作《懿》以自儆。"（今《诗》作"抑"。）

诗名相同

《邶风·柏舟》，言仁而不遇也。《鄘风·柏舟》，共姜自誓也。

《王风·扬之水》，刺平王也。《唐风·扬之水》，刺晋昭公也。

诗名遗见文

《小雅·雨无正》，大夫刺幽王也。（经无"雨无正"字。）

《大雅·常武》，召穆公美宣王也。（经无"常武"字。）

诗句相袭

《邶风·谷风》："习习谷风，以阴以雨。"《小雅·谷风》："习习谷风，维风及雨"。

《周南·樛木》："南有樛木，葛藟累之。"《小雅·南有嘉鱼》："南有樛木，甘瓠累之。"

句同义异

《周南·卷耳》："寘彼周行"。（《传》："行，列也。思君子，官贤人，置周之列位。"）　《小雅·鹿鸣》："示我周行。"（《传》："周，至。行，道也。"）

《邶风·泉水》："不瑕有害。"（《传》："瑕，远也。"王肃曰："愿疾至于卫，不远礼义之害。"）又《二子乘舟》："不瑕有害。"（《传》"言二子之不远害。"）

同辞异义

《邶风·柏舟》（《传》："柏木所以宜为舟也。亦泛泛其流，不以济度也。"）

《鄘风·柏舟》（《笺》云："舟在河中，犹妇人之在夫家，是其常处。"）

《小雅·杕杜》（《传》："杕杜犹得其时蕃滋，役夫劳苦，不得尽其天性。"）

《唐风·有杕之杜》："生于道左。"（《传》："道左之阳，人所宜休息也。"）

《唐风·杕杜》（《传》："杕，特貌。杜，赤棠。湑湑，枝叶不相比也。"）

倒文

《大雅·文王》："不显亦世。"（《传》："言不亦世显德乎？"）

《邶风·日月》："逝不相好。"（《传》："言不及我以相好也。"）

变文

《周南·关雎》："左右流之。"（《传》"流，求也。"）此避下文而变。

《鄘风·柏舟》："母也天只。"（《传》："天谓父。"）此叶韵而变。

倒序

《豳风·七月》："七月在野，八月在宇，九月在户，十月蟋蟀入我床下。"倒序"蟋蟀"。

《周南·汉广》："翘翘错薪，言刈其楚。"（《笺》："楚，杂薪之中尤翘翘者。"）此倒言"楚"。

省文

《齐风·南山》："必告父母。"（《传》："必告父母之庙。"）

《鲁颂·有駜》："岁其有。"（《传》："岁其有丰年也。"）

互文

《周南·关雎》："琴瑟友之。"（《传》："宜以琴瑟友乐之。"）"钟鼓乐之。"（《传》："德盛者宜有钟鼓之乐。"）

反言

《郑风·扬之水》："不流束楚。"（《传》："激扬之水，可谓不能流漂束楚乎？"）

连类而序

《召南·羔羊》（《传》："小曰羔，大曰羊。大夫羔裘以居。"）据此，是本言羔裘，今经文连羊而序。

上下文同义异

《大雅·荡》："荡荡上帝，下民之辟。"（《传》："上帝以讬 君王。"）又"匪上帝不时"。（《疏》："非为上帝生之使不得其时。"）据此，是上"上帝"指厉王，下"上帝"则天之上帝。

一字数义

《陈风·东门之枌》："谷旦于差。"（《传》："谷，善也。"）《王风·大车》"谷则异室。"（《传》："谷，生也。"）《小雅·夫保》："俾尔戬谷。"（《传》："谷，禄也。"）

上下文异义同

《商颂·玄鸟》："古帝命武汤"，"方命厥后"，"商之先后"，"武王靡不胜"。据此，"武汤"、"后"、"先后"、"武王"，四名同义，皆指汤也。

复语

《小雅·白驹》："于焉逍遥。"（"于"，于是也。"焉"，亦于是也。然则"于焉"，复语也。）

《小雅·小弁》："何辜于天，我罪伊何。"（"我罪伊何"即"何辜"也复语。）

语词足句

《邶风·绿衣》："绿兮丝兮。"（上"兮"字足句。）

《小雅·无羊》："众维鱼矣。"（此与"旐维旟矣"不同。"旐旟"是两物，"众鱼"是一事也。然"众"与"鱼"之间加一字，足明此"维"字为足句之词。）

对句参差

《大雅·皇矣》："不大声以色，不长夏以革。"（《传》："不大声见于色。革，更也。不以长大有所更。"）

《周颂·我将》："我将我享，维羊维牛。"（《传》："将，大也。享，献也。"）

虚词似异实同

《邶风·日月》："日居月诸。"（《传》："日乎月乎"。）据此，是"居"读如"何居"之"居"，"诸"读如"有诸"之"诸"，皆训"乎"也。

《召南·何波袯矣》："维丝伊缗。"（《传》："伊，维也。"）案《尔雅》："伊、维，侯也。"是"伊"、"维"同训，故"维"亦可训"伊"。此文之"维丝伊缗"，用前语词足句之例，释为"伊丝伊缗"可，释为"维丝维缗"亦可。但下一虚词，皆用以足句耳。

句似同实异

《鄘风·载驰》："载驰载驱。"（《传》："载，辞也。"）《小雅·菁菁者莪》："载沉载浮。"（《传》："载沈亦沉，载浮亦浮也。"）

《周南·桃夭》："宜其室家。"（《传》："宜以有室家。"）又"宜其家人"。（《传》："一家之人尽以为宜。"）

用字或用本义或用引申

《召南·行露》："厌浥行露。"（《传》："行，道也。"此"道"为"道路"之"道"。）《小雅·鹿鸣》："示我周行。"（《传》："行，道也。"此"道"为"道理"之"道"。）

《曹风·鸤鸠》："正是四国。"（《传》："正，长也。"此"长"为"长幼"之"长"。）《商颂·玄鸟》："正域彼四方。"（《传》："正，长也。"此为"长短"之"长"。）

经文用一字，或只用本字，或用假借

《小雅·正月》："燎之方扬，宁或灭之。赫赫宗周，褒姒威之。"（《传》："威，灭也。"）《大雅·行苇》。"四镞既钧，舍矢既均。"（《传》："镞，矢参亭，已均中蔽。"上"钧"意亦"均"也。）

《邶风·谷风》："反以我为雠。"（下"贾用不售"。此后人妄改。）

《小雅·鹿鸣》："示我周行"，"视民不恌"。（《笺》："视，古示字也。"）

举此见彼

《郑风·大叔于田》："执辔如组，两骖如舞。"（《传》："骖之与服，和谐中节。"）

数句连读

《鄘风·定之方中》："树之榛、栗、椅、桐、梓、漆。"

《大雅·韩奕》："王锡韩侯，淑旗、绥章、簟茀、错衡、玄衮、赤舄、钩膺、镂锡、鞹鞃、浅幭、条革、金厄。"

文平义异

《小雅·常棣》："原隰裒矣，兄弟求矣。"（《传》："'求矣'言求兄弟也。"）

《大雅·思齐》："不显亦临，无射亦保。"（《传》："以显临之，保安无厌也。"）

偶语错文

《小雅·大东》："或以其酒，不以其浆。"（《传》："或醉于酒，或不得浆。"）

《大雅·桑柔》："四牡骙骙，旟旐有翩。"（《传》："骙骙，不息也。翩翩，在路不息也。"）

动词形容词实用

《大雅·大明》："日嫔于京。"（《传》："京，大也。"《疏》曰："能尽妇道于大国。"）

《小雅·正月》："有菀其特。"（《传》："言朝廷曾无杰臣"。）

语词无义

《大雅·文王》："有周不显。"（《传》："有周，周也。不显，显也。"）又"无念尔祖"。（《传》："无念，念也。"）

虚数

《豳风·东山》："九十其仪。"（《传》："言多仪也。"）

《小雅·甫田》："岁取十千。"（《传》："十千，言多也。"）

语词叠用

《大雅·板》："天之牖民，如埙如篪，如璋如圭，如取如携。"

《大雅·绵》："乃慰乃止，乃左乃右，乃疆乃理，乃宣乃亩。"

状物词上单下复

《小雅·常棣》："鄂不韡韡。"《传》："鄂犹鄂鄂然，言外发也。韡韡，光明也。"）

《桧风·隰有苌楚》："夭之沃沃。"（《桃夭传》："夭夭，其少状也。"本《传》："夭，少也。"）

上复下单

《邶风·终风》："曀曀其阴。"（《传》："如常阴曀曀然。"）

名词虚用

《商颂·那》："于赫汤孙。"（《传》："甚矣，汤为人子孙也。"）

《商颂·玄鸟》："在武丁孙子"。（王肃曰："美高宗武丁善为人之子孙。"）

上章语未尽而下章足其义

《小雅·鹤鸣》："可以为错。"又"可以攻玉"。（《传》："攻，错也。"）

《小雅·祈父》："予王之爪牙"，"予王之爪士"。（《传》："士，事也。'）

后章不与前章同义

《王风·君子阳阳》："右招我由房。"（《传》："国君有房中之乐。"）又"右招我由敖"。（《鹿鸣传》："敖，游也。"）

《召南·羔羊》："羔羊之皮"，"羔羊之革"，"羔羊之缝"。（《传》："缝，言缝杀之大小得其制。"）

重言异字同义

《周南·螽斯》："诜诜兮。"《大雅·桑柔》："牲牲其鹿。"《小雅·皇皇者华》："駪駪征夫。"（《传》并云"众多"。）

《郑风·有女同车》："佩玉将将。"（《传》："鸣玉而后行。"）《商颂。烈祖》："八鸾锵锵。"（《传》："言文德之有声。"）

重言同字异义

《豳风·七月》："二之日凿冰冲冲。"（《传》："凿冰之意。"）《小雅·蓼萧》："鞗革冲冲"。（《传》："垂饰貌。"）

《魏风·十亩之间》："桑者闲闲兮。"（《传》："男女无别往来之貌。"）《大雅·皇矣》："临衝闲闲。"（《传》："动摇也。"）

状词本字下加其字

《邶风·绿衣》："凄其以风。"《秦风·小戎》："温其如玉。"

状词本字上加其字

《卫风·硕人》："硕人其颀。"《邶风·静女》："静女其娈。"

状词本字下加彼字

《小雅·节南山》："节彼南山。"《召南·小星》："嘒彼小星。"

状词本字上加彼字

《召南·驺虞》："彼茁者葭。"《小雅·采薇》："彼尔维何。"

状词本字上加有字。

《邶风·匏有苦叶》："有弥济盈，有鷕雉鸣。"《小雅·隰桑》："隰桑有阿，其叶有难。"

状词本字上加斯字

《小雅·采芑》："朱芾斯皇。"《小雅·斯干》："如跂斯翼。"

状词本字上加思字

《大雅·文王》："思皇多士。"《小雅·车辖》："思娈季女逝兮。"

状词本字下加如字

《周南·汝坟》："惄如调饥。"《邶风·旄丘》："褎如充耳。"

状词本字下加若字

《卫风·氓》："其叶沃若。"《齐风·猗嗟》："抑若扬兮。"

状词本字下加而字

《齐风·猗嗟》："颀而长兮。"《邶风·静女》："爱而不见。"

状词本字下加矣字

《召南·何彼襛矣》："何彼襛矣。"《大雅·皇矣》："皇矣上帝。"

状词本字下加兮字

《卫风·淇奥》："瑟兮僩兮，赫兮咺兮。"

状词本字下加止字

《小雅·采薇》："薇亦柔止。"《杕杜》："卉木萋止。"

状词上加伊字

《大雅·文王有声》："三公伊濯。"《周颂·耜良》："其笠伊纠。"

状词下加然字

《魏风·葛屦》："宛然左辟。"《小雅·南有嘉鱼》："烝然来思。"

状词下加焉字

《小雅·小弁》："怒焉如捣。"《小雅·大东》："潸焉出涕。"

本单字而重之

《周颂·有客》："有客宿宿,有客信信。"(《传》意两字皆重言,与《尔雅》异。)

序　例

序有毛公所足

《小雅·南陔》："孝子相戒以养也。"《白华》："孝子之洁白也。"《华黍》："时和岁丰,宜黍稷也。有其义而亡其辞。"

《小雅·由庚》："万物得由其道也。"《崇丘》："万物得极其高大也。"《由仪》："万物之生各得其宜也。有其义而亡其辞。"

按篇义子夏所作,有义亡辞一句毛公所加。

序有子夏后、毛公前所足

《周颂·丝衣》："绎宾尸也。高子曰:灵星之尸也。"(《郑志》答张逸云:"高子之言非毛公,后人著之。")据上二条,故《郑志》云:"小字是子夏、毛公合作。卜商意有不尽,毛更足成之。"

序总挈全经纲领

《周南·关雎》。

序中总举大义

《商颂·那序》述《商颂》所由得。

《小雅·六月序》言《小雅》尽"废",总挈《鹿鸣》至《菁菁者莪》之义。

序举诗义与诗句相当

《周南·葛覃》："后妃之本也。后妃在父母家,(《疏》:"首章是也。")则志在于女功之事。（二章治葛以为缔绤是业。）躬俭节用，服浣濯之衣，（卒章污私浣衣是也。）尊敬师傅，则可以归（卒章上二句是也。）安父母，化天下（卒章下一句尽也。）以妇道也。（因事生义，于经无所当。）"

序举诗义不必句句相当

《周南·芣苢》："后妃之美也，和平则妇人乐有子矣。"

传　例

传与序相应

《召南·羔羊序》："《鹊巢》之功致也，召南之国化文王之政。在位皆节俭正直，德如羔羊也。"《传》："小曰羔，大曰羊。古者素丝以英裘，不失其制。大夫羔裘以居。（此说"节俭"也）委蛇，行可从迹也。（此说"正直"也。）"

《鄘风·君子偕老序》："刺卫夫人也。夫人淫乱，失事君子之道。故陈人君之德、（郑曰："人君，小君也。"）服饰之盛，宜与君子偕老也。（《序》倒序。）《传》："能与君子俱老，乃宜居尊位，服盛服也。（《传》顺序。）"

《曹风·鸤鸠序》："刺不壹也。在位无君子，用心之不壹也。"《传》："执义一则用心固。"

《郑风·出其东门序》："闵乱也。公子五争，兵革不息，男女相弃，民人思保其室家焉。"《传》："思不存乎相救急，（此说"男女相弃"。）愿室家得相乐也。（此议"思保其室家"。）"

传申补经义

《召南·野有死麕》："有女如玉。"（《传》："德如玉。"）

《陈风·衡门》："可以乐饥。"（《传》："可以乐道忘饥。"）

传曲达经义

《商颂·长发》："帝命不违，至于汤齐。"（《传》："至汤与天心齐。"）

毛本经或用假借字，或用本字

《卫风·考槃》："考槃在涧。"（《韩诗》作"干"，假借。《传》："山夹水曰涧。"）《小雅·斯干》："秩秩斯干。"（《传》："干，涧也。"）

本字、假借字同训

《秦风·无衣》："与子同仇。"（《传》："仇，匹也。"）《周南·关雎》："君子好逑。"（本亦作"仇"。《传》："逑，匹也。"）

《大雅·文王》："宣昭义问。"（《传》："义，善也。"）《周颂·我将》："仪式刑文王之典。"（《传》："仪，善也。"）

由同训以知通转

《商颂·玄鸟·传》："九有，九州也。"《商颂·长发·传》："九围，九州也。"

《周南·葛覃·传》："言，我也。"《邶风·匏有苦叶·传》："卬，我也。"

一义引申

《周南·关雎》："君子好逑。"（《传》："逑，匹也。"）《大雅·文王有声》："作丰伊匹。"（《传》："匹，配也。"）《大雅·皇矣》："天立厥配。"（《传》："配，媲也。"）

《邶风·谷风》："伊余来墍。"（《传》："墍，息也。"）《召南·殷其雷》："莫敢遑息。"（《传》："息，止也。"）《鄘风·相鼠》："人而无止。"（《传》："止，所止息也。"）

通训

《周南·卷耳·传》："陟，升也。"（凡"陟"皆训"升"。）《邶风·谷风·传》："旨，美也。"（凡"旨"皆训"美"。）

传用古字

《周南·葛覃·传》："污，烦也。"（"烦"为"颣"之假借。《说文》："颣，大丑貌。"）

《桧风·羔裘传》："悼，动也。"（"动"者，"㤈"之古字。《说文·新附》云："㤈，大哭也。"）

传用古义

《周颂·酌·传》："养，取也。"（今训供养。）《小雅·北山·传》："贤，劳也。"（今训贤才。）

传蒙上作训

《周南·汝坟·传》："鱼劳则尾赤。"（"劳"字蒙上"伐其条枚"、"条肄"而生义。）

传探下作训

《小雅·十月之交传》："之交，日月之交会。"（探下"朔日辛卯，日有食之。"）

经一字传二字

《邶风·谷风》："有洸有溃。"（《传》："洸洸，武也。溃溃，怒也。"）

《小雅·常棣》："鄂不韡韡。"（《传》："鄂犹鄂鄂然。"）

传不限于首见

《周南·关雎》："左右采之。"（至《芣苢》发《传》。）

《邶风·柏舟》："以敖以游。"（至《鹿鸣》释"敖"。）

经在先传在后

《邶风·燕燕》："颉之颃之。"（《传》："飞而上曰颉，飞而下曰颃。"此从段玉裁说。）"下上其音。"（《传》："飞而上曰上音，飞而下曰下音。"）

传于训诂见经义

《召南·江有汜》："江有汜。"（《传》："决复之为汜。"）"江有渚。"（《传》："水歧成渚。"）"江有沱。"（《传》："沱，江之别。"）

《王风·采葛》："彼采葛兮。"（《传》："葛所以为绤绤。"）"彼采萧兮"。（《传》："萧所以共祭祀。"）"彼采艾兮。"（《传》："艾所以疗疾。"）

以今义通古义

《邶风·柏舟传》："耿耿，犹儆儆也。"《大雅·板传》："殿屎，呻吟也。"

传不直言假借，但正其训诂而不破字

《周南·葛覃传》："害，何也。"（明为"曷"之假借。）《召南·采蘋传》："湘，享也。"（明为"鬺"、"鬵"之假借。）

传直言假借

《周·兔罝传》："干，扞也。"

《周南·汝坟传》："调，朝也。"

传用尔雅与今本异字

《尔雅》："瘅，劳也。"《小雅·大东传》："惮，劳也。"

《尔雅》："桋，梂也。"《商颂·长发传》："蘗，梂也。"

传训与尔雅异而实同

《尔雅》："翿，纛也。"《陈风·宛丘传》："翿，翳也。"

《尔雅》："写，忧也。"《邶风·泉水传》："写，除也。"

尔雅二训，传取其一

《尔雅》："流，择也，（不见。）求也。"（《传》用之。）

《尔雅》："劼，勤也，（不见。）齐也。"（《传》用之。）

尔雅今义不见于传

《邶风·式微》："式微式微。"（《传》曰："式，用也。"服注《左传》引《诗》释之曰："君用中国之道微。"《尔雅》曰："式微式微者，微乎微者也。"）

《大雅·生民》："履帝武敏歆。"（《传》曰："履，践也。帝，高辛氏之帝也。武，迹。敏，疾。歆，飨也。"《尔雅》："敏，拇也。"）

尔雅两训，传俱用之

《卫风·淇奥传》："治骨曰切，象曰磋，玉曰琢，石曰磨。（用《释器》。）如切如磋，道其学而成也。听其规谏以自修，如玉石之见琢磨。"（用《释训》。）

《小雅·鱼丽传》："罶，曲梁也。"（用《释训》。）"寡妇之笱也。"（用《释器》。）

笺　　例

笺改序

《小雅·十月之交》以下四篇《序》"刺幽王"，《笺》以为"刺厉王"。

笺改章

《周南·关雎》五章，章四句。故言三章，其一章四句，二章章八句。

笺改传大义

昏期，《传》用霜降逆女，冰泮杀止。《笺》用仲春时。

感生说，《传》所无，《笺》用齐鲁韩。

笺改传训诂

《邶风·式微》："式微式微。"《笺》用《尔雅》。

《周颂·天作》："天作高山，大王荒之。"（《传》："天生万物于高山，大王行道，能大天之所作。"《笺》云："高山谓歧山也，大王自豳迁焉。"）

用异本改字

《邶风·北风》："其虚其邪。"《笺》云："邪读如徐。"（用三家。）

《邶风·雄雉》："自诒伊阻。"《笺》云："伊当作繄。"（用《左传》。）

下己意改字

《邶风·绿衣序》《笺》："绿当为褖，字之误也。"（以《周礼》说经。）

《齐风·载驱》："齐子岂弟。"《笺》以为"闿圛"。（以古文《尚书》及《尔雅》说经。）

《周南·关雎·序》《笺》"哀当为衷。"（直以己意改。）

《魏风·伐檀》："不素飧兮"，《笺》："读如鱼飧之飧。"（意谓当作飨。）

解传兴与传同

《周南·关雎》。

传不言兴，笺亦不言

《周南·螽斯》。

与传兴同而义异

《召南·摽有梅》。（《传》："兴也。摽，落也。盛极则堕落者，梅也。尚在树者七。"《笺》云："喻始衰也。谓女二十，春盛不嫁，至夏则衰。"）

传言兴，笺不言兴

《召南·行露》。（《笺》以道中始有露谓二月中嫁取时。）

《邶风·绿衣》。（《笺》云："言褖衣自有礼制。"）

《邶风·谷风》。（《笺》与《传》，省略不言。）

传笺取兴似同实异

《周南·葛覃》。

传不言兴笺言兴

《小雅·四月》："四月维夏，六月徂暑。"（《传》："徂，往也。六月火星中，暑盛而往矣。"《笺》："徂犹始也。四月立夏矣，六月乃始盛暑。兴人为恶亦有渐，非一朝一夕"。）

笺意全与传同

《周南·螽斯》。

或同或异

《周南·关雎》。

全与传违

《大雅·生民》首章。

兰州大学学报，1982年第3期。黄侃遗著，由黄焯整理

诸子不出于王官论

胡适

今之治诸子学者，自章太炎先生以下，皆主九流出于王官之说。此说关于诸子学说之根据，不可以不辨也。此说始见《汉书·艺文志》，盖本于刘歆《七略》，其说曰：

儒家者流,盖出于司徒之官。……
道家者流,盖出于史官。……
阴阳家者流,盖出于羲和之官。……
法家者流,盖出于理官。……
名家者流,盖出于礼官。……
墨家者流,盖出于清庙之守。……
纵横家者流,盖出于行人之官。……
杂家者流，盖出于议官。……
农家者流，盖出于农稷之官。……
小说家者流，盖出于稗官。……

（本十家，原文有"其可观者九家而已"之语，故但言九流。）

此所说诸家所自出，皆属汉儒附会揣测之辞，其言全无凭据；而后之学者乃奉为师法，以为九流果皆出于王官。甚矣先人之言之足以蔽人聪明也。夫言诸家之学说，间有近于王官之所守，如阴阳家之近于占候之官，此犹可说也。即谓古者学在官府，非吏无所得师，亦犹可说也。至谓王官为诸子所自出，甚至以墨家为出于清庙之守，以法家为出于理官，则不独言之无所依据，亦大悖于学术思想兴衰之迹矣。今试论此说之谬，分四端言之：

第一，刘歆以前之论周末诸子学派者，皆无比说也。

甲，《庄子·天下篇》。
乙，《荀子·非十二子篇》。

丙，　司马谈《论六家要指》。

丁，　《淮南子·要略》。

古之论诸子学说者，莫备于此四书。而此四书皆无出于王官之说。《淮南要略》（自"文王之时，纣为天子"以下）专论诸家学说所自出，以为诸子之学皆起于救世之弊，应时而兴。故有殷周之争，而太公之阴谋生；有周公之遗风，而儒者之学兴；有儒学之敝，礼文之烦扰，而后墨者之教起；有齐国之地势，桓公之霸业，而后管子之书作；有战国之兵祸，而后纵横修短之术出；有韩国之法令"新故相反，前后相缪"，而后申子刑名之书生；有秦孝公之图治，而后商鞅之法兴焉。此所论列，虽间有考之未精，然其大旨以为学术之兴皆本于世变之所急，其说最近理。即此一说，已足摧破九流出于官之陋说矣。

第二，九流无出于王官之理也。周官司徒掌邦教，儒家以六经设教，而论者遂谓儒家为出于司徒之官。不知儒家之六籍，多非司徒之官之所能梦见。此所施教固非彼所谓教也。此其说已不能成立。其最谬者，莫如以墨家为出于清庙之守。夫以"墨"名家，其为创说更何待言？墨者之学，仪态万方，岂清庙小官所能产生？《七略》之言曰：

> 茅屋采椽，是以贵俭；养三老五更，是以兼爱；选士大射，是以上贤；宗祀严父，是以右鬼；顺四时而行，是以非命，以孝视天下，是以上同。

此其所言，无一语不谬。墨家贵俭，与茅屋采椽何关？茹毛饮血，穴居野处，不更俭耶？又何不谓墨家为出于洪荒之世乎？养三老五更，尤不足以尽兼爱。墨家兼爱，本之其所谓"天志"；其意欲兼而爱人兼而利人，与陋儒之养老异矣。选士大射，岂属清庙之守，其说已为离本；至谓"宗祀严父，是以右鬼，以孝视天下，是以上同"则更荒谬矣！墨家爱无差等，何得宗祀严父？其上同之说谓一同天下之义，与儒家之以孝治天下，全无关系也。墨家非命之说，要在使人知祸福由于自召，丰歉有待耕耘，正攻儒家"死生有命，富贵在天"之说；若"顺四时而行，"适成有命之说，更何"非命"之可言？

凡此诸端，皆足征墨家之不出于王官。举此一家，可例其他。如云纵横之术出于行人之官，不知行人自是行人，纵横自是纵横；一是官守，一为政术，二者岂相为渊源耶？《周礼》尝有掌皮之官矣，岂可谓今日制革之术为出于此耶？

第三，《艺文志》所分九流，乃汉儒陋说，未得诸家派别之实也。古无九流之目，《艺文志》强为之分别，其说多支离无据。如晏子岂可在儒家，管子岂可在道家？管子既在道家，韩非又安可属法家？至于《伊尹》，《太公》，《孔甲盘盂》，种种伪书，皆一律收录，其为昏谬，更不待言。其最谬者，莫如论名家。古无名家之名也；凡一家之学，无不有其为学之方术，此方术即是其"逻辑"。是以老子有无名之说，孔子有正名之论，墨子有三表之法，别墨有《墨辩》之书（即今《墨子》书中之《经》上下、《经说》上下、《大取》、《小取》诸篇），荀子有正名之篇，公孙龙有名实之论，尹文子有刑名之论，庄周有齐物之篇，皆其"名学"也。古无"名学"之家，故"名家"不成为一家之言。（此说吾于所著《先秦名学史》中详论之，非数言所能尽也。）惠施，公孙龙，皆墨者也，观《列子·仲尼篇》所称公孙龙之说七事，《庄子·天下篇》所称二十一事，及今所传《公孙龙子》书中《坚白》、《通变》、《名实》诸篇，无不尝见于《墨经》，（晋人如张湛、鲁胜之徒，颇知此理。至于惠施主兼爱万物，公孙龙主偃兵，尤易见。）皆其证也。其后学术散失，汉儒固陋，但知掇拾诸家之伦理政治学说，而不明诸家为学之方术，于是凡"苛察缴绕"（司马谈话）之言，概谓之"名家"。名家之目立，而先秦学术之方法沦亡矣。刘歆、班固承其谬说，列名家为九流之一，而不知其非也。先秦显学，本只有儒墨道三家，后世所称法家如韩非、管子（管仲本无书。今所传《管子》，乃伪书耳。）皆自属道家。任法、任术、任势以为治，皆"道"也。其他如《吕览》之类，皆杂糅不成一家之言。知汉人所立"九流"之名之无征，则其九流出于王官之说不攻而自破矣。

第四，章太炎先生之说亦不能成立。近人说诸子出于王官者，惟太炎先生为最详。（其说见"诸子学略说"，此篇今不列于"章氏丛书"。）然其言亦颇破碎不完。如引《艺文志》之说而以为"此诸子出于王官之证，"此如惠施所云以弹说弹（见《说苑》），不成论证也。其称老聃为柱下史，为征藏史，以为道家固出于史官。然则孔丘尝为乘田矣，尝为委吏矣，岂可遂谓孔氏之学固出于此耶？又云"墨家先有史佚，为成王师，其后墨翟亦受学于史角"。史佚之书，今无所考，其名但见《艺文志》；其书之在墨家，亦犹晏子之在儒家与伊尹、太公之在道家耳。若以墨翟之学于史角，为诸子出于王官之证，则孔子所师事者尤众矣。况史佚、史角既非清庙之官，则《艺文志》墨家出于清庙之说亦不能成立。又云，"其他虽无征验，而大抵出于王官"。然则太炎先生亦知其为无征验矣。

太炎先生又曰："古之学者多出王官，世卿用事之时，百姓当家则务农商畜牧，无所谓学问也；其欲学者，不得不给事官府，为之胥徒，或乃供洒扫为仆役焉。故《曲礼》云：'宦学事师。'学字本或作御。所谓宦者，谓为其宦寺也。（适按：此说似未必然。郑注云："宦，仕也。"《正义》引《左传》宣二年服虔注云："宦，学也，谓学仕官之事。"其说似近是。）所谓御者，谓为其仆御也。（适按：原作学本可通。《正义》谓学习六艺是也。即作御，亦是六艺之一。古者车战之世，射御并重，孔子亦有吾执御矣之言，未必是仆役之贱职也。）……《说文》云：'仕，学也。'仕何以得训为学，所谓官于大夫，犹今之学习行走耳；是故非仕无学，非学无仕。"（《诸子学略说》。）又曰："不仕则无所受书。"（《订孔上》。）适按：此言古代书册司于官府，故教育之权柄于王官，非仕无所受书，非吏无所得师。此或实有其事亦未可知；然此另是一问题。古者学在王官是一事，诸子之学是否出于王官又是一事。吾意以为即令此说而信，亦不足证诸子出于王官。盖古代之王官定无学术可言，《周礼》伪书，本不足据，（无论如何，《周礼》决非周公时之制度。）即以《周礼》所言"十有二教"及"乡三物"观之，皆不足以言学术。徒以古代为学皆以求仕，故智能之士或多萃于官府。此如欧洲中世教会柄世政，才秀之士多为祭司神甫，而书籍亦多聚于寺院。以故，其时求学者，皆以祭司为师。故谓教会为握欧洲中古教育之柄可也，然岂可遂谓近世之学术皆出于教会耶？吾意我国古代，或亦如此？当周室盛时，教育之权或尽操于王官。然其所谓教，必不外乎祀典卜巫之文，礼乐射御之末，其所谓"师儒"，亦如近世"训导"、"教授"之类耳；其视诸子之学术，正如天地之悬绝。诸子之学不但决不能出王官，果使能与王官并世，亦定不为所容而必为所焚烧坑杀耳。此如欧洲教会尝操中古教育之权，及文艺复兴之后，私家学术隆起，而教会以其不利于己，乃出其全力以抑阻之。哲人如卜鲁诺（Bruno）乃遭焚杀之惨。其时科学哲学之书多遭禁毁，笛卡儿至自毁其已著未刊之《天地论》。使教会当时竟得行其志，则欧洲今世之学术文化尚有兴起之望耶？是故教会之失败，欧洲学术之大幸也；王官之废绝，保氏之失守，先秦学术之大幸也。而世之学者，乃更拘守刘歆之谬说，谓诸子之学皆出于王官，亦大昧于学术隆替之迹已。

太炎先生《国故论衡》之论诸子学，其精辟远过其《诸子学略说》矣；然终不废九流出于王官之说。（其说又散见他书，如《孝经用夏法说》、《订孔上》诸篇。）其言曰："是故九流皆出王官，及其发舒，王官所不能与；官人守要，而九流究宣其义，是以滋长。"（《原学》。）此亦无征验之言。其言"官人守要而九流究宣其义"，大足贻误后学。夫义之未宣，便何要之能守？学术之兴，由简而繁，由易而赜，其简其易，皆属草创不完之际，非谓其要义已尽具于是也。吾意以为诸子自老聃、孔丘至于韩非，皆忧世之乱而思有以拯济之，故其学皆应时而生，与王官无涉。诸家既群起，乃交相为影响，虽明相攻击，而冥冥之中已受所攻击者之薰化。是故孔子攻"报怨以德"之言，而其言无为之治则老聃之影响也。墨子非儒，而其言曰"义者，正也，必从上之正下，无从下之正上"，则同于"政者正也"之说矣。又言必称尧、舜古圣王，则亦儒家之流毒也。孟子非墨家功利之说而其言政无一非功利之事。又非兼爱，而盛称禹、稷之行，与不忍人之政，则亦庄生所谓"名实未亏而喜怒为用"者耳。荀子非墨，而其论正名，实大受墨者之影响。诸如此类，不可悉数，其间交互影响之迹，宛然可寻，而皆与王官无涉也。故诸子之学，皆春秋战国之时势世变所产生。其一家之兴，无非应时而起；及时变事异，则向之应世之学翻成无用之文，于是后起之哲人乃张新帜而起。新者已兴而旧者未踣，其是非攻难之力，往往亦能使旧者更新。儒家之有孟、荀，墨家之有"别墨"。（别墨之名，始见《庄子·天下篇》。）其造诣远过孔、墨之旧矣。有时一家之言蔽于一曲，坐使妙理晦塞，而其间接之影响，乃更成新学之新基。如庄周之言天地万物进化之理，本为绝世妙论，惜其"蔽于天而不知人"，（荀卿语。）遂渝为任天安命达观之说。（此说流毒中国最深。《庄子》书中如《大宗师》诸篇，皆极有弊。）然荀卿、韩非受其进化论，而救之以人治胜天之说，遂变出世主义而为救时主义，变乘化待尽之说而为戡天之论，变"法先王"之儒家而为"法后王"之儒家法家。学术之发生兴替，其道固非一端也。明于先秦诸子兴废沿革之迹，乃可以寻知诸家学说意旨所在，其命意所指，然后可与论其得失之理也。若谓九流皆出于王官，则成周小史之圣知，定远过于孔丘、墨翟，此与谓素王作《春秋》为汉朝立法者，其信古之陋何以异耶？

民国六年四月草于赫贞江上寓楼

发表于《太平洋》第一卷第七号，1917年10月15日。1921年收入《胡适文存》卷二，改今题。1933年北平朴社出版的《古史辨》第三册亦收此篇

《诗三百篇》言字解

胡 适

　　《诗》中"言"字凡百余见。其作本义者，如"载笑载言"，"人之多言"，"无信人之言"之类，固可不论。此外如"言告师氏，言告言归"，"薄言采之"，"陟彼南山，言采其蕨"之类，毛《传》、郑《笺》皆云"言，我也"。　宋儒集传则皆略而不言。今按以言作我，他无所闻，惟《尔雅·释诂》文"邛，吾，台，予，朕，身，甫，余，言，我也"。唐人疏诗，惟云"言，我，《释诂》文"。而郭景纯注《尔雅》，亦只称"言，我，见《诗》"。以《传》、《笺》证《尔雅》，以《尔雅》证《传》、《笺》，其间是非得失殊未易言。然《尔雅》非可据之书也。其书殆出于汉儒之手，如《方言》、《急就》之流。盖说经之家纂集博士解诂，取便检点，后人缀辑旧文，递相增益，遂傅会古《尔雅》，谓出于周、孔，成于子夏耳。今观《尔雅》一书，其释经者居其泰半，其说或合于毛，或合于郑，或合于何休、孔安国。似《尔雅》实成于说经之家，而非说经之家引据《尔雅》也。鄙意以为《尔雅》既不足据，则研经者宜从经入手，以经解经，参考互证，可得其大旨。此西儒归纳论理之法也。今寻绎《诗》三百篇中言字，可得三说，如左：

　　（一）言字是一种挈合词（严译），又名连字（马建忠所定名），其用与"而"字相似。按《诗》中言字大抵皆位于二动词之间，如"受言藏之"，受与藏皆动词也。"陟彼南山，言采其蕨"，陟与采皆动字也。"还车言迈"，还与迈皆动字也。"焉得谖草，言树之背"，得与树皆动字也。"驱马悠悠，言至于漕"，驱与至皆动字也。"静言思之"，静，安也，与思皆动字也。"愿言思伯"，愿，郑《笺》，"念也"，则亦动字也。

　　据以上诸例，则言字是一种挈合之词，其用与而字相同，盖皆用以过递先后两动字者也。例如《论语》"咏而归"，《庄子》"怒而飞"，皆位二动字之间，与上引诸言字无异。今试以而字代言字，则"受而藏之"，"驾而出游"，"陟彼南山，而采其蕨"，"焉得谖草，而树之背"，皆文从字顺，易如破竹矣。

　　若以言作我解，则何不用"言受藏之"，而必云"受言藏之"乎？何不云"言陟南山"，"言驾出游"，而必以言字倒置于动词之下乎？汉文通例，凡动词皆位于主名之后，如"王命南仲"，"胡然我念之"，王与我皆主名，皆位于动词之前，是也。若以我字位于动字之下，则是受事之名而非主名矣。如"父兮生我，母兮鞠我，拊我畜我，长我育我，顾我复我，"此诸我字皆位于动字之后者也。若移而置之于动字之前，则其意大异，失其本义矣。今试再举《彤弓》证之。"彤弓弨兮，受言藏之。我有嘉宾，中心贶之"。我有嘉宾之我，是主名，故在有字之前。若言字亦作我解，则亦当位于受字之前矣。且此二我字同是主名，作诗者又何必用一言一我故为区别哉？据此可知言与我，一为代名词，一为挈合词，本截然二物，不能强同也。

（二）**言字又作乃解**。乃字与而字，似同而实异。乃字是一种状字（《马氏文通》），用以状动作之时。如"乃寝乃兴，乃占我梦"，又如"乃生男子"，此等乃字其用与然后二字同意。《诗》中如"言告师氏，言告言归"，皆乃字也。犹言乃告师氏，乃告而归耳。又如"昏姻之故，言就尔居"，"言旋言归，复我邦族"，言字皆作乃字解。又如"薄言采之"，"薄言往诉"，"薄言还归"，"薄言追之"等句，尤为明显。凡薄言之薄皆作甫字解。郑《笺》："甫也，始也。"是矣。今以乃代言字，则乃始采之，乃甫往诉，乃甫还归，乃始追之，岂不甚明乎？又如《秦风》"言念君子"，谓诗人见兵车之盛乃思念君子。若作我解，则下文又有"胡然我念之"，又作我矣。可见二字本不同义也。且以言作乃，层次井然。如作我，则兴味索然矣。又如《氓》之诗，"言既遂矣"，谓乃既遂矣，意本甚明。郑氏强以言作我，乃以遂作久，强为牵合，殊可笑也。

（三）**言字有时亦作代名之"之"字**。凡之字作代名时，皆为受事（《马氏文通》）。如"经之营之，庶民攻之"，是也。言字作之解，如《易》之《师卦》云："田有禽，利执言，无咎。"利执言，利执之也。《诗》中殊不多见。如《终风》篇："寤言不寐，愿言则嚏。"郑《笺》皆作我解，非也。上言字宜作而字解，下言字则作之字解，犹言寤而不寐，思之则嚏也。又如《巷伯》篇："捷捷幡幡，谋欲谮言。"上文有"谋欲谮人"之句。以是推之，则此言字亦作之字解，用以代人字也。

以上三说，除第三说尚未能自信，其他二说则自信为不易之论也。抑吾又不能已于言者，三百篇中，如式字，孔字，斯字，载字，其用法皆与寻常迥异。暇日当一探讨，为作新笺今诂。此为以新文法读吾国旧籍之起点。区区之私，以为吾国文典之不讲久矣，然吾国佳文实无不循一种无形之文法者。马眉叔以毕生精力著《文通》，引据经史，极博而精，以证中国未尝无文法。而马氏早世，其书虽行世而读之者绝鲜。此千古绝作，遂无嗣音。其事滋可哀叹。
然今日现存之语言，独吾国人不讲文典耳。以近日趋势言之，似吾国文法之学
决不能免。他日欲求教育之普及，非有有统系之文法，则事倍功半，自可断
言。然此学非一人之力所能提倡，亦非一朝一夕之功所能收效。是在今日吾国
青年之通晓欧西文法者，能以西方文法施诸吾国古籍，审思明辨，以成一成文
之法，俾后之学子能以文法读书，以文法作文，则神州之古学庶有昌大之一
日。若不此之图，而犹墨守旧法，斤斤于汉、宋之异同，师说之真伪，则吾生
有涯，臣精且竭，但成破碎支离之腐儒，而上下四千年之文明将沉沦以尽矣。

　　原题为《〈诗经〉言字解》，发表于1913年1月《留美学生年报》。1921年收入
《胡适文存》卷二，改今题。1931年北平朴社出版的《古史辨》第三册亦收此篇

由周代农事诗论到周代社会

郭沫若

周代的诗歌里面有好几篇纯粹关于农事的诗，我现在先把那些诗的篇名分列在下边吧。

《风》……《七月》

《雅》……《楚茨》　《信南山》　《甫田》　《大田》

《颂》……《臣工》《噫嘻》《丰年》《载芟》《良耜》

我在十三四年前写《诗书时代的社会变革与其思想上之反映》（见《中国古代社会研究》）的时候，对于这些诗曾经作过一番研讨，但那时我对于古代史料还没有充分的接触，感情先跑到前头去了，因此对于这些诗的认识终有未能满意的地方。这些诗，对于西周的生产方式是很好的启示，如认识不够，则西周的社会制度便可成为悬案。因此我要更费些工夫，来尽可能客观地、实事求是地，对于它们再作一番检点。

第一：《噫嘻》

噫嘻成王，既昭假尔。率时农夫，播厥百谷。

骏发尔私，终三十里。亦服尔耕，十千维耦。

"成王"，《毛传》训为"成是王事"，《郑笺》训为"能成周王之功"，完全讲错了。照文法结构上看来，成王分明是一个人，而且是诗中的主格，当即周成王是毫无疑问的。《鲁诗序》以为是"康王孟春祈谷于东郊，以成王配享之诗"，大约以"成"为谥故以定之于康王。其实古时候并无谥法，凡文、武、成、康、昭、穆、恭、懿等，都是生号而非死谥。彝器有《献侯鼎》，其铭文云："唯成王大委，在宗周，赏献侯嚣贝，用作丁侯障彝。"分明在王生时已称"成王"。此外生称邵王、穆王、恭王、懿王之例也被发现，及到春秋中叶齐灵公时的《叔夷钟》与《庚壶》也都生称灵公。谥法大抵是在战国中叶才规定的，此事初由王国维揭发，继由我加以补充，业已成为了定论①。前人不明此例，故于古书上的王公名号每多曲解，如《孟子》书中的梁惠王、齐宣王、滕文公之类均以为死后追称，其实并不是那么一回事。

这里的"成王"，断然无疑的还是在生时的周成王。做诗的人当得是周室的史官，是在对着一些田官说话。翻译成白话时便是这样：

> 啊啊，我们的主子周成王既已经召集了你们来，
> 要你们率领着这些耕田的人去播种百谷。
> 赶快把你们的耕具拿出来，
> 在整个三十里的区域，大大地从事耕作吧，
> 要配足一万对的人才好呵。

"骏发尔私"，的"私"注家均称为"私田"，这是所谓"增字解经"。其实只是指各人所有的家私农具，而且可能也就是"耜"字的错误，照诗的层次上说来，是应该这样解释的。

照着我这样解释，这首诗便成为了研究周代农业的极可宝贵的一项史料，可以作为一个标准点。诗明是作于周成王时，周初的农业情形表现得异常明白。农业生产的督率是王者所躬亲的要政之一；土地是国家的所有，作着大规模的耕耘；耕田者的农夫是有王家官吏管率着的。这情形和殷代卜辞里面所见的别无二致。

一　戊寅卜宾贞：王往契②众黍于囧。（《卜辞通纂》第四七三片）

二　乙巳卜㱿贞：王大令众人曰：协田，其受年。十一月。（《殷契粹编》第八六六片、《前编》七·三〇·二）

三　贞：叀（维）小臣令众黍。一月。（《卜辞通纂》第四七二片）

四　丙午卜盅贞：（令）众黍于×。（《卜辞通纂》《别录》二）③

---

① 详见王国维《通敦跋》（全集本《观堂集林》卷十八）及拙著《谥法之起源》（《金文丛考》）。——作者注

② 作者谓"'契'当释为以"，见《中国古代社会研究·卜辞中的古代社会》补注。

③ 该书别录二为"日本所藏甲骨择尤"，包括材料很多。本条见《卜辞通纂·别录二》七页一片。

在文字上虽然有繁有简，有韵文和散文的不同。但实质上是完全相同的。譬如我们把《噫嘻》一诗简单化起来，便是"成王命田官率农夫耕种"，如此而已。在卜辞里虽然表示殷王每每直接和"众人"发生关系，但也每每间接由"小臣"或其他同身分的人。这"小臣"就等于周代的田官（别的诗称为"保介"或"田畯"），"众人"呢，不用说也就是农夫了。"众"，字在卜辞作"日下三人形"，即表示在太阳光底下劳作的人。但周王自己也每每和农夫直接发生关系，见于下述别的诗篇，而在文王当时，文王自己还亲自下田收谷，《周书》的《无逸篇》里面是有明证的："文王卑服，即康（糠）功田功，……自朝至于日中昃，不遑暇食。"

第二：《臣工》

> 嗟嗟臣工，敬尔在公。王厘尔成，来咨来茹。
> 嗟嗟保介，维莫（暮）之春。亦又（有）何求？如何新畬？ （王咨询）
> 于皇来牟，将受（抽）厥明（芒）。明昭上帝，迄用康年。 （保介答）
> 命我众人：庤乃钱镈，奄观铚艾。 （王向臣工发令）

这诗的时代不敢定，大约和《噫嘻》相差不远，因为风格相同，而且没有韵脚。诗中的王亲自来催耕，和卜辞中的王亲自去"观黍"和"受禾"的情形相同。首节是传宣使的宣说，次节与三节为王与保介的一问一答，尾节为王给臣工的命令。"众人"还保持着殷代的称谓，自然也就是农夫。所谓"保介"，郑玄在此处及《月令》"天子亲载耒耜，措之于参保介之御间"均解为车右，谓"车上勇力之士，被甲执兵"，但在本诗里便讲不通。《吕氏春秋·孟春纪》注："保介，副也。"也没有说明是什么官职之副。朱熹补充之，解为"农官之副"。但看情形应该就是后来的"田畯"，也就是田官。介者界之省，保介者保护田界之人。全诗译述如下：

"啊啊，你们这些耕作的人们！好生当心你们的工作。国王赏识你们的成就，亲自来慰问你们来了。"

王问道："啊啊，你们这些管田的官，在这暮春时节，你们可有什么要求？两岁的新田种得怎么样？三岁的畬田种得怎么样？"

管田的官回答："很好的大麦（牟）小麦（来）都要抽穗了。感谢老天爷照顾，年年都是有好收成的。"

王又向着大家说："好生准备你们的耕具呵，今年又会看到好收成的啦。"

第三：《丰年》

> 丰年，多黍多稌，亦有高廪，万亿及秭。
> 为酒为醴，烝畀祖妣。以洽百礼，降福孔皆。

"年辰好呵，小米多，大米也多。到处都有高大的仓，屯积着整千整万整十万石的粮。

拿来做烧酒，拿来做甜酒，奉祀先祖代代，使春夏秋冬的祭典没有尽头，降下很多的福泽呵，祖先保佑。

这首诗没有什么可以解释的，时代要晚些，辞句多与《载芟》相同。"万亿及秭"的情形同样表示着土地国有的大规模耕作，决不是所谓小有产或大有产的个人地主所能企及的。

第四：《载芟》

> 载芟载柞，其耕泽泽。千耦其耘，徂隰徂畛，侯主侯伯，侯亚侯旅，侯强侯以。
> 有嗿其馌，思媚其妇。有依其士，有略其耜。俶载南亩，播厥百谷，实函斯活。
> 驿驿其达，有厌其杰。厌厌其苗，绵绵其麃。
> 载获济济，有实其积，万亿及秭。为酒为醴，烝畀祖妣，以洽百礼。
> 有飶其香，邦家之光。有椒其馨，胡考之宁。匪且有且，匪今斯今，振古如兹。

这在《周颂》里面要算是最长的一首诗，看它说到"振古如兹"的话，年代比《噫嘻》、《臣工》应该后得多了。诗从耕作说到播种，说到禾苗条畅，说到收成良好，说到祭祀祖宗，含括着农政的一年。值得注意的是：（一）"千耦其耘"和《噫嘻》篇"十千维耦"相印证，耕作的规模依然是广大；（二）从事耕作的人有主（即王）有伯，有大夫士的亚旅，有年富力强者（"强"），有年纪老弱者（"以"），全国上下都是在参加的。——"以"与"强"为对文，应当读为骇或骀，即是不强的人。《传》、《笺》均当作雇佣讲，那可讲不通，被雇佣者力当强，何以乃别出于"强"之外而成对立呢？当时假如已经能有雇佣存在，主伯亚旅何以还要亲自参加呢？因此我的讲法有些不同。还是用白话整个翻译在下边吧：

> 除草根，拔树根，耕地的声音泽泽的响。
> 有一千对人在薅草呵，薅向平地，薅上坡坎，
> 国王也在，公卿也在，大夫也在，
> 强的弱的，老的少的，一切都在。
> 送饭的娘子真是多呵，打扮得多漂亮呵，
> 男子们好高兴呵，犁头是风快的呵，
> 今天开首耕上向阳的田，
> 准备播种百谷，耕得真是深（函）而且阔（活）呵。
> 啊，陆续的射出禾苗来了，先出土的冲得多么高呵，
> 苗条真是聪骏可爱呵，不断地还在往上标呵。
> 收获开始了，好多的人呵，好丰盛的收成呵，
> 屯积成整千整万整十万石的粮。
> 拿来煮烧酒，拿来煮甜酒，
> 奉祀先祖代代，使春夏秋冬的祭典没有尽头。
> 饭是那样的香，酒是那样的香，
> 真是国家的祥瑞呵，人人的寿命都要延长。
> 不但是现在才这样，不但是今天才这样，
> 从古以来一直都是这样呵。

第五：《良耜》

> 畟畟良耜，俶载南亩，播厥百谷，实函斯活。
> 或来瞻汝，载筐及筥。其镶伊黍，其笠伊纠。其镈斯赵，以薅荼蓼。
> 荼蓼朽止，黍稷茂止。获之挃挃，积之栗栗。其崇如墉，其比如栉，以开百室。
> 百室盈止，妇子宁止，杀时犉牡，有捄其角。以似以续，续古之人。

译文：

坚利的好犁头呵，今天开始耕上向阳的田，

准备播种百谷，耕得真是深而且阔呵。

有人来看望你们，背起筑子，提起篮子。

送来的是小米饭，戴的笠子多别致呵。

男子们的锄头加劲赵 (平声) 起来了，加劲的在薅杂草了。

杂草肥了田，庄稼茂盛了。

割起来戚戚察察地响，堆起来密密栗栗的高。

高得象城墙，排起来象梳子的齿，

百打百间仓库都打开了。

百打百间的仓库都堆满了，

大大小小的眷属都没有耽心的了。

把这黑嘴唇的大牯牛杀掉吧，它的角是那么弯弯的。

好拿来祭祖先，祈求福泽绵延。

这诗不用说也还是宗周的情形，和《载芟》的时代大概相差不远吧。当时的天子事实上只是象后来的一位大地主，不过他的规模更宏大得多了。"百室"断然是仓库无疑，为着押韵的关系，故用了"室"字。"妇子"这种字面在诗中多见，周初的《矢令簋》也有"妇子后人永享"的字样。但在这儿是指后妃和王子，古人素朴，在这些地方还没有感觉着有用特殊敬语的必要。

第六：《甫田》

"倬彼甫田，岁取十千。我取其陈，食我农人，自古有年。今适南亩，或耘或籽，黍稷薿薿。攸介攸止，烝我髦士。

以我齐明，与我牺羊，以社以方。我田既臧，农夫之庆。琴瑟击鼓，以御田祖，以祈甘雨，以介我稷黍，以谷我士女。

曾孙来止，以其妇子，馌彼南亩，田畯至（致）喜（饎）。攘其左右，尝其旨否。禾易长亩，终善且有（尤）。曾孙不怒，农夫克敏。

曾孙之稼，如茨如梁。曾孙之庾，如坻如京。乃求千斯仓，乃求万斯箱。黍稷稻粱，农夫之庆。报以介福，万寿无疆。

"甫田"是大田，田之大一年可以取十千石，事实上怕还不止。这和"千耦其耘"，"十千维耦"相印证，足以断定土地依然属于公有。

"曾孙"，郑玄以为成王，他的根据大概是《噫嘻》吧，但奇怪的是《噫嘻》的成王却被他解为"能成周王之功"去了。照理总要理解得《噫嘻》的成王就是周成王，这儿的"曾孙"要解为成王才有根据。其实就诗的情趣看来，决不会是成王时代的作品。它在说"自古有年"，它在用琴瑟，已经晚得多了。《周颂》中祭神是没有用琴瑟的，琴瑟的出现当在春秋时代。因此这位曾孙不必一定是周王；即使是周王也当得属于东周了。

"报以介福"句，前人都解"报"为报酬，解"介"为大，但于文理上说不过去。我的看法是"报"乃报祭之报，《国语·鲁语》："凡禘、郊、祖、宗、报，此五者国之典祀也。""介"字假为匄，求也，金文中用匄字。因而"报以介福"即是报祭先祖以求幸福。

译文：

开朗呵，好广大的田，一年要收十千石的收成。我们只把每年的陈谷拿给农夫们吃：因为年年都是丰年啦。今天要到向阳的田地里去，那儿有的在犁田，有的在薅草，稻子都长得很茂盛了。为了要求神，为了要休息，把一切壮健男子都集拢来了。

把我们清洁的盛盛和祭羊，拿来祭社神，拿来敬四方。我们的田已经弄好了，是农人们的喜庆啦。弹起琴，鼓起瑟，还打起鼓，我们大家来敬田神呵，求雨水好，求收成好，求我们男男女女大家都有饭吃得饱。

国王也亲自来了，还带着他的王妃和王子，到这向阳的田里犒劳我们，给管田的官们送来了酒食。国王跟他的随从，也同我们一道尝了尝口味。禾稻满田都种遍了，长得真是好，而且好到尽头了。国王没有生气，他说：农夫们真正够勤勉呵。

国王的稻子要积得如象草房，如象车篷。国王的谷堆要堆得如象岛子，如象高峰。要准备一千座谷仓，要准备一万个箩筐，以好来装这些黄米，小米，大米，高粱，这是农夫们的喜庆啦。我们报祭先祖，祈求多福多寿，没有尽头。

第七：《大田》

大田多稼，既种既戒，既备乃事。以我覃耜，俶载南亩；播厥百谷，既庭且硕，曾孙是若。

既方既皁，既坚既好，不稂不莠，去其螟螣，及其蟊贼，无害我田穉。田祖有神，秉畀炎火。

有渰凄凄，兴雨祁祁，雨我公田，遂及我私。彼有不获穉，此有不敛穧，彼有遗秉，此有滞穗，伊寡妇之利。

曾孙来止，以其妇子，馌彼南亩，田畯至喜，来方禋祀，以其骍黑，与其黍稷。以享以祀，以介景福。

这诗的"曾孙"，郑玄也说为成王，那是毫无根据的。和《甫田》大约是先后年代的作品吧，连辞句都有些相同。诗中最可注意的是"雨我公田，遂及我私"二句，这并不是孟子所解释的"井九百亩，其中为公田，八家皆私百亩"的那种情形，而是足以证明在公有的土田之外已经有了私有的土田，而且失掉了生产力的老寡妇，已经在做乞丐了。

译文：

广大的田里要多种稻子，已经把种子选好了，已经把家具也弄好了，一切都准备停当了。担起我们锋快的犁头，今天开始去耕向阳的田土，准备播种百谷。耕得要直而且宽，我们只是顺从国王的命令。

稻穗飏了花，又结了子，稻子很结实而又整齐；没有童粱，没有秕壳。把那些吃心、吃叶、吃根、吃节的害虫们都除掉吧。不要让它们害了我们的禾苗。田神是有灵有验的，把它们用火来烧掉吧。

天上阴阴地起了乌云，密密地下起雨来了。落到我们的公田，又落到我们的私田。到丰收的时候你看吧，那儿有割不完的残稻，这儿有收不尽的割禾，那儿掉下了一把稻子，这儿掉下了一些穗子，都让给寡妇们拾了去。

国王亲自走来，带着他的王妃和王子，犒劳向阳的田地里的人们，向管田的官们赏些饮食。国王是来祭四方的大神的，用黑的猪羊和黄的牛，加上黄米和高粱。求大神缋受，求大神赐福无量。

第八：《信南山》

信彼南山，维禹甸之。畇畇原隰，曾孙田之。我疆我理，南东其亩。
上天同云，雨雪氛氛，益之以霢霂。既优既渥，既沾既足，生我百谷。
疆场翼翼，黍稷或或。曾孙之穑，以为酒食，畀我尸宾，寿考万年。

中田有庐（芦），疆场有瓜，是剥是菹，献之皇祖。曾孙寿考，受天之祜。
祭以清酒，从以骍牡。享于祖考，执其鸾刀，以启其毛，取其血膋。
是烝是享（烹），苾苾芬芬，祀事孔明，先祖是皇。报以介福，万寿无疆。

"信彼南山"与"倬彼甫田"同例，"信"与伸通，应当是坦直的意思。
南山的坡很坦荡，夏禹王把它画成了田。这一带的田现在由我们的主子来耕种
了。曾孙大约就是周王吧。但究竟是那一位周王，无法决定。年代和《大田》、
《甫田》应该是相近的。

"中田有庐"和"疆场有瓜"为对文，可知"庐"必然是芦字。（《说文》：
"芦、芦菔也。"）以前的人都把这讲错了，甚至据以为八家共井式的井田的证
据。其实这犹如"南山有台，北山有莱"（《小雅》）一样，"台"与"莱"为
对文，是莎草，并不是亭台楼阁的台。这儿的"庐"也断然不是房屋庐舍的庐
呵。

译文：

坦直的呵，南山的坡，夏禹王把它画成了田。这些高高低低的田，我们
王室的子孙在耕种。我们画出疆界，清理田坎，向南一片，朝东一片。

天上起着一片的云，雾雾霏霏地下着雪，回头又下些毛毛雨。雨水是丰
顺的，田土都渗透了，庄稼准定会好的。

田坎多整齐呵，黄米和高粱长得蓬蓬勃勃的。国王的稻子可以煮酒，又
可以煮饭，要拿来敬神，祈求万年的长寿。

在田地当中有芦菔，在田坎埂上有黄瓜，把它们剥来淹好，敬献祖宗。
求国王多福多寿，受上帝的保佑。

祭祀的时候用清酒，牵来一条红黄色的公牛敬献祖宗。我们拿着鸾刀，
剥了牛的毛，取出牛的血和油。

有的是蒸，有的是烹，真是香气蓬蓬。敬神的仪式是多么堂皇呵，祖宗
是多么光辉呵。我们报祭先祖，祈求多福多寿，没有尽头。

第九：《楚茨》

楚楚者茨，言抽其棘。自昔何为，我蓺黍稷。我黍与与，我稷翼翼。我仓
既盈，我庾维亿。以为酒食，以享以祀，以妥以侑，以介景福。

济济跄跄，絜尔牛羊，以往烝尝。或剥或亨（烹），或肆或将，祝祭于祊，祀事孔明，先祖是皇。神保是飨，孝孙有庆，报以介福，万寿无疆。

执爨踖踖，为俎孔硕。或燔或炙，君妇莫莫，为豆孔庶，为宾为客。献酬交错，礼仪卒度，笑语卒获，神保是格。报以介福，万寿攸酢。

我孔熯矣，式礼莫愆。工祝致告，徂赉孝孙。苾芬孝祀，神嗜饮食，卜尔百福，如几如式。既齐既稷，既匡既敕，永锡尔极，时万时亿。

礼仪既备，钟鼓既戒。孝孙徂位，工祝致告。神具醉止，皇尸载起。鼓钟送尸，神保聿归。诸宰君妇，废彻不迟。诸父兄弟，备言燕私。

乐具入奏，以绥后禄，尔殽既将，莫怨具庆。既醉既饱，小大稽首，神嗜饮食，使君寿考。孔惠孔时，维其尽之，子子孙孙，勿替引之。

这首诗，在年代上比较更晚，祭神的仪节和《少牢馈食礼》相近。彼礼，郑玄云"诸侯之卿大夫祭其祖祢于庙之礼"，虽不一定就是这样，但足见其礼节之晚。主祭者的"孝孙"可能是周王，可能是哪一国的诸侯，也可能是卿大夫。在春秋末年鲁之三家已用"雍彻"，季氏已用"八佾舞于庭"，天子诸侯卿大夫的仪式并没有什么区别了。

译文：

很条畅的蒺藜，它老是在抽它的刺。

我们是干什么的呢？从古以来便耕我们的地。

我们的黄米长得好，我们的高粱长得高。

我们的仓装满了，我们的谷堆有十千。

拿来煮酒，拿来煮饭，拿来祭祖宗，拿来祭鬼神，祈求大的幸福。

大家热热闹闹的，牵起你们的羊，牵起你们的牛，去赶祭祀吧。

有些人来剥皮，有些人来煮肉，有些人来陈设，有些人来运搬，我们要在神堂祈祷。

我们的祭典多么堂皇呵，我们的祖先多么光辉呵，

神灵是要保佑的，我们的主子有幸福。我们要报祭先祖，祈求多福多寿，没有尽头。

管灶的人忙忙碌碌的，祭盘做得顶顶大。

有的在叉烧，有的在油炙，主妇们都诚心诚意的，为了宾客做了不少的席面。

大家要敬酒，你敬我一杯，我回敬你一杯，礼节要周到，谈笑要尽兴。

神灵是要保佑的呵，我们要报祭先祖，祈求多福多寿，这就是报酬。我们都好兴奋的呵，仪式没有差池的了。

司仪的人要开始司仪了，他要宣告着："主祭者就位。"

香气蓬蓬的祭品，神灵都很喜欢，

要给你一百种的幸福呵，一分一厘也不周转。

祭献已毕，神意再宣：

"永远保佑你到尽头，福分让你有十万八千。"

仪式都准备好了，钟鼓手也都在等候着奏乐了。

主祭者就了位，司仪的人开始司仪了。

神灵都喝醉了，皇尸离开神位了。

奏乐送尸，神灵也就回去了。

管膳事的人，和主妇们，都赶快把祭献撤了。

老老少少，大家都一团和气地有说有笑。

乐移到后堂里去奏，大家在后堂里享享快乐。

"你们都请就席啦，别嫌弃啦！"

"那里，好得很呵。"

醉的醉了，饱的饱了，大大小小都叩头告辞了。

"神灵喜欢你们的饮食，要使你们延年益寿。"

"真是慷慨呵，真是合时呵，一切都好到了尽头。"

祝你们的子子孙孙，世世代代，

都照着你们这样天长地久。

第十：《七月》

七月流火，九月授衣。一之，日觱发。二之，日栗烈。无衣无褐，何以卒岁？三之，日于耜。四之，日举趾。同我妇子，馌彼南亩，田畯至喜。

七月流火，九月授衣。春日载阳，有鸣仓庚。女执懿筐，遵彼微行，爰求柔桑。春日迟迟，采蘩祁祁。女心伤悲，殆及公子同归。

七月流火，八月萑苇。蚕月条桑，取彼斧斨，以伐远扬，猗彼女桑。七月鸣鵙，八月载绩。载玄载黄，我朱孔阳，为公子裳。

四月秀葽，五月鸣蜩，八月其获，十月陨箨。一之，日于貉。取彼狐狸，为公子裘。二之，日其同，载缵武功。言私其豵，献豜于公。

五月斯螽动股，六月莎鸡振羽。七月在野，八月在宇，九月在户。十月蟋蟀，入我床下。穹室熏鼠，塞向墐户，嗟我妇子，曰为改岁，入此室处。

六月食郁及薁，七月亨（烹）葵及菽。八月剥枣，十月获稻，为此春酒，以介眉寿。七月食瓜，八月断壶，九月叔苴，采荼薪樗，食我农夫。

九月筑场圃，十月纳禾稼。黍稷重穋，禾麻菽麦。嗟我农夫，我稼既同，上入执宫功。昼尔于茅，宵尔索绹，亟其乘屋，其始播百谷。

二之，日凿冰冲冲。三之，日纳于凌阴。四之，日其蚤，献羔祭韭。九月肃霜，十月涤场，朋酒斯飨，曰杀羔羊。跻彼公堂，称彼兕觥，万寿无疆。

这不是王室的诗，并也不是周人的诗。诗的时代当在春秋末年或以后。诗中的物候与时令是所谓"周正"，比旧时的农历，所谓"夏正"，要早两个月。据日本新城新藏博士《春秋长历的研究》，发现在鲁文公与宣公的时代，历法上有过重大的变化。以此时期为界，其前半叶以含有冬至之月份的次月为岁首（所谓建丑），其后半叶则以含有冬至之月份为岁首（所谓建子）。又前半叶置闰法显然无规律，后半叶则颇齐整。他这个发现，是根据春秋二百四十二年间的三十七次日蚀（其中有四次应系讹误），用现代较精确的天文学知识所逆推出来的，我们不能不认为很有科学的根据。他根据这个发现推论到三正论的问题。

关于三正论之文献，由来颇古。然由研究春秋长历之结果，可知其断非春秋以前历史上之事实。余以为，盖在战国中叶以降，将所行之冬至正月历（建子）拨迟二个月，改为立春正月历（建寅）时，因须示一般民众以改历之理由，遂倡三正论而笃宣传耳。其后，因秦代施行十月岁首历（建亥），更加以汉代之宣传，遂至认三正之交替真为上古历史上之事实。时至今日，信者尚不乏人，此于中国上古天文历法发展史之阐明，系累非浅，诚可谓憾事。[①]

所谓三正论系出于后人捏造，毫无疑问，唯造此说之时代不当在战国中叶，而当在春秋末年。孔子已在主张"行夏之时"，足见当时对于改历之要求已相当普遍，存世有《夏小正》一书，大抵即为春秋时代的历术家所拟述的私人计划。此种时宪早为学者间所倡导，所公认，特为政治力量所限制，直至战国中叶，始见诸一般的实施而已。

---

① 见新城博士著《东洋天文学研究》及《中国上古天文学》。（二书均有沈璿译本，由商务出版。）——作者注

知道了中国古代并无所谓三正交替的事实，而自春秋中叶至战国中叶所实施的历法即是所谓"周正"，那么合于周正时令的《七月》一诗是作于春秋中叶以后，可以说是毫无问题的了。

《七月》，《鲁诗》无序，其收入《诗经》，大率较其它为晚。假使真是采自豳地，当得是秦人统治下的诗，故诗中只称"公子"与"公堂"。这也可以算得是一些内证。

又诗的"一之日"云云，"二之日"云云，向来的注家都是在"日"字点读，讲为"一月之日""二月之日"，但讲来讲去总有些地方讲不通。而且既有"四月秀葽"，又有"四之日"，何以独无一月二月三月？而五月至十月何以又不见"五之日"至"十之日"呢？这些都是应有的疑问。一句话归总，分明是前人读错了。我的读法是"日"字连下不连上。"一之"，"二之"，"三之"，也就如现今的"一来"，"二来"，"三来"了。说穿了，很平常。

"九月肃霜，十月涤场"，前人亦未得其解，至王国维始发其覆。

> 肃霜涤场皆互为双声，乃古之联绵字，不容分别释之。肃霜犹言肃爽，涤场犹言涤荡也。……九月肃霜，谓九月之气清高颢白而已。 至十月则万物摇落无余矣。[①]

"授衣"两个字，也很重要。古代对于农民应该有一定的制服，就如象现今发军服一样。到了"九月"（农历七月），是应该发寒衣的时候了。

译文（我按照农历都提前两个月）：

> 五月里，大火星在天上流；七月里应该发下寒衣了。 一来呢，风一天一天地吹得辟里拍拉的响。二来呢，寒气一天一天的冷得牙齿战。我们自己没有衣裳，农夫们没有粗麻布，怎么过得了冬呢？三来呢，天天要拿锄头。四来呢，天天要跑路。我们要带起老婆儿女，到那向阳的田里给送点饭去，犒劳在田地里监工的管家。
>
> 五月里，大火星在天上流；七月里应该发下寒衣了。春天里天气好的时候，黄鹂鸟儿在叫，姑娘们提着深深的篮子，走上狭窄的小路，要去采嫩的桑叶了。春天的太阳走得很慢呵，采白蒿的人很多呵，姑娘们的心里有点惊

---

① 王著《肃霜涤场说》（全集本《观堂集林》卷一）。——作者注

惶，怕的是有公子哥儿们会把她们看上。

五月里，大火星在天上流；六月里要开芦苇花。养蚕的月份里桑树抽了条，我们要拿起斧头去砍桑条了。嫩桑树的叶子是多么的柔软呵。五月里伯劳鸟开始叫，六月里要动手织布了。染成青的布，染成黄的布，朱红色来的特别鲜，好替公子做裙子啦。

二月里燕子花开花，三月里马蜩子开始叫了。六月里要割稻子，七月里要检笋壳了。一来呢，天天要打猎，打些狐狸来，替公子们做皮袄。二来呢，天天要集合，打猎之外还要下操，打到野猪的时候，把小猪儿自己留下来，把大猪儿送给公家吃。

三月里螽斯开始弹琴，四月里梭鸡开始纺织了。五月里蟋蟀儿在田地里叫，六月里叫进了厅堂，七月里叫进了房门，八月里叫到了床下了。赶快地填地洞呵，熏老鼠呵，塞紧当北的窗孔呵，糊好门缝呵。啊，我的老板娘，我的儿女们呵，快要过年了，我们要在房里过活啦。

四月里吃山楂和樱桃，五月里煮凫葵和豆子，六月里打枣子，八月里割稻子。稻子打来煮春酒，喝了延年益寿啦。五月里吃南瓜，六月里摘葫芦，七月里采苏麻，掐苦菜，劈杂柴，好供养我们的耕田的汉子啦。

七月里修好场子和菜园，八月里要收稻子进仓库。黄米，高粱，早种的迟种的都熟了。也有米，也有芝麻，也有大豆，也有小麦。啊，耕田的汉子们，今年的收成已经完了，该到上面去修理官殿了。白天取茅草，晚上搓麻绳。赶快上屋顶去修理啦，回头又快要开始播种了。

二来呢，天天得去凿冷冰，凿得叮叮当当的响。三来呢，天天要把冷冰抱去藏在冷的地方。四来呢，天天还得起个早，饲好小羔羊儿，用水灌韭菜。七月里天高气爽，八月里开心见肠，农忙过了快活哉，吃喜酒，打羔羊。大家走到公堂上，用大杯子给国公献寿，祈求国公万岁，没有尽头。

以上我把周代的农事诗逐一地检查了一遍，而且翻译了一遍。

从时代来讲，《周颂》里面有几首诗最早，确是周初的东西。《小雅》里面的几篇较迟，有的当迟到东迁以后。《七月》最迟，确实是春秋中叶以后的作品。农业社会发展的进度是很迟缓的，从周初到春秋中叶虽然已经有五百来往年，在诗的形式上未能显示出有多么大的变化。《诗》经删订，是经过儒家整齐化了，固然是一个原因，而社会的停滞性却更鲜明地表现了在这儿。后来的五言诗，七言诗，亘历千年以上都没有多么大的变化是出于同一道理。不过在那样徐徐的进度中却可看得出有一个极大的转变，便是土田的渐见分割，而农夫的渐归私有。

在周初的诗里面可以看出有大规模的公田制，耦耕的人多至千对或十千对，同时动土，同时播种，同时收获。而收获所入，千仓万箱，堆积得如山如岭。要说是诗人的夸张吧，后代的诗人何以不能够夸张到这样的程度？事实上周代的北方诗人，夸张的性格极少，差不多都是本分的叙事抒情，因而我们可以知道，这些农事诗确实是有它们的现实的背境。着眼到这儿，古代井田制的一个问题是可以肯定的。要有井田制才能有这样大规模的耕种，也才能有这样十分本分而又类似夸张的农事诗。

井田制，我在前有一个时期否认过它[①]。因为我不能够找出孟子所说的："方里而井，井九百亩，其中为公田，八家皆私百亩"的那种情形的实证。我曾经在《周代彝铭中的社会史观》 (见《中国古代社会研究》)里面说过这样的话：

> 井田制是中国古代史上一个最大的疑问。其见于古代文献的最古的要算是《周礼》，然而《周礼》便是有问题的书。如象《诗经》的"中田有庐，疆埸有瓜"或"雨我公田，遂及我私"，《韩诗外传》及《孟子》虽然作为古代有井田的证据，但那是戴着有色眼镜的观察。此外如《春秋》三传和《王制》等书，都是后来的文献，而所说与《周官》亦互有出入。儒家以外如《管子》、《司马法》诸书，虽亦有类似的都鄙连里制，然其制度亦各不相同。
>
> 论理所谓"方里而井，井九百亩，其中为公田，八家皆私百亩"(《孟子·滕文公上》)的办法，要施诸实际是不可能的。不可能的理由可以不用缕述，最好是拿事实来证明，便是在周代彝铭中有不少的锡土田或者以土田为赔偿或抵债的纪录，我们在这里面却寻不出有井田制的丝毫的痕迹。

我这个判断其实是错了，孟子所说的那八家共井的所谓井田制虽然无法证实，而规整划分的公田制却是应该存在过的。周代金文里面的锡土田或以土田为贸易赔偿的纪录，其实就是证明了。例如：

> 锡汝马十匹，牛十。锡于×一田，锡于×一田，锡于队一田，锡于×一

田。(《卯簋》)

锡汝弓一矢束，臣五家，田十田。(《不䙎簋》)

×贝五十朋，锡田于𢽾五十田，于早五十田。(《敔簋》)

(以上锡土田例)

格伯叐良马乘于倗生，厥贮(价)卅田，则析。(《格伯簋》)

(以上以土田为货物例)

……用即曶田七田，人五夫。(《曶鼎》)

(以上以土田为赔偿例)

如上五例均西周中叶时器，而均以“田”为单位，可知田必有一定的大小。这便可以认为井田制的例证。田有一定的大小固不必一定是方田，现今中国东北部还残留着以十亩为“一垧地”的习惯，或许便是古代的孑遗，但在古代农业生产还未十分发达的时候，选择平衍肥沃的土地作方格的等分是可能的事。罗马的百分田法，已由地下的发掘找到了实证了。根据安培尔(.Humbert)勒诺尔曼(L.Lenorman)和加尼亚(Gagnat)诸氏之研究，其情形有如下述：

“罗马人于建设都邑时，须由占师(augur)先占视飞鸟之行动以察其禨祥。卜地既吉，乃以悬规(grume或groma)测定地之中点。……中点既定，即于此处辟一方场以建设祠庙，又由中心引出正交之纵横二路。以此为基线，辟一中央四分之方形或矩形之地面，于其四隅建立界标，或以木，或以石。其次以白牛牡犊各一曳青铜之犁于其周围起土。当门之处则起犁而不耕。牡犊驾于内侧，土即反于其侧。所积之土墩为墉(murus)，所成之土沟为濠(f0Ssa)。又其次与纵横二路两两平行，各作小径，境内即成无数之区划，每区以罗马尺二四〇方尺之正方形为定规，时亦分作矩形。”① 土田划分的办法也和这相同，仅仅是没有墉濠之设。各区的丈量是有一定的。

这和《周官·遂人职》“以土地之图经田野造县鄙形体之法”颇相暗合。

凡治野，夫间有遂，遂上有径。十夫有沟，沟上有畛。百夫有洫，洫上

① 《中国古代社会研究》附录《附庸土田之另一解》，译自小川琢治博士著《支那历史地理研究续集·阡陌与井田》。又见亨利·司徒华德·琼斯(Henry Strart Jones)著《罗马史之友》。——作者注

有涂。千夫有浍，浍上有道。万夫有川，川上有路。以达于畿。

象这种十进位的办法，实和百分田法相同。《周官》虽然经过刘歆的改窜，但它里面有好些是真实的史料。我们是不能一概摒弃的。

就是锡方地的例子在金文中也有。《召卣铭》云：

唯十又三月初吉丁卯，召启进事奔走事，皇辟尹休，王自穀使赏毕土方五十里。召弗敢忘王休异，用作妣宫旅彝。

我以前因为摒弃方田制的想法，故对于这"赏毕土方五十里"句多所曲解，今知古实有十进位的分田法，本铭毫无疑问是赏召以毕地之土五十里见方了。

土地既有了分割，就有了好些朋友认为西周已经是封建社会的。因而我从金文里面所发掘出的一些锡臣锡地的资料，在我以为乃奴隶社会的绝好证明者，通被利用为支持封建说的根据。然而这是把资料的整个性分割了，铭文是从青铜器引用下来的，青铜器时代的生产技术承极原始的石器时代而来，并没有可能发展为封建式的生产。而农业民族的奴隶制与工商业民族的也有性态上的差异，是尤其值得我们注意的。工商业的生产奴隶须有束缚人身自由的枷锁或髡钳，农业的生产奴隶则可以用土地为枷锁。故尔在农业民族的奴隶制时代已有土地的分割，希腊时代的斯巴达便是这样，我国现存的彝族社会也是这样。我们请看彝族社会的情形吧。

一九三五年四月出版的中国西部科学院《特刊》第一号《四川省雷马峨屏调查记》里面有下列的叙述。

俫罗之视汉人犹汉人之视牛马，为家中财产之一部，可以鞭挞之，而不愿杀毙之。总以不能逃逸，日就驯服为度。……掳得之汉人若有过剩，或系同一家族，同一里居，即须转卖远方。……其索价之标准亦如汉人之卖牛马。身强力壮者可得银百数十两。次者数十两，老者最贱，仅值数两。小儿极易死亡，价值由数两以至数钱，盖与一鸡之值相差无几。

汉人入凉山后，即称为"娃子"，备受异族之贱视，极易死亡。此等汉人在一二年后自知出山绝望，日就驯服，谨慎执役，亦可自由行动，可免缧绁之苦，且可与俫彝同等起居，仅衣服粮食稍为粗劣耳。凡俫罗家中之一切操作，如耕田、打柴、牧羊、煮饭，均由此等人任之。黑彝唯袖手而食，督饬一切而已。

在凉山中苟延残喘之汉人，历年既久，事事将顺倮罗之意，或能先意承志为其忠仆，则可得倮罗之欢心，特加赏识，配以异性汉人，使成夫妇，另组家庭。唯此奴隶夫妻须双方均为其忠仆。成婚后，即自建小屋一所，由倮罗分与田土若干，使自耕种，自谋衣食。唯须时时应候差遣，不得违误。遇有战事及劫掠等事，皆须躬临阵地，为倮罗效死力。且在年终献猪一头，杂酒一桶，即尽厥职。此外则无一捐税，各方皆非常自由，其主人对之并负有极端保护之义务。……凡白彝之姓皆从其主人，其原来之汉姓名不可考。

白彝世代相传仍为白彝，仍为"娃子"，仍为黑彝之奴隶；即能生财有道，子孙蕃衍，蔚成大族，然仍须恭顺主人，绝不能逾越一步，绝不能与黑彝通婚姻。唯若其主人特加青睐，可令其照料家务，助理管辖田地房屋，较其它"娃子"地位高升一级，称为"管家娃子"，气宇自属不凡。

"管家娃子"之婚姻则仍择"管家娃子"为亲家；又绝对不与一般白彝为偶矣。

白彝亦可买汉人为奴隶，或掳汉人为奴隶，用倮罗驯服其祖先之法虐待其苦同胞。此等被驯服之汉人即成为白彝之"娃子"。同为白彝，然此则称之为"三滩娃子"。"滩"者土语等级之意。"三滩"者，"管家娃子"为头滩，普通"娃子"为二滩，"娃子之娃子"为三滩。三滩之婚姻对象亦为三滩，地位最低。

倮罗之家私，通常以"娃子"之多少定贫富之等级。所畜之"娃子"多者至三四百，可以随意买卖；遣嫁均媵以"娃子"。"娃子"之姓名随主人而更改。黑白彝之界限极严，白彝有过失，可以任被生杀予夺。命令须绝对服从。迁徙婚嫁，均唯黑彝之命是听。

彝人聚族而居，自成村落。黑彝为之领袖，白彝则出力以奉养黑彝。大都务农，其耕种法与汉人相似。有犁有锄，皆自汉地购来。……木工石工皆自汉地掳来，铁工亦有，然至多只能作刀锄而已。此外之能自制者为纺羊毛以制牟子，压羊毛以制毡衫，挖木为碗，削竹为琴，编竹为笠而已。又能向汉地买漆以髹器具，成各种简单花纹，其图案皆为倮罗所画。土产有徐时方始出卖，多以易蓝布或生银。贸易仍属以有易无；无一定之市场，常跋涉数十里，费时若干日，而交易仍未成。

此项调查虽未必十分详尽，但关于彝族社会的阶级组织与生产方式，是叙述得相当扼要的。尤其值得提起的，调查者并无唯物史观的素养，可以免掉某一部分人认为有成见的非难，故调查所得的结果可以说是纯客观的。这样的社会是奴隶制，自然毫无问题，然而已经有土田的分割了！ 假使有土田的分割即当认为封建制，那么彝族社会也可以说是封建制吗？这是怎么也说不通的事。因而见西周有土田的分割即认西周为封建社会，也真可以说是"见卵而求时夜"了。

土田的分割如只说为封建的萌芽胚胎倒也说得过去的。或由锡予，或由垦辟，于公田之外便有了私田。这私田所占的地面，大部分当得是井田以外的羡地，羡地在当时是无限的，而奴隶劳力的榨取也无限制，年代既久便可能使私田多于公田，私家肥于公家，故尔弄到后来只好"废井田，开阡陌"了。就这样，经济制度便生了变革，人民的身分也就随之而生了变革，奴隶便逐渐变化而为自由民了。

但在农业社会里面的奴隶，在形式上和农奴相差不远，即是有比较宽展的身体自由，这层我们是须得认明的。斯巴达的黑劳士 (Helots)，耕种奴隶，有类于农奴，早为史家所公认。何以会有这样的性质呢？这是因为农业奴隶被束缚于土地，离开了土地便不能生存，无须乎强加束缚。你看，就连文化程度落后的彝族不也是懂得这一点的吗？——"汉人在一二年后自知出山绝望，日就驯服，谨慎执役，亦可自由行动，可免缧绁之苦"，而且忠仆更可以组织家庭，分土而耕，自食其力，居然也就象自由民了。这些兄弟民族的状况正不失为解决中国古代社会的关键。。了解得这些情形，回头再去读殷、周时代的典籍，有好些暧昧的地方也就可以迎刃而解了。

总括地说，西周是奴隶社会的见解，我始终是毫无改变。井田制是存在过的，但当如《周官·遂人》所述的十进位的百分田法，而不如孟子所说的那样的八家共井，只因规整划分有类"井"字，故名之为井田而已。土田的分割在西周固已有之。但和彝族社会也有土田分割的事实一样，决不能认为封建制。农业奴隶比较自由，可能"宅尔宅，田尔田"，有家有室，有一定的耕作地面，但只有享受权，而非有私有权。在形式上看来虽然颇类似农奴乃至自由民，但奴隶的本质没有变革。周代金文中多"锡臣"之例，分明以"家"为单位，不仅把"臣"的身分表示得很清楚，就连他家人的身分都表示得很清楚，那是无法解为农奴或自由民的。有些朋友又把周代农事诗解为地主生活的纪录，把孟子式的井田制解为庄园的雏形，那更完全是过于自由的纯粹的臆想了。

一九四四年二月十七日

选自《郭沫若全集·历史篇》第一卷《青铜时代》人民文学出版社，1982

《诗经》在春秋战国间的地位

顾颉刚

　　《诗经》这一部书，可以算做中国所有的书籍中最有价值的；里边载的诗，有的已经二千余年了，有的已经三千年了。我们要找春秋时人以至西周时人的作品，只有它是比较的最完全，而且最可靠。我们要研究文学和史学，都离不掉它。它经过了二三千年，本质还没有损坏，这是何等可喜的事！我们承受了这份遗产，又应该何等的宝贵它！

　　《诗经》是一部文学书，这句话对现在人说，自然是没有一个人不承认的。我们既知道它是一部文学书，就应该用文学的眼光去批评它，用文学书的惯例去注释它，才是正办。不过我们要说"《诗经》是一部文学书"一句话很容易，而要实做批评和注释的事却难之又难。这为什麼？因为二千年来的《诗》学专家闹得太不成样子了，它的真相全给这一辈人弄糊涂了。譬如一座高碑，矗立在野里，日子久了，蔓草和葛藤盘满了。在蔓草和葛藤的感觉里，只知道它是一件可以附着蔓延的东西，决不知道是一座碑。我们从远处看见，就知道它是一座碑；走到近处，看着它的形武和周围的遗迹，猜测它的年代，又知道它是一座有价值的古碑。我们既知道它是一座有价值的古碑，自然就要走得更近，去看碑上的文字；不幸蔓草和葛藤满满的攀着，挡住了我们的视线；只在空隙里看见几个字，知道上面刻的是什么字体罢了。我们若是讲金石学的，一定求知的欲望更迫切了，想立刻把这些纠缠不清的藤萝斩除了去。但这些藤萝已经过了很久的岁月，要斩除它，真是费事的很。等到斩除的工作做完了，这座碑的真面目就透露出来了。

　　我做这篇文字，很希望自己做一番斩除的工作，把战国以来对于《诗经》的乱说都肃清了。不过像我这般力弱，能够达到我的愿望与否实在不敢认定。但无论如何，总可以使蔓草和葛藤减少一点，因为摘去几瓣大的叶，斩断几条嫩的枝，虽是力弱的人，只要肯做，也是做得到的。

　　我做这篇文字的动机，最早是感受汉儒《诗》学的刺激，觉得这种的附会委实要不得。　后来看到宋儒清儒的《诗》学，觉得里边也有危险。　我久想做一篇文字，说明《诗经》在历来儒者手里玩弄，好久蒙着真相，并且屡屡碰到危险的"厄运"，和虽是一重重的经历险境，到底流传到现在，有真相大明于世的希望的"幸运"。我关于这个问题，聚的材料已经不少了，但我心中觉得不满足，自己问道：

　　历来的经学家为什么定要把《诗经》弄坏呢？

　　他们少数人闹，为什么大家不出来反对，反而灭没了自己的理性去盲从他们呢？

　　我因为要解答这一类问题，就想把《诗经》在它的发生时代——周代中的位置考查一下，看出：

　　没有《诗经》以前，这些诗是怎么样的？
　　那时人对于它们的态度是怎么样的？
　　汉代经学家的荒谬思想的来源是在何处？
　　为什么会有这种荒谬思想的来源？

因此，我把春秋战国时关于"诗"与"乐"的记载抄出了多少条，比较看来，果然得一近理的解释。　这篇的前五章，就是说明这一点意思。

　　我做这件工作时最感困难的，便是取材的胆怯。因为除了《诗经》本身以外，凡要取来证成《诗经》的差不多没有一部书籍完全可靠。《尚书》固是一部古书，但即在完整的《今文尚书》中，文体的不同也是很显著的事实。试把《周书》一部分翻开来看，《大诰》、《康诰》等是一组，《无逸》、《金縢》等又是一组：上一组诘屈聱牙，不容易懂；下一组便文义明白，一目了然。我们若是承认诘屈聱牙的是真西周文字，便不得不否认文义明白的是非西周文字，因为属于同一的时代而有截然差异的两种文体，是不会有的事（除了后世人的摹古）。　我们就是让步到极顶，也只能说出于后来史官的追记。出于追记，即是得之传闻，不一定可靠。《左传》和《国语》固是记载春秋时事最详细的，但做书人的态度既不忠实，并且他确是生在战国时的，这部书又经过了汉儒的几番窜乱，可靠的程度也是很低。《仪礼》是记载周代礼节最详细的，但礼节这等的繁缛，物品这等的奢华，决不是"先进野人"之风，恐是春秋末年或战国初期的出品。《论语》是记载孔子的言行最详细的，但说及曾子的死，至少出于孔子的再传弟子所记，也是战国初期的出品。《礼记》更后了，大部分是西汉人所作，这是可以把汉人的记载证明的。我们要研究春秋时人对于《诗经》的态度，却不得不取材于战国时乃至汉代的记载，这确实的程度已经打了折扣；何况春秋时人对于诗有种种的应用，而战国时人只有说话中偶尔引到，别的地方就用不着了，我们能保证他们的记载没有隔膜与错误吗？所以我作此文，为说明计，不得不取材于上几书，而取材时总是使得心中起了怯弱的感觉。

我对于自己的安慰和对于读者的请求，只有把这些书上记的事实不看作固定的某一事，而看作流动的某一类事的动作状况。 譬如我们作《宋史》，决不能把《水浒传》的故事插了进去；但我们要知道宋代的强盗状况，便觉得《水浒传》中材料甚多。如：徽宗时何以四方盗起？这些强盗是如何结合的？他们的目的怎样？行为怎样？言语怎样？这种问题，《水浒传》中很能解释。 宋江、卢俊义等的本身事实，《水浒传》中写的固是不会确，但像《水浒传》中所写宋江、卢俊义等经历的背景，必然有在世上。 我们要知道的是社会状况。而小说上写的正是社会状况。 这些社会状况，除了小说竟寻不到记载，小说上的记载又描写得入情入理。我们怀了一个探看背景的愿望，对于小说的记载，不取它的记事而专取它的背景，似乎不致大谬。我这文中所引的故事，请大家也把这等的眼光去看罢！

我惭愧我的学浅；我大胆发布这篇文字，只是给求真的欲望所逼迫，希望洗刷出《诗经》的真相。我能不能达到这个希望固不可知，但我总愿意向着这方面走。 所有错误及漏略的地方，请大家指正！

一　传说中的诗人与诗本事

古人比现在人欢喜唱歌。现在的智识阶级发抒情感，做的是诗词，写在纸上，只读不唱；非智识阶级发抒情感唱的是山歌，很少写在纸上，也没有人注意。古人不是这样：智识阶级做的是诗，非智识阶级做的也是诗；非智识阶级做的诗可以唱，智识阶级做的诗也可以唱。所以古人唱在口里的歌诗，一定比现在人多。那时的音乐又很普及，所唱的歌诗，入乐的自然不少。 这三百多篇诗的《诗经》，就是入乐的诗的一部总集。我们看了这部书，可以知道古代诗歌的一点样子；但当时的诗歌我们见不到的依然很多，因为作诗的人是无穷的，做出来的诗篇也是无穷的，没有收入《诗经》的真不知有多少。试看古书所记：

公入而赋："大隧之中，其乐也融融。"姜出而赋："大隧之外，其乐也泄泄。"（《左传》隐元年）

郑……伐宋，宋华元……御之……宋师败绩，囚华元。……宋人以兵车百乘，文马百驷，以赎华元于郑。半入，华元逃归。……宋城，华元为植，巡功。城者讴曰："睅其目，皤其腹，弃甲而复！于思，于思，弃甲复来！"使其骖乘谓之曰："牛则有皮，犀兕尚多；弃甲则那！"役人曰："从其有皮，丹漆若何？"华元曰："去之！夫其口众，我寡。"（《左传》宣二年》）

邾人莒人伐鄫 臧纥救鄫，侵邾，败于狐骀。……国人诵之曰："臧之狐裘，败我于狐骀！我君小子，朱儒是使！朱儒，朱儒，使败我于邾。"（《左传》襄四年）

子产从政一年，舆人诵之曰："取我衣冠而褚之；取我田畴而伍之！孰杀子产？吾其与之！"及三年又诵之曰："我有子弟，子产诲之；我有田畴，子产殖之。子产而死，谁其嗣之！"（《左传》襄三十年）

晋侯以齐侯宴中行穆子相。投壶晋侯先穆子曰："有酒如淮，有肉如坻；寡君中此，为诸侯师！"中之。齐侯举矢曰："有酒如渑，有肉如陵；寡人中此，与君代兴！"亦中之。（《左传》昭十二年）

南蒯……将适费，饮乡人酒。乡人或歌之曰："我有圃，生之杞乎？从我者子乎？去我者鄙乎？倍其邻者耻乎？已乎！已乎！非吾党之士乎？"（《左传》昭十二年）

惠公入而背外内之赂。舆人诵之曰："佞之见佞，果丧其田。诈之见诈，果丧其赂。得国而狃，终逢其咎。丧田不惩，祸乱其兴！"（《国语·晋语三》）

楚狂接舆歌而过孔子曰："凤兮！凤兮！何德之衰？往者不可谏，来者犹可追。已而！已而！今之从政者殆而！"（《论语·微子篇》）

有孺子歌曰："沧浪之水清兮，可以濯我缨。沧浪之水浊兮，可以濯我足。"（《孟子·离娄篇》）

这都是随口唱歌，并没有音乐的辅助的。这一类的"徒歌"，当时不知有多少首，但现在传下来的只有千万分之一了。《诗经》中一半是这类的歌，给人随口唱出来的；乐工听到了，替它们各各的制了谱，使得变成"乐歌"，可以复奏，才会传到各处去，成为风行一时的诗歌。假使当时没有被乐工采去，不久也就自然的消灭了。

要问《诗经》上许多诗篇做的人是谁，这个问句可是没法回答。不必说这些诗篇没有记事的引子，便看主于记事的《左传》，也只说"城者"，"国人"，"舆人"，"乡人"，没有指定姓名。

不必说记载古事的《左传》，便看现在最流行的乐歌，《四季相思》、《孟姜女寻夫》、《小黑驴》，真可以说风靡一时了，但试问是哪一个人做的，有人能回报出来吗？不必说没有书籍记载的歌曲，便看书上记得明明白白的诗篇也有同样的疑惑。《古诗十九首》，《文选》上全没有作者的姓名，《玉台新咏》上把九首归到枚乘名下，到底是不是枚乘所作，我们能断定吗？"庭院深深"的一阕《蝶恋花》，到底是冯延已做的，还是欧阳修做的，我们能弄明白吗？《四时读书乐》是元代翁森做的，但一般人算做朱熹了。这种传误，年代还是相近；最可笑的，"黎明即起"的一篇《治家格言》，是明末朱用纯做的，因为他姓朱，所以大家算做四百年前的朱熹，称为《朱子家训》。实在一首诗文只要传诵得普遍了，对于作者和本事的传说一定失了真相。《诗经》是一部古代极流行的诗歌，当然逃不了这个公例。所以我们对于《诗经》的作者和本事，决不能要求知道得清楚，因为这些事已经没有法子可以知道清楚了。

《诗经》里有在诗中自己说出作者名姓的，如：

家父作诵，以究王讻。（《小雅·节南山》）
寺人孟子，作为此诗。（小雅·巷伯》）
吉甫作诵，其诗孔硕。（《大雅·崧高》）
吉甫作诵，穆如清风。（《大雅·烝民》）

又有虽不说出作者，但把作诗的缘故自己说出来的，如：

维是褊心，是以为刺。（《魏风·葛屦》）
作此好歌，以极反侧。（《小雅·何人斯》）
君子作歌，维以告哀。（《小雅·四月》）
王欲玉女，是用大谏。（《大雅·民劳》）

又有虽没有把作诗的缘故说出来，但文义明白，看了便可知道的，如：

蔽芾甘棠，勿剪，勿败！ 召伯所憩。（《召南·甘棠》）

这首诗的意思一看就明白：作诗的人一定是很尊敬召伯的，所以召伯曾经休息过的甘棠就劝人不要斫伐伤损。这类的诗很多不必列举。

以上三类自然是最靠得住；次之就是古书中的记载。但古书的可靠程度就低了几等，因为传说中的事实是未必一定准的。如：

> 武王既丧，管叔及其群弟乃流言于国曰："公将不利于孺子！"周公乃告二公曰："我之弗辟，我无以告我先王！"周公居东二年，则罪人斯得。于后，公乃为诗以贻王，名之曰《鸱鸮》（《尚书·金滕篇》）

我们试打开《豳风·鸱鸮篇》来一证，它的原文是：

> 鸱鸮！鸱鸮！既取我子，无毁我室：恩斯，勤斯，鬻子之闵斯！
> 迨天之未阴雨，彻彼桑土，绸缪牖户：今女下民或敢侮予！
> 予手拮据，予所捋荼，予所蓄租，予口卒瘏，曰予未有室家！
> 予羽谯谯，予尾翛翛；予室翘翘，风雨所漂摇：予维音哓哓！

这是一个人借了禽鸟的悲鸣来发泄自己的伤感。它的大意是先对鸱鸮说："鸱鸮，我养育这儿子不容易，你既已经把它取了去，再不要来拆毁我的房子了！"再转过来对下面站着的人道："在天好的时候，把房子造坚固了，你们就不能来欺侮我了！"又自己悲伤道："我为了这所房子，做得这等劳苦，我的毛羽坏了，我的房子又在风吹雨打之中，危险得很，使我不得不极叫了！"读了这首诗，很可见得这是做诗的人在忧患之中发出的悲音。说周公在避居时做的，原也很像；但这话应在"管叔流言"时说的，不应在"罪人斯得"后说的。《金滕篇》所记即使是真，也有时间的错误。况且诗上并没有确实说出是周公，《金滕篇》也不像西周时的文体，我们决不能轻易承认。再看《孟子·公孙丑篇》称引这诗"迨天之未阴雨"几句，便连引孔子的话道："为此诗者，其知道乎？"孟子引来的孔子固是靠不住，但至少可说是孟子的意思。孔子、孟子都是最喜欢称道周公的，为什么只说这诗的作者大概是一个"知道"的人，而不说是周公，好像他们并没有读过《金滕篇》的样子呢？在这种种疑点之下，我们对于《鸱鸮》一诗的作者，依然不能指定。

《左传》上关于《诗经》的记事也有好几则。说出作诗的人的，有许穆夫人作《载驰》一事：

狄人伐卫……卫师败绩，遂灭卫。……初，惠公之即位也少，齐人使昭伯烝于宣姜……生齐子，戴公，文公，宋桓夫人，许穆夫人。……及败……卫之遗民男女七百有三十人，益之以共滕之民为五千人，立戴公以庐于曹。许穆夫人赋《载驰》（闵二年《传》）

我们翻出《鄘风·滕载驰篇》来看，第一章说的是：

载驰载驱，归唁卫侯。驱马悠悠，言至于漕（即曹）。大夫跋涉，我心则忧。

这一定是卫国有难，所以去唁了。第三章说的是：

女子善怀，亦各有行。许人尤之，众稚且狂。

可见去唁卫侯的是女子，而且这女子是和许国有关系的。要不是《左传》看了《诗经》去造事实，这段记载可以算得可靠。

又有几首诗，《左传》上虽没有说出作者，但说及它的本事的，如：

秦伯任好卒，以子车氏之三子——奄息、仲行、铖虎——为殉，皆秦之良也。国人哀之，为之赋《黄鸟》。（文六年《传》）

这件事在诗上已经写得明明白白：

交交黄鸟，止于棘。谁从穆公？子车奄息（下二章云："子车仲行"，"子车铖虎"）。维此奄息，百夫之特。临其穴，惴惴其慄。彼苍者天，歼我良人！如可赎兮，人百其身！

这当然可以无疑的了。又如：

卫庄公娶于齐东宫得臣之妹，曰庄姜，美而无子；卫人所为赋《硕人》也。（隐公三年《传》）

我们翻开《卫风·硕人篇》来看，第一章说的是她的家世：

> 硕人其颀，衣锦褧衣。齐侯之子，卫侯之妻，东宫之妹，邢侯之姨，谭
> 公维私。

第二章说的是她的容貌：

> 手如柔荑，肤如凝脂，领如蝤蛴，齿如瓠犀，螓首蛾眉。巧笑倩兮，美
> 目盼兮。

这也说得很相符合。要不是做《左传》的人依据了《诗经》去附会，这首诗
的来源也可信了。又如：

> 郑人恶高克，使帅师次于河上；久而弗召，师溃而归。高克奔陈，郑人
> 为之赋《清人》。

这句话就有些相信不过了，因为诗上说：

> 清人在彭，驷介旁旁，二矛重英，河上乎翱翔。

写的只是武士游观之乐，全没有"弗召"及"师溃"的意思。这句话是真是
假，没有证据可以判断，只能作为一个悬案。

我们审定这种材料所以严一点，并不是不愿意知道做诗的事实，实在不愿
意做苟且的信从，把自己来欺骗；更不愿意对于古人有轻忽诬蔑的举动，使得
他们原来的样子由我们弄糊涂了。汉代的经学家因为要显出自己的聪明，硬把
《三百篇》的故事制造齐备，结果徒然闹了许多笑话。实在不但汉代人不能知
道，连春秋战国间人也不能知道。试看《国语》上说：

> 襄王十三年，郑人伐滑。王使游孙伯请滑，郑人执之。王怒，将以狄伐
> 郑。富辰谏曰："不可！……"周文公之诗曰："兄弟阋于墙，外御其侮。"
> 若是，则阋乃内侮，而虽阋不败亲也。（《周语中》）

照它这样说，《常棣》一诗是周公做的。再看《左传》上：

> 郑伯……不听王命。王怒，将以狄伐郑。富辰谏曰："不可……召穆公思周德之不类，故纠合宗族于成周而作诗曰："常棣之华，鄂不韡韡。凡今之人，莫如兄弟。"其四章曰："兄弟阋于墙，外御其侮。"如是，则兄弟虽有小忿，不废懿亲。（僖二十四年《传》）

看了这一段，《常棣》一诗又是召穆公做的了。这首诗到底是周文公做的，还是召穆公做的，还是一个无名的人做的？富辰说的到底是哪一人？《国语》与《左传》的记载到底是哪一种靠得住？我们对于这些问题都是回答不来的了！

我们对于《三百篇》的作者和本事，并不希望有一个完满的回答，因为没有人可以回答，单是空空的希望也是无益的。至于我们为了不知道做诗的本事，就此不懂得诗篇的内容，也无足羞惭，因为这不是我们的过失，只是古人没有把材料给与我们。

二 周代人的用诗

我们要看出《诗经》的真相，最应研究的就是周代人对于"诗"的态度。《诗经》里有许多祝神敬祖的诗，有许多燕乐嘉宾的诗，有许多男女言情的诗，又有许多流离疾苦的诗。这许多诗为什么会聚集在一处？这许多诗如何会流传下来？这许多诗何以周代人很看重它？要解释这种问题，就不得不研究那时人所以"用诗"的是怎样。

要说用诗的方法先说作诗的缘故。

作诗方面，大别有两种：一种是平民唱出来的，一种是贵族做出来的。平民唱出来，只要发泄自己的感情，不管它的用处；贵族做出来，是为了各方面的应用。《国风》的大部分都是采取平民的歌谣。这在《诗经》本身上很可看出，如：

> 谁谓雀无角！何以穿我屋？谁谓女无家！何以速我狱？虽速我狱，室家不足！（《召南·行露》）

这明明是受了损害之后说出的气愤话，决不是乐工或士大夫定做出来供应用的。至于：

> 螽斯羽，诜诜兮；宜尔子孙振振兮！（《周南·螽斯》）
> 桃之夭夭，灼灼其华；之子于归，宜其室家。（《周南·桃夭》）

这分明是定做出来的颂辞了。在《大》、《小雅》里，采的民谣是少数（如《我行其野》，《谷风》等），而为了应用去做的占多数（如《鹿鸣》、《文王》等）。《颂》里便没有民谣了。民谣的作者随着心中要说的话说去，并不希望他的作品入乐；乐工替它谱了乐章，原意也只希望贵族听了，得到一点民众的味儿，并没有专门的应用；但贵族听得长久了，自然也会把它使用了。凡是定做出来的，都由于应用上的需要而来。如：

> 呦呦鹿鸣，食野之苹。我有嘉宾，鼓瑟吹笙。吹笙鼓簧，承筐是将。人之好我，示我周行！（《小雅·鹿鸣》）

这是很恭敬的对宾客说的一番话，是为宴宾而做的诗。又如：

> 有客宿宿，有客信信。言授之絷，以絷其马。（《周颂·有客》）
> 皎皎白驹，食我场藿；絷之维之，以永今夕。所谓伊人，于焉嘉客。（《小雅·白驹》）

这是很真挚的留客人多住几天的话，也是为宴宾而做的诗。又如：

> 王命申伯："式是南邦；因是谢人，以作尔庸。"王命召伯："彻申伯土田。"王命傅御："迁其私人。"（《大雅·崧高》）

这是周王锡命申伯的话，篇末说明吉甫作了这首诗赠与申伯的，是为庆贺而做的诗。又如：

> 王命南仲："往城于方。"出车彭彭，旐旟央央。"天子命我，城彼朔方。"赫赫南仲，猃狁于襄！（《小雅·出车》）

这是记南仲的功绩，或是为了慰劳南仲而在他凯旋时做的诗。这种的事一时也说不尽。总之，这些诗都是为了应用而做的。

为了应用而做的诗，和采来的诗而应用它的，大概可以分做四种用法：一是典礼，二是讽谏，三是赋诗，四是言语。诗用在典礼与讽谏上，是它本身固有的应用；在赋诗与言语上，是引伸出来的应用。引伸出来的应用，全看用诗的人如何，而不在诗的本身如何。

典礼的种类很多，所以用诗的方面也很多。最宽广的分类可以分成两种：对于神的是祭祀，对于人的是宴会。

祭祀的诗，看《诗经》本身就很明白。如《小雅·楚茨》说祭祀的样子详细极了，且有工祝祝颂的说话，我们可以决定它是一首祭祀时应用的诗。原文如下：

　　楚楚者茨，言抽其棘。自昔何为，我艺黍稷。我黍与与；我稷翼翼。我仓既盈，我庾维亿。以为酒食，以飨以祀，以妥以侑，以介景福。

　　济济跄跄，洁尔牛羊，以往烝尝：或剥或亨，或肆或将。祝祭于祊，祀事孔明。先祖是皇，神保是飨。孝孙有庆：报以介福，万寿无疆！

　　执爨踖踖，为俎孔硕：或燔或炙，君妇莫莫。为豆孔庶，为宾为客。献酬交错：礼仪卒度，笑语卒获。神保是格：报以介福，万寿攸酢！

　　我孔熯矣，式礼莫愆。工祝致告，徂赉孝孙："苾芬孝祀，神嗜饮食，卜尔百福，如几如式！"既齐既稷，既匡既敕："永锡尔极，时万时亿！"

　　礼义既备，钟鼓既戒，孝孙徂位，工祝致告。神具醉止，皇尸载起。鼓钟送尸，神保聿归。诸宰君妇，废彻不迟。诸父兄弟，备言燕私。乐具入奏，以绥后禄。尔殽既将，莫怨具庆。既醉既饱，小大稽首："神嗜饮食，使君寿考！孔惠孔时，维其尽之。子子孙孙，勿替引之！"

这一首诗把祭祀的原因，祭祀时的状况，祭祀后宾客的祝颂，原原本本的都写出了。我们可以假定这诗是依了祭祀手续的时间逐次奏的。但这诗上虽说"钟鼓既戒"，"乐具入奏"，而奏乐的样子还没有叙述完备。把奏乐的样子叙述完备的，有《周颂》的《有瞽》。

　　有瞽，有瞽，在周之庭：设业，设虡，崇牙树羽，应田县鼓，鞉磬柷圉。既备乃奏，箫管备举。喤喤厥声，肃雝和鸣。先祖是听！……

又如《商颂》的《那》，亦与上首略同。

> 猗与，那与，置我鞉鼓；奏鼓简简，衎我烈祖。汤孙奏假，绥我思成。鞉鼓渊渊，嘒嘒管声；既和且平，依我磬声。于赫汤孙，穆穆厥声！庸歌有斁，万舞有奕……

在这上，可见祭祀用诗，是"乐""歌""舞"三事同时合作的。阮元有一篇《释颂》是很好的解释：

> "颂"字即"容"字也，故《说文》"颂，皃也"。……"容""养""羕"一声之转；……今世俗传之样字……从"颂，容，羕"转变而来。……所谓《商颂》、《周颂》、《鲁颂》者，若曰"商之样子"，"周之样子"，"鲁之样子"而已。
>
> 何以三颂有样而《风》、《雅》无样也？《风》、《雅》但弦歌笙间，宾主及歌者皆不必因此而为舞容；惟《三颂》各章皆是舞容，故称为"颂"，若元以后戏曲，歌者舞者与乐器全动作也。《风》、《雅》则但若南宋人之歌词弹词而已，不必鼓舞以应铿锵之节也。……

大概《颂》是乐诗中用得最郑重的，不是很大的典礼不轻易用，最大的典礼莫过于祭祀，所以《颂》几乎完全用在祭祀上。

用在宴会的各种典礼上的诗也是很多，我们上面举的《鹿鸣》、《白驹》、《有客》、《崧高》都是。《仪礼》上《乡饮酒礼》、《燕礼》、《乡射礼》、《大射议》各篇，都有乐工歌诗的记载。今举《乡饮酒礼》的一节：

> 设席于堂廉，东上。工四人，二瑟；瑟先。相者二人，皆左何瑟，后首，挎越，内弦，右手相。乐正先升，立于西阶东。工入，升自西阶，北面坐。相者东面坐，遂授瑟，乃降。工歌《鹿鸣》、《四牡》、《皇皇者华》。……笙入，堂下磬南。北面立；乐《南陔》、《白华》、《华黍》。……
>
> 乃间歌《鱼丽》，笙《由庚》；歌《南有嘉鱼》，笙《崇丘》；歌《南山有台》，笙《由仪》。
>
> 乃合乐：《周南·关雎》、《葛覃》、《卷耳》；《召南·鹊巢》、《采蘩》、

《采蘋》。工告于乐正曰："正歌备。"乐正告于宾，乃降。

这一篇写奏乐的程序清楚极了。

宴会时各种游艺也是用乐诗做节制的。如投壶：——

司射进度壶，间以二矢半；反位，设中东面，执八算，兴。……命弦者曰："请奏《狸首》，间若一。"太师曰："诺。"左右告矢具，请拾投。……（《礼记·投壶》）

又如会射：——

故射者进退周还必中礼。内志正，外体直，然后持弓矢审固；持弓矢审固，然后可以言中。此可以观德行矣。其节：天子以《驺虞》为节，诸侯以《狸首》为节，卿大夫以《采蘋》为节，士以《采蘩》为节。……是以诸侯君臣尽志于射以习礼乐。……诗曰："曾孙侯氏，四正具举。大夫，君子，凡以庶士，小人莫处，御于君所：以燕，以射，则燕，则誉。"言君臣相与尽志于射，以习礼乐，则安则誉也。（《礼记·射义》。《狸首》一诗已亡，有人说"曾孙侯氏"一首即是《狸首》。）

这种种乐诗的应用，无非使得宴会中增高欢乐的程度，和帮助礼节的进行。现在乐诗虽失传，宴会中的歌唱侑酒，行礼时的作乐，正和古人的意思是一样的。

讽谏方面，《左传》与《国语》都屡次说起。如：

"自王以下，各有父兄子弟以补察其政：史为书，瞽为诗，工诵箴谏，大夫规诲，士传言，庶人谤。"（《左传》襄十四年师旷语）

"故天子听政，使公卿至于列士献诗，瞽献曲，史献书，师箴，瞍赋，矇诵，百工谏，庶人传语，近臣尽规，亲戚补察，瞽史教诲；耆艾修之，而后王斟酌焉。是以事行而不悖。"（《国语·周语》中，邵公谏厉王语。）

"吾闻古之王者，政德既成，又听于民，于是乎使工诵谏于朝，在列者献诗，使勿兜；风听胪言于市，辨祆祥于谣，考百事于朝，问谤誉于路：有邪而正之，尽戒之术也。先王疾是骄也！"（《国语·晋语》六，范文子戒赵文子语。)

从这几则看，可见公卿列士的讽谏是特地做了献上去的；庶人的批评是给官吏打听到了告诵上去的。我们看《诗经》中也有这事的痕迹，如：

> 好人提提，宛然左辟，佩其象揥。维是褊心，是以为刺！（《魏风·葛屦》。）
> 昊天不平，我王不宁。不惩其心，覆怨其正。家父作诵，以究王讻。式讹尔心，以畜万邦。（《小雅·节南山》）
> 为鬼为蜮，则不可得。有靦面目，视人罔极。作此好歌，以极反侧！（《小雅·何人斯》）

他们作诗的宗旨，为了要去讥刺好人的褊心，要去穷究国王昏乱的缘故，要去穷究他人的反侧之心。固是这种骂人的诗未必直接送与所骂的人看，但若别人听到了，转达与所骂的人，也可以促成他的反省。所谓"师箴，瞍赋，矇诵"就是要使瞎子乐工做转达的人。再看上面引的城者对华元的讴，舆人对子产的诵，乡人对南蒯的歌，也是"庶人谤"的一类。

所可怪的《左传》记了二百六十年的事，不曾见过"献诗，献曲，师箴，瞍赋"的记载。只有楚国左史倚相口里说起一件故事是这一类的，但是西周的事：

> 昔穆王欲肆其心，周行天下，将皆必有车辙马迹焉。祭公谋父作《祈招》之诗以止王心，王是以获没于祗宫。…其诗曰："祈招之愔愔，式昭德音。思我王度：式如玉，式如金，形民之力而无醉饱之心。"（昭十二年《传》）

《国语》上也有一段故事：

> 昔卫武公年数九十五矣，犹箴儆于国曰："自卿以下，至于师长士，苟在朝者，无谓老耄而舍我；必恭恪于朝，朝夕以交戒我；闻一二之言，必诵志而纳之以训导我！"在舆有旅贲之规，位宁有官师之典，倚几有诵训之谏，居寝有亵御之箴，临事有瞽史之导，宴居有师工之诵；史不失书，矇不失诵，以训御之。于是作《懿戒》以自儆也。"（《楚语》上）

这两段事即使可靠，也都是春秋以前的事。恐怕这种事在春秋前很多，而在春秋时就很少了。我所以不敢说春秋时绝无的话，因为看《诗经》中如：

> 心之忧矣，如或结之！今兹之正，胡然厉矣！燎之方扬，宁或灭之！赫赫宗周，褒姒灭之！《小雅·正月》
> 周宗既灭，靡所止戾。正大夫离居，莫知我勩。三事大夫，莫肯夙夜。邦君诸侯，莫肯朝夕。庶曰式臧，覆出为恶！（《小雅·雨无正》）

这种诗都很长，很有组织，意义完全为了警戒与规劝，可以断定是士大夫为了讽谏而做的。诗中又有"周宗既灭"一类的字样，当然是东周的士大夫做的。可见东周时这类的风气还没有歇绝。但这类的诗都在《大》、《小雅》中，《大》《小雅》是王朝的诗，或者献诗诵谏的事是王朝所独有，也未可知。《左传》既不注意王朝，自然没有这类的记载。至于列国，本只有"庶人谤"的徒歌，所以《左传》、《国语》所记舆人之诵等都是很简短的，又没有给乐工收入乐府，三百篇中就见不到了。

赋诗是交换情意的一件事。他们在宴会中各人拣了一首合意的乐诗叫乐工唱，使得自己对于对方的情意在诗里表出；对方也是这等的回答。这件事《左传》上记得最多，那时士大夫也是看得最重。往往因为一个人不合于这个礼节，就给别人瞧不起；凶一点就闹起来。如：

> 宋华定来聘…公享之，为赋《蓼萧》；弗知，又不答赋。昭子曰："必亡！宴语之不怀，宠光之不宣，令德之不知，同福之不受，将何以在！"（昭十二年《传》）

这已经骂得够受的了。再看下面一件事：

> 晋侯与诸侯宴于温，使诸大夫舞曰："歌诗必类，齐高厚之诗不类！"荀偃怒，且曰："诸侯有异志矣！"使诸大夫盟高厚。高厚逃归。于是叔孙豹、晋荀偃、宋向戌、卫甯殖、卫公孙夐、小邾之大夫盟曰："同讨不庭！"（襄十六年《传》）

这不是因了赋诗的小事闯出一场大祸吗！因为那时看赋诗的关系这等样

重，所以在宴会时选择人才很是要紧的事。如《左传》记晋公子重耳到秦国：

> 他日，公享之。子犯曰："吾不如衰之文也，请使衰从。"公子赋《河水》，公赋《六月》。赵衰曰："重耳拜赐。"公子降拜稽首；公降一级而辞焉。衰曰："君称所以佐天子者命重耳，重耳敢不拜！"（僖二十三年《传》）

子犯因为不及赵衰会说话，所以推荐了赵衰陪了重耳。果然秦穆公赋了《六月》，赵衰就叫重耳拜赐了。所以要拜赐的缘故，因为《六月》篇是周宣王命尹吉甫帅师伐猃狁的事，诗上有"王于出征，以佐天子"的话，秦穆公赋它，是表示他对于重耳的一番期望，所以重耳应该拜谢他的厚意。可见宴会赋诗是要主宾互相称美和祝颂，使得各人的好意从歌诗里表显出来；同时要受的方面知道赋诗的人的好意，表显出受诗以后的快乐和谦谢。再看下一事：

> 晋侯使韩宣子来聘……公享之。季武子赋《绵》之卒章。韩子赋《角弓》，季武子拜曰："敢拜子之弥缝敝邑，寡君有望矣！"……既享，宴于季氏，有嘉树焉，宣子誉（游也）之。武子曰："宿敢不封殖此树，以无忘《角弓》！"遂赋《甘棠》。宣子曰："起不堪也！无以及召公"。（昭二年《传》）

这一段写当时俯仰揖让的样子真是活现在眼前。季武子赋《绵》的末章，是赞美韩宣子的懂道理和有能力。《角弓》说"兄弟昏姻，无胥远矣"，所以季武子拜谢他联络两国的美意。《甘棠》拿召公来比韩宣子，更是即景生情的佳话。宾主到了这步田地实在是会交际啊！

现在再把《左传》里两次最有名的赋诗钞在下面：

> 郑伯享赵孟于垂陇，子展、伯有、子西、子产、子大叔、二子石从。赵孟曰："七子从君，以宠武也，请皆赋以卒君贶；武亦以观七子之志。"子展赋《草虫》，赵孟曰："善哉，民之主也！抑武也不足以当之。"伯有赋《鹑之贲贲》，赵孟曰："床笫之言不逾阈，况在野乎！非使臣之所得闻也！"子西赋《黍苗》之四章，赵孟曰："寡君在，武何能焉？"子产赋《隰桑》，赵孟曰："武请受其卒章。"子大叔赋《野有蔓草》，赵孟曰："吾子之惠也！"印段赋《蟋蟀》，赵孟曰："善哉，保家之主也！吾有望矣。"公孙段

赋《桑扈》，赵孟曰："匪（诗作"彼"）交匪敖，福将焉往！若保是言也，欲辞福禄，得乎！"卒享。文子告叔向曰："伯有将为戮矣！诗以言志：志诬其上而公怨之，以为宾荣，其能久乎！"（襄公二十七年《传》）

这一次的赋诗，《草虫》、《隰桑》都是思慕君子，子展、子产借此表示他们对于赵孟的思慕。《黍苗》是赞美召伯的功劳，子西借此以表示他看赵孟是召伯一流人物。《蟋蟀》说"好乐无荒，良士瞿瞿"，印段的意思是说赵孟的不荒淫，而赵孟也因为他赋诗的宗旨在不荒淫，就称赞他是"保家之主"。《桑扈》称颂君子"受天之祜"为"万邦之屏"，末句为"彼交匪敖，万福来求"，所以赵孟有这几句的答话。看这一次的赋诗，他们只是称颂赵孟；赵孟对于他们的称颂，有的是谦而不敢受，有的是回敬几句好话。单是伯有赋《鹑之贲贲》是特异的事。《鹑之贲贲》一诗主要的话是："人之无良，我以为兄。""人之无良，我以为君。"内中只有怨愤的意思，全没有和乐的气象，所以赵孟说"床第之言不逾阈"，意谓怨愤是私室的话，不是在宴会场中可以公布的。

在这段故事中，有可以研究的一首诗，就是《野有蔓草》。这首诗的原文是：

野有蔓草，零露漙兮。有美一人，清扬婉兮。邂逅相遇，适我愿兮！
野有蔓草，零露瀼瀼。有美一人，婉如清扬。邂逅相遇，与子偕臧！

这明明是一首私情诗。"臧"就是"藏"；"适我愿"就是"达到目的"。男女二人在野里碰见，到隐僻的地方藏着，成就他们的好事：这个意思是很显明的。在规行矩步的道学家看起来，便是真的男女相遇也不应当说出这句话，何况在宴集宾朋的时候敢公然唱出这类淫诗，岂不是太放肆了！有人硬要解释这个难题，便说"这并非淫诗。试看伯有赋了《鹑之贲贲》，尚且赵孟要说"床第之言不踰阈"。若这首真的是淫诗，自然更是"床第之言"了，为什么子太叔不看伯有的榜样，再去赋这类的诗？为什么赵孟严于责伯有而宽于责子太叔，反而说"吾子之惠"呢？所以这首诗不是淫诗，就可在此处证明。我对于这个辨护，可以说他有两处误解。第一，"床第之言"并不是指淫亵，乃是指私室。试看《鹑之贲贲》的原诗：

鹑之奔奔（与"贲贲"通），鹊之强强。人之无良，我以为兄！

鹊之强强，鹑之奔奔。人之无良，我以为君！

"奔奔"和"强强"只是鹑和鹊的动作的形容词，颠倒押着"为兄""为君"的韵，并没有意义可讲。看下两句，至多只有埋怨长上和不甘受长上的束缚的两个意思，和男女之欲真是没有丝毫关系。赵孟说它"床第之言"，当然不是指淫欲，所以下面他又说："伯有将为戮矣……志诬其上而公怨之，以为宾荣。""公"是指的"宾"一方面，"床第"是处的"公"的反面；"上"就是"君"和"兄"，"怨上"既是床第之言，就不应公然对宾客说，这个意思十分明白。若说这一首诗是淫诗，请问对于"志诬其上而公怨之"一句话要怎样的解释呢？第二，"断章取义"是赋诗的惯例，赋诗的人的心意不即是作诗的人的心意。所以作诗的人尽管作的是言情诗，但赋诗的人尽可用它做宴宾诗。《左传》上有解释断章取义的两段文字：

庆舍之士谓卢蒲癸曰："男女辨姓，子不辟（避）宗，何也？"曰："宗不余辟，余独焉辟之！赋诗断章，余取所求焉，恶识宗！"（襄二十八年《传》。卢蒲癸娶庆舍之女，两家同是姜姓，所以有人这样问。卢蒲癸是庆舍的宠臣，庆舍正执齐国的政，所以有"余取所求"的答。）

郑驷歂杀邓析而用其竹刑。君子谓子然于是不忠。苟有可以加于国家者，弃其邪可也。《静女》之三章，取"彤管"焉。《竿旄》"何以告之"，取其忠也。故用其道，不弃其人。（定九年《传》）

卢蒲癸的意思是说赋诗只须取自己要的东西，不必还出它的娘家。君子批评驷歂的话是说：《静女》的诗义并不好，只是《静女》诗中的"彤管"是一个好名目，就可取了。《竿旄》的诗也并不忠，只是《竿旄》诗中有"何以告之"一句，很有"忠告善道"的意思，就可算忠了。"恶识宗"就是不管作者的本义；"弃其邪"，就是弃掉不可用的而取它可用的。所以那时的赋诗很可称做象征主义。做诗的人明明是写实，给他们一赋就是象征了。

有人说：《野有蔓草》若是私情诗，如何会收到乐章里去，供给宴会的应用呢？其实无论什么时候的乐章都脱离不了言情之作，何况春秋时并没有经过汉宋儒者的陶冶，淫风的盛，翻开《左传》就可以看见，如何情诗入不得乐章！既入了乐章，大家听得惯了，自然熟视若无睹，可以移作别称意思的象征了。我常说那时人赋诗，乐工"一唱三叹"的歌着，用不到自己去唱，正像现在人的点戏。现在人唤优伶到家里做戏，祝寿演《蟠桃会》，娶妇演《闺房乐》，上任演《满床笏》，这是实指其事，和宴会中赋《草虫》、《隰桑》相类的。至于偏在象征方面的，也看了事情而定。记得民国二年，二次革命起后，袁世凯差冯国璋和张勋打下南京，怀仁堂上唱戏庆贺，因为那时江苏都督一个位置给冯给张很费斟酌，所以点了一出《取帅印》，又点了一出《双摇会》。《双摇会》明明是一出妻妾争夕的淫戏，如何可以在总统府里演唱？也无非做得长久了，大家忘其为淫戏，只觉得可以做别种意思的象征了。

再看郑六卿为韩宣子赋诗的一段事：

郑六卿饯宣子于郊，宣子曰："二三君子请皆赋，起亦以知郑志"。子齹赋《野有蔓草》，宣子曰："孺子善哉！吾有望矣。"子产赋郑之《羔裘》，宣子曰："起不堪也！"子太叔赋《褰裳》，宣子曰："起在此，敢勤子至于他人乎！"子太叔拜。宣子曰："善哉，子之言是。不有是事，其能终乎？"子游赋《风雨》，子旗赋《有女同车》，子柳赋《萚兮》。宣子喜曰："郑其庶乎！二三君子以君命贶起，赋不出郑志，皆昵燕好也。二三君子，数世之主也，可以无惧矣。"宣子皆献马焉，而赋《我将》。子产拜，使五卿皆拜，曰："吾子靖乱，敢不拜德！"（昭十六年《传》）

这一次因为韩宣子要"知郑志"，所以郑六卿赋的都是郑诗。郑国的诗是情诗最多，所以这一次赋的诗也是情诗特多，如子太叔赋的《褰裳》，就是情思很荡的！

子惠思我，褰裳涉溱。子不我思，岂无他人？狂童之狂也且！
子惠思我，褰裳涉洧。子不我思，岂无他士？狂童之狂也且！

这正是荡妇骂恶少的口吻，说："你不要我，难道就没有别人吗？"淫浪的态度真活画出来了！子太叔断章取义，用在这里，比喻他愿意从晋，只恐晋国的拒绝，所以韩宣子就说："我在这里，怎会使得你去寻别人呢！"子太叔拜谢他，他又说："没有这样的警戒，那能有始有终呢！"可见断章取义的用处，可以不嫌得字句的淫亵，不顾得作诗人的本义。

赋诗的应用，除了合欢以外，又有用在请求上的。如襄二十六年《传》，记晋平公把卫献公因了起来，齐景公、郑简公到晋国去替他说情：

齐侯、郑伯为卫侯故如晋，晋侯兼享之。……国景子相齐侯，……子展相郑伯。……晋侯言卫侯之罪，使叔向告二君。国子赋《辔之柔矣》，子展赋《将仲子兮》。晋侯乃许归卫侯。

《辔之柔矣》的诗逸去了。《将仲子兮》在《郑风》里，原文如下：

将仲子兮，无踰我园，无折我树檀！岂敢爱之，畏人之多言。仲可怀也，人之多言，亦可畏也！

这首诗的大意只是"人言可畏"。子展要晋侯放出卫侯，所以赋了这首诗去讽他，说："别人要疑心你为臣执君（卫献公复国，孙林父诉于晋）了！你不怕他们的多说话吗？"晋侯悟得他的意思，所以也就答应了。

赋诗既可用在请求方面，自然也可反转来用在允许方面。如：

申包胥如秦乞师，曰："吴为封豕长蛇，以荐食上国，虐始于楚。寡君失守社稷，越在草莽，使下臣告急。……" 秦伯使辞焉，曰："寡人闻命矣。子姑就馆，将图而告。"对曰："寡君越在草莽，未获所伏，下臣何敢即安！"立，依于庭墙而哭，日夜不绝声，勺饮不入口，七日。秦哀公为之赋《无衣》，九顿首而坐。秦师乃出。（定四年《传》）

《无衣》的诗是：

岂曰无衣！与子同袍。王于兴师，修我戈矛，与子同仇！

秦哀公赋这诗，就是表明他已经完全允许了他的请求了。

赋诗要表出宾主的好意是通例，也有用来当笑骂的。但我虽是说出这句话，心中却很疑惑，不敢决定它的有无。如：

齐庆封来聘，其车美。孟孙谓叔孙曰："豹闻之，服美不称，必以恶终。美车何为！"叔孙与庆封食，不敬；为赋《相鼠》，亦不知也。（襄二十七年《传》）

试看《相鼠》篇中说的是什么话？

　　相鼠有皮，人而无仪！人而无仪，不死何为！

　　这实在骂得太不成样子了。说他听了不知，我想没有这样的糊涂人罢？（这一则与上面伯有赋《鹑之贲贲》的一事，我很疑心是《左传》的作者装点出来的。《左传》的作者最欢喜把结果的成败做论人的根据，他看见伯有与庆封是不得善终的，就替他们编造了不好的故事，也说不定。）

　　从这许多赋诗的故事看来，可以归纳出一条通例，是：

　　自己要对人说的话，借了赋诗说出来。所赋的诗，只要达出赋诗的人的志，不希望合于作诗的人的志，所以说："赋诗言志。"

　　以上几种用诗，都是把诗唱的；还有一种用诗，是杂在言语中说的。因为这些诗唱得多了，尽人能够晓得，所以引来说话格外觉得简明有力。又那时许多国家相处很近，交涉的事极繁，所以很讲究说话。如下一节：

　　叔向曰："辞之不可以已也如是夫！子产有辞，诸侯赖之；若之何其释辞也！诗曰：'辞之辑矣，民之协矣；辞之绎矣，民之莫矣，'其知之矣！"（襄三十一年）

　　看了可见。要使自己说的话有效力，总要使得别人心折我这一番话。在现在时候，要使别人心听我的话，便可把学理去支配事实，说某一件事是合于学理的，某一件事是不合于学理的。那时人没有学问观念，所以只消用社会上传诵的话去支配事实，说某一件事是合于老话的，某一件事是不合于老话的。社会上传诵的话有两种，（一）谚语，（二）诗。谚语总带一点训诫的口气；诗却不止于训诫，还有自达情意的，有讲一件事情的，有称赞人家的。凡是要说一句话，可以在诗上找到同意义的句子的，就可将诗句囫囵的搬出来。诗的应用方面既广，所以比较谚语说得更多。他们引诗，也不在于了解诗人的原义，只要说在口里顺，或者可以做得自己的话的证据。

　　言语中用诗句来发挥自己的情感的，如：

　　赵穿攻灵公于桃园，宣子未出山而复。太史书曰："赵盾弑其君。"以示于朝。宣子曰："不然！"对曰："子为正卿，亡不越境，反不讨贼，非

子而谁!"宣子曰:"乌呼,'我之怀矣,自贻伊戚',其我之谓矣!"(宣二年《传》)

用诗句批评一件事情的,如:

卫献公自夷仪使与宁喜言,宁喜许之。太叔文子闻之曰:"乌乎,诗所谓'我躬不说,皇恤我后'者,宁子可谓不恤其后矣!……诗曰'夙夜匪懈,以事一人',今宁子视君不如弈棋,其何以免乎!……"(襄二十五年《传》)

又如:

郑大夫盟于伯有氏。裨谌曰:"是盟也,其与几何!诗曰:'君子屡盟,乱是用长。'今是长乱之道也,祸未歇也!"(襄二十九年《传》)

用诗杂在说话里最有效力的地方,是做辩论的根据。如:

晋师从齐师,入自丘舆,击马陉。齐侯使宾媚人赂以纪甗、玉磬与地。……晋人不可,曰:"必以萧同叔子为质,而使齐之封内尽东其亩。"对曰:"萧同叔子,寡君之母也;若以匹敌,则亦晋君之母也,吾子布大命于诸侯,而曰必质其母以为信,其若王命何!且是以不孝令也。诗曰:'孝子不匮,永锡尔类。'若以不孝令于诸侯,其无乃非德类也乎?先王疆理天下,物土之宜而布其利,故诗曰:'我疆我理,南东其亩。'今吾子疆理诸侯,而曰尽东其亩而已,唯吾子戎车是利,无顾土宜,其无乃非先王之命也乎!……今吾子求合诸侯以逞无疆之欲,诗曰:'布政优优,百禄是遒。'子实不优而弃百禄,诸侯何害焉!……"晋人许之。(成二年《传》)

这种话用在外交席上,可以摧折对方的气焰,自是很妙的辞令。但终究觉得危险,因为诗上本只是随便一句话,并没有天经地义在内,若对方用了辞义相反的一句诗来反驳时,就很为难了。

上一段的引诗是顺着诗义说的,又有急不暇择,把诗句割裂了应用的。如:

晋郤至如楚聘，且莅盟。楚子享之，子反相，为地室而县焉。郤至将登，金奏作于下，惊而走出。子反曰："日云莫矣，寡君须矣，吾子其入也！"宾曰"君不忘先君之好，施及下臣，贶之以大礼，重之以备乐，如天之福，两君相见，何以代此。下臣不敢！"子反曰："如天之福，两君相见，无亦唯是一矢以相加遗，焉用乐！寡君须矣，吾子其入也！"宾曰："若让之以一矢，祸之大者，其何福之为！世之治也，诸侯间于天子之事，则相朝也，于是乎有享宴之礼。享以训共俭，宴以示慈惠。共俭以行礼，而慈惠以布政。政以礼成，民是以息。百官承事，朝而不夕，此公侯之所以捍城其民也。故诗曰：'赳赳武夫，公侯干城。'及其乱也，诸侯贪冒，侵欲不忌，争寻常以尽其民，略其武夫，以为己腹心，股肱爪牙。故诗曰：'赳赳武夫，公侯腹心。'天下有道，则公侯能为民干城而制其腹心；乱则反之。今吾子之言，乱之道也，不可以为法！"（成十二年《传》）

这一番话说得何等凌厉，楚国的君臣就给他折服了！但试把《兔罝》原诗看来：

肃肃兔罝，椓之丁丁。赳赳武夫，公侯干城！
肃肃兔罝，施于中逵。赳赳武夫，公侯好仇！
肃肃兔罝，施于中林。赳赳武夫，公侯腹心！

这三章诗，原只有赞美武夫为公侯出力的一个意思，因为奏乐上的需要，把它重复了两遍。武夫做公侯的干城，和做公侯的腹心，全没有什么差别。郤至为了辩驳子反的"两君相见，无亦为是一矢以相加遗"一句话，要得到"今吾子之言，乱之道也"一个结论，不惜把它打成两截：以"公侯干城"属治世，"公侯腹心"属乱世。但若是有人问他："第二章的'公侯好仇'如何处置呢？"恐怕他自己也答不出来了！

以上说的，都是说话中特意引诗。又有不是特意引诗，只是随便说来，和"成语"一例用的。如：

晋荀偃、士匄请伐偪阳，……围之，弗克。……逼阳人启门；诸侯之士门焉。县门发，鄹人纥抉之以出门者。……孟献子曰："诗所谓'有力如

虎'者也！"（襄十年《传》）

孟献子不过要称赞叔梁纥的力大，恰巧诗句中的"有力如虎"可以引用，所以就随便说了出来。

最奇怪的用诗，是把诗句当"歇后语"或"猜谜"一样看待。如：

> 诸侯伐秦，及泾莫济。晋叔向见叔孙穆子曰："诸侯谓秦不恭而讨之，及泾而止，于秦何益！"穆子曰："豹之业及《匏有苦叶》矣，不知其他！"叔向退，召舟虞与司马曰："夫苦匏不材，于人共济而已。鲁叔孙赋《匏有苦叶》，必将涉矣。具舟除隧，不共有法。"是行也，鲁人以莒人先济，诸侯从之。（《国语·鲁语下》）

为什么叔向一听到叔孙穆子这句话就知道他要渡泾？原来《匏有苦叶》的原文是：

> 匏有苦叶，济有深涉。深则厉，浅则揭。

说的是深有深的渡法，浅有浅的渡法。叔孙穆子举了这首诗名，又说"不知其他"，分明说他渡泾的主意早就打定了。又如：

> 侯犯以郈叛。……叔孙谓郈工师驷赤曰："郈非唯叔孙氏之忧，社稷之患也，将若之何？"对曰："臣之业在《扬水》卒章之四言矣！"叔孙稽首。（定十年《传》）。

《唐风·扬之水》的卒章是：

> 扬之水，白石粼粼。我闻有命，不敢以告人！

驷赤心中本来想逐去侯犯，所以叔孙问他，他就举了这个章名来回答，大意是说："我是有计策的，但应当秘密做去，不敢告人。"叔孙听了，也暗暗的明白，所以对他稽首。

我前面说他们用诗和用谚没有分别，现在比较一看，更可明白。那时言语中常用的诗句，该括起来也不过一百句。用得最多的，是：

> 赞美——淑人君子，其仪不忒。
>
> 　　　布政优优，百禄是遒。
>
> 　　　乐只君子，邦家之基。
>
> 骂詈——人而无礼，胡不遄死！
>
> 　　　人之无良，我以为君！
>
> 　　　谁生厉阶，至今为梗！
>
> 悲叹——我之怀矣，自诒伊戚！
>
> 　　　人之云亡，邦国殄瘁！
>
> 　　　我躬不阅，皇恤我后！
>
> 劝诫及陈述——礼义不愆，何恤于人言！
>
> 　　　兄弟阋于墙，外御其侮。
>
> 　　　民之多辟，无自立辟。
>
> 　　　无念尔祖，聿脩厥德。
>
> 　　　他人有心，予忖度之。

《左传》中引的周代谚语不及诗多，但也可看到一点模样：

> 山有木，工则度之；宾有礼，主则择之。（隐十一年《传》）
>
> 匹夫无罪，怀璧其罪。（桓七年《传》）
>
> 心苟无瑕，何恤乎无家。（闵元年《传》）
>
> 辅车相依，唇亡齿寒。（僖五年《传》）
>
> 心则不竞，何惮于病！（僖七年《传》）
>
> 非宅是卜，唯邻是卜。（昭三年《传》）

在此可见谚与诗的形式是很相似的，用谚与用诗是没有分别的。惟谚语大概偏于劝诫及陈述一方面，而在赞美、骂詈、悲叹三方面不得不舍谚用诗。

诗句用得长久了，后来就真变成谚语了。如：

> 范蠡进谏曰："……天节不远，五年复反。……先人有言曰'伐柯者其则不远。'今君王不断，其忘会稽之事乎？"（《国语·越语下》）

这一句先人之言，就是《豳风》中"伐柯伐柯，其则不远"的诗句，因为用得久了，就变成"伐柯者其则不远"的谚了。

春秋时，这三百多篇诗的流传是很广的，试看上面引的赋诗便可明白。季武子与韩宣子赋诗一节，武子先赋的是《大雅》，宣子答的是《小雅》，武子又答的是《召南》。又如七子赋诗一节，子展赋的是《召南》，伯有赋的是《鄘风》，子西、子产、公孙段赋的是《小雅》，子太叔赋的是《郑风》，印段赋的是《唐风》。一时的赋诗，乐声就各各不同。

更看当时人常说在口头的几个诗句，也是各处的诗都有。可见乐声虽是分了多少国，而引用它的原没有划分国界，这三百多篇诗真是行遍中原的了。这单是就地域方面看；若在阶级方面看，当初做诗时虽分阶级，而后来用诗的便无阶级。如：

> 穆叔如晋，……晋侯享之。金奏《肆夏》之三，不拜。工歌《文王》之三，又不拜。歌《鹿鸣》之三，三拜。韩献子使行人子员问之曰："……吾子舍其大而重拜其细，敢问何礼也？"对曰："《三夏》，天子所以享元侯也，使臣不敢与闻。《文王》，两君相见之乐也，臣不敢及。《鹿鸣》，君所以嘉寡君也，敢不拜嘉！《四牡》，君所以劳使臣也，敢不重拜！《皇皇者华》，——君教使臣曰："必谘于周。"臣闻之：访问于善为咨，咨亲为询，咨礼为度，咨事为诹，咨难为谋，——臣获五善，敢不重拜！"（襄四年《传》）

这只是宴享一个诸侯的大夫，而天子的乐诗已经搬了出来，可见：（1）阶级制度的破坏；（2）各种阶级的乐诗，一个阶级——诸侯——都能完备。一国都有了各国的乐诗，一阶级都有了各阶级的乐诗，所以这三百多篇诗更为一般人——至少是贵族的全体——所熟习，觉得真是人生的日用品了。

在此，我又觉得传说中的"太史采诗"一事是可疑的。第一，这三百多篇诗是春秋时人唱得烂熟的，也是听得烂熟的，有许多是西周时传下来的，有许多是春秋时加进去的，传了六七百年，仅仅有这三百多篇熟在口头，记在本上，若真有采诗之官，这个官未免太不管事了。第二，《左传》上记的各种徒歌全没有采入《诗经》，这都是合着"观风"一个宗旨，可以入乐的，但竟没有入乐，可见当时入乐的诗真是少之又少，完全碰着机会，并不是有人操甄录的权柄。所以我们可以说：这三百多篇诗的集成一部经书，固是出于汉人（或战国人），但《诗经》的一个雏形已经在春秋时大略固定。采诗之官即使有，也是"使公卿至于列士献诗，瞽献曲"的一类，不必定为一个专职，而且在春秋时也见不到这些痕迹了。

我们看了上面的许多叙述，可以作一个结论：

> 《诗经》是为了种种的应用而产生的，有的是向民间采来的，有的是定做出来的。

它是一部入乐的诗集，大家对于这些入乐的诗都是唱在口头，听在耳里，记得熟了，所以有随意使用它的能力。他们对于诗的态度，只是一个为自己享用的态度，要怎么用就怎么用。但他们无论如何把诗篇乱用，却不豫备在诗上推考古人的历史，又不希望推考作诗的人的事实。正如现在一般人看演戏，只为了酬宾酬神和自己的行乐，并不想依据了戏中的事去论古代，也不想推考编戏的人是谁。所以虽是乱用，却没有伤损《诗经》的真相。

三　孔子对于诗乐的态度

孔子是和《诗经》有大关系的人，一般人都说《诗经》是经他删过的。删诗问题且放在下面再说，单说他所处的时势，真是乐诗的存亡之交，他以前乐诗何等的盛行，他以后就一步步的衰下去了。（《左传》自定公四年秦哀公为申包胥赋《无衣》后，就不曾载过赋诗的事。）再看他的生性，对于乐诗是何等的深嗜笃好。《论语》上记的：

> 子在齐闻《韶》，三月不知肉味，曰："不图为乐之至于斯也！"（《述而》）
> 子与人歌而善，必使反之而后和之（同）
> "兴于诗，立于礼，成于乐。"（《泰伯》）

他这等的欢喜乐诗，恰恰当着了乐诗衰颓的时势，使他永远在社会的逆流之中，勉力作一个"中流砥柱"，他的地位的重要也可见了。现在先说他对于诗的见解，再说他遭着的乐的潮流。

孔子最欢喜说诗，又欢喜劝人学诗。《论语》上说：

子所雅（常）言：《诗》、《书》、执礼，皆雅言也。（《述而》）

陈亢问于伯鱼曰："子亦有异闻乎？"对曰："未也。尝独立，鲤趋而过庭，曰：'学《诗》乎？'对曰：'未也。''不学《诗》，无以言……。'"（《季氏》）

子谓伯鱼曰："女为《周南》、《召南》矣乎？人而不为《周南》、《召南》，其犹正墙面而立也与！"（《阳货》）

子曰："小子，何莫学夫《诗》！《诗》可以兴，可以观，可以群，可以怨；迩之事父，远之事君；多识于鸟兽草木之名。"（同）

他说的"不学《诗》，无以言"，即是用诗到言语中。他说的兴观群怨，以至事父事君，即是要用诗去实施典礼、讽谏、赋诗等方面的社会伦理。惟"多识于鸟兽草木之名"一个意思，《左传》等书上没有说起。《汉书·艺文志》说"登高能赋，可以为大夫"，恐古代也有这个应用。这些都是春秋时《诗》学的传统观念。所以他又说"诵《诗》三百，授之以政，不达，使于四方，不能专对，虽多，亦奚以为！"（《子路》）

可见他对于诗的观念离不掉当时的实用，只是所说兴观群怨有些涵养性情的见解，似比当时人稍高超些。他较为特殊的用诗，是说诗的象征。如：

子贡曰："贫无而谄，富而无骄，何如？"子曰："可也；未若贫而乐，富而好礼者也。"子贡曰："《诗》云'如切如磋，如琢如磨'，其斯之谓与？"子曰："赐也，始可与言《诗》已矣，告诸往而知来者！"（《学而》）

子夏问曰："'巧笑倩兮，美目盼兮，素以为绚兮'，何谓也？"子曰："绘事后素。"曰："礼后乎？"子曰："起予者商也，始可与言《诗》已矣！"（《八佾》）

"切磋琢磨"是形容君子风度的美，不即是"贫而乐，富而好礼"。"素以为绚兮"是说本质与装饰的好，也不即是"礼后"。子贡、子夏不过会用类推的方法，用诗句做近似的推测，孔子已不胜其称赞，似乎他最欢喜这样用诗。这样的用诗，替它立一个题目，是"触类旁通"。春秋时人的赋诗已经会触类旁通了；在言语里触类旁通的，别地方似乎没有见过，或者是他的开端。经他一提倡之后，后来的儒家就很会这样用了。如《中庸》说：

《诗》云："潜虽伏矣，亦孔之昭。"故君子内省不疚，无恶于志。君子之所不可及者，其唯人之所不见乎！

《中庸》的作者是引这句诗去讲慎独的功夫的。我们看这诗的原文：

鱼在于沼，亦匪克乐：潜虽伏矣，亦孔之炤。忧心惨惨，念国之为虐！（《小雅·正月》）

这是一片愁苦之音，意思是说：像鱼的隐伏在水底，也会给敌人看清楚，没法逃遁，甚言国家苛政的受不了。《中庸》的作者把它节取去了，这句诗也就变作"莫见乎隐，莫显乎微"的意义，成为有哲学意味的词句了。这样的用诗到言语中，虽是比春秋时人深了一层，走的依然是春秋时人的原路。

总之，孔子对于诗，也只是一个自己享用的态度。他看诗的作用，对于自己是修养品性，对于社会是会得周旋上下，推论事物。

那时的音乐界可就大改变了！在《论语》上，可以看出孔子时音乐界有三个趋向，孔子对它们各有反动

第一个趋向是僭越。僭越是春秋时很普通的事情，如晋侯享穆伯便用了天子享元侯的乐，似乎由来已久，不值得注意。但《论语》中有孔子极生气的话：

孔子谓："季氏八佾舞于庭，是可忍也，孰不可忍也！"（《八佾》篇）
三家者以《雍》彻。子曰："'相维辟公，天子穆穆'，奚取于三家之堂！"（同）

看孔子说话的态度真是气愤极了。或者诸侯僭用天子的礼乐是由来已久，而陪臣僭用天子的礼乐还是在孔子时刚才发端，亦未可知。他对于这个趋向的反动是主张正名，主张从先进，主张礼宁俭。

第二个趋向是新声的流行。三百篇的乐谱如何，我们固是无从晓得，但只看句子的短，篇幅的少，可以猜想它的乐谱一定是极简单极质直的，奏乐的时候又一定是很迟缓的。大概总是因拍子每一个字合一个或数个音符；即使有唱有和，恐怕只是重复，不是繁复。唐开元时，因为要行乡饮酒礼，所以替已经亡了乐谱的《鹿鸣》、《四牡》……十二首诗重新制了乐谱。现在把《鹿鸣》

首章钞在下面；

呦（黄清）呦（南）鹿（蕤）鸣（姑）　食（南）野（姑）之（太）苹（黄）
我（蕤）有（林）嘉（应）宾（南）　鼓（林）瑟（南）吹（黄清）笙（林）
吹（蕤）笙（林）鼓（南）簧（姑）　承（应）筐（黄清）是（姑）将（南）
人（林）之（南）好（黄）我（姑）　示（林）我（南）周（太清）行（黄清）
（朱熹《仪礼经传通解》卷十四引）

这虽不知真合于古乐与否，但想来差不甚远，因为照《诗经》的句法必不
会有复杂的音调，这是可以推知的。

到春秋末叶，音乐界上起了一种新声。这种的新声究竟如何虽不可知，然变
简单为复杂，变质直为细致，是从批评它的说话里可以推见的。《国语》上说：

晋平公说新声，师旷曰："公室其将卑乎！君之明兆于衰矣！夫乐，以开
山川之风，以耀德于广远也。风德以广之，风山川以远之，风物以听之，修诗
以咏之，修礼以节之。夫德广远而有时节，是以远服而迩不迁。"（《晋语八》）

师旷说旧乐"修诗以咏之，修礼以节之"，可见新声是不合于诗，不合于
礼，可以专当音乐听，不做别的应用的。又说旧乐"有时节"，当谓旧乐依于
礼，有节制，不能伸缩，可见新乐因为不依于礼，没有节制，声调可以伸缩随
意，不立一定的规矩的。正如现在的音乐，《老六板》是很平正的，变成《花
六板》就轻巧靡曼得多了。《老六板》的工尺是有一定的，《花六板》的工尺
就没有一定，只要不走板，便可随着奏乐的人的能力，能加进多少就加进多
少。奏《老六板》时，觉得调子太简单了，非有歌词跟着唱不好听；《花六
板》固然也可以做歌谱，但因为它本身好听，就容易使人专听乐而不唱了。孔
子与晋平公同时，《晋语》里的"新声"是否即《论语》里的"郑声"，或郑声
还是另外一种乐调，这种问题现在虽未能解决，总之，新声与郑声都不是为了
歌奏三百篇而作的音乐，是可以断言的。孔子对于郑声最为深恶痛绝。《论
语》上说：

颜渊问为邦，子曰："行夏之时，乘殷之辂，服周之冕，乐则《韶舞》。
放郑声，远佞人。郑声淫，佞人殆。"（《卫灵公》。）

子曰：“恶紫之夺朱也！恶郑声之乱雅乐也！恶利口之覆邦家者！”（《阳货》）

孔子始终把郑声与“佞人利口”并举，可见这种声调复杂了，细致了，使得人家欢喜听，如佞人利口的引得人家留恋一样。孔子说它乱雅乐，或者那时人把郑声与雅乐一起奏，如今戏园里昆曲、京调、秦腔杂然间作；或者那时人把三百篇的歌词改合郑声的乐调，如今把昆戏翻做京戏：这种情形可惜现在也无从知道了。但我们可以说新声的起是音乐界的进步，因为雅乐是不能独立的，无做得歌舞的帮助，而新声就可脱离了歌舞而独立了。孔子一面说出应该提倡的音乐。

颜渊问为邦，子曰：“……乐则《韶舞》。”（《卫灵公》）

子谓《韶》尽美矣，又尽善也。”（《八佾》）

“师挚之始，《关雎》之乱，洋洋乎盈耳哉！”（《泰伯》）

“《关雎》：乐而不淫，哀而不伤。”（《八佾》）

一面说出应该禁绝的音乐——郑声。他的宗旨很明白，便是：雅乐中正和平，可以到“乐而不淫，哀而不伤”的程度，所以应该提倡；郑声富于刺激性，使人听了神魂颠倒，像被佞人缠住一般，一定要到“乐而淫，哀而伤”的程度，所以应该禁绝。 这是他的中庸主义的实施！

第三个趋向是雅乐的败坏。僭越既成了风气，小贵族各各要充做大贵族，原有的乐工一定不敷应用，不得不拉杂充数。拉杂充数得多了，自然要失掉原有的本相了。正如从前人家出丧，凡是功名大一点的，可到督抚衙门里去请辕门执事——军事的仪仗——做诰命亭的先驱，所以六冲、八标、銮驾等各种东西都是衙门里公役拿的。自从光复以来，大出丧成为普遍的风俗，不是功名人也要充做功名人，辕门执事势所必有，但督抚衙门却早已不存在，所以有专管丧仪的“六局”出来包办，谁家要用就立刻可用。辕门执事固是行用得广了，但治军的威仪从此变成了铺张人家丧事场面的东西，它的原意义已失掉了。加以一般人的心理都欢喜锦上添花，再要使得仪仗热闹一点，势必出于装点，于是辕门执事的人打扮得像做戏一般，它的真面目又失掉了。春秋末年的僭越情形，现在固不得而知，但因了要热闹而失掉真相，自是可以有的结果。何况郑声流行，大家为它颠倒，雅乐给它弄乱，明见于孔子的说话，当时雅乐的败坏自在情理之内。

孔子对于这个趋势的反动是"正乐"。《论语》上说：

> "吾自卫反鲁，然后乐正，雅颂各得其所。"（《子罕》）

孔子秉着好古的宗旨，又有乐律的智识，所以能把雅乐在郑声搅乱之中重新整理一番，回复了它的真相。但可惜古乐到底喜欢的人太少，所以孔子和弟子随便说的诗义还有得流传下来，而用了全副精神所正的乐调，到战国时已经不听见有人说起了。

《微子》篇又有一段记载鲁国乐官四散的事：

> 太师挚适齐，亚饭干适楚，三饭缭适蔡，四饭缺适秦，鼓方叔入于河，播鼗武入于汉，少师阳、击磬襄入于海。

这一段话觉得很不可靠，因为一个班子分散开来，各人到一国或一处大水里去，是不会有的事。况且当时新声的流行决不会独盛于鲁，而齐楚河汉的人一点没有受到影响，可以容得师挚一班人去行道的道理。

若说齐楚河汉等地方新声的盛也和鲁国差不多，这一班人又何必去。想记者的意思，也不过要形容出雅乐败坏的样子；或是听得有乐官离散的事，从而加以装点，亦未可知。要之，雅乐到了孔子时，决不能维持它的原来的地位了。

四　战国时的诗乐

孔子对于郑声，已有"淫"的批评了；到战国时，又有比郑声更淫的乐调起来。《礼记·乐记篇》说：

> 郑卫之音，乱世之音也。……《桑间》、《濮上》之音，亡国之音也。……

如何唤做"乱世之音"，"亡国之音"呢？《乐记》又说：

> 乱世之音怨以怒；……亡国之音哀以思。

可见郑卫之音是"怨以怒"的，桑间濮上之音是"哀以思"的。照我们的猜想"怨以怒"当是悲怨中带着粗厉；用现在的声调来比，觉得郑卫之音似乎是秦腔一流。"哀以思"当是很沉下，很靡曼，要表出缠绵悱恻的意思而不免于卑俗；用现在的声调来比，觉得桑间濮上之音似乎是申曲淮调一流。对于这个假定，有《韩非子》一则可证：

> 卫灵公将之晋，至濮水之上，税车而放马，设舍以宿。夜分而闻鼓新声者，而说之。使人问左右，尽报弗闻。乃召师涓而告之曰："有鼓新声者，使人问左右，尽报弗闻，其状似鬼神；子为听而写之！"师涓曰："诺。"因静坐抚琴而写之。
>
> ……遂去之晋。晋平公觞之于施夷之台，酒酣，灵公起，公曰："有新声，愿请以示"。平公曰："善。"乃召师涓令坐师旷之旁，援琴鼓之。未终，师旷抚止之，曰："此亡国之声，不可遂也！"平公曰："此道奚出？"师旷曰："此师延之所作，与纣为靡靡之乐也。及武王伐纣，师延东走至于濮水而自投，故闻此声者必于濮水之上。先闻此声者其国必削，不可遂。……"（《十过篇》）

这一段固是神话，固是战国时人依附了"晋平公说新声，师旷谏"的故事而造出来的，但很可判定濮上之音实是一种"靡靡之乐"。因为这种音乐太靡靡了，弄得听的人流连忘返，丧了志气，所必骂它是"亡国之音"。《乐记》上形容得好：

> 世乱则礼慝而乐淫，是故其声哀而不庄，乐而不安，慢易以犯节，流湎以忘本，广则容奸，狭则思欲，感条畅之气，灭平和之德。是以君子贱之也。

这种的音乐风靡了一时，中正和平的雅乐如何再会得存在！

再看战国时的乐器，也和春秋时大不同了。除了琴瑟钟鼓之外，春秋时的主要乐器，是籈磬柷敔，木石的乐器是很多的，战国时的主要乐器，是竽笛筑缶，偏于丝竹的方面了。春秋时乐的主要的用，是做歌诗的辅佐，战国时音乐就脱离了歌诗而独立了。试看战国时声乐的故事：

> 赵王……与秦王会渑池。秦王饮酒酣，曰："寡人窃闻赵王好音，请奏

瑟。"赵王鼓瑟。……蔺相如前曰："赵王窃闻秦王善为秦声，请奏盆缻，……以相娱乐。"秦王不肯击缻，相如曰："五步之内，相如请以颈血溅大王矣！"……于是秦王不怿，为一击缻。（《史记》八十一，《廉颇蔺相如列传》。）

高渐离击筑，荆轲和而歌，为变徵之声；士皆垂泪涕。又前而为歌曰："风萧萧兮易水寒，壮士一去兮不复还！"复为羽声慷慨；士皆瞋目，发尽上指冠。（《史记》八十六，《刺客列传》。《国策·燕策》卷三同，惟"羽声慷慨"作"慷慨羽声"。）

"夫击瓮叩缶，弹筝搏髀而歌呼呜呜，快耳目者，真秦之声也。《郑》、《卫》、《桑间》、《昭》、《虞》、《武》、《象》者，异国之乐也。今弃击瓮叩缶而就《郑》、《卫》，退弹筝而取《昭》、《虞》，若是者何也？快意当前，适观而已矣！"（《史记》第八十七卷，《李斯列传·谏逐客书》。）

"临淄甚富而实，其民无不吹竽，鼓瑟击筑，弹琴。"（《国策。齐策上》苏秦说齐宣王语。）

"臣闻赵，天下善为音。"（《国策·中山策》司马熹见赵王语。）

齐宣王使人吹竽，必三百人（《韩非子·内储说》上）

从这几则看，战国的音乐重在"器乐"，而不重在"歌乐"，很是明白。若依春秋时的习惯，赵王与秦王在渑池宴会，彼此一定是赋诗了，但他们只有奏乐。我们读完一部《战国策》看不到有一次的赋诗，可见此种老法子已经完全废止。至于司马熹说赵国"天下善为音"而不说"天下善为歌"，齐宣王聚了三百人专吹竽而不再使人唱歌，也可见战国时对于器乐的注重。器乐为什么会比歌乐注重？也无非单是音乐已经极可听了，不必再有歌词了。

战国时也有诗，但这时的诗和春秋时的诗不同：有可以合乐的，有不必合乐的，文体也改变了。试看《战国策》所引：

范睢曰："……臣闻'善为国者，内固其威，而外重其权'。穰侯使者操王之重，决裂诸侯，剖符于天下，征敌伐国，莫敢不听；战胜攻取，则利归于陶；国弊，御于诸侯；战败，则怨结于百姓，而祸归社稷。《诗》曰：'木实繁者披其枝，披其枝者伤其心。大其都者危其国，尊其臣者卑其主。'……臣今见王独立于庙朝矣！"（《秦策》三）

王立周绍为傅，曰："……寡人以子之知虑，为辨足以道人，危足以持难，忠可以写意，信可以远期。诗云：'服难以勇，治乱以知，事之计也'。立傅以行，教少以学，义之经也，循计之，事失而累访，议之。行穷而不忧：故寡人欲子之胡服以傅王乎？"（《赵策二》）

我们看这两处引的诗，觉得与《诗经》文体相差很远：第一首是整整的七言，不必说是《诗经》里没有的；第二首虽是四言，然而完全像说话，并不像诗。但一看《楚词》，七言的诗就来了：

若有人兮山之阿，被薜荔兮带女萝。既含睇兮又宜笑，子慕予兮善窈窕。乘赤豹兮从文狸，辛夷车兮结桂旗！被石兰兮带杜衡，折芳馨兮遗所思。（《山鬼》）

又一看荀子的《佹诗》，像说话般的诗也来了：

道德纯备，谗口将将；仁人绌约，敖暴擅强。…… 昭昭乎其知之明也，郁郁乎其遇时之不祥也！拂乎其欲礼义之大行也，暗乎天下之晦盲也！皓天不复，忧无疆也。千秋必反，古之常也。弟子勉学，天不忘也。圣人共手，时几将也。（《赋篇》。）

《楚词》是合乐的，尤其是《九歌》、《招魂》等一类巫觋的歌诗；荀子的诗似乎是只读不唱了。这一类只读不唱的诗，可以说和"赋"没有分别。

从这许多的例，可见战国时三百篇的乐诗既不通行，（不能说绝迹，因为汉初窦公制氏还会奏雅乐，或者宗庙中还有得用；不过决没有人睬它，民众也没有听到的机会。）诗体也很自由，和春秋时大不同了。春秋时人一举一动都可与《诗经》发生关系，战国时人便可与《诗经》断绝关系了。

战国时一般人与《诗经》断绝了关系，把春秋时的音乐唤做"古乐"，丢在一旁，不愿听了。惟有儒家因为秉承孔子的遗训，仍旧是鼓吹风雅。《乐记》上说：

魏文侯问于子夏曰："吾端冕而听古乐，则唯恐卧；听郑卫之音则不知倦。敢问古乐之如彼，何也？新乐之如此，何也？"子夏对曰："今夫古乐，进旅退旅。和正以广，弦匏笙簧。会守拊鼓。始奏以文，复乱以武。治乱以相，讯疾以雅。君子于是语，于是道古。修身及家，平均天下。此古乐之发也。今夫新乐进俯退俯，奸声以滥溺而不止，及优侏儒獶杂子女，不知父子。乐终不可以语，不可以道古。此新乐之发也。……"

《孟子》上也说：

> 庄暴见孟子曰："暴见于王（齐宣王），王语暴以好乐，暴未有以对也。"曰："好乐何如？"孟子曰："王之好乐甚，则齐国其庶几乎？"他日，见于王曰："王尝语庄子以好乐，有诸？"王变乎色，曰："寡人非能好先王之乐也，直好世俗之乐耳！"（《梁惠王下篇》）

这两个国君遥遥正相对，魏文侯很老实的说自己不愿意听古乐，但想不出这缘故去问子夏。齐宣王看孟子问他好乐恐怕他又来做古乐的说客了，所以先把自己的嗜好去罩住他一番话。齐宣王是最欢喜听三百人的吹竽的，所以他厌恶古乐的程度更高了。其实这并不是两个国君没出息，只是社会全部的心理的表现。老实说：到了那时，寻常人固然不欢喜古乐，即儒家亦何曾懂得古乐？即看上面引的《乐记》，可知古乐是依于礼的，新乐是只管娱乐，和礼全没有关系的。依于礼，所以听了乐会有"修身及家，平均天下"的观念；只管娱乐，所以浸在里头，非至"獶杂子女，不知父子"不止。（这并不是说古乐比新乐好，不过说古乐是为礼节而音乐，新乐是为音乐而音乐。）这是古乐与新乐两条截然不同的路，是合不拢的。孟子一心要行王道，所以听得齐宣王好乐，就不管他好的是什么乐，立刻说"齐国其庶几乎"？等到宣王对他说了所好的是世俗之乐，不是先王之乐，他又说"今之乐由（犹）古之乐也"。他读了古人的书，只以为好乐可以王，而不去看看世俗之乐的结果到底可以王不可以王，可见他对于古乐与新乐的真相是没有明了的。再看全部《孟子》里，除了讲诗义，没有一回讲到诗的音乐的。恐怕孟子看《诗经》已和现在人看元曲差不多了。

儒家虽读先王之诗，但不懂得"先王之乐"，在领会方面已经差一点了；虽是不懂得先王之乐，但一定要去讲先王之诗，说出的话又不免隔膜了。所以战国时一班儒家讲诗，不得不偏在基本意义一方面，又揣测到历史一方面。诗的基本意义和历史是春秋时人所不讲的，到这时因为脱离了实用，渐渐的讲起来了。孟子拿它讲古代的王道，高子拿它分别作者的君子小人。（见《孟子·告子下》。）一部《诗经》，除了考古证今以外没有别的应用。他们虽极佩服孔子，然而孔子的恨郑声，正《雅》、《颂》，他们不但做不到，也没有这个印象了。

五　孟子说诗

孟子是孔子以后最大的儒者，他又最欢喜讲诗，后人受他的影响不小，所以有提出详论的必要。孟子是主张王道的人，他说诗的宗旨，就是把诗句牵引到王道上去。《诗经》本不是圣人之作，他一说，就处处和圣人发生了关系了。如：

> 孟子见梁惠王，王立于沼上，顾鸿雁麋鹿，曰："贤者亦乐此乎？"孟子对曰："贤者而后乐此，不贤者虽有此不乐也。《诗》云：'经始灵台，经之营之；庶民攻之，不日成之。经始勿亟，庶民子来。王在灵囿，麀鹿攸伏；麀鹿濯濯，白鸟鹤鹤。王在灵沼，于牣鱼跃。'文王以民力为台，为沼，而民欢乐之，谓其台曰灵台，谓其沼曰灵沼，乐其有麋鹿鱼鳖。古之人与民偕乐，故能乐也。"（《梁惠王上篇》）
>
> 王（齐宣王）曰："……寡人有疾，寡人好勇。"对曰："王请无好小勇！……《诗》云：'王赫斯怒，爰整其旅，以遏徂莒，以笃周祜，以对于天下。'此文王之勇也。文王一怒而安天下之民，今王亦一怒而安天下之民，民惟恐王之不好勇也！……"（《梁惠王下篇》）
>
> 王曰："寡人有疾，寡人好货。"对曰："昔者公刘好货。《诗》云：'乃积乃仓，乃裹糇粮，于橐于囊。思戢用光，弓矢斯张，干戈戚扬，爰方启行。'故居者有积仓，行者有裹粮也，然后可以爰方启行。王如好货，与百姓同之，于王何有！"（同）
>
> 王曰："寡人有疾，寡人好色"。对曰："昔者大王好色，爱厥妃。诗云：'古公亶父，来朝走马，率西水浒，至于岐下。爰及姜女，聿来胥宇'。当是时也，内无怨女，外无旷夫。王如好色，与百姓同之；于王何有！"（同）

照这样看来，别人无论说到那一方面，他总可拿《诗经》上的话做激劝，这自是他的好手段。至于实际上是否如此？官书的话是否可靠？《诗》上的话与他自己说的历史是否适合？都不在他的意想之内。

他要借《诗经》来推行他的王道，固是他的苦心，但对于《诗经》本身的流弊是多极了。第一，是没有时代观念。孟子也曾说道：

> "以友天下之士为未足，又尚论古之人。颂其诗，读其书，不知其人可乎！是以论其世也，是尚友也。"（《万章下篇》）

这段话真是很好的读书方法。可惜他自己就是最不会论世尚友的人。他看得时代的好坏是截然的，是由几个人做出来的，所以说：

"文、武兴，则民好善，幽、厉兴，则民好暴"。（《告子上篇》）

他因为认定《诗经》是歌咏王道的书，所以又说：

"王者之迹熄而《诗》亡，《诗》亡然后《春秋》作"。（《离娄下篇》）

这种话到后来便成了《诗》学的根本大义。他只看见《诗经》与《春秋》是代表前后两种时代的，不看见《诗经》与《春秋》有一部分是在同时代的。他只看见《诗经》是讲王道的，不看见《诗经》里乱离的诗比太平的诗多，东周的诗比西周的诗多。他只看见官撰的诗纪盛德，不看见私人的诗写悲伤。后来的《诗》学家上了他的当，把这句话作为信条，但悲伤乱离的诗是掩不没的，讲不过去，只得说"《诗》亡，谓《黍离》降为《国风》而《雅诗》亡也"。（朱熹《孟子注》。）可见他们已经承认"王者之迹熄而《国风》不亡"了。然而大小《雅》中一首一首的看去，悲伤乱离的诗也是很多，又讲不通了，只得说："幽、厉无道，酷虐于民，以强暴至于流灭，岂如平王微弱，政在诸侯，威令不加于百姓乎！"（《正义》引《郑志》。）可见他们又承认"王者之迹熄而《雅诗》不亡"了。他们很想替孟子包谎，结果却说成"幽、厉酷虐而为雅，平王微弱而为风"，依然遮不住"王者之迹熄而诗亡"一句话的牵强附会的痕迹。但虽然遮不住牵强附会的痕迹，而《诗经》上一首一首的时代就因了这句话而划出界限来了！

孟子硬派定《诗经》都是西周的诗，不但"《诗》亡然后《春秋》作"一语可证，只看他引《閟宫》一诗也可见。《閟宫》上说：

"周公之孙，庄公之子。"

鲁国没有第二个庄公，则这首诗所颂的人是僖公，很是明白。下面说：

"戎狄是膺，荆舒是惩，则莫我敢承！"

原为僖公跟了齐桓公打过楚国，在召陵驻过一回兵，说的大话。孟子不看上文的"庄公之子"，也不想西周有没有"荆舒是惩"的事，他以为有这样好的武功，当然是王者的功业，这首诗在《鲁颂》里当然是周公的功业，于是他在驳斥陈相时就引用道：

> "今也南蛮鴂舌之人，非先王之道。……《鲁颂》曰'戎狄是膺，荆舒是惩'，周公方且膺之；子是之学，亦为不善变矣！"（《滕文公上篇》）

这决不是随便说话的过误，因为他在骂杨、墨的时候又引了这句诗：

> "圣王不作，诸侯放恣，处士横议，杨朱、墨翟之言盈天下。……杨氏为我，是无君也；墨氏兼爱，是无父也！……《诗》云：'戎狄是膺，荆舒是惩，则莫我敢承。'无父，无君，是周公所膺也！"（《滕文公下篇》）

可见他确认这句话是指的周公，是指的"圣王作"的时候。有人说他也是断章取义，并非过误。但春秋时人的断章取义是说得通的，因为他们只取诗句的意思，并不说作诗的人的历史；孟子就说不通了，他明明指定了周公了，明明派在"圣王不作"的反面了，他已经把颂春秋时人的诗装在西周初年的历史上了！

他的第二项坏处，是没有真确的研究宗旨。《孟子》上有一段话：

> 咸丘蒙曰："《诗》云：'普天之下，莫非王土；率土之滨，莫非王臣。'而舜既为天子矣，敢问瞽瞍之非臣，如何？"曰："是诗也，非是之谓也；劳于王事而不得养父母也。曰：'此莫非王事，我独贤劳也！'故说诗者不以文害辞，不以辞害志，以意逆志，是为得之。如以辞而已矣，《云汉》之诗曰：'周余黎民，靡有孑遗。'信斯言也，是周无遗民也！"（《万章上篇》）

这一番话实在很对。他说诗直要探到诗人的心志里，可以见得他的精细。春秋时人说"赋诗言志"，是主观的态度；他改为"以意逆志"，是客观的态度。有了客观的态度，才可以做学问，所以他这句话是《诗》学的发端。要是他在《诗》学发端的时候就立了一个很好的基础，是何等可喜的事！不幸他虽曾立出这个好题目，却不能进到这个好愿望。他虽说用自己的意去"逆"诗人的志，但看得这件事太便当了，做的时候太卤莽了，到底只会用自己的意去"乱断"诗人的志。以至《閟宫》的时代还没有弄清楚，周公膺戎狄的志倒轻易地断出来了；《绵》诗上只说公亶父娶了姜女，而公亶父好色的志就被他断出来了，"内无怨女，外无旷夫"的社会情形也看出来了。试问这种事实和心理是如何的"逆"出来的？他能明白的答复吗？再看他和公孙丑论诗的一节：

> 公孙丑曰："《诗》曰'不素餐兮'，君子之不耕而食何也？"孟子曰："君子居是国也，其君用之则安富尊荣，其子弟从之则孝弟忠信。'不素餐兮'，孰大于是。"（《尽心上》）

我们试把《魏风·伐檀篇》翻来一证：

> 坎坎伐檀兮，置之河之干兮，河水清且涟兮。不稼不穑，胡取禾三百廛兮？不狩不猎，胡瞻尔庭有悬貆兮？彼君子兮，不素餐兮！

这明明是一首骂君子不劳而食的诗。那时说"君子"犹后世说"大人先生"，只是"贵"的意思，并没有"好"的意思。所说"不素餐"，犹说"岂不素餐"，《大雅·文王篇》"世之不显"，即是"世之岂不显"；《左传》襄二十五年"宁子视君不如弈棋"，即是"宁子视君岂不如弈棋"，全没有"其君用之则安富尊荣，其子弟从之则孝弟忠信"的意思。不但没有，并且适在孟子所说的反面。公孙丑的问句并没有错，孟子的回答却大错了！

这种的以意逆志，真觉得危险万分。回想春秋时人的断章取义，原是说明本于自己的意思，代他们立一个好题目，可以说是"以意用诗"。以意用诗，则我可这样用，你可那样用，本来不必统一。至于孟子，他是标榜"以意逆志"的人，诗人的志本只有一个，不能你这样猜，我那样猜。这原是一件很难的事，然而孟子却轻轻的袭用了"以意用诗"的方法，去把"以意逆志"的名目冒了！

他一个人胡乱说不要紧，影响到后来的学者——照了他的路走，遗毒可就不小。二千年来，大家做《诗》学，遵循的是经典上的诗说。经典上的诗说可分二种：第一种是春秋时人的"用诗"，第二种是孟子以来的"乱断诗"。这一班后学者，不管得用诗与乱断诗，以为载在经典的诗说都是"以意逆志"的先正典型：于是《野有蔓草》不是淫诗了！于是《鹑之奔奔》确是淫诗了！于是《伐檀》的君子是"仕有功乃肯受禄"的了！大家心目中以为惟委曲解诗才为以意逆志。试引清儒的话来看：

《诗》之学与他经异。他经直而明，诗则曲而婉，言在于此而意属于彼。故必如《庄子》所云"吾虚与之委蛇"而言不尽者见。此《孟子》所谓"不以文害辞，不以辞害志。以意逆志，是为得之"之说也。（诸锦《诗沈序》。）

《诗》陈王业，而无一言及后稷、公刘之缔造；《诗》戒成王，而无一语述祖功宗德之艰难；《诗》作于周公，而其辞宛然红女田父之告语：明乎此而三百五篇皆可类推。（范家相《诗沈·豳风·七月篇》）

这便是说，讲诗非"无中生有"不可。明明是一首红女田父的诗，一点没有说到祖功宗德，但因为以意逆志的结果，就成为"周公陈王业戒成王而作"的诗了。他们以为惟其没有说到王业，所以一定是王业；惟其没有圣人气息，所以一定是圣人。照这样讲，他本身就很危险。因为我们若是替他们开玩笑，说："凡是字面上说得最悲苦的，就是内幕里极快乐的；字面上说得最快乐的，就是内幕里极悲苦的。"他们有什么方法驳倒我们呢？这并不是我个人的胡闹，试看汉朝人作的《诗序》便很明白。我们上边引的《楚茨》说：

　　我黍与与；我稷翼翼。我仓既盈，我庾维亿。既醉既饱，小大稽首："神嗜饮食，使君寿考！"

这不是说的收获很好、很快乐的祭祀吗？一到汉朝人手里，便同它做一个序道：

　　《楚茨》刺幽王也。

为什么刺幽王呢？他又说：

　　政烦赋重，田莱多荒，饥馑降丧，民卒流亡，祭祀不飨。

他为什么要这样说？我们也可以套了《诗》学专家的话去替他解释：

作者刺"田莱多荒"而诗言"我稷翼翼"，作者刺"饥馑降丧"而诗言"既醉既饱"，作者刺"祭祀不飨"而诗言"神嗜酒食"，盖作者言在于此而意属于彼。如必以为丰年祭祀之诗，此"以文害辞"，"以辞害志"之为也。"以意逆志"，则序言为不诬矣！

这并不是我的滑稽，正是历来《诗》学专家保守他们附会的壁垒，抵抗别人理性的攻击的老法子。实在他们太滑稽了！

孟子把春秋时人用诗的惯例去说诗，进而乱断诗本事，又另换了一个新题目，结果闹成了几千年的迷雾，把《诗经》的本来面目蒙蔽得密不通风。这个新题目，我们不但不反对，并且很欢迎；不过孟子实行这个新题目的态度太不对了，使得我们不能不剧烈反对。正如从前人不明白政治法律的原理，以为做官为的是一己的尊荣，只要掌到权柄显出威风，心愿已了；我们虽是鄙薄他，但也觉得他的智识浅得可怜，用不着反对他。若是现在法政学校毕业的人做了官，口里声声说的是拥护人权，看他的行为处处是蹂躏人权；社会上一班糊涂人看了他们，以为蹂躏人权的实施就叫做拥护人权；我们看了，就应剧烈的反对他们，说："你们既标榜了拥护人权，就不应该再做蹂躏人权的事了！你们自己说谎话的罪还小，害了一班糊涂人跟着你们走，这个害处就不浅了！"孟子能够知道"尚友论世"，"以意逆志"，对于古人有了研究历史的需求，确然是比春秋时人进步得多了。但既有了研究历史的需求，便应对于历史做一番深切的研究，然后再去引诗才是道理。他竟不然，说是说得好听，做出来的依然和春秋时人随便用诗的一样，甚而至于乱说《閟宫》所颂的人，乱说《诗经》亡了的年代，造出春秋时人所未有的附会，下开汉人"信口开河"与"割裂时代"的先声，他对于《诗》学的流毒，到了这般，我们还能轻易地放过他吗！

以上三章所说的《诗经》经历，我们可以在此作一结论：

从西周到春秋中叶，诗与乐是合一的，乐与礼是合一的。春秋末叶新声起了。新声是有独立性的音乐，可以不必附歌词，也脱离了礼节的束缚。因为这种音乐很能悦耳，所以在社会上占极大的势力，不久就把雅乐打倒。战国时音乐上尽管推陈出新；雅乐成为古乐，更加衰微得不成样子。一二儒者极力拥护古乐 诗，却只会讲古诗的意义，不会讲古乐的声律。因为古诗离开了实用，大家对它有一点历史的态度。但不幸大家没有历史的智识可以帮着研究，所以结果只造成了许多附会。

原题《〈诗经〉的厄运和幸运》，发表于《小说月报》14 卷 3-5 号。收入 1931 年北平朴社出版的《古史辨》第三册

《庄子》和《楚辞》中昆仑和蓬莱
两个神话系统的融合

顾颉刚

中国古代流传下来的神话中，有两个很重要的大系统：一个是昆仑神话系统，一个是蓬莱神话系统。昆仑的神话发源于西部高原地区，它那神奇瑰丽的故事，流传到东方以后，又跟苍莽窈冥的大海这一自然条件结合起来，在燕、吴、齐、越沿海地区形成了蓬莱神话系统。此后，这两大神话系统各自在流传中发展，到了战国中后期，在新的历史条件下，又被人结合起来，形成一个新的统一的神话世界。这个神话世界的故事和人物，在它的流传过程中，有的又逐步转化为人的世界中的历史事件和人物。因此，探索昆仑与蓬莱这两个神话系统的流传与融合，对揭示层累地造成的古史系统，回复古史的原来面貌有极其重要的意义。

昆仑的神话什么时候开始流行到中原虽不可知，但由于《尚书》的《禹贡》里已有了一点，而《左传》和《国语》里则逐渐增多了。因此可以说在两周时就已经零星地传了进来。至于有系统地介绍，怕须待至战国之世，否则在发抒情感的《诗经》里为什么找不出多大的证据（只有很少的一点，如"旱魃"），而一到战国诸子的诗文里就大规模地采用了呢？

昆仑的神话所以在战国时期大量地流传到中原：一是由于秦国向西拓地与羌、戎的接触日益密切，从而流传了进来；一是由于这时的楚国疆域，已发展到古代盛产黄金的四川丽水地区，和羌、戎的接触也很频繁，并在云南的楚雄、四川的荥经先后设置官吏，经管黄金的开采和东运（据徐中舒同志的《试论岷山庄王与滇王庄蹻的关系》，《思想战线》一九七七年第四期），因而昆仑的神话也随着黄金的不断运往郢都而在楚国广泛传播。

在现存的中国古书里，最先有系统地记载这些神话的是《山海经》。在《山海经》中，昆仑是一个有特殊地位的神话中心，很多古代的神话，如夸父逐日、共工触不周山及振滔洪水、禹杀相柳及布土、黄帝食玉投玉、稷与叔均作耕、魃除蚩尤、鼓与钦䲹杀葆江、烛龙烛九阴、建木与若木、恒山与有穷鬼、羿杀凿齿与窫窳、巫彭等活窫窳、西王母与三青鸟、姮娥窃药、黄帝娶嫘祖、窜三苗于三危等故事，都来源于昆仑。山上还有壮丽的宫阙、精美的园囿和各种奇花异木、珍禽怪兽。而保持长生不死，更是昆仑上最大的要求，他们采集神奇的草木，用了疏圃的池水和四大川的神泉，制成不死的药剂。凡是有不当死而死的人，就令群巫用药把他救活。这真是一个雄伟的、美丽的、生活上最能满足的所在，哪能不使人向往这一神话世界呢！

在战国时代里，《庄子》是最高的哲学表现（其正确性是另一个问题，这里不谈），《楚辞》是最高的文学表现。这两部书中常常提到"昆仑"，《山海经》中的人名和地名收罗得很不少，可见《山海经》一类的书必然为当时的作家们所见到或熟读。中原人的思想本来非常平实。章炳麟说："国民常性，所察在政事日用，所务在工商耕稼，志尽于有生，语绝于无验。"（《驳建立孔教议》。）我们从几部经书看来，很容易发生这样的感想。昆仑神话中的那种神奇俶诡的故事和那么美丽的远景闪烁映现在人们的眼前，骤然开辟了一个新天地，平添了许多有趣味的想象，这多么使人精神振奋！

同时，海洋的交通也萌芽了。《孟子·梁惠王下》说：

昔者齐景公问于晏子曰："吾欲观于转附、朝儛，遵海而南，放于琅邪，吾何修而可以比于先王观也？"

"转附"，即之罘，今山东烟台市北的芝罘岛。"朝儛"， 据清焦循《孟子正义》，即秦始皇所登的成山，今山东文登县东的召石山。"琅邪"，今山东日照县东北的琅琊台。齐景公在位是公元前五四七至四九〇年，可知在前六世纪，齐国的海上交通已极畅利，所以齐君也不感觉波涛的危险而想绕山东半岛航行一周了。又《庄子·山木》云：

市南宜僚见鲁侯，鲁侯有忧色……市南子曰："夫丰狐、文豹栖于山林，伏于岩穴……然且不免于罔罗机辟之患。是何罪之有哉？其皮为之灾也。今鲁国独非君之皮邪！吾愿君刳形去皮，洒心去欲，而游于无人之野。南越有邑焉，名为'建德之国'，其民愚而朴……吾愿君去国捐俗，与道相辅而行！……君其涉于江而浮于海，望之而不见其崖，愈往而愈不知其所穷，送君者皆自崖而反，君自此远矣！"

这固然是一篇寓言，然而一定要有了海上交通，作者乃得这般地夸夸其谈。文中说"南越",指今广东和越南一带;说"涉于江而浮于海",可见当时由中原到南越的人是由长江入海的。为了那时南方的海道畅通,所以古书里说到南方的少数民族就常常提起"交趾",或称为"南交"(《尚书·尧典》)。可见航线已扩展到南海的东京湾了。《海内经》提起"天毒",即印度,可见更扩展到印度洋了。《庄子·逍遥游》里说"北冥"的鲲化而为鹏时:

> 鹏之背不知其几千里也,怒而飞,其翼若垂天之云。是鸟也,海运则将徙于南冥。南冥者,天池也。《齐谐》者,志怪者也,《谐》之言曰:鹏之徙于南冥也,水击三千里,抟扶摇而上者九万里,去以六月息者也。

这般阔大无边的想象,一定是亲历海洋生活的人在窈冥无极之中所寄托的玄想。燕、齐、吴、越等国由于沿着海岸,常有人到海里去做探寻新地的冒险工作; 就是没做这工作的人也常常会看到样子特别的外国人,听到许多海洋景物的描述,于是有了《齐谐》一类的志怪之书; 再加上巫师们传来的西方昆仑区的神奇故事和不死观念,于是激起了他们"海上三神山"的传说和求仙的欲望,而有了"方仙道"。《史记·封禅书》说:

> 宋毋忌、正伯侨、[充尚](元谷)、 羡门[子]高、 [最后](聚谷)皆燕人,为方仙道,形解销化,依于鬼神之事。

这些人都是燕国人常常称道的"仙人"。"充尚",《汉书·郊祀志》作"元尚",而《列仙传》中有"元俗",所以沈涛说:"'谷','俗'之淆。篆书'谷'字与'尚'字相近,讹而为'尚'"(《铜熨斗斋随笔》)。"最后",王念孙以为即是《文选·高唐赋》里的"聚縠"。他说:"'聚'与'最'古字通,'縠'有'觳'音,'觳'与'后'声相近"(《读书杂志》三之二)。什么是"形解销化"呢?《集解》引:

> 服虔曰:"尸解也。"张晏曰:"人老如解去故骨则变化也。今山中有龙骨,世人谓之龙解骨化去。"

可知他们修炼的目的是要由人变而为仙,而变仙的方法则是把灵魂从躯体里解放出去。一经成了仙,就得着永生了。做了仙人该住在哪里呢?《封禅书》说:

自威、宣、燕昭使人入海求蓬莱、方丈、瀛洲，此三神山者，其传在勃海中，去人不远。患且至，则船风引而去。盖尝有至者，诸仙人及不死之药皆在焉。其物禽兽尽白，而黄金银为宫阙。未至，望之如云；及到，三神反居水下；临之，风辄引去，终莫能至云。世主莫不甘心焉。

这是说齐威王、齐宣王、燕昭王的时代已经派了许多探险家到海里去寻求"仙山"了。依据今日的考定，威王在位为公元前三五七至三二〇年，宣王为前三一九至三〇一年，昭王为前三一一至二七九年，这时代是前四世纪的前半至前三世纪的后半。蓬莱等三神山，传说是在渤海中，那边住着一批仙人，同昆仑一样，有壮丽的宫阙，珍异的禽兽，还有最贵重的"不死之药"。但是没有脱胎换骨的凡人是去不了的，他们虽然已在船上望见了灿烂如云的美景，可是到了那里，三神山就潜伏到海底去了，风又把船吹走了，这岂不同昆仑一样地"可望而不可即"。不过凡人固然到不了，可是这"不死之药"的引诱力实在太大，所以国王们还是派人去寻找。这寻找三神山的活动延续了二百余年，直到秦始皇、汉武帝时还有更急剧的进展。

我们在细细读了《山海经》之后再来看这些话，可以说西方的昆仑说传到了东方，东方人就撷取了这中心意义，加上了自己的地理环境，创造出这一套说法。西方人说人可成神，他们的神有黄帝、西王母、禹、羿、帝江等等，是住在昆仑等山的。东方人说人可成仙，他们的仙有宋毋忌、正伯侨、羡门高等等，是住在蓬莱等岛的。西方人说神之所以能长生久视，是由于"食玉膏，饮神泉"，另外还有不死树和不死之药；东方人说仙之所以能永生，是由于"餐六气、饮沆瀣、漱正阳、含朝霞"，另外还有"形解销化"，并藏着不死之药，所以"神"和"仙"的名词虽异，而他们的"长生不老"和"自由自在"的两个中心观念则没有什么两样。所以这东方的仙岛本由西方的神国脱化而出，及其各自发展之后，两种传说又被人结合起来，更活泼了战国人的脑筋，想在现实世界之外更找一个神仙世界。庄周和屈原都是最敏感的人，庄周居于宋，偏近东方，把这两种说法都接到了。屈原居于楚，在郢都可以听到大量关于昆仑的神话，所以他的书里多说昆仑；至于东方的传说则因他受了地理环境的限制，没有海和岛可以接触，这故事不易传入，就不提了。这是他们两人的作品中很不同的一点。

庄周的生卒年都不可考，只有一件事情约略可以决定他的时代。他和魏相惠施是好朋友。依据《魏策》，魏惠王在马陵大败之后，屈节事齐，是出于惠施的主意；马陵之战在魏惠王二十八年，即公元前三四三年，齐、魏会徐州互致王位在魏惠王后元年，即公元前三三四年，惠施仕魏的时间定了，庄周的年代也就可推定，他是前四世纪的人。屈原的事迹也很茫昧，清代人根据了《离骚》的"摄提贞于孟陬兮，惟庚寅吾以降"这句话，考定他生于楚宣王二十七年，即公元前三四三年。又据《楚世家》，怀王十八年，屈原使于齐，回国时他劝怀王杀张仪，这是公元前三一一年。从这上面，可见他和庄周是同时代的，都是前四世纪前半叶的人。

这两部书里，少数是由他们亲自动笔的，多数则是些思想和文艺倾向差不多相同的人写了而夹杂在他们著作里的。我们现在极该做些分析作者的工作，可是一时还做不好。大概说来，这是前四世纪前半到前二世纪后半约莫二百年中的哲学和文学作品的汇合。在这时期中，"昆仑"和"蓬莱"的神话正风靡着一世。

《庄子》里最多说到黄帝，而黄帝不离乎昆仑。《外篇·至乐》说：

> 支离叔与滑介叔观于冥伯之丘、昆仑之虚，黄帝之所休。

唐时陆德明《经典释文》引晋时李颐《庄子集解》云：

> "支离"，忘形；"滑介"，忘智，言二子乃识化也。"冥伯之丘"，喻杳冥也。（卷二十七）

这条有三个人名而作者造了两个，有两个地名而造了一个，寓言的成分够重了，但是昆仑和黄帝是变不了的故事的核心，他不能杜造。又《内篇·大宗师》说：

> 夫道，有情有信，无力无形，……堪坏得之以袭昆仑，冯夷得之以游大川，肩吾得之以处大山，黄帝得之以登云天，颛顼得之以处玄宫，禺强得之立乎北极，西王母得之坐乎少广，莫知其始，莫知其终。

他把得道的人说了一大串，而这些人都是出于《山经》的"西山"和"北山"，《海经》的"西荒"和"北荒"的。换句话说，即都是些昆仑区的神人。陆氏《释文》引晋时司马彪的《庄子注》说：

　　　　"堪坏", 神名, 人面兽形。《淮南》作"钦负"。 (卷二十六)

清时庄逵吉《淮南子校本》引钱坫说:

　　　　古"丕"与"负"通, 故《尚书》"丕子之责",《史记》作"负子"。
　　丕与负通, 因之从丕之字亦与负通也。(《齐俗》)

"钦'与"堪"皆齿音,"丕"与"负"皆唇音, 故得相通。这位堪坏即是
《西次三经》钟山条中的钦䲹。因为钟山离昆仑不远, 所以说他"以袭昆仑"。
肩吾, 即陆吾, 司昆仑的神。郭璞《山海经注》:

　　　　(神陆吾司之) 即肩吾也, 庄周曰"肩吾得之以处大山"也。

西王母所居的"少广", 他书未见。《释文》云:

　　　　司马云:"穴名。"崔 (晋崔譔) 云:"山名。"或云:"西方空界之名。"

究不知哪一处说得对头。按《海内经》云:

　　　　西南黑水之间, 有"都广之野",……盖天下之中, 素女所出也。

　　这少广一名恐即是都广的分化。都广为素女所出, 少广为西王母所居, 同
为女性, 故有如此相似的地名, 亦未可知。其余几位, 则冯夷是河伯, 见《海
内北经》; 颛顼是北方之帝, 见《淮南·天文》和《礼记·月令》; 禺强是北海之
神, 见《大荒·北经》。
　　又《外篇·天地》说:

　　　　黄帝游乎赤水之北, 登乎昆仑之丘而南望。还归, 遗其玄珠。使"知"
　　索之而不得, 使"离朱"索之而不得, 使"喫诟"索之而不得也, 乃使"象
　　罔"。象罔得之。黄帝曰:"异哉, 象罔乃可以得之乎!"

这是庄子的哲学。他作一个比喻, 以为要想得到真的道 (玄珠), 知识 (知) 是

靠不住的，聪明（离朱）是靠不住的，力量（喫诟，司马彪曰："多力也。"）也是靠不住的； 只有那不用心的人（象罔）才会抓得住。这即是《养生主》所说的"官知止而神欲行"，故能"依乎天理，因其固然"，什么事情都不是勉强可以做到的。"知"和"象罔"是庄子或其信徒们造出来的人名，象征它一有知，一无知。"离朱"，则是《山海经》上的动物，给庄子或其信徒借用了。《海外南经》云：

> 狄山，帝尧葬于阳，帝喾葬于阴。爰有熊罴、文虎、蜼豹、离朱、视肉、吁咽。

郭《注》释"离朱"道：

> 木名也，见《庄子》。今图作赤鸟。

他是看了图而作注的，图上的离朱分明是一头赤鸟，他为什么要解作木名？原来《海内西经》说昆仑虚时，有"开明北……有离朱木禾柏树"一句话，他读作"离朱木"与"禾柏树"二物，"离朱"下既有"木"字，所以他解作木名。其实上文已有"木禾长五寻"的话，可知"离朱、木禾、柏树"是三件东西，离朱还应当从图而作赤鸟。在《海经》的许多动物里， 离朱可说是最交运的一个。第一个说到它的是《孟子》：

> 离娄之明，公输子之巧，不以规矩，不能成方员。（《离娄上》）

它在那时已由赤鸟而化为人了，所以汉赵岐注道：

> "离娄"，古之明目者，黄帝时人也。黄帝亡其玄珠，使离朱索之。"离朱"，即"离娄"也，能视于百步之外，见秋毫之末。

因为他是跟着黄帝从昆仑区来的，所以便称为"黄帝时人"。"朱"和"娄"都是舌音， 故得相通。《大荒南经》和《北经》并作"离俞"，也是这个缘故。此外，《庄子·骈拇》也说：

> 是故骈于明者，乱五色，淫文章，青黄黼黻之煌煌非乎，而离朱是已。

《淮南·原道》也说：

> 离朱之明，察箴（针）末于百步之外。

《列子·汤问》也说：

> 江、浦之间生么虫，其名为"焦螟"，群飞而集于蚊睫，弗相触也；栖宿去来，蚊弗觉也。离朱、子羽方昼拭眦，扬眉而望之，弗见其形。

有了这许多处的宣传，于是他真成了"黄帝臣，明目人"了。这明目的故事想来是原有的，因为鸟类的眼睛最明，也看得最远，一只鹰盘旋在高空里即能望见地上的一只小鸡而予以搏攫，想来离朱必有更超越的眼力。"喫诟"，疑即《山海经》里的"窦寙"。"喫"与"窦"，"诟"，与"寙"，声并相近。如果这个猜测不错，那么，窦寙本是"龙首、食人"的动物，也被庄子拉作了最有力气的人了。

因为庄子造出一个名"知"的人，所以《外篇》里还有一篇《知北游》，说：

> "知"北游于玄水之上，登隐弅之丘而适遭"无为谓"焉。知谓无为谓曰："予欲有问乎若：何思何虑则知道？何处何服则安道？何从何道则得道？"三问而无为谓不答也；非不答，不知答也。知不得问，反于白水之南，登狐阕之上而睹狂屈焉。知以之言也问乎狂屈，狂屈曰："唉，予知之，将语若，中欲言而忘其所欲言！"知不得问，反于帝宫，见黄帝而问焉。黄帝曰："无思无虑始知道。无处无服始安道。无从无道始得道。"知问黄帝曰："我与若知之，彼与彼不知也，其孰是耶？"黄帝曰："彼无为谓真是也，狂屈似之；我与汝终不近也！"

这个寓言是《老子》的"知者不言，言者不知"的演义。除了知外，这里又造出"无为谓"、"狂屈"两个人名和"隐弅之丘"、"狐阕"两个地名，使得寓言更具体化。但是昆仑的背景依然可以看出。"玄水"，即黑水，不必说。至于"白水"，《离骚》说：

> 朝吾将济于白水兮，登阆风而绁马。

阆风是昆仑的一部分，所以白水也即在昆仑。《淮南》云：

> 白水出昆仑之原，饮之不死。（《御览·地部》二十四引，与今本异。）

昆仑上面有黄、赤、黑、青、白五种水，所以《河图·括地象》说：

> 昆仑山……出五色云气，五色流水。

五色的水，这篇提了两个，也是千变万化不离其宗的一个证据。在这个寓言里，黄帝不是神而是哲学家，正像在《穆天子传》里，西王母不是神而是好女子了。把神奇的故事人情化，这是战国时人的聪敏的改造。但无论如何改造，总洗不掉昆仑区的色彩，供我们批根发伏。

屈原是楚国的贵族，在怀王朝做大夫，忠心耿耿，想贡献他的全部力量给国家，把这祖国搞得好好的。没奈何谗佞当道，尽量说他的坏话；怀王是个庸主，耳朵根软，渐渐地对他疏远了。他气得发疯似的，欲留既不可，欲行又不忍，在十分苦闷之中写下了一篇《离骚》，成为世界上不朽的文学作品。在一部《楚辞》里，也只有这一篇我们可以确实相信是屈原作的。

《离骚》篇中，说他得不到女媭（传说是他的姊）的谅解和同情，被她骂了一顿之后，他为了要接受帝舜的指导，就济沅、湘而南征，到了苍梧，这是楚国人把它认作舜葬所在地，正同把洞庭湖中的君山认作舜二妃墓所在一样。《海内南经》说：

> 苍梧之山，帝舜葬于阳。

又《海内经》说：

> 南方苍梧之丘、苍梧之渊，其中有九嶷山，舜之所葬。

他到了舜的陵前，把满腹牢骚向舜吐了，在还没有得着舜的问答时，他自觉心中已洞豁，不待解说了，那时埃风忽起，他就乘龙驾凤，在天空里飞行起来：

朝发轫于苍梧兮，夕余至乎县圃，
欲少留此灵琐兮，日忽忽其将暮。
吾令羲和弭节兮，望崦嵫而勿迫，
路漫漫其修远兮，吾将上下而求索。
饮余马于咸池兮，总余辔乎扶桑，
折若木以拂日兮，聊逍遥以相羊。
前望舒使先驱兮，后飞廉使奔属，
鸾皇为余先戒兮，雷师告余以未具。
吾令凤鸟飞腾兮，继之以日夜，
飘风屯其相离兮，帅云霓而来御。
纷总总其离合兮，班陆离其上下，
吾令帝阍开关兮，倚阊阖而望予。

天空中的游行多么痛快，早晨从苍梧动身，由西南向西北，傍晚便到了县圃，已是昆仑的中层了！ 他这次旅行的目的原是为找同心的朋友的，可是在这段漫长的行程里竟没有找着一个，而已迫近落日的崦嵫山了，所以他命令御车的羲和按住鞭子，慢慢地走着。 "羲和" 在《山海经》里是太阳的母亲。《大荒南经》道：

东南海之外，甘水之间，有羲和之国。有女子名曰羲和，方 [日浴] （浴日）于甘渊。羲和者，帝俊之妻，生十日。 (据《后汉书·王符传·李注》改。)

"帝俊" 是上帝之一，所以他的妻羲和能生十日。为什么说 "东南海之外"？因为太阳是每天从东南方出来的。为什么说 "十日"？因为古人纪日用十干，那时的人认为 "甲" 日的太阳是一个， "乙" 日的太阳又是一个，……因而产生出这个神话。为什么说 "浴日"？因为太阳初升，从水里冒出来，好像洗了一个澡似的。《淮南·天文》云：

日出于 [旸] （汤）谷，浴于咸池，拂于扶桑，是谓晨明。 (据《史记·五帝本纪·索隐》改。)

即是说的这件事。又因太阳天天东升西落，所以发生了羲和为日御车之说，

《离骚》所言即由此来。待至这个故事传进了儒家，羲和又变为尧、舜时的占候之官，而且一拆成了四位。《尧典》说：

> 乃命羲、和钦若昊天，历象日、月、星辰，敬授民时。
>
> 分命羲仲：宅嵎夷，曰旸谷，寅宾出日，平秩东作；日中，星鸟，以殷仲春；厥民析，鸟兽孳尾。
>
> 申命羲叔：宅南交，平秩南讹，敬致；日永，星火，以正仲夏；厥民因，鸟兽希革。
>
> 分命和仲：宅西，曰昧谷，寅饯纳日，平秩西成；宵中，星虚，以殷仲秋；厥民夷，鸟兽毛毨。
>
> 申命和叔：宅朔方，曰幽都，平在朔易；日短，星昴，以正仲冬；厥民隩，鸟兽氄毛。
>
> 帝曰："咨，汝羲暨和：期，三百有六旬有六日，以闰月定四时成岁；允厘百工，庶绩咸熙！"

帝尧因为耕稼之事是民生最基本的工作，知道必须定出一个最正确的"农历"来，才可使人民的生活有一定的轨道，所以他就按照东、南、西、北四方，把羲、和四弟兄派到极边，测候日影，定出二分、二至，正了四时，又以日和月的差数定出闰月，规定了一切工作的标准。从此羲、和脱离了《山海经》的神话生涯而成为研究太阳运行的天文历法家了！这一变真变得厉害。再说，《尧典》这段文字不但"羲和"一名来自《山海经》，即所谓"厥民析"等话也来自《山海经》。《大荒东经》道：

> 大荒之中，有山名曰鞠陵于天，……日月所出，（有神）名曰折丹。东方曰折，来风曰俊，处东极以出入风。（据郝懿行《山海经笺疏》改。"东方曰折"，郭《注》"单吁之"，吁通呼，谓神名"折丹"，以单字呼之则曰"折"。）

这个"折"即是"厥民析"的"析"的异体，原来是东方的神名，管东极的风的，所以《尧典》里就把他变作了农业方式，放在东方羲仲那边，说是人民到了春天就该分散开来，从事耕种了。又《大荒南经》道：

> 南海渚中，……有神名曰因因乎。南方曰因乎，〔夸〕（来）风曰乎

民，处南极以出入风。

南方的神名"因因乎"，他管南极的风，所以《尧典》里把"厥民因"交与南方羲叔，说是到了夏天，农事愈忙，老弱的人也该帮着壮年人一起工作；因者，就也，就是说老弱的人们跟了下田了。又《大荒西经》道：

有人名曰石夷，来风曰韦，处西北隅以司日月之长短。

西方的神名"石夷"，他不但管西极的风，并且管日月的长短，这又是"日中"、"日永"、"宵中"、"日短"的由来。《尧典》里把"厥民夷"托给西方和仲，说秋天收成之后人民该安静了，夷者安也。又以《大荒东经》道：

有"女和月母之国"，有人名曰"鹓"，来〔之〕风曰狨，是处东极隅以止日月，使无相间出没，司其短长。（据郝懿行《山海经订讹》引洪颐煊说改。）

北方的神名鹓，他兼处东极司日月的短长，所以《尧典》里就改用了一个同声字而曰"厥民隩"，吩咐北方和叔，说冬天来了，人民应当聚居室中，避免风寒；"隩"者，奥也，"奥"者，室中西南隅也。《尧典》中口口声声所说的"厥民"，一考它的根源乃是《山海经》中的四方风神名，这叫人看了怎不奇怪。我们在这里可以知道：儒家利用了流行的神话，改造为民生日用的经典，他们的改头换面的手段是这般使用的。这就是所谓"旧瓶装新酒"，把新意义输入了旧名词。其后四方之风扩大为八方之风，就成了《吕氏春秋》及《淮南·地形》的一套，全用了理智的名词重新安排过。（把《山海经》的四方之风合于甲骨文及《尧典》的四方之风，见胡厚宣同志的《四方风名考》，收入齐鲁大学出版的《甲骨学商史论丛》。）

以上一段拉得远了，现在回过头来再看《离骚》。羲和替屈原驾了一天的车，终究没有给他找到一位同心的朋友，所以第二天的清早，屈原就在太阳出来的地方饮了马，折下一条"若木"当作鞭子，打着这辆太阳车又走了。他这回多带了两神，前导的是月御"望舒"，后拥的是风伯"飞廉"，不论白天晚上都走得。来迎迓的飘风和云霓，乍离乍合，忽高忽低，何等好看。可惜旅行虽顺利，而一到上帝的"阊阖"天门又碰上了阍人一个钉子，这人倚在门口爱理不理地把他挡住。屈原既不能排闼直入，就只得失望地离去了。在这段文字里，"县圃"、"阊阖"、"咸池"都是见于《淮南》的，"扶桑"、"若木"、

"崦嵫"都是见于《山海经》的。不过把"扶桑"和"若木"放在一处却是他记错了，"扶桑"原是东极的大树，"若木"则是西极的大树。

他饱受了帝阍的奚落之后，转念一想：去找一个异性的伴侣吧！于是他先去追求"虙妃"：

> 朝吾将济于白水兮，登阆风而緤马，
> 忽反顾以流涕兮，哀高丘之无女。
> 溘吾游此春宫兮，折琼枝以继佩，
> 及荣华之未落兮，相下女之可诒。
> 吾令丰隆乘云兮，求虙妃之所在，
> 解佩纕以结言兮，吾令謇修以为理。
> 纷总总其离合兮，忽纬繣其远迁，
> 夕归次于穷石兮，朝濯发于洧盘。

他登上了昆仑的高丘，向远处一望，忽然流涕了：为什么这里没有好女子呢？他在黄帝宫里折下玉树一枝，结在带上，心里想着：趁这美丽的花朵还未落的时候把它送给下界的美女吧！他就命令雷师丰隆去寻求虙妃；解下带子，又叫謇修去做媒人。说到这里，就得先讲虙妃的故事。《天问》说：

> 帝降夷羿，革孽夏民，胡射夫河伯而妻彼雒滨？

汉王逸《注》：

> "雒嫔"，水神，谓宓妃也。《传》曰："河伯化为白龙，游于水旁，羿
> 见射之，眇其左目。……羿又梦与雒水神宓妃交接也。"

这里所谓"传"，现在还不知道是哪一部书。虙（宓）妃为雒水之神，依《天问》说，她是羿的妻，依王逸说则羿不过梦中和她交接过。这就是曹植《洛神赋》的由来。（"洛"，本作"雒"，魏文帝改，见《三国志·文帝纪·注》引《魏略》。）
这个故事的详细情形现在已不可知了，但因为是羿的事，所以下文就说"夕归次于穷石"。《左氏·襄四年传》：后羿自鉏迁于穷石，因夏民以代夏政。此说

穷石是羿的都城，所以称为"有穷后羿"。《淮南·地形》云：

> 弱水出自穷石。

既为弱水所出，这故事又该流行自昆仑区了。"洧盘"，王逸《注》引《禹大传》云：

> 洧盘之水出崦嵫山。

《禹大传》不知何书，是不是即《禹本纪》？古书亡佚太多，现在查不清了。屈原本想夺取羿妻，但他终因谗人的毁谤，被她拒绝了。于是他又想到有娀氏之女，可是有高辛在，也不方便； 又想到有虞氏之二姚，但也有少康在。他不得已，到灵氛 (巫名) 那里去占卜。灵氛劝他还是快些到远处去走走才好，于是他又上车，作第三度的旅行：

> 为余驾飞龙兮，杂瑶象以为车。
> 何离心之可同兮，吾将远逝以自疏。
> 遭吾道夫昆仑兮，路修远以周流，
> 扬云霓之晻蔼兮，鸣玉鸾之啾啾。
> 朝发轫于天津兮，夕余至乎西极，
> 凤凰翼其承旗兮，高翱翔之翼翼。
> 忽吾行此流沙兮，遵赤水而容与，
> 麾蛟龙以梁津兮，诏西皇使涉予。
> 路修远以多艰兮，腾众车使径待，
> 路不周以左转兮，指西海以为期。
> 屯余车其千乘兮，齐玉轪而并驰，
> 驾八龙之蜿蜿兮，载云旗之委蛇。
> 抑志而弭节兮，神高驰之邈邈，
> 奏《九歌》而舞《韶》兮，聊假日以娱乐。

他这回更阔气了，八条龙拉了一架象牙车，从天河里起程，云旗飘飘，一转眼就到了昆仑，在流沙、赤水之间舒舒服服地行走；他叫随从的一千辆玉辂车先到西海旁等着，　自己停了下来，奏着《九歌》，舞着《九韶》，且以忘忧。这《九歌》和《九韶》的典故也出在《山海经》上。《海外西经》道：

> 大乐之野，夏后启于此儛九代。

郭《注》：

> "九代"，马名。"儛"，谓盘作之令舞也。

这一定是据图作解的。但郝懿行《笺疏》据《淮南·齐俗》说："夏后氏……其乐《夏籥九成》。"疑"九代"本作"九成"，以形近而讹变。又《大荒西经》云：

> 西南海之外，赤水之南，流沙之西，有人珥两青蛇，乘两龙，名曰夏后开。开上三嫔于天，得《九辩》与《九歌》以下。此大穆之野高二千仞，开焉得始歌《九招》。

郭《注》：

> "嫔"，妇也，言献美女于天帝。《九辩》、《九歌》，皆天帝乐名也，开登天而窃以下用之也。

他为什么说"窃以下"呢？因为《归藏》是这样讲的。郭《注》道：

> 《开筮》曰："昔彼九冥，是与帝《辩》。同宫之序，是为《九歌》。"又曰："不可窃《辩》与《九歌》以国于下。"义具见《归藏》也。

《归藏》已佚，这段文字颇不好懂，但其由偷窃而得则义甚明。夏后启（汉人避景帝讳改"开"）　献了三个美女给上帝，却从天上偷了《九辩》和《九歌》两大套乐谱下来，就在大穆之野里尽量享受，连骏马也训练得会跳舞了。《九招》，即《九韶》。这件事载在《海外》和《大荒》的《西经》，也该是昆仑区的故事。这一区的故事真收拾不尽呀！　在战国，这故事成了当时盛传的音乐史上的大事。《墨子·非乐》道：

于《武观》曰："启乃淫溢康乐，野于饮食，〔将将铭苋磬以力〕（应作"锵锵锽锽，筦磬以方"），湛浊于酒，渝食于野，《万》舞翼翼。章闻于〔大〕（天），天用弗式。"（据孙诒让《墨子间诂》说改）

《古本竹书纪年》道：

> 启登后几年，舞《九韶》。（《路史·后纪十三》引）

《离骚》在屈原告舜的话里也说：

> 启《九辩》与《九歌》兮，夏康娱以自纵，不顾难以图后兮，五子用〔失乎家巷〕（夫家哄）。（据《读书杂志·余编》王引之说改）

又《天问》说：

> 启〔棘〕（梦）宾〔商〕（天），《九辩》、《九歌》，何勤子屠母而死分竟地？（依朱熹《楚辞集注》说改。）

可见这必定是两套极好听的乐曲，所以夏后启要从天上偷下来，（"夏"通"下"、《公》、《谷》僖二年《春秋》"虞师、晋师灭夏阳"，《左氏经》作"下阳"，可证。）之后就尽量地放纵娱乐，弄得到他死后，儿子们会在家里闹了起来，害得母亲一气成病，（刘永济说："'屠'乃'瘏'之讹；瘏，病也。"）疆土也被人分割了。这真像是唐玄宗《霓裳羽衣曲》的前身！这时屈原虽然在"黄连树底下操琴"，苦中取了一回乐，然而他在昆仑高头望见了旧乡，他心中又空虚了，觉得享乐不是一个归宿，所以他结尾说：

> 已矣哉，国无人兮，莫我知兮，又何怀乎故都！
> 既莫足与为美政兮，吾将从彭、咸之所居！

他就决心离开了人间。"彭咸"，以前的注家都说是商的贤大夫，氏彭名咸，谏君不听而投水以死的。其实不然，这就是《山海经》里的"巫彭、巫咸"，是孔丘、墨翟以前的圣人。

　　《离骚》说到的昆仑大略如此。其次再论《九歌》，它本是楚国祀神的乐曲，因为楚国的神灵大抵在南方，所以用不着把昆仑作为文章的背景。只有《河伯》一章说：

> 与女（汝）游兮九河，冲风起兮横波。
> 乘水车兮荷盖，驾两龙兮骖螭。
> 登昆仑兮四望，心飞扬兮浩荡。……

黄河发源昆仑而入海，将入海时分作九道，名为"九河"，所以作者穷源竟委，把这两个地名都写了进去。《海内北经》道：

> 从极之渊深三百仞，维冰夷恒都焉。冰夷，人面，乘两龙。

冰夷为河伯，也写作"冯夷"，他乘的是两龙，所以《九歌》里也就说他"驾两龙"。

　　《天问》是一首对故事发问的歌，一共提出了一百七十二个问题。因为它开始问的是天，所以称为《天问》。按近代民间歌谣里有一种叫做"对山歌"的，两人对唱，一问一答，看来《天问》该是这类体裁，所以柳宗元便根据它所提出的问题作了一篇《天对》。可惜古代的故事失传的太多，其中许多问题我们已没法懂得，柳氏所答的也许答非所问。大体说来，这篇文字的前半问的是神话，后半问的是历史。这神话部分大都即是昆仑区的故事。文中先问洪水，说：

> 不任汩鸿，师何以尚之？
> 佥曰何忧，何不课而行之？

这几句即是《尚书·尧典》里说的：

> 帝曰："咨，四岳：汤汤洪水方割，荡荡怀山襄陵，浩浩滔天，下民其咨，有能俾乂？"佥曰："於，鲧哉！"帝曰："吁，咈哉，方命圮族。"岳曰："异哉，试可乃已！"帝曰："往钦哉！"九载，绩用弗成。

他问鲧既不能当治（汩）洪水（鸿）的大任，为什么许多人（师）把他推举

(尚) 出来? 既经尧反对用鲧, 而大家还说不妨让他试一试, 尧为什么不先小试
(课) 他一下, 竟把全部责任交给了他呢? 次说:

> 鸱龟曳衔, 鲧何听焉? 顺欲成功, 帝何刑焉?
> 永遏在羽山, 夫何三年不施? 伯禹腹鲧, 夫何以变化?

鸱龟曳衔的故事现已没法弄清楚。刘永济《王逸楚辞章句识误》云:

> "昕" 乃 "圣" 之通假字。问意, 盖谓鲧之治水有鸱龟曳衔相助之祥异,
> 果何圣德所致邪? 言外有反质鲧能致此祥异, 何以卒被帝刑也。(武汉大学
> 《文哲季刊》二卷三号)

这是一个可能的想法。"顺欲成功", 似即指 "窃帝之息壤以湮洪水", 这原是
鲧得意的手笔, 所以问道: 他既已顺了自己的主意而成功了, 何以上帝还要加
刑于他呢?《尧典》中说舜 "殛鲧于羽山", 就是 "永遏"。而又云 "三年不
施", 施是什么, 看《左氏·昭十四年传》:

> 晋邢侯与雍子争鄐田……叔鱼蔽罪邢侯。邢侯怒, 杀叔鱼与雍子于
> 朝。……叔向曰: "三人同罪, 施生戮死可也。……" 乃施邢侯而尸雍子与
> 叔鱼于市。

杜《注》以 "施" 为 "行罪", 则此问似是说为什么三年不杀, 与《海内经》
所说的 "帝令祝融杀鲧于羽郊" 不同。至于 "伯禹腹鲧" 当是禹为鲧所腹。
《诗·小雅·蓼莪》云:

> 父兮生我, 母兮鞠我, ……顾我复我, 出入腹我。

"腹" 是怀抱的意思。这问的是禹既是鲧子, 父子间所行的治水方法本没有什
么基本上的差别, 何以成败竟会这样不同 (变化) 了呢? 因此再问:

> 纂就前绪, 遂成考功, 何续初继业而厥谋不同?
> 洪泉极深, 何以窴之? 地方九则, 何以坟之,

> 应龙何画？河海何历？
> 鲧何所营？禹何所成？
> 康回凭怒，墜 (地) 何故以东南倾？

这是问禹治水的事。禹继续父功，用的还是把息壤填洪水的老方法，所以说"洪泉极深，何以窴之"？"窴"，即填。《淮南·地形》说：

> 凡鸿水渊薮，自三仞以上，二亿三万三千五百五十有九。禹乃以息土填洪水以为名山。

这就是对于《天问》这条的最适当的回答。因为息土是自生自长之土，长之不已，不但有了平地，而且还拥出了许多名山。他问："地方九则，何以坟之？""则"，区画也，"坟"，高起也，即是说九州里山陵和高原是怎样来的。"应龙"见《大荒东经》和《北经》，都说他杀蚩尤与夸父事，却无"画"字。王《注》云：

> "历"，过也，言河海所出至远，应龙过历游之而无所不穷也。或曰：禹治洪水时有神龙以尾画地，导水所径当决者，因而治之也。

洪兴祖《补注》道：

> 《山海经图》云：犁丘山有应龙者，龙之有翼也。……夏禹治水，有应龙以尾画地，即水泉流通。

这句话倘果出在《山海经图》里，大足补今本《山海经》的缺佚。"康回"一事即指共工。按《尧典》云：

> 帝曰："畴咨若予采？"驩兜曰："都，共工方鸠僝功！"帝曰："吁，静言庸违，象恭滔天！"

又《左氏·文十八年传》云：

> 少暤氏有不才子，毁信废忠，崇饰恶言，靖谮庸回，服谗搜慝，以诬盛德，天下之民谓之穷奇。

杜《注》谓"穷奇"即"共工"。按《尧典》的"静言庸违"当然是《左传》的"靖谮庸回"的异写，都是说他处静则造言生事，致用则回邪乱政。《天问》的"康回"又是"庸回"的讹文，这是把共工的品性解作了他的名号了；但也说不定先有了"庸回"一名，再意义化了而说他有"靖谮庸回"的品性。《天问》这事该列上文而却放在此地者，大约为了凑"成"和"倾"的韵脚。下又问：

> 化为黄熊，巫何活焉？
> 咸播秬黍，莆雚是营，何由并投而鲧疾修盈？

化为黄熊是鲧的故事。《左氏·昭七年传》：

> 郑子产聘于晋。……韩宣子逆客，私焉，曰："寡君寝疾……梦黄熊入于寝门，其何厉鬼也？"对曰："……昔尧殛鲧于羽山，其神化为黄熊以入于羽渊，实为夏郊，三代祀之。……"韩子祀夏郊，晋侯有间。

"黄熊"一作"黄能"。《经典释文》云：

> "能"，如字；一音奴来反。亦作"熊"，音雄，兽名。能，三足鳖也。解者云："兽非入水之物，故是鳖也。"一曰："既为神，何妨是兽。"案《说文》及《字林》皆云："能，熊属，足似鹿。"然则能既熊属，又为鳖类，今本作"能"者胜也。东海人祭禹庙，不用熊白及鳖为膳，斯岂鲧化为二物乎？
> (卷十九)

照这里所说，这"熊"字可作三种读法：（1）熊；（2）熊属的能；（3）三足鳖的能（奴来反）。前二种是陆栖，后一种是水栖。看"入于羽渊"的话，似乎后一说对。《天问》说"巫何活焉"，见得鲧死后给群巫救活，好像昆仑门外的窫窳一样。下句说鲧疾，因为这故事没有传下来，所以没法讲，只知道"莆雚"即是"萑苻"，是泽中的草。此事就文字看，似乎鲧当病时，把秬黍和莆蕫一并吃了，使得他的病延长了下来。刘永济说：

> 盖叹尧欲遍种秬黍，乃惑于莆蕫，何以屏弃鲧于退方，致其功用不成，而反恶名长满，盖亦深惜之之词也。"秬黍"，"莆蕫"，皆喻言，非实事。（王逸《楚辞章句识误》）

这也是可能的解释。刘氏说屈原对于鲧的婞直亡身最表同情，引以与自己的遭谗远放同样感慨，所以有这一说。

于是问到了昆仑的本身。文云：

> 昆仑、县圃，其尻安在？
> 增城九重，其高几里？
> 四方之门，其谁从焉？
> 西北辟启，何气通焉？

这些发问和《淮南·地形》文字是契合的，我们只需根据《地形》而回答，说：县圃在阊阖之中，增城高万一千里。至于"四方之门"，不知是指昆仑的四方呢，还是天下的四方？若是昆仑的四方，则《地形》说：

> 旁有四百四十门，门间四里；门九纯，纯丈五尺。

若是天下的四方，则《地形》说是：

> 八极：自东北方曰"方土之山"，曰"苍门"；东方曰"东极之山"，曰"开明之门"；东南方曰"波母之山"，曰"阳门"；南方曰"南极之山"，曰"暑门"；西南方曰"编驹之山"，曰"白门"；西方曰"西极之山"，曰"阊阖之门"；西北方曰"不周之山"，曰"幽都之门"；北方曰"北极之山"，曰"寒门"。凡八极之云，是雨天下；八门之风，是节寒署。

这八门之风，《地形》说：

> 东北曰"炎风"。东方曰"冬风"。东南曰"景风"。南方曰"巨风"。西南曰"凉风"。西方曰"飂风"。西北曰"丽风"。北方曰"寒风"。

然而在昆仑里却只说了：

> 北门，开以内"不周之风"。

似乎八门八风可就远近而分成两套。可是在八极里，"西北方曰不周之山"，在昆仑里也是"北方开以内不周之风"，又似乎只是一事，这可以看出他们思想中的迷离惝恍的状态。然而《天问》所问的西北所通之气必为"不周之风"无疑。下面又说：

> 日安不到？烛龙何照？
> 羲和之未扬，若华何光？

"烛龙"见《大荒北经》，它是"烛九阴"的。郭《注》引《诗纬·含神雾》云：

> 天不足西北，无有阴阳消息，故有龙衔精以往，照天门中。

这可见日所不到的地方是西北隅。"若木"亦见《大荒北经》，云：

> 大荒之中，有衡石山、九阴山。灰野之山，上有赤树，青叶赤华，名曰"若木"。

《淮南·地形》又加以补充，说：

> "若木"在建木西，末有十日，其华照下地。

我们把《天问》的话看若木，知道在太阳未出时，是由若木的花所发出来的赤光照着下地。它的花何以会有赤光？乃因处于西极，为落日所止，那里既挂了十个太阳，所以树也照赤了，花也照赤了。这和烛龙的光同样可做太阳的辅助。若木附近有"九阴山"，也和烛龙的"烛九阴"有关。又问：

> 黑水、玄趾、三危安在？
> 延年不死，寿何所止？

"玄趾"是"交趾"的误文。交趾即交胫，见《海外南经》。其西不死民，《经》谓"寿不死"。《海外西经》又有轩辕国，"不寿者八百岁"。不知作者问的是哪一处？黑水的发源地离三危不远，据《禹贡》说，它流入于南海，则是离交趾也不远，三个地方一起问，就为着这个缘故。

《天问》此下大抵顺了夏、商、周的历史故事设问，其提及羿的有下列诸句：

> 羿焉毕日？乌焉解羽？……
> 帝降夷羿革孽夏民，胡躲夫河伯而妻彼雒嫔？
> 冯珧利决，封豨是躲，何献蒸肉之膏而后帝不若？
> 浞娶纯狐，眩妻爰谋，何羿之躲革而交吞揆之？
> 阻穷西征，岩何越焉？……
> 安得夫良药，不能固臧？

羿的"毕日"和"射封豨"，俱见《淮南·本经》。传说日中有乌，故《淮南·精神》说：

> 日中有踆乌而月中有蟾蜍。

高《注》：

> "踆"，犹"蹲"也，谓三足乌。

《春秋纬·元命苞》也说：

> 阳数起于一，成于三，故日中有三足乌。（《文选·蜀都赋·注》引）

他射下九个太阳，即是杀死九头乌，故问这些乌趺毙在哪里。羿以天神的身份为天下除害，故这里说他"革孽夏民"，"夏"通"下"，即是为下民革掉忧患。"射河伯"等事已见本章上文。"献蒸肉膏"事不见他书，从这段文字看来，可以知道他后来失欢于上帝，所以虽献蒸肉之膏而上帝仍不乐意他。浞杀羿见《左氏·襄四年传》：

> 后羿……因夏民以代夏政，恃其射也，不修民事而淫于原兽。……寒
> 浞，伯明氏之谗子弟也，……夷羿收之，信而使之，以为己相。浞行媚于内
> 而施赂于外，……外内咸服。羿犹不悛，将归自田，家众杀而亨（烹）之。

这里说"浞娶纯狐，眩妻爱谋"，可见夺国的事是他们夫妻的合谋。"交吞揆
之"，洪氏《补注》说：

> 羿之射艺如此，唯不恤国事，故其众交合而吞灭之，且揆度其必可取也。

"阻穷西征"，"阻"读为"徂"，往也。他到西方去，先到他的穷邑。看下文
"安得良药不能固臧（藏）"，知即《淮南·览冥》所谓"羿请不死之药于西王母，
姮娥窃以奔月"的事，则"阻穷西征"当即到西王母处请药。"岩何越焉"，
即《海内西经》所谓"昆仑之虚……非仁羿莫能上冈之岩"，言羿越昆仑之岩
以到西王母处。（本段参考童书业《天问阻穷西征解》，《古史辨》第七册下
编。）

《天问》中和昆仑有关的话大略如此。在这些话里，可知《山海经》所记
的昆仑的神话传说实在不够，须用《天问》作补充的正多。可惜《天问》的文
辞太简，我们对于这些字句还不容易读懂咧！

一部《楚辞》，以《离骚》、《九歌》、《天问》三篇为最早；《九歌》和
《天问》未必出于屈原，或尚在《离骚》之前。在这三篇里，我们可以看出：
昆仑传说是早传到楚国了，楚国人的构思和作文已很自然地使用这传说了。可
是处于燕、齐间的方仙道却还没有传去，所以这里没有一点儿仙人和蓬莱的成
分存在。这是很重要的一点，使我们知道蓬莱传说的发生远在昆仑传说之后。

但屈原以后，这个分野就没有延长下去。从楚顷襄王二十一年（前二七
八），秦白起拔郢，楚迁于陈之后，到考烈王二十二年（前二四一）又徙寿春，
从此《楚辞》成为东方的正宗文学，当然接受了东方的神仙思想。试举《远
游》为例。它说：

> 风伯为余先驱兮，氛埃辟而清凉，
> 凤凰翼其承旗兮，遇蓐收乎西皇，

好像也同屈原一样，上了昆仑。可是又说：

> 春秋忽其不淹兮，奚久留此故居！
> 轩辕不可攀援兮，吾将从王乔而娱戏。
> 餐六气而饮沆瀣兮，漱正阳而含朝霞，
> 保神明之清澄兮，精气入而粗秽除。
> 顺凯风以从游兮，至南巢而壹息，
> 见王子而宿之兮，审壹气之和德。

轩辕是西方的神人，王乔是东方的仙人，这位作者因为攀不到轩辕就想同王乔娱戏了。在昆仑区里希望不死，是要"食玉膏、饮神泉"的，可是在蓬莱区里却变作了"餐六气、饮沆瀣、漱正阳、含朝霞了"。这是一个极大的转变！什么叫做"六气"？ 王逸《注》引《陵阳子明经》道：

> 春食朝霞，朝霞者日始欲出赤黄气也。秋食沦阴，沦阴者日没以后赤黄气也。冬饮沆瀣，沆瀣者北方夜半气也。夏食正阳，正阳者南方日中气也。并天地玄黄之气，是为六气也。（文句依《楚辞补注》所录）

这是把季候、朝晚和呼吸的空气作一个严密的分配。要能常呼吸这六种气，就可修到仙人的境界。《庄子·刻意》也说：

> 吹呴呼吸，吐故纳新，熊经鸟申，力寿而已矣，此道引之士、养形之人、彭祖寿考者之所好也。

他们要对着太阳光和云霞（沦阴）行深呼吸，又饮露水或水气（沆瀣）。来"吐故纳新"，同时还做柔软体操，像熊的攀树引气（熊经）和鸟的嚬呻（鸟申）来帮助呼吸的运用，这就叫做"导引"，可以保持神明的清澄，可以延长人类的寿命。《庄子·大宗师》说：

> 真人之息以踵，众人之息以喉。

真人是得道的人，他们的呼吸是从脚跟上起的，可见其用力的深澈。又《逍遥游》说：

> 藐姑射之山有神人居焉，肌肤若冰雪，淖约若处子，不食五谷，吸风饮露，乘云气，御飞龙而游乎四海之外。

这位神人所以能永远保持着美少年的丰度，就因为他"不食五谷"和"吸风饮露"。不食五谷是除粗秽；吸风饮露是入精气。这和昆仑山上还种着高大的"木禾"，意义恰好相反。《远游》作者心目中的标准人物是王乔，又称为王子，他大概是春秋时周灵王的太子名为晋的。这人早慧而不寿，有仙去的传说。《逸周书》里有一篇《太子晋》，说：

> 晋平公使叔誉于周，见太子晋而与之言，五称而三穷。……归告公曰："太子晋行年十五而臣弗能与言，请归声、就，复与田。……"平公将归之，师旷不可，曰："请使暝臣往与之言！……"师旷见太子。……王子曰："……吾闻汝知人年之长短，告吾！"师旷对曰："汝声清汗，汝色赤白，火色不寿。"王子曰："然，吾后三年将上宾于帝所。汝慎无言，殃将及汝！"师旷归，未及三年，告死者至。

他只活了十七岁，而早知自己的死期，可见其具有神性。又因他的地位优越，所以被民众捧作了仙人。《列仙传》说：

> 王子乔者，周灵王太子晋也，吹笙，作凤凰鸣。道士浮丘公接以上嵩山。后乔于山见桓良曰："告我家，七月七日待我于缑山头！"果乘白鹤驻山顶，望之不到，举手谢时人，数日而去。

这直是肉身成仙，白日飞升。比较上文，《逸周书》说他死去，岂不是唐突了他。然则《远游》是谁作的呢？按文中说：

> 奇传说之托辰星兮，羡韩众之得一。

我们看《史记·秦始皇本纪》

> 三十二年，始皇之碣石，使燕人卢生求羡门、高誓，……使韩终、侯公、石生求仙人不死之药。……

三十五年，……侯生、卢生相与谋曰："始皇为人天性刚戾自用，……未可为求仙药！"于是乃亡去。始皇闻亡，乃大怒曰："吾……召文学方术士甚众，……方士欲炼以求奇药。今闻韩众去不报；徐市等费以巨万计，终不得药。……卢生等吾尊赐之甚厚，今乃诽谤我！……"于是使御史悉案问诸生，……除犯禁者四百六十余人，皆阬之咸阳。

上文三十二年称"韩终"，三十五年称"韩众"，知道即是一名，因同音而异写。他是秦始皇时的方士；骗了始皇的钱，一去不还，后人就说他仙去了，结果却成了坑儒的原因之一。《远游》里羡慕韩众，分明作者已是秦以后人。又文中说：

朝发轫于太仪兮，夕始临乎于微闾。

"太仪"是天帝之庭，"于微闾"即医无闾山，在今辽宁省的阜新、北镇两县间。照这句话看来，恐怕还是出于燕国人的手笔呢。

从此《楚辞》家抒写情怀，总把昆仑、蓬莱两区的文化合并在腕下。例如庄忌的《哀时命》：

愿至昆仑之悬圃兮，采钟山之玉英，
擥瑶木之橝枝兮，望阆风之板桐。
弱水汩其为难兮，路中断而不通。

这是昆仑区的景物。下文云：

下垂钓于溪谷兮，上要求于仙者，
与赤松而结友兮，比王侨而为耦。……
浮云雾而入冥兮，骑白鹿而容与。（王逸本《楚辞》卷十四。）

这却是蓬莱区的生活了。在那时替蓬莱区宣传的方士人数多，说话巧，讨人家的喜欢，而宣传昆仑区的巫师就渐渐地落了伍。喜新厌旧，人之常情，这有什么办法！试看司马相如的《大人赋》：

西望昆仑之轧沕洸忽兮，直径驰乎三危，

排阊阖而入帝宫兮，载美女而与之归。

舒闾风而摇集兮，亢乌腾而一止，

低回阴山翔以纡曲兮，吾乃今目睹西王母，

曤然白首载（戴）胜而穴处兮，亦幸有三足乌为之使。

必长生若此而不死兮，虽济万世不足以喜！

回车揭来兮绝道不周，会食幽都。

呼吸沆瀣，餐朝霞兮，噍咀芝英兮叽琼华。（《史记·司马相如列传》。）

他到昆仑的帝宫里所要取得的只是玉女，供他这位色情狂的玩弄。当他看见了西王母的曤然白首和穴处就起了反感，笑她既无伴侣，又不美好，仅有三足乌供驱使也不舒服，心想：这样的长生算做什么，不是成了"老厌物"吗！于是他东归之后，只是呼吸沆瀣而餐朝霞，走蓬莱区里的路线了。（西王母所使的本是三青鸟，这里说了太阳里的三足乌，是相如记错了。）

在这样的情形下，昆仑的失势是命定的。那些巧妙的方士索性把黄帝和西王母也请来做了仙人，在蓬莱区里安置了他们的宫殿，昆仑区就更寂寞了。这是后话，暂且不提。

载《中华文史论丛》第二辑，上海古籍出版社，1979

荀卿考

钱 穆

一 荀卿年十五之齐考

《史记·孟荀列传》谓"荀卿年五十始来游学于齐，至襄王时而最为老师"，顾不言其来齐在何时。刘向序《荀卿书》则曰："方齐宣王、威王之时，聚天下贤士于稷下尊宠之，是时孙卿有秀才，年五十，始来游学至齐，襄王时孙卿最为老师。"应劭《风俗通·穷通篇》则云："齐威、宣之时，孙卿有秀才，年十五，始来游学，至襄王时孙卿最为老师。"今按三说相舛，以年十五之说为是。何者，曰游学是特来从学于稷下诸先生而不名一师者，非五十以后学成为师之事也。曰"有秀才"，此年少英俊之称，非五十以后学成为师之名也。曰"始来游学"，此对以后之最为老师而言，谓荀卿之始来尚年幼为从学，而其后最为老师也。且荀卿于湣王末年去齐，至襄王时复来（考辨详后），则始来者又对以后之一再重来而言也。据此，则荀卿之齐，其为十五之年明矣。考威王之卒在周慎靓王之元年（三二〇），荀卿游学当在威王晚时。其后又曾至燕。《韩非子·难三》云："燕王哙贤子之而非荀卿，故身死为僇。"燕王让国子之，为慎靓王五年（三一六），去威王之卒四年，其时荀卿至少亦当二十四五岁。循是上推，则荀卿之生，当在周显王三十年前。循是下究，至春申君之死，荀卿年已一百零三岁，荀卿其时尚在人世与否不可知。《史记》谓春申君以荀卿为兰陵令，春申君死而荀卿终老兰陵，其语不可信（考辨详后）。要之荀卿盖亦寿者也。又考鲁平公元年正值燕王哙让国于相子之之岁（《史记》误后二年），其时孟子犹未退隐，而荀卿已以秀才有名誉。《孟子外书》谓孙卿子自楚至齐见孟子而论性，荀子赵人，则楚字当系赵字之讹，然孟荀相见论学，固非不可能之事也。

二 荀卿自齐适楚考

桓宽《盐铁论·论儒篇》云："及齐湣王奋二世之余烈，南举楚淮，北并巨宋，苞十二国，西摧三晋，却强秦，五国宾从，邹鲁之君泗上诸侯皆入臣，矜功不休，百姓不堪，诸儒谏不从，各分散，慎到、接子亡去，田骈如薛，而孙卿适楚，内无良臣，故诸侯合谋而攻之。"今按湣王灭宋在十五年（《年表》误为三十八年，考辨别详），其明年为燕昭王二十七年，燕使乐毅谋伐齐。又明年齐湣王之十七年，而乐毅以秦魏韩赵之师入齐至临淄，湣王走莒。是荀卿诸人之去当在湣王十五十六年间也。《荀子·强国篇》有说齐相一节，汪中《荀子年表》谓"此齐相乃薛公田文，故曰'相国上则得专主，下则得专国'，其言盖是。今按篇中有"巨楚县吾前，大燕鳅吾后，劲魏钩吾右，一国作谋，三国必起而乘我"之说，列举邻敌而不及宋，知系湣于灭宋以后语，正亦谏湣王之矜功者。是时荀卿年当五十五六，殆自游燕以后重复至齐，亦为稷下列大夫，而慎到、田骈之属为老师，至是而相率散亡也。（胡元仪《荀卿别传》据《盐铁论》此文，谓"是郇卿，湣王末年至齐"，《盐铁论》明谓荀子以湣王末年去，何得即推以为湣王末年来，胡说非也。）《史记·孟荀列传》叙荀卿至楚在齐襄王时三为祭酒之后，盖误；至谓春申君以荀卿为兰陵令，益不足信，辨详后。

三 春申君封荀卿为兰陵令辨

后世言荀卿事，悉本司马迁、刘向。然向言最难凭，既曰孙卿后孟子百余年，又谓其与孙膑议兵于赵孝成王前，其无稽如此。《史记》于卿事亦疏略不备。余既别篇考之，而于春申君封荀卿为兰陵令一事，则不能无疑；盖其说始于马迁，成于刘向，而实未足为信史也。

《史记》言："齐人或谗荀卿，荀卿乃适楚，而春申君以为兰陵令。"今考荀卿去齐适楚，乃当湣王末世（考辨详前）。下距黄歇为春申君尚二十余年，则《史》说非也。又谓："春申君为楚相八年，以荀卿为兰陵令。"《春申君列传》余考荀卿是时年逾八十。（昔人疑荀卿年者多矣，唐仲友谓春申君死而卿年已百三十七；晁公武谓荀卿去楚时近百岁，皆考核未精。）又曰："春申君死而荀卿废。" 是卿以八十老人，为一县令，至十八年之久，至于春申之死，荀卿年已百龄，失所凭依，乃不得已而见黜，卿纵贪禄好仕，一何老不知退，为驽马之恋豆，至于若是其甚耶？

向之言则尤谬，谓："春申既以卿为兰陵令，或谗之曰：'汤以七百里，文王以百里，孙卿贤者，与之百里，楚其危乎？'春申君遂谢去孙卿。"夫卿之在齐，为稷下老师，稷下之禄，如齐人之讥田骈，则曰："赀养千钟，徒从百人。"宣王之留孟子，则曰："中国授室，致禄万钟。"其优异也如此。昔孟子游梁，惠王尊之曰叟，问以利国之大计，今荀卿较之，年为高矣，位为尊矣，退自稷下，而至于楚（荀卿至楚，尚在齐襄王前，兹姑据刘向《叙录》为说耳），使春申君贤荀卿耶，不应抑以百里之小令，使春申君不贤荀卿，何以或人之一言，遽谢而去之耶？又谓："荀卿既之赵，春申君又以或人之言聘荀卿，荀卿遗春申君书，刺楚国，因为歌赋以遗春申君。"此汪中《荀卿子通论》已辨之曰："春申君请孙子，孙子答书，或去或就，曾不一言，而泛引前世劫杀死亡之事，未知其意何属。且灵王虽无道，固楚之先君也，岂宜向其臣子斥言其罪？不知何人凿空为此。韩婴误以说《诗》，刘向不察，采入《国策》，其叙《荀子新书》又载之，斯失之矣。此书自'厉怜王'以下，乃《韩非子·奸劫弑臣》篇文，其赋词乃《荀子佹诗》之小歌，见于《赋篇》，由二书杂采成篇，故文义前后不属。幸本书具在，其妄不难破。"向又谓："春申君得书恨，复固谢孙卿，孙卿乃行，复为兰陵令。"此尤无理。黄式三《周季编略》信有荀卿答书，而亦不信有反楚复仕。曰："荀卿是时，年已八十余，反赵之后，无弃赵卿而再仕兰陵之理。"又曰："书赋之辞严厉，无应召之意。"余谓苟春申君诚贤荀卿，而再聘召，亦不宜仍以兰陵小令屈也。凡此皆《史记》之所无，而尤不近情理之甚者。

且余观《荀卿书》，如说齐相，应秦昭王应侯问，议兵于赵孝成王前，凡其行迹所至皆有记载，其论列时事亦详，然至于邯郸之解围则止。独自为兰陵令后十八年，无片辞涉及。又绝不言春申君。有之惟《成相》一语，曰："春申道缀基毕输。"卢文弨疑之，曰："此春申句有误，必非指黄歇。"郝懿行则云："此《荀卿》自道。荀本受知春申，为兰陵令，盖将借以行道，迨春申亡而道亦连缀俱亡，基亦堕输矣。"今按：卿以八十颓龄，为令兰陵，垂二十年，亲著书数十篇，曾无一语自道政绩，其弟子如韩非、李斯之徒众矣，亦不见一语及其师治道，并又不见于其他之称述，则所谓毕输之基者安在？郝氏道亦连缀一语，尤强解非文理。则卢氏之疑是也。

余读《成相》、《佹诗》，皆有遭谗愤世之辞，则殆卿当齐湣王时，以谗去楚之所感而作也。故卿之遭谗，在齐湣王之世，非楚春申也。其之楚在为齐襄王时稷下老师之前，非在襄王后也。其至赵在自齐至秦之后，非为令兰陵而后之赵也。其退老而著书，所论止于邯郸之役，正卿八十之年，非其后尚为县令二十年，然后乃废退而家居也。《史记》所传，失情实者多矣。荀卿、春申之事，岂必以见于《史记》而信之哉？

然则《史》说无本，何以又确指其年，谓荀卿封兰陵在春申为相之八年乎？曰：非也。兰陵属东海，为鲁地，故《史》姑附之楚灭鲁之岁。《史》固未能确指而后人乃确信之也。（又按《史记》灭鲁年亦误，考辩别详。）曰：然则荀卿之为令兰陵，果尽无稽乎？曰：是又不然。荀卿适楚在湣王末年，当顷襄王之十五年，是年取齐淮北，兰陵或以其时归楚，而荀卿为之令，则非不可有之事也。又春申既顷襄王弟，其时或已用事，而进言荀卿于楚王而《史》自误为春申为相之后，又非不可有之事也。（《史记》又云："荀卿卒，因葬兰陵。"刘向《叙录》云："兰陵多善为学，盖以荀卿，长老至今称之曰，兰陵人喜字为卿，盖以法荀卿。"二说若信，则卿与兰陵洵有渊源，殆以初曾为令其地，故遂退老，卒因葬焉，而后人又思慕之如是耶？）今既不可详考，而《史》说之误，自有可得而辨者，因为之辨如此。

又按应劭《风俗通》卷七《穷通篇》："齐人或谗孙卿，乃适楚。楚相春申君以为兰陵令。人或谓春申君云，春申君谢之，孙卿去之，游赵应聘于秦。作书数十篇。春申君使请孙况。况遗春申君书，刺楚国，因为歌赋以遗春申，因不得已乃行，复为兰陵令焉。"盖应氏以卿为兰陵令在游赵聘秦之前，是也。又序其事于在齐三为祭酒后，则误于《史记》。并谓其为歌赋遗春申，因不得已复为兰陵令，则误于刘向。然通观诸书所载，以应氏为最得荀卿行实矣。

四　荀卿齐襄王时为稷下祭酒考

《史记·孟荀列传》"荀卿年五十，始来游学于齐。驺衍之术，迂大而闳辩，奭也文具难施，淳于髡久与处，时有得善言，故齐人颂曰，谈天衍，雕龙奭，炙毂过髡。田骈之属皆已死，齐襄王时而荀卿最为老师。齐尚修列大夫之缺，而荀卿三为祭酒焉。"此文谓荀卿初来，稷下尚盛，及后诸儒零落，而荀卿独在，最为老师也。然邹衍、邹奭尚在荀卿后，不当与淳于髡并列（考辩别详）。至年五十乃十五误倒，荀卿自十五游学来齐，其后曾至燕，见燕王哙，燕王哙不之用，后重适齐，则为稷下列大夫。至湣王灭宋骄矜，稷下先生慎到、田骈之徒皆散，其时荀卿则适楚（均详前考）。是皆为《史》文所不具。此云齐尚修列大夫之缺者，以稷下之制，坏于湣王末年，至襄王而重修也。今考襄王五年田单杀骑劫，重修列大夫之缺，当在此后。是时荀卿年逾六十，自楚复反齐，而往者田骈之属，同时散亡者，皆已死，故荀卿最为老师也。汪中《荀子年表》谓"荀子年五十始游学来齐，则当湣王之季，故传云田骈之属皆已死也"。是误谓田骈已死于荀子来齐之前。近人有疑史文邹衍之术以下一节为衍文，谓当以田骈之属一语直接始来游学云云，是荀卿始来，乃在齐襄王时，亦不与田骈诸人相接，皆与《盐铁论》所记背谬，殊不足信。及襄王死，荀卿乃游秦（考辨详后）。《史》谓齐人或谗荀卿，荀卿乃适楚，亦误。盖《史记》述荀子行迹，仅及齐楚两国，不知有之秦适赵之事。又谓其为兰陵令，而终老于楚，故以适楚移之三为祭酒而去齐之后矣。今自襄王六年至襄王十九年，前后凡十有四年，荀卿之三为祭酒，当在其时。

五　荀卿赴秦见昭王应侯考

齐襄王十八年，当秦昭王四十一年，范雎相秦，封应侯。《荀子·儒效篇》载秦昭王与荀卿答问之语，《强国篇》载应侯与荀卿答问之语。是荀卿在齐襄王十八年后曾赴秦也。至昭王五十二年，应侯罢相，荀卿赴秦当在此十二年间。惟自刘向已不晓其的在何时，故为《荀卿书录》序之最后。胡元仪《郇卿别传》以入秦谓在为兰陵令去而之赵以后，并谓不出秦昭王五十四至五十六三年中，是误读刘向文也。凡如此类甚多。《史记·魏世家》叙文侯受经子夏于二十五年后，读者遂谓其事即在二十五年。《孔子世家》叙适周见老子在十七岁后，读者遂谓其事即在十七年。不悟古人行文，自有伸缩，刻划以求，宜其谬也。今考荀卿与应侯问答，称秦"四世有胜"，（《强国篇》，指自孝公至昭王也。）而曰"忧患不可胜校焉，誾誾然常恐天下之一合而轧已也"。（《强国篇》）。并不及秦师失利事，则荀卿游秦尚在邯郸一役之前。《周季编略》列荀况如秦于周赧王五十一年，是年为齐王建元年，荀卿殆以襄王死而去齐，如孟子以惠王死去梁之例。黄氏之说则信。

六　荀卿至赵见赵孝成王议兵考

范雎为相之明年，为赵孝成王元年，孝成王二十一年而卒，荀卿尝至赵论兵赵孝成王前，今亦不能考其的在何年。刘向《叙录》谓"孙卿为兰陵令，客或谗之春申君，春申君谢之，孙卿去而之赵，客又说春申君，春申君使人聘孙卿，孙卿遗春申君书刺楚国，春申君固谢孙卿，孙卿乃行，复为兰陵令"。今按春申君以荀卿为兰陵令事，既不足信（考辨前详），则避谗适赵，愈益无据。汪中《荀子通论》谓"本传称齐人或谗荀卿，荀卿乃适楚，《韩诗外传》、《国策》所载或说春申君之词，即因此以为缘饰周秦间记载若此者多"，是也。至为《荀子年表》，谓荀卿去齐游秦不遇而归，齐王建初年复自赵来齐，至楚考烈王八年齐王建十年乃至楚为兰陵令，终老于楚，则复误。余考荀卿自齐避谗适楚乃当湣王季年，其后重返齐为稷下祭酒当齐襄王时。至王建之立，乃去齐适秦返而归于赵。大抵荀卿留秦决不久，其去秦东归，约当长平一役前后，其在赵则值邯郸之围。《荀子·臣道篇》极称平原、信陵两人功，实为邯郸解围事发。其时荀卿在赵，身历其事，故盛加称许如此也。（汪中《荀子年表》谓"荀子归赵疑当孝成王九年十年时，故《臣道篇》亟称平原、信陵之功，是时信陵故在赵也"。今按《臣道》一篇不徒可证为荀卿在赵所作，且可推想荀卿实身经邯郸之围，故特为作论叹扬耳。汪氏疑为荀卿以邯郸围解后来赵，恐亦未是。）其与临武君议兵赵孝成王前，亦疑在邯郸围解后。（临武君即庞煖，余别有考辨。）其时荀卿年已八十逾外，卿殆终老于赵也（孝辨详别）。盖《史记》叙荀卿行迹，仅及自齐适楚，而无游秦游赵之事；刘向叙录《荀书》，始以适赵缀诸为令兰陵之后，而适秦见昭王，则散叙文后，竟亦不能定其在何时也。今详审《荀子》原书，参以诸家记载，合诸当时史实，重为考定，则情节宛符矣。（《楚策》又云"孙子去之赵，赵以为上卿"。姚校云"荀子未尝为上卿，后语作上客，当是"。金氏《补释》云："按《韩诗外传》亦云孙子去而之赵，赵以为上卿，此策不必为误。《墨子·小取》篇，子墨子使管黔敖游高石子于卫，卫君致禄甚厚，设之于卿。《史记·田完世家》，赐列第为上大夫，不治而议论。《汉书·陈平传》，赐爵卿。张晏曰，礼秩如卿，不治事，孟荀之上卿，盖致禄而已，非仕之也。《齐策》赐之上卿，命而处之，即此类也。"）

载《史学杂志》第二卷第三、四期合刊，收入《古史辨》第四册，

北平朴社，1933

《诗经》中"止"字的辨释

于省吾

先秦典籍，原来都是用当时所通行的篆书写的，后世把这种篆书叫作古文。由于汉代学者译释古文时不能尽识，再加上口耳授受和展转传抄的缘故，以致讹文误字时有所见，而以《尚书》为尤甚，详《尚书新证》。今再就《诗经》来说，例如《无羊》的"矜矜兢兢"，本应作"羚羚競競"，系形容羊之繁多和群羊之来争先恐后；《抑》的"不僭不贼"，贼本应作贰（忒），"僭贰"乃古人成语；《维天之命》的"骏惠我文王"，据秦公钟和秦公簋则"骏惠"本应作"眹叀"，眹与骏系古今字，惠乃叀的形讹。以上所说，不仅是字形上或讹或正的问题，同时也牵涉到义训上的是非得失。

《诗经》中的"止"字，有的应作"之"，有的乃"止"字之讹。其用作"容止"和"止息"之"止"者应改作"止"，这是由于传抄或传刻之讹；其用作指示代词和语末助词之"止"者应释作"之"，这是由于汉人窜改未尽所致。今将"止""止"二字的发生、发展和变化的源流略加说明。

《说文》："𣥂，下基也，象艸木出有阯，故以止为足。"按"止"字的构形与"艸木出有阯"无涉，止乃足趾之趾的初文。商器徙觯的徙字从止作🦶，这是"止"字的原始象形字。"止"字卜辞作🦶或🦶，周代金文偏旁中从止之字作🦶或🦶，均已趋于简化。人之"足趾"为"足"的重要部分，故《仪礼·士昏礼》的"北止"，郑注训止为足；人之行为礼节，有赖于足之动作周旋，故《诗·抑》的"淑慎尔止"，郑注训止为容止；人之行走或留止以足为准，故《国语·郑语》的"与止之"，韦注训止为留（《家语·辩政篇》的"匪其止恭"，注文训止为止息，止息与留义相仿）；足趾在人身的最下部，故《说文》训止为下基（《说文》误以引伸义为本文。《说文》无趾字，其训阯为基，重文作址，阯乃后起字）。以上是说明止字本象足趾之趾，引伸之则释为足、为容止、为留止、为基止，在义训上虽然有它们的区别，但一脉相承，婉转关通。

《说文》："𡳿（之），出也，象艸过屮，枝茎属大，有所之，一者地也。"按𡳿字本不从屮，则许氏之说完全出于臆断。之字卜辞作🦶或🦶，从止在一上，一为地，像足趾在地上行动，故《尔雅·释诂》训之为往，止亦声，系会意兼形声字，清代《说文》学家均误认为指事。善夫克鼎"遹正八师之年"的"之"字作㞢，沇儿钟"永宝鼓之"的"之"字作㞢，此例不胜繁举。小篆作㞢，隶变作之，为今楷所本。以上是说明之字的演化原委。

有关《诗经》中习见的止字，历代传本颇有不同。大致说来，汉嘉平石经、敦煌所发现的六朝隋唐写本、唐开成石经等皆作止；自宋代以迄清代的各种刻本，和近年来的铅排本则皆作止。而清代注重小学诸家的刻本，如陈启源的《毛诗稽古编》，陈奂的《诗毛氏传疏》，木渎周氏的《毛诗传笺》等又皆作止。以上所列一些传本，各有对和不对的一面。凡一律作止者，是不知其中有的本应作止；凡一律作止者，是不知其中有的本应作止，释作之。因此，我们对于《诗经》中习见的止字，究竟哪些应该作止，哪些应该作止释作之，有重新加以辨识和清算的必要。兹特摘录《诗经》原文，分别阐述之。

(一)止字本应作止训作容止或止息

《诗经》中用作容止之止者，如《相鼠》的"人而无止"（两见），《巧言》的"匪（读作彼）其止恭"，《荡》的"既愆尔止"，《抑》的"淑慎尔止"，凡五见，人所易知，无须详说。今将《诗经》中用作"止息"之"止"者录之于下：

一、《陟岵》一章："父曰嗟予子，行役夙夜无已，上慎旃哉，犹来无止。"

二、《终南》一章："君子至止，锦衣狐裘。"二章："君子至止，黻衣绣裳。"

三、《黄鸟》一章："交交黄鸟，止于棘。"二章："交交黄鸟，止于桑。"三章："交交黄鸟，止于楚。"

四、《墓门》二章："墓门有梅，有鸮萃止。"

五、《四牡》四章："翩翩者鵻，载飞载止，集于苞杞。"

六、《采芑》一章："方叔莅止。"（二、三章同，不再录）又三章："鴥彼飞隼，其飞戾天，亦集爰止。"

七、《庭燎》一章："君子至止，鸾声将将。"二章："君子至止，鸾声哕哕。"三章："君子至止，言观其旂。"

八、《沔水》一章："鴥彼飞隼，载飞载止。"

九、《祈父》一章："胡转予于恤，靡所止居。"二章："胡转予于恤，靡所底止。"

十、《正月》三章："瞻乌爰止，于谁之屋。"

十一、《雨无正》二章："周宗既灭，靡所止戾。"

十二、《小旻》五章："国虽靡止，或圣或否。"

十三、《甫田》一章："攸介（愒）攸止，烝我髦士。"三章："曾孙来止，以其妇子，馌彼南亩。"（《大田》里四章同，不再录）

十四、《瞻彼洛矣》一章："君子至止，福禄如茨。"二章："君子至止，鞞琫有珌。"三章："君子至止，福禄既同。"

十五、《青蝇》一章："营营青蝇，止于樊。"二章："营营青蝇，止于棘。"三章："营营青蝇，止于榛。"

十六、《绵蛮》一章："绵蛮黄鸟，止于丘阿。"二章："绵蛮黄鸟，止于丘隅。"三章："绵蛮黄鸟，止于丘侧。"

十七、《绵》三章："曰止曰时，筑室于兹。"四章："乃慰乃止，乃左乃右。"

十八、《生民》一章："履帝武敏歆，攸介攸止。"

十九、《凫鹥》五章："公尸来止熏熏。"

二十、《卷阿》七章："凤皇于飞，翙翙其羽，亦集爰止。"

二一、《桑柔》三章："靡所止疑，云徂何往。"

二二、《云汉》七章："靡人不周，无不能止。"

二三、《振鹭》："我客戾止，亦有斯容。"

二四、《有瞽》："我客戾止，永观厥成。"

二五、《雍》："有来雍雍，至止肃肃。"

二六、《访落》："访予落止，率时昭考。"

二七、《泮水》一章："鲁侯戾止，言观其旂。"二章："鲁侯戾止，其马蹻蹻。"三章："鲁侯戾止，在泮饮酒。"

二八、《玄鸟》："邦畿千里，维民所止。"

以上所列二十八条的止字，均应训为止息或留止之止。其中有的对于人与物单言止，有的对于鸟言萃止或集止（第八条的"亦集爰止"即"亦爰集止"）。第二、七、十四条言"君子至止"，第二十五条言"有来雍雍，至止肃肃"；第六条言"方叔莅止"（凡三见）；第十三条言"曾孙来止"，第十九条言"公尸来止熏熏"；第二十三、二十四条言"我客戾止"，第二十七条言"鲁侯戾止"

(凡三见)，第二十六条言"访予落 (落应读作格) 止"。以上所举的至止、莅止、来止、戾止、格止，均指当时统治阶级的最高统治者或官僚贵客的"临止"言之。其中《采芑》言"莅止"者凡三见，毛《传》训莅为临是对的。其中《振鹭》、《有瞽》、《泮水》三篇言"戾止"者凡五见，戾乃莅的借字，戾与莅双声叠韵，是戾止即莅止。毛《传》不知戾、莅古字通，而于《泮水》训戾为来、止为至，未免疏失。至于第九条言"靡所止居"和"靡所底 (《书·尧典》马注训"底"为"定") 止"，第十一条言"靡所止戾" (毛《传》训戾为定)，第二十一条言"靡所止疑 (凝)"，均系乱世不得志的士大夫或人民流离失所，不能安居，故发为愤慨的呼声。由此可见，止居、止戾、止凝或底止均应训为止定或定止，这与前文所说的至止、莅止、来止、戾止、格止之意迥然有别。

(二)"止"字应释作"之"系指示代词

《诗经》异文本有之、止互作者，如《墓门》二章的"歌以讯之"，《鲁诗》和《韩诗》引作"歌以谇止"或"歌以讯止"；《车辖》五章的"高山仰止，景行行止"，《礼记·表记》曾引此诗，其释文谓"仰止本或作仰之，行止本或作行之"。"止"乃古文"之"字的隶定。《书·皋陶谟》的"合止柷敔"即"合之柷敔"，说详拙著《尚书新证》。《诗经》中的止字应释作"之"，此类"之"字的用法，有的在句首，有的在句末，今分别加以论证。

甲、止即之字用于句首系指示代词

《公刘》六章称："笃公刘，于豳斯馆，涉渭为乱，取厉取锻，止基乃理，爰众爰有，夹其皇涧，遡其过涧，止旅乃密。"郑笺："止基、作宫室之功止，而后疆理其田野。"陈奂《诗毛氏传疏》："止基，基亦止也。"马瑞辰《毛诗传笺通释》："止犹既也。释诂，卒已也，释言，卒既也，已与止同义，卒为已又为既，则止亦既也。止基乃理犹言既基乃理也，止旅乃密犹言既旅乃密也。"按郑笺训"止"为"终止"之"止"，陈奂训"止"为"基"，马瑞辰训"止"为"既"，于义均不可通。实则止字本作止，即古文"之"字，应读作"兹"，乃指示代词。 卜辞中的"验辞"称"之夕允雨"和"之夕允不雨"者习见，之夕即兹夕。《尔雅·释诂》谓"兹，此也"。《桃夭》的"之子于归"，《有狐》的"之子无裳"，《尔雅·释训》谓"之子者是子也"，兹与是同义。此诗的"之基乃理"应读作"兹基乃理"，承上"于豳斯馆"为言，是说公刘迁豳后，对于馆舍的建筑基础已经有了条理。"之旅乃密"应读作"兹旅乃密"，

《尔雅·释诂》训旅为众,毛《传》训密为安。此承上"爰众爰有,夹其皇涧,遡其过涧"为言,是说公刘迁豳后,人民居二涧之旁而"兹众乃安"。旧不知止即之字的古文,虽曲为之解,终究是讲不通的。

乙、止即之字用于句末系指示代词

一、《草虫》一章:"未见君子,忧心忡忡,亦既见止,亦既觏止,我心则降。"二章:"未见君子,忧心惙惙,亦既见止,亦既觏止,我心则说。"三章:"未见君子,我心伤悲,亦既见止,亦既觏止,我心则夷。"

二、《南山》一章:"鲁道有荡,齐子由归,既曰归止,曷又怀止。"二章:"葛屦五两,冠绥双止。鲁道有荡,齐子庸止,既曰庸止,曷又从止。"三章:"取妻如之何,必告父母,既曰告止,曷又鞠止。"四章:"取妻如之何,匪媒不得,既曰得止,曷又极止。"

三、《敝笱》一章:"齐子归止,其从如云。"二章:"齐子归止,其从如雨。"三章:"齐子归止,其从如水。"

四、《采芑》一章:"其车三千,师干之试,方叔率止。"二章:"其车三千,旂旐央央,方叔率止。"三章:"其车三千,师干之试,方叔率止。"四章:"方叔率止,执讯获丑。"

五、《小弁》三章:"维桑与梓,必恭敬止。"

六、《车舝》五章:"高山仰止,景行行止。"

七、《大明》五章:"文王嘉止,大邦有子。"

八、《韩奕》四章:"韩侯取妻,汾王之甥,蹶父之子。韩侯迎止,于蹶之里。"

九、《闵予小子》:"念兹皇祖,陟降庭止(止系语末助词;详第四章),维予小子,夙夜敬止。"

十、《敬之》:"敬之敬之,天维显思,命不易哉,无曰高高在上,陟降厥士,日监在兹,维予小子,不聪敬止。"

十一、《赉》:"文王既勤止,我应(膺)受之。"

以上所列十一条的句末止字应一律释作之,在文法上均系指示代词。第一条《草虫》三章中均有"亦既见止,亦既觏止",毛《传》谓"止,辞也",是毛《传》以止为语末助词,后世说《传》者无不因袭《传》说,殊不可据。实则"亦既见之,亦即觏之"的两个"之"字,系指上句"未见君子"的"君子"言之。第二条《南山》一章的"鲁道有荡,齐子由归,既曰归之,曷又怀之"。这是说:齐姜既然归鲁,为鲁桓公夫人,而齐襄公曷为又怀念之呢?二章的

"冠緌双之"，之字指冠缨左右下垂者言之，这与《车辖》的"高山仰之，景行行之"，句例相仿。又"鲁道有荡，齐子庸之，既曰庸之，曷又从之"，庸字旧训为由，"庸之"，之"之"指"鲁道有荡"言之，"从之"之"之"指齐襄公从其妹齐姜言之。三章的"取妻如之何，必告父母，既曰告之，曷又鞠之"毛《传》训鞠为穷，穷与下一章的极字义相仿，系放纵之意。"告之"之"之"指父母为言，"鞠之"之"之"指鲁桓放纵齐姜为言。第四章的"取妻如之何，匪媒不得，既曰得之，曷又极之"，"得之"之"之"指得媒而取言之，"极之"与一章"鞠之"同训。第三条《敝笱》的"齐子归之"，之字指鲁国言之。一章的"其从如云"，二章的"其从如雨"，三章的"其从如水"，系形容齐姜初嫁之盛况，而讽刺其终不能以礼自防之意自在言外。第四条《采芑》一章的"其车三千，师干之试，方叔率之"，率为领导，"率之"之"之"指"其车三千，师干之试"言之。第二、三章词义相同。第四章但言"方叔率之"，蒙前文而省。第五条《小弁》三章的"维桑与梓，必恭敬之"，之字指"维桑与梓"言之。第六条《车辖》五章的"高山仰之，景行行之"，上句之字指高山言之，下句之字指景行为言。第七条《大明》五章的"文王嘉之，大邦有子"，之字指"有子"之"子"言之。第八条"韩奕"第四章的"韩侯取妻，汾王之甥，蹶父之子，韩侯迎之，于蹶之里"，"迎之"之"之"指"汾王之甥，蹶父之子"言之。第九条《闵予小子》的"念兹皇祖，陟降庭止（"止"即"之"，系语词，详下文)，维予小子，夙夜敬之"，"敬之"之"之"指"皇祖"言之。第十条《敬之》的"敬之敬之，天维显思"，上句两之字指下句天字为言。郑笺训·"不聪敬之"为"不聪达于敬之之意"，笺说不一定可靠，但可证郑所见本末句的"敬止"本作"敬之"，而且，一诗之中不应前作"敬之"后作"敬止"，这是可以断定的。第十一条《赉》的"文王既勤之，我应受之"，上句之字指文王勤劳于民和疆土言之（详文王既勤止条)，下句之字指后王应受文王的业绩言之。

(三) "止" 字应释作 "之" 系语末助词

一、《采薇》一章："采薇采薇，薇亦作止。曰归曰归，岁亦莫止。"二章："采薇采薇，薇亦柔止。曰归曰归，心亦忧止。"三章："采薇采薇，薇亦刚止。曰归曰归，岁亦阳止。"

二、《杕杜》一章："王事靡盬，继嗣我日。日月阳止，女心伤止，征夫遑止。"二章："王事靡盬，我心伤悲。卉木萋止，女心悲止，征夫归止。"四章："卜筮偕止，会言近止，征夫迩止。"

三、《楚茨》五章："神具醉止，皇尸载起。"

四、《宾之初筵》三章："其未醉止，威仪反反，曰既醉止，威仪幡幡。舍其坐迁，屡舞仙仙。其未醉止，威仪抑抑，曰既醉止，威仪怭怭。"四章："宾既醉止，载号载呶。"

五、《文王》四章："穆穆文王，于缉熙敬止。"

六、《民劳》一章："民亦劳止，汔可小康。"二章："民亦劳止，汔可小休。"三章："民亦劳止，汔可小息。"四章："民亦劳止，汔可小愒。"五章："民亦劳止，汔可小安。"

七、《抑》十二章："告尔旧（久）止，听用我谋。"

八、《云汉》四章："大命近止，靡瞻靡顾。"八章："大命近止，无弃尔成。"

九、《召旻》四章："我相此邦，无不溃止。"

十、《闵予小子》："念兹皇祖，陟降庭止。"

十一、《良耜》："以薅荼蓼，荼蓼朽止，黍稷茂止。……以开百宝，百宝盈止，妇子宁止。"

以上十一条的止字均应释作之，系语末助词。假如依照旧说，把以上所列的止字皆改为止，以为语末助词，固无不可，因为语末助词只是借用其字之音，本无定字。今之所以释止为之而不改作"止"的理由是：先秦典籍除《诗经》以外，从没有语末助词用"止"字的例子。而且《诗经》中常有用之字作句中语助者，无须举例。其用之字作语末助词者，如《小弁》的"君子秉心，维其忍之，心之忧矣，涕既陨之"。又如《左传》昭二十五年的"鸲之鹆之，公出辱之"，都是很显明的佐证。由此可见，《诗经》中的语末助词，既然屡用之字，则不应在之字之外别用止字为之，这是可以肯定的。

结束语

综上所述，止字卜辞作Ｕ或Ｕ，商代金文作Ｖ，乃足趾之趾的象形初文。金文演化作Ｕ，《说文》误解为"艸木有阯"。之字卜辞作Ｕ或Ｕ，从止在一上，一为地，像足趾在地上行动，止亦声，系会意兼形声字。小篆讹作Ｕ，《说文》误解为"象艸过屮，枝茎属大"。隶变作之，为今楷所本。以上是止与之字的发生、发展和变化的源流。凡《诗经》中用作容止和止息之止，后世有的传本均讹作止，这一点，清代的一些《说文》学家无不知之；凡《诗经》中用作指示代词和语末助词之止，即古文之字，后世有的传本均讹作"止"，这一点，二千年来的说《诗》者却无人知之。前文所举《草虫》的"亦既见止，亦既觏止"之"止"，毛《传》训为语辞；《公刘》的"止基乃理"，"止旅乃密"之"止"，郑笺训为"终止"之"止"。是毛、郑二氏犹不知止即之为指示代词，又何责于后人乎？本文把《诗经》中凡一百二十二见的止字分别加以考证，其改止为止者凡五十三字，其释止为之者凡六十九字。《诗经》中的之字较止字尤为习见，绝不该于之字之外别存若干止字以自紊其例。这样改正，既然澄清了《诗经》中止、止二字一向混淆无别的现象，并且在义训上亦是往往与旧说大有径庭的。

选自《泽螺居诗经新证》卷下，中华书局，2003

国风出于民间论质疑

朱东润

一

《诗》三百五篇，论者以为出于民间，然考之于《诗》，有未敢尽信者。《雅》、《颂》之诗，自少数篇什作用有别外，其余多为朝廷郊庙乐歌之词，自古迄今，未有异论。然论者犹可诿为《雅》、《颂》诸篇，不及全诗二分之一，自可举其大凡，谓《诗》三百五篇为民间之作。今果能确然指认《国风》百六十篇，或其中之大半，不出于民间者，则《诗》出于民间之说，自然瓦解，而谓一切文学来自民间者，至此亦失其一部之依据，无从更为全称肯定之主张。

《礼记·王制》云："天子五年一巡狩……命太师陈诗以观民风。"此为太师陈诗之说。《汉书·艺文志》云："《书》曰：'诗言志，哥咏言。'故哀乐之心感而哥咏之声发。诵其言谓之诗，咏其声谓之哥。故古有采诗之官，王者所以观风俗，知得失，自考正也。"《食货志》云："孟春之月，群居者将散，行人振木铎，徇于路以采诗，献之大师，比其音律，以闻于天子。"皆为采诗之说。何休《春秋公羊解诂》宣公十五年云："男女有所怨恨，相从而歌，饥者歌其食，劳者歌其事；男年六十，女年五十无子者，官衣食之。使之民间求诗，乡移于邑，邑移于国，国以闻于天子。"何氏此言亦主民间求诗之说。大抵汉人之言，多如此者。若《史记·自序》所谓"《诗》三百篇，大抵贤圣发愤之所为作也"一语，殆成孤响。史公年代早于班固、何休，其实容有所受，然谓《诗》大抵皆为贤圣所作，亦未可信。

宋人论《诗》，颇多新说，然其主《国风》出于民间者如故。朱熹《诗集传序》云："凡《诗》之所谓《风》者，多出于里巷歌谣之作，所谓男女相与咏歌，各言其情者也。"《诗集传》释《国风》云："国者诸侯所封之域，而风者民俗歌谣之诗也。"要之朱熹之言，仍就民间立论，然其言"《小序》曰：'《关雎》、《麟趾》之化，王者之风，故系之周公。南，言化自北而南也。《鹊巢》、《驺虞》之德，诸侯之风也，先王之所以教，故系之召公。'斯言得之矣。"斯则朱熹之意，以为《周南》、《召南》之诗，自与寻常出于里巷者有异。清陶正靖《诗说》驳正之云："宫人女子之作，何缘得流播民间，而太师又何自采而陈之？愚谓《二南》固正风，然以为民俗之歌谣，别无不可通者。以为正风之始，必归于民间，则镠镤缭戾而不可通者多矣。若其德化之美，有所自来，固不必以某篇为宫人作，某篇为后妃作也。"陶氏此言，驳朱甚力；然《毛诗序》论《关雎》，言"后妃之德也"，论《葛覃》，言"后妃之本也"，未尝言《关雎》、《葛覃》为后妃自作；《诗集传》论《关雎》以为宫中之人所作，论《葛覃》以为后妃所自作，要为创说，陶氏驳之固宜。

方玉润《诗经原始》，益阐诗出民间之说，谓《关雎》、《葛覃》同为民间之诗，前赋初昏，后赋归宁。至于近人，则于此说，更事推阐，于所谓民间歌谣者，复分为诸类：（一）恋歌，《静女》、《中谷》、《将仲子》是也；（二）结婚歌，《关雎》、《桃夭》、《鹊巢》是也；（三）悼歌及颂贺歌，《蓼莪》《麟之趾》、《螽斯》是也；（四）农歌，《七月》、《甫田》、《大田》、《行苇》、《既醉》是也。其他分类之法，容不尽同，然谓《国风》及《大、小雅》之一部出于民间者则一。持《国风》出于民间论者，观之昔贤则如彼，求之今人则如此，然有所未安者。《诗》三百五篇以前及其同时之著作，凡见于钟鼎简策者，皆王侯士大夫之作品。何以民间之作，止见于此而不见于彼？此其可疑者一也。即以《关雎》、《葛覃》论之，谓《关雎》为言男女之事者是矣，然君子、淑女，何尝为民间之通称？琴瑟钟鼓，何尝为民间之乐器？在今日文化日进，器用日备之时代，此种情态，且不可期之于胼手胝足之民间，何况在三千年以前生事方绌之时代。谓《葛覃》为归宁之作者，此则出自本文，尤无可疑，然《葛覃》云："言告师氏，言告言归。"民间何从得此师氏，随在夫家，出嫁之女，犹必事事秉命而行？此其可疑者二也。文化之绅绎，苟以某一时代之偶然现象论之，纵不免有后不如前之叹，然果自大体立论，则以人类智识之牖启，日甚一日，后代之文化较高于前代，殆无疑议，何以三千年前之民间，能为此百六十篇之《国风》，使后世之人，惊为文学上伟大之创作，而三千年后之民间，犹辗转于《五更调》、《四季相思》之窠臼，肯首吟叹而不能自拔？此其可疑者三也。即以此三端论之，非确能认定三千年前之民间，其文化，其生活，皆远胜于今日，而其作品，自《诗》篇以外，不为其他任何之表现者，则此《诗》出于民间之说，殆未能确立。

元遗山《陶然集诗序》尝因极论古今人诗之变，于此问题，作一解答，其言如次：

诗之极致，可以动天地，感鬼神，故传之师，本之经，真积之力久而有不能复古者。自"匪我愆期，子无良媒"，"自伯之东，首如飞蓬"，"爱而不见，搔首踟蹰"，"既见复关，载笑载言"之什观之，皆以小夫贱妇，满心而发，肆口而成，见取于采诗之官，而圣人删诗，亦不敢尽废。后世虽传之师，本之经，真积力久而不能止焉者，何古今难易不相侔之如是耶？盖秦以前民俗淳厚，去先王之泽未远，质胜则野，故肆口成文，不害为合理。使今世小夫贱妇，满心而发，肆口而成，适足以污简牍，尚可辱采诗官之求取耶？

遗山之论，举"秦以前民俗淳厚，去先王之泽未远"数语，以解释《诗》中所谓小夫贱妇之作，自今观之，其理由之不能成立，更无疑问。李献吉《诗集自序》尝举王叔武之言，谓"夫途巷蠢蠢之夫，固无文也，乃其讴也号也，呻也吟也，行呫而坐歌，食咄而寤嗟，此唱而彼和，无不有比与兴焉，无非情焉，斯足以观义矣。故曰诗者天地自然之音也。"献吉举此，特欲证实序首"真诗乃在民间"一语，顾以事实考之，则途巷蠢蠢之夫，一切讴号呻吟呫歌咄嗟唱和之作，与后世之所谓诗者固不同科，即与三千年前《诗》篇之比兴合观，其性质纵有类似，论其工拙文野之别，则又相去远甚。谓后代之小夫贱妇，及途巷蠢蠢之夫，必远逊于三千年前之小夫贱妇，及途巷蠢蠢之夫者，于事实固不合；而后代途巷之作，远逊于《诗》三百五篇所载，则又不容异议。在此种矛盾之状态中，必欲求一解释，与其左支右绌，不能自圆其说，则姑假定《诗》三百五篇不出于小夫贱妇及途巷蠢蠢之夫之手，而考诸故籍，求之本文，推之人情，以证明之，似亦未始非解纷之道也。

关于献诗之说，见于《国语》者如次：

> 故天子听政，使公卿至于列士献诗，瞽献曲，史献书，师箴，瞍赋，矇诵，百工谏，庶人传语，近臣尽规，亲戚补察，瞽史教诲，耆艾修之，而后王斟酌焉，是以事行而不悖。——《国语·周语上》邵公谏厉王语

> 吾闻古之王者，政德既成，又听于民，于是乎使工诵谏于朝，在列者献诗，使勿兜，风听胪言于市，辨妖祥于谣，考百事于朝，问谤誉于路，有邪而正之，尽戒之术也。——《国语·晋语六》范文子戒赵文子语

观诸《国语》，知诗之为物，自出于公卿诸大夫列士之间，盖当时在列者以上始知有诗，其不在列者，则百工谏，庶人传语，未尝言诗也。

春秋以前，士为统治阶级之通称，今以《诗》三百五篇考之，历历可见。

《大雅·文王》云：“凡周之士，不显亦世。”“思皇多士，生此王国。”又云：“济济多士，文王以宁。”《卷阿》七章云：“蔼蔼王多吉士，维君子使，媚于天子。”《周颂·清庙》云：“济济多士，秉文之德。”《鲁颂·泮水》六章云：“济济多士，克广德心。”凡此诸诗，皆可证也。士之为王陪辅者，则谓之卿士。《大雅·假乐》云：“百辟卿士，媚于天子。”《常武》云：“赫赫明明，王命卿士，南仲太祖。”《小雅·十月之交》云：“皇父卿士。”《商颂·长发》云：“降予卿士，实维阿衡，实左右商王。”《诗》中卿士二字皆连称，独《大雅·荡》四章云：“尔德不明，以无陪无卿。”《毛传》：“无卿士也。”则卿自为卿士之略称。

今以《毛诗序》及《毛传》考之，自卿士二字连称外，士每与君子、大夫诸名连称。《东山·序》云：“士大夫美之，故作是诗也。”《既醉·序》云：“醉酒饱德，人有士君子之行焉。”《毛传》或举大夫二字先士，《采蘋·传》云：“大夫士祭于宗室，奠于牖下。”《伐木·传》云：“大夫士友其宗族之仁者。”《车攻·传》云：“天子发然后诸侯发，诸侯发然后大夫士发。”又云：“其余以与大夫士以习射于泽宫。”

《北山》诗：“偕偕士子，朝夕从事。”《传》云：“士子，有王事者也。”《硕人》诗：“庶士有朅。”《传》云：“庶士，齐大夫送女者。”《文王》诗：“殷士肤敏，裸将于京。”《传》云：“殷士，殷侯也。”《缁·传》亦云：“诸侯入为天子卿士，受采禄。”今总《诗序》、《毛传》以论，知士之为言，有广义，有狭义：自狭义言之，则其地位下于大夫一等；自广义言之，则大夫可以称士，诸侯可以称士，乃至天子之卿士亦可以称士。以今日通行语解之，则所谓统治阶级也。故《国语》所谓列士献诗，在列者献诗其义要当于统治阶级称诗而已。《国风》诸诗果为诸侯卿大夫列士间之诗，则其不得称为民间之诗者可知矣。说者或谓《国语》仅称献诗，安知其所献者不指民间之诗？今欲知诸诗之不出于民间，自非求之本文不可，请更言之。

鲁、齐、韩、毛诸家《诗》说，传世者惟有毛氏；今文三家遗说，后人掇拾于残破之余，其全已不可见。请先举毛氏之说，而以三家《诗》说附之，以见古人相传之《诗》说。

二

《毛诗序》于诗之作者，有直著其人所作，使人一见而知者，《绿衣·序》云：“卫庄姜伤己也，妾上僭，夫人失位而作是诗也。”有不直著其人所作，使人求之而知者，《汝坟·序》云："道化行也，文王之化，行乎汝坟之国，妇人能闵其君子，犹勉之以正也。"今据其所说，列为次表。又《毛诗序》于国人所作，或泛称国人，《丘中有麻·序》云："国人思之而作是诗也。"或直陈其国之名，《墙有茨·序》云："卫人刺其上也。"今概列国人一目，凡直陈国名者附注。至诗之作者，不见序中无可推求者，概不列入，凡可考者六十九篇。

《毛诗序》《国风》作者表

国别	国君或夫人	王族或公族	大夫	大夫之妻	君子	国人	百姓	孝子	民人
周南				《汝坟》王基、孙毓述毛，并谓大夫行役，其妻所作。					
召南				《草虫》《殷其靁》					
邶	《绿衣》《燕燕》《日月》《终风》《泉水》		《式微》（《序》谓黎侯之臣。）《旄丘》（《序》谓黎之臣子。）			《击鼓》《雄雉》《新台》《二子乘舟》			
鄘	《载驰》	《柏舟》				《墙有茨》（卫人。）《鹑之奔奔》（卫人。）《蝃蝀》			
卫	《竹竿》《河广》		《芄兰》			《硕人》《木瓜》（卫人。）			
王		《葛藟》	《黍離》《君子于役》		《君子扬扬》《兔爰》	《扬之水》（周人。）《丘中有麻》			
郑			《清人》（公子素作。）		《扬之水》	《缁衣》《遵大路》《有女同车》《褰裳》			《出其东门》
齐			《南山》《甫田》			《敝笱》（齐人。）《载驱》（齐人。）《猗嗟》（齐人。）	《卢令》		

续表

国别	国君或夫人	王族或公族	大夫	大夫之妻	君子	国人	百姓	孝子	民人
魏			《园有桃》			《硕鼠》		《陟岵》	
唐			《无衣》		《椒聊》《鸨羽》	《山有枢》《扬之水》《羔裘》(晋人。)			
秦	《渭阳》		《终南》			《黄鸟》《无衣》(秦人。)《小戎》(《序》云:"国人则矜其车甲、妇人能闵其君子焉。"盖指国人之妇言,附列于此。)			
陈					《防有鹊巢》				
桧			《羔裘》			《隰有苌楚》			
曹						《下泉》(曹人。)·			
豳	《七月》《鸱鸮》		《东山》《破斧》《伐柯》《九罭》《狼跋》						

今就《毛诗序》言，凡作者可考而得其主名者如此。自国君、夫人以降，至王族、公族、大夫及大夫之妻，其为统治阶级无疑。其他自君子、国人二目以外，凡百姓、孝子、民人各一见。《书·尧典》云："九族既睦，平章百姓，百姓昭明，协和万邦，黎民于变时雍。"《郑注》："百姓，百官。"要之百姓与黎民对举，其为统治阶级亦无疑义。《陟岵》之诗，《序》云："孝子行役，思念父母也。"孝子不知为何等人，今以《诗序》言行役诸语推之。《殷其雷·序》云："周南之大夫，远行从征，不遑宁处。"《雄雉·序》云："军旅数起，大夫久役。"《伯兮·序》云："言君子行役，为王前驱。"《黍离·序》云："周大夫行役，至于宗周。"《鸨羽·序》云："君子下从征役，不得养其父母。"《北山·序》云："大夫刺幽王也，役使不均，已劳于从事，而不得养其父母焉。"《渐渐之石·序》云："乃命将率东征，役久，病于外。"以此七例言之，则行役之人，要为大夫、君子之流，而久役于外，不得养其父母，尤为大夫、君子之所深痛。以《鸨羽》、《北山》之例，推论《陟岵》之作者，要亦大夫、君子之流，不容更为例外。故《陟岵》之作者，果以《毛诗序》推之，亦属统治阶级，殆无疑议。君子、国人两目，自待申述，可疑者独《出其东门》一篇，《毛诗序》以为民人所作者耳。然以《郑风》之《女曰鸡鸣》、《褰裳》、《风雨》、《溱洧》、《有女同车》、《子衿》诸诗推之，则《出其东门》之作者，自为士人，与民间亦无涉，《毛诗序》偶用民字，不足计。

据《毛诗序》，君子之作凡六篇。君子或以为大夫之美称，或以为卿、大夫、士之总称，或以为有盛德者之称，或以为妇人称其丈夫之词。今就《诗》论《诗》，则君子二字，可以上赅天子、诸侯，下赅卿、大夫、士，殆为统治阶级之通称。至于盛德之说，则为引申之义，大夫之称，自为妻举其夫社会地位而言，此种风习，近世犹然，自不得以其社会地位之名称，遂认为与丈夫二字同义。今就《诗》之本文，以证君子二字为统治阶级通称之说。《瞻彼洛矣》云："君子至止，福 禄如茨。韎韐有奭，以作六师。"《假乐》云："假乐君子，显显令德。宜民宜人，受禄于天。保右命之，自天申之。""君子"二字指天子言，就本文可知，其他例证尚多。《终南》云："君子至止，锦衣狐裘，颜如渥丹，其君也哉！"《采菽》云："君子来朝，何锡予之？虽无予之，路车乘马。"君子二字指诸侯言。《载驰》云："大夫君子，无我有尤。"《鸤鸠》云："淑人君子，正是国人。正是国人，胡不万年？"君子二字指大夫言。要之自《诗》本文言之，则君子为统治阶级之通称。更求之于《诗序》、《毛传》，其事显然，而例尤不胜举。《既醉·序》士君子连称；《女曰鸡鸣·

传》："君子无故不彻琴瑟。"今《曲礼》亦云："士无故不彻琴瑟。"则士与君子二名互训可知。要之君子之为统治阶级，兼包天子、诸侯、卿、大夫、士各种不同之阶段，殆无疑议。君子又有在位、不在位之别，故《伐檀·序》云："在位贪鄙，无功而受禄，君子不得进仕尔。"《候人·序》云："共公远君子而近小人焉。"《鸤鸠·序》云："在位无君子，用心之不壹也。"《隰桑·序》云："小人在位，君子在野，思见君子，尽心以事之。"君子而不在位，亦自为常有之现象。即以欧洲各国论之，贵族而不执政者甚多，盖执政之位置有定额而贵族之蕃殖无定额也，然正不害其为贵族，故君子不在位，仍不失其为统治阶级；至于远君子而近小人，此则自幽、厉以后，迄于春秋，亦为常有之事。自当日统治阶级之诗人观之，自不胜其痛心疾首。后代之士，或昧于当时之情状，当亦不胜同情于诗人。实则诗中之小人，往往为久不在位或久被统治之人，故小人之登庸，与其视为君德之消长，无宁视为统治阶级之动摇。读《节南山》之诗，至"式夷式夷，无小人殆，琐琐姻亚，则无膴仕！"不妨视为争夺政权之词，不必遂执小人二字，诋为凶残也。

《诗序》言国人所作者凡二十七篇，故国人二字之的训，实为最关重要之事。今就《诗》之本文及《序》、《传》考之，则国人实与国之君子，国之士大夫同义，亦为统治阶级之通称，请举四例以明之。

例一《载驰》三章："许人尤之，众稚且狂。"四章："大夫君子，无我有尤。百尔所思，不如我所之！"许人与许之大夫、君子同指。

例二《蝃蝀·序》云："淫奔之耻，国人不齿也。"《传》云："夫妇过礼则虹气盛，君子见戒而惧，讳之，莫之敢指。"国人与君子同指。

例三《小戎·序》云："国人则矜其车甲，妇人能闵其君子焉。"国人与君子同指。

例四《绵·传》云："古公处豳，狄人侵之。事之以皮币，不得免焉；事之以犬马，不得免焉；事之以珠玉，不得免焉。乃属其耆老而告之曰：'狄人之所欲者，吾土地也！吾闻之，君子不以其所养人者害人，二三子何患乎无君？'去之，逾梁山，邑于岐山之下。豳人曰：'仁人之君，不可失也。'从之如归市。"豳人与豳之耆老同指。

大抵《毛诗》人字，往往作君子或在位者解。《绿衣》诗云："我思古人，实获我心。"《传》云："古之君子，实得我之心也。"人指君子言。《相鼠》诗云："人而无仪。"《序》云："卫文公能正其群臣而刺在位。"人指在位言。《假乐》诗云："宜民宜人。"《传》云："宜安民，宜官人也。"人指服官职之人言。乃至《瞻卬》言："人有土田，女反有之。人有民人，女覆夺之。"上人字自指统治阶级言，按诸文义可知。至于一般被统治阶级，《诗》中或称民人（《瞻卬》），或称庶民（《灵台》），或称庶人（《抑》），或称下民（《鸱鸮》），尚待籀绎，不遑枚举，独国人二字，指统治阶级，殆无疑议。是则就《毛诗》论，凡此六十九篇，得其主名之诗，要皆出自统治阶级，可无疑也。此六十九篇以外，九十一篇《风》诗之作者，《毛诗序、传》皆未尝明言，止可推论，未容武断，姑缺。

<h1 style="text-align:center">三</h1>

自《毛诗》外，当更论及三家《诗》。三家之论，今已残缺，王先谦《诗三家义集疏》于三家《诗》义无可考之篇，辄认为三家同毛，无异议。今于三家论《国风》诸篇作者，得其主名之诗，条列于次，其不可考者从缺。

《邶·柏舟》，《鲁》说以为卫宣夫人作，见《列女传·贞顺篇》。《燕燕》，《鲁》说以为卫定姜作，见《列女传·母仪篇》。《式微》，《鲁》说以为黎庄夫人作，见《列女传·贞顺篇》。《载驰》，《鲁》说以为许穆夫人作，见《列女传·仁智篇》。《大车》，《鲁》说以为息夫人作，见《列女传·贞顺篇》。此五诗，三家以为君夫人之诗也。

《关雎》，《鲁》说以为毕公作，见《古文苑》张超《诮青衣赋》；《韩》说以为贤人作，见《后汉·明帝纪》李注引《韩诗薛君章句》。《鸱鸮》，《鲁》说以为周公作，见《史记·鲁世家》；《齐》说同。《黍离》，《韩诗》以为尹吉甫子伯封作，见《御览》九百九十三引陈思王《令禽恶鸟论》。此三诗，三家以为大臣及大臣之子之诗也。

《汝坟》，《鲁》说以为周南大夫之妻作，见《列女传·贤明篇》。《二子乘舟》，《韩》说以为卫公子伋傅母作，见《新序·节士篇》。《硕人》，《鲁》说以为卫庄姜傅母作，见《列女传·母仪篇》。此三诗，三家以为大夫之妻及公子与君夫人傅母之诗也。

《蟋蟀》，《齐》说以为君子作，见《盐铁论·通有篇》。《芣苢》，《韩》说以为君子之妻作，见《文选》刘孝标《辨命论》李注引《韩诗薛君章句》。此二诗，三家以为君子及君子之妻之诗也。又《芣苢》，《鲁》说以为蔡人之妻作，见《列女传·贞顺篇》。国人与君子同指，此又一旁证也。

《淇奥》，《鲁》说以为卫人作，见徐干《中论》。《行露》，《鲁》说以为申人之女作，见《列女传·贞顺篇》。《驺虞》，《鲁》说以为邵国之女作，见蔡邕《琴操》。《伐檀》，《鲁》说以为魏国之女作，见《御览》五百七十八引蔡邕《琴操》。此四诗，三家以为国人及国人之女之诗也。独《甘棠》诗，《史记·燕召公世家》云："召公卒而民人思召公之政，怀甘棠不敢伐。"此民人二字之偶见《鲁》说者。然刘向《说苑·贵德篇》云："百姓叹其美而致其敬，甘棠人之伐，政教恶乎不行？"则史公之言，成为孤证，不能确指为民间。《相鼠》，《鲁》说以为妻谏夫之诗，见《白虎通·谏净篇》，不知此妻为大夫之妻与否，然诗斥为"人而无仪"，"人而无礼"，则其所斥之人必为在位者可知，与《毛序》所谓刺在位者相合。

四

今日论《诗》，果以汉人《诗》说为本，则考之《鲁》、《齐》、《韩》、《毛》之说，凡《国风》百六十篇之中，其作家可考而得其主名者，其人莫不属于统治阶级，其诗非民间之诗也。然汉人《诗》说，不尽可恃，义中子尝言："白黑相渝，能无微乎？是非相扰，能无散乎？故《齐》、《鲁》、《毛》、《韩》，《诗》之末也。《大戴》、《小戴》，《礼》之衰也。《书》残于古、今，《诗》失于《齐》、《鲁》。"自宋儒兴而攻击《毛诗序》者尤众，《毛诗序》可疑，则三家《诗》说之残佚不全，撷拾于劫灰之余者，尤不可尽信，故居今日必欲持汉人《诗》说以为立论之根据者，无是理也。实则即由汉儒上溯儒家论《诗》之说，又岂可尽信。孟子论《诗》，间有缺失，近人言之已详。即由孟子上溯孔子所谓"《诗》三百，一言以蔽之，曰思无邪"一语，亦何尝不全凭主观，不顾现实。故苏辙《诗传》曰："昔之为《诗》者，未必知此也，孔子读《诗》至此，而有合于其心焉，是以取之，盖断章云尔。"所谓合于其心者，全凭主观之谓也。

居三千年后读《诗》三百五篇，而欲知其作者之身世，求之汉儒，则汉儒不可尽信，求之直觉，则先后暌隔，旷逾千载，不特时代远不相及，而西周之社会何如，尤往往非今人所能设想，斯则主观之不可信，或且远逾于汉儒。故读《诗》而求其主名，势不得不探讨于名物章句之末，冥搜孤往，冀于一见。然亦有求之旧说，则诸家合符，的然无疑，而名物章句之间，反无从窥测者，则旧说之不可尽废可知矣。今举《国风》百六十篇中，由名物章句而确知其为统治阶级之诗者于次，凡八十篇。

（甲）由其自称之地位境遇而可知者

《葛覃》 三章："言告师氏，言告言归。"《毛传》："师，女师也。"班固《白虎通·嫁娶篇》："妇人所以有师者何？觉事人之道也。"王先谦《诗三家义集疏》："《内则》：'大夫以上，立师、慈、保三母。'亦证此为大夫家婚姻之事矣。"要之《毛序》称为后妃之本，后妃固不必亲汗、澣，后人称为民间之诗，民间何尝有师氏？自以称为大夫之妻之诗为当。

《小星》 首章："夙夜在公，实命不同。"在公，谓从于公也，此小臣从公之诗。《韩诗外传》一："家贫亲老者不择官而仕，故君子矫褐趋时，当务为急。《传》云：'不逢时而仕，任事而敦其虑，为之使而不入其谋，贫焉故也！'《诗》曰：'夙夜在公，实命不同。'"

《泉水》 首章："有怀于卫，靡日不思。变彼诸姬，聊与之谋。"《毛序》："卫女思归也，嫁于诸侯，父母终，思归宁而不得，故作是诗以自见也。"父母终之说，无可考，然其为卫女思归之诗，玩本文可见。

《北门》 首章："王事适我，政事一埤益我。"二章："王事敦我，政事一埤遗我。"此服官职者之诗。

《载驰》 《毛序》及诸家《诗》说皆以为许穆夫人作。朱熹《诗序辨说》云："此亦经明白而序不误者，又有《春秋传》可证。"

《河广》 首章："谁谓河广，一苇杭之。谁谓宋远，跂予望之。"《毛序》："宋襄公母归于卫，思而不止，故作是诗也。"陈奂《诗毛氏传疏》："《序》云'思而不止'者，思，忧思；不止，犹不已也。当时卫有狄人之难，宋襄公母归在卫，见其宗国颠覆，君灭国破，忧思不已，故篇内皆叙其望宋渡河救卫，辞甚急也。"言者或以为思子之作。要之为卫女归宗而后思宋之诗无疑。

《园有桃》 首章："心之忧矣，我歌且谣。不知我者，谓我士也骄。"此为士之诗。《毛序》："大夫忧其君国小而迫，而俭以啬，不能用其民，而无德教，日以侵削，故作是诗也。"《毛》说颇赘，然谓大夫之作可通，士之称可以包大夫也。

《蟋蟀》 首章："今我不乐，日月其除。无已太康，职思其居。好乐无荒，良士瞿瞿。"此士之诗也。姚际恒《诗经通论》："观诗中'良士'二字，既非君上，亦不必尽是细民，乃士大夫之诗也。"又三章："役车其休。"《笺》："庶人乘役车，役车休，农功毕，无事也。"马瑞辰《毛诗传笺通释》卷十一："按古者役不逾时，《月令》：孟秋'乃命将帅'。则孟冬正当旋役之时。《采薇》诗：'曰归曰归，岁亦阳止。'《杕杜》诗：'日月阳止，女心伤止，征夫遑止。'皆古者岁暮还役之证。役车当谓行役之车。"据此知役车其休之句，与庶人无涉。

《渭阳》 《毛序》以为康公念母之诗。《诗集传》："或曰，穆姬之卒不可考，此但别其舅而怀思耳。"此诗是否康公所作，于本文无可考，然一章云："何以赠之，路车乘黄？"次章云："何以赠之，琼瑰玉佩？"民间无此豪举，其为统治阶级之诗无疑。

《权舆》 首章："于我乎夏屋渠渠，今也每食无余。"二章："于我乎每食四簋，今也每食不饱。"此为统治阶级不满于现状之诗，显然可见。

《七月》 旧说皆以《七月》为周公居东之作，于本文无可考。崔述《丰镐考信录》以此诗为太王以前豳之旧诗。今案诗中兼用周正，知非太王以前之诗也。或者以为农歌，亦未尽。按八章："跻彼公堂，称彼兕觥，万寿无疆。"《毛传》解公堂为学校。《笺》云："国君间于政事而飨群臣，于飨而正齿位，故因时而誓焉，饮酒既乐，欲大寿无竟，是谓《豳颂》。"《笺》解公堂为国君飨群臣之所，于义甚明。八章之公，与四章"献豜于公"之公同指，谓国君也。或据六章"采荼薪樗，食我农夫"，七章"嗟我农夫"之我，皆为农夫自我，因目为农歌，非也。《甫田》一章："倬彼甫田，岁取十千。我取其陈，食我农人。"与此篇为同一阶级之作品。采荼取陈，以食农夫，其所以对被统治阶级之待遇可知。作诗之人，大致即《绵·传》所谓豳之耆老之类。其人上则承事国君，下则奴使农夫，今日所称为头人、酋长之流亚也。

（乙） 由其自称之服御仆从而可知者

《卷耳》 二章："我姑酌彼金罍。"《毛传》："人君黄金罍。"许慎《五经异议六》言罍制云："金罍，大器也。天子以玉，诸侯大夫以金，士以梓。"据此则作诗者为大夫以上之人。或谓金罍不必为黄金罍，民间容有金属之罍，不得执旧说相绳，然二章云"我仆痡矣"，作诗者既有仆从，要为统治阶级无疑。《著》首章："俟我于著乎而，充耳以素乎而，尚之以琼华乎而。"次章言《琼莹》，三章言《琼英》。《毛传》以首章言士亲迎，二章言卿大夫亲迎，卒章言人君亲迎，颇近支离，故《笺》不从其说，以为三章共述人臣亲迎之礼。按《淇奥》诗云："有匪君子，充耳琇莹。"琇莹即琼莹，盖当时统治阶级之服御如此，其诗为统治阶级之诗可知。

《击鼓》 三章："爰居爰处，爰丧其马。"按春秋有车战而无骑士，旧说四丘为甸，甸六十四井，出长毂一乘，马四匹，牛十二头，甲士三人，步卒七十二人。据此知一车四马，甲士三人，此三人者，一为车右，一为御，一为中军，与《清人》诗所谓"左旋右抽，中军作好"者合。诗人自言"爰丧其马"，其位置必不在甲士以下可知，则亦统治阶级也。

《竹竿》　此诗相传为卫女思归之诗，诸家无异词。四章："驾言出游，以写我忧。"则此诗卫女所自作也。三章："佩玉之傩。"按佩玉为统治阶级之习尚，《礼记·玉藻》云："古之君子必佩玉。"又云："君子无故玉不去身，君子于玉比德焉。"君子佩玉，则其妻女亦必佩玉可知。

（丙）由其关系人之地位而可知者

诗人所言，有与其地位无涉，而于其关系人之地位，则言之至明者，因亦可以推定诗人之地位。《汝坟》首章："未见君子，惄如调饥。"次章："既见君子，不我遐弃。"作诗者自称其夫为君子，则其地位可知。

《草虫》首章："未见君子，忧心忡忡，亦既见止，亦既觏止，我心则降。"说与前同。

《殷其靁》　首章："振振君子，归哉归哉。"说与前同。

《摽有梅》首章："摽有梅，其实七兮。求我庶士，迨其吉兮。"庶士为有地位者之称，故《硕人》末章云："庶士有朅。"《閟宫》七章云："宜大夫庶士，邦国是有。"作诗者称其求婚之男为庶士，其地位可知。

《燕燕》　《燕燕》一诗，说者不一其辞，或以为卫庄姜作，或以为定姜作，据末章云："先君之思，以勖寡人。"其为君夫人之诗无疑。

《雄雉》二章："展矣君子，实劳我心。"亦为妇人称其夫之辞，说与前同。

《式微》首章："式微式微，胡不归？微君之故，胡为乎中路？"次章："微君之躬，胡为乎泥中？"旧说以为黎侯失国而寓于卫，其臣劝之之诗。要之为人臣之辞。

《鹑之奔奔》二章："人之无良，我以为君。"为人臣之诗。

《氓》三章："于嗟女兮，无与士耽！士之耽兮，犹可说也；女之耽兮，不可说也！"四章："女也不爽，士贰其行。士也罔极，二三其德！"作诗者称其见绝之男为士，其地位可知。

《君子于役》首章："君子于役，不知其期。"亦为妇人称其夫之辞，说与前同。

《君子阳阳》首章："君子阳阳，左执簧，右招我由房。"说与前同。

《有女同车》首章："彼美孟姜，洵美且都！"二章："彼美孟姜，德音不忘。"姜为当时贵姓，齐、吕、申、许之族。作诗者称其同车之女为孟姜，其地位可知。

《褰裳》二章："子不我思，岂无他士！"作诗者称其相交之男为士，其地位可知。

《风雨》首章："既见君子，云胡不夷？"《毛序》以为"思君子也，乱世则思君子不改其度焉。"朱熹《诗集传》则谓"风雨晦冥，盖淫奔之时；君子，指所期之男子也。"二说相去绝远。崔述《读风偶识》云："风雨之见君子，拟诸《草虫》、《隰桑》之间，初无大异。"其言近是。要之称其关系人为君子，则诗人之地位可知。

《唐·扬之水》首章："素衣朱襮，从子于沃。既见君子，云何不乐！"《毛序》："刺晋昭公也。昭公分国以封沃，沃盛强，昭公微弱，国将叛而归沃焉。"以三章"我闻有命，不敢以告人"之句证之，其为大夫君子奔走新朝之诗无疑。

《东门之池》首章："彼美淑姬，可与晤歌。"姬为当时贵姓，作诗者称其晤歌之女为淑姬，其地位可知。

《晨风》首章："未见君子，忧心钦钦。如何如何，忘我实多。"旧说以为秦臣之词，要之统治阶级之诗也。

（丁）由其关系人之服御而可知者

《伯兮》首章："伯也执殳，为王前驱。"马瑞辰《毛诗传笺通释》："《周礼》：'司戈盾祭祀，授旅贲殳。'《说文》：'殳，以杸殊人也。'《礼》：'以殳积竹，八觚，长丈二尺，建于兵车，旅贲以先驱。'是执殳先驱，为旅贲之职。胡氏绍曾谓伯以卫人仕于王朝，居旅贲之官，是也。"胡承珙《毛诗后笺》卷五云："此执殳之旅贲则为士。《曲礼》：'列国之大夫入天子之国曰某士。'注云：'三命以下于天子为士。'卫之君子为王前驱者，自是诸侯大夫，于王朝则为士耳。"两家谓卫之大夫仕于王朝为士之说，姑置不论。要之执殳为士之事，则《伯兮》之伯为士；作此诗者之夫为士，则其地位可知。

《子衿》二章："青青子佩，悠悠我思。"《毛传》："佩，佩玉也。士佩瓀珉而青组绶。"作诗者所思之人为佩玉之士，则其地位可知。

《山有枢》二章："子有廷内，弗洒弗埽。子有钟鼓，弗鼓弗考。"三章："子有酒食，何不日鼓瑟？"按《诗》：钟鼓每与淑人、君子连称。《曲礼》亦云："士无故不彻琴瑟。"作诗者所称之人为有钟鼓及瑟之统治阶级，可以想见，则作诗者之地位可知。

《唐·无衣》首章："岂曰无衣，七兮，不如子之衣安且吉兮！"次章则言："岂曰无衣，六兮。"《毛传》："侯伯之礼七命，冕服七章。""天子之卿六命，车旗衣服，以六为节。"《序》言："美晋武公也，武公始并晋国，其大夫为之请命乎天子之使而作是诗也。"诸家元异议。此诗为统治阶级之诗可知。

（戊）由其所歌咏之人之地位境遇而可知者

诗人所言，有于其本身或其关系人之地位、境遇、服御、仆从，全无关涉，而于其歌咏所及，可就被歌咏者之地位、境遇、服御、仆从，想见被歌咏者之身份。大抵在阶级制度较严，身份相去悬绝之时，彼采荼食陈之农夫，不至咏歌委蛇窈窕之人士，固可知也。然以此推定作诗者为统治阶级之作者，其确实可信之程度，固较甲、乙、丙、丁四项之绝对可信者为略逊，独谓其诗为统治阶级之诗，则无疑议。

《关雎》 举《关雎》之君子、淑人，坐实为文王、太姒，其说自欧阳修《诗本义》创之，汉人无是说也。然观诗中淑人、君子之称，钟鼓琴瑟之器，诗人所指，自为统治阶级。崔述《读风偶识》谓："《关雎》一篇，言夫妇也，乃君子自求良配而他人代写其哀乐之情耳。"其言得之。

《樛木》 首章："乐只君子，福履绥之。"其为歌咏统治阶级之诗可知。

《兔罝》 首章："赳赳武夫，公侯干城。"次章言"公侯好仇"，三章言"公侯腹心"，所歌咏者为公侯腹心之臣可知。

《麟之趾》 首章："麟之趾，振振公子。"次章言"公姓"，三章言"公族"，所歌咏者为公族可知。

《采蘩》 首章："于以用之，公侯之事。"所歌咏者可知。

《羔羊》 首章："羔羊之皮，素丝五绝。 退食自公，委蛇委蛇！"《传》："大夫羔裘以居。"羔裘为大夫之服，见于《诗》者不一。退食自公，马瑞辰《毛诗传笺通释》引刘履恂说："退食自公，谓自公食而退。"则所歌咏者之身份可见，此诗为统治阶级之诗可知。

《野有死麕》 首章："有女怀春，吉士诱之。"吉士，士也，亦为统治阶级。

《何彼襛矣》 首章："曷不肃雝，王姬之车！"次章："平王之孙，齐侯之子。"此诗为歌咏贵族嫁娶无疑。

《匏有苦叶》 《毛序》以为刺卫宣公之诗。魏源《诗古微·卫风答问》据三家《诗》说，以为卫贤者感遇自重之词。观三章云："士如归妻，迨冰未泮。"无论托喻之旨何若，要之作诗者之心象，不出于士族之仪式，则其为统治阶级之诗可知。

《君子偕老》 此诗首称君子偕老，次称"副笄六珈，委委佗佗，如山如河，象服是宜。"真有君夫人之气象，统治阶级之诗也。

《桑中》 首章："美孟姜矣。"次章："美孟弋矣。"三章："美孟庸矣。"姜为当时贵姓；弋，朱熹《诗集传》考为与姒同，后人多从其说，亦贵姓，杞之族；庸未闻，《诗集传》疑亦贵姓。《毛序》云："卫之公室淫乱，男女相奔，至于世族在位，相窃妻妾，期于幽远。"其言得之。世族在位，皆统治阶级也。此诗诸家以为刺诗，朱熹《诗集传》以为淫奔者所自作，如从其说，则此诗当入（丙）项。

《淇奥》 首章："有匪君子，如切如磋，如琢如磨。"言其德。次章："有匪君子，充耳琇莹，会弁如星。"言其服御。其为统治阶级无疑。诸家皆以为卫武公耄年国人诵美之诗。

《清人》 三章："左旋右抽，中军作好。"《郑笺》："左，左人，谓御者；右，车右也；中军，谓将也。"要之此诗为歌咏将率之诗。

《女曰鸡鸣》 首章："女曰鸡鸣，士曰昧旦。"诗人所歌咏者之地位已显然。次章："琴瑟在御，莫不静好。"二章："知子之来之，杂佩以赠之。知子之顺之，杂佩以问之。知子之好之，杂佩以报之。"统治阶级之服御，于兹可见。

《溱洧》 首章"士与女，方秉蕳兮。女曰观乎，士曰既且。"又云："维士与女，伊其相谑，赠之以芍药。"自指统治阶级而言。《诗集传》以为淫奔者自叙之辞。姚际恒《诗经通论》云："篇中士女字甚多，非士与女所自作明矣。"其义较长。

《东方未明》 首章："东方未明，颠倒衣裳。颠之倒之，自公召之。"次章："倒之颠之，自公令之。"《毛序》以为"朝廷兴居无节，号令不时。"三家无异议。此诗自为当时官吏刺国君之兴居不时者。

《南山》 首章："鲁道有荡，齐子由归。"诸家相传以为"齐子"指文姜。陈奂《诗毛氏传疏》解之云："文姜称齐子者，犹云齐侯之子，为鲁侯之妻也；归谓嫁也，嫁于鲁侯也。"此诗之所歌咏者可知。

《敝笱》 首章："齐子归止，其从如云。"说与前同。

《载驱》 首章："鲁道有荡，齐子发夕。"说与前同。

《猗嗟》 首章："猗嗟昌兮，颀而长兮，抑若扬兮，美目扬兮，巧趋跄兮，射则臧兮。"次章："猗嗟名兮，美目清兮，仪既成兮，终日射侯，不出正兮，展我甥兮。"《传》："外孙曰甥。"《笺》："展，诚也。姊妹之子曰甥。容貌技艺如此，诚我齐之甥。言诚者，拒时人言齐侯之子。"甥字自指鲁庄公言。

《葛屦》 首章："掺掺女手，可以缝裳。要之襋之，好人服之。"《毛传》："好人，好女手之人。"其言不可通。故《诗集传》云："好人，犹大人也。"马瑞辰《毛诗传笺通释》亦云："好人犹言美人，谓君也。'好人服之'，服指服用，即谓君子服用之。"马氏又引《汉书·叙传》师古注谓媞与娣通，然《叙传》言："媞媞公主，乃女乌孙。"则媞媞指女子。《葛屦》次章云："好人提提，宛然左辟，佩其象揥，维是褊心，是以为刺。"象揥非男子所御，据《君子偕老》次章"玉之瑱也，象之揥也"可知。如此则此诗之所歌咏者为君夫人。姚际恒《诗经通论》云："此诗疑其时夫人之妾媵所作，以刺夫人。"其言得之。

《汾沮洳》 首章："彼其之子，美无度；美无度，殊异乎公路！"次章三章言"公行"、"公族"。此诗所指，自为统治阶级。

《伐檀》 首章："不稼不穑，胡取禾三百廛兮？不狩不猎，胡瞻尔庭有悬貆兮？彼君子兮，不素餐兮！"此诗近人解之者颇多，然以愚观之，《毛序》"在位贪鄙无功而受禄，君子不得进仕尔"之语，亦自径直。盖当时之统治阶级，有在位者，有不在位者，自退居在野之贵族及其徒侪观之，此取禾悬貆之贵族，真若不胜其贪鄙，故其徒侪遂作此诗，所以扬此而抑彼。"坎坎伐檀"三句，自为起兴，与全章无涉。此诗所言，止可作统治阶级中之相互嫉视观，不必竟作平民之讽刺观也。

《有杕之杜》 首章："彼君子兮，噬肯适我。中心好之，曷饮食之！"其为统治阶级之诗可知。

《车邻》 首章："未见君子，寺人之令。"次章："既见君子，并坐鼓瑟。"《毛序》以为美秦仲之诗。

《驷驖》 首章："驷驖孔阜，六辔在手。公之媚子，从公于狩。"次章："奉时辰牡，辰牡孔硕。公曰左之，舍拔则获。"此为歌咏秦君狩猎之诗。

《小戎》 首章："言念君子，温其如玉。在其板屋，乱我心曲。"次章："言念君子，温其在邑。方何为期，胡然我念之！"《毛序》："国人则矜其车甲，妇人能闵其君子焉。"其言得之。又次章："四牡孔阜，六辔在手，骐駵是中，騧骊是骖。"则君子之地位尤可知。君子二字，自指其夫之社会地位言，不必即指为与丈夫同义，于此得一旁证。

《终南》 首章："君子至止，锦衣狐裘，颜如渥丹，其君也哉！"锦衣狐裘，为国君之服。《玉藻》："君衣狐白裘，锦衣以裼之。"此为歌咏秦君之诗。

《秦·黄鸟》 首章："谁从穆公？子车奄息。"次章言"子车仲行"，三章言"子车针虎。"《左传》文公六年："秦伯任好卒，以子车氏之三子奄息、仲行、针虎为殉，皆秦之良也。国人哀之，为之赋《黄鸟》"。诗称三人为"百夫之特"、"百夫之防"、"百夫之御"，则其为统治阶级之诗可知。

《候人》 首章："彼候人兮，何戈与祋；彼其之子，三百赤芾。"祋与殳同，解见前，士所执也。候人，官名，《周礼·夏官·司马》："候人上士六人，下士十有二人。"又云："候人各掌其方之道治与其禁令，以设候人，若有方治，则帅而致于朝，及归，送之于竟。"《玉藻》："一命缊韨幽衡，再命赤韨幽衡，三命赤韨葱衡。"故《毛传》谓："大夫以上赤芾。"三百犹三百人，言其数之多也。此诗首章全以候人与之子对举，极言黜陟之异，亦统治阶级之诗也。

《鸤鸠》 首章："淑人君子，其仪一兮；其仪一兮，心如结兮。"三章："淑人君子，其仪不忒；其仪不忒，正是四国。"此为歌咏在位之诗。

《九罭》 首章："我觏之子，衮衣绣裳。"次章："鸿飞遵渚，公归无所"。此为歌咏在位之诗。

《狼跋》 首章："公孙硕肤，赤舄几几。"次章："公孙硕肤，德音不瑕。"说与前同。

(己) 由其所歌咏之人之服御仆从而可知者

《鹊巢》 此诗或以为民间嫁娶之诗，然首章云："之子于归，百两御之。"百两之盛，自非民间所有。《毛传》云："百两，百乘，诸侯之子嫁于诸侯，送御皆百乘。"三家《诗》说皆以为国君之礼，夫人自乘其家之车也。要之此诗所指，必为统治阶级嫁女之事，无可疑者，是否即指诸侯之女嫁于诸侯，无考。

《采蘩》、《采蘋》之诗，与《采蘩》类，所谓"《风》有《采蘩》、《采蘋》"是也。三章："于以奠之，宗室牖下。"《毛传》："宗室，大宗之庙也，大夫士祭于宗庙，奠于牖下。"核以《礼记·王制》"庶人祭于寝"之句，则此诗所言者，为统治阶级无疑。

《旄丘》 三章："狐裘蒙茸，匪车不东。"《毛传》："大夫狐苍裘。"《礼记》："君子狐青裘。"《郑注》："君子，大夫、士也。"青，苍也。狐青裘即狐苍裘也。此诗所歌咏者为统治阶级可知。

《定之方中》 全诗言卫文公徙居楚丘，建城市营宫室之事。三章："灵雨既零，命彼倌人。"《毛传》："倌人，主驾者。"此诗所言，自为统治阶级可知。故章末又云："匪直也人，秉心塞渊，騋牝三千。"诸家以为美卫文公之诗，殆可信。

《干旄》 首章："孑孑干旄，在浚之郊。素丝纰之，良马四之。彼姝者子，何以畀之？"《毛传》："注旄于干首，大夫之旌也。"《郑笺》："《周礼》：'孤卿建旃，大夫建物。'首皆注旄焉。时有建此旄来，至浚之郊，卿大夫好善也。"干旄、干旌，皆非民间之物；良马四之、五之、六之，亦非民间常有。所谓彼姝者子，殆亦士君子之不在位者。要之此诗所歌咏者为统治阶级可知。

《芄兰》 首章："芄兰之支，童子佩觿。虽则佩觿，能不我知。"次章："芄兰之叶，童子佩韘。虽则佩韘，能不我甲。"按《说苑》："能治烦决乱者佩觿，能射御者佩韘。"盖汉人相传之说如是。《毛序》："刺惠公也。骄而无礼，大夫刺之。"三家无异说。今观觿韘非民间童子之佩，首章："容兮遂兮，垂带悸兮。"从容暇逸，尤非民间之态，此诗所言，必为统治阶级也。

《缁衣》 首章："缁衣之宜兮，敝，予又改为兮。"马瑞辰《毛诗传笺通释》："按《周官·典命》：'凡甸冠弁服后。'《郑注》：'冠弁，委貌。其服，缁布衣，诸侯以为视朝之服。'引《诗·缁衣》为证。又《论语》：'缁衣羔裘。'《邢疏》：'谓朝服也'。是缁衣本诸侯视朝之服。"诗盖言统治阶级之事。

《大叔于田》 首章："叔于田，乘乘马。"次章："叔于田，乘乘黄。"三章："叔于田，乘乘鸨。"全诗言其士马之盛。首章"献于公所"一句，尤足以见叔之身份，亦统治阶级之诗也。

《郑·羔裘》 首章："羔裘如濡，洵直且侯。"按《论语·乡党》："羔裘玄冠不以吊。"羔裘，君子之服也。《礼记·玉藻》："羔裘豹饰，缁衣以裼之。"此诗所言，盖士大夫之流，故三章云："彼其之子，邦之彦兮。"

《唐·羔裘》 首章："羔裘豹袪，自我人居居。岂无他人？维子之故。"说与前同。

《桧·羔裘》 首章："羔裘逍逍，狐裘以朝。岂不尔思？劳心忉忉。"《毛传》、《郑笺》皆以羔裘狐裘者指桧君。诸诗言狐裘羔裘者皆指大夫，此诗独指国君，盖旧说相传如此，未敢必也。要之为统治阶级之诗。

右八十篇由名物章句，确知其为统治阶级之诗，皆有明证，然《国风》统治阶级之诗，正不止此。今不必乞灵于经传相传之说，仅以类推之法言之。知《周南·麟之趾》之所歌颂者为公族之盛，则《周南·螽斯》之言"宜尔子孙"者略可知矣。如《召南·鹊巢》之言统治阶级嫁娶之事，则《召南·桃夭》之言"之子于归，宜其室家"者，略可知矣。知《邶·燕燕》之"泣涕如雨"，"仁立以泣"，为君夫人之诗，《鄘·载驱》之"女子善怀，亦各有行"，为卫女许穆夫人之诗，则知卫之贵族妇女，感伤郁伊，徬徨凄恻，蔚成国俗，因以推论《邶》之《柏舟》、《绿衣》、《日月》、《终风》，可识为卫之贵族妇女所作，不必待《毛序》之言庄姜，三家《诗》说之言宣姜、定姜而略可知矣。知《卫·硕人》"硕人其颀"之指君夫人，证之《小雅·白华》"啸歌伤怀，念彼硕人"之句，斯知"硕人"为统治阶级之美称，则《邶·简兮》之"硕人俣俣"，与《卫·考槃》之"硕人之宽"，其所指者略可知矣。知《郑·大叔于田》之为统治阶级田猎之诗，则《郑·叔于田》之言田猎者可知矣。知《郑》之《有女同车》、《褰裳》、《风雨》、《溱洧》为统治阶级男女悦慕之诗，则相习成风，而《郑》之《将仲子》、《山有扶苏》、《狡童》、《东门之墠》、《野有蔓草》之所言者，同为统治阶级男女悦慕之事，略可知矣。反之而《郑·出其东门》之言"出其东门，有女如云。虽则如云，匪我思存。缟衣綦巾，聊乐我员"者，殆为郑之士族，特立独行，不满于当世风尚之诗，亦略可知矣。知《齐·著》之为统治阶级之诗，以《汉书·地理志》"临甾名营丘，故《齐》诗曰：'子之营（《毛》作还）兮，遭我虖之间兮'。又曰：'俟我于著乎而。'此亦其舒缓之体也"一节证之。则《齐·还》之诗，略可知矣。知《秦·终南》之言"君子至止，衣锦狐裘，"证之《卫·硕人》之言"硕人其颀，衣锦褧衣"，锦衣殆为统治阶级之衣，则《郑·丰》"衣锦褧衣，叔兮伯兮，驾予与行"之亦言统治阶级，略可知矣。知《秦·小戎》之言君子好勇，以《汉书·地理志》"安定、北地、上郡、西河，皆迫近戎狄，修习战备，高上气力，以射猎为先。故《秦》诗曰：'在其板屋。'又曰：'王于兴师，修我甲兵，与子偕行。'及《车辚》、《四载》、《小戎》之篇，皆言车马田狩之事"一节证之，则《秦·无衣》之为统治阶级勇于从戎之诗，可知矣。知《陈·东门之池》之为统治阶级男女悦慕之诗，则《陈》之《东门之阳》、《防有鹊巢》、《月出》、《泽陂》之所言者，同为统治阶级男女悦慕之事，略可知矣。反之而《陈·衡门》之言"岂其取妻，必齐之姜"，"岂其取妻，必宋之子"，殆为陈之士族，特立独行，不满于当时风尚者，亦略可知矣。知《豳》之《九罭》、《狼跋》为歌咏在位者之诗，则《豳》之《破斧》、《伐柯》诸诗之所言者，亦略可知矣。

凡前所论，自《螽斯》、《桃夭》以降，共二十篇，皆可自统治阶级之诗而推定者，其他可推而不及推、不待推者尚多，然以类推之法论诗，遂断为统治阶级之诗，或且疑其牵率，虽言之者持之有故，未必能求人共晓。要之此《国风》百六十篇之诗，其中一半以上为统治阶级之诗，则可断言。然则，谓

《国风》出于民间者，其言未可信也。

五

今谓《国风》出于民间之说为不可信，此言不特获罪于古之论师，并获罪于今之君子，请设为七难以当弹射，凡愚见所及可以自全其说者，附之。

难者甲曰："《卫·氓》首章云：'氓之蚩蚩，抱布贸丝。'《毛传》：'氓，民也。'此民间诗之铁证也。《王·中谷有蓷》，《毛序》云：'闵周也，夫妇日以衰薄，凶年饥馑，室家相弃尔。'统治阶级宁有凶年饥馑，室家相弃之事？此亦民间诗也。《伐檀》，《鲁》说云：'今贤者隐退伐木，小人在位。'（见《御览》五百七十八引蔡邕《琴操》）。贤者至于伐木，其在民间可知，则《伐檀》亦民间诗也。"

应之曰："不然，'氓之蚩蚩'之氓，《韩》说云：'氓，美貌。'（见《释文》引《韩诗》）。马瑞辰《毛诗传笺通释》卷六解之云：'盖以氓、藐一声之转，以氓为藐之假借。'《尔雅》："藐藐，美也。"《说文》："懇，美也。"藐即懇之假音也。"马氏又谓以氓为美，与蚩蚩义不相贯，因言"氓又通作萌，《贾子·火政篇》："萌之为言盲也。"氓为冒昧无知之称，诗当与男子不相识之初则称氓，约与婚姻则称子。子者，男子美称也。据此则此氓字之义，本不作民，何从更言民间之诗。《易林·蒙之困》云："氓伯以婚，抱布自媒。"言氓伯者，氓亦为形容之词。此其一。《中谷有蓷》首章曰："中谷有蓷，暵其干矣。"次章曰："中谷有蓷，暵其脩矣。"三章曰："中谷有蓷，暵其湿矣。"首章中谷二句，《毛传》标兴，自为兴语，凡兴语不必皆与下文相涉。自来论师，多于干、脩、湿三字求之，令人有求深反浅之叹，且即此谷中，始言干矣，旋言湿矣，真不知共有几谷，乃为此干湿之纷纷也。因知凶年饥馑之说，特为汉代论师见此干湿二字，望文生义之辞，殊不足信；独室家相弃之事，就本文"有女仳离"之句可知，然亦无从知其为民间也。此其二。《伐檀》共三章，章首三句皆为兴，与全诗无涉，观《小雅·伐木》一诗，章首"伐木丁丁"之句，《毛传》标兴，则此诗首三句之当标兴可知矣。姚际恒《诗经通论》三云："再四思之，此首三句，非赋非比，乃兴也。兴体不必尽与下所咏合，不必固执求之，只是咏君子者，适见有伐檀为车用，置于河干，而河水正清且涟猗之时，即所见以为兴，而下乃咏其事也。"其言得之。观此知《伐檀》与民间亦无涉。此其三。"

难者乙曰：古者妇人称其夫为君子。《小戎·序》云："国人则矜其车甲，妇人能闵其君子焉。"此《毛序》以君子为夫之证也。《汝坟·序笺》云："言此妇人被文王之化，厚事其君子。"此《郑笺》以君子为夫之证也。朱熹《诗集传》言之更明。《君子偕老》，《集传》云："君子，夫也。"《君子于役》，《集传》云："君子，妇人目其夫之辞。"《晨风》，《集传》云："君子，指其夫也。"《小戎》，《集传》云："君子，妇人目其夫也。"凡此诸家，皆谓君子为妻称其夫之辞。今指君子为统治阶级之通称，于是于凡有君子二字之篇，概指为统治阶级之诗，武断甚矣！

应之曰：不然，君子二字在《诗》三百五篇之时代，为统治阶级之通称，上自天子、诸侯，下至卿、大夫、士，皆可称为君子，前已言之。《毛序》、《郑笺》以君子为妇人目其夫之辞，毛郑未尝训君子为夫也。且就《诗》言《诗》，《君子偕老》言："副笄六珈，委委佗佗。"则君子指人君言。《汝坟》、《草虫》、《殷其靁》、《君子于役》之君子，皆为行役之君子，大夫行役为《国风》习见之事实，则此诸诗之君子，指大夫言。《君子阳阳》之君子，则"左执簧"，"左执翿"，《小戎》之君子则"四牡孔阜，六辔在手"，其为统治阶级，皆可就其服御而知。大抵其时妇人之称其夫，皆止就其社会地位而言；统治阶级之妻，称其夫为君子，被统治阶级之妻，不称其夫为君子也。正同后代官腔，妻则称夫为老爷，夫亦称妻为太太，如是而已。至《诗集传》所称，稍嫌率略。《风雨》，《诗集传》云："君子，指所期之男子也。"然则，君子可以训夫，亦可以训所期之男子耶？《小弁》之诗相传为逐子所作，诗云："君子秉心，惟其忍之。心之忧矣，涕既陨之。"君子指其父言，则君子可以训父耶？《四月》之诗，自述作诗之旨云："君子作歌，维以告哀。"则君子又可以训我耶？今以君子二字，指其人之社会地位言，则无往而不通也。

难者丙曰："《氓》、《溱洧》诸诗，皆以士女对言，士指男子，不必作士大夫之士论，今指诸诗为统治阶级之诗，过矣。

应之曰：不然，士、女对举之诗，莫详于《都人士》一篇。首章云：彼都人士，狐裘黄黄。其容不改，出言有章。行归于周，万民所望。"又云："彼都人士，台笠缁撮。彼君子女，绸直如发。""彼都人士，充耳琇实。彼君子女，谓之尹吉。""彼都人士，垂带而厉。彼君子女，卷发如虿。"都人士皆与君子女对举。《毛诗传笺通释》卷二十三云："按《逸周书·大匡解》云：'士惟都人孝悌子孙。'是都人乃美士之称。《郑风》'洵美且都'，'不见子都'，都皆训美，美色谓之都，美德亦谓之都，都人犹言美人也。诗以都人士与君子女相对成文，君子女谓女有君子之行者，犹《大雅》‘禧尔士女’，《笺》谓‘女而有士行者’，是知都人士亦谓士有都人之德者。"要之士与女为对称，观首章："狐裘黄黄，""出言有章，行归于周，万民所望。"此士之为贵族可知。三章："充耳琇实。"琇实为君子之服御，见前；"谓之尹吉"，尹、吉为周之贵姓。《笺》："吉读为姞，尹氏、姞氏，周室婚姻之旧姓也。"女为贵姓，则士之为统治阶级可知。以《都人士》之例推之，则《氓》、《溱洧》之诗可知，且《国风》中男女悦慕之诗，大抵皆统治阶级之诗也。

难者丁曰：《氓》、《褰裳》、《有女同车》、《风雨》、《东门之池》、《子衿》、《桑中》、《溱洧》诸诗，以及《将仲子》、《山有扶苏)、《狡童》、《东门之墠》、《野有蔓草》、《东门之杨》、《防有鹊巢》、《月出》、《泽陂》之诗，凡《诗集传》所称为淫诗者，今尽归之统治阶级。然则，将谓男女悦慕之感为统治阶级之所专有，自统治阶级以外，即无男女悦慕之感乎？考之人情，必不然矣。

应之曰：男女悦慕之感，为生人所同具，自无统治阶级与被统治阶级之别，然而其悦慕之焦点，不必尽同，而所以表现此男女悦慕之感者，则往往因其人生活之裕绌而有异。苟自此表现之方法观之，则其人所属之阶级，有可以窥见者，至若《国风》诸诗，如《桑中》之言孟姜、孟弋、孟庸，《东门之池》之言淑姬，《有女同车》之言佩玉琼琚，《氓》、《溱洧》诸诗之士女并称者，往往可自族姓、服御、身份诸点断定其人必为统治阶级，固无论矣。大凡言男女悦慕之事者，其人文化愈浅，生事愈绌者，则其所悦慕者，自以此满足生理欲望者为止，稍进则言体段，言容色，再进则言举止，最上则言性情，凡吾国文字中描摹男女悦慕之感之能事，至此竟矣。近日流行《桃花江》曲之言"爱情火样烧，灵魂天上飘"，此则自为异国情调，徒流行于青年之口，终与吾国人之情感，格不相入者也。苟以通行之文字衡之，则《四季相思》之类，所能言者，自不外此生理欲望，其上不过体段、容色而止。此非独文野之程度异也，凡男女之间，其最足以引起兴感，满足欲望者，莫急于此，而胼手胝足之人，又决无此余裕，无此心绪，以领略举止性情之美，彼既不暇知，即不能知，惟其不能知，故终不能言。故凡文字之中，仅仅言及满足欲望与体段之美者，其作者必为胼手胝足之人，不然，则其所写者必为胼手胝足之人也。今以《国风》诸诗言之，几曾有一语言及此生理欲望与体段之美者。请先言《有女同车》："颜如舜华"，"颜如舜英"，容色之美也；"将翱将翔"，举止之美也；"德音不忘"，性情之美也；以此而言男女悦慕之情，此则自为男女悦慕之升华，视《四季相思》之类，相距不可以道里计，此所以《诗集传》虽斥为淫奔之诗，而后世论者万万不能悦服者也。至若所以表现此悦慕之感者，则在此文化愈浅，生事愈绌之人，其所以求爱之方法必愈简单，其求爱之时期，必愈短促。何则？其人无此余裕，无此心绪故也。及文化愈深，生事愈裕，则求爱之方法必愈复杂，其求爱之时期必愈长久。《野有死麕》之诗："野有死麕，白茅包之。""野有死鹿，白茅纯束。"此求爱之吉士，方法已不甚单纯。三章："舒而脱脱兮，无感我帨兮，无使尨也吠。"此怀春之女子，态度亦极其从容，固非三家村中所能想象。至若《溱洧》之诗："溱与洧，方涣涣兮，士与女，方秉蕳兮。女曰，观乎？士曰，既且，且往观乎。洧之外，洵讦且乐，惟士与女，其伊相谑，赠之以芍药。"此种生活裕余，士女杂还之状，跃然纸上，而男女悦慕，优游容与之情态，真足令后世之读者，不胜其神往。至若以求爱之时期论，或则如《野有蔓草》之"零露溥兮"，"零露瀼瀼"；或则如《月出》之"月出皎兮"，"月出皓兮"，或则引领鹄立，致忘昏晓，如《静女》之"爱（同薆）而不见，搔首踟蹰"；求之不得，则如《泽陂》之"寤寐无为，涕泗滂沱"；"寤寐无为，中心悁悁"，"寤寐无为，辗转伏枕"，此人皆若天老地荒，日居月诸，惟有此男女悦慕之情，可以摇荡性灵，辉丽万有者。此则又《诗集传》虽斥为淫奔之诗，而后世万万不能悦服者也。然此种境地，自非有闲阶级，其求爱之方法，决不能如此复杂，其求爱之时期，亦不能如此长久也。考之《左传》襄公二十六年，郑伯如晋，子展赋《将仲子兮》；二十七年郑伯享赵孟于垂陇，子太叔赋《野有蔓草》，昭公十六年郑六卿饯韩宣子于郊，子齹赋《野有蔓草》，子大叔赋《褰裳》，子游赋《风雨》，子旗赋《有女同车》，子柳赋《萚兮》。郑国诸卿，皆一时之选，岂有于折冲樽俎之时，自诵其国胼手胝足者之诗，以自彰其荒陋之理，然而竟赋之者，则此诸诗本非胼手胝足者之诗，而此男女悦慕之情，出之以升华之词，真若此情可以质天地而泣鬼神者。故襄公二十七年伯有赋《鹑之贲贲》，而赵孟斥之曰："床笫之言不逾阈，况在野乎？非使人之所得闻也。"及子太叔赋《野有蔓草》，赵孟则曰："吾子之惠也。"所以然者，赵孟知《野有蔓草》之诗与床笫之言，虽同为男女悦慕之事，而其间文野迥别，不可以同日语也。昭公十六年，六卿赋诗，韩宣子喜曰："郑其庶乎！二三君子，以君命贶起，赋不出郑志，皆昵燕好也。"后人不审当日诸人意境，于是于此诸诗，横加穿穴，凿孔栽须，殊不知"昵燕好"三字，正为此诸诗下一铁注，然此昵燕好之诗，当时赋者听者，不过以为情感深刻，至性流露，发之虽出诸男女，推之则迤及邦交，故曰"昵燕好"，自与满足欲望，歌咏体段者，悬若霄壤，万万不以为淫诗，不然，韩宣子决不至有"赋不出郑志"之说。以韩宣子之贤，岂有直指淫诗为邻国之贶，而子产等诸人乃仆仆再拜，不以为耻者乎？要之此《国风》男女悦慕之诗，与通常所谓淫词者相去远绝，而有此余裕，有此心绪，以为此诗者，自非被统治阶级所得言也。

难者戊曰：今谓《国风》诸诗为统治阶级之作，然诗中言穷困迫蹙者，不一其词，何也？《中谷有蓷》之诗，今姑不言，请举《北门》等诗言之。《北门》一章云："终窭且贫，莫知我艰。"《氓》四章云："自我徂尔，三岁食贫。"《鸨羽》一章云："王事靡盬，不能蓺稷黍，父母何怙！"《权舆》一章云："于我乎，昔也每食四簋，今也每食不饱"。《衡门》一章云：'泌之洋洋，可以乐（同疗）饥。'世宁有居贫不饱之统治阶级？甚矣，子之惑也。

应之曰：诸诗之作，大抵皆在东周以后，斯时之社会组织，日成崩溃之势，于是在此统治阶级边缘之人物，遂不期然而感受生活上之压迫，发之于诗，则《兔爰》、《权舆》之类是也。大抵此种生活上之压迫，首先感受其影响者，在东周之时代则为士族，又加以所富有之感伤情绪，于是啼饥号寒，令人不忍卒听，然其为统治阶级，则又百口所莫辩，此亦天下之至悲也。《兔爰》之诗，作者以其出身之高，自比于离罗之雉，坐视草莽之兔，爰爰徐行，见社会之崩溃，有感于生事之日蹙，至欲一瞑不视，故其诗曰："有兔爰爰，雉离于罗。我生之初尚无为，我生之后，逢此百忧，尚寐无吪！"《毛序》曰："君子不乐其生焉。"真是一语道破。知《兔爰》则能知《权舆》，此两诗所写之情绪，本无二致故也。《衡门》一诗之作者，修养较深，故值社会之变，辄抱空言以自慰，诗中所谓"衡门之下，可以栖迟。泌之洋洋，可以乐（同疗）饥。""岂其食鱼，必河之鲂。岂其取妻，必齐之姜。"皆此物此志也。《北门》之"王事适我"，与《鸨羽》之"王事靡盬"，于诗人之身分，皆已确实写出，故《北门·毛序》云："言卫之忠臣，不得其志尔。"《鸨羽·毛序》云："君子下从征役，不得养其父母，而作是诗也。"至于"终窭且贫"，"父母何怙"之句，则为此感伤之情绪之表现，适足以见其地位，不得据此疑其诗为非统治阶级之诗也。《氓》诗之"三岁食贫"，论者自不能以文害辞，锯树捉鸦。不然，何以《氓》二章方言"以尔车来，以我贿迁"，四章又言"洪水汤汤，渐车惟裳"，岂有三年以前，则积资盈车，三年以后，亦专车来归，乃独在此两者之中，食贫三年者乎？《郑笺》解之云："我自是往之女家，女家乏谷食，已三岁贫矣。"真不知适自何来，遽得此语。世宁有三岁乏谷食而不死者乎？不思之甚也！马瑞辰《毛诗传笺通释》卷六云："食贫犹居贫，《笺》训食为谷食，非也。古人妇人先贫贱后富贵者不去，诗言食贫，正以不当去之义责之。"马说近是，稍嫌拘泥。实则食贫二字，自为妇人诟谇之常事，世宁有据《古诗为焦仲卿妻作》"昼夜勤作息，伶俜萦苦辛"二语，遂谓府吏一家，食贫居穷之理乎？

难者己曰：《诗》三百五篇，果言其非出于民间，则当总此三百五篇言之，不得仅言《国风》，即就此《国风》百六十篇言之，据《诗》言《诗》，可指为统治阶级之诗者不过八十篇，即更以推类之法言之，共不过百篇，奈何据此百篇之诗，遂疑此百六十篇出于民间之论乎？

应之曰：《诗》之《大、小雅》、《三颂》，旧说未尝以为民间之诗，新说亦仅仅指其最小之一部分为民间之诗，故果能摇动此《国风》出于民间之立足点者，则全《诗》三百五篇之不必出于民间可知。谓《大、小雅》、《三颂》之不必出于民间，此为不争之论，独谓《国风》不必出于民间，正恐获罪于古之论师，今之君子，此种避轻就重之苦心，仆未尝不自笑其愚也。至谓仆据此八十篇乃至百篇之诗，而致疑于《国风》出于民间之论，先生之责是也，而窃怪先生之不恕也。凡仆所论绝去一切依傍，自名物章句之微，就《诗》言《诗》而疑其不出于民间者，于《国风》百六十篇中得八十篇，已得其半矣，放之人情，证之以类推之法，又得二十篇，合之共得百篇，已得八分之五矣。今问先生果能绝去一切倚傍，自名物章句之微，就《诗》言《诗》而的然知其为必出于民间者，凡若干篇？而顾以之见责耶？且因先生之言，真欲令人谓全部《国风》百六十篇，皆不出于民间，其故有二。一则任何时代，任何人之作品，果能就诗言诗，而的然得其主名者，最多度亦不过八分之五。即如先生所作，无论长篇短章，凡此充箱盈篋者，果使涂抹作者姓名，使人绝去一切依傍，就其名物章句之微，而的然知为先生之作者，未必有八分之五也；即使先生不凭记忆，仅仅就其名物章句之微，而的然自知为先生之作者，亦未必有八分之五也。在此情形之下，决不敢谓此充箱盈篋之物，为非先生所作，则亦何妨据此已知之八分之五，而谓《国风》百六十篇，为统治阶级之作乎？次则在阶级制度悬绝之下，统治阶级决不能注意被统治阶级之作品。号称民国，二十四年于兹矣，对于真真民间之作品，注意者几人？收集歌谣，虽蔚成风气，然其起因，实远在千百年之前，而其成绩之湔陋，则无可讳言。流行武汉一带之民间作品，如《二十三年干荒歌》、《当兵开差荐（应作饯）行新调》，以及古寺废垒中"这个军队真好笑，一日要上三遍操"之诗，知识分子能举之者几人？此事亦不足怪。何则？此种作品，本不在其视野以内也。三千年后犹如此，而谓三千年前之统治阶级，已能注意民间作品，而且朝会公谯之时，必赋之以见志，此吾之所不敢信也。果欲主张全部《国风》皆不出于民间者，其理由如此，然追求真理之准则，不得强不知以为知。微先生无以发吾之狂言。

难者庚曰：文化之演进，民智之牖启，固无间于中外。西方诗体有Ballad，吾国译之为民歌，民歌之兴，盖在中古时期，其诗四句、八句之后，往往间以合唱之句，体调大抵与《国风》类似，而其多言男女之情，田猎之事，亦约略相同也。故H.A Giles著A HISTORY OF CHINESE LITERATURE，即以此名译《国风》。吾闻西方民歌出于民间，则《国风》亦出于民间，略可知矣。今谓《国风》大多出于统治阶级，衡以西方诗歌演进之途辙，未可谓合也。

应之曰：中西文学演进之途辙，可以偶合而不必尽合，苟能深考中西诗歌、散文、小说、戏曲演进之途辙者，必能知之。自不得引西方民歌之往事，以为《国风》出于民间之证。《国风》之义，未必与民歌同，译者著笔，偶下一字，亦无从据此冥想，谓为同物也。且所谓民歌出于民间之说，西方亦有放弃而主张民歌不出于民间之说者。 CHILD教授云："民歌者，原来非下等阶级之产物及其所有物也。"（一）又云："事之最显然者，现代最文明之民族，其所有之民歌，大半皆来自曾经此种民歌称述其事迹气运之阶级，所谓上层阶级是也，迨文明既经滋长，即将此种民歌，逐出于曾受高度修养及教育者记忆之中，使之残留而为未受教育者所专有。"（二）彼之所以为此言者，亦以此种民歌，原无写本，其后乃陆续搜求于田夫野老之口，始得写定，因言其虽得之于田夫野老，而其最初并不出于田夫野老之故。今西方民歌之搜集，以丹麦为最盛，T.F.Henderson尝论之云："在丹麦国中，往者民歌尝为上流社会所爱护，遂以滋长，数百年间，迄为该国文学上及文化上之主要媒介物，此固确可信者。及至民歌大部仅残存于一般民众传说之中，此则殊难认为民歌应有或应当之命运。与其谓为佳事，无宁谓为不幸也。"（三）要之民歌不出自民间之说，渐为学者所公认，故一九二九年第十四版《大英百科全书》，备引其论。

（一）见Ballad：EncycloPaedia Britannica,1929

（二）见T.F.Henderson:Ballad in Literature,p.80

（三）见T.F.Henderson:Ballad inLiteraturep.96

今必欲拾其已陈之刍狗，来相比附，为《国风》出于民间之证，似亦未之考也。

六

知《国风》之大半不出于民间，则古今相传之问题，即可得一答案。遗山《陶然集序》所谓"匪我愆期，子无良媒"等什，今既知其确非小夫贱妇之作，则知其所以与于三百五篇之列者，初不因其"满心而发，肆口而成"，特因其出于统治阶级，自不可与遗山所谓"今世小夫贱妇"同视。至于李献吉所谓讴号呻吟咕歌咄嗟之作，今日固未尝以之为诗，昔日亦未尝以之为诗也。虽然此其所关者犹浅，请更得而言之。

旧皆以为《国风》之一部为言民间疾苦之诗，故读《隰有苌楚》之诗，"隰有苌楚，猗傩其枝，夭之沃沃，乐子之无知"之章，《诗集传》以为"政烦赋重，人不堪其苦，叹其不如草木之无知而无忧也"。实则《国风》、《大、小雅》中所习见者，乃为统治阶级间利害之冲突，即如此诗所见，亦止为一部分统治阶级之没落，而非被统治阶级之呼号。今以《桧风》论之，《隰有苌楚》之次为《匪风》，首章云："匪风发兮，匪车偈兮，顾瞻周道，中心怛兮！"正可见此不在位之统治阶级，不安于本国之政治状态，而感念当时之共主，于此时期中之被统治阶级无与也。何则？此胼手胝足之人，方呻吟于统治阶级支配之下，因知识之缺乏，未必能知所以致此之故，疾苦颠连，未尝有所觉悟，惟其绝无觉悟，正亦未必呼号，故此三百五篇中所见之疾苦，往往为此一部分统治阶级没落之呼声，观《左传》昭公三年叔向告晏子之言，此种没落之情况，已可概见。叔向云："栾、郤、胥、原、狐、续、庆、伯，降在皂隶。政在家门，民无所依。君日不悛，以乐慆忧。公室之卑，其何日之有！"又云："晋之公族尽矣。肸闻之，公室将卑，其宗族枝叶先落，则公从之。肸之宗十一族，唯羊舌氏在而已。肸又无子，公室无度，幸而得死。"叔向之语，正可为《国风》下一注脚。栾、郤、胥、原而有诗，必《兔爰》、《权舆》之类也；叔向而有诗，必《蟋蟀》、《山有枢》之类也。然晋大国，虽值中落，犹可自立，若曹、桧之小邦，则统治阶级，稍见杌陧，辄感念天下之共主，此所以有《匪风》、《下泉》之诗也。

既知《国风》之未必出于民间，则一切文学出于民间之论，即无从建立。大抵吾国文学，有出于民间者，《云谣集杂曲子》以及变文、宝卷、话本之类是也。有不必出于民间者，《诗》三百五篇之类是也。《楚辞》之一部，或有疑为当时民间之作者，实则春秋、战国间，楚之文化，殆在中原文化之下，就令《九歌》如王逸所说，本为楚人祠神之歌，亦必出之于彼时负有一部分文化责任之巫觋，与一般之民众无涉。何则？彼时楚之民间，无此素养故也。此种种不同之文学，所由之来路既各异，而其演进之途径，亦必不同。有出于民间而其后为上层阶级所采用，且一经改造，面目迥异者，如《杂曲子》之演进而为令词、慢调，话本之演进而为近代之小说是也。亦有出于上层阶级，而其后为一般民众所采用，凡今日涂墙抹壁之五、七言诗，以及旧日小说中之骈词、偶调，皆是物也。即此以观，斯知各种阶级之各种文学，其相互间之关系，每每成为交流之状态，自不得谓一切文学出于民间，其后各个单位为上层阶级所采用，永永成为一往不复，有去无来之状态。此则又因《国风》之不必出于民间而可知也。

自来相传以为《国风》出于民间，今一旦扩而清之，谓其多为统治阶级之作品，此其事疑若不情，然而"影响剿说，藏头露尾，如贫人借富人之衣，庄农作大贾之饰"，则诚何如一旦扩清之为愈？大抵民间文学之立足点，在将来而不在过去，与其争不可必信之传说，何如作前途无限之展望？吾人果能溯已往以衡来今，则知今后之民间文学，其发展乃正无穷。何则？凡一种阶级能为文学上之表现者，其人必有相当之素养，与最低限度之余裕，而其中又必有格格欲吐，务求一倾而快之情感，然后始能见之于文学，自文体解放以后，劳苦大众已与文字歌曲为长足之接近，而其人又以社会组织之变更，自乡村流入都会，自田间流入工厂，接近知识之机会已多，其生事虽未必较优，然正以此不可终日之生活，更增进其格格欲吐，务求一倾而快之情感，凡此种种文学上必需之条件已略备，一旦其生活略有余暇，无论于文字方面，歌曲方面，定有必然之表现。昔人有言："治世之音安以乐，其政和，乱世之音怨以怒，其政乖。"自今以后，其将何出？吾尝盱衡《诗》三百五篇之作，悬拟未来而有不能尽言者矣。

原载《武汉大学文哲季刊》第五卷第一号，1935.1。

收入朱东润《诗三百篇探故》，

上海古籍出版社，1981

比 兴

朱自清

一 毛诗郑笺释兴

《诗大序》说：

> 诗有六义焉：一曰风，二曰赋，三曰比，四曰兴，五曰雅，六曰颂。

《周礼·春官·大师》称为"六诗"，次序相同。孔颖达《毛诗正义》说：

> 然则风雅颂者，诗篇之异体，赋比兴者，诗文之异辞耳。大小不同而得并为六义者，赋比兴是诗之所用，风雅颂是诗之成形，用彼三事，成此三事，是故同称为"义"，非别有篇卷也①。

赋比兴又单称诗三义，见于钟嵘《诗品序》。风雅颂的意义，历来似乎没有什么异说，直到清代中叶以后，才渐有新的解释②。赋比兴的意义，特别是比兴的意义，却似乎缠夹得多；《诗集传》以后，缠夹得更利害，说《诗》的人你说你的，我说我的，越说越糊涂。在诗论上，我们有三个重要的，也可说是基本的观念："诗言志"③，"比兴"，"温柔敦厚"的"诗教"④。后世论诗，都以这三者为金科玉律。"诗教"虽托为孔子的话，但似乎是《诗大序》的引伸义。它与比兴相关最密。《毛传》中兴诗，都经注明，《国风》里计有七十二首之多；而照《诗大序》说，"风"是"风化""风刺"的意思，《正义》云："皆谓譬喻不斥言也。"那么，比兴有"风化""风刺"的作用，所谓"譬喻"，不止于是修辞，而且是"谲谏"了。温柔敦厚的诗教便指的这种作用。比兴的缠夹在此，重要也在此。

《毛诗》注明"兴也"的共一百十六篇，占全诗（三〇五篇）百分之三十八。《国风》一百六十篇中有兴诗七十二；《小雅》七十四篇中就有三十八，比较最多；《大雅》三十一篇中只有四篇；《颂》四十篇中只有两篇，比较最少⑤。《毛传》的"兴也"，通例注在首章次句下。《关雎》篇首章云："关关雎鸠，在河之洲。窈窕淑女，君子好逑。""兴也"便在"在河之洲"下。但也有在首句或三句四句下的。 一百十六篇中，发兴于首章次句下的共一百零二篇，于首章首句下的共三篇⑥，于首章三句下的共八篇⑦，于首章四句下的共二篇⑧。在哪一句发兴，大概凭文义而定，就是常在兴句之下。但有时也在非兴句之下，那似乎是凭叶韵。如《汉广篇》首章云：

> 南有乔木，不可休思。汉有游女，不可求思。……

按文义论，"兴也"该在次句下，现在却在四句下。又《终风篇》首章云：

> 终风且暴，顾我则笑。……

《绵篇》首章云：

> 绵绵瓜瓞。民之初生，自土沮漆。……

"兴也"都不在首句下，却依次在次句和三句下。这些似乎是依照叶韵，将"兴也"排在第二个韵句下。古代著述，体例本不太严密的⑨。

还有不在首章发兴的，但只有两篇如此。《秦风·车邻篇》首章有传，而"兴也"在次章次句下；《小雅·南有嘉鱼篇》首章次章都有传，而"兴也"在三章次句下。最特殊的是《鲁颂·有駜篇》，首章云：

> 有駜有駜，駜彼乘黄。夙夜在公，在公明明。振振鹭，鹭于下。鼓咽咽，醉言舞。于胥乐兮！

"駜彼乘黄"下有传，而"鹭于下"下云：

> 振振，群飞貌。鹭，白鸟也。"以兴"洁白之士。咽咽，鼓节也。

这里没有说"兴也",只说"以兴"。而《小雅·鹿鸣篇》首章次句下《传》云：

> 兴也。苹，蓱也。鹿得蓱，呦呦然鸣而相呼，恳诚发乎中。"以兴"嘉乐宾客，当有诚恳相招呼以成礼也。

这里"兴也"之外，也说"以兴"。那么，《有驰篇》也可算是兴诗了。不注"兴也"，是因为前有"驰彼乘黄"一喻[①]，与别的"兴"之前无他喻者不一例。但是为什么偏要在六句"鹭于下"下发兴，创一特例呢？原来《周颂》有《振鹭篇》，首四句云：

> 振鹭于飞，于彼西雍。我客戾止，亦有斯容。

《传》于次句下云：

> 兴也。振振，群飞貌。鹭，白鸟也。雍，泽也。

诗意以"振鹭"比"客"，毛氏特地指出鹭是"白鸟"，正是所谓"以兴洁白之士"的意思。"振振鹭，鹭于飞"也就是"振鹭于飞"，后者既然是兴，前者自然也该是兴了。《车邻篇》次章和《南有嘉鱼篇》三章之所以是兴，理由正同。《车邻·传》以"坂有漆，隰有栗"为兴。按《唐风·山有枢篇》首章云："山有枢，隰有榆。"《传》："兴也。"次章云"山有栲，隰有杻"；三章云"山有漆，隰有栗"，与"坂有漆"二句只差一字。《传》既于"坂有漆"二语下发兴，当也以"山有漆"二语为兴，那么，《山有枢篇》首章的"兴也"是贯到全篇各章的了。《南有嘉鱼·传》以"南有樛木，甘瓠累之"为兴。按《周南·樛木篇》首章云："南有樛木，葛藟累之。"《传》："兴也。"《南有嘉鱼篇》只将"葛藟"换了"甘瓠"，别的都一样，所以《传》也称为兴。总之，《车邻》、《南有嘉鱼》、《有驰》三篇，都因为有类似"编次在前的兴诗"里的句子，《传》才援例称为兴，与别的兴诗不一样。

类似的例子还有《小雅》的《鸳鸯》与《白华》二篇。《鸳鸯篇》是兴诗，次章云："鸳鸯在梁，戢其左翼。"《白华篇》七章也以此二句始。但《白华篇》原是兴诗，首章既已注了"兴也"，七章就可以不用注了。再有《召南·草虫篇》首章云：

喓喓草虫，趯趯阜螽。未见君子，忧心忡忡。亦既见止，亦既觏止，我
心则降。

《传》于次句发兴。而《小雅·出车篇》五章云：

喓喓草虫，趯趯阜螽。未见君子，忧心忡忡。既见君子，我心则降。赫
赫南仲，薄伐西戎。

这里前六句与《草虫篇》首章几乎全同。《出车篇》不是兴诗，这一章却不指
出是兴而且全然无传，也许是偶然的疏忽罢。至于《郑风·扬之水篇》首章次
章的首二句和《王风·扬之水篇》次章首章全同，而在《王风》题为兴诗，在
《郑风》却不然，是不合理的，疑心"兴也"两字传写脱去①。

《毛传》"兴也"的"兴"有两个意义，一是发端②，一是譬喻。这两个意
义合在一块儿才是"兴"。《诗》文里"兴"字共见了十六次，但只有一次有
传，在《大雅·大明篇》"维予侯兴"下，云：

兴，起也。

《说文》三篇上《舁部》同。"兴也"的"兴"正是"起"的意思。这个"兴"
字大概出于孔子"兴于诗"（《论语·泰伯》），"诗可以兴"（《阳货》）那两句
话③。何晏《论语集解》引包咸说前一句云："兴，起也。言修身当先学
《诗》。"又引孔安国说后一句云："兴，引譬连类。"兴是譬喻，而这种譬喻还
能启发人向善，有益于修身，所以说"兴于诗"。"起"又即发端。兴是发端，
只须看一百十六篇兴诗中有一百十三篇都发兴于首章（《有驮篇》是特例，未
计入），就会明白。朱子《诗传纲领》说"兴者，托物兴辞"，"兴辞"其实也
该是发端的意思。

兴是譬喻，"又是"发端，便与"只是"譬喻不同。前人没有注意兴的两
重义，因此缠夹不已。他们多不敢直说兴是譬喻，想着那么一来便与比无别
了。其实《毛传》明明说兴是譬喻：

《关雎·传》兴也。……后妃说乐君子之德，……慎固幽深，"若"雎鸠

之有别焉。

《旄丘·传》 兴也。……诸侯以国相连属，忧患相及，"如"葛之蔓延相连及也。

《竹竿·传》 兴也。……钓以得鱼，"如"妇人待礼以成为室家。

《南山·传》 兴也。……国君尊严，"如"南山崔崔然。

《山有枢·传》 兴也。……国君有财货而不能用，"如"山隰不能自用其财。

《绸缪·传》 兴也。……男女待礼而成，"若"薪刍待人事而后束也。

《葛生·传》 兴也。葛生延而蒙楚，蔹生蔓于野，"喻"妇人外成于他家。

《晨风·传》 兴也。……先君招贤人，贤人往之，驶疾"如"晨风之飞入北林。

《菁菁者莪·传》 兴也。……君子能长育人材，"如"阿之长莪菁菁然。

《卷阿·传》 兴也。……恶人被德化而消，"犹"飘风之入曲阿也。

陈奂《诗毛氏传疏·葛藟篇》也引了这些例，说道：

> 曰"若"曰"如"曰"喻"曰"犹"，皆比也。《传》则皆曰兴。比者，比方于物。兴者，托事于物⑭。作诗者之意，先以托事于物，继乃比方于物，盖言兴而比已寓焉矣。

这真是"从而为之辞"，《传》意本明白，一"疏"反而糊涂了。但《传》意也只是《传》意而已，至于"作诗者之意"是很难说的。有许多诗篇的作意，我们现在老实还不懂。按我们懂的说，和《毛诗》学、三家《诗》学也有大异其趣的地方。《毛传》所谓兴，恐怕有许多是未必切合"作诗人之意"的。但这一层本文不能详论，只想鸟瞰一下。

《毛传》兴诗中明言为譬喻的，只有《周颂·振鹭》一篇，已见前引，明言以"振鹭于飞"比客的样子；但喻义是否说客是"洁白之士"，就不能确知了。其次，以平行句发兴的，也可确定为譬喻，虽然喻义也难尽知。如《南有樛木篇》云：

> 南有樛木，葛藟累之。乐只君子，福履绥之。

又如《荓兮篇》云：

> 荓兮荓兮，风其吹女。叔兮伯兮，倡予和女。

又如《甫田篇》云：

> 无田甫田，维莠骄骄。无思远人，劳心忉忉。

又如《黍苗篇》云：

> 芃芃黍苗，阴雨膏之。悠悠南行，召伯劳之。

　　《左传》隐公十一年引周谚云："山有木，工则度之。宾有礼，主则择之。"《荀子·大略篇》引语曰："流丸止于瓯臾，流言止于智者。"都是平行的譬喻⑮。与所引《诗经》各句比着看，《诗经》各句也是平行的譬喻，是无疑的。但《诗经》中这种平行句并不多。其次，是兴句之下接着正句，并不平行，有时可知为譬喻，有时不可确知，而《毛传》都解为譬喻。前者喻义已多难明，后者更不用说了。前者例如《节南山篇》云：

> 节彼南山，维石岩岩。赫赫师尹，民具尔瞻。

又如引过的《绵篇》，都显然是譬喻。后者如《关雎》、《桃夭》、《麟趾》等篇都是的。但这两者也不多。

　　以上所谓譬喻，指显喻（Simile）而言。

　　其次，兴句孤悬，不接下句，是否譬喻，还不可知，《毛诗》也都解为譬喻。这里说"毛诗"，因为这些诗大多数必得将《传》与《序》合看，才能明白毛氏的意思；《传》老是接着《序》说，所以有时非常简略，有时非常突兀，单看是不容易懂的。如《邶风·柏舟·传》云：

> 泛彼柏舟，亦泛其流。（兴也。泛泛，流貌。柏木，所以宜为舟也。亦泛泛其流，不以济度也。）耿耿不寐，如有隐忧。（耿耿犹儆儆也。隐，痛也。）

《传》没有说出喻义，似乎让读者自行参详，其实不是的。《序》云：

> 《柏舟》，言仁而不遇也。卫顷公之时，仁人不遇，小人在侧。

柏舟泛流正是比"仁人不遇"的，合看《序》与《传》，就明白了。这个喻义切合不切合另是一事，可是《毛诗》的意思如此。又如《北风·传》云：

> 北风其凉，雨雪其雱。（兴也。北风，寒凉之风。雱，盛貌。）惠而好我，播手同行。（惠，爱；行，道也。）其虚其邪，既亟只且！（虚，虚也。亟，急也。）

《传》述兴义太略，但《序》里说得清清楚楚的：

> 《北风》，刺虐也。卫国并为威虐，百姓不亲，莫不相携持而去焉。

全诗里这种简略的《传》有很多处，不但兴诗为然。还有，如前面引过的《齐风·南山篇·传》云：

> 南山崔崔，雄狐绥绥。（兴也。南山，齐南山也。崔崔，高大也。国君尊严，如南山崔崔然。雄狐相随，绥绥然无别，失阴阳之匹。）鲁道有荡，齐子由归。（荡，平易也。齐子，文姜也。）既曰归止，曷又怀止！（怀，思也。）

说是"国君""失阴阳之匹"，而"齐子，文姜也"，又经注明，够具体的，却偏不说出国君是谁，岂不突兀？其实《序》里早说出"刺襄公也，鸟兽之行，淫乎其妹"了。这样看，《序》便不能作于《毛传》之后了⑩。这一类兴句若可称为譬喻，当是隐喻，与前一类不同。又其次，兴句也是孤悬，而《序》、《传》中全见不出是譬喻。如《周南·卷耳·序》，《传》云：

> 《卷耳》，后妃之志也，又当辅佐君子求贤审官。知臣下之勤劳，内有进贤之志而无险诐私谒之心。朝夕思念，至于忧勤也。
> 采采卷耳，不盈顷筐。（忧者之兴也。采采，事采之也。卷耳，苓耳也。顷筐，畚属，易盈之器也。）嗟我怀人，寘彼周行。（怀，思；寘，置；

行，列也。）

《毛诗正义》云：

> 不云"兴也"而云"忧者之兴"，明有异于馀兴也。馀兴言菜即取采菜
> 喻，言生长即以生长喻。此言采菜而取忧为兴，故特言"忧者之兴"，言
> "兴"取其"忧"而已，不取其采菜也。

照《传》、《疏》的意思，后妃忧在进贤，"朝夕思念，至于忧勤"，专心致
志，念兹在兹，日常的事都不在意，所以采卷耳采来采去，还采不满一浅筐
子。这采菜不能满筐一件事，正以见后妃的"忧勤"，正是后妃"忧勤"的一
例。而举一可以例馀，别的日常的事也就可想而知了。举一例馀本与隐喻有近
似的地方⑰，称为兴诗似乎也还持之有故。又《小雅·大东·序》、《传》云：

> 《大东》，刺乱也。东国困于役而伤于财。谭大夫作是诗以告病焉。
> 有饛簋飧，有捄棘匕。（兴也，饛，满簋貌。飧，熟食，谓黍稷也。
> 捄，长貌。匕，所以载鼎宝。棘，赤心也。）周道如砥，其直如矢。（如砥，
> 贡赋平均也。如矢，赏罚不偏也。）君子所履，小人所视。睠言顾之，潸焉
> 出涕。

按《序》、《传》的说法，这是一篇伤今思古的诗⑱，好像戏词儿说的"思想起，
当年事，好不惨然"。但"当年事"多如乱麻，从哪儿说起呢？于是举出"吃
饱饭"这一件以例其馀。陈奂说此篇云："兴者，陈古以言今，亦兴体也；馀
皆托物以为喻。"他伸毛义是不错的。《葛覃》、《伐木》、《鸳鸯》等篇的兴
义也和以上两篇大同小异⑲。又其次，也许是最可注意的，像《鸤鸠》《鹤鸣》
两篇兴诗，兴句之下，并无正句，全篇都是譬喻。但并非全篇皆兴。只有发端
才是兴，兴以外的譬喻是比。这层下文详论。

《诗毛氏传疏·周南·南有樛木篇》云：

> 案樛木下曲而垂，葛藟得而上蔓之。喻后妃能下逮其众妾，得以亲附
> 焉。《传》于首章言兴以晐下章也，全诗仿此。

但《南有樛木篇》二三两章的首二句是复沓首章的；首章的是兴句，二三两章的自然也可就是兴句。而且这种兴句在别篇章首时，《传》也还认为兴句，上文讨论过的《车邻》、《南有嘉鱼》、《有駜》三篇都是如此。就中《车邻篇》次章"坂有漆，隰有栗"既是兴句，三章的"坂有桑，隰有杨"是复沓次章的，也便连带成为兴句了。兴诗中全篇各章复沓的共五十三篇，快到一半了，这些都可说是"首章言兴以晐下章"的。又兴诗通例多以一"事"为喻，如"关关雎鸠，在河之洲"，"风雨凄凄，鸡鸣喈喈"，一以雎鸠为主，一以鸡鸣为主，可都是一件事。间有并举二事的，但必是一类。这种兴句往往是平行的，如"山有扶苏，隰有荷华"，"葛生蒙楚，蔹蔓于野"。只有前引《南山篇》，兴句明是串言一事，以雄狐为主，而《传》却分为两喻，是仅有的例外。《毛传》兴诗的标准并不十分明确。以这些兴诗为例，似乎还可以定出好些兴诗来。最显著的是《小雅·皇皇者华篇》，首章云：

> 皇皇者华，于彼原隰。駪駪征夫，每怀靡及。

次句下《传》云：

> 皇皇犹煌煌也。高平曰原，下湿曰隰。忠臣奉使，能光君命，无远无近，"如"华不以高下易其色。

《传》明用"如"字，明以"皇皇者华"二句为喻句，却不说是兴。又《邶风·燕燕篇》，《序》以为卫庄姜送戴妫，首章云：

> 燕燕于飞，差池其羽。之子于归，远送于野。瞻望弗及，泣涕如雨。

次句下《传》云：

> 燕燕，鳦也。燕之于飞，必差池其羽。

《郑笺》云：

> 差池其羽，谓张舒其尾翼。"以兴"戴妫将归，顾视其衣服。

这也言之成理。古人却不敢说《传》的标准不明确，《蓼莪·正义》引《郑志》答张逸云：

> 若此无人事，实兴也。文义自解，故不言之，凡说不解者耳。众篇皆然。

这明是曲为回护，代圆其说了。

《郑笺》说兴诗，详明而有系统，胜于《毛传》，虽然"作诗者之意"还是难知。郑玄以"《诗》之兴"是"象似而作之"⑳。《传》说"兴也"，《笺》大多数说"兴者喻"。如《葛覃》笺云：

> 葛者，妇人之所有事也。此因葛之性以兴焉。"兴者"，葛延蔓于谷中，"喻"女在父母之家，形体浸浸日长大也。叶萋萋然，"喻"其容色美盛也。

又如《桃夭》笺云：

> "兴者，喻"时妇人皆得以年盛时行也。

《蓼莪·正义》说，"《笺》言'兴者喻'，言《传》所兴者，欲以喻此事也。'兴''喻'名异而实同。"有时也说"兴者犹"，有时单说"犹"，有时又说"以喻"，但是都很少。《笺》又参照《毛传》兴诗的例，增加了些兴诗。《燕燕篇》之外，如《小雅·四月篇》首"四月维夏，六月徂暑"二语《笺》云：

> 徂，犹始也。四月立夏矣，至六月乃始盛暑。"兴"人为恶亦有渐，非一朝一夕。

这也是明说"兴"的。还有，如《召南·殷其靁篇》"殷其靁，在南山之阳"《笺》云：

> 靁"以喻"号令。于南山之阳又"喻"其在外也。召南大夫以王命施号令于四方，"犹"靁殷殷然发声于山之阳。

说"以喻"，说"犹"，也正与说《毛传》兴诗的语例相同。这一类可以就是《郑笺》增广的兴诗。《郑笺》虽然详明有系统，可是所说的兴诗喻义，与《毛传》一样，都远出常人想像之外。黄侃《文心雕龙札记·比兴篇》论兴云："自非受之师说，焉得以意推寻！"是不错的。所谓"师说"，只是"知人论世"。"知人论世"的结果为什么会远出常人想像之外呢？这却真非一朝一夕之故了。

———————————

①说本《郑志》。"南"当别出，与风雅颂为四，今不具论。

②如阮元《释颂》说"颂"就是"样子"，也就是舞容（《揅经室集》卷一），章炳麟《小疋大疋说下》说"'雅''乌'古同声……其初秦磐乌乌"（《文录》卷一），还有，顾颉刚先生以《国风》为各国的土乐（《古史辨》三下六四七至六四八面），傅斯年先生以雅为地名（中央研究院史语所《集刊》第一本第一分一〇六面）等。

③《今文尚书·尧典》。

④《礼记·经解篇》。

⑤南宋吴泳曰："毛氏自《关雎》而下总百十六（原作百六十）篇，首系之兴，《风》七十，《小雅》四十，《大雅》四，《颂》二，注曰'兴也'。"（《困学纪闻》三）

⑥《江有汜》、《芄兰》、《月出》。

⑦《葛覃》、《行露》、《采葛》、《东方之日》、《鸱鸮》、《采芑》、《黄鸟》、《小雅》、《绵》。

⑧《汉广》、《桑柔》。

⑨《匏有苦叶》、《东方之日》、《伐木》三篇也如此。

⑩《传》以为喻。

⑪《唐风·扬之水篇》也是兴诗。《传》于《邶》、《鄘》两《柏舟》，《邶》、《小雅》两《谷风》，唐两《有杕之杜》，都定为兴诗。又《秦·无衣》是兴，《唐·无衣》却非兴，疑亦脱"兴也"字。

⑫惠周惕《诗说》上，"毛氏独以首章发端者为兴"。

⑬《周礼》"六诗"的名称，似乎原出于乐歌；所谓"兴"，跟《毛诗》"兴也"的"兴"不同。第三章中将提及。

⑭《周礼·大师》郑玄注引郑众说。

⑮陈骙《文则》称为"对喻"。参看唐钺《修辞格》六面及黎锦熙《修辞学·比兴篇》四十九面。

⑯辨《序》的大抵举《序》、《传》不合之处为言。但《传》本有反言兴义的例。《秦风·终南·传》"宜以戒不宜也"，又《黄鸟·传》所说兴义，都可证。

⑰参看Stephen j.Brown:The World of Imagery，pp.152—153.

⑱《郑笺》："此言古者天子之恩厚也。"

⑲ 《鸳鸯·笺》："言兴者，广其（指'交于万物有道'）义也。""广其义"就是举一例馀。陈奂说《葛覃篇》，谓"兴义与《鸳鸯篇》同"。说《卷耳篇》又谓《葛覃篇》"即事以言兴"，《卷耳篇》"离事以言兴"。前者是举一事以例馀事，后者是举一事以见其情，其实无须细分。

⑳ 《周礼·天官·司裘》"大丧，廞裘，饰皮车"注。

二　兴义溯源

春秋时列国大夫聘问，通行赋诗言志，详见《左传》。赋诗多半是自唱，有时也教乐工去唱；唱的或是整篇诗，或只选一二章诗①。当时人说话也常常引诗为证。所赋所引的诗，大多数在《诗三百》里。赋一章诗的似乎很多。《左传》襄公二十八年，卢蒲癸说："赋诗断章，余取所求焉"，杜预注："譬如赋诗者，取其一章而已。""余取所求焉"也就是《国语》师亥说的"诗所以合意"（《鲁语》下）。赋诗只取一二章，并且只取一章中一二句，以合己意，叫作"断章取义"，引诗也是如此。这些都是借用古诗，加以引伸，取其能明己意而止。"作诗人之意"是不同的。最显著的例是《左传》成公十二年晋郤至对楚子反的话：

> 世之治也，诸侯间于天子之事，则相朝也。于是乎有享宴之礼。享以训共俭，宴以示慈惠。共俭以行礼而慈惠以布政。政以礼成，民是以息，百官承事，朝而不夕。此公侯之所以扞城其民也。故《诗》曰："赳赳武夫，公侯干城。"及其乱也，诸侯贪冒，侵欲不忌，争寻常以尽其民，略其武夫以为己腹心股肱爪牙，故《诗》曰："赳赳武夫，公侯腹心。"天下有道，则公侯能为民干城而制其腹心。乱则反之。

这四句诗都在《周南·兔罝篇》里，前二句在首章，后二句在三章。那三章诗是复沓的，"赳赳武夫"二句（次章下句作"公侯好仇"），三章句法相同，意思自然一样。郤至为了自己辩论的方便，硬将这四句说成相反两义，当然是穿凿，是附合支离。不过他是引诗为证，不是说诗；主要的是他的论旨，而不是诗的意义。看《左传》的记载，那时卿大夫对于"诗三百"大约都熟悉，各篇诗的本义，在他们原是明白易晓，正和我们对于皮黄戏一般。他们听赋诗，听引诗，只注重赋诗的人引诗的人用意所在；他们对于原诗的了解是不会跟了赋诗引诗的人而歪曲的。好像后世诗文用典，但求旧典新用，不必与原义尽合；读者欣赏作者的技巧，可并不会因此误解原典的意义。不过注这样诗文的人该举出原典，以资考信。毛、郑解《诗》却不如此。"诗三百"原多即事言情之作，当时义本易明。到了他们手里，有意深求，一律用赋诗引诗的方法去说解，以断章之义为全章全篇之义，结果自然便远出常人想像之外了。而说比兴时尤然。

《左传》所记赋诗，见于今本《诗经》的，共五十三篇，《国风》二十五，《小雅》二十六，《大雅》一，《颂》一。引诗共八十四篇，《国风》二十六，《小雅》二十三，《大雅》十八，《颂》十七。重见者均不计②。再将两项合计，再去其重复的，共有一百二十三篇，《国风》四十六，《小雅》四十一，《大雅》十九，《颂》十七，占全诗三分之一强，可见"诗三百"当时流行之盛之广了。赋诗各篇中《毛传》定为兴诗的二十六，引诗中二十一；两项合计，去重复，共四十篇，占兴诗全数三分之一弱。赋诗显用喻义的九篇，有七篇兴诗③。引诗显用喻义的十篇，有五篇兴诗④。现在只举《左传》明言喻义而与《毛诗》相合的五篇，依《左传》中次序。先说赋诗。文公四年《传》云：

> 卫甯武子来聘。公与之宴，为赋《湛露》及《彤弓》。不辞，又不答赋。使行人私焉。封曰："臣以为肄业及之也。昔诸侯朝正于王，王宴乐之，于是乎赋《湛露》，则天子当阳，诸侯用命也。……"

按《毛诗·湛露·序》、《传》云：

> 《湛露》，天子宴诸侯也。
> 湛湛露斯，匪阳不晞。（兴也。湛湛，露茂盛貌。阳，日也。晞，干也。露虽湛湛然，见阳则干。）厌厌夜饮，不醉无归。（《传》略）

合看《序》、《传》，正是"天子当阳，诸侯用命"的意思。又襄公十六年《传》说齐国再伐鲁国，鲁国派穆叔聘晋，并求援助。他"见范宣子，赋《鸿雁》之卒章。宣子曰：'匄在此，敢使鲁无鸠乎？'"（杜注，鸠，集也。）按《鸿雁·序》云：

> 《鸿雁》，美宣王也。万民离散，不安其居。而能劳来还定安集之，至于

矜寡，无不得其所焉。

诗卒章《传》云：

> 鸿雁于飞，哀鸣嗷嗷。（未得所安集，则嗷嗷然。）维此哲人，谓我劬劳。维彼愚人，谓我宣骄。（宜，示也。）

"安集"之义，正本《左传》。又襄公十九年《传》云：

> 季武子如晋拜师，晋侯享之。范宣子为政，赋《黍苗》。季武子兴，再拜稽首曰："小国之仰大国也，如百谷之仰膏雨焉。若常能膏之，其天下辑睦，岂唯敝邑！"

按《黍苗·序》、《传》云：

> 《黍苗》，刺幽王也。不能膏润天下卿士，不能行召伯之职焉。
> 芃芃黍苗，阴雨膏之。（兴也。芃芃，长大貌。）悠悠南行，召伯劳之。（悠悠，行貌。）

所谓"不能膏润天下卿士"，也本于《左传》。
次记引诗。文公七年《传》云：

> 宋成公卒。……昭公将去群公子。乐豫曰："不可。公族，公室之枝叶也。若去之，则本根无所庇阴矣。葛藟犹能庇其本根，故君子以为比，况国君乎！……"

按《葛藟·序》、《传》云：

> 《葛藟》，王族刺平王也。周室道衰，弃其九族焉。
> 绵绵葛藟，在河之浒。（兴也。绵绵，长不绝之貌。水厓曰浒。）终远兄弟，谓他人父。（兄弟之道已相远矣。）谓他人父，亦莫我顾。

所谓"弃其九族"、"兄弟之道已相远",都本于《左传》。陈奂云:"此诗因葛藟而兴,又以葛藟为比,故《毛传》以为兴,《左传》则以为比。"《左传》的"比"只是譬喻,与《毛传》的兴兼包"发端"一义者不同,陈说甚确。但他下文又说:"盖言兴而比已寓焉矣",那却糊涂了。又襄公三十一年《传》云:

> 北宫文子相卫襄公以如楚,宋之盟故也。过郑,印段迋劳于棐林,如聘礼而以(用)劳辞。文子入聘,子羽为行人。冯简子与子大叔逆客。事毕而出,言于卫侯曰:"郑有礼,其数世之福也,其无大国之讨乎!《诗》云:'谁能执热,逝不以濯?'礼之于政,如热之有濯也;濯以救热,何患之有!……"

按《桑柔》五章《传》云:

> 为谋为毖,乱况斯削。(毖,慎也。)告尔忧恤,诲尔序爵。谁能执热,逝不以濯?(濯所以救热也,礼所以救乱也。)其何能淑!载胥及溺!

"谁能执热"二句《传》几乎全与《左传》同。《桑柔》是兴诗,但这两句却是《大序》所谓"比"。以上五例,一方面看出断章取义或诗以合意的情形,一方面可看出《毛诗》比兴受到了《左传》的影响。但春秋时赋诗引诗,是即景生情的;在彼此晤对的背景之下,尽管断章取义,还是亲切易晓。《毛诗》一律用赋诗引导的方法,却没了那背景,所以有时便令人觉得无中生有了。《郑笺》力求系统化,力求泯去断章的痕迹,但根本态度与《毛传》同,所以也还不免无中生有的毛病。

《诗序》主要的意念是美刺,风雅各篇序中明言"美"的二十八,明言"刺"的一百二十九,两共一百五十七,占风雅诗全数百分之五十九强。其中兴诗六十七,美诗六,刺诗六十一,占兴诗全数百分之五十八弱。美刺并不限于比兴,只一般的是诗的作用,所谓"诗言志"最初的意义是讽与颂,就是后来美刺的意思。古代天子听政,使公卿至于列士献诗,庶人传语⑤。《诗经》说到作诗之意的有十二篇,都不外乎讽与颂⑥。不过这十二篇只有两篇风诗,其余全在大小雅里。风诗大概不出于民间⑦,但与小雅的一部分都非"献诗",是可无疑的。刘安所谓"国风好色而不淫,小雅怨诽而不乱",多少说着了这部分诗的性质与作用。这是歌谣,可是贵族的歌谣。春秋用风诗比较的晚。《左传》僖公二十四年引用《曹风·候人》,这是开始。劳孝舆《春秋诗话》二云:

春秋至僖二十四年为八十年矣。至此始引用列国之风，前行引著皆雅颂。可知风诗皆随时所作，如《硕人》、《清人》之类是也。而左氏不悉标出者，大抵风诗未必有切指之题。《小序》之傅会，可尽信哉！

赋风诗却以文公十三年郑子家赋《载驰篇》为始见。劳氏因此推想"风诗皆随时所作"，举《硕人》、《清人》等篇为例。但作诗时代，《左传》有记载的只有《硕人》、《清人》、《载驰》、《黄鸟》四篇⑧。据这四篇而推论其馀的一百五十六篇风诗皆春秋中叶后随时所作，实难征信。大约风诗（和小雅一部分）入乐较晚，而当时诗以声为用，入乐以后，才得广传，因此引的赋的也便晚了。不过劳氏说："风诗未必有切指之题，《小序》之傅会，可尽信哉！"却是重要的意见。原来自从僖公二十四年以后，引风诗赋风诗的都很不少。雅颂本多讽颂之作，断章取义与原义不致相去太远；风诗却少讽颂之作，断章取义往往与原义差得很远。这在当时是无妨的。后来《毛诗》却一律用赋诗引诗的方法说解，在风诗（及小雅的一部分）便更觉支离傅会了。而譬喻的句子（比兴）尤其是这样。

"美刺"之称实在本于《春秋》家。公羊、谷梁解经多用"褒贬"字，也用"美恶"字。《公羊》隐公七年《传》云：

> "滕侯卒。"何以不名？微国也。微国则其称"侯"何？不嫌也。《春秋》贵贱不嫌同号，"美恶"不嫌同辞。

又如僖公十年"晋杀其大夫里克"《传》云：

> 然则曷为不言惠公之入？晋之不言出入者，踊（何休注：豫也。）为文公讳也。齐小白入于齐，则曷为不为桓公讳？桓公之享国也长，"美"见乎天下，故不为之讳本"恶"也。文公之享国也短，美未见乎天下，故为之讳本恶也。

这都是"美恶"并言，是实字，是名词。"美恶"是当时成语，有时也用为形容词和副词⑨。又《谷梁》僖公元年《传》云：

> "齐师、宋师、曹师城邢。"是向之师也。使之如改事然，"美"齐侯之

功也⑩。

又如僖公九年《传》云：

> "九月戊辰，诸侯盟于葵丘。"桓盟不日，此何以日？"美"之也。为见
> 天子之禁，故备之（日）也。

这是专说"美"的，"美"字虚用，是动词。"恶"字如此虚用的例，两
《传》中未见。却有"刺"字，只《谷梁传》中一见。庄公四年《传》云：

> "冬，公及齐人狩于郜。""齐人"者，齐侯也。其曰"人"，何也？卑
> 公之敌，所以卑公也。不复雠而怨不释，刺释怨也。

这里"美"和"刺"该就是《毛诗》所本。但两《传》所称"美恶"、"美
刺"，都不免穿凿之嫌，毛、郑大概也受到了影响。《诗经》中可也一见"美
刺"的"刺"字。《魏风·葛屦篇》末述作诗之意云：

> 维是褊心，是以为刺。

这是刺诗的内证，足为美刺说张目。按美，善也⑪，《诗序》中也偶用"嘉"字⑫。
刺，责也⑬。《诗序》中也偶用"责"、"诱"、"规"、"诲"等字⑭，更常用
"戒"字。如《秦风·终南·序》云"戒襄公也。"首章"终南何有？有条有枚。"
《传》也说："宜以戒不宜也。"《序》、《传》相合显然。可是《诗序》据献
诗讽颂的史迹，却采用了《春秋》家的名称，似乎也不是无因的。《孟子·滕
文公（下）》云：

> 世衰道微，邪说暴行有作。臣弑其君者有之，子弑其父者有之。孔子
> 惧，作《春秋》。……孔子成《春秋》而乱臣贼子惧。

赵岐注："言乱臣贼子惧《春秋》之贬责也。"又《离娄下（云）》：

> 王者之迹熄而《诗》亡。《诗》亡然后《春秋》作。晋之《乘》，楚之

《梼杌》，鲁之《春秋》，一也，其事则齐桓、晋文，其文则史。孔子曰："其义则丘窃取之矣。"

焦循《孟子正义》说："诸史无义而《春秋》有义。"是确切的解释。所谓"义"是什么呢？伪孙奭《疏》云：

> 盖《春秋》以义断之，……以赏罚之意寓之褒贬，而褒贬之意则寓于一言耳。

在史是褒贬，在诗就是讽颂。孟子似乎是说，献诗的事已经衰废了，孔子寓讽颂之义于史，作《春秋》，赏善罚恶，以垂教于天下后世，所以"乱臣贼子惧"。《诗》与《春秋》在《孟子》书中，相关既如此之密切，那么，序《诗》的人参照诗文，采用"美刺"的名称，也是很自然的事了。

孔子时赋诗不行，雅乐败坏，诗和乐渐渐分家。所以他论诗便侧重义一方面。他说：

> 《诗》三百，一言以蔽之，曰："思无邪。"（《论语·为政》）

《论语集解》引包咸曰："归于正。"按"思无邪"见《鲁颂·駉篇》末章，下句是"思马斯徂"。《笺》云："徂，犹行也。……牧马使可走行。"全诗咏牧马事。陈奂于首章说云："思，词也。斯，犹其也。'无疆'、'无期'，颂祷之词。'无斁'、'无邪'，又有劝戒之义焉。'思'皆为语助。""无邪"只是专心致志的意思，孔子当是断章取义。他又说：

> 兴于《诗》，立于礼，成于乐。（《泰伯》）

又说：

> 小子何莫学夫《诗》！《诗》可以兴，可以观，可以群，可以怨，迩之事父，远之事君。（《阳货》）

这都是从"无邪"一义推演出来的。孔子以"无邪"论《诗》，影响后世极大。

《诗大序》所谓"正得失",所谓"先王以是经夫妇,成孝敬,厚人伦,美教化,移风俗",所谓"发乎情,止乎礼义",都是"无邪"一语的注脚。《毛诗》、《郑笺》的基石,可以说便是这个意念。至于《传》、《笺》的方法,却受于孟子为主⑮,但曲解了孟子。孟子时雅乐衰亡,新声大作,诗乐完全分家,诗更重义一方面。他说诗虽然还不免有断章取义之处,但他开始注重全篇的说解了。《万章(上)》,咸丘蒙问道:

> 《诗》云:"普天之下,莫非王土。率土之滨,莫非王臣。"而舜既为天子矣,敢问瞽瞍之非臣如何?

孟子答道:

> 是诗也,非是之谓也。劳于王事而不得养父母也。曰"此莫非王事,我独贤劳也"。故说《诗》者不以文害辞,不以辞害志。以意逆志,是为得之。如以辞而已矣,《云汉》之诗曰:"周馀黎民,靡有孑遗。"信斯言也,是周无遗民也。

这是论《小雅·北山》诗。全诗主旨在咸丘蒙所举四句之下的"大夫不均,我从事独贤"二句,孟子的意见是对的。咸丘蒙是断章取义,孟子却就全篇说解。这是一个新态度。春秋赋诗,虽有全篇,所重在声,取义甚少。引诗却有说全篇意义的。如《左传》隐公三年,君子曰:"《风》有《采蘩》、《采蘋》,《雅》有《行苇》、《泂酌》,昭忠信也。"杜注云:"明有忠信之行,虽薄物皆可为用。"但只此一例,出于偶然。到了孟子,才有意的注重全篇之义;他和咸丘蒙论《北山》诗,和公孙丑论《小弁》、《凯风》的怨亲不怨亲(《告子(下)》),都是就全篇而论。而在对咸丘蒙的一段话里,更明显的表示他的主张。"以文害辞"、"以辞害志"便指断章取义而言,他反对那样的说诗。"以意逆志"赵注云:

> 人情不远,以己之意逆诗人之志,是为得其实矣。

《说文》二下《辵部》:"逆,迎也。"《周礼·天官·司会》"以逆都鄙官府之志",《司书》"以逆群吏之征命",郑玄都注云:"逆受而钩考之。"又《地官·乡师》"以逆其役事"，郑注也道："逆犹钩考也。"以己之意"迎受"诗人之志而加以"钩考"，与"诗所以合意"正相反。如何以己之意"钩考"诗人之志呢？赵氏举出"人情不远"之说，是很好的。但还得加一句，逆志必得靠文辞，文辞就是字句。"以文害辞"，"以辞害志"，固然不成，但离开字句而猜全篇的意义也是不成的。孟子论《北山》等三诗，似乎只靠文辞说解诗义；他并不会指出这些是何时何人的诗⑯。到此为止的"以意逆志"是没有什么流弊的。但孟子还说了一番话：

> ……以友天下之善士为未足，又尚（上）论古之人。颂（诵）其诗，读其书，不知其人，可乎？是以论其世也。是尚友也。（《万章（下）》）

这一段只重在"尚论古之人"，"诵诗""读书"与"知人论世"各是一事，并不包含"诵诗""读书"必得"知人论世"才能了解的意思。《毛诗》、《郑笺》跟着孟子注重全篇的说解，自是正路。但他们曲解"知人论世"，并死守着"思无邪"一义胶柱鼓瑟的"以意逆志"，于是乎就不是说诗而是证史了。断章取义而以"思无邪"论诗，是无妨的。根据"文辞""以意逆志"，或"知人论世""以意逆志"，也可以多少得着"作诗人之意"，因为人情是不相远的。他们却据"思无邪"一义先给"作诗人之志"定下了模型，再在这模型里"以意逆志"，以诗证史，人情自然顾不到，结果自然便远出常人想像之外了。固然《传》、《笺》以诗证史，也自有他们的客观标准，便是《诗经》中的国别与篇次⑰；郑氏根据了这些，系统的附合史料，便成了他的《诗谱》。但国别与篇次都是在诗外的不确切的标举，与诗义相关极少，不足为据。就在这种附合支离的局面下，产生了赋比兴的解释；而比兴义去常情更远，最为缠夹，可也最受人尊重。

———————

① 参看《左传》僖二十三年"公赋《六月》"句下《正义》引刘炫说。又《左传》襄三十年，季武子如宋，"赋《常棣》之七章以卒"，杜预注："七章以卒，尽八章。"诗至八章为止，"七章以卒"就是赋七八两章。

② 据劳孝舆《春秋诗话》计算，但补了一篇《葛藟》进去。

③《湛露》、《摽有梅》、《鸿雁》、《黍苗》、《常棣》，《野有蔓草》、《鹊巢》。

④《葛藟》、《行露》、《谷风》、《桑柔》、《蓼莪》。

⑤《国语·周语（上）》邵公谏厉王语，又《晋语（六）》范文子谓赵文子语，又《左传》襄十四年师旷对晋平公语。

⑥ 详《诗言志》篇。

⑦ 朱东润《国风出于民间论质疑》（《读诗四论》）。

⑧ 隐三年，闵二年，闵二年，文六年。

⑨《左传》襄二十三年"美疢不如恶石"，《国语·晋语（一）》"彼将恶始而美终"，《荀子·富国篇》"故使或美或恶"，皆以"美""恶"对文，知为成语。

⑩ 照范甯注，上文"齐师、宋师、曹师次于聂北救邢"一语，不称"齐侯"而称"齐师"，是责备齐桓公没有救邢的诚意。这一句所称"齐师"，就是向日次于聂北的齐师。虽仍称"齐师"，但另提叙述，便又不同，这回是称美桓公存邢之功了。

⑪《国语·晋语（一）》"彼将恶始而美终"韦昭注。

⑫《大雅·假乐·序》："嘉成王也。"

⑬《瞻卬篇》"天何以刺"《传》。

⑭《卫风·旄丘·序》："责卫伯也。"《陈风·衡门·序》："诱僖公也。"《小雅·沔水·序》："规宣王也。"《鹤鸣·序》："诲宣王也。"

⑮《困学纪闻》卷三云："申、毛之《诗》皆出于荀卿子，而《韩诗外传》多述荀书。今考其言'采采卷耳'，'鸤鸠在桑'，'不敢暴虎，不敢冯河'，得《风》、《雅》之旨。"那么鲁、毛二家说《诗》，韩引《诗》，都有取于荀子的引《诗》义了。不过荀子只是引《诗》立论，本意不在说《诗》，与孟子不同。鲁、毛诸家说《诗》的方法，当仍是受于孟子为主。

⑯ 赵注以《小弁篇》为尹吉甫子伯奇的诗。

⑰ 参看《古史辨》卷三下顾颉刚《毛诗序之背景与旨趣》。

三　赋比兴通释

《周礼·大师》"教六诗……"郑玄注云：

赋之言"铺"，直铺陈今之政教善恶。

《诗大序》孔颖达《正义》引此，云：

诗文直陈其事不譬喻者，皆赋辞也。

这"赋"字似乎该出于《左传》的赋诗。《左传》赋诗是自唱或使乐工唱古诗，前文已详。但还有别一义。隐公元年《传》记郑武公与母姜氏"隧而相见"云：

公入而赋："大隧之中，其乐也融融。"姜出而赋："大隧之外，其乐也洩洩。"

孔颖达《正义》云："赋诗，谓自作诗也。"又僖公五年《传》云：

（士蔿）退而赋曰："狐裘尨茸。一国三公，吾谁适从！"

杜注："士蔿自作诗也。"前者是直铺陈其事，后者却以譬喻发端。这许是赋诗的较早一义，也未可知①。又《小雅·常棣·正义》引《郑志》答赵商云：

凡赋诗者或造篇，或诵古。

"造篇"除上举二例外，还有卫人赋《硕人篇》，许穆夫人赋《载驰篇》，郑人赋《清人篇》，秦人赋《黄鸟篇》等，却似乎是献诗一类②。就中只《黄鸟篇》各章皆用譬喻发端，其馀三篇多是直铺陈其事。至于"诵古"，凡聘问赋诗都是的。"诵"也有"歌"意，《诗经·终南山》"家父作诵"，可证。

郑玄注《周礼》"六诗"，是重义时代的解释。风、赋、比、兴、雅、颂似乎原来都是乐歌的名称，合言"六诗"，正是以声为用。《诗大序》改为"六义"，便是以义为用了。但郑氏训"赋"为"铺"，假借为"铺陈"字，还可见出乐歌的痕迹。《大雅·卷阿篇》有"矢诗不多"一语，据上文"以矢其音"《传》："矢，陈也。"《楚辞·九歌·东君》"展诗兮会舞"，王逸训"展"为"舒"，洪兴祖《补注》："展诗犹陈诗也。""矢诗""展诗"也就是"赋诗"，大概"赋"原来就是合唱。古代多合唱，春秋赋诗才多独唱，但乐工赋的时候似乎还是合唱的③。不过《大雅·烝民篇》有云：

仲山甫之德，柔嘉维则。……天子是若，明命使赋。
王命仲山甫，……出纳王命，王之喉舌。赋政于外，四方爰发。

前章《传》云："赋，布也。"下章"赋"字，义当相同。春秋列国大夫聘问，也有"赋命""赋政"之义，歌诗而称为"赋"，或与此义有相关处，可以说是借诗"赋命"，也就是借诗言志。果然如此，赋比兴的"赋"多少也带上了政治意味，郑氏所注"直铺陈今之政教善恶"，便不是全然空立说了。

荀子《赋篇》称"赋"，当也是"自作诗"之义。凡《礼》、《知》、《云》、《蚕》、《箴》五篇及《佹诗》一篇。前五篇像譬喻，又像谜语，只有《佹诗》多"直陈其事"之语。班固《两都赋序》云："赋者，古诗之流也。"王芑孙《读赋卮言导源篇》合解荀、班云：

> 曰"佹"，旁出之辞，曰"流"，每下之说。夫既与诗分体，则义兼比兴，用长箴颂矣。

这里说赋是诗的别体或变体，与赋比兴的"赋"义便无干了。《汉书》三十《艺文志》云：

> 春秋之后，周道寝坏。聘问歌咏，不行于列国，学《诗》之士，逸在布衣，而贤人失志之赋作矣。大儒孙卿及楚臣屈原离谗忧国，皆作赋以风，咸有恻隐古诗之义。其后宋玉、唐勒，汉兴枚乘、司马相如下及扬子云，竞为侈丽闳演之词，没其风谕之义。是以扬子悔之曰："诗人之赋丽以则，辞人之赋丽以淫。"

赋的演变成为两派。《两都赋序》又说汉兴以来，言语侍从之臣及公卿大臣作赋，"或以抒下情而通讽谕，或以宣上德而尽忠孝"，是"雅颂之亚"。"孝成之世论而录之，盖奏御者千有馀赋"。赋虽从《诗》出，这时受了《楚辞》的影响，声势大盛④，它已离《诗》而自成韵文之一体了。钟嵘《诗品序》以"寓言写物"为赋，便指这种赋体而言。但赋的"自作诗"一义还保存着，后世所谓"赋诗""赋得"都指此。《艺文志》分赋为四类。刘师培说"杂赋十二家"是总集，馀三类都是别集。三类之中，"屈平以下二十家，均缘情托兴之作"，"陆贾以下二十一家，均聘辞之作"，"荀卿以下二十五家，均指物类情之作"⑤。汉以后变而又变，又有齐、梁、唐初"俳体"的赋和唐末及宋"文体"的赋。前者"以铺张为靡而专于词"，后者"以议论为便而专于理"。这是所谓"古赋"⑥。唐、宋取士，更有律赋，调平仄，讲对仗，限于八韵。这些又是赋体的分化了。

"比"原来大概也是乐歌名，是变体调唱新群。《周礼·大师》郑注云：

> 比见今之失，不敢斥言，取比类以言之。兴见今之美，嫌于媚谀，取善

事以喻劝之⑦。

释"比"是演述《诗大序》"主文而谲谏"之意。朱子释《大序》此语，以为"主于文词而讬之以谏"⑧；"主文"疑即指比兴。郑氏释兴当也是根据《论语》"兴于《诗》"、"《诗》可以兴"二语。他又引郑司农（众）云：

> 比者，比方于物也。兴者，托事于物。

《毛诗正义》解"司农"语云：

> "比者，比方于物"，诸言"如"者皆比辞也。
> "兴者，讬事于物"，则兴者，起也。取譬引类，起发己心，《诗》文诸举草木鸟兽以见意者，皆兴辞也。

郑玄以美刺分释兴比，但他笺兴诗，仍多是刺意。他自己先不能一致，自难教人相信。《毛诗正义》说："其实作文之体，理自当然，非有所'嫌''惧'也。"也是不信的意思。这一说可以不论。郑众说太简，难以详考；孔颖达所解，可供参考而已。他以"兴"为"取譬引类"，甚是，但没有确定"发端"一义，还是缠夹不清的。以"诸言'如'者"为"比"，当本于六朝经说，《文心雕龙·比兴篇》所举"比"的例可见。如此释"比"，界画井然，可是又太狭了。按《诗经》"诸言'如'者"约一百四十多句，不言"如"，又非兴句，而可知为譬喻者，约一百四十多联（间有单句）——《小雅》中为多。照孔《疏》，这一百四十多联便成了比兴间的瓯脱地，两边都管不着了。这些到底是什么呢？也许孔氏的意见和陈奂一样，将这些联的譬喻都算作"兴"。陈氏曾立了三条例。一是"实兴而《传》不言兴者"⑨，这是根据《郑志》答张逸的话，前已引。许多在篇首的喻联，便这样被算作兴了。二是诸章"各自为兴"。如《齐风·南山篇》，《小雅·白华篇》，除首章为兴外，他说其馀诸章"各自为兴"。这样，许多在章首的喻联也就被算作兴了。三是一章之中，"多用兴体"，如《秦风·兼葭篇》以及《邶风·匏有苦叶篇》，《小雅·伐木篇》，都是的。至如《小雅·鹤鸣篇》，是"全诗皆兴"。那么，许多在章中的喻联又被算作兴了。

他这三条例也有相当的根据。第一例根据《笺》言兴而《传》不言兴的诗，前已论及。但这是《传》疏而《笺》密，后来居上之故。郑氏不愿公然改《传》，所以答张逸说"文义自解，[《传》] 故不言之"，那是饰词，实不足凭。陈氏却因郑氏说相信那诗"实兴"，恐怕不是毛氏本意。第二条根据"首章言兴以晐下章"的通例。但那通例实在通不过去。因为好些兴诗都夹着几章赋，而雅中兴诗尤多如此，这是没法赅括的。第三例没有明显的根据，也许只因为《传》、《笺》说解这些喻联，与说解兴句的方法和态度是一样的。那确是一样的。这些喻联不常有《传》，但如《桑柔》五章中"谁能执热，逝不以濯"，《传》解为礼以救乱，见前引。又《鹤鸣》首章末"它山之石，可以为错"，《传》云：

> 错，石也，可以琢玉。举贤用滞，则可以治国。（《序》，诲宣王也。）

又《匏有苦叶篇》次章之首"有瀰济盈，有鷕雉鸣"，《传》云：

> 瀰，深水也。盈，满也。深水，人之所难也。鷕，雌鸣声也。卫夫人有淫佚之志，授人以色，假人以辞，不顾礼义之难至，使宣公有淫昏之行。（《序》，刺卫宣公也。公与夫人并为淫乱。）

又《伐柯篇》首章《传》云：

> 伐柯如何？匪斧弗克。（柯，斧柄也。礼义者，亦治国之柄。）取妻如何？匪媒不得。（媒所以用礼也。治国不能用礼则不安。）（《序》，美周公也。周大夫刺朝廷之不知也。）

前两例是隐喻，末一例是显喻。《笺》例太多，从略。这样"以意逆志"，这样穿凿傅会，确与说兴诗一样。可是孔《疏》所谓"比"，《传》、《笺》也还是用这种方法与态度说解。现在且还是只引《传》。如《简兮篇》次章之首"有力如虎，执辔如组"，《传》云：

> 组，织组也。武力比于虎，可以御乱御众。有文章，言能治众，动于近，成于远也。（《序》，刺不用贤也。卫之贤者仕于伶官，皆可以承事王者也。）

又《大明篇》七章之首"殷商之旅，其会如林。矢于牧野，维予侯兴"。《传》云：

> 旅，众也。如林，言众而不为用也。矢，陈；兴，起也。言天下之望周也。（《序》，文王有明德，故天复命武王也。）

这不也是一样的"以意逆志"，穿凿傅会吗？与陈氏（和孔氏？）所谓"兴"有什么区别呢？他那三条例看来还是白费的。那一百四十多联譬喻，和那一百四十多"如"字句，实在是《大序》所谓"比"。那些喻联实在太像兴了，后世总将"比""兴"连称，也并非全无道理的。"比"，类也，例也⑩。但这个"比"义也当从《左传》来；前引文公七年《传》"君子以'葛藟'为比"，便是它的老家。"比"字有乐歌背景、经典根据和政教意味，便跟只是"取他（他）物而以明之"（《墨子·小取》）的"譬"不同。

"兴"似乎也本是乐歌名，疑是合乐开始的新歌。王逸《楚辞章句》说：

> 《离骚》之文，依《诗》取兴，引兴譬谕。故善鸟香草以配忠贞，恶禽臭物以比谗佞，"灵修""美人"以媲于君，"宓妃""佚女"以譬贤臣，虬龙鸾凤以讬君子，飘风云霓以为小人。其词温而雅，其义皎而朗。

所谓"依《诗》取兴"，当是依"思无邪"之旨而取喻；《楚辞》体制与《诗经》不同，不分章，不能有"兴也"的"兴"。朱子《楚辞集注》说："《诗》之兴多而比赋少，《骚》则兴少而比赋多⑪。"他所举的兴句如《九歌·湘夫人》中的：

> 沅有茝兮澧有兰，思公子兮未敢言。

朱子的"兴"是"托物兴词，初不取义"的，与《毛传》不一样。王氏也说茝兰异于众草，"以兴湘夫人美好亦异于众人"。这里虽用了《毛传》的"兴"字，其实倒是不远人情的譬喻。《楚辞》其实无所谓"兴"。王氏注可也受了"思无邪"一义的影响，自然也不免傅会之处⑫，但与《史记·屈原传》尚合，大体不至于支离太甚。所以直到现在，一般还可接受他的解释。

《楚辞》的"引类譬喻"实际上形成了后世"比"的意念。后世的比体诗可以说有四大类。咏史，游仙，艳情，咏物⑤。咏史之作以古比今，左思是创始的人。《诗品》上说他"得讽谕之致"。何焯《义门读书记·文选第二卷》评张景阳《咏史》云：

> 咏史不过美其事而咏叹之，檃括本传，不加藻饰，此正体也。太冲多自摅胸臆，乃又其变。

游仙之作以仙比俗，郭璞是创始的人。《诗品》中说他"辞多慷慨，乖远玄宗。……乃是坎壈咏怀，非《列仙》之趣也"。李善《文选注》二十一也说：

> 凡游仙之篇，皆所以滓秽尘网，锱铢缨绂，餐霞倒景，饵玉玄都。而璞之制，文多自叙。虽志狭中区，而辞无（兼）俗累。见非前识，良有以哉。

艳情之作以男女比主臣，所谓遇不遇之感。中唐如张籍《节妇吟》，王建《新嫁娘》，朱庆馀《近试上张水部》，都是众口传诵的。而晚唐李商隐"无题"诸篇，更为煊赫，只可惜喻义不尽可明罢了。咏物之作以物比人，起于六朝。如鲍照《赠傅都曹别》述惜别之怀，全篇以雁为比。又韩愈《鸣雁》述贫苦之情，全篇也以雁为比。这四体的源头都在王注《楚辞》里。只就《离骚》看罢：

> 汤、禹严而求合兮，挚、咎繇而能调。苟中情其好修兮，又何必用夫行媒！

这不是以古比今么？

> 前望舒使先驱兮，后飞廉使奔属。鸾皇为余先戒兮，雷师告余以未具。吾令凤鸟飞腾兮，继之以日夜。飘风屯其相离兮，帅云霓而来御。

这不是以仙比俗么？

> 惟草木之零落兮，恐美人之迟暮。

这不是以男女比君臣么？

余以兰为可恃兮，羌无实而容长。委厥美以从俗兮，苟得列乎众芳。椒专佞以慢慆兮，樧又欲充夫佩帏。既干进而务入兮，又何芳之能祗！

这不是以物比人么？《九章》的《橘颂》更是全篇以物比人的好例。《诗经》中虽也有比体，如《硕鼠》、《鸱鸮》、《鹤鸣》等篇，但是太少，影响不显著。后世所谓"比"，通义是譬喻，别义就是比体诗，却并不指《诗大序》中的"比"。不过谈到《诗经》，以及一些用毛、郑的方法说诗的人，却当别论。说比体诗只是"比"的别义，因为这四类诗，无寓意的固然只能算是别体，有寓意而作得太工了就免不了小气，尤其是后两类，所以也还只能算是别体；而且数量究竟不多。

后世多连称"比兴"，"兴"往往就是"譬喻"或"比体"的"比"，用毛、郑义的绝无仅有。不过"兴"也有两个变义。《刘禹锡集》二十三《董武陵集序》云：

> 诗者，其文章之蕴邪！义得而言丧，故微而难能；境生于象外，故精而寡和。

这可以代表唐人的一种诗论。大约是庄子"得意忘言"和禅家"离言"的影响。所谓言外之义，象外之境，刘氏却没有解释。宋儒提倡道学，也受着道家禅家的影响。他们也说读书只晓得文义是不行的，"必优游涵咏，默识心通，然后能造其微"⑭。《近思录》十四《圣贤气象门》论曾子云：

> 曾子传圣人学。……如言"吾得正而毙"，且休理会文字，只看他气象极好。被他所见处大。后人虽有好言语，只被气象卑，终不类道。

"只看气象"当也是"造微"的一个意思。又朱子论韦应物诗"直是自在，气象近道"⑮。气象是道的表现，也是修养工夫的表现。这意念可见是从"兴于诗"、"诗可以兴"来，不过加以扩充罢了。读诗而只看气象，结果便有两种情形。如黄鲁直《登快阁诗》云："落木千山天远大，澄江一道月分明。"明周季凤作《山谷先生别传》说："木落江澄，本根犹在，有颜子克复之功⑯。"这不是断章取义吗？又如沈德潜《唐诗别裁集·凡例》云：

> 古人之言包含无尽。后人读之，随其性情浅深高下，各有会心。如好

《晨风》而慈父感悟[17]，读《鹿鸣》而兄弟同食[18]，斯为得之。董子曰："诗
无达诂。"此物此志也。

照沈氏说，诗爱怎么理会就可怎么理会，这不是无中生有吗？又如周济《宋四
家词选序》云：

> 夫词非寄托不入，专寄托不出。一物一事，引而伸之，触类多通。驱心
> 若游丝之缧飞英，含毫如郢斤之斲蝇翼。以无厚入有间，既习已，意感偶
> 生，假类毕达，阅载千百，謦欬弗违，斯入矣。赋情独深，逐境必寤，酝酿
> 日久，冥发妄中。虽铺叙平淡，摹缋浅近，而万感横集，五中无主。读其篇
> 者临渊窥鱼，意为鲂鲤，中宵惊电，罔识东西。赤子随母笑啼，乡人缘剧喜
> 怒，可谓能出矣。

"能入"是能为人所感，"能出"是能感人。他说善于触类引伸的人，读古人
词，久而久之，便领会得其中喻义，无所往而不通，而皆合古人之意。这种人
自己作词，也能因物喻志，教读者惝恍迷离，只跟着他笑啼喜怒。他说的是词
中的情理，悲者读之而亦悲，喜者读之而亦喜，所谓合于古人者在此。至于悲
喜的对象，则读者见仁见智，不妨各有会心。这较沈氏说为密，而大旨略同。
后来谭献在《周氏词辩》中评语有"作者未必然，读者何必不然"的话，那却
是就悲喜的对象说了。但这里的断章取义，无中生有，究竟和《毛诗》不大一
样。触类引伸的结果还不至于离开人情太远了。而且《近思录》和沈、周两家
差不多明说，所注重的是读者的受用，而不是诗篇的了解，这也就没什么毛病
了。以上种种都说的是"言外之义"，我们可以叫作"兴象"[19]。

汉末至晋代，常以形似语"题目"人，如《世说》一郭林宗（泰）曰：
"叔度（黄宪）汪汪如万顷之陂，澄之不清，扰之不浊。"后来又用以论诗文，
如《诗品》上引李充《翰林论》，论潘岳"翩翩然如翔禽之有羽毛，衣服之有绡
縠"。到了唐末，司空图以味喻诗，以为所贵者当在咸酸之外，所谓味外味。又
作《二十四诗品》，集形似语之大成。南宋敖陶孙《诗评》，也专用形似语评历
代诗家[20]。到了借禅喻诗的严羽又提出"兴趣"一义。《沧浪诗话·诗辩》云：

> 夫诗有别材，非关书也。诗有别趣，非关理也。……诗者，吟咏情性
> 也。盛唐诸人惟在兴趣。羚羊挂角，无迹可求。故其妙处透彻玲珑，不可凑
> 泊，如空中之音，相中之色，水中之月，镜中之象，言有尽而意无穷。

其《诗评》中又云：

> 诗有辞、理、意兴。南朝人尚辞而病于理。本朝人尚理而病于意兴。唐人尚意兴而理在其中。汉、魏之诗，辞、理、意兴，无迹可求。

所谓"别趣"、"意兴"、"兴趣"，都可以说是象外之境。这种象外之境，读者也可触类引伸，各有所得，所得的是感觉的境界，和前一义之为气象情理者不同。但也当以"人情不远"为标准。清代金圣叹的批评颇用"兴趣"这一义。但如他评《西厢记》第一本《张君瑞闹道场第四折》一节话（金本题为《闹斋》），却是极端的例子。这一折第一曲《双调新水令》，张生唱云：

> 梵王宫殿月轮高，碧琉璃瑞烟笼罩。香烟云盖结，讽呪海波潮，幡影飘飘，诸檀越尽来到。

金氏在曲前评云：

> 吾友斲山先生尝谓吾言："匡庐真天下之奇也。江行连日，初不在意。忽然于晴空中劈插翠嶂，平分其中，倒挂匹练。舟人惊告，此即所谓庐山也者。而殊未得至庐山也。更行两日而渐乃不见，则反已至庐山矣！"吾闻而甚乐之，便欲往观之，而迁延未得也。……然中心则殊无一日曾置不念，以至夜必形诸梦寐。常不一日二日必梦见江行如驶，仰睹青芙蓉上插空中，一一如斲山言。寤而自觉，遍身皆畅然焉。
>
> 后适有人自东江来，把袖急叩之。则曰"无有是也"。吾怒曰："彼伧固不解也！"后又有人自西江来，又把袖急叩之。又曰"无有是也"。吾怒曰："此又一伧也！"既而人苟自西江来，皆叩之。则言"然""不然"各半焉。吾疑，复问斲山。斲山哑然失笑，言："吾亦未尝亲见。昔者多有人自西江来，或言如是云，或亦言不如是云。然吾于言如是者即信之；言不如是者，置不足道焉。何则？夫使庐山而诚如是，则是吾之信其人之言为真不虚也。设苟庐山而不如是，则天地之过也。诚以天地之大力，天地之大慧，天地之大学问，天地之大游戏，即亦何难设此一奇以乐我后人，而顾客不出此乎哉！"
>
> 吾闻而又乐之。中心忻忻，直至于今。不惟必梦之，盖日亦往往遇之。

吾于读《左传》往往遇之，吾于读《孟子》往往遇之，吾于读《史记》、《汉书》往往遇之。吾今于读《西厢》亦往往遇之。何谓于读《西厢》亦往往遇之？如此篇之初，《新水令》之第一句云："梵王官殿月轮高"，不过七字也。然吾以为真乃"江行初不在意"也，真乃"晴空劈插奇翠"也，真乃"殊未至于庐山"也，真乃"至庐山即反不见"也！真"大力"也，真"大慧"也，真"大游戏"也，真"大学问"也，盖吾友斲山之所教也。吾此生亦已不必真至西江也，吾此生虽然终亦不到西江，而吾之熟睹庐山，亦未厌也！庐山真天下之奇也！

他在曲后又评，说这一句是写张生原定次早借上殿拈香看莺莺，但他心急如火，头一晚就去殿边等着了。不遇原文张生唱前有白云："今日二月十五日，和尚请拈香，须索走一遭"，明是早上。曲文下句"碧琉璃瑞烟笼罩"，明说有了香烟。再下语意更明。"月轮高"只是月还未落，以见其早，并非晚上。金氏说的真其可算得"以文害辞"、"以辞害志"了。

---

① 《左传》聘问赋诗的记载，始于僖二十三年。

② 详见《诗言志》篇。

③ 北京大学文科研究所逯钦立君有《六义参释》一稿。本章试测赋比兴的初义，都根据他所搜集的材料，特此致谢。

④ 《文心雕龙·诠赋篇》："赋也者，受命于诗人，括宇于《楚辞》"者"也。"

⑤ 《左盦集》卷八《汉书艺文志书后》。

⑥ 《四库提要·总集类》三元祝尧编《古赋辨体》条。

⑦ 《周礼·大司乐》"兴道讽诵言语"注："兴者，以善物喻善事也。"

⑧ 见《吕氏家塾读诗记》三。

⑨ 《邶风·燕燕·传疏》。

⑩ 伪《鬼谷子·反应篇》"事有比"注："比，谓比例。"又"比者，此其辞也"注："比谓比类也。"

⑪ 《离骚序》附注。

⑫ 朱子《楚辞集注序》论王书有云："或以迂滞而远于性情，或以迫切而害于义理。"

⑬ 六朝吴歌、西曲的谐声词格，也是比的一种，但通常认为俳谐，今不论。

⑭ 程颐《春秋传序》（《二程全书·伊川经说（四）》）。又《诗人玉屑》六引朱子论"说诗"，"晓得文义是一重，识得意思好处是一重。"又《象山全集》三十五："读书固不可不晓文义，然只以晓文义为是，只是儿童之学，须看意旨所在。"

⑮《语类》一四〇。

⑯ 首二语本于赵景伟《黄庭坚谥议》，见《山谷全书》首卷二。宋张戒《岁寒堂诗话》云："此但以'远大''分明'之语为新奇。而究其实，乃小儿语也。"

⑰ 魏文侯事，见《韩诗外传》八。

⑱ 裴安祖事，见《魏书》四十五《裴骏传》。

⑲《周礼·天官·司裘》"大丧，廞裘，饰皮车"《正义》："兴象生时裘而为之。""兴象"即"象似"之意。殷璠《河岳英灵集序》："挈瓶庸受之流……攻异端，妄穿凿，理则不足；言常有馀，都无兴象，但贵轻艳。""兴象"即"比兴"。今借用此名，义略异。

⑳《诗人玉屑》卷二。

四 比兴论诗

最初怀疑比兴的作用的是钟嵘。《诗品序》云：

> 若专用比兴，则患在意深；意深则词踬。若但用赋体，则患在意浮；意浮则文散。嬉成流移，文无止泊，有芜漫之累矣①。

他说的是专用比兴或专用赋的毛病，但也是第一个人指出"意深""词踬"是比兴的毛病。同时刘勰论兴，也说是"明而未融，故发注而后见"②。清陈沆作《诗比兴笺》，魏源序有云：

> 由汉以降，变为五言。古诗十九章，多枚叔之词。乐府鼓吹曲十馀章，皆《骚》、《雅》之旨。张衡《四愁》，陈思《七哀》；曹公苍莽，"对酒当歌"，有风云之气。嗣后阮籍、傅玄、鲍明远、陶渊明、江文通、陈子昂、李太白、韩昌黎皆以比兴为乐府琴操，上规正始。视中唐以下纯乎赋体者，固古今升降之殊哉！

他将"比兴"的价值看得高于赋。这是陈子昂、李白、白居易、朱子等人的影响。又说诗到中唐以后，纯乎赋体，以前是还用着"比兴"的。但汉乐府赋体就很多，陶、谢也以赋体为主，杜、韩更是如此。看魏氏只能选出少数的例子，不能作概括的断语，便知是作序体例，不得不说几句切题的话，事实并不然的。而他所谓"比兴"也绝非毛、郑义，只是后世所称"比兴"罢了。

黄侃《文心雕龙札记·比兴》有论"兴义罕用"的话，最为明通。他说：

夫其取义差在毫厘，会情在乎幽隐，自非受之师说，焉得以意推寻！彦
和谓"明而未融，发注后见"，冲远（孔颖达）谓"毛公特言，为其理隐"，
诚谛论也。孟子云，学诗者"以意逆志"。此说施之说解已具之后，诚为说
言。若乃兴义深婉，不明诗人本所以作，而辄事探求，则穿凿之弊固将滋多
于此矣。

自汉以来，词人鲜用兴义。固缘诗道下衰，亦由文词之作，趣以喻人。
苟览者恍惚难明，则感动之功不显。用比忘兴，势使之然。虽相如、子云，
未如之何也！然自昔名篇，亦或兼存"比兴"。及时世迁贸，而解者祇益纷
纭。一卷之诗，不胜异说。九原不作，烟墨无言。是以解嗣宗之诗，则首首
致讥禅代，笺少陵之作，则篇篇系念朝廷。虽当时未必不托物以发端，而后
世则不能离言而求象。由此以观，用比者历久而不伤晦昧，用兴者说绝而立
致辨争。当其览古，知兴义之难明。及其自为，亦遂疏兴义而希用。此兴之
所以浸微浸灭也。

从黄氏的话推论，我们可以说《诗经》兴句虽然大部分是譬喻，而《传》、
《笺》兴义却未必是"作诗人之意"，因为那样作诗，是会教"览者恍惚难明"
的。《传》、《笺》所说若不是"作诗人之意"，是否也不免"穿凿之弊"，也
不免"离言而求象"呢？黄氏大约不这样想。他跟一般好古的人一样，总以为
毛、郑去古未远，"受之师说"，当然可信；所谓"说解已具"，正指《传》、
《笺》而言。后世学无专家，"师说"不存，再用《传》、《笺》中"以意逆
志"的方法去说诗，那当然是不成的。不过黄氏所谓"比"也还是后世的
"比"。《传》、《笺》里那样的"比"，其实也是教"览者恍惚难明"的。

可是后世用"比兴"说诗的还有不少。开端的是宋人。这可分为两类。一
类可说就是毛、郑的影响，不过破碎支离，变本加厉③。如《诗人玉屑》九
"托物"条引梅尧臣（？）《续金针诗格》解杜甫《早朝》诗句云：

如"旌旗日暖龙蛇动，宫殿风微燕雀高"，旌旗喻号令，日暖喻明时，龙
蛇喻君臣。言号令当明时，君所出，臣奉行也。宫殿喻朝廷，风微喻政教，燕
雀喻小人。言朝廷政教才出而小人向化，各得其所也。

这不是无中生有吗！《玉屑》所谓"托物"有时指后世所谓"比"，有时
兼包后世所谓"比兴"而言。世传唐、宋人诗格一类书里，像这样无中生有的

解说诗句或诗中物象的很多，似乎是一时风气④。但这种解说显然"穿凿"，显然"离言而求象"，而诗格一类书，既多伪作，又托体太卑，所以不为人重视⑤。谢枋得注解章泉（赵蕃）、涧泉（韩淲）二先生《选唐诗》，也偶然用这样方法，但很少，当也是诗格一类书的影响。另一类是系统的用赋比兴或"比兴"说诗，朱子《楚辞集注》是第一部书；他用《诗集传》的办法将《楚辞》各篇分章注明赋比兴。不过他所谓"比""兴"与毛、郑不尽同。他答巩仲至（丰）书（《集》六十四）中又说：

> 古今之诗凡有三变。盖书传所记虞、夏以来下及魏、晋，自为一等。自晋、宋间颜、谢以后下及唐初，自为一等。自沈、宋以后定著律诗下及今日，又为一等。……故尝妄欲抄取经史诸书所载韵语，下及《文选》、汉、魏古词，以尽乎郭景纯、陶渊明之所作，自为一编而附于三百篇、《楚辞》之后，以为诗之根本准则。又于其下二等之中择其近于古者，各为一编，以为之羽翼舆卫；其不合者，则悉去之。

但他只作了《诗集传》、《楚辞集注》，以下三编都未成书。元代有个刘履，继承朱子的志愿，编了一套《风雅翼》。这里面包括《选诗补注》，以昭明所选为主，加以删补；"至其注释，则以〔朱子〕传《诗》、注《楚辞》者为成法⑥。"但四言有时还分章说，五言却以篇为单位。又有《选诗补遗》，选拔"唐、虞而降以至于晋，凡古歌辞之散见于传记诸子集者"。又有《选诗续编》，"乃李唐、赵宋诸作"。《四库提要·总集类》三论此书云：

> 至于以汉、魏篇章强分"比兴"，尤未免刻舟求剑，附合支离。朱子以是注《楚辞》，尚有异议，况又效西子之颦乎？以其大旨不失于正而亦不至全流于胶固，又所笺释评论亦颇详赡，尚非枵腹之空谈……固不妨存略参考焉。

这里所谓"未免刻舟求剑，附合支离"，"而亦不至全流于胶固，又所笺释评论亦颇详赡"，我们现在也不妨移作《楚辞集注》的评语。这一类价值自然比前一类高得多。

还有前面提过的陈沆《诗比兴笺》，专说"比兴"的诗，与朱子等又略有不同。魏源序说他"以笺古诗三百篇之法，笺汉、魏、唐之诗，使读者知'比兴'之所起，即知志之所之也"。他的书叫作"笺"，当是上希《郑笺》的意思。各诗并不分别注明比兴，只注重在以史证诗。看来他所谓"比兴"是分不开的，其实只是《诗大序》的"比"。他的取喻倒真是毛、郑的系统，非诗格诸书模糊影响者所可并论。毛、郑的权威既然很大，他这部书就也得着不少的尊重。在陈沆以前，张惠言《词选》也以毛、郑的方法说词。《词选》序云：

> 《传》曰："意内而言外谓之词。"其缘情造端，"兴"于微言，以相感动。极命风谣里巷男女哀乐，以道贤人君子幽约怨悱不能自言之情。低徊要眇，以喻其致。盖《诗》之"比兴"变风之义，骚人之歌则近之矣。

书中解释也屡用"兴"字。如温庭筠《更漏子》第一首下云："'惊塞雁'三句言欢戚不同，'兴'下'梦长君不知'也。"又晏殊《踏莎行》下云："此词亦有所'兴'，其欧公《蝶恋花》之流乎？"按宋罗大经《鹤林玉露（四）》论辛弃疾《菩萨蛮·书江西造口壁》云："南渡之初，虏人追隆祐太后御舟至造口，不及而还。幼安自此起兴。"又陈鹄《耆旧续闻（二）》论苏轼黄州所作《卜算子词》，以为"拣尽寒枝不肯栖"是"取兴鸟择木之意"，是宋人已有以"比兴"论词的。到了张氏，才更发挥光大，词体于是乎也"尊"起来了。

至于论诗，从唐以来，"比兴"一直是最重要的观念之一。后世所谓"比兴"虽与毛、郑不尽同，可是论诗的人所重的不是"比""兴"本身，而是诗的作用。白居易是这种诗论最重要的代表。他在与元九（稹）书中说从周衰秦兴，六义渐微，到了六朝，大家"嘲风雪，弄花草"，六义尽去。唐兴二百年，诗人不可胜数，"索其风雅比兴，十无一焉"。就是杜甫，"撮其《新安》、《石壕》、《潼关吏》、《芦子关》、《花门》之章，'朱门酒肉臭，路有冻死骨'之句，亦不过十三四首"。这是"诗道崩坏"。他说诗歌应该上以"补察时政"，下以"泄导人情"，又说："歌诗合为事而作。"又说他作谏官时"月请谏纸。启奏之外，有可以救济人病，裨补时阙，而难于指言者，辄咏歌之，欲稍稍进闻于上。"他将自己的诗分为四类，第一类便是"讽谕诗"。他说：

> 自拾遗来，凡所遇所感关于美刺比兴者，又自武德讫元和，因事立题，题为"新乐府"者，共一百五十首，谓之讽谕诗。

第二类是"闲适诗"。他接着说：

又或退公独处，或移病闲居，知足保和，吟玩性情者，一百首，谓之闲适诗。

他又说：

故仆志在兼济，行在独善，奉而始终之则为道，言而发明之则为诗。谓之"讽谕诗"，兼济之志也。谓之"闲适诗"，独善之义也。故览仆诗，知仆之道焉。

这简直可以说是诗以明道了。"兼济"和"独善"都是道，所以上以"补察时政"，下以"泄导人情"，都是诗歌的作用。但可以注意的是，他的"讽谕诗"里只有一部分是后世所谓"比兴"，大多数还是赋体，《新乐府》是的，"所遇所感"诸篇中一部分也是的。而《长恨歌》、《琵琶行》等赋体诗，为当时及后世所传诵的，却并不在"讽谕诗"而在"感伤诗"里。更可以注意的是，他说"风雅比兴"，又说"美刺比兴"，"风雅"和"美刺"可不都包括赋体诗在内吗！原来《毛传》、《郑笺》虽为经学家所尊奉，文士作诗，却从不敢如法炮制，照他们的标准去用譬喻。因为那么一来，除非自己加注，恐怕就没人懂。建安以来的作家，可以说没有一个用过《传》、《笺》式的"比兴"作诗的。用《楚辞》式的譬喻作诗的倒有的是，阮籍是创始的人。不过这一种，连后来的比体在内，也还是不多。赋体究竟是大宗。赋体诗中间却不短譬喻，后世的"比"就以这种譬喻为多。就这种"比"及比体诗加以触类引伸，便是后世的"兴"了。这样，后世论诗所说的"比兴"并不是《诗大序》的"比""兴"了。可是《大序》的主旨，诗以"经夫妇，成孝敬，厚人伦，美教化，移风俗"，"发乎情，止乎礼义"，却始终牢固的保存着。这可以说是"诗教"，也可以说是"诗言志"或诗以明道。代表这意念的便是白氏所举"风雅"、"比兴"、"美刺"三个名称。不过"风雅"和"美刺"既然都兼包赋比兴而言，而赋是"直陈其事"，不及"比兴""主文而谲谏，言之无罪，闻之者足以戒"，所以白氏以后，"比兴"这名称用得最多。那么，论诗尊"比兴"，所尊的并不全在"比""兴"本身价值，而是在"诗以言志"、诗以明道的作用上了。明白了这一层，像谭献《箧中词（五）》评蒋春霖《扬州慢》词⑧，竟说"赋体至此，转高于比兴"，就毫不足怪了。

---

① 《诗品序》云："文有尽而意有馀，兴也。因物喻志，比也。"与旧解略异。

② 《文心雕龙·比兴篇》。

③ 顾龙振《诗学指南》中收此类书甚多。

④ 王士禛《香祖笔记》卷六："宋时为王氏之学者务为穿凿。有称杜子美《禹庙》诗'空庭垂橘柚'，谓'厥包橘柚锡贡'也，'古屋画龙蛇'谓'驱龙蛇而放之菹'也。予童时见此说，即知笑之。"

⑤ 黄鲁直《大雅堂记》论杜诗云："彼喜穿凿者弃其大旨，取其发兴，于所遇林泉人物草木鱼虫，以为物物皆有所托，如世间商度隐语者，则子美之诗委地矣！"（《山谷全书正集》十六。）

⑥ 元戴良《风雅翼》序。

⑦ 谭献《箧中词》卷三说："倚声之学，由二张而始尊。"二张即惠言与弟琦。又说周济"推明张氏之旨而广大之，此道遂兴于著作之林，与诗赋文笔同其正变。"

⑧ 题为"癸丑十一月二十七日赋趋京口，报官军收扬州"，后半阕云："劫灰到处，便遗民见惯都惊。问障扇遮尘，围棋赌墅，可奈苍生！月黑流萤何处？西风黯鬼火星星。更伤心南望，隔江无数峰青。"

选自朱自清《诗言志辨》，开明书店，1947

汤祷篇

郑振铎

　　古史的研究，于今为极盛；有完全捧着古书，无条件的屈服于往昔的记载之下的；也有凭着理智的辨解力，使用着考据的最有效的方法，对于古代的不近人情或不合理的史实，加以驳诘，加以辨正的。顾颉刚先生的《古史辨》便是属于后者的最有力的一部书。顾先生重新引起了王充、郑樵、崔述、康有为诸人的怀疑的求真的精神。康氏往往有所蔽，好以己意强解古书，割裂古书；顾先生的态度，却是异常的恳挚的；他的"为真理而求真理"的热忱，是为我们友人们所共佩的。他的《古史辨》已出了三册，还未有已。在青年读者们间是有了相当的影响的。他告诉他们，古书是不可尽信的；用时须加以谨慎的拣择。他以为古代的圣人的以及其他的故事，都是累积而成的，即愈到后来，那故事附会的成分愈多。他的意见是很值得注意的。也有不少的跟从者曾做了同类的工作。据顾先生看来，古史的不真实的成份，实在是太多了。往往都是由于后代人的附会与添加的。——大约是汉朝人特别的附加的多吧。但我以为，顾先生的《古史辨》，乃是最后一部的表现中国式的怀疑精神与求真理的热忱的书，她是结束，不是开创，他把郑崔诸人的路线，给了一个总结束。但如果从今以后，要想走上另一条更近真理的路，那只有别去开辟门户。像郭沫若先生他们对于古代社会的研究便是一个好例。他们下手，他们便各有所得而去。老在旧书堆里翻筋斗，是绝对跳不出如来佛的手掌心以外的。此亦一是非，彼亦一是非，旧书堆里的纠纷，老是不会减少的。我以为古书固不可尽信为真实。但也不可单凭直觉的理智，去抹杀古代的事实。古人或不至像我们所相信的那末样的惯于作伪，惯于凭空捏造多多少少的故事出来；他们假使有什么附会，也必定有一个可以使他生出这种附会来的根据的。愈是今人以为大不近人情，大不合理，却愈有其至深且厚，至真且确的根据在着。自从人类学、人种志和民俗学的研究开始以来，我们对于古代的神话和传说，已不仅视之为原始人里的"假语村言"了；自从萧莱曼在特洛伊城废址进行发掘以来，我们对于古代的神话和传说，也已不复仅仅把他们当作是诗人们的想像的创作了。我们为什么还要常把许多古史上的重要的事实,当作后人的附会和假造呢?

我对于古史并不曾用过什么苦功;对于新的学问,也不曾下过一番好好的研究的工夫。但我却有一个愚见,我以为《古史辨》的时代是应该告一个结束了!为了使今人明了古代社会的真实的情形,似有另找一条路走的必要。如果有了《古史新辨》一类的东西,较《古史辨》似更有用。也许更可以证明《古史辨》所辨正的一部分的事实,是确切不移的真实可靠的。这似乎较之单以直觉的理智,或以古书考证,为更近于真理,且似也更有趣些。

在这里,我且在古史里拣选出几桩有趣的关系重大的传说,试试这个较新的研究方法。这只是一个引端;我自认我的研究是很粗率的。但如果因此而引起了学者们的注意,使他们有了更重要、更精密的成绩出来,我的愿望便满足了。

更有一点,也是我做这种工作的重要的原因;在文明社会里,往往是会看出许多的"蛮性的遗留"的痕迹来的;原始生活的古老的"精灵"常会不意的侵入现代人的生活之中;特别在我们中国,这古老的"精灵"更是胡闹得厉害。在这个探讨的进行中,我也要不客气的随时举出那些可笑的"蛮性的遗留"的痕迹出来。读者们或也将为之哑然一笑,或觉要瞿然深思着的吧。

第一篇讨论的是汤祷于桑林的故事。

一　汤祷

一片的大平原,黄色的干土,晒在残酷的太阳光之下,裂开了无数的小口,在喘着气;远远的望过去,有极细的土尘,高高的飞扬在空中,仿佛是绵绵不断的春雨所织成的帘子。但春雨给人的是过度的润湿之感,这里却干燥得使人心焦意烦。小河沟都干枯得见了底,成了天然的人马及大车的行走的大道;桥梁剩了几块石条,光光的支撑在路面的高处,有若枯骸的曝露,非常的不顺眼,除了使人回忆到这桥下曾经有过碧澄澄的腻滑的水流,安闲舒适的从那里流过。正如"画饼充饥"一样,看了画更觉得饿火上升得厉害;这样桥梁也使人益发的不舒服,一想起绿油油的晶荧可爱的水流来。许多树木在河床边上,如幽灵似的站立着,绿叶早已焦黄萎落了,秃枝上厚厚的蒙罩了一层土尘。平原上的芊芊绿草是早已不曾蔓生的了。稻田里的青青禾黍,都现出枯黄色,且有了黑斑点。田边潴水的小池塘,都将凹下的圆底,赤裸裸的现出在人们的眼前。这里农民们恃为主要的生产业的桑林,原是总总林林的遍田遍野的丛生着，那奇丑的矮树，主干老是虬结着的，曾经博得这里农民们的衷心的爱护与喜悦的，其茸茸的细叶也枯卷在枝干上。论理这时是该肥肥的浓绿蔽满了枝头的。没有一个人不着急。他们天天祷神，他们祀祖求卜，家家都已用尽了可能的努力。然而"旱魃"仍是报冤的鬼似的，任怎样禳祷也不肯去。农民们的蚕事是无望的了，假如不再下几阵倾盆的大雨，连食粮也都成了严重的问题；秋收是眼看的不济事了。

没有下田或采桑的男妇，他们都愁闷的无事可作的聚集在村口，窃窃的私语着。人心惶惶然，有些激动。左近好几十村都是如此。村长们都已到了城里去。

该是那位汤有什么逆天的事吧？天帝所以降下了那末大的责罚。这该是由那位汤负全责的！

人心骚动着。到处都在不稳的情态之下。

来了，来了，村长们从城里拥了那位汤出来了。还有祭师们随之而来。人们骚然的立刻包围上了，密匝匝的如蜜蜂的归巢似的。人人眼睛里都有些不平常的诡怪的凶光在闪露着。

看那位汤穿着素服，披散了发，容色是戚戚的，如罩上了一层乌云，眼光有些惶惑。

太阳蒸得个个人气喘不定。天帝似在要求着牺牲的血。

要雨，我们要的是雨。要设法下几阵雨！

祷告！祷告！要设法使天帝满足！

该有什么逆天的事吧？该负责设法挽回！

农民们骚然的在吵着喊着；空气异然的不稳。

天帝要牺牲，要人的牺牲！要血的牺牲！我们要将他满足，要使他满足！——仿佛有人狂喊着。

要使他满足！——如雷似的呼声四应。

那位汤抬眼望了望；个个人眼中似都闪着诡异的凶光。他额际阵阵的滴落着豆大的黄汗。他的斑白的鬓边，还津津的在集聚汗珠。

诸位——他要开始喊叫，但没有一个听他。

抬祭桌—— 一人倡，千人和。立刻把该预备的东西都预备好了。

堆柴——又是一声绝叫。高高的柴堆不久便竖立在这大平原的地面上了。

那位汤要喊叫，但没有一个人理会他。他已重重密密的被包围在铁桶似的人城之中。额际及鬓上的汗珠尽望下滴。他眼光惶然的似注在空洞的空气中，活像一只待屠的羊。

有人把一件羊皮袄，披在那位汤的背身上。他机械的服从着，被村长们领到祭桌之前，又机械的匍匐在地。有人取了剪刀来。剪去了他的发，剪去了他的手指甲。

发和爪都抛在祭盆里烧着；一股的腥焦的气味。

四边的祷祈的密语，如雨点似的淅沥着。村长们、祭师们的咒语，高颂着。空气益发紧张了。人人眼中都闪着诡异的凶光。

黄澄澄的太阳光，睁开了大眼瞧望着这一幕的活剧的进行。还是一点雨意也没有。但最远的东北角的地平线上，已有些乌云在聚集。

祈祷咒诵的声音营营的在杂响着。那位汤耳朵里嗡嗡的一句话也听不进。他匍匐在那里，所见的只是祭桌的腿，燔盘的腿，以及臻臻密密的无量数的人腿，如桑林似的植立在那里。他知道他自己的命运；他明白这幕活剧要进行到什么地步。他无法抵抗，他不能躲避。无穷尽的祷语在念诵着；无数的礼仪的节目在进行着。燔盘里的火焰高高的升在半空；人的发爪的焦味儿还未全散。他额际和鬓边的汗珠还不断的在集合。

村长们、祭师们，护掖他立起身来。在群众的密围着向大柴堆而进。他如牵去屠杀的羊儿似的驯从着。

东北风吹着，乌云渐向天空漫布开来。人人脸上有些喜意。那位汤也有了一丝的自慰。但那幕活剧还在进行。人们拥了那位汤上了柴堆。他孤零零的跪于高高的柴堆之上。四面是密密层层的人。祭师们、村长们又在演奏着种种的仪式，跪着，祷着，立着，行着。他也跪祷着，头仰向天；他只盼望着乌云聚集得更多，他只祷求雨点早些下来，以挽回这个不可救的局面。风更大了，吹拂得他身上有些凉起来。额际的汗珠也都被吹干。

祭师们、村长们又向燔火那边移动了。那位汤心上一冷。他知道他们第二步要做什么。他彷徨的想跳下柴堆来逃走。但望了望，那末密密匝匝的紧围着的人们，个个眼睛都是那末诡怪的露着凶光，他又不禁倒抽了一口冷气，他知道逃脱是不可能的。他只是盼望着雨点立刻便落下来，好救他出于这个危局。

祭师们、村长们又从燔火那边缓缓的走过来了，一个祭师的领袖手里执着一根火光熊熊的木柴。那位汤知道他的命运了；反而闭了眼，不敢向下看。

乌云布满了天空；有豆大的雨点从云罅里落了下来。人人仰首望天。 一阵的欢呼，连严肃到像死神他自己似的祭师们也忘形的仰抬了头。冰冷的水点，接续的滴落在他们的颊上，眉间；如向日葵似的开放了心向夏雨迎接着。

那位汤听见了欢呼，吓得机械的张开了眼。他觉得有湿漉漉的粗点，洒在他新被剪去了发的头皮上。雨是在继续的落下，他几乎也要欢呼起来，勉强的抑制了自己。

雨点更粗更密了，以至于组成了滂沱的大水流。个个人都淋得满身的湿水。但他们是那末喜悦！

空气完全不同了。空中是充满了清新的可喜的泥土的气息，使人们嗅到了便得意。个个人都跪倒在湿泥地上祷谢天帝。祭师的领袖手上的烧着的木柴也被淋熄了；燔火也熄了。

万岁，万岁！万岁——！他们是用尽了腔膛里的肺量那末欢呼着。

那位汤又在万目睽睽之下，被村长们、祭师们护掖下柴堆。他从心底松了一口气；暗暗的叫着惭愧。人们此刻是那末热烈的拥护着他！他立刻又恢复了庄严的自信的容色，大跨步的向城走去。人们紧围着走。

那位汤也许当真的以为天帝是的确站在他的一边了。

"万岁，万岁！万岁！！"的欢呼声渐远。

大雨如天河决了口似的还在落下，聚成了一道河流，又蠢蠢的在桥下奔驰而东去。小池塘也渐渐的积上了土黄色的混水。树林野草似乎也都舒适的吐了一口长气。桑林的萎枯的茸茸的细叶，似乎立刻便有了怒长的生气。

只有那位柴堆还傲然的植立在大雨当中，为这幕活剧的唯一存在的证人。

二　本事

以上所写的一幕活剧，并不是什么小说——也许有点附会，但并不是全然离开事实的。这幕活剧的产生时代，离现在大约有三千二百五十年；剧中的人物便是那位君王汤。这类的活剧，在我们的古代，演的决不止一次两次，剧中的人物，也决不止那位汤一人。但那位幸运儿的汤，却因了太好的一个幸运，得以保存了他的生命，也便保存了那次最可纪念的一幕活剧的经过。

汤祷的故事，最早见于《荀子》、《尸子》、《吕氏春秋)、《淮南子》及《说苑》。《说苑》里记的是：

> 汤之时，大旱七年，雒坼川竭，煎沙烂石，于是使人持三足鼎祝山川，教之祝曰：政不节邪？使人疾邪？苞苴行邪？谗夫昌邪？宫室崇邪？女谒盛邪？何不雨之极也？言未已，而天大雨。

这里只是说，汤时大旱七年，他派人去祭山川，教之祝辞，"言未已，而天大雨"，并无汤自为牺牲以祷天之说；但《说苑》所根据的是《荀子》，《荀子》却道：

> 汤旱而祷曰：政不节与？使民疾与？何以不雨至斯极也！宫室荣与？妇谒盛与？何以不雨至斯极也！苞苴行与？谗夫兴与？何以不雨至斯极也！

《荀子》说的是汤旱而祷，并没有说"使人持三足鼎祝山川"，这一节话，或是刘向加上去的。但向书实较晚出；《吕氏春秋》记的是：

> 汤克夏而正天下。天大旱五年不收，汤乃以身祷于桑林曰：余一人有罪，无及万夫。万夫有罪，在余一人。无以一人之不敏，使上帝鬼神伤民之命。于是翦其发，鄌其手，以身为牺牲，用祈福于上帝。民乃甚说，雨乃大至！

这是最重要的一个记载，其来源当是很古远的，决不会是《吕氏春秋》作者的杜撰；《说苑》取《荀子》之言，而不取《吕氏春秋》，或者是不相信这传说的真实性罢？但汤祷于桑林的传说，实较"六事自责"之说为更有根据，旁证也更多：

> 《淮南子》：汤之时，七年旱，以身祷于桑林之际，而四海之云凑，千里之雨至。
> 又李善《文选注》引《淮南子》：汤时大旱七年，卜用人祀天。汤曰：我本卜祭为民，岂乎自当之。乃使人积薪，翦发及爪，自洁居柴上。将自焚以祭天。火将燃，即降大雨。（《思玄赋》注）
> 《尸子》：汤之救旱也，乘素车白马，著布衣，婴白茅，以身为牲，祷于桑林之野。当此时也，弦歌鼓舞者禁之。

这都是说，汤自己以身为牺牲，而祷于桑林的；《淮南子》更有"自洁居柴上"之说。这也许更古。皇甫谧的《帝王世纪》，则袭用《淮南》、《吕览》之说：

> 《帝王世纪》：汤自伐桀后，大旱七年，殷史卜曰：当以人祷。汤曰：吾

所为请雨者民也，若必以人祷，吾请自当。遂斋戒，剪发断爪，以身为牲，祷于桑林之社。言未已，而大雨，方数千里。

在离今三千二百五十余年的时候，这故事果曾发生过么？我们以今日的眼光观之，实在只不过是一段荒唐不经的神话而已。这神话的本质，是那末粗野，那末富有野蛮性！但在古代的社会里，也和今日的野蛮人的社会相同，常是要发生着许多不可理解的古怪事的。愈是野蛮粗鄙的似若不可信的，倒愈是近于真实。自从原始社会的研究开始了之后，这个真理便益为明白。原始社会的生活是不能以今日的眼光去评衡的，原始的神话是并不如我们所意想的那末荒唐无稽的。

但在我们的学术界里，很早的时候，便已持着神话的排斥论，惯好以当代的文明人的眼光去评衡古代传说。汤祷的事，也是他们的辩论对象之一。底下且举几个有力的主张。

三　曲解

《史记》在《殷本纪》里详载汤放网的故事，对于这件祷于桑林的大事，却一个字也不提起。以后，号为谨慎的历史学者，对此也纷纷致其驳诘，不信其为实在的故事。崔述的《商考信录》尝引宋南轩张氏、明九我李氏的话以证明此事的不会有：

张南轩曰：史载成汤祷雨，乃有剪发、断爪、身为牺牲之说。夫以汤之圣，当极旱之时，反躬自责，祷于林野，此其为民吁天之诚，自能格天致雨，何必如史所云。且人祷之占，理所不通。圣人岂信其说而毁伤父母遗体哉！此野史谬谈，不可信者也。

李九我曰：大旱而以人祷，必无之理也。闻有杀不辜而致常旸之咎者矣，未有旱而可以人祷也！古有六畜不相为用，用人以祀，惟见于宋襄、楚灵二君。汤何如人哉！祝史设有是词，独不知以理裁，而乃以身为牺，开后世用人祭祖之原乎？天不信汤平日之诚，而信汤一日之祝，汤不能感天以自修之实，而徒感天以自责之文，使后世人主，一遇水旱，徒纷纷于史巫，则斯言作俑矣。

崔氏更加以案语道：

余按《公羊·桓五年传》云：大雩者，旱祭也。注云：君亲之南郊，以六事谢过自责曰：政不一与？民失职与？宫室崇与？妇谒盛与？苞苴行与？谗夫倡与？使童男女各八人舞而呼雩，故谓之雩。然则，以六事自责，乃古雩祭常礼，非以为汤事也。《僖三十一年传》云：三望者何？望祭也。然则曷祭？祭泰山、河、海。注云：《韩诗传》曰：汤时大旱，使人祷于山川是也。然则，是汤但使人祷于山川，初未尝身祷，而以六事自责也。况有以身为牺者哉！且雩，祭天祷雨也，三望，祭山川也，本判然为两事。虽今《诗传》已亡，然观注文所引，亦似绝不相涉者。不识传者何以误合为一，而复增以身为牺之事，以附会之也。张、李二子之辨当矣。又按诸子书，或云尧有九年之水，汤有七年之旱，或云尧时十年九水，汤时八年七旱。尧之水见于经传者多矣，汤之旱何以经传绝无言者？尧之水不始于尧，乃自古以来，积渐泛滥之水，至尧而后平耳。汤之德至矣，何以大旱至于七年？董子云：汤之旱，乃桀之馀虐也。纣之馀虐，当亦不减于桀；周克殷而年丰，何以汤克夏而反大旱哉？然则，汤之大旱且未必其有尤，况以身为牺，乃不在情理之尤者乎！故今并不录。

张、李二氏不过是"空口说白话"，以直觉的理性来辨正。崔氏却厉害得多了，他善于使用考据家最有效的武器。他以《公羊注》所引的《韩诗传》的两则佚文，证明《荀子》、《说苑》上的汤祷的故事，乃是"误合"二事为一的；而"以身为牺之事"则更是"附会"上去的。他很巧辩，根据于这个巧辩，便直捷的抹杀古史上的这一件大事。但古代所发生的这末重要的一件大事，实在不是"巧辩"所能一笔抹杀的。

他们的话，实在有点幼稚得可笑，全是以最浅率的直觉的见解，去解释古代的历史的。但以出于直觉的理解，来辨论古史实在是最危险的举动。从汉王充起到集大成的崔述为止，往往都好以个人的理性，来修改来辨正古史。勇于怀疑的精神果然是可以钦佩，却不知已陷于重大的错误之中。古史的解释决不是那末简单的；更不能以最粗浅的，后人的常识去判断古代事实的有无。站在汉，站在宋，乃至站在清，以他们当代的文化已高的社会的情况作标准去推测古代的社会情况，殆是无往而不陷于错误的。汤祷的故事便是一个好例。他们根本上否认"人祷"。张南轩说："人祷之占，理所不通。"李九我说："大旱而以人祷，必无之理也。"崔东壁且更进一步而怀疑到汤时大旱的有无的问题。他还否认汤曾亲祷，只是"使人祷于山川"。（至于"六事自责"的事，原是这个传说里不重要的一部分，即使是后来附会上去的，也无害于这传统的真实性。故这里不加辨正）。他们的受病之源，大约俱在受了传统的暗示，误认汤是圣人，又认为天是可以诚格的。故张氏有"此其为民吁天之诚，自能格天致雨"之说，李氏有"汤何如人哉！——天不信汤平日之诚，而信汤一日之祝"之说。崔氏更有"纣之馀虐，当亦不减于桀。周克殷而年丰，何以汤克夏而反大旱哉"之言。这些话都是幼稚到可以不必辨的。我们可以说，"人祷"的举动，是古代的野蛮社会里所常见的现象。"大旱而以人祷"，并不是"必无之理"。孔子尝云："始作俑者其无后乎！"也恰恰是倒果为因的话。最古的时候必以活的人殉葬，后世"圣人"，乃代之以俑（始作俑者，其必有后也！——我们该这末说才对）。这正如最古的时候，祷神必以活人为牺牲一样。后来乃代以发和爪——身体的一部分——或代以牛或羊。希腊往往为河神而养长了头发；到了发长时，乃剪下投之于河，用以酬答河神的恩惠（Pau.sanias的《The Description of Greece》书里屡言及此）。这可见希腊古时是曾以"人"祷河的。后乃代之以发。我们古书里所说的"秦灵公八年，初以君主妻河"（见《史记·六国表》）及魏文侯时邺人为河伯娶妇的事（见《史记·滑稽列传》）皆与此合。希腊神话里更有不少以人为牺牲的传说。最有名的一篇悲剧Iphigenia（Euripides作）便是描写希腊人竟将妙龄的女郎Iphigenia（主帅Agamanon之女）作为牺牲以求悦于Artemis女神的。所以，祈雨而以"人"为牺牲的事，乃是古代所必有的。汤的故事恰好遗留给我们以一幅古代最真确的生活的图画。汤之将他自己当作牺牲，而剪发断爪，祷于桑林，并不足以表现他的忠心百姓的幸福，却正是以表现他的万不得已的苦衷。这乃是他的义务，这乃是他被逼着不能不去而为牲的——或竟将真的成了牺牲品，如果他运气不好，像希腊神话里的国王Athamas；这位Athamas也是因了国内的大饥荒而被国民们杀了祭神的。所以，那位汤，他并不是格外的要求讨好于百姓们，而自告奋勇的说道："若以人祷，请自当！"他是君，他是该负起这个祈雨的严重的责任的！除了他，别人也不该去。他却不去不成！虽然"旱"未必是"七年"，时代未必便是殷商的初期，活剧里主人翁也许未必便真的是汤，然而中国古代之曾有这幕活剧的出现，却是无可致疑的事。——也许不止十次百次！

四 "蛮性的遗留"

我们看《诗经·大雅》里的一篇《云汉》，那还不是极恐怖的一幕大旱的写照么？"倬彼云汉，昭回于天。王曰：于乎！何辜今之人，天降丧乱，饥馑荐臻。靡神不举，靡爱斯牲。圭璧既卒，宁莫我听？"这祷辞是那末样的迫切。剧中人物也是一位王；为了大旱之故，而大饥馑，天上还是太阳光满晒着，一点雨意都没有。于是"王"不得不出来祷告了。向什么神都祷告过了，什么样的牺牲（肥牛白羊之类吧）都祭用过了；许多的圭璧也都陈列出来过了，难道神还不见听么？

"旱既大甚，蕴隆虫虫。不殄禋祀，自郊徂宫。上下奠瘗，靡神不宗。后稷不克，上帝不临；耗斁下土，宁丁我躬。"这是说，天还不下雨，什么都干枯尽了。"王"是从野外到庙宇，什么地方都祷求遍了，什么神都祭祀过了；却后稷不听，上帝不临。仍然是没有一点雨意。宁愿把"王"自己独当这灾害之冲罢，不要再以旱来耗苦天下了。这正如汤之祷辞："余一人有罪，无及万夫；万夫有罪，在余一人。无以一人之不敏，使上帝鬼神，伤民之命"，是相合的。古代社会之立"君"，或正是要为这种"挡箭牌"之用罢。

"旱既大甚，则不可推，兢兢业业，如霆如雷。周馀黎民，靡有孑遗。昊天上帝，则不我遗；胡不相畏，先祖于摧。"大旱是那末可怕，一切都枯焦尽了，人民们恐怕也要没有孑遗了；上帝怎么不相顾呢？祖先怎么不相佑呢？

"旱既大甚，则不可沮。赫赫炎炎，云我无所。大命近止，靡瞻靡顾。群公先正，则不我助；父母先祖，胡宁忍予？"旱是那末赫赫炎炎的不可止。既逃避不了，和死亡也便邻近了。"群公先正"怎么会不我助呢？祖先们又怎么忍不我助呢？

"旱既大甚，涤涤山川；旱魃为虐，如惔如焚。我心惮暑，忧心如熏。群公先正，则不我闻，昊天上帝，宁俾我遁！"水涸了，山秃了，旱魃是如燎如焚的在肆虐。"王"心里是那末焦苦着；为什么上帝和祖先都还不曾听到他的呼号而一为援手呢？

"旱既大甚，黾勉畏去。胡宁瘨我以旱，憯不知其故。祈年孔夙，方社不莫。昊天上帝，则不我虞；敬恭明神，宜无悔怒。"不知什么原故，天乃给这里的人们以大旱灾呢？王很早的便去祈年了；祭四方与社又是很夙日不莫。上帝该不至为此而责备他；他那样的致敬恭于神，神该没有什么悔和怒罢？

"旱既大甚，散无友纪。鞫哉庶正，疚哉冢宰。趣马师氏，膳夫左右。靡人不周，无不能止。瞻卬昊天，云如何里！"大旱了那末久，什么法子都想遍了。什么人也都访问遍了，却都没法可想，仰望着没有织云的天空，到底是怎么一会事呢！

"瞻卬昊天，有嘒其星。大夫君子，昭假无赢；大命近止，无弃尔成。何求为我，以戾庶正! 瞻卬昊天，曷惠其宁!"夜间是明星一粒粒的闪闪的天，一点雨意也没有。假如是为了王一人的原故，便请不要降灾于天下而只降灾于一人吧! "何求为我，以戾庶正"的云云，和汤的"无以一人之不敏，使上帝鬼神伤民之命"的云云，口气是完全同一的。

在周的时代，为了一场的旱灾的作祟，国王还是那末样的张皇失措，那末样的焦思苦虑，那末样的求神祷天，那末样的引咎自责；可见在商初的社会里，而发生了汤祷的那样的故事是并不足为怪的。

不仅此也；从殷、周以来的三千余年间，类乎汤祷的故事，在我们的历史上，不知发生了多少。天下有什么"风吹草动"的灾异，帝王们便须自起而负其全责；甚至天空上发现了什么变异，例如彗星出现等等的事。国王们也便要引为自咎的下诏罪己，请求改过。底下姑引我们历史上的比较有趣的同类的故事若干则，以示其例。

在《尚书·金縢》及《史记》里，说是在周成王三年的秋天，大熟未获，天大雷电以风，禾尽偃，大木斯拔。王大恐，与大夫尽弁，以启金縢之匮，见周公请代武王之事，执书以泣，乃出郊迎周公。天乃雨，反风，禾尽起，岁则大熟。这段记载，未免有些夸大，但充分的可以表现出先民们对于天变的恐惧的心理，以及他们的相信改过便可格天的观念。

周敬王四十年夏，荧惑守心。心为宋的分野。宋景公忧之。司星子韦道：可移于相。公道：相，吾之股肱。子韦道：可移于民。公道：君者待民。子韦道：可移于岁。公道：岁饥民困，吾谁为君? 子韦道：天高听卑，君有君人之言三，荧惑宜有动。于是候之，果徙三度。这还是以诚感天的观念。但荧惑守心，而司星者便戚戚然要把这场未来的灾祸移禳给相，给民或给岁，以求其不应在国王的身上，可见他们是相信，凡有天变，身当之者便是国王他自己。这种移祸之法，后来往往见于实行。汉代常以丞相当之；臣民们也往往借口于此以攻击权臣们。

秦始皇二十年，燕太子丹遣荆轲入秦，欲乘间刺始皇。轲行时，白虹贯日。在汉代的时候，一切的天变都成了皇帝的戒惧和自责的原因。破落户出身的刘邦，本来不懂这些"为君"的花样，所以他也不管这些"劳什子"。但到了文、景之时，便大不相同了。"汉家气象"，渐具规模。文帝二年的冬天，"日有食之"，他便诚惶诚恐的下诏求言道：

朕闻之，天生民，为之置君以养治之。人主不德，布政不均，则天示之灾以戒不治。乃十一月晦，日有食之，适见于天。灾孰大焉！朕护保宗庙，以微渺之身，托于士民君王之上。天下治乱，在予一人。唯二三执政，犹吾股肱也。朕下不能治育群生，上以累三光之明，其不德大矣！令至，其悉思朕之过失，及知见之所不及，匄以启告朕。及举贤良方正能直言极谏者，以匡朕之不逮。

这还不宛然的汤的"余一人有罪"的口吻么？此后二千余年，凡是遇天变，殆无不下诏求言者，其口吻也便都是这一套。

过了不多时候，皇帝们又发明了一个减轻自己责任的巧妙的方法，便是把丞相拿来做替死鬼。凡遇天变的时候，便罢免了一位丞相以禳之。汉成帝阳朔元年二月，晦，日食。京兆尹王章便乘机上封事，言日食之咎，皆王凤专权蔽主之过。最可惨者：当成帝绥和二年春二月，荧惑守心；郎贲丽善为星，言大臣宜当之。帝乃召见丞相翟方进，赐册责让，使尚书令赐上尊酒十石养牛一。方进即日自杀。这真是所谓"移祸于枯桑"了。

灵帝光和元年，秋七月，青虹见玉堂殿庭中。帝以灾异诏问消复之术。蔡邕对道："臣伏思诸异，皆亡国之怪也。天于大汉，殷勤不已，故屡出祅变，以当谴责。欲令人君感悟，改危即安……宜高为堤防，明设禁令，深惟赵、霍，以为至戒……则天道亏满，鬼神福谦矣！"这话恰足以代表二千余年来儒者们对于灾异的解释。

晋孝武帝太元二十年秋七月，有长星见自须女，至于哭星。帝心恶之，于华林园举酒祝之曰："长星！劝汝一杯酒。自古何有万岁天子邪？"

晋安帝义熙十四年冬十二月，彗星出天津，入太微，经北斗，络紫微，八十余日而灭。魏崔浩谓魏主嗣道："晋室陵夷，危亡不远。彗之为异，其刘裕将篡之应乎？"

唐高祖武德九年六月，太白经天。李世民杀其兄建成、弟元吉。

唐太宗贞观二年春三月，关内旱饥，民多卖子。诏出御府金帛，赎以还之。尝谓侍臣道："使天下乂安，移灾朕身，是所愿也。"所在有雨，民大悦。

贞观十一年秋七月，大雨，谷、洛溢，入洛阳宫，坏官寺民居，溺死者六千余人。诏：水所毁宫，少加修缮，才令可居。废明德宫、玄圃院，以其材给遭水者。令百官上封事，极言朕过。

唐高宗总章元年，夏四月，彗星见于五车。帝避正殿，减膳彻乐。许敬宗等奏请复常，高宗不许。

唐中宗景龙四年，夏六月，李隆基将起兵诛诸韦。微服和刘幽求等入苑中。逮夜，天星散落如雪。幽求道："天意若此，时不可失！"于是葛福顺直入羽林营，斩诸韦典兵者以徇。

唐德宗兴元元年，春正月，陆贽言于帝道："昔成汤以罪己勃兴，楚昭以善言复国。陛下诚能不吝改过以言谢天下，则反侧之徒革心向化矣。"帝然之。乃下制道："致理兴化，必在推诚，忘己济人，不吝改过。小子长于深宫之中，暗于经国之务……天谴于上，而朕不悟，人怨于下，而朕不知。驯至乱阶，变兴都邑。万品失序，九庙震惊。上累祖宗，下负烝庶。痛心靦貌，罪实在予。"

唐宣宗大中八年，春正月，日食，罢元会。

唐昭宗大顺二年，夏四月，彗星出三台，入太微，长十丈余。赦天下。

唐昭宣帝天祐二年，夏四月，彗星出西北，五月长竟天。朱全忠专政，诛杀唐宗室殆尽。

宋太宗端拱二年，彗星出东井。司天言，妖星为灭契丹之象。赵普立刻上疏，谓此邪佞之言，不足信。帝乃照惯例避殿减膳大赦。宋真宗咸平元年，春，正月。彗星出营室北。吕端言应在齐、鲁分。帝道："朕以天下为忧，岂直一方邪?"诏求直言，避殿减膳。

宋仁宗景祐元年，八月，有星孛于张翼。帝以星变，避殿减膳。

宋仁宗宝元元年，春正月，时有众星西北流，雷发不时，下诏，求直言。

宋哲宗元符三年三月，以四月朔，日当食，诏求直言。已预先知道要日食，推算之术可算已精，却更提早的先求直言。这殊为可笑！筠州推官崔鹏乃上书道："夫四月，阳极盛，阴极衰之时，而阴干阳，故其变为大，惟陛下畏天威，听明命，大运乾刚，大明邪正，则天意解矣。"

宋徽宗大观三年，有郭天信的，以方伎得亲幸，深以蔡京为非。每奏天文，必指陈以撼京。密白日中有黑子。帝为之恐，遂罢京。

宋高宗建炎三年六月，大霖雨。吕颐浩、张浚都因之谢罪求去。诏郎官以上言阙政。赵鼎乘机上疏道："凡今日之患，始于安石，成于蔡京。今安石，犹配享神宗，而京之党未除，时政之缺，莫大于此。"帝从之，遂罢安石配享。寻下诏以四失罪己。

宋理宗宝祐三年，正月，迅雷。起居郎牟子才上书言元夕不应张灯，遂罢之。

元世祖至元三十年，冬十月，彗入紫微垣。帝忧之，夜召不忽尤入禁中，问所以销天变之道。不忽尤道："风雨白天而至，人则栋宇以待之；江河为地之限，人则舟楫以通之；天地有所不能者，人则为之。此人所以与天地参也。且父母怒，人子不敢疾怨，起敬起孝。故《易》曰：君子以恐惧修省。《诗》曰：敬天之怒。三代圣王，克谨天戒，鲜有不终。汉文之世，同日山崩者二十有九；日食地震，频岁有之。善用此道，天亦悔祸，海内乂安。此前代之龟鉴也。愿陛下法之。"因诵文帝日食求言诏。帝悚然道："此言深合朕意。"

元仁宗延祐四年，夏四月，不雨。帝尝夜坐，谓侍臣道："雨旸不时，奈何？"萧拜住道："宰相之过也。"帝道："卿不在中书邪？"拜住惶愧。顷之，帝露香祷于天。既而大雨，左右以雨衣进。帝道："朕为民祈雨，何避焉！"

明神宗万历九年，夏四月，帝问张居正道："淮、凤频年告灾，何也？"居正答道："此地从来多荒少熟。元末之乱，皆起于此。今当破格赈之。"又言："江南北旱，河南风灾，畿内不雨，势将蠲赈。惟陛下量入为出，加意撙节，如宫费及服御，可减者减之，赏赉，可裁者裁之。"

明怀宗崇祯十三年，二月，风霾，亢旱，诏求直言。

像这一类的故事和史实是举之不尽的。那些帝王们为什么要这样的"引咎自责"呢？那便是很值得研究的一个重要的问题；从汤祷起到近代的"下诏求言"止，他们是一条线下去的。又，不仅天变及水旱灾该由皇帝负责，就是京都墙圈子里，或宫苑里有什么大事变发生，皇帝也是必须引咎自责的。像宋宁宗嘉泰元年春三月，临安大火，四日乃灭。帝诏有司振恤被灾居民，死者给钱瘗之。又下诏自责，避正殿减膳。命临安府察奸民纵火者，治以军法。内降钱十六万缗，米六万五千余石，振被灾死亡之家。宋理宗嘉熙元年夏五月，临安又大火，烧民庐五十三万。士民上书，咸诉济王之冤。进士潘牥对策，亦以为言，并及史弥远。这可见连火灾也被视为是上天所降的遣罚，并被利用来当作"有作用"的净谏之资的了。又像元英宗至治二年，夏六月，奉元行宫正殿灾。帝对群臣道："世皇建此宫室，而朕毁，实朕不能图治之故也。"连一国宫中殿宇的被毁，皇帝也是不自安的。

他们这些后代的帝王，虽然威权渐渐的重了，地位渐渐的崇高了，不至于再像汤那末的被迫的剪去发和爪，甚至卧在柴堆上，以身为牺牲，以祈祷于天；但这个远古的古老的习惯，仍然是保存在那里的。他们仍要担负了灾异或天变的责任；他们必须下诏罪己，必须避殿减膳，以及其他种种的"花样"。也有些皇帝们，正兴高采烈的在筹备封禅，想要自己奢诧的铺张一下，一逢小小的灾变，往往便把这个高兴如汤泼雪似的消灭了。像在雍熙元年的时候，赵光义本已下诏说，将以十一月，有事于泰山，并命翰林学士扈蒙等详定仪注。不料，在五月的时候，乾元、文明二殿，灾。他遂不得不罢封禅，并诏求直言。

我们可以说，除了刚从流氓出身的皇帝，本来不大懂得做皇帝的大道理的（像刘邦之流），或是花花公子，席尊处优惯了，也不把那些"灾异"当作正经事看待（像宋理宗时，临安大火。士民皆上书诉济王之冤。侍御史蒋岘却说道：火灾天数，何预故王。请对言者严加治罪）之外，没有一个"为君""为王"的人，不是关心于那些灾异的；也许心里在暗笑，但表面上却非装出引咎自责的严肃的样子来不可的。天下的人民们，一见了皇帝的罪己求言诏，也像是宽了心似的；天大的灾患，是有皇帝在为他们做着"挡箭牌"的；皇帝一自谴，一改过，天灾便自可消灭了。这减轻了多少的焦虑和骚动！我们的几千年来的古老的社会，便是那样的一代一代的老在玩着那一套的把戏。

原始社会的"精灵"是那样的在我们的文明社会里播弄着种种把戏！——虽然表面上是已带上了比较漂亮的假面具。

真实的不被压倒于这种野蛮的习俗之下的，古来能有几个人？王安石的"天变不足畏"，恐怕要算是最大胆的政治改革者的最大胆的宣言！

五　祭师王

但我们的古代的帝王，远不仅要负起大灾异、大天变的责任，就在日常的社会生活里，他所领导的也不仅止"行政"、"司法"、"立法"等等的"政权"而已；超出于这一切以上的，他还是举国人民们的精神上的领袖——宗教上的领袖。他要担负着举国人民们的对神的责任；他要为了人民们而祈祷；他要领导了人民们向宗教面前致最崇敬的礼仪。在农业的社会里，最重要的无过于"民食"，所以他每年必须在祈年殿祈求一次；他必须"亲耕"，他的皇后，必须亲织。我们看北平城圈子里外的大神坛的组织，我们便明白在从前的社会里——这社会的没落，离今不过二十余年耳！——为万民之主的皇帝们所要做的是什么事。这里是一幅极简单的北平地图，凡无关此文的所在，皆已略去；于是我们见到的是这样：这里有天地日月四坛，有先农坛，有社稷坛，有先蚕坛，有太庙，有孔庙。一个皇帝所要管领的一国精神上的、宗教上的事务，于此图便可完全明了。他要教育士子；他要对一国的"先师"——孔子——致敬礼，所以有国子监，有孔庙；他要祭献他的"先公列祖"，所以他有太庙。

他所处的是一个农业的社会，一切均以农业的活动为中心，所以有先农坛；而天坛里，特别有祈年殿的设备。又在传说的习惯里，他所崇敬的最高的天神们，远脱离不了最原始的本土宗教的仪式（虽然佛、回、耶诸神教皆早已输入了）。所以他所列入正式的祀典的，除了"先师"孔子以外，便是天、地、日、月等的自然的神祇，而于天，尤为重视。这样的自然崇拜的礼仪，保存着的，恐怕不止在三千年以上的了。

最有趣味的是关于孔子的崇拜。在汉代，这几乎是"士大夫"们要维持他们的"衣食"的一种把戏吧，便把孔子硬生生抬高而成为一个宗教主。刘邦初恶儒生，但得了天下之后，既知不能以"马上治之"，便以太牢祠孔子。行伍出身的郭威，也知道怎样的致敬孔子。广顺二年，夏六月，他到了曲阜，谒孔子庙，将拜。左右道：孔子，陪臣也，不当以天子拜之。威道：孔子，百世帝王之师，敢不敬乎？遂拜；又拜孔子墓，禁樵采，访孔子、颜渊之后，以为曲阜令及主簿。以后，差不多每一新朝成立或每一新帝即位时，几乎都要向孔子致敬的。连还没有脱离游牧生活的蒙古人，也被汉族士大夫们教得乖巧了，知道诏中外崇奉孔子（元世祖至元三十一年事）。知道下制加孔子号曰大成（元成宗大德十一年事）。制曰："先孔子而圣者，非孔子无以明，后孔子而圣者，非孔子无以法。所谓祖述尧、舜，宪章文、武，仪范百王，师表万世者也。可加大成至圣文宣王，遣使阙里，祀以太牢。于戏，父子之亲，君臣之义，永为圣教之遵；天地之大，日月之明，奚罄名言之妙！尚资神化，祚我皇元。"朱元璋是一个最狡猾的流氓，但到了得天下之后，便也知道敬孔拜圣（洪武十五年，元璋诣国子学，行释菜礼）。初，他将释菜，令诸儒议礼。议者道：孔子虽圣，人臣也，礼宜一奠再拜。他道：圣如孔子，岂可以职位论哉！然他对于孟子，却又是那样的不敬。这其间是很可以明白重要的消息的。他们那些狡猾的流氓，所以屈节拜孔子者，盖都是欲利用其明君臣之分的一点。在汉代，皇帝们还常常亲自讲学，像汉宣帝甘露三年，诏诸儒讲五经异同于石渠阁。萧望之等平奏，上亲称制临决。立梁丘《易》、夏侯《尚书》、谷梁《春秋》博士；又汉明帝永平十五年，帝到了山东曲阜，便诣孔子宅，亲御讲堂，命皇太子、诸王说经；又汉章帝建初四年，诏太常将大夫博士郎官及诸儒，会白虎观，议五经同异。帝亲称制临决，作《白虎议奏》。是这些皇帝们竟也要和太常博士们争宗教上或学问上的领导权了。

总之，我们昔时的许多帝王们，他们实在不仅仅是行政的领袖，同时也还是宗教上的领袖；他们实在不仅仅是"君"，且也还是"师"，他们除了担负政治上的一切责任以外，还要担任一切宗教上的责任。汤祷的故事，便是表现出我们的原始社会里担负这两重大责任的"祭师王"，或"君师"所遇到的一个悲剧的最显然的例子。

六　金枝

为什么古代的行政领袖同时必须还要担负了宗教上的一切责任呢？英国的一位渊博的老学者Sir James George Frazer尝著了一部硕大深邃的《金枝》（The Golden Bough, a Study in Magic and Religion）专门来解释这个问题。单是说起《王的起源》（Origin of the King，《金枝》的第一部分）的一个题目，已有了两厚册。所以关于理论上的详细的探讨，只须参读那部书（当然还有别的同类的书），已可很明了的了（《金枝》有节本，只一册，Macmillan and Co.出版》）。本文不能也不必很详细的去译述它。但我们须知道的，在古代社会里，"王"的名号与"祭师"的责任常是分不开的。在古代的意大利，一个小小的Nemi地方的林地里，有被称为《月神之镜》（Diana's Mirror）的湖，那风景，是梦境似的幽美。在那湖的北岸，有林中狄爱娜（Diana Nemorensis）的圣地在着。在这圣地里，长着一株某种的树，白日的时候，甚至夜间，常见有一个人在树下守望着，他手里执着一把白雪雪的刀。他是一位祭师，也是一个杀人者；他所防备的人便是迟早的要求来杀了他而代替他做祭师的那人。这便是那个圣庙所定的规律。候补的祭师，只有杀了现任的那位祭师，方才可以承继其位置；当他杀了那祭师时，他便登上了这个地位，直到他自己后来也被一位更强健或更机诈的人所杀死。他所保守着的祭师的地位，同时还带有"王"号（林中之王）。但所有的王冠，是没有比他戴得更不舒服。时时都有连头被失去的危险。凡是筋力的衰弱，技术的荒疏，都足以使他致命。然而这结果总有一天会来到的。他必须是一个逃奴，他的后继者也必须是一个逃奴。当一个逃奴到了这个所在时，他必须先在某树上折下一枝树枝——那是很不容易的事——然后方有权利和现任的祭师决斗。如果决斗而死，不必说，如果幸而胜，他便继之而登上了林中之王的宝座。这致命的树枝，便是所谓"金枝"者是。这个惨剧的进行，直到罗马帝国还未已。后来罗马的皇帝因为要掠夺那庙里的富有的宝物，便毁了那个圣地，而中止了这个悲剧的再演。

这个"金枝"的故事，在古代是独一无二的。但在这里所应注意的只是：为什么一个祭师乃被称为林中之王呢？为什么他的地位乃被视为一个国王的呢？"在古代的意大利和希腊，一个王号和祭师的责任的联合，乃常见的事。"在罗马及在拉丁的别的城里，总有一位号为"祭王"或"祭仪之王"的祭师，而他的妻也被称为"祭仪之后"。在共和国的雅典，其第二位每年的主国事者，是被称为王的，其妻也被称为后；二者的作用都是宗教的。有许多别的希腊共和国也都有名义上的王，他们的责任都似祭师。有几邦，他们有几个这类的名号上的王，轮流服务。在罗马，"祭王"的产生，据说是在王制废止以后，为的是要执行从前国王所执行的祭礼。希腊诸邦之有祭师式的王，其起源也不外此。只有斯巴达，她是希腊有史时代的唯一的王国，在其国中，凡一切国家的大祭皆是为天之子的国王所执行的。而这种祭师的作用和国王的地位的联合，乃是每个人都知道的事。在小亚细亚，在古代的条顿民族，差不多都是如此的（以上就应用 J.G.Frazer 的话）。而我们古昔的国王，如在上文所见者，其联合行政的与宗教的责任而为一的痕迹尤为显明。

国王的职责还不仅做一个祭师而已；在野蛮社会里，他们还视国王为具有魔力的魔术家，或会给人间以风，以雨，以成熟的米谷的神。但也如古代宗教主的受难，或神的受难一样，国王也往往因人民们的愿望的不遂而受了苦难。民俗学者，及比较宗教学者，常称教堂里的"散福"（即散发面包于信徒们）为"吃耶稣"（在英国）。为了这曾引起宗教的信徒们的大冲动过。在我们的社会里，僧尼们也常散送祭过神道的馒头糕饼等物给施主家，以为吃了可以得福。而在古代的野蛮社会里，便有了极残酷的真实的"吃耶稣"一类的事实发生。国王身兼"教主"往往也免不了要遭这场难。又，野蛮人在祈祷无效，极端的失望之余，往往要迁怒于神道身上；求之不应，便鞭打之，折辱之，以求其发生灵应。至今我们的祈雨者还有打龙王一类的事发生。希腊古代神话里，曾有一个可怖的传说：Athamas 做了 Achai 地方的国王。古代的 Achai 人在饥荒或瘟疫时，常要在 Laphystius 山的高处，把国王作为牺牲，祭献给 Zeus。因为他们的先人们告诉过他们，只有国王才能担负了百姓们的罪：只有他一个人能成为他们的替罪的，在他的身上，一切毒害本地的不洁都放在他们身上。所以，当国王 Athamas 年纪老了时，Achai 地方发生了一场大饥荒，那个地方的 Zeus 的祭师，便将他领到 Laphystius 山的高处而作为 Zeus 的牺牲（见《小说月报》二十一卷第一号，我编的《希腊罗马神话与传说中的英雄传说》）。我们的汤祷的故事和此是全然不殊的。汤的祷辞"余一人有罪，无及万夫，万夫有罪，在余一人"的云云，也可证其并不是什么虚言假语。

后来的帝王，无论在那一国，也都还负有以一人替全民族的灾患的这种大责任。我们在希腊大悲剧家Saphocles的名剧"Oedipus the King"里，一开幕便见到Thebes城的长老们和少年人，妇人们，已嫁的未嫁的，都集合于王宫的门前，有的人是穿上了黑衣。群众中扬起哭喊之声，不时的有人大叫道：

"奥狄甫士！聪明的奥狄甫士！你不能救护我们么，我们的国王？这城遭了大疫，然而他们却向国王去找救护！但在比较文化进步的社会里，这一类的现象已渐渐的成为"广陵散"，国王也渐渐的不再担负这一类的精神上的或宗教上的大责任了。然而我们的古老的社会，却还是保存了最古老的风尚，一个国王，往往同时还是一位"祭师"，且要替天下担负了一切罪过和不洁——这个不成文的法律到如今才消灭了不久！

七　尾声

最后，还要讲一件很有趣味的事：在我们中国，不仅是帝王，即负责的地方官，几千年来也都远负着"君"、"师"的两重大责任。他们都不仅是行政的首领；他们且兼是宗教的领袖。每一个县城，我们如果仔细考察一下，便可知其组织是极为简单的。在县衙的左近，便是土谷祠；和县长抗颜并行的便是城隍，也是幽冥的县官。还有文昌阁、文庙，那是关于士子的；此外，还有财神庙、龙王庙、关帝庙、观音阁等。差不多每一县都是如此的组织或排列着的。这还不和帝王之都的组织有些相同么？一县的县官，其责务便俨然是一位缩小的帝王。他初到任的时候，一定要到各庙上香。每一年元旦的时候他要祭天，要引导着打春牛。凡遇大火灾的时候，即使是半夜，他也必须从睡梦中醒来，穿起公服，坐在火场左近，等候到火光熄灭了方才回衙。如果有大旱、大水等灾，他便要领导着人民们去祈雨，去求晴；或请龙王，或迎土偶。他出示禁屠；他到各庙里行香。他首先减膳禁食。这并不因为他是一位好官，所以如此的为百姓们担忧；这乃是每一位亲民的官都要如此的办着的。他不仅要负起地方行政的责任，也要负起地方上的一切的灾祥的以及一切的宗教上的责任。每一县官如此，每一府的府官，推而上之，乃至每一省的省官也是如此。他们是具体而微的"帝王"；"帝王"是规模放大的"地方官"。他们两者在实质上是无甚殊异的。

韩愈是一代的大儒；他尝诋毁宗教，反对迷信，谏宪宗迎佛骨；然当他做了潮州刺史的时候，便写出像《祭鳄鱼文》一类的文章出来，立刻摆出了"为官""为师"的气味出来。

还有许多地方官闹着什么驱虎以及求神判案的种种花样的，总之，离不开

"神"的意味，固不必说，简直象崔子玉、包拯般的日间审阳，夜里理阴的"半神"似的人物了。

直到了今日，我们在我们的这个社会里，还往往可发现许多可发笑的趣事。当张宗昌主持着山东的政务时，阴雨了好久。他便在泰山顶上架了两尊大炮，对天放射，用以求晴。这虽然未免对天太不客气，但据说，果然很有效，不久便雨止天晴。

好几个省的政务官至今还领导着大大小小的官去祭孔。他们是不甘放弃了"师"的责任的。

据说，当今年黄河决口时，某省的主席下了一道严令，凡沿河各县的县长，都要把铺盖搬到河堤上去防守，不准回衙，直到河防出险了为止。

有一次，某市发生了大火灾，某公安局长亲自出发去扑救，监守在那里不去，直到火熄了下去。

他们，据说，都还是"好官"！

至今，每逢旱灾的时候，还有许多的地方是禁屠的。

以上只是随手举出的几个例子。如果读者们看报留心些，不知道可以找到多少的怪事奇闻出来。

我们的社会，原来还是那末古老的一个社会！原始的野蛮的习惯，其"精灵"还是那末顽强的在我们这个当代社会里作祟着！打鬼运动的发生，于今或不可免。

1932年12月2日写毕于北平

《东方杂志》30卷1号，1933年1月，收入《郑振铎全集》第三卷，花山文艺出版社，1991

论《卜居》、《渔父》为屈原所作

陈子展

一　小引

拙作关于《卜居》、《渔父》两篇解题曾合为一文，改题《〈卜居〉、〈渔父〉是否屈原所作》，发表于一九六二年上海《学术月刊》第六期，已经多时了。直到今日（见文末），我才从赵景深先生那里借得几种现代学者所作关于《楚辞》的论著，见到他们说及《卜居》、《渔父》的作者问题，都和鄙见大有出入。为了伸说我自己的主张，不能不依其著作发表先后，把他们所持的论点提出来一说。总的看来，很多论点都像是偏重于形式方面而立说的。

二　关于陆侃如先生的论点

陆侃如先生《屈原与宋玉》一书论到《卜居》、《渔父》，①条引崔述一说②，条引胡适一说。崔述一说，我已在拙文中驳过了。胡适一说："《卜居》、《渔父》为有主名的著作，见解与技术都可代表《楚辞》进步已高的时期。"（《读楚辞》）这真是胡说！倘论见解与技术，难道《卜居》、《渔父》高于《离骚》？倘问《楚辞》进步已高的时期，难道不正在屈原时期？这也和崔述说的一样不值一驳了。顺便在这里提到郭沫若先生《屈原研究》一书说的。他说："《卜居》和《渔父》当是宋玉、景差之徒作的，都是很轻妙的文章，而且还替我们保证着屈原是果有其人。"郭先生在这里把胡适一派怀疑屈原没有这个人的谬论驳正了。可是他又怀疑《卜居》、《渔父》是宋玉、景差之徒所作，理由只在"都是很轻妙的文章"。但是这条理由似还不够充分，因为很难说屈原就不能有此"轻妙的文章"。我已在拙文中论及郭先生别一著作的话。郭先生以他富赡的学识确认了《卜居》、《渔父》用韵是先秦古韵，以为其文所说又都和屈原的生活及其思想相符合。为什么我们不可以再进一步说：这都替我们保证着屈原果有其作品？

　　至陆先生自己则提出"专门关于《渔父》的有两点可疑。（1）王逸的序是矛盾的。……〔《渔父》〕显然是后人的记载。（2）《史记·屈原贾生列传》抄《渔父》与抄淮南王《离骚传》同例，而与载《怀沙》异例，显然司马迁未认为屈原自己作的。故我们假定这两篇是把后人的记载误认的"。关于（1）点，王逸的叙文为什么自相矛盾？在拙文中已经不惮烦地说过了。倘若说"王逸也不认《渔父》是屈原的作品"（见陆先生《屈原·屈原评传》二章），这话实不尽然。东方朔《七谏·自悲》里说："隐三年而无决兮，岁忽忽其若颓。"又《谬谏》里说："念三年之积思兮，愿壹见而陈词。"严忌《哀时命》里说："务光自投于深渊兮，不获世之尘垢。"王褒《九怀·蓄英》里说："菊蕴兮徽薰，思君兮无聊。"刘向《九叹·逢纷》里说："辞灵修而陨志兮，吟泽畔之江滨。"又说："颜徽薰以沮败兮，精越裂而衰耄。"早在王逸之前，这些作品都用上了《卜居》、《渔父》两篇的词汇和语意，难道这都是偶然的巧合么？尤其是刘向"典校经书，辨章旧文"，算作第一个整理《楚辞》的学者，当是掌握到了关于《楚辞》的全部的原始资料，即从他袭用了《卜居》、《渔父》的词句来说，他早就肯定这两篇是屈原所作了。关于（2）点，《史记》载《渔父》和载《怀沙》所以不同例，这是因为两篇不同体。《渔父》篇记事，司马迁便认为实录，而且他显然认为这是屈原自己所作，更有史料的价值，所以来不及把它完全改为不用韵的散文，就作为一段插话写入传记了。

　　此外，陆先生还有一个论点也当在这里一提。他说："我们再看《卜居》和《渔父》，这两篇开口就说屈原既放，显然是旁人的记载。""通篇用第三位的口吻，古时自叙无用此种体裁者。"这话也显然不可靠。刘勰《文心雕龙·诠赋》比刘知几《史通》更早就说过，战国时代原有假设主客问答体的文章，不能说他们没有根据。游国恩先生正和陆先生一样，更坚持这一点，当在下段评论。并且我已在上篇拙文中带评王琯《公孙龙子悬解》中"说（《迹府》）原文非龙自著"，"自著之书无此语气"，说过了好些话了。胡适说："屈原明明是一个理想的忠臣，但这种忠臣在汉以前是不会发生的，因为战国时代不会有这种奇怪的观念。"陆先生驳他说："那一条理由本来也能成立，因为战国时代的君臣观念是此较的薄弱些。但时代思潮决不能限制旁逸斜出的天才。"这话是很有见地。同样，我们也可以对陆先生说："文章体裁决不能限制旁逸斜出的天才。"《文心雕龙·辨骚》说得好，"不有屈原，岂见《离骚》？"可不是么？倘若屈原仍被局限于《诗》三百篇那种体裁，怎么能够创造出《楚辞》二十五篇，独自运用楚国方言、巫音楚声，在文学发展上来一次大革命呢？

三　关于游国恩先生的论点

现在，再把游国恩先生《楚辞概论》关于这个专题的几个论点提出来一说。

（一）他说："《离骚》云：'索藑茅以筳篿兮，命灵氛为余占之。'又云：'欲从灵氛之吉占兮，心犹豫而狐疑。'这便是《卜居》之所本。《卜居》云：'余有所疑，愿因先生决之。'作这篇文章的出发点，在《离骚》里是可以寻出的。"难道这就是《卜居》作伪的根据？这话不尽然。我们不禁要提出疑问，屈原为何只可以命灵氛来占，却不得再向郑詹尹去卜呢？我看这是不足为据的。

（二）他紧接着上文又说："不但这个蛛丝马迹可寻，而且《卜居》、《渔父》两篇开口就说'屈原既放'，显然是旁人的记载。不然，他为何用第三者的口吻呢？（原注：《文选》中有《对楚王问》一篇，与《卜居》、《渔父》同为问答体裁。萧统以为宋玉所作，《新序》则当作一件故事记载。可证古代用第三者语气的文章多非本人所作。）即使他偶然如此，但也决不能称'屈原'。这话怎么讲呢？《史记·屈原传》称屈原名平，则原为字可知。凡古人自称，多名而不字。例如孔子责子路说：'由之瑟奚为于丘之门？'又说：'丘之祷久矣。'又说：'丘也幸，苟有过，人必知之。'伯鱼对陈亢说'鲤趋而过庭'。孟子答北宫锜之问，而说'轲也尝闻其略也'。诸如此类，并没自称其字的。不但自称应该如是，即如上官大夫当在怀王面前谮他，也说'平伐其功'，而不说'原伐其功'，可见古人称呼名字很有分寸的。《卜居》、《渔父》通篇都称'屈原'，显系后人习见屈原的名而随便乱用的，他那里注意到这个大破绽。"鄙意自己著作借用他人语气，这在战国时代作者间早已成为风习；而在屈原这个政治人物如此行文，可能更有其他方便，都在拙文中说到过了。又正因为借用他人口气才称字而不称名。这有什么可奇怪的呢？何况诗人作诗自称其字，原是古已有之，并非屈原自我作古。《诗》三百篇，作者确有其人可考的，只有五篇。每篇作者都自称其字，如《小雅·节南山篇》"家父作诵，以究王讻"；《巷伯篇》"寺人孟子，作为此诗"；《大雅·崧高篇》"吉甫作诵，其诗孔硕"；《烝民篇》"吉甫作颂，穆如清风"；《鲁颂·閟宫篇》"奚斯所作，孔曼且硕，万民是若"。这不是作者自称其字么？为什么偏于屈原作赋，自称其字，就据此一点，疑是别人伪作呢？远有扬雄，再三摹仿《离骚》作品，他作《太玄》就说："后世复有扬子云，必知《玄》。"难道自呼其字从他开始

(说见魏了翁《鹤山渠阳经外杂钞》)，而不是他又摹仿了屈原么？

本来只要举出上面这些个例证，已可充分证明屈原的著作权，就不用再多为词费了。为了虚心商讨起见，不妨再扯淡一下。

倘若必以为这个自称其字就是一个"大破绽"，那么，问题倒不在于所谓作伪者，或是首先在于南方文化和中原文化不甚一致，楚和周的礼俗不尽相同。倘如游先生所说，无论作伪者系屈原后辈宋玉、景差、唐勒之徒，抑系荀卿或荀卿以后秦汉之间的人，在那个讲究名讳的社会里，不容作伪者不知道屈子的名字而会"随便乱用"，露出"破绽"。从历史上来看，楚国和中原诸夏在文化上、礼俗上多少有些差异。比如楚灵王名围，而《春秋》称弑其君虔于乾谿。公子弃疾弑其君，即位之后，改名为居。楚怀王名槐，《秦诅楚文》却称他为相。这都是一王而有两名，为楚国所独有。屈子名平字原，他在《离骚》里却说名正则，字灵均，也是一个人有两套名字。无论学者说他的后一套是化名也好，或者说是小名小字也好，这在春秋战国时代就是不多见的。只有范睢化名张禄，连名带姓的化了。但那是为了避仇免祸，为了政治上的某种原因，算是例外。自然，这话并不意味着排除屈原自己为文，假托他人口吻，也有可能同样是为了政治上的顾忌，为了避祸。郭沫若先生说："在我的意思，以为正则和灵均是屈原的化名，文学作品惯用化名是古今中外的通例。屈原在我们中国要算是最先发明了这个例子的。"（《屈原研究》。）这是一种卓见。屈原可以发明作家化名的例子，为什么不可以发明作家自述之文用"第三者的口吻"和"自称其字"呢？何况自称其字，在三百篇中诗人早已有之呢？

不错，按古礼俗："名以正体，字以表德。《礼》云'子生三月，父始孩而名之。男子二十冠而字'。"又云"'父前子名，君前臣名，子于父母则自名'"。（颜师古《匡谬正俗》，参看武亿《授堂文钞·原字》。）男子有字是在举行了冠礼、即成人之礼以后才有的。而《离骚》和刘向《九叹》里，说是屈原从生下地来就由他的皇考命名命字的。这不是违背了周礼？当是楚和周的礼俗不尽相同。再如当时命名通例一字，连姓两字（复姓则三字），三字的就不多见。而楚令尹子文姓斗，名谷（音构）于菟，姓名合为四字，岂不甚怪？因为这是楚俗，和周俗不同。楚先王熊绎说："我，蛮夷也，不与中国之号谥。"早就道出了这个秘密，露出了这个"破绽"。

总之，屈原为文托于第三者的语气，除了为着行文方便、假托避祸，都有理由可说以外；还要首先考虑到这是因为楚俗命名锡字有和诸夏不同，因而作文自称其字。何况战国时代，名字称谓的风习大变。此如《诗》、《书》记载，君臣之间不妨相称尔汝，到了《孟子》就以为平常人与人之间相称尔汝也有问题了。《论语》记孔子教诲弟子都直呼其名，弟子则常称孔子为子。《孟子》就对称弟子为子，在他人前也称弟子为子，如乐正子、高子之类。再如当时有人觉得以字表德还不够，要创立别号。如《战国策》秦惠王时有寒泉子，注云秦处士之号。《史记·索隐》甘茂居渭南阴乡之樗里，故号樗里子。 又有范蠡去越，自号陶朱公，又号鸱夷子皮，又号海滨渔父。他如苏秦、张仪都师事鬼谷子，《庄子》有庚桑子等，这都是别号。说到这里，顺便一提大家知道的《庄子·内篇》，过去绝少有人、现在也还是少有人，怀疑它是伪作。其中如《逍遥游》、《德充符》自称为庄子，《齐物论》自称为庄周，都是托于第三者的语气。而自称为子，比自称其字更自高自大，更为无礼了。我们对于当时这种改变称谓的风习并不以为怪，为什么独于屈原为文托于第三者的口吻而自称其字，就以为可怪呢？

（三）游先生还说："我们试再从文体上看来，也可以证明这两篇是假古董。屈原作品除了《天问》一篇尚保存着《诗经》的形式外，其余的全是所谓'骚体'诗。他们对于'三百篇'虽然是比较的解放了，但比较汉以后辞赋（原注：散体和俳体）却仍是很束缚的。因为他（它）们的句法都已经确定了一定的长短和韵式。而《卜居》、《渔父》则不然，他（它）们全是一种散文诗，句法既极其参差，用韵又很随便。（原注：《渔父》一篇用韵更少。）比较'骚体'诗自然更解放的多，同时也可以说是艺术上的进步。我想：从屈原到司马相如——从楚骚到汉赋——中间总有些过渡的作品，不然，辞赋进步的历程便寻不出。《卜居》、《渔父》两篇也许就是那过渡时代的作品之幸而流传。屈原那时候决不会产生这种文字。今观贾谊《鵩鸟赋》以人鸟相为问答，其后东方朔作《答客难》，枚乘作《七发》，展转摹仿，遂开问答一体。《卜居》、《渔父》的体裁，既与贾谊诸人所作相同，我们虽不能确定他（它）们的时代孰先孰后，但以那时的作风看来，决为秦代或西汉初年的产品无疑。（原注：按徐师曾《文体明辨》引祝尧说，谓《卜居》是从荀卿诸赋'者邪''者与'等句法变来的。这确然不错。但据我的考定，荀子作《赋》是在他为兰陵令以后，这时候屈原已经死了二十多年，当然不能做《卜居》的作者。故这一点也可以助证我上面的假设。）这两篇虽非屈原所作，但艺术却远在屈原诸篇之上。试看《卜居》一连发了十几个疑问，我们只觉得他的想像力的丰富，如抽蕉剥茧，层出不穷，而不觉其可厌。又他用散文的形式和问答的体裁，也开后人不少的摹仿。"这是说，从文体的发展上即从问答一体的发展上，从辞赋文学进步的历程上，从艺术进步的观点上来看，屈原那时候决不会产生《卜居》、《渔父》这种文字。关于这一点，我在上文提出陆先生的论点时就已讲过我的看法了，可以覆按。最使我们奇怪的是：屈子和荀子生年相及，屈子生时不可能有类似"者邪""者与"等句法而作出《卜居》、《渔父》来，必待他死后二十多年（?），荀子才可能有"者邪""者与"等句法作出《赋》篇来，一定要有了《赋》篇才能有《卜居》、《渔父》。这是根据什么文法和逻辑呢?

我的看法是，既然从艺术表现的形式方面来探讨这个问题，那么论到辞赋渊源，就该寻出它的线索端绪，不可倒果为因。再说对于一个伟大的作家，他的艺术形式和风格，不是一成不变的，是会有多样化的，他是有继承同时又有独创的。

我们都知道，从春秋到战国，从《论语》、《墨子》到《孟子》、《庄子》，诸子蜂起，百家争鸣。新的社会问题，新的时代思潮，要求新的文学形式来表现新的内容。随着散文飞跃的进步，韵文上自有相应的进步，屈宋辞赋就是在这种情况之下应运而兴的。屈宋以前，《左传》是记事又记言之史，所记问答奇文，姑且不说。《论语》记子路和长沮桀溺的问答，《孝经》记孔子和曾参的问答，就是假设主客、寓名问答的散文的开端①。到了屈宋时代，散文多种多样，其间产生了大量的问答体的散文，即所谓"救国文体"②；并且已经发展到了一个高峰，好辩自雄的《孟子》，洸洋自恣的《庄子》，就是见证。为什么我们独怀疑于屈子应时崛起，而有《卜居》、《渔父》一类以问答为主的散体韵文的发生?

我以为章学诚《文史通义·校雠通义》说到辞赋文体的发生，都有历史上的根据，说得很好。他以为文体备于战国，战国之文必兼纵横。辞赋出于"诗教"而兼纵横，自成一子之学，与专门之书初无差别。他说："古之赋家者流，原本《诗》、《骚》，出入战国诸子。假设问答，庄列之寓言也。恢廓声势，苏张纵横之体也。排比谐隐，韩非《储说》之属也。征材聚事，《吕览》类辑之义也。"这里说及骚赋和诸子百家之文，在发展上的关系，很为惬当。依鄙见，我们得先了解《孟子》好辩，《庄子》寓言，《战国策》纵横家游说，是怎样的文体，又是怎样的发生，才会懂得屈赋《卜居》、《渔父》一类的文体是怎样发生出来的。

单以《战国策》而论：所载行人纵横家游说之词，如《秦策》苏秦始将连横说秦惠王一章，铺陈排比，设问答难，中间也杂有韵语。为什么我们可以承认苏秦有此辞令，却不承认和他同时的，同样"娴于辞令"的屈原可有《卜居》、《渔父》一类的作品？难道它们不相类似么？他如《史记·楚世家》记楚人以弋说顷襄王一章，此弋人之辞，较之《渔父》之辞，尤为雄奇机智，但诗趣或有不同而已。 又《楚策》庄辛说楚襄王一章，姚鼐就认作辞赋，收入《古文辞类纂》了，这不能不算是姚氏的卓识。他如《魏策》梁王魏婴觞诸侯于范台一章，秦王使人谓安陵君一章（酷似宋玉《风赋》），无一不可以看出屈宋辞赋中的问答体裁，修辞方法，和它们的血脉相通。而且它们的艺术成熟之处，或有在屈宋辞赋之上者。即说屈宋出于纵横家，看来并没有什么不可[③]。何况在屈宋之时，《老子》和《周易·象辞》以及《文言》、《系辞》的一部分，那种散体韵文的成就，已经很高。屈原在文学上来一个飞跃，起一次革命，必须综合他那一时代基于历史背景和社会条件的各种因素来看，而不是孤立地单从文体形式和艺术特点来看，才能看得明白。因此我们没有什么根据和理由，认为必须等待贾谊《鹏鸟赋》、东方朔《答客难》、枚乘《七发》开了问答一体以后，或说早也在秦汉之际，《卜居》、《渔父》的文字才能发生。安知不是由于屈原的《卜居》、《渔父》上承孔、左、墨、《易》、老、庄，近染孟、苏，乃至弋人、庄辛之流，发展了这种问答形式的文体，而贾谊、东方朔、枚乘、司马相如，以及扬雄、班固、张衡、左思之流，才悉相摹仿呢？比如贾谊《吊屈原赋》即仿屈原赋，其中"呜呼哀哉！逢时不祥。鸾凤伏窜兮，鸱枭翱翔。……"这一段即袭用了《卜居》中"世溷浊而不清，蝉翼为重，千钧为轻，……"一段词意。其后面还完全袭用了《卜居》"吁嗟默默兮"一句，一字不改。这岂是偶然的巧合？再如东方朔《七谏》诸篇中说："便娟之脩竹兮，寄生乎江潭。""赴湘沅之流澌兮，恐逐波而复东。""处湆湆之浊世兮，今安所达乎吾志？""隐三年而无决兮，岁忽忽其若颓。""念三年之积思兮，愿壹见而陈词。"这也多少袭用了《卜居》、《渔父》的词意。至严忌以及王褒、刘向袭用《卜居》、《渔父》的词意，已引在上文同陆先生一说的商榷中了。这都可以作为《卜居》、《渔父》确是屈原所作的旁证。严忌和枚乘、东方朔、司马相如是同时人，请问究竟是贾谊、枚乘、东方朔、司马相如诸人才开此问答一体呢，还是屈原先有此体而后他们摹仿呢？抑或这是春秋战国一种盛行的文体，屈原之时早已有此文体，而他继承了又有了发展呢？

再说关于"者邪""者与"表示疑问或惊叹的句尾语气词，屈原生存之年，上和孟轲相接，下和荀卿相接，孟先屈原而死，荀后屈原而死。《孟子》已经用过"者邪""者与"一类句法。（例如《万章》上："象忧亦忧，象喜亦喜，然则舜伪喜者与？"）早在《孟子》之前，单是《论语》上记人问及或问于孔子的话，就用了许多这类句法。（例如《子罕》第九："夫子圣者与？何其多能也！"《宪问》第十四："丘何为是栖栖者与？""是知其不可而为之者与？"《卫灵公》第十五："有一言而可以终身行之者乎？"）为什么屈原不可能用这类句法，硬说他的《渔父》（徐师曾说是《卜居》，误记）"者乎"这一句法是从荀子《赋》篇"者邪""者与"一类句法变化来的，"确然无疑"呢？为什么不知道这是当时通用的语法词例呢？《渔父》篇里说："新沐者必弹冠，新浴者必振衣，安能以身之察察、受物之汶汶者乎？"《荀子·不苟》篇中说："新浴者振其衣，新沐者弹其冠，人之情也。其谁能以己之湝湝，受人之掝掝者哉？"如其不是同出于当时流行的俗谚或成文，就该是荀卿抄袭了《渔父》④，恰好作为《渔父》是屈原所作的一个证据。再加上他的《赋》篇咏物取法《橘颂》，《佹诗》（《楚策》四孙子赋）取法《涉江》乱词，这都可证《荀子》一书确曾受到屈原作品的影响，却不能倒过来说，屈原的《卜居》、《渔父》乃至《涉江》、《橘颂》都是受了荀卿作品的影响，或者说他抄袭了荀卿的成文；甚至说他的这些作品必在有了荀子《赋》篇以后才能产生。

再如不惮烦地还可从辞赋进步的历程上、艺术进步的观点上来说，也不能说荀卿的赋超过了屈原的赋，或汉赋的成就超过了《楚辞》，以至贾、马、扬、刘、班、傅、张、蔡诸人，在艺术上的造诣都超过了屈原。如果一定要说由于"艺术上的进步"，"屈原那时候决不会产生这种文字"，"这两篇是假古董"，"决为秦代或西汉初年的产品无疑"，难道所谓假古董的《卜居》、《渔父》两篇"艺术却远在屈原诸篇之上"，包括《离骚》、《九歌》在内么？难道所谓《卜居》这种面对现实的"想像力之丰富"，还比《离骚》、《九歌》那种超现实的想像力更为丰富么？这都是难以说通的，缺少说服力的。

哥德说："要做成划期的事业，谁也知道是要有二条件，第一要头脑好，第二要承袭大宗的遗产。"我以为作为一个划时代的大作家，同样，其主要条件固在适应时代的要求和符合人民的愿望，也远离不了他这两个条件。只是作家承袭大宗的遗产，他的"修养的来源"，"那是搜罗不尽的"。因为"任何作家从各方面受到的影响是数不尽的"。"我们的发展却得感谢广大的世界的无数的影响"。（《哥德对话录》，爱克尔曼著，周学普译。参看拙作《大招解题》末引。）我想，研究屈赋而追求它的渊源，固不失其为尊重历史的一种方法。但是用此来辨别它的真伪，这就难说，因为难于说得全面。倘若单抓其一鳞半爪来说，这就难免陷于谬误。再若从其作品中找出内证，当然最为可靠，然而这也很难，因为一个作家从各方面所受的全部的影响不见得都能够于其作品中反映出来。这就是我们对于屈赋的真伪问题论来论去而争论不已的所在，有反覆加以澄清之必要。而我这部书（拙稿《楚辞解题》），为了这个缘故，就费去了不少的篇幅。

四　余论

以上评论游、陆两先生对于《卜居》、《渔父》两篇的论点已毕。希望他们和读者们都有以教我，把《楚辞》的研究推向前一步。

不过，两先生为学日益，往往自己有了新说，就放弃旧说。比如游先生旧说："一般头脑腐旧的先生们，大概是不爱听新鲜话的，尤其是不愿意把旧说推翻，而说某书或某文是后人假造的话。但我们试平心静气的从事实上观察一下，《远游》之为伪托，怕十有八九分可靠。"（《楚辞概论》。）他的新说就自认"曩辨《远游》非屈原所作，未审"。（《楚辞论文集》。）这里他把旧说放弃了。再如他旧说直以为《九歌》不是屈原所作，但认为它是"屈原以前的民众文学"；新说就以为"《九歌》起初是民间的口头创作（子展按：当是楚国王室所用巫歌，巫歌或源于民歌，非即民歌也。胡适胡说不可信。说见拙作《九歌解题》），后来才经过屈原写定或修改的"。这也是对于自己的旧说有所扬弃了。这都是很好的例子。现在好多年过去了，游先生可能对于《卜居》、《渔父》两篇的看法和自己的旧说又有不同了。再如陆先生曾在《屈原与宋玉》一书里自述研究屈原的作品，说"近数年来也变迁了三次"。那么最近他或者又有了新的见解。我当然乐意让我在这里提出的论点能得到他们的指教，提高我的认识。学术上的争论，只会使学术得到不断的发展和繁荣，这是毫无疑义的。

1962年10月15日

---

①俞樾《古书疑义举例》三《寓名例》一条云："庄列之书多寓名，读者以为悠谬之谈，不可为典要。不知古立言者自有此体也。虽《论语》亦有之，长沮、桀溺是也。夫二子者，问津且不告，岂复以姓名通于吾徒哉？特以下文各有问答，故为假设之名以别之。曰

溺，惜其沉沦而不返也；桀之言杰然也，长与桀指目其状也；以为二人之真姓名则泥矣。《孝经正义》引刘炫《述义》曰：炫谓孔子自作《孝经》，……假曾子之言以为对扬之体，非曾子实有问也。……庄周之斥鹪笑鹏、罔两问影；屈原之渔父鼓枻、太卜拂龟；马卿之乌有、亡是；扬雄之翰林、子墨，宁非师祖制作以为楷模者乎？按刘氏此论最为通达，然非博览周秦古书，通于圣贤著述之体，未有不河汉斯言者矣。"

②陈澧《东塾读书记》："《孟子》书，诸弟子问而孟子答之，多客主之辞，乃战国文体也。如《卜居》、《渔父》之类。"

③刘师培《论文杂记》云："古人诗赋俱谓之文。然诗赋之学亦出行人之官。……《汉志》叙《诗赋略》谓古者诸侯卿大夫交接邻国，以微言相感。当揖让之际，必称诗以喻其志，盖以别贤与不肖而观盛衰，故孔子言，不学《诗》无以言。夫交接邻国，揖让谕志，咸为行人之专司。行人之术，流为纵横家，故《汉志》叙纵横家，引诵《诗》三百不能专对之文为大戒。诚以出使四方必当有得于诗教，则诗赋之学实惟纵横家所独擅矣。…《汉志》所载诗赋，首列屈原，而唐勒、宋玉次之，其学皆源于古《诗》，虽体格与三百篇渐异，然屈原数人皆长于辞令，有行人应对之才。……"

④王应麟《困学纪闻》已疑荀卿用《楚辞》语，而谓："荀卿适楚在屈原后，岂用《楚辞》语欤？抑二子皆述古语也？"按《韩诗外传》一，说："新沐者必弹冠，新浴者必振衣。莫能以己之皭皭、容人之混污。"刘向《说苑·谈丛》篇亦用"新沐者必弹冠，新浴者必振衣"二语。皆在《楚辞》、《渔父》之后。

原载《学习月刊》，1962年第6期。收入陈子展《楚辞直解》，
江苏古籍出版社，1988）

说　鱼①

闻一多

一　什么是隐语

我们这里是把"鱼"当作一个典型的隐语的例子来研究的，所以最好先谈谈什么是隐语。

隐语古人只称作隐 (讔)，它的手段和喻一样，而目的完全相反，喻训晓，是借另一事物来把本来说不明白的说得明白点；隐训藏，是借另一事物来把本来可以说得明白的说得不明白点。喻与隐是对立的，只因二者的手段都是拐着弯儿，借另一件事物来说明一事物，所以常常被人混淆起来。但是混淆的原因尚不止此，纯粹的喻和纯粹的隐，只占喻和隐中的一部分，喻有所谓"隐喻"，它的目的似乎是一壁在喻，一壁在隐；而在多数的隐中，作为隐藏工具的 (谜面) 和被隐藏的 (谜底)，常常是两个不同量的质，而前者 (谜面) 的量多于后者 (谜底)，以量多的代替量少的，表面上虽是隐藏 (隐藏的只是名)，实质上反而让后者的质更凸出了。这一来，隐岂不变成喻了吗？这便是说，喻与隐，目的虽不同，效果常常是相同的。手段和效果皆同，不同的只是目的，同的占了三分之二，所以毕竟喻与隐之被混淆，还是有道理的。

隐在《六经》中，相当于《易》的"象"和《诗》的"兴" (喻不用讲，是《诗》的"比")，预言必须有神秘性 (天机不可泄露)，所以占卜家的语言中少不了象。《诗》——作为社会诗、政治诗的雅，和作为风情诗的风，在各种性质的沓布 (taboo) 的监视下，必须带着伪装，秘密活动，所以诗人的语言中，尤其不能没有兴。象与兴实际都是隐，有话不能明说的隐，所以《易》有《诗》的效果，《诗》亦兼《易》的功能，而二者在形式上往往不能分别。下文所引的《剥》六五《爻辞》和卫侯贞卜的《系辞》，便是明证。

隐语的作用，不仅是消极的解决困难，而且是积极的增加兴趣，困难愈大，活动愈秘密，兴趣愈浓厚，这里便是隐语的，也便是《易》与《诗》的魔力的泉源。但，如果根本没有隐藏的必要，纯粹的为隐藏而隐藏，那便是兴趣的游戏，魔力的滥用，结果便成了谜语。谜语是耍把戏的语言，它的魔力是廉价的，因为它不是必需品。

隐语应用的范围，在古人生活中，几乎是难以想象的广泛。那是因为它有着一种选择作用的社会功能，在外交场中 (尤其是青年男女间的社交) 它就是智力测验的尺度。国家靠它甄拔贤才，个人靠它选择配偶，甚至就集体的观点说，敌国间还靠它伺探对方的实力。一般说来，隐语的艺术价值，并没超过谜语，然而它的地位却在谜语之上，那正是为了它的这种社会价值。不用讲，我们之所以重视隐语，也就因为它是这样一种充沛着现实性的艺术。

《易》中的象与《诗》中的兴，上文说过，本是一回事，所以后世批评家也称《诗》中的兴为"兴象"。西洋人所谓意象，象征，都是同类的东西，而用中国术语说来，实在都是隐。

二　鱼

在中国语言中，尤其在民歌中，隐语的例子很多，以鱼来代替"匹偶"或"情侣"的隐语，不过是其间之一②。时代至少从东周到今天，地域从黄河流域到珠江流域，民族至少包括汉、苗、傜、僮，作品的种类有筮辞、故事、民间的歌曲和文人的诗词——这是它出现的领域，现在我们依照不太严格的时代顺序，举例如下：

> 贯鱼，以宫人宠，无不利。（《易·剥》六五爻）③

以犹于也，"以宫人宠"犹言"于宫人有宠"。贯鱼是一连串的鱼群，宫人是个集体名词，包括后、夫人、嫔妇、御女等整群的女性，"贯鱼"是宫人之象，因为鱼是代替匹偶的隐语。依《易经》体例说"以宫人宠"是解释"贯鱼"的象义的。李后主《木兰花词》"晚妆初了明肌雪，春殿嫔娥鱼贯列"，第二句可以作本爻很好的注脚。它即令不是用《易经》的典。我们也不妨这样利用它。

卫侯贞卜，其繇曰："如鱼窥尾，衡流而方洋……"（《左传·哀公十七年》）

疏引郑众说曰："鱼劳④则尾赤，方羊游戏，喻卫侯淫纵。"以鱼的游戏喻卫侯的淫纵，则鱼是象征男性情偶的隐语。

遵彼汝坟，伐其条枚，未见君子，惄如调 (朝) 饥。

遵彼汝坟，伐其条肄，既见君子，不我遐弃。

鲂鱼赪尾，王室如燬，虽则如燬，父母孔迩。(《周南·汝坟》)

窥、赪一字，根据上条，本条鱼字的隐语的性能，是够明显的，所应补充的是，上文 "未见君子，惄如调 (朝) 饥" 的调饥也是同样性质的隐语[5]。王室指王室的成员，有如 "公子"、"公族"、"公姓" 等称呼，或如后世称 "宗室"、"王孙" 之类，燬即火字，"如火" 极言王孙情绪之热烈。"父母孔迩" 一句是带着惊慌的神气讲的。这和《将仲子篇》"仲可怀也，父母之言，亦可畏也"，表示着同样的顾虑。

敝笱在梁，其鱼鲂鳏——齐子归止，其从如云。

敝笱在梁，其鱼鲂鲕——齐子归止，其从如雨。

敝笱在梁，其鱼鲂鲤——齐子归止，其从如水。(《齐风·敝笱》)

旧说以为笱是收鱼的器具，笱坏了，鱼留不住，便摇摇摆摆自由出进，毫无阻碍，好比失去夫权的鲁桓公管不住文姜，听凭她和齐襄公鬼混一样[6]。

另一说：敝笱象征没有节操的女性，唯唯然自由出进的各色鱼类，象征她所接触的众男子。这一说似乎更好，因为通例是以第三句应第一句，第四句应第二句，并且我们也不要忘记，云与水也都是性的象征。但无论如何，鱼是隐语，是不成问题的。

桓公使管仲求宁戚，宁戚应之曰："浩浩乎！育育乎！'[7]管仲不知，至中食而虑之。婢子曰："公何虑？"管仲曰："……公使我求宁戚，宁戚应我曰：'浩浩乎！育育乎！吾不识。"婢子曰.："《诗》有之：'浩浩者水，育育者鱼，未有家室，而安召我居？'宁子其欲室乎！"(《管子》)

最后几句的意义，经过尹注的解释，尤其清楚，注曰："水浩浩然盛大，鱼育育然相与而游其中，喻时人皆得配偶，以居其室中，宁子有伉俪之思，故陈此诗以见意。"[8]

江南可采莲，莲叶何田田，鱼戏莲叶间，鱼戏莲叶东，鱼戏莲叶西，鱼戏莲叶南，鱼戏莲叶北。(《江南》)

"莲"谐"怜"声,这也是隐语的一种。这里是鱼喻男,莲喻女,说鱼与莲戏,实等于说男与女戏,上引郑众解《左传》语:"鱼……方羊游戏,喻卫侯淫纵。"可供参证。唐代女诗人们还是此诗的解人,鱼玄机《寓言诗》曰:"芙蓉叶下鱼戏,蟋蟀天边雀声,人世悲欢一梦,如何得作双成?"薛涛得罪了元稹后,献给稹的《十杂诗》之一,《鱼离池》曰:"戏跃莲池四五秋,常摇朱尾弄银钩,无端摆断芙蓉朵,不得清波更一游。"

　　……当复思东流之水,必有西上之鱼,不在大小,但有朝于复来!(《前缓歌行》)

"不在大小"是以鱼之大小喻人之美丑,和龙阳君说的"后得又益大"(详下)之意相同。上文"但有意气,不能自前",意气即情义,《白头吟》"男儿重意气,何用钱刀为"可证。

　　枯鱼过河泣,何时悔复及!作书与鲂鲤,相教慎出入。(《枯鱼过河泣》)

这是失恋的哀歌,下引《子夜歌》便是佐证。

　　……客从远方来,遗我双鲤鱼,呼儿烹鲤鱼,中有尺素书,长跪读素书,书中竟何如?上言加飡饭,下言长相忆。(《饮马长城窟行》)

这鲤鱼指书函,书函刻成鱼的形状,所以烹鱼而"中有尺素书"(《详拙著《乐府诗笺》)。但书函何以要刻成鱼形呢,我从前没有说明,现在才恍然大悟,那是象征爱情的。唐代女道士李冶《结素鱼贻友人诗》:"尺素如残雪,结为双鲤鱼,欲知心里事,看取腹中书。"元稹《鱼中素诗》:"重叠鱼中素,幽缄手自开,斜红馀泪渍,知著脸边来。"用意也都一样。

　　开门枕流水,三刀治一鱼,历乱伤杀汝。(《华山畿》)

"开门枕流水"——与《安南情歌》"妹家门前有条沟",《黑苗情歌》"姐家门前有条沟",是同类的隐语。

常虑有贰意，欢今果不齐，枯鱼就浊水，长与清流平。（《子夜歌》）

回望高城落晓河，长亭窗户压微波，水仙欲上鲤鱼去，一夜芙蓉红泪多。（李商隐《板桥晓别》）

小小鱼儿粉红腮，上江游到下江来，头动尾巴摆。……（《扬州小调》）

天上星多月不明，河里鱼多水不清，朝中官多要造反，小大姊郎多要花心。（《靖江情歌》，都安《侬俫情歌》略同。）

妹娇娥，怜兄一个莫怜多，已娘莫学鲤兄子，那河游到别条河。（《粤风》）

行桥便行桥，船仔细细载双娘，鲤鱼细细会游水，郎君细细会睇娘。（《海丰莘歌》）

青铜缠在金杵上，花鱼退下江水滩，二人林里交情意，得道团圆去会央。

四（使）得有仪连着妇，无茶吃水尚甘心，东海鲤鱼身代宝，西海鲤鱼身代珠。（以上榴江《板俫情游歌》）

气死为兄命一条，有病得来无人晓，鱼在江边晒日死，少个媒人在里头。

塘里闹鱼气死虾，慢慢来把妹庚查，如今世界大不对，白盐出卖有掺沙。（以上榴江《板俫情歌》）

流落安南化媚洞，脚踏娥媚殿上飞，望情新年八未岁，滩鱼下水好忧鳃。

自从离天隔万丈，难比士英抛绣球，撬元无恩难靠水，莲塘无水也无鱼。（以上贺县《盘俫情歌》）

天上七星配七星，地下狮子配麒麟，山中禽兽皆有配，水里无鱼是配谁！（陵云《背笼俫恋爱歌》）

妹是鲤鱼不食钩，哄哥食饭不成食，一条河水去悠悠，好是仙花水上浮。

有情有意跟花去，看花落在那滩头，一条河水去悠悠，金鱼鲜鱼水上浮。（以上镇边《黑衣恋爱歌》）

妹讲信伴不信伴，好比鲤鱼心事多，妹今话语说得好，妹的心事是如何？（三江《僮人情歌》）

壁上画马求麒麟，漂亮情妹邪死人，好似鲤鱼浮水面，邪死一河两岸人。（桂平《板俫情歌》）

鲤鱼在水鱼尾摆，大树风吹尾摇摇，我俩有情当天拜，何用拿香进庙烧？（平治《白俫恋爱歌》）

火烧南京八过（角）楼，哥今无妻也要游，老虎想吃走夜路，鲤鱼想水望滩头。

哥为妹来哥为妹，乌为青山鱼为河，哥不成人因为妹，粮田丢荒为娇娥。（以上上东《陇偫合情歌》）

哥是画眉同一行，哥是鲤鱼同一郡，哥是牡丹同一树，哥是×村来的人。

山羊食草在小坡，今晒（金色）鲤鱼在黄河，哥有真心来连妹，说妹二人莫丢哥。（以上都安《陇偫对歌》）

因为乾坤愁忧忆，困在学堂难过秋，两步合成心欢喜，同如春水配鲤鱼。（荔浦《板偫寄情歌》）

重留姐妹二单身，破守清平受世亏，盛（胜）比鲤鱼塘里困，不有那日得欢时。

人亮胜比西洋镜，地图四国看清吋，小肚胜如大（地?）中海，千鱼街选那分亏？（以上修仁《板偫苦情歌》）

好股凉水出岩脚，太阳出来照不着，郎变犀牛来吃水，妹变鲤鱼来会合。（《贵阳民歌》，《仲家情歌》略同）

妹家门前有条沟，金盆打水喂鱼鳅，鱼鳅不吃金盆水，郎打单身不害羞？（《安南民歌》⑨）

大风打动田坎塘，鲤鱼打动水中央，唱个山歌打动妹，明明打动我同娘。

从没到过这个山，鲤鱼没在这条江，丢久没见这个表，哥们回家睡不安。

吃了早饭爬大山，抓把木叶丢下滩，大鱼小鱼都死了，不得情哥心不甘。（以上《黑苗情歌》）

初会娘，燕子初会高楼房，鲤鱼初会大江水，我郎初会有钱娘。

哥哥送我到河中，对对金鱼水上浮，鱼儿也知风流事，可笑哥哥好朦胧。

十字街头哥爱坐，㳡水滩头鱼爱游，鲤鱼就爱滩头水，情哥就爱妹风流。

一蓬慈姑开白花，那时得你坐一家，那时得你同床睡，犹如鲤鱼看龙虾。

大河涨水水登坡，鲤鱼衔花顺水梭，青年时候不玩娓，腊月梅花枉自多。

鱼在河中鱼显鳃，花在平河两岸开，鱼在水中望水涨，哥在床上望妹来。

鱼在坝脚听水响，哥在花园看花香，听说表乡花儿好，特意来看花朝阳。

枉自偷来枉自偷，好比鲤鱼跳干沟，干沟无水枉自跳，姐们无心枉自偷。（以上《仲家情歌》）

大河涨水白浪翻，一对鲤鱼两分散，只要少郎心不死，那怕云南隔四川。（《昆明民歌》）

大河涨水沙浪沙，一对鲤鱼一对虾，只见鲤鱼来摆子，不见小妹来探花。

新来秧雀奔大山，新来鲤鱼奔龙潭，新来小妹无奔处，奔给小郎做靠山。

（以上《寻甸民歌》）

河中有鱼郎来寻，河中无鱼郎无影，有鱼之时郎来赴，无鱼之时郎费心。（《会泽民歌》）

依封建时代的观念，君臣的关系等于夫妻的关系，所以象征两性的隐语，扩大而象征君臣，蜀先帝得到诸葛亮，自称"如鱼得水"便是一例。

三　打鱼　钓鱼

正如鱼是匹偶的隐语，打鱼，钓鱼等行为是求偶的隐语。

1.打鱼

新台有泚，河水浼浼，燕婉之求，籧篨不鲜。新台有洒，河水浼浼，燕婉之求，籧篨不殄。鱼网之设，鸿则离之——燕婉之求，得此戚施！（《邶风·新台》）

旧说这是刺卫宣公强占太子伋的新妇——齐女的诗⑩，则鱼喻太子 (少男)，鸿喻公 (老公)。"鸿""公"谐声，"鸿"是双关语。我从前把这鸿字解释为蝦蟆的异名，虽然证据也够确凿的，但与《九罭篇》的鸿字对照了看，似乎仍以训为鸟名为妥。

九罭之鱼鳟鲂：我觏之子，衮衣绣裳。鸿飞遵渚：公归无所，于（与）女（汝）信处。鸿飞遵陆：公归不复，于（与）女（汝）信宿。是以有衮衣兮，无以我公归兮，无使我心悲兮。（《豳风·九罭》）

这首诗相当麻烦，除非破一个字，读"于"为"与"是没有办法的，扮演着诗中情节的角色，除诗人自身外，还有两个，一个是公，一个是"之子"，似乎就是公的儿子，这从他的服装"衮衣绣裳"可以证明。鱼喻公子，鸿喻公 (此"鸿"字也是谐"公"声的双关语)。再宿曰信。以，与也。故事是：公和公子因事来到她 (诗人) 这里，她和公子发生了爱情。现在公该走了，为了不许她所心爱的人跟公走掉，她把他的衮衣藏起了，并且对他说道：咱们公一走掉，就不知去向，也不知道何年何月再回来，万一你也跟他走掉，还不是一样吗？得了，让我跟你再住一夜吧！为了这桩心事，所以我把你的衮衣藏起。是呀! 请不要跟公走掉了, 白叫我心里难过! 九罭是密网, 鳟鲂是大鱼, 用密网来拦大鱼, 鱼必然逃不掉, 好比用截留衮衣的手段来留公子, 公子也必然走不脱一样。

登白薠兮骋望, 与佳期兮夕张 (帐)。鸟何萃兮蘋中, 罾何为兮木上? (《九歌·湘夫人》)

"鸟何萃" 二句是隐语, 喻所求失宜, 必不可得。罾在木上即缘木求鱼之意。

张罾不得鱼, 不 (?) 橹空罾归。(《欢闻恋歌》)

手上无罾又无网, 两手空拍看鱼浮, 平地有柴妹不砍, 镇山英雄砍山峰。
不长不短尽好看, 好比白马配金鞍, 好汉打鱼来下水, 那个贫汉不讲笑! (以上镇边《黑水恋爱歌》)
天上无风燕子飞, 江河无水现沙磊, 鱼在深塘空得见, 哄哥空把网来围。(三江《僮人情重歌》)
半边月亮两头钩, 照见云南连贵州, 塘水无风空起浪, 哄哥拿网撒江头。(榴江《板侗情歌》)
一条河水清又清, 两边绕有打鱼人, 打鱼不得不收网, 连妹不得不放心。
哥讲唱歌就唱歌, 哥讲打鱼就下河, 打鱼不怕滩头水, 唱歌不怕歌人多。(以上平治《白侗恋爱歌》)
大河里涨水小河分, 两边只见打鱼人, 我郎打鱼不到不收网, 恋姐不到不放心。(《安化民歌》)
久不唱歌忘记歌, 久不打鱼忘记河, 久不打鱼河忘记, 久不连姐脸皮薄。(《安南民歌》,《仲家情歌》略同)
砍柴要靠这边山, 打鱼还靠这边潭, 玩娘要玩这一个, 拿当别人不稀罕。(《仲家情歌》)
急水打鱼尽网丢, 有鱼无鱼慢慢收, 食禄天注定, 姻缘前世修。(未详)

2.钓鱼

其钓维何? 维丝伊缗——齐侯之子, 平王之孙。(《召南·何彼秾矣》)

籊籊竹竿，以钓于淇——岂不尔思? 远莫致之。(《卫风·竹竿》)

魏王与龙阳君共船而钓，龙阳君得十余鱼而涕下，王曰: "有所不安乎? 如是，何不相告也?"对曰: "臣无敢不安也。"王曰: "然则何为涕出?"曰: "臣为臣①之所得鱼也。"王曰: "何谓也?"对曰: "臣之始得鱼也，臣甚喜，后得又益大，今臣直欲弃臣前之所得矣。今以臣之凶恶，而得为王拂枕席，今臣爵至人君，走人于庭，辟人于途，四海之内，美人亦甚多矣，闻臣之得幸于王也，必褰裳而趋王，臣亦犹曩臣之前所得鱼也，臣亦将弃矣，臣安能无涕出乎?"(《魏策》四)

龙阳君显然是因为在魏王跟前，按照自己当时的身份，用习惯的象征语言说，正当被呼作"鱼"，所以就很自然的从鱼的命运中看出了自己的命运。换言之，由于语言的魔术性的暗示，他早已将自己和鱼同体化了，他看到鱼，便看到了自己。因此忽然有所感触，便本能的自悲起来，这和普通的比喻，无疑是不一样的。

芳树日月，君乱如(挐)于风。芳树不上无心温，而鹄三而为行。临兰池，心中怀我怅，心不可匡，目不可顾，妒人之子愁杀人，君有他心，乐不可禁，王将何似? 如孙(苏)如(伽)鱼乎? 悲矣! (《铙歌·芳树》)

这诗里有很多字句不好懂，但是一首情诗则无问题。兰池是池名，"孙"读为"苏"，"苏"即"荪"字，是一种饵鱼的香草。下"如"字读为"伽"，《诗·民劳》"柔远能迩"，《笺》: "能犹伽也。"伽是怀徕招致之意，苏喻王，鱼是妇人自喻，"如苏伽鱼乎"? 是说: "你将香草钩引鱼一样的收取我吗?"①

凄凄复凄凄，嫁娶不须啼，愿得一心人，白头不相离，竹竿何嫋嫋，鱼尾何簁簁! 男儿重意气，何用钱刀为! (《白头吟》)

钓竿何珊珊! 鱼尾何簁簁! 行路之好者，芳饵欲何为! (魏文帝《钓竿篇》)

钓鱼钓到正午后，鱼未食饵心早操，收起钓竿回去室，打隔无还此路头。(男唱)

钓鱼钓到正午后，鱼未食饵心勿操，日头钓鱼鱼见影，有心钓鱼夜昏头。(女唱)(《琼崖民歌》)

七文溪水七文深，七个鲤鱼头带金，七条丝线钓不起，钓鱼阿哥空费心。（《潮州民歌》）

太阳落坡坡背阴，坡背有个钓鱼坑，有心钓鱼用双线，有心连妹放宽心。

筋竹林头砍钓竿，闲着无事钓鱼玩，河中鱼儿翻白肚，不上金钓也枉然。秘密也，"疗饥"是秘密之事，所以说"泌之洋洋，可以疗饥"。

一条江水白涟涟，两个鳙鱼在两边，鳙鱼没鳞正好吃，小弟单身正好怜。（《粤风》）

妹不吃鱼哥不信，鱼头又有鲤鱼鳞，妹讲不吃塘中水，何必甘心去连人？（忻城《盘傜风流歌》）

山歌好唱口难开，仙桃好吃树难栽，秘密痛苦实难说，鳞鱼好吃网难抬。（《贵阳民歌》，淮南略同）

天上下雨地下滑，池中鱼儿摆尾巴，那天得鱼来下酒，那天得妹来当家！（《安南民歌》）

大河涨水小河翻，两边两岸杨梅山，要吃杨梅上树采，要吃鲤鱼下水捉。（《黑苗情歌》）

吃鱼要吃大头鱼，不吃细鱼满嘴流，连娘要连十八岁，不连小小背名偷。

大河涨水淹半岩，两边修起钓鱼台，有心吃鱼放双线，有心玩姐忠心来。（以上《仲家情歌》）

要吃辣子种辣秧，要吃鲤鱼走长江，要吃鲤鱼长江走，要玩小妹走四方。（《宣威民歌》，《仲家情歌》略同）

一对鲤鱼活鲜鲜，小妹来在大河边，要吃小鱼随郎检，要吃大鱼要添钱。（《晋宁民歌》）

五 吃鱼的鸟兽

另一种更复杂的形式，是除将被动方面比作鱼外，又将主动方面比作一种吃鱼的鸟类，如鸬鹚、白鹭和雁，或兽类，如獭和野猫。

维鹈在梁，不濡其咮——彼其之子，不遂其媾。
荟兮蔚兮，南山朝隮——婉兮娈兮，季女斯饥。（《曹风·候人》）

鹈即鹈鹕，是一种捕鱼的鸟，又名鸬鹚，俗名水老鸦，伫立在鱼梁上，连嘴都没浸湿的鹈鹕，当然是没捕着鱼的。这是拿鹈鹕捕不着鱼，比女子见不着她所焦心期待的男人。和同类的篇章一样，这也是上二句是隐语，下二句点出正意。朝隮即朝云，这和饥字都是隐语，说已详上。

朱鹭！鱼以（已）乌（欨），路訾（鹭鹚）邪！鹭何食？食茄（荷）下，不之食，不以吐。将以问诛（姝）者？　（《铙歌·朱鹭》）

欨，吐也，"诛"疑读为"姝"，《诗·干旄》："彼姝者子。"大意是说：鹭鹚捕到了鱼，又把它吐出来了，那么，鹭鹚呀！你吃什么呢？现在你站在荷叶底下，把它含在嘴里，既不吃下去，又不吐出来，这是干什么的？末句的意思不大懂，全篇大意，是讽刺男子和他的女友，老维持着藕断丝连的关系，既不甘心放弃，又不肯娶她的④。

张罾不得鱼，不（？）橹空罾归，君非鸬鹚鸟，底为守空池？（《欢闻恋歌》）
第一龙宫女，相怜是阿谁？好鱼输獭尽，白鹭镇长饥。（李群玉《龙安寺佳人阿最歌》）

鱼喻阿最，獭喻恶少们，白鹭诗人自喻。

王彦龄妻舒氏，工篇翰，彦龄失礼于妇翁，妇翁怒，邀其女归，竟至离绝。女在父家，偶独行池上，怀其夫，作《点绛唇词》云："独自临池，闷来强把阑干凭，旧愁新恨，耗却年时兴。鹭散鱼潜，烟敛风初定，波心静，照人如镜，少个年时影。"　（《夷坚支志》）

"鹭散鱼潜"，写景兼寄兴，是双关语。

高季迪年十八未娶，妇翁周建仲出《芦雁图》命题，季迪赋曰："西风吹折荻花枝，好鸟飞来羽翮垂，沙阔水寒鱼不见，满身风露立多时。"翁曰："是将求室也。"择吉日以女妻焉。（《篷轩杂记》）

这酷似《管子》所载宁戚的故事，不知是否从那里脱胎的。

　　远望乖姐靠门旁，寒脸凸腮不理郎，鹭鸶飞到井沿站，看你不像养鱼塘——小小年纪梳洋妆。（《淮南情歌》）

"洋妆"谐"佯装"。

　　年年有个七月七，鹭鸶下田嘴衔泥，不是哥们巴结你，鱼养你来水养鱼。（《曲靖民歌》）
　　大河涨水满河身，一对野猫顺水跟，野猫吃鱼不吃刺，小妹偷嘴不偷身。（《陆良民歌》）

六　探　源

　　为什么用鱼来象征配偶呢？这除了它的蕃殖功能，似乎没有更好的解释，大家都知道，在原始人类的观念里，婚姻是人生第一大事，而传种是婚姻的唯一目的，这在我国古代的礼俗中，表现得非常清楚，不必赘述。种族的蕃殖既如此被重视，而鱼是蕃殖力最强的一种生物，所以在古代，把一个人比作鱼，在某一意义上，差不多就等于恭维他是最好的人，而在青年男女间，若称其对方为鱼，那就等于说："你是我最理想的配偶！"现在浙东婚俗，新妇出轿门时，以铜钱撒地，谓之"鲤鱼撒子"，便是这观念最好的说明，上引《寻甸民歌》"只见鲤鱼来摆子"，也暴露了同样的意识。
　　文化发展的结果，是婚姻渐渐失去保存种族的社会意义，因此也就渐渐失去蕃殖种族的生物意义，代之而兴的，是个人享乐主义，于是作为配偶象征的词汇，不是鱼而是鸳鸯、蝴蝶和花之类了。幸亏害这种"文化病"的，只是上层社会，生活态度比较健康的下层社会，则还固执着旧日的生物意识。这是何等鲜明的对照。

　　城里的琼花城外的鱼，花谢鱼老可奈何！（《扬州民歌》）

　　让不事生产的城里人去作装饰品，乡下人是要讲实用的。
　　最后，一个有趣的事实，是以鱼为象征的观念，不限于中国人，现在的许多野蛮民族都有着同样的观念，而古代埃及，西部亚洲以及希腊等民族亦然。

崇拜鱼神的风俗，在西部亚洲，尤其普遍，他们以为鱼和神的生殖能力有着密切的关系。至今闪族人还以鱼为男性器官的象征，他们常佩的厌胜物，有一种用神鱼作装饰的波伊欧式的 (Boeotian) 尖底瓶，这神鱼便是他们媒神赫米斯 (Hermes) 的象征⑮，任何人都是生物，都有着生物的本能，也都摆不脱生物的意识，我们发现在世界的别处，这生物的意识，特别发达于各野蛮民族和古代民族间，正如在中国，看前面所举各例，汉族中，古代的多于近代的，少数民族的又多于汉族的。这里揭露了在思想上、"文化的人"和"生物的人"的区别。

本文中所引的近代民歌，除作者自己采辑的一小部分外，大部出自下列各书刊：陈志良著《广西特种民族歌谣集》，陈国钧著《贵州苗夷歌谣》，《民俗》和北京大学研究所《国学门月刊》，两种《歌谣集》都是承陈志良先生赠送的，谨此志谢。

朱佩弦先生指出：这个古老的隐语，用到后世，本意渐渐模糊，而变成近似空套的话头。他这意见是对的，附志于此。

一九四五，五，二五，昆明

---

①原载《边疆人文》第2卷第3、4期。据开明版《闻一多全集·神话与诗》编入本卷。

作者原注：

②作者十年前在一篇题名《高唐神女传说之分析》的文章里（《清华学报》第十卷第四期。编者案：见本卷)，曾经讨论过这个问题。十年来相关的材料搜集得更多（尤其在近代民歌方面)，对于问题的看法似乎更深入，所牵涉到的方面也更广泛，所以现在觉得有把它作为专题，单独提出，重新讨论一次的必要。

③《注》曰："贯鱼，谓比众阴也，骈头相次，似贯鱼也。"《正义》曰："贯鱼者谓众阴也，骈头相次，似若贯穿之鱼。此六五若能处待众阴，但以宫人之宠相似。宫人被宠，不害正事，则终无尤过，无所不利，故云无不利。"《集解》引何晏曰："夫剥之为卦，下比五阴，骈头相次，似贯鱼也。鱼为阴物，以喻众阴也。夫宫人者，后夫人嫔妾各有次序，不相渎乱，此则贵贱有章，宠御有序，六五既为众阴之主，能有贯鱼之次第，故得无不利矣。"又引崔憬曰："鱼贯与宫人皆阴类，以比小人焉，鱼大小一贯，若后夫人嫔妇御女，大小虽殊，宠御则一，故终无尤也。"

④《诗·汝坟》疏引劳作肥。

⑤饥字是性的象征，详《高唐神女传说之分析》，《毛传》以朝释调，朝是通用的本字，其真正的本字，似乎当依《广韵》作豚，是两性的生殖器官和排泄器官的共名。在古书中，字或作州（《尔雅·释畜》"白州，骟"），或作丑（《内则》"鳖去丑"），或作烛（《淮南子·精神篇》"烛营指天"高注)，或作涿（《蜀志·周群传》"诸毛绕涿居乎"），皆声近通用。但普通都用朝字，所以《株林篇》的"朝食"，本篇的"调（朝）饥"，《天问》的"鼂（朝）饱"，《蝃蝀篇》和《候人篇》的"朝隮"，《高唐赋》的"朝云"，涵义都颇为猥亵，乃至邑名"朝歌"，为了同字同音，犯着嫌疑，据说圣人之徒颜渊、曾子辈都得回避。

⑥《序》曰："刺文姜也。齐人恶鲁桓公微弱，不能防闲文姜，使至淫乱，为二国患焉。"《笺》曰："鲂也，鳏也，鱼之易制者，然而敝败之笱不能制……喻鲁桓微弱，不能防闲文姜，终其初时之婉顺。"

⑦从元刻本补，下同。

⑧《乐府诗集》载《宁戚歌》："沧浪之水白石粲，中有鲤鱼长尺半……"无疑是后人根据《管子》这故事伪托的。

⑨贵州安南县，今改晴隆县。

⑩《序》曰："刺卫宣公也，纳伋之妻，作新台于河上而要之。……"《笺》曰："设鱼网者宜得鱼，鸿乃鸟也，反离焉，犹齐女以礼来求世子，而得宣公。"

⑪下臣字本作王，从鲍改。

⑫余详《乐府诗笺》。

⑬《笺》曰："'谁能'者，言人偶能割亨者。"《正义》曰："'人偶'者，谓以人意尊偶之也。……亨鱼小技，谁或不能？而云'谁能'者，人偶此能割亨者尊贵之，若言人皆未能，故云'谁能'也。"案：《正义》以"人偶"为成语，是对的，但释为"尊贵之"之意却错了。马瑞辰指出"人偶"又有相亲之义，所举证例中，《贾子·匈奴篇》"胡婴儿得近侍侧，胡贵人更进，得佐酒上前，上时人偶之"一条，尤其确切，这里"人偶"一词，正是亲昵之意，大概三家旧说有知道这篇是情诗的，康成笺《诗》，兼采众说，不知不觉受了他的暗示，所以就将"谁能"二字解释为那情人间"相人偶"的撒娇似的口气。这对于我们认烹鱼为隐语的主张，直接的当然没有证明什么，但间接的却未尝不能给我们增加些力量。

⑭作者前著《乐府诗笺》，解释此诗，大致还是沿用旧说，那是错的。

⑮Robert Briffault: Sex in Religion (V. F. Calverton and Schmalhausen: Sex in Civilization p.42)

原载《边疆人文》第二卷第三、四册，收入《闻一多全集》第三册《神话编》，湖北人民出版社，1993

《九歌》古歌舞剧悬解①

闻一多

迎神曲

黄昏时分。从四面八方辐辏而来的鼓声，近了，更近了，十分近了。

"神光"照得天边通亮。满坛香烟缭绕。

男女群巫。和他们所役使的飞禽走兽以及各种水族，侍立在两旁。

楚王左带玉珥剑，右带环佩，率领着文武百官，在庄严肃穆的乐声中，鱼贯而出，排列在祭坛下。

坛右角上，歌声从以屈大夫为领班的歌队中泛起。

男音独唱：

吉日兮辰良，穆将愉兮上皇，

抚长剑兮玉珥，璆锵鸣兮琳琅。

〔楚王上前三步，依次举行着祭祀的仪式。〕

女音独唱：

瑶席兮玉瑱，盍将把兮琼芳，（献玉有司奉上一张草席，王接过来，铺在坛上。有司又奉上一块宝石，王接过来，压在席上。）蕙肴蒸兮兰藉（荐牲），奠桂酒兮椒浆（奠酒）。

〔王和百官向着远天膜拜，五色瑞云中微微的现出东皇太一的身影。大家连忙伏下。金鼓大作，远近人声欢呼万岁。〕

合唱：

扬枹兮拊鼓，箫钟兮瑶簴，

疏缓节兮安歌，陈竽瑟兮浩倡。

〔群巫纷纷起舞。〕

灵偃蹇兮姣服，芳菲菲兮满堂，

五音纷兮繁会，君欣欣兮乐康。

君欣欣兮乐康，君欣欣兮乐康!

〔云层中的东皇太一渐渐隐没，"神光"渐暗，乐声渐小，幕徐下。〕

东 君

远处有鸡声报晓。

微弱的曙光中，隐约看见地面上，纵横的熟睡着一群农民模样的青年男女。

天边烘出彩霞，一轮红日掩映在枝叶扶疏的大树 (所谓扶桑) 后面。树叶间发出稀疏的鸟声。

男音独唱：

　暾将出兮东方，照吾槛兮扶桑。

〔日轮升上树梢。被朝阳炙暖了的青年们翻了翻身，但还没有醒。

东君赤面虬髯身穿银白色鱼麟锁甲，青灰披风，腰佩弓箭，以御车的姿式出现在树前。〕

抚余马兮安驱，夜皎皎兮既明。

抚余马兮，抚余马兮安驱，

夜皎皎兮，夜皎皎兮既明。

〔青年们被欢噪的鸟声惊醒了，揉着眼睛，打着呵欠，慢慢站起来了。忽然看见东君，纷纷向他奔去。他——抚慰了他们，便分发他们到各自的岗位上开始工作。

在共同的节奏中，劳动人类的热情，汇成一股欢乐的洪流——热和力的交响乐。

东君点着头愉快的巡视着工作者。〕

男音独唱：

　驾龙辀兮乘雷，载云旗兮委蛇，

　长太息兮将上，心低佪兮顾怀，心低佪兮顾怀。

　羌声色兮娱人，观者憺兮忘归，观者憺兮忘归。

合唱：

　縆瑟兮交鼓，箫钟兮瑶簴，鸣篪兮吹竽!

男音独唱：

　思灵保兮贤姱!

合唱：

思灵保兮贤姱!

〔青年们合舞。〕

合唱：

翾飞兮翠翾，展诗兮会舞，应律兮合节!

男音独唱：

灵之来兮蔽日。

正这时日轮早已不见了，天色渐暗，人群在悠扬的牧笛声中陆续散去。

〔天幕由深蓝变到深紫，繁星出现了。〕

男音独唱：

青云衣兮白霓裳，举长矢兮射天狼。〔开弓向天空射去，——颗流星坠下。〕

操余弧兮反沦降，援北斗兮酌桂浆。〔翻转身来举起酒斗狂饮。〕

撰余辔兮高翔，杳冥冥兮东行，

撰余辔兮高翔，杳冥冥兮东行。〔在黑暗中消逝了。〕

(幕下)

云中君

暮霭深了。最后的斜阳睨视在黄龙旗上，微风中鳞甲不时闪着金光，黄龙蠕动了。地面彩筵上陈列着盛馔。一群彩衣的少女在环绕着旗杆拜祷。她们在夸耀她们自己的美丽，说是经过了挑选又挑选，代表她们全族来向这位神明谢恩的。为了一年的雨露，神所赐给她们的膏泽，她们族人——全体高阳氏的苗裔，今天已经把他们所有值得献出的都献出了，包括她们的青春。在她们这是何等的光荣! 为了保证这光荣，为了她们这份虔诚，不致遭到万一的拒绝，她们还精心的修饰了自己……

女音合唱：

浴兰汤兮沐芳，华采衣兮若英。

浴兰汤兮，浴兰汤兮沐芳，

华采衣兮，华采衣兮若英。

〔天边涌起一朵黄云，云中君黄冠，黄袞龙衣，在一道金光中出现了。乐声从四面涌起，少女们一窠蜂似的往他拥去。围着他轻舞。〕

灵连蜷兮既留, 灵连蜷兮既留,

烂昭昭兮未央, 烂昭昭兮未央,

〔金光变得更灿烂, 几乎有些耀眼。〕

蹇将澹兮寿宫, 蹇将澹兮寿宫,

与日月兮齐光, 与日月兮齐光。

〔少女们簇拥着云中君, 来到筵前, 就地坐下, 绕成一圈, 尽情的欢饮。

云中君有点颓然了。秩序大乱。

台上暗了一会儿。

云中君起来了, 带着倦意, 徘徊了几周。〕

男音独唱:

龙驾兮帝服, 聊翱游兮周章,

龙驾兮帝服, 龙驾兮帝服,

聊翱游兮周章, 聊翱游兮周章。

〔他蓦的双肩一耸, 张开两臂, 像是浮入云中了。惊悼的少女们跳跃着伸手去攀援, 但是那有什么用处呢?〕

女声合唱:

灵皇皇兮既降, 焱远举兮云中。

〔他飘浮得很远, 还手搭凉棚, 往下面眺望, 仿佛在寻觅什么似的。这样盘旋一周, 便轻轻飘去了。〕

男音独唱:

览冀州兮横四海, 览冀州兮横四海,

览冀州兮有馀。横四海兮焉穷!

览冀州兮有馀, 横四海兮焉穷!

〔少女们呆望着云中君的身影消失了, 一个个沮丧得万分, 有的拥抱着旗杆, 有的伏倒在地上, 呜呜的啜泣了。〕

女音合唱:

思夫君兮太息, 极芳心兮忡忡!

思夫君兮太息, 极芳心兮忡忡!

(幕下)

湘君(湘夫人)

人物：湘君　湘公子　车夫　男侍数人

女子甲　女子乙　船　船娘　女侍数人

江心一个小岛，岛上兰茝丛中藏着一座小得几乎像玩具样的庙子。

是一个深秋的黄昏，落叶在西风中旋舞。

树叶不时闪着"神光"。刚从岛后石滩间迂回地来到岛上的车子，走到庙前，停下了。车上的人，除了湘君，都上庙前来。湘君伫立在车上，吹着凤箫，箫声停了，远处一个女高音开始唱道：君不行兮夷犹，蹇谁留兮中洲！

〔一只船满载着妇女，从右侧出现。向着岛这边划来了。〕

女甲：

美要眇兮宜修，沛吾乘兮桂舟。

令沅湘兮无波，使江水兮安流。

望夫君兮未来，吹参差兮谁思！

〔湘君看见船来了，急忙跳下车米，跑到水边。〕

湘君：

驾飞龙兮北征，邅吾道兮洞庭，

薜荔柏兮蕙绸，荪桡兮兰旌。

望涔阳兮极浦，横大江兮扬灵。〔闪着神光。〕

扬灵兮未极，　女婵媛兮为余太息。

〔船慢慢靠近岸旁，停下了。〕

女甲：

〔掩面悲泣〕横流涕兮潺湲，隐思君兮陫侧。

湘君：

桂棹兮兰枻，斲冰兮积雪。

桂棹兮兰枻，斲冰兮积雪！

采薜荔兮水中，搴芙蓉兮木末。〔有些气愤。〕

心不同兮媒劳，恩不甚兮轻绝！

女甲：

石濑兮浅浅，飞龙兮翩翩。

石濑兮浅浅，飞龙兮翩翩。

交不忠兮怨长，期不信兮告余以不闲！

〔湘君以谢罪的姿式，走上前把女子甲扶下船来。二人携手往花草丛中走去了。〕

湘君：

　　鼍驰骛兮江皋，夕弭节兮北渚。

　　鸟次兮屋上，水周兮堂下。

　　捐余玦兮江中，遗余佩兮醴浦，

　　采芳洲兮杜若，将以遗兮下女，

　　时不可兮再得，聊逍遥兮容与！

湘君、女甲：

　　鸟次兮屋上，水周兮堂下，

　　时不可兮再得，聊逍遥兮容与！

〔灯光熄，幕下，随即升起，灯光又明。

自从船拢岸时，公子就已注意到女乙，一直目不转睛的盯着她。她却不敢回视，只是羞涩的眺望着流水。〕

女乙：

　　帝子降兮北渚，目眇眇兮愁予。

　　袅袅兮秋风，洞庭波兮木叶下。

公子：

　　登白薠兮骋望，与佳期兮夕张！

　　鸟何萃兮薠中，罾何为兮木上！

女乙：

　　沅有茝兮澧有兰，思公子兮未敢言，

　　荒忽兮远望，观流水兮潺湲。

　　麋何食兮庭中！蛟何为兮水裔！

〔公子也上了船，船女乙扶下来了。〕

　　麋何为兮庭中！蛟何为兮水裔！

公子：

　　朝驰余马兮江皋，夕济兮西澨，

　　闻佳人兮召予，将腾驾兮偕逝。

〔他们携手走向庙前。〕

女乙：

筑室兮水中，葺之兮荷盖，

荪壁兮紫坛，匊芳椒兮成堂。

桂栋兮兰橑，辛夷楣兮药房，

网薜荔兮为帷，擗蕙櫋兮既张，

白玉兮为镇，疏石兰兮为芳，

芷茸之兮荷屋，缭之兮杜衡。

合百草兮实庭，建芳馨兮庑门。

九嶷缤兮并迎，灵之来兮如云。

〔她脱去外衣。〕

捐余袂兮江中，遗余褋兮澧浦，

搴汀洲兮杜若，将以遗兮远者。

时不可兮骤得，聊逍遥兮容与！

公子·女乙：

时不可兮骤得，聊逍遥兮容与！

〔这时湘君和女甲已从花丛中走出，于是湘君和女甲，公
子和女乙，每一个男侍和每一个女侍，乃至车御和船娘，
都配成对，相携狂舞。〕

全体：

时不可兮骤得，时不可兮骤得，

聊逍遥兮容与，聊逍遥兮容与，

聊逍遥兮，逍遥兮，逍遥兮容与！

（幕下）

大司命

人物：大司命　美人数人　司阍二人

空桑山上一片玄云，云隙中露北宫的门阙，黑漆扁额上金书的古篆，看去
像是"玄云"二字。山坳下停着一辆玉辂，龙辀云旗，和四匹骏马，皆黑色。

一群美人在山坳下游戏。

一声号筒，两个司阍敞开了宫门，分开站到门的两旁。

一群水族跟着一头大龟从门内拥出。

大司命，玄衮衣，苍玉佩，在细乐声中步出门来。

大司命:

　广开兮天门, 纷吾乘兮玄云,

　令飘风兮先驱, 使冻雨兮洒尘。

　〔司命瞥见美人们, 疾驰而下。美人们惊惶逃避, 司命绕着山石追赶, 一个个被拉住又挣脱了。如此者数次, 直到动员起全体水族求助他遮堵, 这才抓住一个, 他大笑了, 美人也笑了。〕

美人甲:

　君迴翔兮以下, 逾空桑兮从女,

　纷总总兮九州, 何寿夭兮在予!

　〔当他们二人相对狂舞时, 刚才逃散了的美人们一个个

　又出现了, 会同全体水族给他们助兴。〕

美人甲:

　高飞兮安翔, 乘清气兮御阴阳,

　吾与君兮斋速, 导帝之兮九阬,

　〔乐舞的节拍愈加疾促, 台上灯光暗暗亮亮。〕

美人甲:

　灵衣兮披披, 玉佩兮陆离,

　壹阴兮壹阳, 众莫知兮余所为!

大司命、美人甲:

　壹阴兮壹阳, 众莫知兮余所为!

全体:

　壹阴兮壹阳, 壹阴兮壹阳,

　众莫知兮, 众莫知兮, 众莫知兮余所为!

　〔美人们都疲乏得倒地睡着了。司命踌躇四顾, 若有所思。〕

大司命:

　〔转向花丛中, 折来一枝瑶花。〕折疏麻兮瑶华, 〔将花悄悄的放在美人甲的掌中。〕将以遗兮离居。

　老冉冉兮既极, 〔不胜感慨。〕不寖近兮愈疏!

　〔司命登车, 绕向山石后走了。

　美人甲醒来, 发现手中的花, 又不见司命, 沮丧之极。猛抬头, 望见司命和他的队伍在云端出现了, 她支起惝困的身躯, 慢慢站起来, 对着云天只是发愣。

〔众美人也都次第醒来。〕

美人甲：

　　乘龙兮辚辚，高驼兮冲天，

　　〔将腰间的香药 (桂枝) 拿到鼻前嗅着。〕

　　结桂枝兮延伫，羌愈思兮愁人！

　　愁人兮奈何？愿若今兮无亏！

　　〔众美人都来安慰她。〕

众美人：

　　愿若今兮无亏，愿若今兮无亏！

　　固人命兮有当，孰离合兮可为？

美人甲：

　　固人命兮有当，孰离合兮可为？

　　固人命兮有当，

众美人：

　　有当，有当，

美人甲：

　　孰离合兮可为，

众美人：

　　可为，可为？

全体：

　　固人命兮有当，孰离合兮可为！

　　　　　　　　　　　　　　　　　　　　(幕下)

少司命

人物：少司命　孩儿 (六岁光景)　美人十余人

满院子夕阳。阶前长着密茂的花草，有秋兰兮麋芜，罗生兮堂下，

绿叶兮素枝，芳菲菲兮袭予。

〔众美人发现了司命和司命抱着的孩子，都纷纷迎上前来，争着和孩儿玩耍。〕

美人甲：

〔把孩儿抱走了，司命跟在她后面。〕

夫人兮自有美子，荪何以兮愁苦？

少司命：

〔不睬她的问题。〕绿叶兮素枝，芳菲菲兮袭予？

〔众美人都在逗引司命的注意，但司命的兴趣显然只在美人甲身上。〕

美人甲：

秋兰兮青青，绿叶兮紫茎，满堂兮美人，忽独与余兮目成！

（一步一步的打着退，像是要躲入室内，忽然一闪身。又到了院中心。〕

忽独与余兮，与余兮目成！〔挤着眼，妖媚的笑着。〕

〔少司命终于被引进了室内。

〔众美人领着孩儿在院子里做了许多游戏。司命才出。望望天空，星星都出来了，便匆匆抱着孩儿离去。众美人抢着去追他，但是来不及了。〕

美人甲：

〔凄然的靠在门边，众美人愕然的望着美人甲。〕

入不言兮出不辞，乘回风兮载云旗，

悲莫悲兮生别离，乐莫乐兮新相知！

众美人：

乐莫乐兮新相知，悲莫悲兮生别离！

乐莫乐兮新相知，悲莫悲兮生别离！

〔夜色更浓了，空中有更多的星星出现。〕

美人甲：

荷衣兮蕙带，倏而来兮忽而逝。

夕宿兮帝郊，君谁须兮云之际？

少司命：

〔在远处回答，几乎辨不出字音。〕

与女沐兮咸池，晞女发兮阳之阿，

望美人兮未来，临风怳兮浩歌。

全体：

〔因为刚才的回答听不清楚。所以大家同声再问。〕

荷衣兮蕙带，倏而来兮忽而逝，

夕宿兮帝郊，君谁须兮云之际？

少司命：

〔这回的声音是完全清晰的。〕

与女沐兮咸池，晞女发兮阳之阿，

望美人兮未来，临风怳兮浩歌！〔最后一句尤其响亮。〕

全体：

孔盖兮翠旌，登九天兮抚彗星，

抚长剑兮拥幼艾，荪独宜兮为民正！

抚长剑兮拥幼艾，荪独宜兮为民正！

(幕下)

河 伯

景是河身的横切面，像我们常在银幕上看见的一样。河伯，跨着一头白鼋，像一具白石的裸体雕像，半个身子露在水上。时而有鱼虾一类的水族打他身边游过。从河右岸上伸出一座悬崖，恰好与河面构成一个正角。崖端蹲着一座小庙，庙前的旗杆下攒集着一群白衣少女，崖身和崖上的一切 (人物和庙宇)，都正浸在血一般的夕阳中。

景中的人物差不多完全没有动作。除了沉闷的鼓声以外。我们只听见他们 (少女们和河伯) 一往一复的歌声。

少女：

鱼鳞屋兮龙堂，紫贝阙兮朱宫。

灵何为兮水中，乘白鼋兮逐文鱼？

河伯：

与女游兮九河，冲风起兮横波，

乘水车兮荷盖，驾两龙兮骖螭。

少女：

登昆仑兮四望，心飞扬兮浩荡……

灵河为兮水中，乘白鼋兮逐文鱼？

河伯：

与女游兮河之渚，流澌纷兮将来下。

子交手兮东行，送美人兮南浦。

少女：

日将暮兮怅忘归，惟极浦兮顾怀。

灵何为兮水中，乘白鼋兮逐文鱼？

河伯：

子交手兮东行，送美人兮南浦，

波滔滔兮来迎，鱼鳞鳞兮媵予。

少女：

登昆仑兮四望，心飞扬兮浩荡，

日将暮兮怅忘归，惟极浦兮寤怀。

鱼鳞屋兮龙堂，紫贝阙兮朱宫，

灵何为兮水中，乘白鼋兮逐文鱼？

（幕下）

山 鬼

山坡上黑黝黝的竹林里，歇着一辆豹车，豹子是火赤色的，旁边睡着一匹狐狸，身上却有着金钱斑点。

对面，从稀疏的竹子中间望去，像一座陡起的屏风，挡住我们的视线的，便是那永远深藏在云雾中的女神峰——巫山十二峰中最秀丽，也最娇羞的一个。林中单调的虫声像是我们自己的耳鸣。蓦地一声裂帛，撕破了寂静，"若有人兮山之阿"，回声像数不完的波圈，向四面的山谷扩大——"山之阿，山之阿，山之阿……"一只蝙蝠掠过，坡下草丛中簌簌作响。

公子嗅着手中的香花，一步一回头，爬上坡来。

公子：

被薜荔兮带女罗，〔靠在一根橡子粗细的竹子上，望着对面的云雾。〕

〔回声："善窈窕，善窈窕……"〕

乘赤豹兮从文狸，辛夷车兮结桂旗，

被石兰兮带杜衡，折芳馨兮遗所思。

〔回声："遗所思。遗所思……"公子走进林中。〕

余处幽篁兮终不见天，路险难兮独后来。

〔云雾渐渐围上来。〕

余处幽篁兮终不见天，路险难兮独后来。

〔雾愈来愈浓，台上一片白。女子的歌声由远而近。山鬼，正如萧从云

《儿歌》图中所描绘的一个妙龄女子，肩头披
着薜荔，腰间缠着女罗，从雾间出现了。〕

山鬼：

表独立兮山之上，云容容兮而在下。
杳冥冥兮羌昼晦，东风飘兮神灵雨。〔一阵雨声。〕
留灵修兮憺忘归，岁既晏兮孰华予！
留灵修兮憺忘归，岁既晏兮孰华予！

公子：

〔在远处。〕若有人兮山之阿，被薜荔兮带女罗，
既含睇兮又宜笑，子慕余兮善窈窕。

山鬼：

采三秀兮于山间，石磊磊兮葛蔓蔓，
怨公子兮怅忘归，君思我兮不得闲。

公子：

〔声音时远时近〕乘赤豹兮从文狸，辛夷车兮结桂旗，
被石兰兮带杜衡，折芳馨兮遗所思。

山鬼：

山中人兮芳杜若，饮石泉兮荫松柏，
怨公子兮怅忘归，君思我兮然疑作。

公子：

〔声音更近了。〕被石兰兮带杜衡，折芳馨兮遗所思，
余处幽篁兮终不见天，路险难兮独后来。
〔风雨雷电又作，满山的鸟兽都悲鸣起来。
山鬼的身影，完全被黑暗所吞没，哀怨的歌声中带着恐怖。〕

山鬼：

雷填填兮雨冥冥，猿啾啾兮又夜鸣，
风飒飒兮木萧萧，思公子兮徒离忧！

国　殇

远山衔着半边血红的落日。敌人终于败退了。
平原上进行着剧烈的战争。鼓声愈来愈急，

　　国人为庆祝胜利并哀悼国殇，手拿着武器和钲鼓，环绕着死者的尸体，举行萨尼人跳鼓式的舞踊。

　　妇孺们坐在男人们后面，围成一个更大的圈子，唱着庄严而凄凉的悼歌。

操吴戈兮被犀甲，车错毂兮短兵接，

旌蔽日兮敌若云，矢交坠兮士争先，

凌余阵兮躐余行，左骖殪兮右刃伤。

霾两轮兮絷四马，援玉抱兮击鸣鼓，

天时坠兮威灵怒，严杀尽兮弃原野。

出不入兮往不返，平原忽兮路超远。

带长剑兮挟秦弓，首身离兮心不惩，

诚既勇兮又以武，终刚强兮不可凌。

身既死兮神以灵，魂魄毅兮为鬼雄!

（幕下）

送神(尾声)

布置和序曲一样，依然四处闪着神光，

满台香烟缭绕。

凡是在歌曲中出现过的人和动物，现在都在台上。

乐声响了，女子们一壁传递着鲜花，依次的打祭坛前舞过，一壁唱着歌曲。

女音合唱：

成礼兮会鼓，传芭兮代舞，

姱女唱兮，姱女唱兮容与。

春兰兮秋菊，长无绝兮终古!

〔金鼓大作，全场乱舞。〕

全体合唱：

春兰兮秋菊，长无绝兮终古!

春兰兮秋菊，长无绝兮终古!

……

〔楚王领着百官，打台前走过，全场高呼万岁。〕

（幕急下）

作者附注②

迎 神 曲

(一) 《高唐赋》所述的 "醮诸神，礼太一" 的仪式，是在夜间举行的。这赋是否宋玉所作，是另一问题，所记的反正是楚国的故事。汉代祭太一本是沿袭楚国的旧俗，所以时间也在夜间。《史记·乐书》明白的载着："汉家常以正月上辛祠太一〔于〕甘泉，以昏时夜祠，至明而终。"武帝时祠太一的《郊祀歌》也证明了这一点。歌词劈头一章《练时日》(相当于《九歌》的《迎神曲》)曰："虞 (娱) 至旦，承灵亿。"又曰："侠 (浃) 嘉夜，莒兰芳。"这和《史记》的话完全相合。

我们考察了《九歌》中间的九章歌舞曲，除《大司命》，都直接或间接的表示是以暮夜为背景的。《湘君》"夕弭节兮北渚"，《湘夫人》"与佳人期兮夕张"，"夕济兮西澨"，《少司命》"夕宿兮帝郊"，《河伯》"日将暮兮怅忘归"，《国殇》"天时坠兮威灵怒"，《东君》"举长矢兮射天狼 (星名) ……援北斗兮酌桂浆"，又 "杳冥冥兮东行" (夜间绕入地底东行)，《少司命》"登九天兮抚彗星"，《山鬼》"猨啾啾兮又夜鸣"，这些都是直接表明了暮夜的。此外《云中君》"烂昭昭兮未央"，"与日月兮齐光"，和《湘君》"横大江兮扬灵"，都指所谓神光，那也是非在夜间看不见的。这分明是因为祭太一是在夜间举行的，所以娱神的歌舞曲也不得③以夜为背景。《太平御览》五七二引王逸《九歌序》曰：

沅湘之间，其俗敬鬼神，好夜鼓舞，以乐诸神。这与今本《楚辞》不同，不知究竟是谁的话，但说 "好夜鼓舞"，是绝对正确的。

(二) 光耀，神降临的表征。这种光便叫作 "神光"，又叫作 "灵"。《汉书·郊祀志》"神光兴于殿旁"，"神光又兴房中，如烛光"。《海内北经》"二女之灵，能照此所方百里"，郭《注》："言二女神光所烛及者方百里。"

东 君

(一) 这一章通常例在《少司命》前，那是弄错了的，经笔者考证，应该移到此地来和《云中君》相配 (详拙著《楚辞校补》)。东君是日神，云中君是云神，亦即雨神。日与雨是农事的两个必要的自然条件，所以这两位自然神常在一起。还有，在五帝系统中，东君也就是东方的太皞伏羲氏，云中君也就是中央的黄帝轩辕氏。这两位帝不但往往并称，（如《海内经》"太皞爰过，黄帝所为"，和《庄子·田子方篇》"伏羲黄帝不得友"之类。）而且关于他们的传说还常被混淆。最显著的例是他们连名号都相同，都称有熊氏。（伏羲称有熊氏，见《易乾凿度》上注。）这些都说明，在传说中伏羲和黄帝不易分开，也就是《东君》和《云中君》不易分开了。

(二) 三代时天子有"朝日"的典礼，便是在日出时，向着东方举行的一一种欢迎日出的仪式。东君这位神无疑便是这样产生的。关于朝日，《尚书·尧典》又说到"寅宾出日，平秩东作"的话。"东作"一词，赵歧解为"治农事"，应劭解为"耕"，都是极正确的，所以我们在这里让一群农民出现，而在下面还要特别强调工作的意义。

(三) 顾名思义，与其说东君是日神，毋宁说是日出之神。日出自东方，而东方只是一个抽象的概念，不易捉摸，于是便创造日出扶桑的神话，用扶桑来使东方的概念形象化起来。

这样，东方与日与木，便分不开了。因而东君，你说他是东方的神仙也好，日神也好，甚至木神也未尝不可。上面已经说过，东君也就是东方帝太皞，现在东君既同时是木神，那么东方帝自然也可以同时是木帝了。这便是在五行说中，东方所以属木而色青的缘故。而因此我们也可以明白，在《九歌》中，东君劈头便说"暾将出兮东方，照吾槛兮扶桑"，也不是偶然的。当然，所谓扶桑并不是实质上存在着的一种树木。我们疑心它只是日出时天边的云霞，（《山海经》说它"青叶赤华"，这正是早霞的颜色。）至于作为自然物的形象，便是一棵大树，作为人为物的形象，便宜时而是宫室的车干槛（"照吾槛兮扶桑"），时而又是蔽体的衣服（"青云衣兮白霓裳"）——这些都不过是人类的幻想—— 一种诗意的杜撰罢了。

云中君

(一) 《左传·昭公十七年》郯子曰："昔者黄帝氏以云纪，故为云师而云名。"这是云中君即黄帝的确证。明白了这一件事实，不但《九歌·云中君》"龙驾兮帝服"一句话有了解答，而且如像下面这些文献中的传说，也都可以涣然冰释了。

1.《穆天子传》："天子升于昆仑，观黄帝之宫，而封丰隆之葬。"依《楚辞》的说法，丰隆是云师。(《离骚》"吾令丰隆乘云兮"，《九章·思美人》"愿寄言于浮云兮，过丰隆而不将"。) 丰隆既是黄帝自己，想来丰隆之葬 (墓) 就在黄帝之宫旁，所以趁着参观黄帝之宫的机会，顺便就封一封丰隆之葬——在墓上加盖一层新土。

2.《庄子·大宗师篇》："黄帝得之，以登云天。"

3.《庄子·在宥篇》："黄帝……闻广成子在于空同之山，故往见之，曰：'……吾欲取天地之精，以佐五谷，以养民人，吾又欲官阴阳以遂群生，为之奈何？'广成子曰：'……自而治天下，云气不待族而雨，草木不待黄而落，日月之光益以荒矣。'"又："云将东游，过扶摇之枝，而适遭鸿蒙……云将曰：'今我顾合六气之精，以育群生，为之奈何？'……鸿蒙曰：'乱天之经，逆物之情，玄天弗成，解兽之群，而鸟皆夜鸣，灾其草木，祸及虫正 (豸)，意 (噫)! 治人之过也。'"

以上这两个故事的内容相同，实在是一个故事的分化，而云将即黄帝，鸿濛即广成子。因为黄帝即云神，所以前一个故事中有"自而 (指黄帝) 治天下，云气不待族而雨"等语。其实前一个故事中所谓"天地之精"，后一个所谓"六气之精"，也还是指云气的基本构成原素。

4.《大戴礼记·五帝德篇》："黄帝黼黻衣，大带黼裳，乘龙扆云。"

5.《周礼·大司乐》郑《注》："黄帝曰云门大卷。"《独断》："黄帝 (乐) 曰云门。" (《周语》韦《注》，《玉烛宝典》引《乐纬稽耀嘉》宋均《注》，《群书治要》引《帝王世纪》并同。)《楚辞·远游》王《注》："承云即云门，黄帝乐也。" (《淮南子·齐俗篇》许《注》说同。)

6.《古今注》："华盖，黄帝所作也，与蚩尤战于涿鹿之野，常有五色云气，金枝玉叶，止于帝上，有花葩之象，故因而作华盖焉。"《汉书·郊祀志》上："置寿宫 [于] 北宫，张羽旗，设供具，以礼神君。"臣瓒注："寿宫，奉神之宫也。"我们这里所讲的旗，可以假想是树在寿宫前面的。黄帝的符瑞是黄龙，(《史记·天官书》："轩辕黄龙体。") 所以降黄帝之神，用黄帝之神，用黄龙旗。

(二)《吕氏春秋·知接篇》注："桓公……蒙衣袂而绝乎寿宫。"高《注》："寿宫，寝堂也。"宫中的寝堂叫作寿宫，神庙的寝堂自然也可以叫寿宫。这里灯光的熄灭，暗示着神与人在寿宫中的会合，因布景的限制，所以改在室外。

(三)《大荒北经》："蚩尤作兵伐黄帝，黄帝乃令应龙攻之冀州之野。"《周书·尝麦篇》："黄帝执蚩尤，杀之于中冀。"孔《注》："即冀州也。"这里说"览冀州兮有馀",也是云中君即黄帝的佳证。

湘　君

（一）在本篇中，最应注意的一点，是湘君和迎接湘君的女子，使用着迥乎不同的交通工具，前者乘舟，后者乘车。舟在歌词中有明文，用不着说明。车则似乎向来未被人注意，因此一般的都把车具误认为舟具，于是舟中人和车中人的身份便混淆不分，而他们对话的意义也就大大的模糊了。笔者发现歌中人物有一种乘车的，是根据下列各歌句的研究：

驾飞龙兮北征，

飞龙是驾车的龙马。《离骚》："为余驾飞龙兮，杂瑶象以为车。"《汉书·礼乐志·郊祀歌》："灵之车，结玄云，驾飞龙，羽旄纷。"又《安世房中歌》："飞龙秋，游上天。"《注》云："庄子有秋驾之法者，亦言驾马腾骧，秋秋然也。"都是佐证。

遭吾道兮洞庭。下篇"洞庭波兮木叶下"，波即陂字，（洞庭陂见《中山经》注。）正如《禹贡》的"荥波"即荥陂，《楚策》四的"湘波"即湘陂，《说苑·善说篇》的"新波"即新陂一样。陂就是泽，"荥陂"一名荥泽。是一种水陆参半的低洼的丘陵地带，雨季则水多于陆，早季则陆多于水。古代的洞庭正是这样的一个地区。《中山经》有"洞庭之山"，《九叹·逢纷》说"步余马兮洞庭"，和本篇"驾飞龙兮北征，遭吾道兮洞庭"的情形一样，都是纡回遭转的找着平坦的道儿走，所不同的是，一边为的要避开险阻的岩石，一边为的是避开泥泞的水潦罢了。

石濑兮浅浅，飞龙兮翩翩。

这是说的车子过滩时的情形。梁竦《辨骚赋》云"骋鸾路（辂）于磏濑"，便是脱胎于这两句的。浅浅的石濑，分明和今天这一片汪洋的洞庭湖，完全两样。从战国到今天是一个漫长的时间，从洞庭陂到洞庭湖，也是一个漫长的过程，自然的面貌必然会随着时间变迁的。用不着我们大惊小怪。

薜荔柏兮蕙绸，荪桡兮兰旌。

柏与帛通。《尔雅·释天》："缁帛缕。"《周礼·司常》："通帛为旃。杂帛为物。"《礼记·玉藻》："大帛不绣。"这些帛字，都是指旗而言的。旗是布帛做的，所以叫作帛。金文《吴尊》作旃，是旗帛的专字。绸训缠。《释天》"素绵绸杠"，郭《注》"以白地锦韬旗之竿"，是说用白地彩色条纹的锦带也叫作绸，如《大人赋》"靡屈虹以为绸"便是。《文选·上林赋》"靡鱼须之桡旃"，张楫《注》："以鱼须为旃柄。"《说文》："旃，旗曲柄也。"（旗之有曲柄者。）又："桡，曲木也。"据此，则桡旃是以曲木为柄的旗，而单说桡便是用曲木做的旗柄了。旌是缀在旗竿头上的一种鸟羽或旄牛尾做的藙子。

古代车子上必插着旗子，这里以薛荔为帛，以蕙为绸，以苏为桡，以兰为旌的旗，便是插在车上的。怎么见得呢？《大人赋》曰："揽欃枪以为旌兮，靡屈虹以为绸，……驾应龙象舆之蠖略逶丽兮，骖赤螭青虬之蚴蟉蜿蜒。"《上林赋》曰："驾驯驳之驷，乘雕玉之舆，靡鱼须之桡旃，曳明月之珠旗。"（以上两赋中，以旌绸或桡旃、珠旗，和车驾并举，显然那都是插在车上的。本篇于"驾飞龙兮北征"二句之下，又说到帛绸桡旌一类与旗有关的什物，以《大人》、《上林》二赋与本篇相证，本篇所形容的旗，想必也是插在车上的。

朝骋骛兮江皋，夕弭节兮北渚。

骋骛是使马匹快行，弭节是使之慢行。这两句说湘君所乘的车子，尤其明显。

（二）歌曰："望夫君兮未来，吹参差兮谁思？"参差即箫。《风俗通·音乐篇》："舜作箫，其形参差不齐，象凤翼也。"湘君本来就是舜，箫既是舜作的，那么，这里吹箫的就该是湘君了。在萧史和弄玉的故事中，吹箫的萧史也是男的。《邶风·简兮》："左手秉翟，右手执籥。"籥也就是箫。那秉翟执籥的舞者，又是一个男子。这些都可以作为我们的旁证。

（三）灵即神光。《海内北经》："二女之灵能照此所方百里。"郭《注》："言二女神所烛及者方百里。"《汉郊祀歌》"扬金光，横泰（大）河"，便是模仿本篇"横大江兮扬灵"一句的。《离骚》"皇剡剡其扬灵兮"，"皇剡剡"是光貌，"扬灵"亦即扬光。

（选自《闻一多全集》第一卷，三联书店，1982）

---

① 据开明版《闻一多全集·神活与诗》编入本卷。

② 这是《九歌古歌舞剧悬解》的附注，未随文发表。今据手稿照相复制件整理，置于文末。附注前"作者"二字，系整理者所增。

③ 据上下文义，疑"得"下脱"不"字。

伏羲考①

闻一多

一　引论

　　伏羲与女娲的名字，都是战国时才开始出现于记载中的。伏羲见于《易·系辞下传》，《管子·封禅篇》、《轻重戊篇》、《庄子·人间世篇》、《大宗师篇》、《胠箧篇》、《缮性篇》、《田子方篇》、《尸子·君治篇》、《荀子·成相篇》、《楚辞·大招》、《战国策·赵策二》。女娲见于《楚辞·天问》、《礼记·明堂位篇》、《山海经·大荒西经》，但后二者只能算作汉代的典籍，虽则其中容有先秦的材料。二名并称者则始见于《淮南子·览冥篇》，也是汉代的书。关于二人的亲属关系，有种种说法。最无理由，然而截至最近以前最为学者们乐于拥护的一说，便是兄弟说。《世本·姓氏篇》曰：

　　　　女氏：天皇封弟娲于汝水之阳，后为天子，因称女皇。

此说之出于学者们的有意歪曲事实，不待证明。罗泌《路史后纪》二和梁玉绳《汉书人表考》中的论调，不啻坦白的供认了他们所以不能不如此歪曲的苦衷，所以关于这一说，我们没有再去根究的必要。此外，较早而又确能代表传说真相的一说，是兄妹说。《路史后纪》二注引《风俗通》曰：

　　　　女娲，伏希（羲）之妹。

《通志·三皇考》引《春秋世谱》、《广韵》十三佳、《路史后纪》二、马缟《中华古今注》等说同。次之是夫妇说。《唐书·乐志》载张说唐《享太庙乐章·钧天舞》曰：

　　　　合位娲后，同称伏羲。

据《乐志》，《钧天舞》是高宗时所用的乐章。这里以伏羲、女娲比高宗、武后，正表示他们二人的夫妇关系。稍后卢仝《与马异结交诗》说得更明显：

> 女娲本是伏羲妇。

此后同类的记载有宋人伪撰的《三坟书》，元杜道坚《玄经原旨发挥》，和一些通俗小说之类。夫妇说见于记载最晚，因此在学者心目中也最可怀疑。直至近世，一些画象被发现与研究后，这说才稍得确定。这些图象均作人首蛇身的男女二人两尾相交之状，据清代及近代中外诸考古学者的考证，确即伏羲、女娲，两尾相交正是夫妇的象征。但是，依文明社会的伦理观念，既是夫妇，就不能是兄妹，而且文献中关于二人的记载，说他们是夫妇的，也从未同时说是兄妹，所以二人究竟是兄妹，或是夫妇，在旧式学者的观念里，还是一个可以争辩的问题。直至最近，人类学报告了一个惊人的消息，说在许多边疆和邻近民族的传说中，伏羲、女娲原是以兄妹为夫妇的一对人类的始祖，于是上面所谓可以争辩的问题，才因根本失却争辩价值而告解决了。总之，"兄妹配偶"是伏羲、女娲传说的最基本的轮廓，而这轮廓在文献中早被拆毁，它的复原是靠新兴的考古学，尤其是人类学的努力才得完成的。现在将这两方面关于这题目的贡献略加介绍如下：

关于伏羲、女娲，考古学曾经发现过些石刻和绢画两类的图象。属于石刻类者有五种。

武梁祠石室画象第一石第二层第一图 (参观附图)

同上左右室第四石各图 (参观附图)

东汉石刻画象 (参观附图)

上、东汉武梁祠石室画象之二(仿《东洋文史大系·古代支那及印度》第一三七页插图)

左、东汉武梁祠石室画象之一 (仿钱唐黄氏摹刻唐氏搨本。原图左柱有隶书"伏戏仓精初造王业画卦结绳以理海内"十六字，此未摹出)

右、东汉石刻 (仿同上《东洋文史大系》第一七一页插图)

下、隋高昌故址阿斯塔那（Asan、a）
墓室彩色绢画 (仿史坦因
〔Aurel Stein〕《亚洲腹地考
古记》〔Inner most Asia〕图Cix)

下、重庆沙坪坝石棺前额画象(仿
常任侠《沙坪坝出土之石棺画
象研究》插图。《时事新报》
渝版《学灯》第四十一期)

　　左、《洞神八帝妙精经》画象 (左) 后天皇君，人面蛇身，姓风，名庖羲，号太昊。 (右)
后地皇君，人面蛇身，姓云，名女娲，号女皇。 (仿《道藏洞神部洞神八帝妙精经》插图)

　　右、新郑出土罍腹上部花纹 (仿新郑彝器第八十八页)

　　下、铎舞花纹(仿叶慈〔w.Parceal Yetts〕《卡尔中国铜器》〔The Cull Chinese Bronzes〕图21)

左、同上环鼻 (仿《郑冢古器图考》卷五，页二十，第二十四图)

右、兵古器花纹 (仿《邺中片羽》卷下第四页)

山东鱼台西塞里伏羲陵前石刻画象

兰山古墓石柱刻象 (以上二种均马邦玉《汉碑录文》所述)

属于绢画类者有二种。

隋高昌故址阿斯塔那 (AStana) 墓室彩色绢画 (史坦因得)　(参观附图)

吐鲁番古冢出土彩色绢画 (黄文弼得)

　中以武梁祠画象尤其著名，诸家考释亦皆以此为根据。其中讨论得比较详细的，计有瞿中溶《武梁祠堂画象考》，马邦玉《汉碑录文》，容庚《武梁祠画象考释》。"伏羲、仓精"之语，既明见于画象的题识，则二人中之一人为伏羲，自不成问题，因而诸家考释的重心大都皆在证明其另一人为女娲。他们所用的证据，最主要的是诸书忆所屡见提到的伏羲、女娲人首龙身 (或蛇身) 之说，与画象正合。总之，考古家对本题的贡献，是由确定图中另一人为伏羲的配偶女娲，因而证实了二人的夫妇关系.

　人类学可供给我们的材料，似乎是无限度的。我并不曾有计划的收集这些材料。目前我所有的材料仅仅是两篇可说偶尔闯进我视线来的文章。

　1.芮逸夫：《苗族的洪水故事与伏羲女娲的传说》 (中央研究院历史语言所《人类学集刊》第一卷第一期)

　2.常任侠：《沙坪坝出土之石棺画象研究》 (《时事新报》渝版《学灯》第四十一、四十二期，又《说文月刊》第一卷第十、十一期合刊)

前者搜罗材料，范围甚广。记录着芮氏自己所采集和转引中外书籍里的洪水故事，凡二十余则，是研究伏羲、女娲必不可少的材料。后者论材料的数量，虽远非前者之比，论其性质，却也相当重要。所载傜族洪水故事，和汉译苗文《盘王歌》一部分，也极有用。现在合并二文所记，依地理分布，由近而远，列号标目如下：

1.湘西凤凰苗人吴文祥述洪水故事（芮文——《人类学集刊》一卷一期156—158页）

2.湘西凤凰苗人吴佐良述洪水故事（同上158—160页）

3.湘西凤凰苗人《傩公傩母歌》（同上160—161页）

4.湘西乾城苗人《傩神起源歌》（同上1 61—163页）

5.葛维汉（D.C.Graham）述川南苗人洪水故事（同上174页）

6.贵州贵阳南部鸦雀苗洪水故事（同上174页引克拉克〔Samuel R.Clarke〕《中国西南夷地旅居记》〔among the Tribes in South-west China〕pp.54-55）

7.贵州安顺青苗故事（同上169—1 70页引鸟居龙藏《苗族调查报告》——国立编译馆本49页）

8.同上又一故事（同上170页引前书48页）

9.苗人洪水故事（同上170——171页引萨费那〔F.M.Savina《苗族史》(Histoire des Miao〕pp.245—246)

10.黑苗《洪水歌》本事（同上173—174页引克拉克《中国西南夷地旅居记》pp.43—46)

11.赫微特（H. J.Hewitt）述花苗洪水故事（同上171—173页引前书pp.50…54)

12.广西融县罗城傜人洪水故事（常文——《说文月刊》一卷十、十一期合刊714—715页）

13.广西武宣修仁傜人洪水故事（同上717页）

14.汉译苗文《盘王歌书葫芦晓歌》（同上715—716页）

15.云南倮㑩洪水故事（芮文——《人类学集刊》一卷一期189页引维亚尔〔Paul Vial〕《倮㑩族》〔Les Lolos〕pp.8—9)

16.云南耿马大平石头寨栗粟人洪水故事（同上189页）

17.云南耿马蚌隆寨老亢人洪水故事（同上189页）

18.拉崇儿哀（Lunnet de Lajonguiere）记法领东京蛮族（Man）洪水故事（同上190页引萨维那《苗族史》p.105)

19.交趾支那巴那族（Ba-hnars）洪水故事（同上引盖拉希〔Guerlach〕《巴那蛮族的生活与迷信》〔Moeuts et sper-stitions de Souvages Ba-hnars, Les

Mission Catholigue xix p.479〕

20.印度中部比尔族 (Bhils) 洪水故事 (同上190页引鲁阿特〔C.E.Luard〕《马尔瓦森林部族》〔The Iungles Tribes of Malwa〕p.17)

21.印度中部坎马尔族 (Kammars) 洪水故事 (同上 190—191页引罗塞尔〔R.V.Russell〕《印度中部的土族与社会阶级 (Tribes and Casts of the Central Provinces of India) iii pp.326–327)

22.北婆罗洲配甘族 (Pagans) 洪水故事 (同上190页引勃特〔Owen Butter〕《北婆罗洲的配甘族》〔The pagans of the North Borneo〕pp.248–249)

23.同上又一故事 (同上190页引前书同页)

24.海南岛加钗峒黎人洪水故事 (同上189页引刘咸《海南岛黎人文身之研究》——《民族学研究集刊》一期201页)

25.台湾岛阿眉族 (Ami) 三洪水故事 (同上189—190页引石井信次〔Shinji Ishii〕《台湾岛及其原始住民》〔The Islrand of Formosa and its Primitive Inhabitants〕p.13)

以上这些故事,记载得虽有详有略,但其中心母题总是洪水来时,只兄妹 (或姊弟) 二人得救,后结为夫妇,遂为人类的始祖。3、12,兄名皆作伏羲,13作伏仪,也即伏羲。18兄名Phu-Hay,妹名Phu-Hay-Mui,显即伏羲与伏羲妹的译音。6兄名Bu-i,据调查人克拉克氏说,用汉语则曰Fu-hsi,也是伏羲的译音。同故事中的妹曰Kueh,芮氏以为即娲的对音,那也是可信的。除上述兄妹的名字与伏羲、女娲的名字相合外,芮氏又指出了故事中 (一) 创造人类与(二) 洪水二点,也与文献中的伏羲、女娲传说相合。这来故事中的兄妹即汉籍中的伏羲、女娲,便可完全肯定了。但人类学对这问题的贡献,不仅是因那些故事的发现,而使文献中有关二人的传说得了印证,最要紧的还是以前七零八落的传说或传说的痕迹,现在可以连贯成一个完整的有机体了。从前是兄妹,是夫妇,是人类的创造,是洪水等等隔离的,有时还是矛盾的个别事件,现在则是一个整个兄妹配偶兼洪水遗民型的人类推源故事。从传统观念看来,这件事太新奇,太有趣了。

以上介绍的芮、常二文,芮文以洪水遗民故事为重心,而旁及于人首蛇身画象,常文则以人首蛇身画象为主题,而附论及洪水遗民故事。前者的立场是人类学的,后者是考古学的。而前者论列的尤其精细,创见亦较多。本文的材料既多数根据于二文,则在性质上亦可视为二文的继续。不过作者于神话有癖好,而对于广义的语言学 (Philology) 与历史兴味也浓,故本文若有立场,其立场显与二家不同。就这观点说，则本文又可视为对二文的一种补充。总之，二君都是我的先导，这是我应该声明的。

二 从人首蛇身像谈到龙与图腾

1.人首蛇身神

人首蛇身像实有二种。一种是单人像，可用上名。一种是双人像，可称为人首蛇身交尾像。后者在我们研究的范围里尤其重要。目前我们所知道的交尾像计有七件，如前所列。今就画象的质地分为二类，一是石刻类，二是绢画类。画象中的人物即伏羲、女娲夫妇二人，早有定论。但那人首蛇身式的超自然的形体，究竟代表着一种什么意义？它的起源与流变又如何？这些似乎从未被探讨过的问题，正是本文所要试求解答的。

文献中关于伏羲、女娲蛇身的明文记载，至早不能超过东汉。

王逸《楚辞·天问》注："女娲人头蛇身。"

王延寿《鲁灵光殿赋》："伏羲鳞身，女娲蛇躯。"曹植《女娲画赞》："或云二皇，人首蛇形。"

《伪列子·黄帝篇》："庖牺氏，女娲氏……蛇身人面。"

《帝王世纪》"庖牺氏……蛇身人首"，"女娲氏……亦蛇身人首"。（《类聚》二引）

《拾遗记》："又见一神，蛇身人面……示禹八卦之图，列于金版之上。……蛇身之神，即羲皇也。"

《玄中记》："伏羲龙身，女娲蛇躯。"（《文选·鲁灵光殿赋》注引）

不过《鲁灵光殿赋》虽是东汉的作品，所描写的则确乎是西汉的遗物。

灵光殿是鲁恭王余（前一五四───一二七）的建筑物。赋中所描写的是殿内类似武梁祠刻石的壁画。从恭王余到王延寿约三百年间，殿宇可以几经修葺，壁外层的彩色可以几经刷新，但那基本部分的石刻是不会有变动的。人首蛇身的伏羲、女娲像，在西汉初期既已成为建筑装饰的题材，则其传说渊源之古，可想而知。有了这种保证，我们不妨再向稍早的文献中探探它的消息。

《山海经·海内经》曰：

南方……有人曰苗民。有神焉，人首蛇身，长如辕，左右有首，衣紫衣，冠旃冠，名曰延维。人主得而飨之，伯天下。

郭璞注说延维即《庄子》所谓委蛇，是对的。委蛇的故事见于《庄子·达生篇》：

> 桓公田于泽，管仲御，见鬼焉。公抚管仲之手曰："仲父何见？"对曰："臣无所见。"公反，诶诒为病，数日不出。
> 齐士有皇子告敖者曰："公则自伤，鬼则恶能伤公？……"
> 桓公曰："然则有鬼乎？"曰："有。沈（湛，《释文》，水污泥也）有履，灶有髻。户内之烦壤，雷霆处之。东北方之下者，倍阿鲑蠪跃之。西北方之下者，前泆阳处之。水有罔象，丘有莘，山有夔，野有彷徨，泽有委蛇。"公曰："请问委蛇之状何如？"皇子曰："委蛇，其大如毂，其长如辕，紫衣而朱冠。其为物也恶雷②，闻雷车之声，则捧其首而立。见之者殆乎霸。"桓公辴然而笑曰："此寡人之所见者也。"于是正衣冠与之坐，不终日而不知病之去也。

关于"左右有首"，也许需要一点解释。《山海经》等书里凡讲到左右有首，或前后有首，或一身二首的生物时，实有雌雄交配状态之误解或曲解。（正看为前后有首，侧看为左右有首，混言之则为一身二首。详下。）综合以上《山海经》和《庄子》二记载，就神的形貌说，那人首蛇身，左右有首，和紫衣旃冠三点，可说完全与画象所表现的相合。然而我们相信延维或委蛇，即伏羲、女娲，其理尚不只此。（一）相传伏羲本是"为百王先首"的帝王，故飨之或见之者可以霸天下。（二）上揭洪故事1，2，3，4，12，13，18，都以雷神为代表恶势力的魔王，他与兄妹的父亲（即老伏羲）结了仇怨，时时企图着伤害老伏羲，最后竟发动洪水，几乎将全人类灭绝。这来，伏羲怕雷不是很自然的么？所以在《庄子》里，委蛇"闻雷车之声，则捧其首而立"，是不为无因的。最后，也最重要的，是（三）那以伏羲、女娲为中心的洪水遗民故事，本在苗族中流传最盛，因此芮氏疑心它即起源于该族。依芮氏的意想，伏羲、女娲本当是苗族的祖神。现在我既考定了所谓"延维"或"委蛇"者即伏羲、女娲，而《山海经》却明说他们是南方苗民之神。这与芮氏的推测，不完全相合了吗？

《海内经》据说是《山海经》里最晚出的一部分，甚至有晚到东汉的嫌疑。但传说同时又见于《庄子·达生篇》。属于《庄子·外篇》的《达生篇》，想来再晚也不能晚过西汉，早则自然可以到战国末年。总观上揭所有的人首蛇身神的图象与文字记载，考其年代，大致上起战国末叶，下至魏晋之间。这是一个极有趣的现象，因为那也正是古帝王的伏羲、女娲传说在史乘中最活跃的时期。最初提到伏羲或伏羲氏的典籍，是《易经》（《系辞下传》），《管子》（《封禅篇》，《轻重戊篇》），《庄子》（《人间世篇》，《大宗师篇》，《胠箧篇》，《缮性篇》，《田子方篇》），《尸子》（《君治篇》，又《北堂书钞》一五三引佚文），《荀子》（《成相篇》），《楚辞》（《大招》），《战国策》（《赵策》二）。女娲则始见于《楚辞》（《天问》）和《礼记》（《明堂位篇》），《山海经》（《大荒西经》）。二人名字并见的例，则始于《淮南子》（《览冥篇》）。他们在同书里又被称为二神（《精神篇》），或二皇（《原道篇》，《缪称篇》）。不久，在纬书中（《尚书中候》，《春秋元命苞》及《运斗枢》），我们便开始看见他们被列为三皇中之首二皇。大概从西汉末到东汉末是伏羲、女娲在史乘上最煊林的时期。到三国时徐整的《三五历记》，盘古传说开始出现，伏羲的地位便开始低落了。所以我们拟定魏晋之间为这个传说终止活跃的年代。史乘上伏羲、女娲传说最活跃的时期，也就是人首蛇身神的画象与记载出现的时期，这现象也暗示着人首蛇身神即伏羲、女娲的极大可能性。

因左右有首的人首蛇身神而产生的二首人的传说，也是在这个时期中发现的。

睽孤，见豕负涂，厥妖人生两头。（京房《易传》）

平帝元始元年……六月，长安女子生儿，两头异颈，面相乡，四臂共匈，俱前向。……（《汉书，五行志》下之上）

蒙双民。昔高阳氏有产而为夫妇，帝放之此野，相抱而死。神鸟以不死草覆之，七年男女皆活，同颈二头四手。是为蒙双民。（《博物志》二）

最后一故事说"同产而为夫妇"，与伏羲、女娲以兄妹为夫妇尤其类似。看来，不但人首蛇身象的流传很早，连兄妹配偶型的洪水故事，在汉族中恐怕也早就有了。

2.二龙传说

揣想起来，在半人半兽型的人首蛇身神以前，必有一个全兽型的蛇神的阶段。《郑语》载史伯引《训语》说：

夏之衰也，褒人之神化为二龙，以同于王庭，而言曰："余，褒之二君也。"夏后卜杀之，与去之，与止之，莫吉。卜请其漦而藏之，吉。乃布币焉，而策告之。龙亡而漦在，椟而藏之，传郊之，殷周莫之发也。及厉王之末，发而观之，漦流于庭，不可除也。王使妇人不帏而噪之，化为玄鼋。

"同"即交合之谓。《海内经》："伯陵同吴权之妻阿女缘妇。"郭注曰"同犹通淫之也"，《急就篇》亦有"沐浴揃搣寡合同"之语。"二龙同于王庭"，使我们联想起那"左右有首"的人首蛇身交尾象。

"二君"韦注曰"二先君"，《史记·周本纪·集解》引虞翻曰"龙自号褒之二先君也"。由二龙为"同于王庭"的雌雄二龙推之，所谓"二君"自然是夫妇二人。夫妇二人有着共同为人"先君"的资格，并且是龙的化身，这太像伏羲、女娲了。伏羲本一作包羲，包褒同音，说不定伏羲氏与褒国果然有着极其密切的关系。至少我们以这二龙之神，与那人首蛇身的二神，来代表一种传说在演变过程上的前后二阶段，是毫不牵强的。

在现存的文献中，像《郑语》所载的那样完整的故事，那样完好的保存着二龙传说的原型，不用说，是不易找到第二个的。不过关于这传说的零星的"一鳞半爪"，只要我们肯留心，却几乎到处都是。现在我们略举数例如下。

(一) 交龙

> 交龙为旂。（《周礼·司常》）
> 昔黄帝驾象车，交龙毕方并辖。（《风俗通·声音篇》）
> 锦有大交龙，小交龙。（《邺中记》）

什么是交龙？郑玄注《周礼·司常》"诸侯建旂"曰："诸侯画交龙，一象其升朝，一象其下复也。""升朝"、"下复"的解释很可笑，但注文的意思，以为交龙是两龙相交，一首向上，一首向下，却不错。他注《觐礼记》"天子载大旂，象日月，升龙降龙"曰："大旂，大常也。王建大常，缀首画日月，其下及旒交画升龙降龙。"所谓"交画升龙降龙"，正是两龙相交，一首向上，一首向下之状。《释名·释兵》曰："交龙为旂。所，倚也，画作两龙相依倚。"刘熙的解释与郑玄略异，但以交龙为两条龙，则与郑同。

所谓交龙者既是二龙相交的图象，而绘着这种图象的旂又是天子诸侯的标识，则交龙与那"同于王庭"的褒之二龙是同一性质的东西，可无疑问了。

《汉书·高帝纪》上说：

> 母刘媪，尝息大泽之陂，梦与神遇。是时雷电晦冥。父太公往视，则见交③龙于上。已而有娠，遂产高祖。

这交龙也是指相交的雌雄二龙——雄龙神，雌龙刘媪④。代表神与刘媪的二龙，与代表褒之二君的二龙，仍然是同一性质的东西。我们在上文已经指出伏羲、女娲与褒之二君的类似处，再看《路史后记》一注引《宝椟记》：

> 帝女游于华胥之渊，感虵而孕，十三年生庖牺。

这和"赤龙感女媪"（《太平御览》八七引《诗含神雾》）而生刘邦的故事，又何其相似！

（二）螣蛇　古书有所谓"螣蛇"者，或作"腾蛇"。

> 飞龙乘云，腾蛇游雾。（《韩非子·难势篇》引《慎子》）
> 螣蛇无足而飞。（《荀子·劝学篇》）
> 螣蛇伏地，凤皇覆上。（《韩非子·十过篇》）
> 腾蛇游雾而殆于蝍蛆。（《淮南子·说林篇》）
> 腾蛇游于雾露，乘于风雨而行，非千里不止。（《说苑·杂言篇》）

许慎说螣是一种神蛇，郭璞说它是龙类。看它"能兴云雾而游其中"（《尔雅》郭《注》），又有鳞甲（《后汉书》注引《尔雅》旧注），说它是属于龙类的一种神蛇，是可信的。《汉书·天文志》"权，轩辕，黄龙体"，注引孟康曰："形如腾龙。"如果这所谓腾龙即腾蛇，则螣蛇之为龙类，更无问题了。但螣字的含义，似乎从未被说明过。我们则以为螣蛇之"螣"与交龙之"交"的意义一样。"螣"从"朕"声。"朕"声字多有"二"义，最明显的，如"媵"（从朕省声）训双（《方言》二），"賸"训二（《广雅·释诂》四），"幐"训儋两头有物（《方言》七郭《注》），皆是。引申起来，物相增加则谓之"賸"（《说文》），牝牡相交谓之"腾"。相交与相加之义极近。《月令》："乃合累牛腾马，游牝于牧。"郑《注》曰："累腾皆乘匹之名。""乘匹"即《周礼·牧师》"仲春通淫"及《校人》"春执驹"之谓，故郑注《校人》曰："春通淫之是，驹弱，为其乘匹伤之也。"螣蛇之"螣"本一作"腾"，"螣蛇"的本义应是"乘匹之蛇"。《淮南子·泰族篇》曰：

> 腾蛇雄鸣于上风，雌鸣于下风，而化成形，精之至也。

刘勰《新论·类感篇》作"螣"⑤。"雄鸣于上风，雌鸣于下风，而化成形"，正是由二蛇相交的观念演化出来的一种传说。螣蛇又名奔蛇，见《淮南子·览冥篇》高《注》，及《尔雅·释鱼》郭注。"奔"亦有乘匹之义。《鄘风·鹑之奔奔篇》："鹑之奔奔，鹊之强强。"《释文》引《韩诗》曰："奔奔强强，乘匹之貌。"《左传·襄二十七年》，伯有赋《鹑之贲贲》，赵孟斥之为"床第之言"，可作韩义的佳证。螣蛇又名奔蛇，而"螣"（腾）"奔"皆训乘匹，可见"螣蛇"的本义确与上文所解说的交龙一样。并且"螣"之言"縢"也，"交"之言"绞"也，若舍用而言体，则螣蛇亦可谓之縢蛇，交龙亦可谓之绞龙。"縢""缠"一声之转，《杂记》疏曰："（绳）两股相交谓之绞。""缠"与"绞"同义，正如"螣"（腾）与"交"同义一样。又《方言》五"槌，其横关西椣"，郭注曰"亦名校"。钱绎《笺疏》曰："椣（椣）亦名校者，犹机持会者谓之交也。《说文》：'榎，机持会者。'又鲁季敬姜说织曰：'持交而不失，出入不绝者梱也。'持交即持会也。"螣蛇一名交龙，与椣一名校，又属同例。校既是取义于"交会"，则椣之取义于"縢缠"可知。交龙与螣蛇之名，即取交合与縢缠之义，也同校与椣之取义于交会与縢缠一样。总之"螣蛇"与"交龙"，不拘就那种观点说，都是同义语。交龙和那"同于王庭"的褒之二龙，是同一性质的东西，我们在上文已经讲过。如今又证明了螣蛇与交龙为同义语，则螣蛇与褒之二龙的关系可以不言而喻了。

（三）两头蛇　两头蛇又有种种异名。现在将传说中凡具有这种异状的蛇，都归为一类。

> 中央有枳首蛇焉。（《尔雅·释地》）
> 楚相孙叔敖为儿之时，见两头虵，杀而埋之。（《论衡·福虚篇》）
> 今江东呼两头蛇为越王约发。（《尔雅·释地》郭璞《注》）
> 蚕蚕在其（君子国）北，各有两首。（《海外东经》）
> 魄（虺）二首。（《颜氏家训·勉学篇》引《庄子》佚文）
> 虫有魄者，一身两口。（《韩非子·说林》下篇）

方皇状如蛇，两头，五采文。（《庄子·达生篇》司马彪《注》）

谓之"两头"者，无论是左右两头，或前后两头，不用讲，都是两蛇交尾状的误解或曲解。这可以由参考关于两头鸟和两头兽的几种记载而得到证明。(1) 鸟名鶬者两首四足，牛状的天神八足二首，均见《西山经》。神鹿一身八足两头，见《楚辞·天问》王注。鸟有两头，同时也有四足，可见原是两鸟。兽有两头，同时也有八足，可见原是两兽。(2)《公羊传·宣五年》杨《疏》引旧说曰："双双之鸟，一身二首，尾有雌雄，常不离散。"既雌雄备具，又常不离散，其为两鸟交配之状，尤为明显。(3) 两头虫名曰并封（《海外西经》），一作屏蓬（《大荒西经》）。一种名蛎虫的二首神所居的山，名曰"平逢之山"（《中山经》）。"并封"、"屏蓬"、"平逢"等名的本字当作"并逢"。"并"与"逢"都有合义。兽牝牡相合名曰"并逢"，犹如人男女私合曰"姘"（《苍颉篇》）。《周颂·小毖》"予其惩而毖后患，莫予荓蜂"，《毛传》曰："荓蜂，㩧曳也。"荓蜂字一作甹夆。《尔雅·释训》"甹夆，掣曳也"，郭《注》曰："谓牵挽。"荓蜂（甹夆）亦即并逢。交合与牵掣，只是一种行为中向心与离心两种动作罢了。盛弘之《荆州记》描写武陵郡西的两头鹿为"前后有头，常以一头食，一头行"，正是"并逢"所含的"掣曳牵挽"之意的具体说明。(4)《西山经》"其鸟多鶬。……赤黑而两首四足"，"鶬"当与《月令》"累牛腾马"之"累"通，郑《注》训为"乘匹之名"。"乘匹"的解释，已详上文。"累""腾"同义，而"累"与"鶬"，"腾"与"螣"字并通，然则乘匹之鸟渭之鶬，亦犹乘匹之蛇谓之螣。以上我们由分析几种两头鸟和两头兽的名称与形状，判定了那些都是关于鸟兽的性的行为的一种歪曲记录。

两头蛇可以由此类推。我们又注意到鶬鸟与螣蛇的命名完全同义。若许由这一点再推论下去，两头鸟既名曰鶬鸟，则所谓两头蛇者莫非就是螣蛇罢！这不是不可能的，如果我们明了由交龙到螣蛇，由螣蛇到两头蛇，是传说演变过程中三个必然的步骤。

在"交龙"一词中，其龙之必为雌雄二龙，是显而易见的。"螣蛇"则不然。若非上揭《淮南子》"雄鸣于上风，雌鸣于下风"那两句话，这蛇之为雌雄二蛇，便毫无具体的对证。然而在这里，"二蛇"的涵义，毕竟只是被隐瞒了，充其量，也只是对那一层消极的保持缄默。说到"两头蛇"，那便居然积极的肯定了只有一条蛇。三种名称正代表着去神话的真相愈来愈远的三种观念。然而即在讹变最甚的两头蛇传说中，有时也不免透露一点最真实的，最正确的消息。江东呼两头蛇为"越王约发"。"约发"虽不甚可解，"越王"二字所显示的身分，不与那身为"褒之二君"的二龙相埒吗？孙叔敖杀死两头蛇的故事，经过较缜密的分析，也可透露同类的消息。不过这问题太复杂，这里无法讨论。

（四）一般的二龙　古书讲到龙的故事，往往说是二龙。

帝赐之（孔甲）乘龙，河汉各二，各有雌雄。（《左传·昭二十九年》）

今王（魏安釐王）四年，碧阳君之诸御产二龙。（《开元占经·人及鬼神占篇》引《纪年》）

秦犯夷，输黄龙一双。（《后汉书·南蛮传》载秦昭王与板楯蛮夷盟）

惠帝二年正月癸酉旦，有两龙见于兰陵廷东里温陵井中。（《汉书·五行志》下之上）

孔子生之夜，有二苍龙自天而下。（《伏侯古今注》）

（甘露）四年春正月，黄龙二见宁陵县界井中。（《魏志·高贵乡公传》）

孙楚上书曰："顷闻武库井中有二龙。"（《开元占经·龙鱼虫蛇占篇》引《晋阳秋》）

谢晦家室□宅南路上有古井，以元嘉二年，汲者忽见二龙，甚分明。（同上引《异苑》）

神人乘驾二龙，尤其数见不鲜。

驾两龙兮骖螭。（《九歌·河伯》）

禹平天下，二龙降之，禹御龙行域外[6]，既周而还。（《敦煌旧抄《瑞应图》残卷引《括地图》）

大乐之野，夏后启于此儛九代，乘两龙。（《海外西经》）

南方祝融，兽身人面，乘两龙。（《海外南经》）

西方蓐收，左耳有蛇，乘两龙。（《海外西经》）

北方禺强，人面鸟身，黑身手足，乘两龙。[7]（《海外北经》）

东方句芒，鸟身人面，乘两龙。（《海外东经》）

在传说里，五灵中凤麟虎龟等四灵，差不多从不听见成双的出现过，惟独龙则不然。除非承认这里有着某种悠久的神话背景，这现象恐怕是难以解释的，与这等情形相似的，是古器物上那些双龙（或蛇）相交型的平面的花纹，或立体的附加部分，如提梁、耳环、纽、足等[8]。这些或为写实式的图象，或为"便化"的几何式图案，其渊源于某种神话的"母题"，也是相当明显的。上揭《邺中记》"锦有大交龙，小交龙"，本指锦的图案而言，所以也可归入这一类。以上这些见于文字记载和造型艺术的二龙，在应用的实际意义上，诚然多半已与原始的二龙神话失去连系，但其应用范围之普遍与夫时间之长久，则适足以反应那神话在我们文化中所占势力之雄厚。这神话不但是褒之二龙以及散见于古籍中的交龙、螣蛇、两头蛇等传说的共同来源，同时它也是那人首蛇身的二皇——伏羲、女娲，和他们的化身——延维或委蛇的来源。神话本身又是怎样来的呢？我们确信，它是荒古时代的图腾主义 (Totemism) 的遗迹。

3.图腾的演变

我们在上文时而说龙，时而又说蛇。龙蛇的关系究竟怎样？它们是一种生物呢，还是两种？读者们心中恐怕早已在为这些问题纳闷。在解答这些问题之前，我们先要问究竟什么是龙？是的，什么是龙，确乎是一个谜。天文房星为龙，又为马。《尚书中候握河纪》说："龙马衔甲，……自河而出。"《论衡·龙虚篇》说："世俗画龙之象，马头蛇尾。"可见龙确像马。龙像马，所以马往往被呼为龙。《月令》"驾苍龙"，《尸子·君治篇》"人之言君天下者……骐骥青龙，而尧素车白马"，《吕氏春秋·本味篇》"马之美者，青龙之匹"，《周礼·庾人》"马八尺以上为龙"，皆其例。龙有时又像狗。《后汉书·孔僖传》"画龙不成反类狗"，《列仙传·呼子先传》"有仙人持二茅狗来，……子先与酒媪各骑其一，乃龙也"，《博物志》八引《徐偃王志》"有犬名鹄仓，……临死生角而九尾，实黄龙也"，《陈书》"正元元年有黑龙如狗走宣阳门"。龙像狗，所以狗也被呼为龙。《搜神后记》九："会稽句章民张然……在都养一狗，甚快，名曰乌龙。"此外还有一种有鳞的龙像鱼，一种有翼的又像鸟，一种有角的又像鹿。至于与龙最容易相混的各种爬虫类的生物，更不必列举了。然则龙究竟是个什么东西呢？我们的答案是：它是一种图腾 (Totem)，并且是只存在于图腾中而不存在于生物界中的一种虚拟的生物，因为它是由许多不同的图腾糅合成的一种综合体。因部落的兼并而产生的混合的图腾，古埃及是一个最显著的例。在我们历史上，五方兽中的北方玄武本是龟蛇二兽，也是一个好例。不同的是，这些是几个图腾单位并存着，各单位的个别形态依然未变，而龙则是许多单位经过融化作用，形成了一个新的大单位，其各小单位已经是不复个别的存在罢了。前者可称为混合式的图腾，后者化合式的图腾。部落既总是强的兼并弱的，大的兼并小的，所以在混合式的图腾中总有一种主要的生物或无生物，作为它的基本的中心单位，同样的在化合式的图腾中，也必然是以一种生物或无生物的形态为其主干，而以其他若干生物或无生物的形态为附加部分。龙图腾，不拘它局部的像马也好，像狗也好，或像鱼，像鸟，像鹿都好，它的主干部分和基本形态却是蛇。这表明在当初那众图腾单位林立的时代，内中以蛇图腾为最强大，众图腾的合并与融化，便是这蛇图腾兼并与同化了许多弱小单位的结果。金文龙字（《邵钟》，《王孙钟》）和龚字（《颂鼎》，《颂簋》，《禾簋》，《秦公簋》，《陈侯因齐镈》）的偏旁皆从巳，而巳即蛇⑨，可见龙的基调还是蛇。大概图腾未合并以前，所谓龙者只是一种大蛇。这种蛇的名字便叫作"龙"。后来有一个以这种簋大蛇为图腾的团族（klan）兼并了吸收了许多别的形形色色的图腾团族，大蛇这才接受了兽类的四脚，马的头，鬣的尾，鹿的角，狗的爪，鱼的鳞和须，……于是便成为我们现在所知道的龙了。这样看来，龙与蛇实在可分而又不可分。说是一种东西，它们的形状看来相差很远，说是两种，龙的基调还是蛇。并且既称之为龙，就已经承认了它是蛇类，因为上文已经说过，"龙"在最初本是一种大蛇的名字。总之，蛇与龙二名从来就纠缠不清，所以我们在引用古书中关于龙蛇的传说时，就无法，也不必将它们分清。甚至正因其分不清，这问题对于我们，才特别有意义。不错，惟其龙蛇分不清，我们才更能确定龙是古代图腾社会的遗迹，因为我们知道，图腾的合并，是图腾式的社会发展必循的途径。

图腾有动物，有植物，也有无生物，但最习见的还是动物。同一图腾的分子都自认为这图腾的子孙。如果图腾是一种动物，他们就认定那动物为他们的祖先，于是他们自己全团族的男男女女、老老少少也都是那种动物了。在中国的落后民族中，曾奉狗为图腾的傜族，如今还很鲜明的保存着这种意识。陆次云《峒谿纤志》说他们"岁首祭盘瓠，揉鱼肉于木槽，扣槽群号以为礼"。刘锡蕃《岭表纪蛮》也说："狗王惟狗偢祀之。每值正朔，家人负狗环行炉灶三匝，然然举家男女向狗膜拜。是日就餐，必扣槽蹲地而食，以为尽礼。"这种风俗与现代世界各处的图腾团族举行舞会，装扮并摹仿其图腾的特性与动作，是同样性质的。我国古代所谓"禹步"的一种独脚跳舞，本是仿效蛇跳，也属于这类。他们之所以要这样做，确有其绝对的实际作用。凡图腾都是那一图腾团族的老祖宗，也是他们的监护神和防卫者，它给他们供给食物，驱除灾祸，给他们降示预言以指导他们趋吉避凶。如果它是一种毒虫或猛兽，那更好，因为那样它更能为儿孙们尽防卫之责。每个老祖宗当然知道谁是它的儿孙，认识他们的相貌，和声音。但儿孙太多时，老祖宗一时疏忽，认错了人，那是谁也不能担保的。所以为保证老祖宗的注意，儿孙们最好是不时在老祖宗面前演习他们本图腾的特殊姿态、动作与声调，以便提醒老祖宗的记忆。这便是前面所讲的傜族祭狗王时"扣槽群号"而食和"禹步"的目的。另一种保证老祖宗注意的方法，是经常的在装饰上表现着本图腾的特殊形相，以便老祖宗随时随地见面就认识。代表这一种手段的实例，便是我们马上就要讨论的龙图腾的"断发文身"的风俗。

"阿玛巴人 (Omabas) 的'龟'部族，把头发剪成和龟的甲壳同样的形式，在四边分成六条小辫，代表龟的四足与头尾。小鸟的部族，则在额上梳成鸟的喙，有的又在脑后留小辫，以代表鸟的尾，在两耳上梳成两簇头发，以代表鸟的两翼。有时更在身上刺画种种花纹，力求与其图腾的形态相类似。"（胡愈之译《图腾主义》三〇页）在我国古代，有几个著名的修剪头发（断发），刺画身体（文身）的民族，其装饰的目的则在摹拟龙的形状。

九疑之南，陆事寡而水事众，于是民人剺⑩发文身，以像鳞虫。（《淮南子·原道篇》。高诱《注》曰："文身，刻画其体，内墨其中，为蛟龙之状。以入水，蛟龙不害也，故曰以像鳞虫也。"）

　　诸发曰："彼越……处海垂之际，屏外蕃以为居，而蛟龙又与我争焉。是以剪发文身，烂然成章，以像龙子者，将避水神也。"（《说苑·奉使篇》）
　　（粤人）文身断发，以避蛟龙之害。（《汉书·地理志》下）
　　越人以箴刺皮为龙文，所以为尊荣之也。（《淮南子·泰族篇》许慎注）
　　（越人）常在水中，故断其发，文其身，以象龙子。故不见伤害也。
（《汉书·地理志》下应劭注）
　　（哀牢）种人皆刻画其身，像龙文。（《后汉书·西南夷传》）

《淮南子》、《说苑》和班固、高诱、应劭等一致都认为文身的动机是要避蛟龙之害。内中《说苑》所载越人诸发的故事又见于《韩诗外传》八（《外传》里"诸发"作"廉稽"），《韩诗外传》和《说苑》都是典型的抄撮古书的书，这故事必出自先秦古籍。避害之说可能就是实行文身的越人自己的解释，所以这点材料特别宝贵，我们得将它仔细分析一下。为什么装扮得像龙，就不为蛟龙所害呢？人所伪装的龙，其像真龙能像到什么程度？龙果真那样容易被骗吗？并且水里可以伤害人的东西，不见得只有龙一种。越人纵然"常在水中"，也不能一辈子不登陆，对陆上害人的虎豹之类，何以又毫无戒心呢？然则断发文身似乎还当有一层更曲折，更深远的意义。龙之不加害于越人，恐怕不是受了越人化装的蒙蔽，而是它甘心情愿如此。越人之化装，也不是存心欺骗，而是一种虔诚心情的表现。换言之，"断发文身"是一种图腾主义的原始宗教行为。(图腾崇拜依然是一种幼稚的宗教。) 他们断发文身以象龙，是因为龙是他们的图腾。换言之，因为相信自己为"龙种"，赋有"龙性"，他们才断发文身以象"龙形"。诸发所谓"以像龙子"者，本意是说实质是"龙子"，所差的只是形貌不大像，所以要"断其发，文其身"以像之。既然"断发文身"只是完成形式的一种手续，严格说来，那件事就并不太重要。如果一个人本非"龙子"，即使断发文身，还是不能避害的。反之，一个人本是"龙子"，即使不断发，不文身，龙也不致伤害他。不过这是纯理论的说法。实际上，还是把"龙子"的身分明白的披露出来妥当点，理由上文已经说过。还有龙既是他们的图腾，而他们又确信图腾便是他们的祖宗，何以他们又那样担心蛟龙害他们呢？世间岂有祖宗会伤害自己的儿孙的道理？讲到这里，我们又疑心断发文身的目的，固然是避免祖宗本人误加伤害，同时恐怕也是给祖宗便于保护，以免被旁人伤害。最初，后一种意义也许比前一种还重要些。以上所批评的一种"断发文身"的解释，可称为"避害说"。这样还不能完全说明断发文身的真实动机和起源，但其中所显示的图腾崇拜的背景却是清清楚楚的。例如说"常在水中"，"蛟龙又与我争焉"，等于说自己是水居的生物。说"龙子"更坦白的承认了是"龙的儿子"。说"将避水神"，也可见那龙不是寻常的生物，而是有神性的东西。

至于许慎所谓"刺皮为龙文，所以为尊荣之也"，可称为"尊荣说"。这一说似乎与图腾无关，其实不然。就现代人观点看来，人决不以像爬虫为尊荣。这完全是图腾主义的心理。图腾既是祖宗，又是神，人那有比像祖宗，像神更值得骄傲的事呢！龙之所以有资格被奉为图腾，当然有个先决条件。一定是假定了龙有一种广大无边的超自然的法力，即所谓"魔那"(Manna) 者，然后才肯奉它为图腾，崇拜它，信任它，皈依它，把整个身体和心灵都交付给它。如果有方法使自己也变得和它一样，那岂不更妙？在这里，巫术——模拟巫术便是野蛮人的如意算盘。"断其发，文身"，一人一像龙，人便是龙了。人是龙，当然也有龙的法力或"魔那"，这一来，一个人便不待老祖宗的呵护，而自然没有谁敢伤害，能伤害他了。依"避害说"的观点，是一个人要老祖宗相信他是龙，依"尊荣说"的观点，是要他自己相信自己是龙。前者如果是"欺人"，后者便是"自欺"了。"自欺"果然成功了，那成就便太大了。从前一个人不但不怕灾害的袭击，因而有了"安全感"，并且也因自尊心之满足而有了"尊荣感"了。人从此可以神自居了！《桂海虞衡志·志蛮篇》曰："女及笄，即黥颊为细花纹,谓之绣面女。既黥,集亲客相庆贺。惟婢获则不刺面。"这也是尊荣说的一个实例。

先假定龙是自己的祖宗,自己便是"龙子",是"龙子"便赋有"龙性",等装扮成"龙形",愈看愈像龙,愈想愈是龙,于是自己果然是龙了。这样一步步的推论下来,可称为"人的拟兽化",正是典型的图腾主义的心理。这是第一个阶段,从第一阶段到第二阶段,便是从图腾变为始祖。杜尔干 (Durkheim)说"始祖之名仍然是一种图腾"(宗教生活的初级形式),是对的。上文所讨论的人首蛇身神,正代表图腾开始蜕变为始祖的一种形态。我们疑心创造人首蛇身型的始祖的蓝本,便是断发文身的野蛮人自身。当初人要据图腾的模样来改造自己,那是我们所谓"人的拟兽化"。但在那拟兽化的企图中,实际上他只能做到人首蛇身的半人半兽的地步。因为身上可以加文饰,尽量的使其像龙,头上的发剪短了,也多少有点帮助,面部却无法改变,这样结果不正是人首蛇身了吗?如今智识进步,根据"同类产生同类"的原则,与自身同型的始祖观念产生了,便按自己的模样来拟想始祖,自己的模样既是半人半兽,当然始祖也是半人半兽了。这样由全的兽型图腾蜕变为半人半兽型的始祖,可称为"兽的拟人化"。这是第二个阶段。在这阶段中,大概文身的习俗还存在,否则也离那习俗被废弃时不久。等到文身的习俗完全绝迹,甚至连记忆也淡薄了,始祖的模样便也变作全人型的了。这是第三个阶段。

当然每一新阶段产生之后,前一阶段的观念并不完全死去。几个观念并存时,不免感觉矛盾,矛盾总是要设法调解的。调解的方式很多,这里只举一种较为巧妙的例。传说中禹本是龙 (详下)。《天问》:"应龙何画,河海何历?"王注曰:"禹治洪水时,有神龙以尾画地,导水所注当决者,因而治之。"这里画地成河的龙实即禹自己,能画地成河就是禹疏凿江河。图腾的龙禹,与始祖的人禹并存而矛盾了,于是便派龙为禹的老师,说禹治水的方法是从龙学来的。洪水故事22说洪水退后,只剩姊弟二人。弟弟见蜥蜴交尾,告诉姊姊,二人便结为夫妇。后生双胎,即现代人类的始祖。这里交尾的蜥蜴实即姊弟二人。故事的产生,也为着调解图腾的蜥蜴与始祖的姊弟二说。这故事的格式与禹学龙治水正是同一类型。

图腾与"沓布" (taboo) 是不能分离的。文献中关于龙蛇的传说与故事,可以"沓布"来解释的着实不少,如上文所引齐桓公见委蛇与孙叔敖杀两头蛇二故事都是。但是谈到沓布,似乎得另起端绪,而且说来话长,非本文篇幅所许,所以只好留待以后再讨论了。

4.龙图腾的优势地位

假如我们承认中国古代有过图腾主义的社会形式，当时图腾团族必然很多，多到不计其数。我们已说过，现在所谓龙便是因原始的龙（一种蛇）图腾兼并了许多旁的图腾，而形成一种综合式的虚构的生物。这综合式的龙图腾团族所包括的单位，大概就是古代所谓"诸夏"，和至少与他们同姓的若干夷狄。他们起初都住在黄河流域的上游，即古代中原的西部，后来也许因受东方一个以鸟为图腾的商民族的压迫，一部分向北迁徙的，即后来的匈奴，一部分向南边迁移的，即周初南方荆楚、吴越各蛮族，现在的苗族即其一部分的后裔。留在原地的一部分，虽一度被商人征服，政治势力暂时衰落，但其文化势力不但始终屹然未动，并且做了我国四千年文化的核心。东方商民族对我国古代文化的贡献虽大，但我们的文化究以龙图腾团族（下简称龙族）的诸夏为基础。龙族的诸夏文化才是我们真正的本位文化，所以数千年来我们自称为"华夏"，历代帝王都说是龙的化身，而以龙为其符应，他们的旗章、宫室、舆服、器用，一切都刻画着龙文。总之，龙是我们立国的象征。直到民国成立，随着帝制的消亡，这观念才被放弃。然而说放弃，实地里并未放弃。正如政体是民主代替了君主，从前作为帝王象征的龙，现在变为每个中国人的象征了。也许这现象我们并不自觉。但一出国门，假如你有意要强调你的生活的"中国风"，你必多用龙文的图案来点缀你的服饰和室内陈设。那时你简直以一个旧日的帝王自居了。

现在我们仍旧回到历史。究竟哪些古代民族或民族英雄是属于龙族的呢？风姓的伏羲氏，和古代有着人首蛇身神，近代奉伏羲、女娲为傩公傩母的苗族，不用讲了。与夏同姓的褒国，其先君二龙的故事，我们也引过，这也不成问题。越人"断发文身以像龙子"，又相传为禹后（详后），则与褒同出一源，其为龙族，也不用怀疑。此外还有几个龙图腾的大团族，可以见的，分述之如下。

（一）夏　夏为龙族，可用下列七事来证明。（1）传说禹自身是龙。《海内经》注引《归藏·启筮篇》"鲧死，三岁不腐，剖之以吴刀，化为黄龙"，《初学记》二二，《路史后纪》注一二并引末句作"是用出禹"。禹是龙，所以《列子·黄帝篇》说夏后氏也是"蛇身人面"。应龙画地成河实即禹疏凿江河，说已详上。（2）传说多言夏后氏有龙瑞。《史记·封禅书》："夏得木德，青龙止于郊。"《尚书大传》描写禹受禅时的情形，说"于是八风循①通，庆云丛聚，蟠龙奋迅于其藏，蛟鱼踊跃于其渊，龟鳖咸出于其穴，近虞而事夏"。（这大概就是后来的鱼龙漫衍之戏。) 龙是水族之长，所以龙王受禅，蛟鱼龟鳖之属都那样欢欣鼓舞。 (3) 夏人的器物多以龙为饰。《礼记·明堂位》"有虞氏之旂，夏后氏之绥"，郑注谓"有虞氏当言绥，夏后氏当言旂"，甚确。《周礼·司常》："交龙为旂。"《明堂位》又曰"夏后氏以龙勺"，"夏后氏之龙簨虡"。要晓得原始人器物上的装潢，往往是实用的图腾标记，并无纯粹的审美意义。(4) 传说夏后氏诸王多乘龙。《括地图》说禹乘二龙，引见上文。《大荒西经》注引《归藏·郑母经》曰："夏后启筮御飞龙登于天。"《海外西经》、《大荒西经》都说启乘两龙，《左传》说帝赐孔甲乘龙，亦均见上文。 (5) 夏人的姓和禹的名，其字都与龙有关。刘师培《姒姓释》说"姒""巳"同文。姒姓即巳姓 (《左盦集》五)。实则"巳""蛇"古同字，金文龙字多从"巳"，已详上文。"禹"字从"虫"，"虫"与"虫"同。"虫"在卜辞里又与"巳"同字，并即虺蛇等字所从出。再则"巳"向来读如"辰巳"之巳，其实现在的"辰巳"之巳字，在金甲文里是"已然"之已字。"已然"之"已"与"禹"双声。声近则义近，所以禹已都是蛇名。 (6) 禹的后裔多属龙族。《史记·夏本纪》曰："禹为姒姓，其后分封，用国为姓……有褒氏……"《越世家》曰："越王句践，其先禹之苗裔，而夏后帝少康之庶子也。封于会稽，以奉守禹之祀。"褒越都是龙族，已详上文。又《匈奴列传》曰："匈奴，其先祖夏后氏之苗裔也。"匈奴也是龙族，详下。 (7) 禹与伏羲同姓。禹妻涂山氏，《史记·夏本纪·索隐》引《世本》曰： "涂山氏名女娲。"《淮南子·览冥篇》有女娲"积芦灰以止淫水"之语，而《墉城集仙录》述涂山氏助禹治水之事甚详。看来，《世本》的"娲"字未必是传本之误，当初或许真有此一说。上文节引过《抬遗记》里禹遇伏羲的故事，其详情如下：

禹凿龙关之山——亦谓之龙门——至一空岩，深数十里，幽暗不可复行。禹乃负火而进，……见一神，蛇身人面。禹因与语。神即示禹八卦之图，列于金版之上。又有八神侍侧。禹曰："华胥生圣子，是汝耶？"答曰："华胥是九河神女，以生余也。"乃探玉简授禹，长一尺二寸。以合十二时之度，使量度天地。禹即持执此简，以平定水土。蛇身之神即羲皇也。

据此，则禹平水土的方略乃是九河神女华胥的儿子——伏羲传授的。《封禅书》以夏为木德，有青龙之瑞 (详上)，木德青龙都是伏羲，所以《礼稽命征》曰："禹建寅，宗伏羲。"(《开元占经·龙鱼虫蛇占篇》引) 禹与伏羲，涂山氏与女娲的结合，或许因为两方都出于龙图腾吧？《史记》分明说褒国是禹后，而《潜夫论》又说是伏羲之后。褒国的"褒"本一作"庖"。(《春秋世族谱》，又《路史·国名纪》丁引《盟会图》一作"苞"。)《路史后记》一《注》引《潜夫论》曰："太昊之后有庖国，姒姓。"《国名纪》甲注又引曰："夏封伏羲之后。"《潜夫论》所谓庖国即褒国，毫无问题。但伏羲本是风姓，以"夏封伏羲之后"来解释伏羲之后所以为姒姓，实在牵强得很。其实姒与风本是一姓，禹与伏羲原是一家人。姒姓即巳姓，已详上文。"风"字从"虫"，"虫"与"巳"在卜辞里是一字。原来古人说"风姓"或"巳姓"，译成今语，都是"蛇生的"（"生""姓"古今字）。这里有一个重要的观念，非辨清楚不可。古代所谓姓，其功用只在说明一个人的来历，略等于后世的谱系，有必要时才提到它，并不像现在一开口喊人，就非"王先生"、"李先生"不可。既然不是常在口头上用的一种称谓，便只要意义对就行，字音毫无关系。譬如我说某人是蛇生的，你说他是长虫生的，我们并不冲突，在第三者听来也决不会发生任何误会。总之，风与巳（姒）是同义字，伏羲与禹是同姓，所以庖国是姒姓，也是风姓，是禹后，也是伏羲之后了。所谓同姓实即同图腾，知道伏羲的图腾是龙，则禹的图腾是什么也就解决了。

（二）共工　相传共工也是人面蛇身，其证如下：

　　　共工人面蛇身朱发。（《大荒西经》注引《归藏·启筮篇》）
　　　共工，天神，人面蛇身。（《淮南子·墬形篇》高注）
　　　西北荒有人焉，人面朱髦（发），蛇身人手足，而食五谷，禽兽顽愚，
　　名曰共工。（《神异经》）

此外又有三个旁证。（1）共工氏之子曰句龙。《左传·昭二十九年》蔡墨曰："共工氏有子曰句龙，为后土。"（2）共工氏之臣人面蛇身。《海外北经》曰："共工之臣曰相柳氏，……九首人面蛇身而青。"《大荒北经》曰："共工臣名曰相繇，九首蛇身自环。"郭璞说相繇即相柳。《广雅·释地》曰："北方有民焉，九首蛇身，其名曰相繇。"（3）共工即雄虺。《天问》："康回冯怒，墬何[12]以东南倾？"王《注》曰："康回，共工名也。""康"与"庸"俱从"庚"声，古字通用，故《史记·楚世家》"熊渠……乃立其长子康为句亶王"，《索隐》引《世本》"康"作庸，《秦诅楚文》"今楚王熊相康回无道"，董逌释作"庸回"。《天问》之"康回"即《尧典》之"庸违"。不过《尧典》那一整段文字似乎从未被读懂过。原文如下：

　　　帝曰："咨畴[13] 若予采。"

驩兜曰："都共工方鸠僝（栫）功。"

帝曰："吁！静言庸违（回），象（潒）恭（洪）滔天。"帝

曰："咨四岳。汤汤洪水方割（害）⑭，怀山襄（囊）陵，浩浩滔天。下民其咨，有能俾乂？"

佥曰："于！鲧哉。"

《周语》下灵王太子晋说："昔共工氏……壅防百川，堕高堙庳，以害天下，祸乱并兴，共工用灭。其在有虞，有崇伯鲧，播其淫心，称遂共工之过。"《尧典》的话完全可与《周语》相印证。"僝"当读为栫，《说文》曰："以柴木壅水也。""方鸠栫功"即《周语》之"壅防百川"⑮。"象"是"潒"之省，"潒"即"荡"字。"恭"当从"水"作"恭"，即"洪"之别体。"滔天"即下文之"浩浩滔天"，指洪水。"潒洪滔天"即《淮南子·本经篇》所谓"共工振滔洪水，以薄空桑"，《周语》之"害天下"亦指此而言⑯。"庸违"当从《左传·文十八年》、《论衡·恢国篇》、《潜夫论·明暗篇》、《吴志·陆抗传》作"庸回"。但自《左传》以来，都将"庸回"解为"用邪"，《史记·五帝本纪》也译为"用僻"，实在是大错。（向来解释下句"象恭滔天"的各种说法，也极可笑。）实则"庸回"是"潒洪滔天"的主词，正如"共工"是"方鸠栫功"的主词，庸回与共工是一个人。《天问》、《招魂》都有"雄虺九首"之语，郝懿行说就是《山海经》"九首蛇身"的相柳，很对。其实共工之臣与共工还是一样，相柳九首，共工也可以九首。"雄虺"与"庸回"声近，"雄虺九首"就是共工。共工人面蛇身，所以又称雄虺。"庸回"是"雄虺"的声假字，"康回"则"庸回"的异文。

（三）祝融　据《郑语》，祝融之后八姓，《世本》（《史记·楚世家》索隐引）及《大戴礼记·帝系姓篇》，均作六姓。据《郑语》韦昭《注》，八姓又可归并为五姓。现在对照各说，列表如下：

郑语	世本	帝系姓	楚世家	韦注
巳（昆，吾，苏，顾，温，董）	樊（是为昆吾）	樊（是为昆吾）	昆吾	巳（董为巳之别封）
董（飂夷，豢龙）				
彭（彭祖，豕韦，诸稽）	篯铿（是为彭祖）	篯（是为彭祖）	彭祖	彭（秃为彭之别封）
秃（舟人）				

郑语	世本	帝系姓	楚世家	韦注
妘（邬，郐，路，偪阳）	求言（是为郐人）	莱言（是为云郐人）	会人	妘
曹（邹，莒）	安（是为曹姓）	安（是为曹姓）	曹姓	曹（斟为曹之别封）
斟（无后）	惠连（是为参胡——宋忠注云斟姓）	惠连（是为参胡）	参胡	
芈（夔，越，蛮，芈，荆）	季连（是为芈姓）	季连（是为芈姓）	季连	芈

已姓是龙族（详上），所以已的别封董姓中有豢龙氏。芈姓的越也是龙族（亦详上），而夔也有说是龙类的。《说文》曰："夔，神魖也，如龙一足。从父。象有角手人面之形。"《文选·东京赋》薛综《注》曰："夔，木石之怪。如龙有角，鳞甲光如日月。见则其邑大旱。"小篆"夔"亦从"已"，与金文"龙"从"已"同意，所以《尚书》夔龙通称。芈姓又有蛮芈，而荆本在荆蛮。其实古代南方诸侯都称蛮，所以夔越也还是蛮。芈姓四支都是蛮，"芈"也许就是"蛮"之声转。"蛮"字从"虫"，《说文》曰"南蛮蛇种"，尤为芈姓是龙族的确证。已、芈二姓都是龙族，而都出于祝融，则祝融可能也是龙子。"融"字从"虫"，本义当是一种蛇的名字。《东山经》曰：

> 独山涂末之水，东南流注于沔。其中多鯈蛹，其状如黄蛇，鱼翼，出入有光。见则其邑大旱。

"鯈蛹"郭《注》曰："条容二音。"金文《邾公钍钟》"陆𩦯之孙邾公钍"，王国维说"陆𩦯"即"陆终"（《观堂集林》一八《邾公钟跋》），郭沫若说亦即"祝融"（《金文丛考·金文所无考》）。两说都对。其实"𩟨""享"古同字，"𩦯"亦可释"𩦯"。《庄子·外物篇》"墬蟉不得成"，司马彪《注》曰："'墬蟉'读曰'仲融'。"𩦯读曰融，是陆𩦯即祝融的佳证。但是"𩦯"所从的"𩟨"又是古文"墉"字，所以"𩦯"又可释为"墉"，而"祝"、"鯈"声亦近，"陆𩦯""祝融"实在都是《山海经》的"鯈蛹"。《郑语》史伯曰："夫黎为高辛氏火正，以淳（焞）耀敦大天明地德，光照四海，故命之曰'祝融'。"又曰："祝融亦能昭显天地之光明。""光照四海"与"出入有光"合，火正与"见则其邑大旱"合，祝融即鯈蛹，是没有问题的。祝融即鯈蠵，鯈蠵"见则其邑大旱"，夔是祝融之后，所以也是"见则其邑大旱"。祝融是一条火龙，所以又与火山黏合而成为火山的神。

> 西北海之外，赤水之北，有章尾（煋）山。有神人面蛇身而赤，身长千里①。直目正乘，其瞑乃晦，其视乃明。不食，不寝，不息。风雨是谒。是烛九阴，是谓烛龙。（《大荒北经》）
> 钟山之神，名曰烛阴。视为昼，瞑为夜，吹为冬，呼为夏。不饮，不食，不息，息为风。身长千里。……其为物，人面蛇身，赤色，居钟山下。（《海外北经》）
> 烛龙在雁门北，蔽于委羽之山，不见日。其神人面龙身而无足。（《淮南子·墬形篇》）

烛龙即融，杨宽已讲过（《中国上古史导论》——《古史辨》第七册上编)，那是对的，但说是日神，却不然。《淮南子》分明说"不见日"。"钟""章"一声之转。（《汉书·广川惠王越传》"尊章"注曰："今关中妇呼舅为钟，钟者章声之转。"）"尾"当读为"煋"，《说文》："煋，火也。"《洞冥记》曰："东方朔北游钟火山，日月不照，有青龙衔烛，照山四极。"章煋山即钟火山，钟山又是钟火山之省。上揭各书所描写的情形，显然都是由火山的性能傅会出来的。但说钟山之神烛龙即祝融，确乎可信。《周语》上内史过曰："昔夏之兴也，融降于崇山。"融即祝融，崇山即钟山，韦昭说是阳城附近的崇（嵩）高山，恐怕不对。《西次三经》又说：

> 钟山（之神）其子曰鼓，其状如人面而龙身。是与钦䲹杀葆江于昆仑之阳。帝乃戮之钟山之东曰瑶崖。钦䲹化为大鹗。其状如雕而黑文，白首赤喙而虎爪，其音如晨鹄。见则有大兵。鼓亦化为鵕鸟，其状如鸱，赤足而直喙，黄文而白首，其音如鹄。见即其邑大旱。

钟山本在北方，祝融是颛顼的孙子，颛顼是北方之神，所以祝融本当在北方。钟山之神烛龙的儿子——鼓化为鵕鸟，大概即祝融的后裔迁到南方，征服了南方的淮夷而占其地的故事。淮夷是鸟图腾的团族，帝俊之后，所以说"化为鵕鸟"。旁俊即旁营。《郑语》曰："黎为高辛氏火正。"《楚世家》曰："重黎为帝喾高辛氏居火正，甚有功，能光融天下，帝喾命曰祝融。"大概是同一故事的另一种传说。鼓"见则其邑大旱"与鯈蠵的传说相同。鯈蠵即祝融，鼓是祝融之子，所以传说相同。楚的始祖祝融是赤龙，汉高祖是楚人，所以也是赤龙或赤蛇之精。祝融之子是龙化为鸟，又和《春秋握诚图》所记"刘媪梦赤鸟如龙戏己，生执嘉"（《史记·高祖本纪》正义引）的传说相合。

(四) 黄帝　黄帝是龙的问题很简单。

> 轩辕之国……人面蛇身，尾交首上。（《海外西经》）
> 轩辕黄龙体。（《史记·天官书》）
> 中央土也，其帝黄帝，其佐后土，……其兽黄龙。（《淮南子·天文篇》）
> 黄帝得土德，黄龙地螾见。（《史记·封禅书》）
> 黄帝将亡，则黄龙坠。（《开元占经·龙鱼虫蛇占篇》引《春秋握诚图》）

现在只举黄帝后十二姓中的僖巳二姓为例，来证明黄帝的别姓也是龙族。 (1)《晋语》四司空季子曰："凡黄帝之子二十五宗，其得姓者十四人，为十二姓：姬、酉、祁、巳、滕、箴、任、荀、僖、姞、嬛、依是也。"旧音曰："僖或为厘。"《潜夫论·志氏姓篇》亦作厘。《鲁语》下仲尼曰："(防风) 汪芒氏之君也，守封嵎之山者也，为漆姓。在虞、夏、商为汪芒氏，于周为长狄，今为大人。"《史记·孔子世家》"漆"作"厘"（《说苑·辨物篇》同），《索隐》曰："禧音僖。"王引之说"漆"为"来"之误，"来"与"禧"通（《经义述闻》二〇），甚确。据孔子说，防风氏春秋时为"大人"，《大荒北经》曰"有大人之国，禧姓"，这是王说很好的证据。王氏又据《晋语》黄帝之后有僖姓，即禧姓，来证明防风氏是黄帝之后，这说也确。《博物志》二曰："大人国，其人……能乘云而不能走，盖龙类。"《大荒东经》注引《河图玉版》曰："从昆仑山以北九万里，得龙伯国，人长三十丈。"《初学记》一九引《河图龙鱼》作"长三丈"，《列子·汤问篇》曰："龙伯之国有大人，举足不盈步而暨五山之所，一钓而连六鳌。"龙伯国即大人国，大人国是"龙类"，所以又名龙伯国。黄帝是龙，大人国是黄帝之后，所以也是龙类。 (2) 黄帝十二姓中也有巳姓，巳是龙 (见上)。黄帝之后的巳姓与祝融之后的巳姓，从图腾的立场看来，还是一姓，因为黄帝祝融都是龙。

(五) 匈奴　匈奴的龙图腾的遗迹，可以下列各点来证明。 (1) 每年祭龙三次，名曰"龙祠"。《后汉书·南匈奴传》："匈奴岁有三龙祠。常以正月、五月、九月戊日祭天神。" (2) 举行龙祠时，首领们会议国家大事，名曰"龙会"。《南匈奴传》又曰："单于每龙会议事 (左贤王)，师子辄称病不往。" (3) 祭龙的地方名曰"龙城"，或"龙庭"。《史记·匈奴传》"五月大会龙城，祭其先、天地、鬼神" (龙城《汉书》作"龙庭")，《索引》引崔浩曰："西方胡皆事龙神，故名大会处为龙城。"《文选》班固《封燕然山铭》"蹑冒顿之区落，焚老上之龙庭"，注曰："龙庭，单于祭天所也。" (4) 习俗有"龙忌"。《淮南子·要略篇》"操合开塞，各有龙忌"，许《注》曰："中国以鬼神之事曰忌，北胡南越皆谓'请龙'。"《后汉书·周举传》"太原旧俗，以介子推焚骸，有龙忌之禁。至其亡月，咸言神灵不乐举火，由是士民每冬中辄一月寒食，莫敢烟爨。"晋染胡俗是深，故也有龙忌。《墨子·贵义篇》："子墨子北之齐，遇日者。日者曰：'帝以今日杀墨龙于北方而先生之色黑，不可以北。'子墨子不听，遂北至淄水，不遂而反焉。日者曰：'我谓先生不可以北。'子墨子曰：'南之人不得北，北之人不得南，其色有黑者，有白者，何故皆不遂也？且帝以甲乙杀青龙于东方，以丙丁杀赤龙于南方，以庚辛杀白龙于西方，以壬癸杀黑龙于北方，若用子之言，则是禁天下之行者也。'"这大概也是龙忌。刘盼遂说墨翟是北狄种，这里所讲的是匈奴风俗（《燕京新闻》民国二十七年十一月十八日）。(5) 自然为龙类。《晏子春秋·谏》下篇曰；"维翟（狄）人与龙蛇比。"《吕氏春秋·介立篇》："晋文公反，介子推不肯受赏，自为赋诗曰：'有龙于飞，周遍天下，五蛇从之，为之丞辅。龙反其乡，得其处所，四蛇从之，得其露雨。一蛇羞之，槁死中野。'悬书公门而伏于山下。"称君为龙，臣为蛇，也是胡俗，即所谓"维翟人与龙蛇比"（互参上条）。(6) 人面龙身。《开元占经·客星占六篇》引郗萌曰："客星舍匈奴星，人面龙身留十余日不去，胡人内相贼，国家兵起，边人来降。"

由上观之，古代几个主要的华夏和夷狄民族，差不多都是龙图腾的团族，龙在我们历史与文化中的意义，真是太重大了。关于龙可说的话，还多得很，因为限于篇幅，我们只能将《山海经》里所见的人面蛇身或龙身的神（包括上文已讨论的和未讨论的），列一总表于下，以结束本文。请注意表中各神的方位分布。

中	《中山经》	（次十）	首山至丙山诸神	皆龙身人面
南	《南山经》	（次三）	天吴之山至南禺之山诸神	皆龙身而人面
	《海内经》	（南方）	延维	人首蛇身
西	《西山经》	（次三）	鼓	人面龙身
	《海外西经》		轩辕	人面蛇身尾交首上
北	《北山经》	首	单狐之山至隄山诸神	皆人面蛇身
		（次二）	管涔之山至敦题之山诸神	皆蛇身人面
	《海外北经》又《大荒北经》		烛龙（烛阴）	人面蛇身赤色
			相柳（相繇）	九首人面蛇身自环色青
	《海内北经》		贰负⑱	人面蛇身
东	《海内东经》		雷神	龙身而人头

民国三十一年，十一月，十五日，昆明

三　战争与洪水

　　我们分析多数的洪水遗民故事，发现其中心母题总不外 (一) 兄妹之父与雷公斗争， (二) 雷公发洪水， (三) 全人类中惟兄妹二人得救， (四) 二人结为夫妇， (五) 遗传人类。这些又可归纳为二个主要原素。洪水不过是一种战略，或战祸的顶点，所以 (一) (二) 可归并为A战争。兄妹配婚与遗传人类是祖宗崇拜的推源故事，所以 (四) (五) 可归并为B宗教。 (三) 兄妹从洪水中得救，是A与B间的连锁。这两个原素恰恰与那说明古代社会的名言"国之大事，在祀与戎"的原则相合。关于B项，即祖宗崇拜的宗教，上节已讲得很多了。在本节我们要专门讨论属于A项的战争故事了。

　　我们若要在汉籍中寻找这故事的痕迹，洪水是个好线索。《淮南子·览冥篇》曰：

　　……然犹未及虑羲氏之道也。往古之时，四极废，九州裂，天不兼覆，地不周载，火爁焱而不灭，水浩洋而不消，猛兽食颛民，鸷鸟攫老弱。于是女娲炼五色石以补苍天，断鳌足以立四极，杀黑龙以济冀州，积芦灰以止淫水。苍天补，四极正，淫水涸，冀州平，狡虫死，颛民生。

这故事与共工有关。可以由下列几点证明。 (一) 黑龙即共工，详上文论句龙。 (二) "四极废，九州裂，天不兼覆，地不周载"，即所谓"天倾西北，地倾东南"，其事据《楚辞》、《淮南子》，乃是共工触山的结果。《楚辞·天问》曰："康回冯怒，坠何以东南倾？"王《注》曰："康回，共工名也。"《淮南子·原道篇》曰："昔共工之力触不周之山，使地东南倾。"《天文篇》曰："昔者共工与颛顼争为帝，怒而触不周之山，天维绝，地柱折，天倾西北，故日月星辰移焉，地倾西南，故水潦尘埃归焉。" (三) 所谓"淫水"即洪水，相传为共工所致。《书·尧典》曰："静言庸违，象 (荡) 恭 (洪) 滔天。"庸违《论衡·恢国篇》、《潜夫沦·明暗篇》作庸回，即《天问》之康回，亦即共工。"荡 (同荡) 洪滔天"即《淮南子·本经篇》所谓"共工振滔洪水"。又《周语》下曰"昔共工氏……壅防百川，堕高堙庳，以害天下"，《荀子·成相篇》曰"禹有功，抑下鸿 (洪)，辟除民害逐共工"，《史记·律书》曰"颛顼有共工之阵以平水土"，都暗示洪水与共工有关。《补史记·三皇本纪》直说女娲收拾的残局是共工造成的。

> 当其（女娲）末年也，诸侯有共工氏，任智刑以强霸而不王，以水乘木，乃与祝融战。不胜而怒，乃头触不周山崩，天柱折，地维缺。女娲乃炼五色石以补天，断鳌足以立四极，聚芦灰以止滔水，以济冀州。于是地平天成，不改旧物。

《路史后记》二并说共工是女娲灭的。

> 太昊氏衰，共工惟始作乱，振滔洪水，以祸天下。隳天纲，绝地纪，覆中冀，人不堪命。于是女皇氏（即女娲）役其神力，以与共工氏较，灭共工氏而迁之。然后四极正，冀州宁，地平天成，万民复生。

司马贞将《淮南子·原道篇》与《天文篇》的共工争帝触山和《览冥篇》的女娲补天治水揉在一起说，罗泌又将《本经篇》的共工振滔洪水和《览冥篇》的女娲故事打成一片，确乎都是很有道理的。

在汉籍中发动洪水者是共工，在苗族传说中是雷公，莫非雷公就是共工吗？我们是否能找到一些旁证来支持这个假设呢？较早的载籍中讲到雷公形状的都说是龙身人头。

> 《海内东经》："雷泽中有雷神，龙身而人头，鼓其腹则雷。"
> 《淮南子·坠形篇》："雷泽有神，龙身人头，鼓其腹而熙。"
> 共工亦人面蛇身。
> 《淮南子·坠形篇》高《注》："共工，天神，人面蛇身。"
> 《大荒西经》注引《归藏·启巫》："共工人面蛇身朱发。"
> 《神异经》："西北荒有人焉，人面朱髦，蛇身人手足，而食五谷，禽兽顽愚，名曰共工。"

而其子名曰句龙（见前），其臣亦人面蛇身。

> 《海外北经》："共工之臣曰相柳氏……九首人面蛇身而青。"

《大荒北经》："共工臣名相繇，九首蛇身自环。"

然则共工的形状实与雷神相似，这可算共工即雷神的一个有力的旁证。古字回与雷通，吴雷（《楚公镈》）一作吴回（《大戴礼记·帝系篇》，《史记·楚世家》，《大荒西经》），方雷（《晋语》四）一作方回（《淮南子·俶真篇》，《后汉书·周盘传》注引《列仙传》，四八目），雷水（《穆天子传》，《水经·河水注》）一作回水（《天问》，《汉书·武帝纪·瓠子歌》），是其例。共工，《论衡》、《潜夫论》引《尚书》作庸回，《天问》作康回，疑庸回、康回即庸雷、康雷。此说如其可靠，则共工即雷神，完全证实了。

共工在历史上的声誉，可算坏极了。他的罪名，除了召致洪水以害天下之外，还有"作乱"和"自贤"两项。前者见《吕氏春秋·荡兵篇》和《史记·楚世家》，后者见《周书·史记篇》。在《左传》中则被称"四凶"之一。

少皞氏有不才子，毁信废忠，崇饰恶言，靖谮庸回，服谗搜慝，以诬盛德。天下之民谓之穷奇。

注家都说穷奇即共工，大概是没有问题的。因此许多有盛德的帝王都曾有过诛讨共工的功。帝喾诛灭共工，见《淮南子·原道篇》和《史记·楚世家》。颛顼战败共工之卿浮游，见《汲冢琐语》。唐氏（帝尧）伐共工，见《周书·史记篇》。帝舜流共工于幽州，见《尚书·尧典》。

禹的功劳尤其多，攻共工，见《大荒西经》，伐共工，见《荀子·议兵篇》及《秦策》，逐共工，见《荀子·成相篇》，杀共工之臣相柳或相繇，见《海外北经》及《大荒北经》。此外不要忘记上文已表过的女娲杀黑龙，实即杀共工。苗族传说没有把共工罗织成一个千古罪人。他们的态度较老实，较幼稚，只说兄弟二人因争财产不睦，哥哥一气，便发起洪水来淹没弟弟所管领的大地。如故事（10）。他们也不讳言自己的祖先吃了败仗，以致受伤身死，如故事（2）。因此将这仇恨心理坦率的表现在故事（1）中，便说母亲病重，告诉儿子："若得天上雷公的心来吞服，便可痊愈。"总之，汉、苗两派的故事，作风虽不同，态度虽有理智的与感情的之别，但内中都埋藏着一个深沉的、辽远的仇恨，却没有分别。

这次战争之剧烈，看《淮南子·览冥》、《天文》两篇所述，便可想见。四极废，九州裂，天倾西北，地倾东南，其破坏性之大一至于此。神话期历史上第一有名的涿鹿之战，也许因时期较近，在人们记忆中较为鲜明，若论其规模之大，为祸之惨烈，似乎还比不上这一次。但洪水部分，我以为必系另一事，它之加入这个战争故事，是由于传说的黏合作用。远在那渺茫的神话时期，想来不会有如后来智伯、梁武所用的水战的战术。洪水本身是怎么回事，是另一问题。它的惨痛的经验，在人类记忆中留下很深的痕迹，那是显而易见的。它的被羼入这战争故事，正表示那场战争之激烈，天灾与人祸，正以惨烈性的程度相当，而在人类记忆中发生黏合作用。为明了战争在这故事中的重要性高于洪水，我们还可以引另一故事作一比较。奉祀槃瓠的傜畲，虽与奉祀伏羲的苗不同族，但是同系的两个支族，那是不成问题的。而且"槃瓠"、"伏羲"一声之转，明系出于同源，而两故事中相通之处也很多。这些问题下文还要详细讨论。现在我们要提出的是槃瓠故事中完全没有洪水，而战争却是故事的一个很重要的成分。这也反映出在伏羲故事中，洪水本不是包含在战争中的一部分，而是另外一件独立的事实，和战争偶然走碰头了，因而便结了不解之缘。换言之，战争的发生或许在苗和傜畲未分居的时代，所以在两支传说中都保存着这件事的记忆。洪水则是既分居后苗族独有的经验，所以它只见于苗族传说，而不见于傜畲传说。

古代民族大都住在水边，所谓洪水似乎即指河水的氾滥。人们对付这洪水的手段，大致可分三种。（一）最早的办法是"择丘陵而处"，其态度是消极的，逃避的。消极中稍带积极性的是离水太远的高处不便居住，近水的丘陵不够高时，就从较远的高处挖点土来把不够高的填得更高点，这便是所谓"堕高埋庳"。次之（二）是壅防，即筑初步的或正式的隄。后（三）是疏导，埋塞从古以来就有了，疏导的发明最晚，都用不着讨论。壅防的起源却不太早。《谷梁传·僖九年》载齐桓公葵丘之盟（前六五一）曰"毋壅泉"，似乎是最早的记载。一百年后，周"灵王二十二年（前五五〇），谷洛斗，将毁王宫，王欲壅之"（《周语》下）。太子晋大大发挥一顿壅防的害处。大概春秋中叶以后，壅防之事已经盛行了。以农业发展与土地开辟的情形推之，"壅泉"之盛于此时，倒是合理的。再早便不大可能了。若说神话初产生时，人们便已知道"壅泉"之法。因而便说共工曾实行此法，那却很难想象了。

古籍说到共工与洪水的有下列各书：

> 《书·尧典》："共工方鸠僝（椫）功……象（潒）恭（洪）滔天。"
> 《周语》下："昔共工氏……欲壅防百川，堕高埋庳，以害天下。"
> 《淮南子·本经篇》："共工振滔洪水，以薄空桑。"

《尧典》"潒洪滔天"即《淮南子》"振滔洪水"，已详上文。但这是说激动洪水，而没有说到如何激动的方法。"堕高堙庳"假定是共工时代可能的现象，大致没有什么问题。《尧典》"方鸠僝功"之僝应读为栫，《说文》训为"以柴木雍"，此即《周语》所谓"雍防百川"。如果上文我们判断的不错，雍泉之法，至春秋时代才开始盛行，那么传说中共工雍防百川的部分，可能也是春秋时代时产生的。本来《周语》"共工氏……欲雍防百川"的话就是太子晋口中的，而说到"共工方鸠功"的《尧典》，有人说是战国作品，虽未必对，但恐怕最早也不能超过春秋之前。总之，我们相信洪水传说尽可很早，共工发动洪水，尤其以雍防百川的方法来发动洪水，却不必早。共工发动洪水的传说既不能太早，则在颛顼、共工的战争故事中，洪水部分是比较后加的，也就不言而喻了。

四　汉苗的种族关系

上文我们已经证明了伏羲、女娲确是苗族的祖先，我们又疑心那称为伏羲氏的氏族或是西周褒国后裔之南迁者。褒是姒姓国，夏禹之后，然则伏羲氏的族属与夏后氏相近了。伏羲与龙的关系是无可疑的事实。夏与龙的关系，以下面各事证之，似乎也不成问题。（一）《海内经》注引《归藏·启筮篇》曰："鲧死三岁不腐，剖之以吴刀，化为黄龙。"《初学记》二二，《路史后记》一二《注》引"化为黄龙"并作"是用出禹"。（二）《天问》："应龙何画？河海何历？"王注曰："禹治洪水时，有神龙以尾画地，导水所注当决者，因而治之也。"其实助禹治水的龙本即禹自己，后期传说始分为二。（三）古禹字作 🐛，从 🐛（虫）从 ✋（手）执之。虫古虺字，与龙同类。（四）夏王多乘龙的故事。A《御览》九六引《括地图》"夏后德盛，二龙降之，禹使范氏御之以行"。（《博物志》八，敦煌旧抄《瑞应图》引《神灵记》略同。）B《海外西经》"夏后启于此僷九代，乘两龙"，《大荒西经》"有人珥两青蛇，乘两龙，名曰夏后开"，《注》引《归藏·郑母经》"夏后启筮御飞龙登于天，吉"。C《左传·昭二十九年》"帝赐之（孔甲）乘龙，河汉各二"。（五）《史记·封禅书》"夏得木德，青龙止于郊"。伏羲氏与夏后氏既皆与龙有这样密切的关系，我疑心二者最初同属于一个龙图腾的团族。在后图腾社会变为氏族社会，这团族才分为若干氏族，伏羲氏与夏后氏便是其中之二。既为两个分离的氏族，所以各自有姓，伏羲氏姓风，夏后氏姓姒。褒亦姒姓国，本是龙图腾的支裔，所以也有先君二龙的传说。

汉族所传的共工，相当于苗族所传的雷神，也是上文证明过的。共工既相当于雷神，则共工的对手可能也相当于雷神的对手了。雷神的对手是伏羲。共工的对手，据汉籍所传，有以下各种说法：

（一）帝喾高辛氏

《淮南子·原道篇》："昔共工……与高辛争为帝。"
《史记·楚世家》："共工氏作乱，帝喾使重黎诛之而不尽。"

（二）颛顼

《淮南子·天文篇》："昔者共工与颛顼争为帝。"

同上《兵略篇》："颛顼尝与共工争矣。"

《史记·律书》："颛顼有共工之阵以平水土。"
《琐语》："昔者共工之卿浮游败于颛顼。"

（三）帝尧陶唐氏

《韩非子·外储说》左上篇："尧……又举兵而诛共工于幽州之都。"
《周书·史记篇》："昔有共工自贤，……唐氏伐之，共工以亡。"
《大戴记·五帝德篇》："帝尧……流共工于幽州，以变北狄。"

（四）帝舜

《书·尧典》："舜……流共工于幽州。"
《淮南子·本经篇》："舜之时，共工振滔洪水，以薄空桑。"

及（五）禹

《荀子·议兵篇》："禹伐共工。"（《秦策》同）
《荀子·成相篇》："禹有功，抑下鸿，辟除民害逐共工。"

《大荒西经》："西北海之外……有禹攻共工之山。"

《海外北经》："共工之臣曰相柳氏……禹杀相柳。"（《大荒北经》作相繇）

除帝喾外，其余各说都可以有法沟通。舜流共工，据《尧典》，本在舜受禅后尧未死前，故共工也可说是尧流的。若依《韩非子》，尧禅位于舜，共工以为不平，尧逐流之，则流共工正在唐、虞禅让之际，其负责的人更是两说皆可了。《周书》的看法与韩非同，大概是比较近确的。流共工的事既可以这样看，关于四凶中其余三凶，可以类推。讲到四凶，有一个极有趣的现象，那便是不但如世人所习知的尧（或舜）诛四凶，颛顼与禹似乎也有同样的事迹。试分别证之如下：

（一）三苗　《墨子·非攻》下篇曰：

昔者三苗大乱，天命殛之。……高阳乃命禹于玄宫。

……以征有苗。

然则诛三苗是颛顼的命令，而禹执行之。此外诸书单说禹伐有苗很多，不具举。总之，对诛三苗这事，颛顼和禹都有分儿。

（二）鲧　经注引《纪年》曰：

颛顼产伯鲧，是维若阳。

《世本》及《大戴记·帝系篇》亦皆曰："颛顼产鲧。"《墨子·尚贤》中篇曰：

昔者伯鲧，帝之元子，废帝之德庸，既乃刑之。

五　伏羲与葫芦

1.洪水造人故事中的葫芦

在中国西南部（包括湘西、贵州、广西、云南、西康）诸少数民族中，乃至在域外，东及台湾，西及越南与印度中部，都流传着一种兄妹配偶型的洪水遗民再造人类的故事 (下简称为洪水造人故事)，其母题最典型的形式是：

一个家长 (父或兄)，家中有一对童男童女 (家长的子女或弟妹)。被家长拘禁的仇家 (往往是家长的弟兄)，因童男女的搭救而逃脱后，发动洪水来向家长报仇，但对童男女，则已预先教以特殊手段，使之免于灾难。洪水退后，人类灭绝，只剩童男女二人，他们便以兄妹 (或姊弟) 结为夫妇，再造人类。

这是原始智慧的宝藏，原始生活经验的结晶，举凡与民族全体休戚相关，而足以加强他们团结意识的记忆，如人种来源，天灾经验，与夫民族仇恨等等，都被象征式的糅合在这里。它的内容是复杂的，包含着多样性而错综的主题，因为它的长成是通过了悠久时间的累积。主题中最重要的，无疑是人种来源，次之或许是天灾经验，再次是民族仇恨等等。本文便专以人种来源这个主题为研究对象，所有将被讨论的诸问题都以这一点为中心。

普通都称这些故事为 "洪水故事"，实有斟酌余地。我们在上文已经提到故事的社会功能和教育意义，是在加强民族团结意识，所以在故事中那意在证实血族纽带的人种来源——即造人传说，实是故事最基本的主题，洪水只是造人事件的特殊环境，所以应居从属地位。依照这观点，最妥当的名称该是 "造人故事"。如果再详细点，称之为 "洪水造人故事"，那 "洪水" 二字也是带有几分限制词的意味的。我疑心普通只注意故事中的洪水部分而忽略了造人部分，是被洪水事件本身的戏剧性所迷误的。其实这纯是我们文明社会的观点，我们知道，原始人类从不为故事而讲故事，在他们任何行为都是具有一种实用的目的。

正如造人是整个故事的核心，葫芦又是造人故事的核心。但在讨论故事中作为造人素材的葫芦之前，我们得先谈谈作为避水工具的葫芦。

分析四十九个故事的内容 (参看表一)，我们发现故事情节与葫芦发生关系的有两处，一是避水工具，一是造人素材。本来在原始传说中，说法愈合理，照例是离原始形态愈远，因此在避水工具中 (参看表二)，葫芦和与它同类的瓜，其余如鼓桶臼箱甕床和舟，说得愈合理，反而是后来陆续修正的结果。这一点交代以后，我们再来研究造人素材 (参看表三)。在那第一组 (物中藏人，由物变人) 的六种不同形式中，

一.男女从葫芦中出；

二.男女坐瓜花中，结实后，二人包在瓜中；

三.造就人种，放在鼓内；

四.瓜子变男，瓜瓤变女；

五.切瓜成片，瓜片变人；

六.播种瓜子，瓜子变人。

五种属于葫芦和与之同类的瓜，一种是鼓，看来鼓中容人，似比葫芦和瓜更合理，实则它的合理性适足以证明它的讹误性，说不定鼓中藏人种，正是受了那本身也是讹变的"鼓中避水说"的感染而变生的讹变。因此，我们主张在讨论问题时，这一条"造就人种，放在鼓内"，可以除外，要不就权将"鼓"字当作"瓜"字之讹也行。这一点辩明以后，我们可以进而讨论全部造人素材的问题，便是造人素材与葫芦的关系问题。

和避水工具一样，关于造人素材的说法，也可分为较怪诞与较平实的两组，前者我们称为第一组，后者称为第二组。第一组的六种形式上文已经列举过，现在再将第二组分作两类列举于下：

第一类像物形

一.像瓜　　　二.像鸡卵　　三.磨石仔

第二类不成人形

一.肉球，肉团 (陀)，肉块　　二.无手足 (腿臂)，无头尾，无耳目口鼻 (面目)　三.怪胎　　四.血盆

第一类的第三项与第二类的第二项，没有严格的界限。有时说到"磨石仔"，又说到"无手足"之类，在这种场合，我们便将它归入"无手足……"项下。依上述愈合理、愈失真的原则，我们疑心这第二组内离葫芦愈远，离人形愈近的各种形式，也是后起的合理化的观念形态。而最早的传说只是人种从葫芦中来，或由葫芦变成。八寨黑苗 (7)，短裙黑苗 (8)，说童男女自身是从石蛋出来的，生苗或说蛋 (15)，或说白蛋 (17)，或说飞蛾蛋 (18)，暗示最初的传说都认为人类是从自然物变来，而不是人生的。而且蛋与葫芦形状相近，或许蛋生还是葫芦生的变相说法。至于避水工具中的葫芦，也还是抄袭造人素材的葫芦的。可能造人和洪水根本是两个故事，《生苗起源歌》 (16，17，18) 只讲造人，不提洪水，似乎还保存着传说的原始形态 (生苗是一个在演化进程中最落后的民族)。我们疑心造人故事应产生在前，洪水部分是后来黏合上去的，洪水故事中本无葫芦，葫芦是造人故事的有机部分，是在造人故事兼并洪水故事的过程中，葫芦才以它的渡船作用，巧妙的做了缀合两个故事的连锁。总之，没有造人素材的葫芦，便没有避水工具的葫芦，造人的主题是比洪水来得重要，而葫芦则正做了

造人故事的核心。

2. 伏羲女娲与匏瓠的语音关系

以上所论都是纯理论的假设，最后判断当然有待于更多更精密的民俗调查材料。这样的材料，可惜我们目前几乎一点也没有。然而说除了民俗调查材料，目前我们在这题目上，便没有一句活可说，那又不然。

总观以上各例，使我们想到伏羲、女娲莫不就是葫芦的化身。或仿民间故事的术语说，一对葫芦精。于是我注意到伏羲、女娲二名字的意义。我试探的结果，"伏羲"、"女娲"果然就是葫芦。

伏字《易·系辞传》下作包，包匏音近古通，《易·姤》九五"以杞包瓜，"《释文》引《子夏传》及《正义》包并作匏。《泰》九二："包荒，用冯河，不遐遗。"包亦当读为匏，可证。匏瓠《说文》互训，古书亦或通用，今语谓之葫芦。羲一作戏，《广雅·释器》："瓠，蠡，壶，瓝，瓢也。"《一切经音义》十八引作瓝，音羲。王念孙云，瓝与瓝同，即橀字（《庄子·人间世篇》、《大宗师篇》、《田子方篇》，《管子·轻重戊篇》，《荀子·成相篇》，《赵策》四）。或作㔉（《月令释文》），其本字当即瓝。《集韵》瓝，虚宜切，音牺，训"瓠，瓢也。"译为今语则为葫芦瓢。又有栯橀稀三字，当即瓝之别体。

《方言》二："蠡，陈、楚、宋、魏之间或谓之筲，或谓之橀，或谓之瓢。"郭《注》曰："瓠，勺也，今江东通呼为橀。橀音羲。"

《玉篇·木部》："橀，杓也。"《一切经音义》十八："南曰瓢栯，蜀人言蠡橀。"

《集韵·五支》："橀，蠡（蠡）也，或作欐。"

陆羽《茶经》引《神异记》："晋永嘉中，余姚人虞洪，入瀑布山采茗，遇一道士。云，吾丹邱子，祁子他日瓯橀之余，乞相遗也。"（案《茶经》曰："橀，木杓也。"又曰："瓢一曰橀杓，剖瓠为之，或刊木为之。"）

《说文·木部》："栯，杓也。"（案《类篇》栯通作橀）

伏羲字亦有"羲"、"戏"、"希"三形。羲戏习见，希则见《路史后纪》二《注》引《风俗通》。（女娲一作女希，见《初学记》九引《帝王世纪》，及《史记·补三皇本纪》。）我以为包与戏都是较古的写法。包戏若读为匏瓝（橀欐栯），即今所谓葫芦瓢。但戏古读如乎，与匏音同。若读包戏为匏瓠，其义即为葫芦。既剖的葫芦谓之瓢，未剖的谓之葫芦，古人于二者恐不甚分，

看瓠 (葫芦) 瓤 (瓢) 上古音全同便知。女娲之娲，《大荒西经》注、《汉书古今人表》注、《列子·黄帝篇》释文、《广韵》、《集韵》皆音瓜。《路史后纪》二注引《唐文集》称女娲为"媧娲"，以音求之，实即匏瓜。包戏与媧娲，匏瓠与匏瓜皆一语之转。(包戏转为伏希，女娲转为女希，亦可见戏娲二音有可转之道。) 然则伏羲与女娲，名虽有二，义实只一。二人本皆谓葫芦的化身，所不同者，仅性别而已。称其阴性的曰"女娲"，犹言"女匏瓤"、"女伏羲"也。

苗族传说以南瓜为伏羲、女娲的第二代。汉族以葫芦 (瓜) 为伏羲、女娲本身，这类亲与子易位，是神话传说中常见的现象，并不足妨碍苗族的伏羲与伏羲妹即汉族的伏羲、女娲。至于为什么以始祖为葫芦的化身，我想是因为瓜类多子，是子孙繁殖的最妙象征，故取以相比拟。《开元占经》六五《石氏中官占篇》引《黄帝占》曰："匏瓜星主后宫。"又曰："瓠瓜星明，则……后宫多子孙，星不明，后失势。"同上引《星官制》曰："匏瓜，天瓜也。性内文明而有子，美尽在内。"《大雅·绵篇》以绵绵瓜瓞"为"民之初生……"的起兴，用意与此正同。

根据上面的结论，有些零星问题，可以附带的得到解决。

(一) 女娲作笙　古代的笙是葫芦做的。《白虎通·礼乐篇》："瓠曰笙。"苗人亦以葫芦为笙，见刘恂《岭表录异》，朱辅《溪蛮丛笑》。女娲本是葫芦的化身，故相传女娲作笙。《礼记·明堂位》"女娲之笙簧"，《注》引《世本》曰"女娲作笙簧"。

(二) 伏羲以木德王　葫芦是草木之类，伏羲是葫芦的化身，故曰伏羲木德。曹植《庖牺画赞》"木德风姓"，宋均《春秋内事》"伏羲氏以木德王"。《御览》七八引《帝王世纪》："太昊庖牺氏，……首德于木，为百王先。"

据上文伏羲与槃瓠诚属二系，然细加分析，两者仍出同源。"槃瓠"名字中有瓠字而《魏略》等述茧未化生时复有"妇人盛瓠中，覆之以槃"之语，可见瓠亦为此故事母题之一部分。实则槃即剖匏为之，"槃瓠"犹匏瓠，仍是一语。是"槃瓠"与"包义"字异而声义同。在初本系一人为二民族共同之祖，同祖故同姓。旧说伏羲、女娲风姓。而《图书集成畲民凋查氾》及《狗皇歌》皆有姓槃之说。风从凡声，古作凬，槃从般，古作𣲏，亦从凡声，然则风槃亦一姓也。

卜辞或省鸟形，直作𠤏。古器物先有匏，而刌木，编织，陶埴，铸冶次之。𠤏横置作𠃌，一象剖匏之形，下有凵为基址。

然则风姓、槃姓，其初皆即匏生耳。

表一

	流传地域与讲述人	童男	童女	家长	仇家	赠遗	洪水	避水	占婚	造人	采集者
1.	湘西苗人故事（一）	湖南凤凰东乡苗人吴文祥述	兄	妹	Ay pégy Koy péiy	Koy Soy		雷公发洪水数十日	兄妹各入黄瓜避水	扔磨石东西分走	生下肉块割弃变人	芮逸夫
2.	湘西苗人故事（二）	凤凰北乡苗人吴良佐述	儿	女	Koy Peny	Koy Soy		雷公发洪水七日七夜	共入葫芦	金鱼老道撮合	生肉块割开发现人	芮逸夫
3.	傩父傩母歌	吴良佐抄	兄（伏羲）	妹	张良	Koy Soy		玉皇上帝发洪水七日七夜	共入葫芦	分赴东山南山焚香香烟结团	生肉块割开发现十二童男女	芮逸夫
4.	傩神起源歌	湖南乾县城北乡仙镇营苗人石启贵抄	儿	女	禾壁	禾耸		雷公发洪水七日七夜	兄妹共入仙瓜	扔竹片扔磨石	生下怪胎割弃变人	芮逸夫
5.	苗人故事		弟	姊		另一对男女			入木鼓	滚磨抛针抛线	生子如鸡卵切碎变人	Savina, F. M
6.	黑苗洪水歌		弟（A—Zie）			兄（A—F, o）		雷发洪水	弟入葫芦避水	滚磨扔刀	生子无手足割弃变人	Clarke, Ssmuel, R.

续表

	流传地域与讲述人	童男	童女	家长	仇家	赠遗	洪水	避水	占婚	造人	采集者
7.	八寨黑苗传说	贵州八寨	兄 ——	妹 邻居	老岩（九蛋中最幼者司地）	雷（九蛋中最长者司天）	雷劝兄妹种葫芦	雷发洪水	入葫芦	结婚	繁衍人类	吴泽霖
8.	短裙黑苗传说	贵州炉山麻江丹江八寨等县交界处	小弟	幼妹		石蛋中出十二弟兄长兄被害变成雷公上天	小弟害死诸兄雷公发洪水报仇	小弟作法上天	水退下地与妹相遇结婚		生子无眼形如球切碎变人	吴泽霖
9.	花苗故事		弟	妹	兄	老妇（从天下降）			弟妹入木鼓	扔磨石扔针线	生子无手足割弃变人	Hewitt, H.J.
10.	大花苗洪水滔天歌	贵州	二兄（智来）	妹（易明）		大兄（愚皇）		安乐世君发洪水	杉舟	滚磨	生三子	杨汉先
11.	大花苗洪水故事	贵州威宁	弟	妹	兄				木鼓	滚磨穿针雷公命乐世君指示	生子无腿无臂	
12.	雅雀苗故事	贵州南部	兄(Bui,Fuhsi)	妹(Kueh)					入葫芦避水	扔磨石扔树	生二子无手足不哭割弃变人	Clarke
13.	生苗故事（一）	贵州	兄	妹		天上老奶种瓜结瓜王可容数十人	大雨成灾洪水灭尽人类	兄妹入瓜漂浮上天	天上人教二人下来结为夫妇		吃瓜生瓜儿剖碎变人	陈国钧

续表

	流传地域与讲述人	童男	童女	家长	仇家	赠遗	洪水	避水	占婚	造人	采集者
14. 生苗故事(二)	贵州	长兄(恩—居地)妹(明—居地)			次兄(雷—居天)		雷发洪水	乘船漂浮上天(以葫芦盛马蜂螫雷)	小虫教二人打伞在山坡相逢如远来的表亲遂结为夫妇	生子四肢如瓜形割弃变人	陈国钧
15. 生苗洪水造人歌	贵州	兄(恩—居地)妹(媚—居地)			长兄(雷—居天)	雷媚瓜报以子实仓如大	雷发洪水	乘南瓜漂浮上天	老奶指点	偷吃瓜被老奶责骂生子无耳目如瓜斫碎变人	陈国钧
16. 生苗起源歌(一)		兄	妹						结婚	生儿无手足割碎变人	陈国钧
17. 生苗起源歌(二)	贵州	兄妹 由白蛋生出							结婚	生瓜儿切碎变人	陈国钧
18. 生苗起源歌(三)	贵州	兄妹 由飞蛾卵生出			雷公(另一飞蛾卵生出)				兄妹相爱结婚	生南瓜斫碎变人	陈国钧
19. 侗人洪水歌	贵州	兄(伏羲)	妹				洪水来时	将造就的人种放在鼓内			
20. 苗人谱本	广西北部	兄(张良一作姜良)	妹(张妹一作姜妹)	卷氏夫人(生七子女)	雷公雷母	雷公赠仙瓜子	铁雨成灾	兄妹入葫芦避水	太白仙人金龟老道撮合	生肉陀(团)割碎变人	徐松石

续表

	流传地域与讲述人	童男	童女	家长	仇家	赠遗	洪水	避水	占婚	造人	采集者
21.	偏苗洪水横流歌	广西西隆	兄（伏羲）	妹				洪水	将造就的人种放在鼓内			雷雨
22.	傜人洪水故事	广西融县罗城	女儿（伏羲）		父	雷公	雷公赠牙种成葫芦	天发洪水	兄妹入葫芦避水	绕树相追	生肉球割碎变人	常任侠
23.	葫芦晓歌		伏羲					寅卯二年发洪水	入葫芦避水			常任侠
24.	傜人故事	广西武宣修仁之间	子		神人		赠牙种而生瓠破瓠裂为圝船	洪水	神人率子入坐铁镂浮至天门			常任侠
25.	板傜五谷歌	广西三江	兄（伏羲）	妹				寅卯二年发洪水	兄妹入葫芦避水	烧香礼拜结为夫妇	置人民	乐嗣炳
26.	板傜盘王歌	广西象县	兄（伏羲）	妹				洪水七日七夜	入葫芦避水	金龟撮合	生"团乙"	
27.	侬傜盘傜盘王书中洪水歌	广西都安	兄（伏羲）	妹	蒋家			洪水七日七夜	入葫芦避水	烟火	生血玉女之为三十六姓盆分	
28.	盘傜故事	镇边盘傜盘有贵述	兄（伏羲）					入瓜水	瓢避入瓜水	滚磨石烧烟火看竹枝	撒出瓜子瓜子男瓜变女瓜瓢变瓢	

续表

	流传地域与讲述人	童男	童女	家长	仇家	赠遗	洪水	避水	占婚	造人	采集者
29.	盘瑶故事 灌阳布坪乡	男孩	女孩	盘王		盘王打落牙齿种牙成瓜	下三年六个月雨	盘王将瓜穿眼命小孩坐入	生磨石仔盘王切碎变人		
30.	红瑶故事 广西龙胜三百坤红瑶张老老述	兄（姜良）	妹（姜妹）	姜氏太婆（生子女六人或说七人）	雷公雷婆	雷公雷婆赠白瓜子	大雨成灾	兄妹坐入瓜结实二人包在瓜内	看烟柱竹磨绕山走	继续人种	徐松石
31.	东陇瑶故事 上林东陇瑶蓝年述	伏羲		父别母别		雷公赠牙		乘瓜上浮		生磨石仔无头无尾切碎变猴再变人	陈志良
32.	蓝靛瑶故事 田西蓝靛瑶李秀文述				闪电仙人	仙人赠瓜子	大雨成灾	入瓜避水	烧烟火种竹滚磨	生子无手足头尾切碎变人	陈志良
33.	背笼瑶故事 凌云背笼瑶腊承良述	兄（伏 Iin）	妹（羲 Cein）				久雨成灾	入瓜避水	瓢避滚磨	生肉团无手足面目切碎变人	陈志良
34.	背笼瑶遗传歌 腊承良译	兄（伏羲）	妹			自种瓢瓜结实如仓大	皇天降大雨	入瓜内避水	结为夫妇	生磨石儿割碎变人	陈志良
35.	蛮瑶故事 广西东二阆蛮瑶侯玉宽述	兄（伏 dn）	妹（羲 Cω）				久雨成灾	入大瓮避水	烧烟火滚磨石	生子无手足面目	陈志良
36.	独侯瑶故事 都安独侯瑶蒙振彬述	兄（伏羲）	妹				雷电大雨成灾	入瓢瓜避水		生磨石儿劈碎变人	陈志良

续表

	流传地域与讲述人	童男	童女	家长	仇家	赠遗	洪水	避水	占婚	造人	采集者
37.	西山徭故事	隆山西山徭袁秀林述	特斗	驮豆——伏羲	卜（白居天上司雷雨）	雷王（居地下）	雷王赠牙	雷下发洪水王雨	入芦水避葫水	烧烟火	生子无耳目口鼻如磨石切碎变人	陈志良
38.	侬人故事	都安侬人韦武夫述			仙人	仙人赠牙作船作桨						陈志良
39.	倮㑩故事		弟	妹		两兄		洪水发时	弟妹木入上箱浮			Vial, Paul
40.	夷人故事	云南寻甸凤仪乡黑夷李忠成宣威普乡白夷田靖邦述	三弟	美女			白发老人教造木桶	洪水发时	入桶避水	遵老人命与女结婚	生三子是为乾夷黑夷汉夷之祖人	马学良
41.	汉河倮㑩故事	红河上游汉河丙冒寨夷人白成章述						洪水中人类灭绝	葫芦天下从男洪女水中中人一一类从而灭出			邢庆兰

续表

	流传地域与讲述人	童男	童女	家长	仇家	赠遗	洪水	避水	占婚	造人	采集者
42.	老亢故事	云南西南边境耿马土司地蚌隆寨	兄	妹				洪水发时	兄妹同入木床避水	结婚	生子砍碎变人	芮逸夫
43.	栗粟故事	耿马土司地大平石头寨	兄	妹				洪水发时	兄妹同入葫芦避水	结婚	生七子	芮逸夫
44.	大凉山倮倮人祖传说(一)	西康宁族夷族	乔姆石奇(Gomzazi)盐源一带称陶姆石嬢(Domzanyo)	天女		天公		天公发洪水毁灭人类	石奇作木舟避水	青蛙设计要求天女与石奇结婚	生三子	庄学本
45.	大凉山倮倮人祖传说(二)		兄(乔姆石奇)	妹(天宫仙女)				洪水泛滥	石奇乘桐木舟得救	经众动物设法将妹请下滚磨成婚		庄学本
46.	东京蛮族故事		兄(Phu—Hay)	妹(Phu—Hay—Mui)	Chang Lō—Cō			洪水泛滥	兄妹同入南瓜避水	结婚	生南瓜剖瓜得子播种变人	de Lajonquiere, Lunet
47.	巴那(Ba—hnars)故事	交趾支那	兄	妹				洪水泛滥	入大箱避水			Guerlack
48.	阿眉(Ami)故事	台湾	兄	妹				洪水泛滥	入木臼避水	结婚	生子传人类	Lshii, Shinji
49.	比尔(Bhils)故事	印度中部	兄	妹				洪水泛滥	入木箱避水	结婚	生七男七女	Luard, C.E.

表二

避水工具	故事号数	总计	
葫芦（瓠 瓢 瓜）	二·三·六·七·一二·二〇·二四·二五·二六·二七·二八·三二·三三·三六·三七·四一·四三	一七九	自然物百分之五七·二
瓜（仙瓜 黄瓜 南瓜）	一·四·一三·一五·二九·三〇·三一·三四·四六		
鼓（木鼓）	五·九·一一·一九·二一·二二·二三	七一五一五	人造器具百分之四一·八
瓮	二五		
木桶木臼箱	三九·四〇·四七·四八·四九		
床	四二		
舟（桐舟 杉舟）	一〇·一四·三八·四四·四五		

表三

	造人素材			故事号数	总计	
第一组	物中藏人	葫芦	男女葫芦中出	四一	一	四
		瓜	男女坐瓜花中结实后二人包在瓜中	三〇	一	
		鼓	造就人类放在鼓内	一九·二一	二	
	物变人	瓜	瓜子变男瓜瓢变女	二八	一	一
	人生物物再变人	瓜	切瓜成片瓜片变人	一三·一八·四二	三	四
			播种瓜子瓜子变人	四六	一	
第二组	生子像物或不成人形割碎始变成人	像物形	像瓜	八·一四·一五·一六	四	二四
			像鸡卵	五	一	
			磨石仔	二九·三四·三六	三	
		不成人形	肉球肉团(陀)肉块	一·三·二〇·二六·三六·九·一一·一二·一六·三一·三二·三五·三七	五九	
			无手足(腿臂)无头尾无耳目口鼻(面目)		一	
			怪胎	四	一	
			血盆	二七	一	

①据开明版《闻一多全集·神话与诗》编入本卷。其中《从人首蛇身像谈到龙与图腾》一节，最初载《人文科学学报》。

作者原注：

②原脱此雷字，今依文义补。

③《史记》作"蛟"，误。说详下注。

④下文说高祖"醉卧，武负王媪见其上常有龙"。高祖自己是龙，他母亲也当是龙。《正义》引《陈留风俗传》曰："沛公起兵野战，丧皇妣于黄乡。天下平定，使使者以梓宫招幽魂，于是丹蛇在水，自洒跃入梓宫。"可证刘媪也原是龙。这里刘媪一龙，神一龙，正是二龙。

⑤《庄子·天运篇》作"虫雄鸣于上风，雌鸣于下风而风化"。虫即螣之声转。螣从朕声，侵部，虫冬部。二部古音最近，故章炳麟合为一部。《韩非子·十过篇》"螣蛇伏地"，《事类赋》注十一引螣亦作虫。

⑥原缺"外"字，依《博物志》二补。

⑦今本"黑身手足乘两龙"作"珥两青蛇践两青蛇"，此从郭《注》引一本改。

⑧参看附图。

⑨王充、郑玄、许慎都以巳为蛇，不误。不但古字 ₹ 象蛇形，上古声母巳 (*dz一) 蛇 (*de一) 亦相近。

⑩"劀"原误作"被"，从王引之校改。

⑪"循"原误作"修"。

⑫"何"下原衍"故"字，从《御览》三六，《事类赋》注四引删。

⑬"咨畴"二字原倒，从段玉裁乙正。

⑭"怀"上原衍"荡荡"二字，从臧琳删。

⑮《广雅·释器》："沈，泾，桥也。"《天问》问鲧事曰："佥曰可 (原误何) 忧，何不课而行之?"忧即沈字。共工壅水曰桥，鲧壅水曰沈，桥沈字异而义同，可以互证。

⑯徐义靖已疑"滔天"即下文之"浩浩滔天"，但仍未解"象恭"二字。

⑰"身长千里"原误作注文四字，从《类聚》七九《楚辞补注》一〇引补。

⑱《海内西经》"窫窳者蛇身人面贰负臣所杀也"，此"蛇身人面"四字形容贰负，非形容窫窳。《北山经》说窫窳"如牛而赤身人面马足"，《海内南经》说它"龙首"，《尔雅·释兽》作猰㺄，说是"似貙虎爪"，可见窫窳不是蛇身。

选自《闻一多全集》第三册《神话编》，湖北人民出版社，1993

楚辞女性中心说

游国恩

一 引言

我国文学在表现技巧上的一大进步，就是"比兴"法的发现。在公元前五六百年间，我国的韵文，如《诗经》，它已经在广泛地试验那"比兴"体的作法了。诗歌自从有了"比兴"法，它才在文艺的领域中开辟了无穷无尽的新的境界。

在《诗经》中显然看得出的"比兴"材料真不少：它有草木，有虫鱼，也有鸟兽。更有各种器物，甚至有自然现象，如风、雷、雨、雪，蝃蝀和阴霾等等。可是没有"人"，更没有"女人"。文学用"女人"来做"比兴"的材料，最早是《楚辞》。他的"比兴"材料虽不限于"女人"，但"女人"至少是其中重要材料之一。所以我国文学首先与"女人"发生关系的是《楚辞》，而在表现技巧上崭新的一大进步的文学也是《楚辞》。

王逸在《离骚序》里说：

> 《离骚》之文，依《诗》取兴，引类譬喻，故善鸟香草，以配忠贞；恶禽臭物，以比谗佞；灵修美人，以媲于君；宓妃佚女，以譬贤臣；虬龙鸾凤，以托君子；飘风云霓，以为小人。……

这段话虽然不很正确，但他看破《楚辞》用"比兴"法的原则与《诗经》相同，却是不错的。屈原《楚辞》中最重要的"比兴"材料是"女人"，而这"女人"是象征他自己，象征他自己的遭遇好比一个见弃于男子的妇人。我们不必惊异，这象征并非突然，在我国古代，臣子的地位与妻妾相同。《周易·坤·文言》说："坤，地道也，妻道也，臣道也。"是够证明的了。所以屈原以女子自比是很有理由的。我们更要记得：从前对女子，有所谓"七出"之条。就是犯了其中一条或数条的女人，往往会被男子逐出的。总之，封建时代妇女的命运是非常悲惨的。屈原愿意以妇女作"比兴"的材料，至少说明他对于妇女的同情和重视。何况他事楚怀王，后来被逐放，这和当时的妇人的命运有什么两样呢？所以他把楚王比作"丈夫"，而自己比作弃妇，在表现技巧上讲，是再适合也没有的了。

二　以女性为中心的楚辞观

屈原对于楚王，既以弃妇自比，所以他在《楚辞》里所表现的，无往而非女子的口吻。这一义若不明白，《楚辞》的文义便有许多讲不通；因而他的文艺也就根本无法欣赏。根据一点模糊的观念来读《楚辞》，是会遇到很多困难的。反之，如果我们明白此义，不但《楚辞》的许多问题迎刃而解，还可以进一步认识它的文艺。从前多少注家，对于这一点闹不清，所以发生许多无谓的争论，而结果都不正确，这是什么原故呢？关键就在这里。

现在让我逐条地提出来说：

一、美人。《楚辞》中的"美人"二字凡四见：一是《离骚》的"恐美人之迟暮"；一是《思美人》的"思美人兮擥涕而伫眙"；余馀两处便是《抽思》的"矫以遗夫美人"及"与美人抽怨兮"。这四个"美人"，后面三个都是指楚王——大概指楚怀王。而第一个却是指他自己。王逸把"美人迟暮"的"美人"也看作指怀王，于是《离骚》那段文字就不大可通了。考"美人"二字，最早见于《诗经》的《简兮》，所谓西方美人是也。他不只是雄武的意思，或者看作贤人也可以。但是屈原用"美人"二字，都兼有男女关系上相亲爱的意义。一面指自己，同时也指楚王。指自己的当然是美女子的意思；指楚王就是美男子的意思。换言之，他是夫妻两方面相互的称呼。不过女子自称为"美人"，似乎没有问题；以"美人"称丈夫或情人，是不是可以呢？据我看，这是可以的。《诗经》中便有此先例，如《唐风》的《葛生》云："予美亡此，谁与独处？"这是妇人对其男人或爱人说话的口气。又如《陈风》的《防有鹊巢》云："谁侜予美？心焉忉忉"。《郑风》的《野有蔓草》及《陈风·泽陂》的"有美一人"，则男女双方都可以说。所以屈原比楚王为夫，而目之为"美人"，是不足怪的。至《楚辞》中也有自比女子而单称一个"美"字的，如《哀郢》的"众踥蹀而日进兮，美超远而逾迈"。这就是说：楚怀王的内宠既多，一班平常的女子都一天天的接近了，而他自己呢，却一天天的离远了。（《九歌·湘君》的"美要眇兮宜修"及《湘夫人》的"与佳期兮夕张"，也都是夫妻的互称。参阅《论九歌山川之神》）。此外也有称"佳人"的，如《悲回风》的"惟佳人之永都兮"及

"惟佳人之独怀兮"。这两个"佳人"，也是屈原自指。王逸谓指怀襄，也是错的。

二、香草。女人最爱的就是花，所以屈原在《楚辞》中常常说装饰着各种香花（其他珠宝冠剑准此），以比他的芳洁；又常常以培植香草来比延揽善类或同志。这些例子太多了，不能尽举了。如《离骚》云："扈江离与辟芷兮，纫秋兰以为佩。"又云："朝搴阰之木兰兮，夕揽洲之宿莽。"又云："擥木根以结茝兮，贯薜荔之落蕊。矫菌桂以纫蕙兮，索胡绳之纚纚。謇吾法夫前修兮，非世俗之所服。"这就是说：我的服饰极其芳洁，与众不同。而这一套古色古香的装饰品，一般时髦的女子是不爱穿戴的（他们又欢喜服艾，说幽兰不好）。她们不但不爱，而且很妒忌他。所以《离骚》又说："何琼佩之偃蹇兮，众薆然而蔽之；惟此党人之不谅兮，恐嫉妒而折之。"至于《离骚》讲他种植芳草云：

"余既滋兰之九畹兮，又树蕙之百亩；畦留夷与揭车兮，杂杜蘅与芳芷。"种植它们做什么呢？他又接着说："冀枝叶之峻茂兮，愿竢时乎吾将刈。"

可是失望得很，不多时那些兰芷都变而不芳了，荃和蕙都化而为茅了，从前所栽的一切芳草，而今都变为萧艾了。美人一番苦心，竟落得如此结局，你看他痛心不痛心？所以又接着说：

"虽萎绝其亦何伤兮？哀众芳之芜秽！"栽不成倒不要紧，芳香的种下去，臭恶的长起来，那才真是可哀的呢！以前解《楚辞》的人，对于屈原以芳草比芳洁，滋兰树蕙比进贤，这原则是晓得的，但何以要如此立说的原因，却是很模糊的。倘若知道他原来是以女子自比，那么，这些问题不但迎刃而解，而且可以进一步欣赏他的文艺；用意是何等的精密！遣词是何等的切当！全篇脉络贯通，一线到底，无不丝丝入扣。这样的文章真是古今罕有。我相信我不是在瞎赞的。

三、荃荪。荃荪本是两种同类的香草，《楚辞》中多通用（见洪兴祖《考异》。《文选》中各篇《楚辞》亦二字通用）。颜延之《祭屈原文》云："比物荃荪。"刘子《新论·慎独篇》亦云："荃荪孤植。"可见虽是两种东西，却是同属一类的香草，所以前人常常以二物并提。前面已经讲过许多香草，此处何以单把"荃荪"提出来呢？这于《楚辞》是有特殊意义的。《离骚》云："荃不察余之中情兮，反信谗而齌怒。"王逸说："荃，香草；以喻君也。"这是对的。又说："人君被服芬香，故以香草为喻。恶数指斥尊者，故变言荃也。"这解释是不对的。《抽思》又云："数惟荪之多怒兮，伤余心之忧忧。"又云："兹历情以陈词兮，荪详聋而不闻。"又云："何独乐斯之謇謇兮，愿荪美之可完。"一篇之中，三用"荪"字，王逸都解作喻君。不过我们要问：为什么屈原要把一种香草当作楚王的代名词呢？我以为这是表示极其亲爱的意思。犹之乎后世江南人呼情人为"欢"及词家常用的"檀郎"之类。同时"荃荪"二字并与"君"字声近，借为双关也是再好没有的。但他何以要用这样亲昵的字眼呢？这回答便是：原来屈原把楚王比作丈夫，而自己比作妻子。试问：夫妻不亲密，什么关系亲密呢？（《九歌·少司命》云："荪何以兮愁苦？"又云："荪独宜兮为民正。"称神为"荪"，義与此同。余别有说。）

四、昏期。《抽思》云："昔君与我成言兮，曰黄昏以为期。羌中道而回畔兮，反既有此他志！"《离骚》也有"曰黄昏以为期兮，羌中道而改路"两句，或为衍文，或脱偶句。其下文又云："初既与余成言兮，后悔遁而有他。"其辞义彼此略同。从来注家对"黄昏""成言"等词，懵然不解；只有朱子明白他的意义。他在《离骚》注中说："'曰'者，叙其始约之言也。'黄昏'者，古人亲迎之期，《仪礼》所谓初昏也。中道改路，则女将行而见弃，正君臣之契已合而后离之比也。'成言'，谓成其要约之言也。"这是从来注家未曾明白郑重指出的，可谓卓识。按"成言"即成约。古者国际缔结和约，也叫做"行成"。以前有了成约，后来中途改变了，这显然是指他初见信任，后中谗言的事。黄昏为期的话，若说得干脆一点，与宋词的"月上柳梢头，人约黄昏后"的黄昏也没有两样。不过屈子所谓的"黄昏"为古礼，是正式的；而宋词所谓的"黄昏"非正式的罢了。所以《楚辞》中的词句，千万不可随便看过。要一字一句的认真读下去，方能了然于作者的真意所在。

五、女媭。《离骚》在第二大段的开头，假设一个女媭来责备他。如云："女媭之婵媛兮，申申其詈予。"王逸以为女媭是屈原的姊姊，大约是根据贾逵之说（见《说文》引贾侍中说）。屈子有无姊姊不可考。《水经注·江水篇》引袁山松的话，竟说屈原有贤姊，闻他放逐，归来劝慰他，故名其地曰秭归。县北有屈子故宅，宅东有女媭庙，捣衣石犹存。"秭"与"姊"同音，这显然是后人因王注而附会的，很是可笑。所以许多注家都说：楚人通称妇人为"媭"，是不错的。按《史记·高后纪》："太后女弟吕媭之夫。"又《陈丞相世家》：

"樊哙乃吕后弟吕媭之夫。"那么，楚人也称妹妹为"媭"。《易经》"归妹以媭"，便是很早的旁证。怎么可以硬解作姊姊呢？所以我的看法，这"女媭"不过是一个假设的老太婆——与他有相当关系的老太婆。说得文雅一点，只是师傅保姆之类罢了。说到这里，我们应该会很自然的联想到：原来屈子是以女子自比的。女子得罪了丈夫，由得宠而至于被弃，大概保姆们应该会责骂他脾气太坏了罢？所以说"汝何博謇而好修兮，纷独有此姱节？"又说："世并举而好朋兮，夫何茕独而不予听！"女媭骂他太刚直了，太特异了，多觚棱了；劝他稍微随俗一点，何必那样矜才使气的得罪人，因而连丈夫也不欢喜他了。若把"女媭"解作屈姊，不但此义不明，反而令人怀疑：何以父母兄弟们都不骂他，偏偏一个老姊姊来骂他？岂不可怪？

六、灵修。《楚辞》中的"修"字，大概都有"美"的意义。《离骚》云："纷吾既有此内美兮，又重之以修能。"又云："老冉冉其将至兮，恐修名之不立。"又云："謇吾法夫前修兮，非世俗之所服。"又云："余虽好修姱以靰羁兮，謇朝谇而夕替。"又云："民生各有所乐兮，余独好修以为常。"又云："汝何博謇而好修兮，纷独有此姱节？"又云："不量凿而正枘兮，固前修以菹醢。"又云："两美其必合兮，孰信修而慕之？"又云："苟中情其好修兮，又何必用夫行媒？"又云："岂其有他故兮，莫好修之害也！"又《哀郢》云："憎愠愉之修美兮，好夫人之慷慨。"又《抽思》云："恕吾以其美好兮，览余以其修姱。"又《橘颂》云："纷缊宜修，姱而不丑兮。"以上这些"修"字，都可作"美"字解，所以常拿"修美""修姱"连举。又按"修"本有"长"义，故古人亦以长为美。《诗·硕人》"硕人其颀"，颀是长貌。《战国策·齐策》："邹忌修八尺有余，而容貌昳丽。"都是以长为美的条件的根据。至于"灵修"，除《九歌·山鬼》外，《离骚》中凡三见。如云："指九天以为正兮，夫惟灵修之故也。"又云："余既不难夫离别兮，伤灵修之数化。"又云："怨灵修之浩荡兮，终不察夫民心。"这三个"灵修"，当然是指楚怀王。"修"本是美人，谓之"灵"者，大概是因为那时怀王已死的缘故吧？就字面说，犹言先夫；就意义说，犹言先王。已经见弃的妇人一心一意想归返夫家；但不幸丈夫又死了，当然是人间最痛心的事。屈原既放，怀王入秦而不反，至顷襄王时，其境遇正如同弃妇更变成寡妇了。

七、求女。《离骚》第二大段之末，有求女一节。他在登阆风，反顾流涕，哀高丘之无女以后，又想求虑妃，见有娀，留二姚。而三次求女，都归失败。这一节的真正意义，从来注家都不了解。有的说，求女比求君；有的说，求女比求贤，又有的说，求女比求隐士；更有的说，求女比求贤诸侯；或者竟又以为真是求女人。越讲越胡涂，越支离，令人堕入云雾。这是《离骚》中一大难题。其实，屈原之所谓求女者，不过是想求一个可以通君侧的人罢了。因为他既自比弃妇，所以想要重返夫家，非有一个能在夫主面前说得到话的人不可。又因他既自比女子，所以通话的人当然不能是男人，这是显然的道理，所以他所想求的女子，可以看作使女婢妾等人的身分，并无别的意义。可是君门九重，传言不易；兼之世人嫉妒者多，都不愿为他说话，结果只是枉费一番心思。所以他接着又总结这段括说："世溷浊而嫉贤兮，好蔽美而称恶。"又说："闺中既已邃远兮，哲王又不寤。"然后屈子至此，回到君侧的企图也真绝望了。正如妇人被弃以后，想再同到夫家的闺中已是不可能的了。

八、媒理。惟其他自比为女子，为弃妇，所以《楚辞》中的"媒"、"理"二字也特别多。例如《离骚》云："苟中情其好修兮，又何必用夫行媒？"（按《离骚》又有蹇修为理及理弱媒拙的话；但非对他自己而言，故不为例。）又《抽思》云："好姱佳丽兮，胖独处此异域。既茕独而不群兮，又无良媒在其侧。"又云："理弱而媒不通兮，尚不知余之从容。"又云："路远处幽，又无行媒兮。"《思美人》云："媒绝路阻兮，言不可结而诒。"又云："令薛荔而为理兮，惮举趾而缘木；因芙蓉而为媒兮，惮褰裳而濡足。"凡此所云"媒"、"理"都是针对女人说话。这女子是谁呢？当然就是屈原自己。既然屈原自比弃妇，所以媒理的作用无非想请来替他说话，替他帮忙，如同上面所求的"女"。

九、其他。此外还有几点，一并提出来讲。惟其屈子以女子自比，所以说："众女嫉余之蛾眉兮，谣诼谓余以善淫。"《离骚》又说："妒佳冶之芬芳兮，嫫母姣而自好；虽有西施之美容兮，谗妒入以自代。"（《惜往日》）惟其以女子自比，所以《楚辞》中"嫉"、"妒"二字也特别多。例如说："世溷浊而不分兮，好蔽美而嫉妒。"又说："世溷浊而嫉贤兮，好蔽美而称恶。"又说："何琼佩之偃蹇兮，众薆然而蔽之；惟此党人之不谅兮，恐嫉妒而折之。"（以上《离骚》）又说："忠湛湛而愿进兮，妒被离而鄣之。"又说："尧舜之抗行兮，了杳杳而薄天；众谗人之嫉妒兮，被以不慈之伪名。"（以上《哀郢》）又说"心纯庞而不泄兮，遭谗人而嫉之。"又说："自前世而嫉贤兮，谓蕙若其不可佩。"（以上《惜往日》）惟其以女子自比，所以常常欢喜哭泣。如《离骚》云："长太息以掩涕兮，哀民生之多艰。"又云："曾歔欷余郁邑兮，哀朕时之不当。揽茹蕙以掩涕兮，沾余襟之浪浪。"惟其以女子自比，所以喜欢陈词诉苦。如《离骚》云："济沅湘以南征兮，就重华而陈词。"又云："跪敷衽以陈词兮，耿吾既得此中正。"（《惜诵》）又云："令五帝以折中兮，戒六神与向服；俾山川以备御兮，命咎繇使听直。"……凡此种种，都是描写十足的女性——我国旧时的十足的女性。读者若是随便的放过他们，我真要为《楚辞》叫屈了。

我常常想：自汉以来，真正懂得《楚辞》上述作意的究有几人？从头至尾数一数：西汉有淮南王刘安，南宋有朱考亭，只有他们读《楚辞》很细心，很能体会《楚辞》细微的地方。朱子的话，上文已略略引过了，不必重述。淮南王的话则见于《离骚》。他说："《国风》好色而不淫，《小雅》怨诽而不乱。若《离骚》者，可谓兼之。"（见《史记·屈原传》及班固《离骚序》引。）"《小雅》怨诽而不乱"这句话暂且不管，何谓"《国风》好色而不淫"呢？这就是说：《楚辞》尽管讲"女人"，但都是借为政治的譬喻，而并非真讲"女"。犹之《关雎》一诗，虽曰"乐得淑女，以配君子"，而却"忧在进贤，不淫其色"。（汉人说《诗》的见解，虽不可恃，却可在此借用。）他对于《楚辞》的认识和批评可谓"要言不烦"了。

三　余论

我国文学上的习语，常把"风骚"二字连起来说。"风"是《国风》，有时代表全部《诗经》；"骚"是《离骚》，有时代表全部《楚辞》。但我以为：与其说"风骚"代表《诗经》和《楚辞》，倒不如说代表女性；因为它们都是欢喜谈"女人"的。杜甫《戏为六绝句》云：

纵使卢王操翰墨，劣于汉魏近《风》、《骚》。

为什么汉、魏的诗近于"风骚"呢？因为他们爱用"比兴"体也是理由之一。例如爱谈"女人"，常借着"女人"来作为别一种意义的象征。你若不相信，让我来数一数关于"女人"的汉、魏诗罢：

真是谈"女人"的，有乐府古辞的《艳歌罗敷行》、《陇西行》、《东门行》、《病妇行》、《艳歌何尝行》、《白头吟》，《鼓吹铙歌》的《有所思》、《上邪》，古诗的《焦仲卿妻》、"上山采蘼芜"，及李延年的《佳人歌》，辛延年的《羽林郎》，宋子侯的《董娇饶》，蔡邕和陈琳的《饮马长城窟》，左延年的《秦女休行》等篇。可能是谈"女人"的，有题作苏武诗的"结发为夫妻"一首，《古诗十九首》的"行行重行行"、"青青河畔草"、"冉冉孤生竹"、"凛凛岁云暮"、"孟冬寒气至"、"客从远方来"等首，及张衡的《同声歌》。徐干的《室思》和《杂诗》，甄后的《塘上行》，曹植的《妾薄命》等首。虽谈"女人"而绝对不是谈"女人"的，有张衡的《四愁诗》，繁钦的《定情诗》，曹植的《美女篇》、《弃妇篇》、《七哀诗》，及《杂诗》的"南国有佳人"、"揽衣出中闺"，阮籍《咏怀诗》的"二妃游江滨"、"西方有佳人"、"朝出上东门"等首。我不能再举了，以上这些诗表面上没有一首不谈"女人"。而没有"女人"的字样，而内容大概还是指"女人"的，如《古诗十九首》中的"涉江采芙蓉"、"庭中有奇树"、"明月何皎皎"等首尚不在其内。汉、魏的诗歌具在，你可以算算它们谈"女人"的百分比了。于此，我们可以想到，汉、魏诗之所以爱谈"女人"，必是因为时代和"风骚"接近，而容易受其影响的缘故。所以说汉、魏的诗近"风骚"，——尤其是"骚"。后来杜甫的《佳人》，孟郊的《烈女操》，张籍的《节妇吟》，陈师道的《妾薄命》，以及一切寄托于妇人女子以抒写作者情意的诗篇都是屈原这种关心并重视妇女的作风的承继。

原为1943年在西南联大文史讲座演讲，收入《楚辞论文集》，
古典文学出版社，1957

由《墨子》引经推测儒墨两家与经书之关系

罗根泽

（二一，五六月，《国立北平图书馆馆刊》第六卷第三号，原名《墨子引经考》，兹略加增补，改标此题。）

一　叙意

经名之产生甚晚，春秋战国仅以《诗》、《书》……称之，未有缀以"经"字者。然"名无固宜，约定俗成谓之宜"，世既公认《诗》、《书》等书为经，则袭名为经，固为不可。

《墨子》、《汉志》著七十一篇，今存者五十三篇，《备城门》以下十一篇为汉人伪托（1），余四十二篇虽泰半不出墨翟之手，然确可代表墨家之说。其中引《诗》者十一则，以校除重复一则，实十则。在此寥寥十则中，不见今本《诗经》者至有四则之多；其余与今本次序不同者三则；字句不同者二则；大致从同者，止一则而已。引《书》者三十四则，以校除重复五则，实二十九则。在此二十九则中，篇名文字俱不见《今古文尚书》者至有十四则之多；其余篇名文字与《今文尚书》不同者一则；文字不见《今文尚书》者六则；引《泰誓》而不见今本者二则，与今本有出入者二则，《泰誓》虽在今文，但传出于河内女子，不得与伏生所传并论；引《诗》、《书》不明而可附于《书》者一则，亦不见于《今古文尚书》。统上二十六则，非不见于《今古文尚书》，即与《今古文尚书》大异。与《今文尚书》虽字句有异同，而大体无殊者止有三则，而此三则又止在《吕刑》一篇。故概括言之，即谓《墨》所引《书》，与《今古文尚书》全殊，亦无不可也。古人引书，不沾沾于旧文，故字句每有改窜，然悬殊至此，则不能一委于引者所改窜也。

《墨子·节葬下》曰："今逮至昔者三代圣王既没，天下失义，后世之君子，或以厚葬久丧为仁也、义也，孝子之事也；或以厚葬久丧以为非仁义，非孝子之事也。曰，二子者，言则相非，行即相反，皆曰吾上祖述尧舜禹汤文武之道者也；而言即相非，行即相反于此乎？后世之君子，皆疑惑乎二子者言也。"《韩非子·显学篇》曰："孔子墨子俱道尧舜，而取舍不同，皆自谓真尧舜；尧舜不复生，将孰能定儒墨之诚乎？" 由此知春秋之末，战国之初，诸子百家，其"托古立说"，盖为不可掩之事实。孔子谓："夏礼吾能言之，杞不足征也，……文献不足故也。"又曰："周监于二代，郁郁乎文哉，吾从周。" （并见《论语·八佾篇》。）而墨子则斥儒家曰："子法周而未法夏也，子之古非古也。"（《墨子·公孟篇》，墨子斥儒家公孟子语。）比而观之，最足以显示儒家从周，墨家法夏之原因。此在诸子争鸣，互诋为"呼先王以欺愚者"（《荀子·儒效篇》），而在吾人视之，则直是《庄子》所谓"重言"。重言者何，《庄子》曰："所以己言也，是为耆艾。"（《寓言篇》。）王先谦《庄子集解》于"重言十七"下释曰："庄生书……其托为神农黄帝尧舜孔颜之类，言足为世重者，又十有其七。" 兹再以今语释之，即托古为世重者以立说也。

　　然托古立说能有古书为证，更可以坚人之信。《史记·孔子世家》曰："孔子之时，周室微而礼义废，《诗》、《书》缺。追迹三代之礼，序《书传》，上纪唐虞之际，下至秦缪，编次其事……故《书传》、《礼记》自孔氏。孔子语鲁太师：'乐其可知也，始作翕如，纵之纯如，皦如，绎如也，以成。'吾自卫返鲁，然后乐正，《雅》、《颂》各得其所。古者《诗》三千篇，及至孔子，去其重，取可施于礼义，上采契后稷，中述殷周之盛，至幽厉之缺，始于衽席。故曰：《关雎》之乱，以为《风》始，《鹿鸣》为《小雅》始，《文王》为《大雅》始，《清庙》为《颂》始。三百五篇，孔子皆弦歌之，以求合《韶》、《武》雅颂之音。礼乐自此可得而述，以备王道，成六艺。"近今学者对此多持异议，予亦力诋此说者（详拙撰《诸子概论讲义》）。今观《墨子》所引《诗》、《书》，率与今本不同，《尚书》厄于秦火，尚可委之残毁，《诗经》则未受秦火影响者也，而亦大异。且《尚书》异者有什七八，固亦不可一委于残毁。《孟荀》两书，皆喜引《诗》、《书》，固亦时有与今本异者，然同者多，异者极鲜（当别为《孟子引经考》，《荀子引经考》以证之），如谓火于秦，则《孟》、《荀》所引，亦当如《墨子》所引之与今本大异也。今《孟》、《荀》儒家书所引者，略同今本，墨家所引者，则悬殊太甚；今本举世知篇儒家所传，被有浓厚之儒家色彩，则孔子"删《诗》、《书》，定礼乐"之说，虽难遽信，而其经过儒家之修饰润色，殊有极深之嫌疑。余喜籀诸子，对经书之根柢甚浅，对此问题，未敢遽然判断；愿提起公诉，以与治经学者共商兑焉。此予不惮烦琐，录考《墨子》引经之意也。至《伪古文尚书》及《泰誓》，观此益知为晚出，犹其余事耳。

（1）详朱希祖先生《墨子·备城门》以下二十篇系汉人伪书说，见《清华周刊》第三十卷第九期。朱云二十篇者，并亡者九篇计也。

二　引《诗》十则

（甲）不见今本《诗经》者四则

（a）《诗》曰："必择所堪（1），必谨所堪（1）。"（《所染篇》）

（1）王念孙云："堪当为读湛，湛与渐渍之渐同。……湛渍皆染也。……"案《墨子》此篇名《所染》，自首至尾皆阐明染之功能，则王说是也。

（b）《周颂》道之曰："圣人之德，若天之高，若地之普。其有昭于天下也，若地之固，若山之承，不坏不崩；若日之光，若月之明，与天地同常。"（《尚贤中》）

俞樾云："此文疑有错误，当云："圣人之德，昭于天下，若天之高，若地之普；若山之承，不坏不崩；若日之光，若月之明，与天地同常。"盖首四句下普隔句为韵，中二句承崩为韵，末三句光明常为韵，皆每句协韵。"昭于天下"句传写脱去，而误补于"若地之普"下，则首二句无韵矣。又增"其有也"三虚字，则非颂体矣。既云"若地之普"，又云"若地之固"，重复无义，故知其错误也。"

（c）《周诗》曰："王道荡荡，不偏不党；王道平平，不党不偏。其直若矢，其易若底，君子之所履，小人之所视。"（《兼爱下》）

按《书·洪范》曰："无偏无党，王道荡荡；无党无偏，王道平平。"与此处引《诗》前四句略同。《史记·张释之冯唐传·赞》引《书》曰："不偏不党，王道荡荡；不党不偏，王道便便。"《说苑·至公篇》第一条引《书》曰："不偏不党，王道荡荡。"孙诒让据此谓"古《诗》、《书》亦多互称"，并引《战国策·秦策》引《诗》云"《大武》远宅不涉"，谓即《逸周书·大武篇》所云"远宅不薄"，言"可以互证"。按《逸周书》之真伪极有问题，如无他据，只以此作证，实甚危险。《诗》自《诗》，《书》自《书》，何得互称？《洪范》之著作，在战国末秦统一以前，友人刘君子植（节）有详论（刘君《洪范疏证》，见《东方杂志》第二十五卷第二号）。《墨子》明标《周诗》，则出于《周诗》甚明；今本不载，足征《墨子》所见之《诗》，与儒家所传者不同。《洪范》以前，无谓此数语出于《书》者；谓此数语出于《书》者，皆在《洪范》之后。籀诵全文，确为诗体，与散文之《尚书》不同，益知《洪范》之成书甚晚也。又"其直若矢"四句，今见《小雅·大东篇》，惟两"若"字作"如"，两"之"字皆无，余均同。以其与上文连引，似出一篇；果尔，"王道荡荡"四句，亦当为《大东篇》语，而今本不见，亦墨子所见《诗》与儒家所传《诗》不同之证也。

（d）《诗》曰："鱼水不务，陆将何及乎？"（《非攻中》）

王念孙云："陆将何及乎，不类诗词，乎字盖浅人所加。"

（乙）与今本《诗经》次序不同者三则

（a）《诗》曰："我马维骆，六辔沃若，载驰载驱，周爰咨度。"又曰："我马维骐，六辔如丝，载驰载驱，周爰咨谋。"（《尚同中》）

按此见《小雅·皇皇者华》，除"若丝"之"若"字《小雅》作"如"外，均从同。但"我马维骐"，在《小雅》为第三章；"我马维骆"，为第四章。《墨子》先引"我马维骆"，次引"我马维骐"，日缀以"又曰"二字，足征其所见之《诗》，其次序与今本不同；否则当先"我马维骐"，次"我马维骆"，连属书之，无庸复标"又曰"也。

（b）《大雅》之所道曰："无言而不雠，无德而不报；投我以桃，报之以李。"（《兼爱下》）

按前二句见《大雅·抑》第六章，惟彼无两"而"字；后二句见《抑》第八章。此为截句摘引，抑所见如此，不可知；但如此，文义确甚联属，则似乎所见如此也？

（c）《大雅》曰："文王在上，于昭于天。周虽旧邦，其命维新。有周不显，帝命不时。文王陟降，在帝左右。穆穆文王，令闻不已。"（《明鬼下》）

按此见今本《诗经·大雅·文王篇》，惟彼自"文王在上"，至"在帝左右"，为第一章；"穆穆文王"二句为第二章之首二句，且"穆穆"作"亹亹"。

（丙）与今本《诗经》字句不同者二则

（a）《诗》曰："告女忧恤，诲女予爵（1）。谁能执热，鲜不用濯？"（《尚贤中》）

（1）"爵"原作"郁"，依卢文弨、毕沅、王念孙等校改。

按此见《大雅·桑柔篇》，彼作："告尔忧恤，诲尔序爵。谁能执热，逝不用濯？"

（b）《周颂》之道之曰："载来见彼王，聿求厥章。"（尚同中）

按此见《周颂·载见篇》，彼作："载见辟王，曰求厥章。"

（丁）与今本《诗经》从同者一则

（a）《皇矣》道之曰："帝谓文王，予怀明德，不大声以色，不长夏以革，不识不知，顺帝之则。"（《天志中》）《大夏》（1）之道之然："帝谓文王，予怀明德，毋大声以色，毋长夏以革，不识不知，顺帝之则。"（《天志下》）

（1）俞樾云："《大夏》即《大雅》也。夏雅古字通。《荀子·荣辱篇》曰：'越人安越，楚人安楚，君子安雅。'《儒效篇》曰：'居楚而楚，居越而越，居夏而夏。'是夏与雅通也。"

按此《大雅·皇矣》第七章文，《天志中》"不大声以色，不长夏以革"二"不"字，《天志下》引作"毋"，今本《诗经》作"不"，余均同。

三　引《书》二十九则

（甲）篇名文字俱不见《今古文尚书》者十四则

（a）先王之书《距年》之言也，传曰："求圣君哲人，以裨辅而身。"（《尚贤中》）先王之书《竖年》之言然曰："晞夫圣武知人，以屏辅而身。"（《尚贤下》）毕沅于《尚贤中》曰："距年，下篇作竖年，犹云远年。"按此言非是。《距年》，显为先王之书之篇名，《墨子》书中此种句法甚多。《尚贤中》传曰之"传"字，据下篇明为衍文，或"然"字之误。距在语韵，竖在麌韵，古同在第五部，故可通假。孙诒让曰："裨辅不当有圣君，'君'盖亦'武'字之讹。"晞，毕沅疑当从目，孙诒让曰："毕说是也。《说文·目部》：'晞，望也。'"按《伪古文尚书·伊训》云："敷求哲人，俾辅于尔后嗣。"盖出于此。

（b）先王之书《术令》之道曰："唯口，出好，兴戎。"（《尚同中》）

苏舆云："出《大禹谟》。"孙诒让云："诒让案，术令当是说命之叚字。《礼记·缁衣篇》，《兑命》曰：'惟口起羞，惟甲胄起戎，惟衣裳在笥，惟干戈省厥躬。'郑注云，'兑当为说，谓殷高宗之臣傅说也；作书以命高宗，《尚书》篇名也。羞犹辱也，惟口起辱，当慎言语也。'案此文与彼引《兑命》辞义相类，术说令命音并相近，必一书也。晋人作《伪古文尚书》不悟，乃以窜入《大禹谟》，疏谬殊甚。近儒辩《古文尚书》者，亦皆不知其为《说命》佚文，故为表出之。"泽案：《墨子》所引之书，不惟语句多不见于《今文尚书》，篇名亦多不见于《今古文尚书》，不必以《今古文尚书》强相缘附。"术令"显为篇名；但孙氏谓为《说命》，则未必然也。以声音通假解古书，应有相当限制，否则子莫魏牟为一人 (1)，庄周杨朱非二子 (2)，其淆溷错谬，不知夷于胡底！《兑命》曰："惟口起羞，惟甲胄起戎。"言惟口可以兴起羞辱，惟甲胄可以兴起兵戎。此文曰："惟口出好兴戎"，言惟口一方面可以出好，一方面又可以兴戎。故《墨子》于引此言后，为之申其义曰："则此言善用口者出好，不善用口者以为谗贼寇戎，则岂口不善哉，用口则不善也。"两文辞义绝不相类，乌得谓为《说命》佚文？

(1) 以子莫魏牟为一人，亦孙诒让说，见《籀庼述林子莫学说考》。 其实非是，详《国学论丛》第一卷第四号拙撰《子莫魏牟非一考》。

(2) 以庄周杨朱为一人，倡始于日人久保天随，而吾国蔡元培先生亦有同样主张，说详蔡著《中国伦理学史》。 其实非是，说详唐钺先生《国故新探杨朱考》，《哲学月刊》二卷一期，《中大季刊》一卷一号，黄文弼先生《杨朱为战国时人杨朱不即是庄周考》。

(c) 先王之书《相年》之道曰："夫建国设都，乃作后王君公，否用泰也；轻 (1) 大夫师长，否用佚也；维辩使治天均。"（《尚同中》）

(1) 毕沅曰："轻当为卿。"
按毕沅曰："相年当为距年，"未悉碻否？

(d) 虽《禹誓》即亦犹是也，禹曰："济济有众，咸听朕言：非惟小子敢行称乱，蠢兹有苗，用天之罚，若予既率尔群对诸 (1) 群，以征有苗。"（《兼爱下》）

(1) 惠栋云："群犹君也。《周书·太子晋》云：'侯能成群谓之君。'

《尧典》言'群后'。"孙诒让云："惠说近是。此'群对诸群'，当读为"群封诸君"，封与邦古音近通用，封对形近而误。群封诸君，言众邦国诸君也。"按《今古文尚书》皆无《禹誓》，《古文》有《大禹谟》，未悉与此同否。今《尚书·大禹谟》，乃伪古文。其言曰："济济有众，咸听朕言：蠢兹有苗，昏迷不恭，侮慢自贤，反道败德，君子在野，小人在位，民弃不保，天降之咎。肆予以尔众士，奉辞罚罪；尔尚一乃心力，其克有勋。"

(e) 虽即《汤说》亦犹是也，汤曰："非予小子履，敢用玄牡告于上天后曰：'今天大旱，即当朕身履，未知得罪于上下；有善不敢蔽，有罪不敢赦，简在帝心。万方有罪，即当朕身；朕身有罪，无及万方。'"（《兼爱下》）

按《今古文尚书》皆无《汤说》。《论语·尧曰篇》云："曰予小子履，敢用玄牡，敢昭告于皇皇后帝：有罪不敢赦，帝臣不蔽，简在帝心。朕躬有罪，无以万方；万方有罪，罪在朕躬。"孔安国注云："此汤伐桀告天之文。……《墨子》引《汤誓》，其辞若此。"此处有三个问题：一，据此似孔安国所见《墨子》作《汤誓》不作《汤说》；其实不然，《墨子》于此文以后曰："不惟誓命与《汤说》为然"，不容两处均误，故知作《汤说》是也。二，彼以为伐桀告天之文，与此以为因旱祷天者不同，如孔说有所受，则足以为儒墨所传不同之证矣。后来《伪古文汤诰》，亦以为伐桀告天之文，其词曰："……肆台小子，将天命明威，不敢赦；敢用玄牡，敢昭告于上天神后，请罪有夏。聿求元圣，与之戮力，以与尔有众请命上天，孚佑下民。罪人黜服，天命弗僭，贲若草木，兆民允殖。俾予一人，辑宁尔邦家。兹朕未知获戾于上下，栗栗危惧，若将陨于深渊。凡我造邦，无从匪彝，无即慆淫，各守尔典，以承天休。尔有善，朕弗敢蔽；罪当朕躬，弗敢自赦，惟简在上帝之心。其尔万方有罪，在予一人；予一人有罪，无以尔万方。……"三，《论语》"曰予小子履"前，其文为"尧曰：'咨尔舜，天之历数在术躬，允执厥中；四海困穷，天禄永终。'舜亦以命禹"云云。依普通文法，"曰"下一段文字，当为舜命禹之词；孔氏解为汤伐桀告天之文，未悉何本？不知确否？伪《汤诰》孔疏云："郑玄解《论语》云：'用玄牡者，为舜命禹事。……'"设《论语》真以此段为舜命禹事，则儒墨所传，更绝对不同也。

(f) 先王之书《训天明不解》之道也知之，曰：'明哲维天，临君下土(1)。"（《天志中》）

(1) 土，原作出，依王引之校改。

按《小雅·小明》曰："明明上天，照临下土。"与此相近；但此曰"先王之书《训天明不解》之道也"云云，则非《诗》矣。惟"训天明不解"不似篇名，疑有讹误。

(g)《禽艾》之道之曰："得玑无小，灭宗无大。"（《明鬼下》）

翟灏曰："《逸周书·世俘解》有禽艾侯之语，当即禽艾。"苏舆云："《禽艾》，盖逸《书》篇名。《吕览·报更篇》云：'此《书》之所谓德几无小者也，'得玑与德几古字通用。"孙诒让曰："案苏说是也。《说苑·复恩篇》云：'此《书》之所谓德无小者也'，疑即本此。今书《伪古文伊训》亦云：'惟德罔小。'"泽案：以为《逸书》篇名是也；以"德几"释"得玑"非也。毕沅曰："此即爨祥字。"检此文"得玑无小，"与"灭宗无大，"相对成文，则"得"如字，为动词，不能以抽象名词之"德"字释也。《墨子》采此，本以证明有鬼，于引二句后，复申明其义曰："则此言鬼神之所赏，无小必赏之；鬼神之所罚，无大必罚之。"则解"玑"为"爨"是也。《逸周书·世俘解》虽有禽艾侯，而律以《墨子》之文法，凡言某某之道之曰者，概皆书名或篇名，则苏说是，翟说非；倘《逸周书·世俘解》之禽艾侯为人名而兼篇名，则翟说亦是也。《吕览》引作"德几无小，"《说苑》引作"德无小"；"德无小，"盖"德几无小"之省文，此作"得玑无小"；如同出一源，则儒墨所传不同，益显然矣。

(h) 先王之书汤之《官刑》有之曰："其恒舞于宫，是谓巫风。其刑：君子出丝二卫 (1)，小人否，似二伯黄径。乃言曰："'舞佯佯 (3)，黄 (4) 言孔章，上帝弗常，九有以亡；上帝不顺，降之百殃，其家必坏丧！'"（《非乐上》）

(1) 毕沅云："此纬字假音。《说文》云，'纬'织横丝也。'"孙诒让云："案纬非丝数量之名，毕说未允；卫当为术。术与遂古通，《月令》'径术'，郑注读为遂，是其例。《西京杂记》邹长倩《遗公孙弘书》云：'五丝为缦，倍缦为升，倍升为緎，倍緎为纪，倍纪为緵，倍緵为襚。'遂即襚也。此假借作术，又讹作卫，遂不可通耳。"

(2) 孙诒让云："此有脱误。"

(3) 吴钞本作洋洋。毕沅云："舞当为舞，舞与谟音同，孔书作'圣谟洋洋。'"顾千里云："此正是舞字，故用之以非乐，二十五篇书，何足据耶?"泽案:顾说是。《今伊训》乃伪古文,不足据;假使本于孔氏,益足证明儒墨所传之不同矣。

(4)毕沅云:"黄,孔书作嘉,是。"王引之云:"毕说非也。'舞佯佯,黄言孔章,上帝弗常,九有以亡',即下文之'万舞翼翼,章闻于天,天用弗式'也。此承上文言耽于乐者,必亡其国,故下文云:"察九有之所以亡者,徒从饰乐也。'东晋人改其文曰:'圣谟洋洋,嘉言孔彰,惟上帝不常',则与墨子非乐之意了不相涉,而毕反据之以改原文,慎矣。"孙诒让云:"案王说是也。黄,疑当作其。其,篆文作算,黄古文作芄,二字形近。"

案《今古文尚书》皆无《官刑》,足征墨家所传与儒家不同。《伪古文伊训》曰:"制官刑儆于有位曰:'敢有恒舞于宫,酣歌于室;时谓巫风;敢有殉于货色,恒于游畋,时谓淫风;敢有侮圣言,逆忠直,远耆德,比顽童,时谓乱风。惟兹三风十愆,卿士有一于身,家必丧;邦君有一于身,国必亡。臣下不匡,其刑墨。具训于蒙士。呜呼,嗣王祗厥身,念哉!圣谟洋洋,嘉言孔彰,惟上帝不常,作善降之百祥,作不善降之百殃。尔惟德罔小,万邦惟庆;尔惟不德罔大,坠厥宗。'"明出于此,而辞义大殊,亦今本古文乃伪书之证也。如《伊训》不出于此,而别有所承,或竟是孔安国之旧,则儒墨所传不同,抑更验矣。

(i)《武观》曰:"启乃(1)淫溢康乐,野于饮食,将铭苋磬以力(2),湛浊于酒,渝食于野,万舞翼翼,章闻于天(3),天用弗式。"(《非乐上》)

(1)惠栋云:"启乃当作启子。"江声云:"启子,五观也。启是贤王,何至淫溢?据《楚语》士亹比五观于朱均管蔡,则五观是淫乱之人,故知此文当为启子;乃,字误也。"孙诒让云:"此即指启晚年失德之事,乃非子之误也。《竹书纪年》及《山海经》皆盛言启作乐,《楚辞》、《离骚》亦云,'启《九辩》与《九歌》,夏康娱以自纵,不顾难以图后兮,五子用失乎家巷,'并古书言启淫溢康乐之事。淫溢康乐即《离骚》所谓'康娱自纵'也。王逸《楚辞注》云:'夏康,启子太康也。'亦失之。"

(2)此处有挩误,各家笺释,皆不免附会。

(3)原作大,依惠栋、江声、毕沅等校改。

孙诒让曰:"《国语·楚语》云:'启有五观。'韦注云:'观,洛汭之地。'

《水经》巨洋水，郦注云："《国语》曰，启有五观，谓之奸子。五观盖其名也，所处之邑，其名为观。'《左传》昭元年，杜注云："观国，今顿丘卫县。'毕云："《汲郡古文》云："帝启十年，放王季子武观于西河。十五年，武观以西河叛，彭伯寿帅师征西河，武观未归。"注："武观，五观也。"《楚语》士娓曰："夏有五观。'韦昭云："五观，启子，太康昆弟也。'《春秋传》曰："夏有观扈。'惠栋云："此《逸书》，叙武观之事，即《书叙》之五子也。'《周书·尝麦》曰："其在夏之五子，忘伯禹之命，假国无正，用胥兴作乱，遂凶厥国，皇天哀禹，赐以彭寿，思正夏略。'五子者，武观也。彭寿者，彭伯也。《五子之歌》，《墨子》述其遗文，《周书》载其逸事，与《内外传》所载无殊；且孔氏《逸书》，本有是篇，汉儒习闻其事，故韦昭注《国语》，王符撰《潜夫论》，皆依以为说。"泽案：孔氏古文有《五子之歌》，无《武观》，武观乃一人之名，不足以代表五子。彼云《五子之歌》，则当为五人共作，故《伪古文》亦云："太康失邦，昆弟五人，须于洛汭，作《五子之歌》。"且彼五子者乃愤太康之逸豫；此《武观》之词，依孙诒让说则淫溢者为启，依惠栋、江声说则为启子武观，与彼截然不同。设孔氏古文《五子之歌》，与《墨子》所引《武观》同源，益可以证明儒墨所传各异也。

(j)《仲虺之告》曰："我闻于夏人，矫天命，希命于下，帝伐（1）之恶，龚丧厥师。"（《非命上》）

先生之书《仲虺之告》曰："我闻有夏人，矫天命，希命于下，帝式是恶，用阙师。"（《非命中》）

《仲虺之告》曰："我闻有夏人，矫天命于下，帝式是增（2），用爽厥师。"（《非命下》）

(1) 毕阮云："《非命中》作'式是恶，'式伐形相近，之是音相近也"。
(2) 江声云："增读当为憎。"

案《今古文尚书》皆无《仲虺之告》，今《尚书仲虺之告》，乃伪古文，袭此文，又略为润色之。其词曰："夏王有罪，矫诬上帝，以希命于下。帝用不臧，式商受命，用丧厥师。"

(k) 武王以《太誓》非之，有于《三代不国》有之曰："女毋崇天之有命也。"（《非命中》）

孙诒让云："上有字当读为又。苏云：'所引盖古《逸书》，不字疑误。'

诒让案：不疑当作百，《三代》、《百国》或皆古史记之名。《隋书·李德林传》引《墨子》云：'吾见百国春秋'。"案：依孙说《三代》、《百国》皆古史记之名，则《三代》为一书名，《百国》亦为一书名，于引书惯例不合。此言："武王以《太誓》非之，又（有）于《三代不国》有之曰"，则谓有古《逸书》，似乎近之；不过"三代不国"不类篇名，盖文有误。

（l）于召公之《执令》于然且（1）："敬哉，无天命，惟予二人，而无造言，不自天降之哉，得之（2）。"（《非命中》）

（1）毕沅云："当为曰。"
（2）孙诒让云："疑当作'不自天降，自我得之。'"

孙诒让云："此有挩误，疑当作'于召公之非执命亦然'。召公盖即召公奭，亦《周书》佚篇之名。"泽案：依孙说则《召公》当以人名篇，似改字太多。余意"执令"当为篇名，召公乃《执令》之作者；《墨子》此种句法甚多，如"武王以《太誓》非之"，"禹之《总德》有之"，皆是也。要之，无论《召公》为篇名，抑《执令》为篇名，均不见于《今古文尚书》。

（m）禹之《总德》有之曰："允不著（1），惟天民而不葆（2）。既防凶心，天加之咎，不慎厥德，天命焉葆。（《非命下》）

（1）孙诒让云："著，疑当为若，允不若，信不顺也。"
（2）吴钞本惟作唯。毕沅云："而同能，葆同保。"
按苏舆云："《总德》，盖《逸书》篇名，"此言甚是。

（n）先生之书《子亦》有之曰："元（1）傲也，出于子不祥。"（《公孟篇》）

（1）原作亦，依毕校改。
戴望云："子亦疑当作元子；元，古其字；其子即箕子，《周书》有《箕子篇》，今亡，孔晁作注时当尚在也。" 案戴所谓《周书》，乃《汲冢周书》，《尚书》中之《周书》则今古文皆无《箕子篇》也。

（乙）篇名文字与《今文尚书》不同者一则

(a)《夏书·禹誓》曰（《明鬼下》）：	《尚书甘誓》：
大战于甘，王乃命左右六人，	大战于甘，乃召六卿。
下听誓于中军，曰："有扈氏威侮五行，怠弃三正，天用剿绝其命。"	王曰："嗟！六事之人，予誓告汝：
有曰："日中，今予与有扈氏争一日之长。且尔卿大夫庶人，予非尔田野葆土①之欲也；予共行天之罚也。左不共于左，右不共于右，若不共命；	有扈氏威侮五行，怠弃三正，天用剿绝其命。予惟恭行天之罚。左不恭于左，汝右不恭命；右不恭于右，汝不恭命；御非尔马之正，汝不恭命。
御非尔马之政，若不共命：是以赏于祖而僇于社。"	用命赏于祖，弗用命戮于社，予则孥戮汝。"

注：①俞樾疑为玉，即宝玉。

案：不惟字句有同异，《墨子》引为《禹誓》，则伐有扈者禹也；《书序》曰："启与有扈战于甘，作《甘誓》。"与此截然不同。

（丙）文字不见《今文尚书》者六则

(a)《夏书》曰："禹七年水。"（《七患篇》）

(b)《殷书》曰："汤五年旱。"（同上）

(c)《周书》曰："国无三年之食者，国非其国也；家无三年之食者，子非其子也。"（同上）

毕沅云："《周书》云：'《夏箴》曰：小人无兼年之食，遇天饥，妻子非其有也；大夫无兼年之食，遇天饥，臣妾舆马非其有也；国无兼年之食，遇天饥，百姓非其有也。'墨盖夏教，故义略同。"孙诒让云："案毕据《周书·文传篇》文，此文亦本《夏箴》而与《文传》小异。考《谷梁》庄二十八年《传》'国无三年之畜，曰国非其国也'，与此文略同，疑先秦所传《夏箴》文本如是也。又《御览》五百八十八引胡广《百官箴叙》云：'墨子著书，称《夏箴》之辞。'盖即指此。若然，此书当亦称《夏箴》，与《周书》同，而今本挩之。"泽案：《谷梁传》不言为《夏箴》，此亦不言为《夏箴》，据《汲冢周书》谓此为《夏箴》文，未必然也。

(d)《商书》曰："呜呼！古者有夏方未有祸之时，百兽贞虫，允及飞鸟，莫不比方；矧佳人面，胡敢异心；山川鬼神，亦莫敢不宁。若能共允，佳

天下之合，下土之葆。"（《明鬼下》）

案：《伪古文伊训》袭此而稍易其词曰："……呜呼！古有夏先后，方懋厥德，罔有天灾；山川鬼神，亦莫不宁；鸟兽鱼鳖咸若。……"

（e）古曰："吉日丁卯，周代祝社方岁于社考以延年寿。"（同上）

案孙诒让于"古曰"下云："疑有挩字。"又于"丁卯"下云："周以子卯为忌日。"果尔，则此事为周事，有出于《周书》之可能，然《今文尚书》、《周书》则皆无此。

（f）《汤誓》曰："聿求元圣，与之戮力同心，以治天下。"（《尚贤中》）

案：《今古文尚书》虽皆有《汤誓》，而古文亡矣，无从质证；今文俱在，无此数语。《汤诰》有之，然《汤诰》固伪古文也

（丁）引《泰誓》而不见今本《泰誓》者二则

（a）先王之书也《大誓》之言然曰："小人见奸巧，乃闻不言也，发罪钧。"（《尚同下》）

孙诒让云："古书泰皆作大，《伪孔传》云：'大会以誓众，'则作大是。"又于《兼爱下》引《泰誓》下曰："《尚同下篇》，《天志中篇》，《非命上中下篇》，并作《大誓》；此作《泰誓》，与《今伪孔本》同，疑后人所改。"案泰字既"古书皆作大"，则或为《大誓》，或为《泰誓》，极难臆定；《孔传》既为伪书，则其所谓"大会以誓众"者，亦不足据也。

（b）《太誓》之言也于《去发》曰："恶乎君子，天有显德，其行甚章。为鉴不远，在彼殷王。谓人有命，谓敬不可行，谓祭无益，谓暴无伤。上帝不常，九有以亡；上帝不顺，祝降其丧。惟我有周，受之大帝。"（《非命下》）

孙星衍谓去发"或太子发三字之误"。庄述祖云："去发当为太子发。武王受文王之事，故自称太子，述文王伐功告诸侯，且言纣未可伐，为《太誓上篇》。"俞樾云："古人作书，或合二字为一，如《石鼓文》小鱼作𩼦，《散氏铜盘铭》小子作𢘑，是也。此文太子或合书作𢘑；其下阙毁，则似去字，因误为去字耳。《诗·思文篇·正义》引《大誓》曰："惟四月，太子发上祭于毕，下至于孟津之上。"又云："太子发升舟，中流，白鱼入于王舟，王跪取出涘以燎之。"……疑古《大誓》三篇，其上篇以"太子发上祭于毕"发端，……学者相承，称《大誓上篇》为太子发，以别于中下两篇，亦犹古诗以篇首字命名之例也。"泽按：惟"为鉴不远，在彼夏王"二句，见于今本《泰誓》，彼作"厥监惟不远，在彼夏王"，余均不见今本。

（戊）引《泰誓》而与今本有出入者二则

(a)《泰誓》曰（《兼爱下》）：	《尚书·泰誓》下：
文王若日若月，乍照光于四方，于西土。	惟我文考，若日月之照临，光于四方，显于西土。
(b)《大誓》①之道之曰（《天志中》）：纣越厥夷居，不肯事上帝，弃厥先神祇不祀。乃曰吾有命，无廖僡务②。天下天亦纵弃纣而不葆。	《尚书·泰誓》上：惟受罔有悛心，乃夷，居弗事上帝神祇，遗厥先宗庙弗祀，牺牲粢盛，既于凶盗。乃曰吾有民有命，罔惩其侮。
于《太誓》曰（《非命上》）：纣夷处不肯事上帝鬼神，祸厥先神祇不祀。乃曰吾民有命，无廖排漏③。天亦纵弃之而弗葆。先王之书《太誓》之言然曰（《非命中》）：纣夷之居，而不肯事上帝，弃阙其先神而不祀也。曰我民有命，毋廖其务④。天不亦弃纵而不葆。	

注：①《道藏本》及《吴钞本》并作《大明》，与《非命》上中两篇合而观之，自以作《大誓》为是。《大誓》即《太誓》，亦即《泰誓》。孙诒让云："盖誓省为折，明即隶古折字之讹。颜师古《匡谬正俗》引《书·汤誓》誓字作薪，山井鼎《七经孟子考文》载古文《甘誓》，誓字作断，盖皆斯断二字传写伪舛，与明形各相类"。

②毕沅于《非命中》曰："言无戮力其事也，上二篇俱当从此"。孙诒让则云："毋僡，当为侮僡，二字平列，言纣陵侮僡辱民是务也。"泽案：《天志中》于此句下曰："天亦纵弃纣而不葆。"《非命上》亦曰："天亦纵弃之而弗葆，"《非命中》亦曰："天亦纵弃而不葆。""亦"字对纣而言，言纣不僡力天之务，天亦纵弃纣而不葆，故毕说是，孙说非。河内女子所得《泰誓》改为"罔惩其侮"，斯全无意义。以上文仅言纣不事上帝，不祀神祇，未言上帝神祇降侮，何"罔惩"之有？廖僡皆从翏得声，故可通用。僡，毕沅谓为"其"字之误。

③排漏二字，错误无义，不能为据。

④毕沅云："二字疑衍，即下天亦二字重文。"

（巳）与今文《尚书》略同者三则
(a) 先王之书《吕刑》道之曰

（《尚贤中》）：	《尚书·吕刑》：
皇帝清问下民，有辞有苗，曰：群后之肆在下，明明不常，鳏寡不盖，德威维威，德明维明。乃名三后，恤功于民。伯夷降典，哲民维刊；禹平水土，主名山川；稷隆播种，农殖嘉谷；三后成功，维假（1）于民。	群后之逮在下，明明棐常，鳏寡无盖。皇帝清问下民，有辞于苗；德威维畏，德明维明。乃命三后，恤功于民：伯夷降典，折民维刑；禹平水土，主名山川，稷降播种，农殖嘉谷；三后成功，惟殷于民。

（1）毕沅云："假，一本作殷。"

案："群后之肆（逮）在下"三句，《墨子》在"皇帝清问下民，有辞有（于）苗"下，今本《尚书·吕刑》互倒。

（b）先王之书《吕刑》之书然

（《尚贤下》）：	《尚书·吕刑》：
王曰：于，来，有国有土，告女讼刑，在今而安百姓，女何择言①人？何敬不刑？何度不及？	王曰：吁，来，有邦有土，告尔祥刑，在今尔安百民，何择非人？何敬非刑？何度非及？

注：①王引之云："言当为否。篆书否字作否，言字作𦍌，二形相似；隶书否字或作音，言字或作音，亦相似，故否误为言。

（c）《先王之书》《吕刑》道之曰

（《尚同中》）：	《尚书·吕刑》：
苗民弗用练，折则刑，唯作五杀之刑，曰法。	苗民弗用灵，制之刑，惟作五处之刑，曰法。

（庚）附引《诗》、《书》不明者一则

在于商夏之《诗》、《书》曰："命者，暴王作之。"（《非命》中）

按：第一商、夏不分，第二《诗》、《书》不分，非有讹夺，即仓促征引，未能悉辨也。观其辞绝不似诗，故姑附于引《书》之下。《今古文尚书》及《诗经》皆不见。

原题《墨子引经考》，发表于《国立北平图书馆馆刊》第六卷第三号。收入《古史辨》第四册，北平朴社，1933

周代大武乐考释

高　亨

《大武》，不能说是一个舞剧，应该说是一个具有戏剧性的歌舞，象征历史故事的歌舞，诗歌、音乐、舞蹈相结合的歌舞，文学创作与艺术创作统一起来的歌舞。

这个歌舞作于西周初年，春秋战国时代还在奏演着，大概在东周王朝灭亡以后，至晚在秦始皇统一中国以后就亡掉了。它的寿命约八百年（约公元前一〇六六年至二二一年）。

现在《诗经·周颂》里还保存着《大武》的歌辞，别的先秦古书也有些关于《大武》的记载。我们把这些史料搜集起来，加以研究，不仅对于它的歌辞可以有进一步的体会，而且对于它的音调舞容也可以有大概的了解，即是对于这个歌舞的整体——诗歌音乐舞蹈相结合的整体——的思想内容和艺术形式可以获得一定程度的认识。虽然由于史料的局限，我们获得的认识不会全面，不会深刻，然而也足以说明这个歌舞的大致情况。

这个歌舞是封建社会开始时期的产物，三千年前的我们祖先在文学方面艺术方面的一个创作与成就。我们研究祖国文化史、文学史与艺术史，指出其发展过程，就应该重视这个历史的成就。那末，给《大武》作个比较详细的考释，是不无意义的。现在把我研究的结果写在下面，供大家参考，希望读者指正！

一　大武歌辞的章名与章次

《大武》的歌辞还保存在《诗经·周颂》里面，究竟有几章？是哪几章？它们的次第怎样？已往儒者曾经论及，而王静安先生的考证（见《观堂集林》卷二《周大武乐章考》）给予我的启示最大。但我研究的结果与王先生的看法有些出入。

《礼记》说：

> 夫武始而北出；再成而灭商；三成而南；四成而南国是疆；五成而分

（《史记·乐书》抄此文，分下有陕字），周公左、召公右；六成复缀，以崇天子（旧读崇下断句，是不对的）。（《乐记》）

根据这个记载，我们知道《大武》是象征武王统一中国的故事，共有"六成"，就是六个阶段，也就是六场。第一场象征武王出征，第二场象征武王灭商，第三场象征武王去伐南国，第四场象征武王平服了南国，第五场象征周公召公分别统治东西两方，第六场象征武王班师还朝。由此可见，《大武》的歌辞应该是六章，每场歌诗一章。

《左传》说：

> 楚子（庄王）曰："……武王克商，……又作《武》，其卒章曰：'耆定尔功。'其三曰：'铺时绎思，我徂维求定。'其六曰：'绥万邦，屡丰年。'……"（宣公十二年）

这里举出《大武》的三章及其次第。考"耆定尔功"见于《周颂·武篇》，那末《武篇》应该是《大武》的最后一章了。"铺时绎思，我徂维求定"见于《周颂·赉篇》，那末《赉篇》应该是《大武》的第三章了。"绥万邦，屡丰年"见于《周颂·桓篇》，那末《桓篇》应该是《大武》的第六章了。《左传》既引"其六"又引"其卒章"，那末《大武》诗至少有七章，这和《大武》舞有六场不相符合，关于这个问题，后面再说。

根据《礼记》，《大武》歌辞有六章，根据《左传》和《诗经·武、赉、桓》三篇是《大武》的三章，其余三章是什么呢？王静安先生说：

> 案《祭统》云"舞莫重于《武·宿夜》"，是尚有《宿夜》一篇。郑注："《宿夜》，《武》曲名也。"……案宿古夙字，《说文解字·夕部》："夙，早敬也。佀，古文夙，从人丙。佀亦古文夙，从人西，宿从此。"又《宀部》："宿，止也，从宀，佀声。佀古文夙。"《丰姞敦》云："丰姞懿用夙夜享孝于諆公于室叔朋友。"夙正作佀。是《武·宿夜》即《武·夙夜》。其诗中当有"夙夜"二字，因而名篇，如《时迈》有"肆于时夏"语，因称《肆夏》矣。……今考《周颂》三十一篇，其有"夙夜"字者凡四：《昊天有成命》曰"夙夜基命宥密"，《我将》曰"我其夙夜，畏天之威"，《振鹭》曰"庶几夙夜，以永终誉"，《闵予小子》曰"维予小子，夙夜敬止"。而《我将》为

祀文王于明堂之诗，《振鹭》为二王之后助祭之诗，《闵予小子》为嗣王朝庙之诗，质以经文，序说不误。惟《昊天有成命》序云"郊祀天地也"。然郊祀天地之诗，不应咏歌文武之德，又郊以后稷配天，尤与文武无涉。盖作序者见此诗有"昊天"字，而望文言之。若《武·夙夜》而在今《周颂》中，则舍此莫属矣。（原注："诗有'成王不敢康'语，《周语》及《贾子新书》载叔向说此诗以成王为武王之子，文王之孙。然《书·酒诰》云'成王畏相'，又云'惟助成王德显'，是成王乃殷周间成语。笺云'文王武王成此王功'，殆是也。"）（《周大武乐章考》）

王先生根据《礼记》认为《大武》有《宿夜》一篇，《宿夜》即《夙夜》，这篇诗中应该有《夙夜》二字，是正确的。又从《周颂》中有"夙夜"二字的四篇考察哪一篇是《武·宿夜》，这个方法也是正确的。但是考察的结果却说，《昊天有成命篇》是《武·宿夜》，那就错了，可以说误解甚至歪曲《昊天有成命篇》的内容了。

陆侃如、冯沅君先生说：

> 我们以为《夙夜》之说很可信，但《夙夜》是哪一篇，则不易断定。《振鹭》与《闵予小子》固然不是，即《昊天有成命》也似乎不是。故我们疑即《我将》。……《昊天有成命》明明说及成王，万不能作《武》曲之一。故我们以为《我将》较胜。……（《中国诗史》第二篇第三章）

陆冯两先生认为《武·宿夜》不是《昊天有成命》，是对的。有三个证据：第一，《昊天有成命》说："昊天有成命，二后受之，成王不敢康，夙夜基命宥密。"《毛传》说："二后，文武也。""受之"是受天命为王，那末二后是文王武王，毫无疑问。成王接着二后，那末成王是继武王为君的成王姬诵，也毫无疑问。第二，《周颂·执竞篇》说"执竞武王，无竞惟烈。丕显成康，上帝是皇。自彼成康，奄有四方"。《噫嘻篇》说"噫嘻成王，既昭假尔"，所谓"成"或"成王"都指姬诵，那末《昊天有成命》的"成王"也必然是姬诵了。第三，《国语·周语》载叔向的话："昊天有成命……是道成王之德也。成王能明文昭，能定武烈者也。"叔向是春秋时人，离《周颂》作的时代较近，这个说法又与《昊天有成命》的内容相合，所以是可信的。有这样三个证据，

《武·宿夜》不是《昊天有成命》，可以断言。陆冯两先生认为《武·宿夜》应该是《我将》也是对的。我考察《我将篇》的内容，并结合其它记载，知道《我将篇》是《大武》的一章。（下面再说）其余两章应该是《周颂》中的《酌》与《般》。王先生说：

> 据《毛诗序》……于《酌》曰"告成大武也"。……其余一篇疑当为《般》。何则？《酌》《桓》《赉》《般》四篇次在《颂》末，又皆取诗之义以名篇，前三篇既为《武》诗，则后二篇亦宜然……。（《周大武乐章考》）

王先生因为《毛诗序》说《酌》是"告成大武"而断定《酌》是《大武》的一章，证据还很薄弱。考《左传》随武子曰"……《汋》曰：'于铄王师，遵养时晦。'"（宣公十二年）这两句见《周颂·酌篇》，可证《汋》就是《酌》。《荀子》说："故钟鼓管磬、琴瑟竽笙、《韶》、《夏》、《护》、《武》、《汋》、《桓》、《箾》、《简》、《象》是君子之所以为愃诡其所喜乐之文也。"（《礼论》）荀子把《汋》放在《武》与《桓》的中间，《桓》是《大武》的一章，可证《汋》也是《大武》的一章，考察《酌篇》的内容，也符合的。王先生考定《般》也是《大武》的一章，证据也不够充分，我也没发现别的证据，但考察《般篇》的内容，也符合的（下面再说）。总之，王先生说《酌》与《般》是《大武》的两篇是正确的。

由此可见《大武》歌辞六章都在《周颂》中，就是《武》、《赉》、《桓》、《我将》、《酌》、《般》六篇。

现在来考察六章的次第。王先生说：

> 至其次第，则《毛诗》与楚乐歌不同。楚以《赉》为第三，《桓》为第六。毛则六篇分居三处，其次则《夙夜》第一，《武》第二，《酌》第三，《桓》第四，《赉》第五，《般》第六，此殆古之次第。案《祭统》云"献之属莫重于祼。声莫重于升歌。舞莫重于《武·宿夜》"。考祼者献之始，升歌者乐之始，则《武·宿夜》自当为舞之始，是《夙夜》当居第一之证也。其余五篇次第亦与《乐记》所记舞次相合。《武》云："胜殷遏刘。"而记云："再成而灭商。"是《武》为第二成之证也。《武》为第二成，则告成大武之《酌》，自当为第三成。至《桓》云"绥万邦"，又云"于以四方"，则与四成疆南国之事相合。《赉》之义为封功臣，则与五成而分，周公左召

公右之事相合。《般》云："于皇时周，陟其高山。"则与六成复缀以崇之事相合，是《毛诗》次第与《乐记》同，恐是周初旧第，胜于楚乐歌之次第远矣……（《周大武乐章考》）

王先生这个考定多有错误。我先要指出几点：第一，《左传》是一部先秦时代的史书，《左传》作者记载楚庄王的话，必有当时的史料做为根据。那个时代，《大武》舞还在奏演，《诗经》的本子总是接近原样，楚庄王所见六章的次第，当然具有很大的可靠性。而王先生偏不相信，这是不妥当的。第二，《毛诗》是汉人传本，出现于秦始皇焚书以后。汉时，《大武》舞已亡，六章的次第已无可参正。而且，《毛诗·周颂》各篇编次的零乱，更属显明。《大武》六章《毛诗》根本没有编在一起。《周颂》共三十一篇，《昊天有成命》第六，《我将》第七，《武》第二十，《酌》第二十八，《桓》第二十九，《赉》第三十，《般》第三十一。本是一篇诗的六章，而分编在三处，这种现象充分说明《毛诗·周颂》各篇尤其是《大武》六章的次序是零乱而多错误的，是失掉《诗经》原本的次第的。而王先生偏拿《毛诗》做为根据，这也是不妥当的。第三，《毛诗序》的作者虽不能论定，然而是汉人手笔，当无问题。其中讲述诗篇的时代、作者、主题等等，我们不能完全否定，但是必有旁证，才可相信。而王先生相信《毛诗序》的说法，断定《酌》是《大武》的第三章，这也是不妥当的。而且《酌》如果是"告成大武"就应该是第六章。《乐记》说"三成而南"，可见第三场是象征武王去征南国，根本不是"告成"。这时武王的武功还未完成，又怎会奏"告成"的歌舞呢？第四，王先生又根据《武》、《桓》、《般》等篇的内容，结合《乐记》来断定它们的次第，这个方法是好的；但由于存着相信《毛诗》篇次的成见，观察各诗的内容，就不免有主观片面的毛病了。总之，王先生这个考定，不能使人心服的。

依我的考证，《大武》六章是（一）《我将》，（二）《武》，（三）《赉》，《四》《般》，（五）《酌》，（六）《桓》。分述如下：

（一）《大武》诗的第一章，王先生认为是《宿夜》，是对的，而认为《宿夜》是《昊天有成命》是错的，应该是《我将》，前已述及。根据《乐记》，《大武》的第一章象征武王出征。而《我将篇》说："我将我享，维羊维牛，维天其右之!"周人出征，必先祭祀上帝，祈求上帝的保佑，《我将》这三句正是说这回事。《我将篇》又说："仪式刑文王之典，日靖四方，伊嘏文王，既右飨之。"周人出征也必先祭祀祖先，祈求祖先的保佑，而且武王出征，军中载着文王的木主，《史记·周本纪》说："武王上祭于毕，东观兵于盟津，为文王木主，载以车，中军。"《集解》："马融曰：'毕，文王墓地也。'"《楚辞·天问》说："武发杀殷，何所悒？载尸集战，何所急？"王注："尸，主也。言武王伐纣，载文王木主。"就是明证。《我将》这两句正是说这回事。文王时代，伐犬戎，伐密须，伐耆，伐邘，伐崇（见《史记·周本纪》）。即所谓"日靖四方"。武王伐殷正是继承文王的事业，所以说"仪式型文王之典"。《我将》又说："我其夙夜，畏天之威，于时保之。"按殷朝后期，殷与周的矛盾更尖锐了。殷王常压迫侵略周国，甲骨文几次记载"寇周"的占卜（见《殷虚书书契前编》卷四第三十二页，卷五第七页，卷六第三十页，卷七第三十一页，《后编》卷下第三十七页，便是明证。文丁囚死周王季历（见《竹书纪年》）。纣曾囚文王于羑里。因此周对殷常存警惕，认为殷有灭周的企图，所以武王伐殷，在周人的观念是自卫。《我将》这几句话正是这个观念的反映。由此可见，《我将篇》的内容与《大武》舞第一场所象征的故事，完全相符的。又《左传》记："郑六卿饯韩宣子于郊。……宣子皆献马焉，而赋《我将》。子产拜，使五卿皆拜，曰：'吾子靖乱，敢不拜德！'"据此《我将》一诗有靖乱的意义。所谓"靖乱"指"仪式刑文王之典日靖四方"一句话，同时也指武王出征的一件事。这也是《我将》是《大武》第一章的旁证。这个旁证做为主要证据是不足的，做为辅佐证据是有余的。《我将》一篇开头是"我将"两个字，所以春秋人称做《我将》后面有"夙夜"两个字，所以战国人又称《武·宿夜》，这是不足怪的。

　　（二）《大武》诗的第二章，王先生认为是《武篇》，是对的。但《左传》记楚庄王引《武篇》"耆定尔功"一句，说是《大武》的"卒章"。那末《武篇》是《大武》的最后一章了。这不是的。有两个证据：第一，根据《乐记》、《大武》舞只有六场，而且第六场演员已经回到原来的舞位上，舞事结束，那末歌辞当然只有六章。根据《左传》《大武》的第六章是《桓篇》，《桓篇》就是最后一章，《武篇》怎会是最后的一章？第二，《左传》记楚庄王引《大武》，先引"卒章"《武篇》的诗句，次引"其三"《赉篇》的诗句，再次引"其六"《桓篇》的诗句。按一般习惯，引书来说明一件事，说明一个意义，又是引一篇诗，应该依诗章的先后次序，怎会先引最后一章，后引第三章第六章呢？可见《武篇》不是"卒章"，而是首章或次章了。从这两个证据看来，《左传》所谓"卒章"的"卒"，应该是个错字。朱熹说："《武》，《春秋传》

以此为《大武》之首章也。"(《诗经集传》卷八)马瑞辰说:"卒章盖首章之讹。《朱子集传》云'《春秋传》以此为《大武》之首章',盖宋人所见《左传》,原作首章耳。"(《毛诗传笺通释》卷二十九))亨按宋人把《左传》的"卒"字改做"首"字,是可能的,而实际还是不对。因为《大武》舞的第一场是象征武王出征,而《武篇》的内容是说武王已经灭商,不相符合,便是明证。我认为卒当作次,按次古文作 卤(见《说文》),又作 鼎(见《康熙字典》),卒篆作 卒(见《说文》)。古文次与篆文卒形相似,因而写错了。《武篇》乃是《大武》诗的次章,即第二章。根据《乐记》,《大武》舞的第二场象征武王灭商。《武篇》说:"于皇武王,无竞维烈。允文文王,克开厥后,嗣武受之,胜殷遏刘,耆定尔功。"明明说武王战胜了殷国,成了大功。诗的内容和《大武》舞第二场所象征的故事如此相符合,那末《武篇》是《大武》舞第二场所唱,是《大武》诗的第二章没有疑问了。

(三)《大武》的第三章是《赍篇》。前面已经提到,《左传》记楚庄王引《大武》诗说:"其三曰'铺时绎思,我徂维求定'。"这两句见于《赍篇》,那末《赍篇》是第三章,已有可靠的有力的明证。根据《乐记·大武》舞的第三场象征武王去征伐南国。《赍篇》说:"文王既勤止,我应受之,敷时绎思。"是说武王承受文王的基业,普遍当时都很愉快。接着说"我徂维求定",是说武王去征伐南国,目的在求中国统一,四方定安。又接着说:"时周之命,于绎思!"是劝告南国你们遵奉周朝的命令,接受周朝的统治,是愉快的。诗的内容和《大武》舞第三场所象征的故事如此相符合,那末《赍篇》是《大武》舞第三场所唱,是《大武》诗的第三章,也没有疑问了。

(四)《大武》诗的第四章是《般篇》。根据《乐记》,《大武》舞的第四场象征武王征服了南国,南国也成为周朝的疆土。到这时候中国已经统一了。所谓"敷天之下,莫非王土。率土之滨,莫非王臣"(《小雅·北山篇》),从这个时候开始。《般篇》说:"于皇时周,陟其高山,堕山乔狱,允犹翕河,敷天之下,裒时之对,时周之命。"正是说周朝广大的疆土,有小山大山,有小河大河,"普天之下"包括当时的边疆,都遵奉周朝的命令。很明显是中国统一的景象,是征服南国后的景象。诗的内容和《大武》舞第四场所象征的故事如此相符合,那末,《般篇》是《大武》舞第四场所唱,是《大武》诗的第四章,也很明显的。

(五)《大武》诗的第五章是《酌篇》。根据《乐记》,《大武》舞的第五场象征周公召公分别统治东西两方。《酌篇》说:"于铄王师,遵养时晦,时纯熙矣，是用大介，我龙受之，蹻蹻王之造，载用有嗣，实维尔公允师"。这是叙述周朝的"王师"，到了时机，就战胜了商朝，武王做了中国的共主，而统帅王的士兵是"尔公"。最值我们注意的是：《酌篇》出现了"尔公"，而《乐记》说"武，五成而分，周公左，召公右"，也出现了"周公召公"。这恐怕不是偶然的。《酌篇》的"尔公"就是《乐记》的"周公召公"，似乎是不成问题的。武王伐殷，联合了"友邦……及庸、蜀、羌、髳、微、卢、彭、濮人"。（见《尚书·牧誓》）当时的总指挥应该是吕望。所以《大雅·大明篇》说："牧野洋洋，檀车煌煌，驷𫘧彭彭，维师尚父，时维鹰扬，凉彼武王，肆伐大商，会朝清明。"当时王的士兵，可能是分做两队，由周公召公分别率领。《大武》舞的演员在表演中也有时分做两队，象征周公召公率领（说见后），正是当时事实的反映。周公召公既有战功，而周公是武王的亲弟，召公是武王的宗族，都是武王最亲信的人，所以武王叫他两人分掌周王朝的统治权，这是可以理解的。《酌篇》的内容和《大武》舞第五场象征周召分治的故事正相符合，那末《酌篇》就是《大武》舞第五场所唱，就是《大武》诗第五章了。进一步考察，《仪礼·燕礼记》说："若舞则《勺》。"郑注："《勺》颂篇告成大武之乐歌也。其诗曰：'于铄王师……'"《勺》即《酌》，是可以肯定的。《礼记·内则》说："十有三年学乐，诵《诗》，舞《勺》，成童舞《象》。"《大武》的前四场都象征进兵或打仗，十三四岁童子是舞不了的。只有第五第六两场不是象征战争而是象征和平；不是象征武功，而是象征文治，十三四岁童子可以舞的。第六场的歌辞乃是《桓篇》，那末第五场的歌辞是《酌篇》了。这也是一个旁证。

（六）《大武》诗的第六章是《桓篇》。前面已经提到，《左传》记楚庄王引《大武》诗说："其六曰：'绥万邦，屡丰年。'"这两句见于《桓篇》，那末《桓篇》是第六章，也有可靠的有力的明证。根据《乐记》，《大武》舞的第六场象征武王班师还朝。《桓篇》说："绥万邦，屡丰年。天命匪解。桓桓武王，保有厥土，于以四方，克定厥家，于昭于天，皇以间之。"是说武王已经安绥万邦，已经统有四方，已经奠定他的家业，明明是武王已经统一了中国后的现象。诗的内容和《大武》舞第六场所象征的故事如此相符合，那末《桓篇》是《大武》舞第六场所唱，是《大武》诗的第六章，也没有疑问了。

根据上面的考察，可见《大武》歌辞的章次是（一）《我将》，（二）《武》，（三）《赉》，（四）《般》，（五）《酌》，（六）《桓》。

二 大武歌辞的译释

《大武》歌辞六章就是《周颂》中《我将》、《武》、《赍》、《般》、《酌》、《桓》六篇。这六篇有些词句比较古奥，旧注也不完全正确。词句既不易理解，内容就不易体会。内容既不易体会，这个歌舞就不易讲明。因此我给这六篇中比较古奥的词句加上注释，并附上译文，供读者参考。

一 我将

我将我享①，	我献上祭品，举行祭祀，
维羊维牛。	也有牛也有羊。
维天其右之！	上天要保佑的！
仪式刑文王之典②，	哦文王的德行，我要模仿，
日靖四方。	天天在平定四方。
伊嘏文王③！	伟大的文王！
既右飨之。	既保佑我，把祭祀飨。
我其夙夜，	我是早晨晚间，
畏天之威，	畏惧上天的威力，
于时保之。	所以要保卫我的家邦。

二 武

于皇武王④！	呀！光明的武王！

---

① 郑笺"将犹奉也"。按将是献上祭品。《小雅·楚茨篇》："絜尔牛羊，以往烝尝，或剥或享，或肆或将，祝祭于祊。"《大雅·文王篇》："祼将于京。"将字都是这个意思。

② 仪是发语词。（请参考王引之《经传释词》卷五）《说文》："式，法也。"毛传："刑，法也。"式刑都是效法的意思。《左传》昭公六年引、《汉书·刑法志》引，"典"都作"德"，据此典应该读做德。

③ 王引之说："伊，发语词也。"（《经传释词》卷三）《尔雅》曰：'嘏，大也。'"（《经义述闻》）

④ 于是赞叹的声音。皇读做煌，《小雅·皇皇者华篇》："皇皇者华。"毛传："皇皇犹煌煌也。"《采芑篇》："朱芾斯皇。"郑笺："皇犹煌煌也。"《文选·闲居赋》李注引《苍颉篇》："煌煌，光明也。"据此，皇是光明的意思。

无竞维烈①。　　　　　没有竞争是他的辉光。

允文文王!　　　　　　真有文德的文王!

克昌厥后。　　　　　　能够昌大了他的子孙。

嗣武受之,　　　　　　继起的武王承受基业,

胜殷遏刘②,　　　　　战胜殷国,禁止杀人,

耆定尔功③。　　　　　到底成就了你的功勋。

三 赍

文王既勤止,　　　　　文王费了劳力,

我应受之④,　　　　　我承受他的江山。

敷时绎思⑤,　　　　　普遍这个时代人都喜欢。

我徂维求定⑥。　　　　我往前去是争取平安。

时周之命⑦,　　　　　奉承周朝的命令,

于绎思!　　　　　　　呀! 好喜欢!

---

① 《尔雅·释诂》:"烈,光也。"武王伐殷本是争夺中国的统治权,但自周王朝看来不是竞争,而是"靖乱"。

② 郑笺:"遏,止也。"毛传:"刘,杀也。"遏刘就是禁止杀人,是说武王战胜了殷国,不许有随便杀人的现象。

③ 毛传:"耆,致也。"按耆就是做到的意思。

④ 《广雅·释言》:"应,受也。"古书或用膺字,《楚辞·天问》:"鹿何膺之?"王注:"膺,受也。"据此应和受同意,应受就是承受。

⑤ 郑笺:"敷犹遍也。"按敷读做普,敷普古时通用,《小雅·北山篇》:"溥天之下。"《左传》昭公七年引,《孟子·万章下篇》引都是"溥"作"普"。《大雅·韩奕篇》:"溥彼韩城。"《潜夫论·志姓氏篇》引"溥"作"普"。就是旁证。《左传》宣公十二年引这句"敷"作"铺"也当读做普。时指那个时代的人们,和后来用的"世"字同意。绎借做怿,《尔雅·释诂》:"怿,乐也。"《小雅·頍弁篇》:"庶几说怿。"《释文》:"怿,本作绎。"《大雅·板篇》:"辞之怿矣。"毛传:"怿,悦也。"《说苑·善说篇》引"怿"作"绎"。就是绎怿通用,怿是喜悦的证据。《楚辞·九辩》:"有美一人兮心不绎。"也是借做怿。思是语气词。

⑥ 《说文》:"徂,往也。"这句是说我前往征伐南国,是求中国的安定。

⑦ 这个时字是奉承接受,当读做侍,《说文》:"侍,承也。"《广雅·释言》:"侍,承也。"《说文》:"承,奉也。"而且时和承又是一音的转变。《战国策·楚策》:"仰承甘露而饮之。"《新序·杂事篇》"承"作"时"这是一个证据。《大雅·文王篇》:"有周不显,帝命不时。"《周颂·清庙篇》:"不显不承,无射于人斯。"《孟子·滕文公下篇》:"书曰:'丕显哉文王谟,丕承哉武王烈!'"《文王篇》的"不时"就是《清庙篇》的"不承",《孟子》的"丕承"。这又是一个证据。由此可见,"时周之命"就是"侍周之命",就是"承周之命"。是说奉承周朝的命令。接受周朝的命令。

四 般

于皇时周①！	呀！光明！这个周国！
陟其高山，	走上它的高山顶，
隳山乔岳②。	一望，矮的山、高的岳，
允犹翕河③，	允水、犹水、翕水、黄河，
敷天之下，	普天之下，
裒时之对④，	包括这个时代的国境，
时周之命⑤。	都奉承周朝的命令。

---

① 《尔雅·释诂》："时，是也。"此句时字就是"这个"。

② 毛传："隳山，山之隳隳小者也。"据此隳山就是矮小的山。郑笺："乔，高也。"岳即岳字。乔岳就是高大的岳。

③ 我疑惑允犹翕河是四个水名。允借做沈，《说文》："沈水出河东东垣王屋山，东为沛。"《尚书·禹贡》："导沈水东流为济入于河。"（济即《说文》的沛）据此沈是济水的上游，东方的大水。犹借做酒，《集韵》："酒，水名，在雍州。"酒水可能就是湫水，《说文》："湫，……湫水在周地。"（酒湫古字通用，证据从略）酒是西方的小水。翕借做洽。《大雅·大明篇》："在洽之阳，在渭之涘。"《说文》引"洽"作"郃"。《水经注·河水篇》："河水又迳郃阳城东，注城南，又有瀵水，东流注于河水，即郃水也。"洽水也是西方的小水。河即黄河，是贯东西方的大水。允与沈、犹与酒、翕与洽，都是同声系字，可以通用。

④ 《说文》没有裒字。裒当是包括的意思，是臼衣两字合成。用两手包裹衣服或用两手拿衣服包裹别的东西，都叫做裒。这个时字与《赍篇》"敷时绎思"的时同意。考金文对作 𢦏（《颂鼎》），作 𢦏（《毛公鼎》）。甲骨文对作 𢦏（《龟甲兽骨文字》卷二第二十五页），作 𢦏（《殷虚书契前编》卷四第三十六页）。是举土又三字合成，象手拿树木栽种于土上。原来对与封同意，国土的疆界叫做封，也叫做对。古人于疆界上常栽种树，做为标志。散盘铭文可证，后代的柳条边也可以说明这个事实。所以封字对字都象手拿树木栽种于土上（封字或省土字）。这是封对两字的最初意思。《大雅·皇矣篇》："帝作邦作封。"作邦即作封（邦封古字通用，证据从略）。这句是说上帝给下国划分疆界。可见封与对都是疆界的名称。两国都在疆界上栽种树木，彼此相对，所以对字引申有相对的意思。这里"裒时之对"就是说包括这个时代的疆界，和所谓"率土之滨"一样意思。

⑤ 这句下面齐鲁韩诗有"于绎思"一句，见陆德明《释文》。

五 酌

于铄王师①！	呀！辉煌！王的军队！
遵养时晦②。	屯着养着，在那黑暗时代，
时纯熙矣③，	到了时代大放光明，
是用大介④。	就都穿上甲去出征。
我龙受之⑤。	我光荣地承受殷朝基业。
蹻蹻王之造⑥，	王的伙伴真英勇，
载用有嗣⑦，	任用将帅，
实维尔公允师⑧。	统兵人是你们二公。

---

① 毛传："铄，美也。"美的形像是怎样呢？考《方言》二："驴瞳之子，宋卫韩郑之间曰铄。"郭注："铄，言光明也。"《文选·景福殿赋》："故其华表则镐镐铄铄。"李注："皆谓光显昭明也。"据此铄是光明灿烂的"美"。

② 遵当读做傅，《说文》："傅，聚也。"《广雅·释诂》："屯，聚也。"那末，傅与屯同意。遵指屯兵。养指养兵。时晦就是时代黑暗，指殷纣暴虐而统治力还强的时代。在这时代周的王师屯着养着，等待时机。

③ 郑笺："纯，大也。"《尔雅·释诂》："熙，光也。"

④ 《释名·释兵》："甲亦曰介。"此介字是披甲。《周礼·旅贲氏》，"军旅则介而趋。"郑注："介，披甲。"《左传》哀公十五年："大子与五人介。"杜注："介，披甲。"大介是说大家都披上甲。

⑤ 郑笺："龙，宠也。"按龙即借做宠。《国语·楚语》："其宠大矣。"韦注："宠，荣也。"据此宠有光荣的意思。

⑥ 毛传："蹻蹻，武貌。"据此蹻蹻是勇武的状态。造，当读做曹，造曹古通用，《尚书·大诰》："予造天役（役借做疫）。"《汉书·翟方进传》载王莽《大诰》作"予遭天役"。《吕刑》："两造具备，师听五辞。"《史记·周本纪》载此文，《集解》：徐广曰："造，一作遭。"《说文》："曹，狱之两曹也。"可见"两造"就是两曹。这是造曹通用的证据。曹是伙伴的意思，《大雅·公刘篇》："乃造其曹。"（此造字借做告）毛传："曹，群也。"《左传》昭公十二年："周原伯绞虐其舆臣，使曹逃。"杜注："曹，群也。"《国语·周语》："民所曹好。"韦注："曹，群也。"据此伙伴群众都称做曹。这篇诗的"造"就是《公刘篇》的"曹"，更属明显。那末"王之造"就是"王之曹"，就是王的伙伴、王的群众、王的士兵了。这句是赞扬战士。

⑦ "有嗣"读做"有司"。领兵的将官也叫做"有司"。

⑧ 尔公当是指周公召公。允字不可解，我疑惑允当作充，字形相似，因而写错了。充读做统，二字古通用，《礼记·儒行》："不充诎于富贵。"郑注"充或为统"，就是例证。充师即统师，是说统领军队。当时周朝的"王师"，大概分做两队，由周公召公分别率领。

六 桓

绥万邦。	安定了万邦。
娄丰年①。	屡次得丰年。
天命匪解②。	天命永不离开俺。
桓桓武王③,	英勇的武王,
保有厥士,	保有着他的士子,
于以四方④,	统有着四方,
克定厥家,	能够成就了他的家业,
于昭于天,	呀！光明过于上帝,
皇以间之⑤。	光明地监察四方。

《大武》歌辞一篇共六章。它的主题是表扬武王统一中国的武功，这和《大武》舞是一致的。它的重要思想内容（一）歌颂天命，如"维天其右之"、"畏天之威"、"天命匪解"等句是。（二）歌颂文王，如"仪式刑文王之典、日靖四方、伊嘏文王、既右飨之"、"允文文王、克昌厥后"、"文王既勤止"等句是。（三）歌颂武王，如"吁皇武王、无竞维烈"、"嗣武受之、胜殷遏刘、耆定尔功"、"桓桓武王、保有厥士、于以四方、克定厥家、于昭于天、皇以闲之"等句是。（四）歌颂周公召公，如"实维尔公允师"是。（五）歌颂军队和战士，如"于铄王师"、"蹻蹻王之造"等句是。（六）歌颂战争胜利和统一，如"胜殷遏刘、耆定尔功"、"于皇时周、……敷天之下、裒时之对、时周之命"、"绥万邦"等句是。（七）歌颂丰年，如"娄丰年"是。这七个重要内容错综结合在一篇中。武王统一中国，中国开始由奴隶社会进入封建社会，所以这些歌颂除天命外都有它的历史意义，而天命的歌颂也是当时人受历史条件局限所产生的迷信意识。它的艺术形式，文辞比较空泛，少有具体

---

① 娄读做屡，《左传》宣公十二年引正作"屡"。

② 解是舍弃离开的意思。

③ 《尔雅·释训》："桓桓，威也。"《广雅·释训》："桓桓，武也。"据此桓桓是威武勇敢的意思。

④ 这个"以"字与"有"字同意。（可参考裴学海《古书虚字集释》卷一）

⑤ 间是监察的意思。《尔雅·释言》："间，俔也。"（《说文》："俔，间见也。"）《广雅·释诂》："间，觇也。"俔与觇都是观察或监察。古字也写作覸，《广雅·释诂》："覸，视也。"又写作瞷，《方言》二："瞷，眄也。"《孟子·离娄下篇》："王使人瞷夫子。"赵注："瞷，视也。"可见古代把观察监视也叫做"间"。

形像的刻画；语句比较呆板，不流利，不生动；可以说全篇没有韵律，和散文相近。足以说明西周初年领主阶级在诗歌方面是有所成就，但成就还不算大。

三 大武的作者与用途

《大武》是西周初年所作，这是可以肯定的。《左传》说：

> 楚子曰："……武王克商……又作《武》。"（宣公十二年）
> 《庄子》说：武王周公作《武》。（《天下篇》）
> 《荀子》说："武王之诛纣也，……反而定三革，偃五兵，合天下，立声乐，于是《武》《象》起而《韶》《护》废矣。"（《儒效篇》）
> 《吕氏春秋》说：武王即位，以六师伐殷，六师未至，以锐兵克之于牧野，归乃荐俘馘于京太室，乃命周公为作《大武》。（《古乐篇》）

据此先秦人认为《大武》是西周武王时代的创作，有人说是武王作的，有人说是周公作的，有人说是武王周公合作的。《大武》是诗歌音乐舞蹈相结合的歌舞，考察它的创作年代，只有从诗歌的内容入手。按《大武》诗六章说到文王和武王，绝未涉及成王康王。文武成康等都是生时的"嘉称"，不是死后的"美谥"。那末说《大武》作于武王时代是可信的。进一步考察《大武》诗六章似乎是武王周公合作的。《我将篇》说："我其夙夜，畏天之威，于时保之。"我是武王自称，那末这篇可能是武王所作。《武篇》说："嗣武受之，胜殷遏刘，耆定尔功。"既然举出武王，尔又是作者称武王，那末这篇可能是周公所作。《赉篇》说："文王既勤止，我应受之。"我是武王自称，那末这篇可能是武王所作。《般篇》是武王所作或周公所作，从内容上看不出来。《酌篇》说："我龙受之。"我是武王自称。又说"实维尔公允师"。尔当是作者称周公召公，那末这篇可能是武王所作。《桓篇》说"桓桓武王"，"保有厥士"，"克定厥家"。作者既举出武王，而厥又是作者称武王，那末这篇可能是周公所作。总之，六篇诗中《我将》《赉》《酌》三篇可能是武王作的，《武》《桓》两篇可能是周公作的，《般》篇看不出来。根据诗的内容说是武王周公合作，是相符合的；说是武王自作或周公自作，都有矛盾。但是这个结论，仅仅是一个可能性的结论。因为武王周公尽可命令他们的臣仆作这六篇诗。他们的臣仆作这六篇诗，尽可用武王周公的口气。所以这还不一定是正确的结论。但是这样考察获致一个可能性的结论，也是必要的。至于《大武》音乐的曲调，舞蹈的容节，就一般情况来讲，应该是乐官乐工们的集体创作，然而这个戏剧性的歌舞，乃是象征周王朝的大事，武王周公也许懂得音乐和舞蹈，所以在音乐舞蹈的内容和形式上，必然也有武王周公的意见。

《大武》的诗歌既然是武王周公合作或命令他们的臣仆所作，音乐舞蹈既然武王周公命令乐官乐工们所作，而且参有武王周公的意见，那末这个歌舞当然是西周王朝领主阶级最高阶层的产物，代表这个阶层的意识。六篇诗的主要内容正是这样。这就说明了《大武》的阶级性。

《大武》的阶级性又表现在它的用途上。在周代"天子、诸侯、大夫、士、庶人"五个大等级制度下，只有周天子可以奏演《大武》，至于诸侯大夫士都不准奏演，庶人更不说了。但是周天子因为周公的功劳特大，所以特许鲁君祭祀周公时，可以奏演。请看下列记载。《周礼》说：

> 乃奏无射，歌夹钟，舞《大武》，以享先祖。（《春官·大司乐》）

"大司乐"是王朝的乐官，"享先祖"是指天子祭祖先。《周礼》虽然是战国作品，然而它的这个记载是有根据的。《公羊传》说：

> 子家驹曰："设两观，乘大路，朱干玉戚以舞《大夏》，八佾以舞《大武》，此皆天子之礼也。"（昭公二十五年）

《礼记》说：

> 天子视学，……登歌《清庙》，……下管《象》，舞《大武》。（《文王世子》）
>
> 诸侯之宫县，而祭以白牡，击玉磬，朱干设钖，冕，而舞《大武》，乘大路，诸侯之僭礼也。（《郊特牲》）
>
> 成王以周公为有大勋劳于天下，……命鲁公世世祀鲁公以天子之礼乐，是以鲁君孟春……祀帝于郊，配以后稷，天子之礼也。季夏六月，以帝礼祀周公于太庙，……升歌《清庙》，下管《象》，朱干玉戚，冕，而舞《大武》，皮弁素积裼而舞《大夏》。……（《明堂位》）
>
> 昔者周公旦有勋劳于天下。周公既没，成王康王追念周公之所以勋劳

者，而欲尊鲁，故赐之以重祭。外祭则郊社是也。内祭则大尝帝是也。夫大尝帝升歌《清庙》，下而管《象》，朱干玉戚以舞《大武》，八佾以舞《大夏》，此天子之乐也。康周公故以赐鲁也。子孙篡之，至今不废。（亨按根据这两句，这段记载写于鲁国未亡的时期。）所以明周公之德，而又以重其国也。（《祭统》）

大飨有四焉。……两君相见，揖让入门，入门而县兴，揖让而升堂，升堂而乐阕，下管《象》，《武》《夏》序兴。……客出以《雍》。彻以《振羽》。……入门而金作，示情也。升歌《清庙》，示德也。下而管《象》，示事也。……《仲尼燕居》）

从这些记载可以看出，《大武》是周天子专用的歌舞。它的用途记载中说到三项：一是周天子祭祀祖先时奏演《大武》；二是周天子视察学宫时奏演《大武》。三是周天子宴会诸侯时奏演《大武》。（关于这一点，《仲尼燕居篇》没有指明天子，但大飨是"天子之礼"，所谓"客出以《雍》，升歌《清庙》，下而管《象》"，也都是"天子之乐"。这段是说天子，毫无问题。）至于其它用途，文献无可考见，不敢妄测。诸侯奏演《大武》是周天子所不许的。只有鲁君因为周公对周王朝有大功劳，特别得周天子的允许，在祭祀周公时可以奏演《大武》，至于鲁君祭祀别个祖先，视察学宫，宴会诸侯，恐怕也不能奏演《大武》，可是周代的等级制度，在西周时代，未必百分之百地贯彻实行；尤其是进入东周以后，这个制度就逐渐破坏，鲁大夫"季氏八佾舞于庭"（《论语·八佾篇》），"三家者以《雍》彻"（同上），都僭用"天子之礼乐"，而况诸侯！在那时期，诸侯大夫奏演《大武》，当然也会有的，《大武》的活动区域就因而扩大了。总之，《大武》是周代领主阶级最高阶层娱乐鬼神娱乐自己的御用歌舞。

《周礼》又说：

以乐舞教国子，舞《云门》、《大卷》、《大咸》、《大磬》、《大夏》、《大濩》、《大武》。（《春官·大司乐》

所谓"国子"是周王朝的贵族子弟，因为《大武》是周天子御用的歌舞，所以周王朝的贵族子弟都要学习，《周礼》所说诚然不能看做周代实行的制度，可是这句话反映出《大武》的阶级性，是可以肯定的。

四 大武的舞容与音调

《大武》是诗歌音乐舞蹈相结合的歌舞。它的歌辞，已经加以论述。它的音乐曲调和舞蹈容态先秦人也留下一些零碎记载，可以供我们考察。现在先说《大武》的舞容：

首先指出，《大武》的演员应该有六十四人。《公羊传》说：

子家驹曰："……八佾以舞《大武》。"（昭公二十五年》

可见舞《大武》要用八佾。根据古代记载八佾是六十四人。《左传》说：

考仲子之宫将《万》焉，公问羽数于众仲，对曰："天子用八，诸侯用六，大夫四，上二。夫舞所以节八音而行八风，故自八以下。"公从之，于是初献六羽，始用六佾也。杜注"天子用八"句说："八八六十四人。"（隐公五年）

《公羊传》说：

"天子八佾。"何注："佾，列也，八人为列，八八六十四人。……"（隐公五年）

《谷梁传》说：

谷梁子曰："舞《夏》天子八佾。"范注："佾之言列，八人为列，又有八列，八八六十四人也。"（隐公五年）

《论语》说：

"季氏八佾舞于庭。"《集解》引马注："佾，列也。天子八佾，八人为列，八八六十四人也。"（《八佾篇》）

可见周代无论舞《万》（舞名）舞《夏》，天子都用八佾。八佾是六十四人。汉晋儒者的说法是一致的。考《说文》："𦟛，振肖也，从肉八声。"朱骏声说："此即舞佾字，后又加人旁耳。"（《说文通训定声·履部》）按朱说是对的。𦟛字从八，𦟛象舞人所拿的羽扇，又写作佾，正是取八个舞人八个羽扇的意思。（《说文》没有佾字）一佾八人，八佾自是六十四人了。那末，《大武》的舞队共有八行每行八人，共六十四人。队外可能还有二人，说见后。

其次，《大武》的演员，头戴着"冕"，手拿"朱干玉戚"。《礼记》说：

　　朱干设钖、冕而舞《大武》。（《郊特牲》）
　　朱干、玉戚、冕而舞《大武》。（《明堂位》）
　　朱干、玉戚以舞《大武》。（《祭统》）

考《说文》："冕，大夫以上冠也，邃延，垂鎏，纮纩。"这种帽子是平顶，前后有垂旒，左右有用白丝絮作的两根绳穗垂在耳边，是周代大官贵族所戴的官帽。朱干是红色的大楯。玉戚是玉质的大斧。所谓"设钖"，郑注："钖，传其背如龟也。"孔疏："《诗》云'镂钖'谓以金饰之，则此亦以金饰也。谓用金琢傅其盾背。盾背外高，龟背亦外高，故云如龟也。"据此"设钖"是在干上加以金色的花纹。《大武》演员穿什么衣服无可考，但根据"冕"与"朱干玉戚"推测，应该是穿着当时高级武官的衣服。《大武》演员那么多，演员的服装和舞具那么阔，就表现《大武》的贵族气氛，也反映出周代的高级统治集团在娱乐上的华丽奢侈，浪费劳动人民所创造的社会财富。代表劳动人民利益的墨子提出"非乐"的主张，我们从这里可以得到一种具体的理解。

再次，《大武》的奏演是有着比较复杂的节目和容态。《礼记》说：

　　宾牟贾侍坐于孔子，孔子与之言及乐，曰："夫《武》之备戒之已久，何也？"对曰："病不得其众也。""咏叹之，淫液之，何也？"对曰："恐不逮事也。""发扬蹈厉之已蚤，何也？"对曰："及时事也。""《武》坐，致右宪左，何也？"对曰："非《武》坐也。""声淫及商，何也？"对曰："非《武》音也。"子曰："若非《武》音，则何音也？"对曰："有司失其传也。若非有司失其传，则武王之志荒矣。"子曰："唯丘之闻诸苌弘，亦若吾子之言，是也。"宾牟贾起，免席而请曰："夫《武》之备戒之已久，则既闻命矣；敢问迟之迟而又久，何也？"子曰："居！吾语汝！夫乐象成者也。总干而山立，武王之事也。发扬蹈厉，大公之志也。《武》乱皆坐，周召之治也。且夫《武》始而北出；再成而灭商；三成而南；四成而南国是疆；五成而分，周公左，召公右；六成复缀，以崇天子。夹振之而驷伐，盛威于中国也。分夹而进，事蚤济也。久立于缀，以待诸侯之至也。……"（《乐记》）

这段记载指出《大武》舞的内容和形式的许多方面，分述于下：

（一）所谓"夫乐象成者也"（郑注"成谓已成之事也"），就是说《大武》舞是象征已成的历史故事。我们考察这个歌舞确是自始至终贯彻着象征的意义，有多方面的象征的具体内容。

（二）我们还不敢说《大武》演员有装扮历史人物的事实。但至少可以说《大武》演员中有人象征历史人物。所谓"总干而山立，武王之事也"，就是演员中有人象征武王，手拿大楯，站得稳稳如山一般。所谓"发扬蹈厉，大公之志也"，就是演员中有人象征姜太公，做出发扬蹈厉的容态。所谓"五成而分，周公左，召公右"，就是演员中有人象征周公，领着半部分舞队向左转，有人象征召公领着半部分舞队向右转。我又疑惑象征武王的演员在舞队后，是舞队的督队者。象征太公的演员在舞队前，是舞队的指挥者。象征周公召公的演员在队中，是舞队的两个分队的领队者。总队是六十四人，两个分队各三十二人，在表演中有时分开，有时合并。关于这一点《乐记》没有明确的记载，别无旁证，我只是根据《乐记》提出一种推测而已。

（三）所谓"备戒之已久"、"病不得众也"（郑注："备戒击鼓警众，病犹爱也"），就是在演员出场前，打起鼓来，有较长的时间，这是演员出场前的准备阶段，象征武王在出兵前在团结他的民众，联合他的友邦。

（四）所谓"久立于缀以待诸侯之至也"（郑注："缀谓郑，舞者之位也。"按缀是演员出场后开舞前所站的位置），就是演员出场后，站在舞位上有较长的时间。这是演员出场后的准备阶段，象征武王在出兵前等待友邦诸侯的到来。

（五）所谓"始而北出"，就是舞的第一场象征武王出兵，先从镐京向北去，再折而东去。所谓"再成而灭商"，就是舞的第二场，象征武王灭亡了商朝。所谓"三成而南"，就是舞的第三场，象征武王去征伐南国。所谓"四成而南国是疆"，就是舞的第四场，象征武王征服了南国。所谓"五成而分，周公左，召公右"，就是第五场舞队的两个分队分开，周公领一个分队向左转，召公领一个分队向右转，象征周公召公分别统治东西两方。所谓"六成复缀以崇天子"，就是舞的第六场，演员都回到舞位上，做出尊崇武王的姿态，象征武王班师还朝，大家都拥护武王。这六场是《大武》舞的整个内容。

（六）所谓"发扬蹈厉之已蚤"，"及时事也"，指全体演员的发扬蹈厉而言，就是开舞后的第一场，演员很早就做出奋发、振扬、跳跃、勇猛的姿态，象征抓紧时间去征伐敌人。

（七）所谓"夹振之而驷伐，盛威于中国也"（郑注"驷当为四"），就是两个分队舞动起来，做夹击敌人的姿态，每一次夹击，挥动"玉戚"砍伐四下。象征战争时夹攻敌人，大大地施展威力于中国。

（八）所谓"分夹而进，事蚤济也"（郑注"济，成也"），就是两个分队不夹击了，而向前走着，象征战争已经取得胜利。

（九）所谓"《武》乱皆坐，周召之治也"（乱是乐舞的结束），就是《大武》舞在结束时，演员都坐在舞位上，象征中国统一，武力不用，周公召公来施行"文治"。所谓"武坐致右宪左"（郑注"致谓膝至地也。宪读为轩"。亨按致读做轻，轻是低下，轩是举起），是说《大武》舞结束时演员坐在舞位上的姿态，右腿曲膝贴在地上，左腿曲膝而翘起。这种坐法与一般不同，宾牟贾说"非《武》坐也"。他认为这不是《大武》舞的原来坐法，或是或否，没有旁证，姑且不论了。

以上是说明《大武》的舞容，现在再考察《大武》的音调。

（一）所谓"咏叹之，淫液之"，"恐不逮事也"，是说唱《大武》歌辞的音调。"咏叹之"是唱诗时多叹息的声音。"淫液之"是唱诗时把声音拉长。按《大武》诗六章的第一特点是多感叹词，如《武》、《赉》、《般》、《酌》、《桓》五篇都有"于"字，"于"等于现代的"呀"，便是明证。这与所谓"咏叹之"相符合的。《大武》六章的第二特点是差不多都没有韵律，王先生说："风雅有韵而颂多无韵。……风雅所以有韵者，其声促也。颂之所以多无韵者，其声缓而失韵之用，故不用韵。……"（《观堂集林》卷二《说周颂》）这个说法是正确的。专就《大武》六章而论，因为唱时要"淫液之"，不需要韵律，所以没有韵律。武王时代的《大丰敦》铭文，基本上是押韵的。可见西周初年的领主们，不是不会写韵文。

（二）所谓"声淫及商"，是说唱《大武》歌辞杂有商人的声音。《乐记》说："肆直而慈爱者宜歌商，商之遗声也，商人识之，故谓之商。"（原文有错乱，依郑注改正）又说"宋音燕女溺志"，宋音也是商音。又说"宽而静、柔而正者宜歌颂"。商音和周音是不同的，不待多说。《大武》当然是周人的音调，但在战国时代唱来已经杂有商人的音调。这或者是《大武》初作时已经受了商人的影响，或者是后来在商人影响下有所改进，难于论定。宾牟贾说"非《武》音也"，认为不是《大武》原来的音调，或是或否，也不可知。总之，"声淫及商"一句话反映《大武》音调的地域性，也反映出当时各地音调的交流。

（三）《荀子》说：

> 绅端章甫，舞《韶》歌《武》，使人之心庄。（《乐论》）
> 和鸾之声步中《武》《象》。（《正论》又《大略》）

所谓"使人之心庄"，当然与《大武》歌辞内容及舞跳容态有关，但也足以说明《大武》的音调是庄重的。所谓"步中《武》《象》"，不过是夸饰性的比喻，不能根据这句话说《大武》声节是比较均衡。

至于《大武》在乐器上的配合，文献无考，只好不谈。

根据以上的考察，我们知道，《大武》在舞容方面，具有充分的一贯的象征意味。它的整体是象征武王统一中国的故事，场面很大，演员六十四人可能是六十六人。全体演员象征武王的队伍，又有演员象征武王太公周公召公，都戴着"冕"，它是个武舞，舞具是战争的武器，朱干和玉戚。开舞以前，象征武王出兵前的准备工作，开舞以后，用六场象征故事进展的六个阶段，由出征而灭商，而去伐南国，而征服南国，而周召分治，而班师还朝，最后演员都坐在舞位上而结束。在表演中，有时象征夹击敌人，有时象征战争胜利，可以说这个歌舞具有一定程度的戏剧性。每场唱诗一章，唱来多咏叹的声音，音调特别拉长。它的分场和故事的环节，歌辞的内容，都精密地彼此相配合，这是一个在文学与艺术两方面都有一定成就的歌舞。

五　大武的历史意义

《大武》是诗歌音乐舞蹈相结合的一个歌舞。诗歌音乐舞蹈原来是三位一体的东西，都起源于劳动。原始社会的歌舞（包括音乐）是以劳动生产为主要内容，象征生产斗争的过程以至于故事，有鼓励劳动生产的积极意义。例如《尚书》记"夔曰：'戛击鸣球，搏拊琴瑟，以咏。'……下管鼗鼓，合止柷敔，笙镛以间，鸟兽跄跄，箫韶九成，凤凰来仪。夔曰：'于！予击石拊石，百兽率舞。'"（《益稷篇》）这是说一个歌舞，有些演员装扮鸟兽，应该是象征狩猎的生产斗争过程。社会向前发展，人类的生活内容逐渐丰富，因而反映生活的歌舞的内容也就逐渐扩大，就产生了别种内容的歌舞。到了部族间发生战争以后，反映在歌舞方面，就产生了以部族战争为主要内容的歌舞，象征部族战争的故事，有鼓励部族自卫的积极意义。例如《韩非子》说："当舜之时，有苗不服，舜……修教三年，执干戚舞，有苗乃服。"（《五蠹篇》、《淮南子·泛论篇》、《尚书·伪大禹谟》等也有此记载。）"执干戚舞"应该是象征战争的歌舞。这些记载，诚然出于传说，不能看做信史，然而它们反映出原始社会歌舞的内容是不成问题的。当时的人们在浓厚的迷信意识支配下，用这种歌舞祭祀鬼神，同时也用来娱乐自己。这是原始社会的歌舞最主要的两种内容。进入奴隶社会，这两种内容的歌舞都在向前发展着，到了封建社会的开始，便发展到这个以部族战争为内容的歌舞——《大武》。

由原始社会到封建社会开始，歌舞发展的具体过程，不易考出，见于先秦人的记载，黄帝的乐有《咸池》，颛顼的乐有《承云》，帝喾的乐有《九招、六列、六英》，尧的乐有《大章》，舜的乐有《大韶》，禹的乐有《大夏》，启的乐有《九歌》《九辩》，汤的乐有《大濩》《桑林》，此外还有葛天氏的乐等等，先秦人的记载，其可靠性也有问题，但也足以说明我们祖国自邈远的原始社会时期，在歌舞方面便已逐渐地向前发展，各个时代都有新的创作与成就，奠定了比较雄厚的基础，《大武》就是在这样的基础上结合当时的其它的历史条件而产生的。无疑地《大武》是古代歌舞在封建社会初年发展的一个标志，也影响了后代的歌舞，这是研究中国文化史、文学史、艺术史应该注意的一个重点。

《大武》的主题是表扬武王统一中国的武功，是周王朝领主阶级最高阶层的产物，定为周天子独占的御用歌舞，来表示天子的尊贵，体现等级制度的一个环节，周天子创作它，奏演它是为了娱神和自娱，同时也在于宣传武王太公周公召公的光荣，来教育自己的宗族和臣仆，传示自己的子孙。它这样的阶级性，并不足以贬低它的价值，首先要指出的，这个创作是西周以前文学艺术的结晶，不能仅仅归功于创作者。其次要指出的《大武》音乐舞蹈的创作，必然有当时"乐工"的集体劳动与智慧，就是掺有劳动人民的艺术结晶，不仅是武王周公乐官等有所贡献。再次要指出的，武王统一中国的武功所以获致，主要是当时参加战争的劳动人民的力量，不仅由于武王周公们的指挥有方。因此表扬这个武功的歌舞，实质上也表扬了参加战争的劳动人民的英勇，不仅表扬了武王周公等人。看它的歌辞表扬武王最为突出，而也表扬了战士。更次要指出的，是《大武》内容在社会发展上的重要意义，殷代是奴隶社会，由于生产力的提高，势必突破奴隶制度的生产关系向封建社会发展。加上纣王是个极残暴的奴隶主。他的残暴加深了劳动人民的痛苦，引起了社会局面的动荡。武王率领坚强英勇的战士，前去讨伐，在纣王统治下的奴隶实行倒戈，武王很快地战胜了殷朝，统一了中国，社会由奴隶制度开始进入封建制度，劳动人民由奴隶地位开始进入农奴地位，生产关系的改变又推动生产力的发展。所以从社会发展的角度上看，武王统一中国的故事，值得表扬，象征武王统一中国的故事的《大武》，有它的重要的历史意义。

那末，《大武》的思想性基本上应该予以肯定。它的艺术性，当然也是较高的，从前面所述它的舞容和音调，可以看出一些，而最要的是先秦人对于《大武》的称赞。《左传》说：

> 吴公子札来聘，……请观于周乐，……见舞《大武》者，曰："美哉！周之盛也，其若此乎！"（襄公二十九年）

《论语》说：

> 子谓《韶》尽美矣，又尽善也；谓《武》尽美矣，未尽善也。（《八佾篇》）

季札和孔子都是亲眼看见《大武》歌舞的人，都是懂得诗歌音乐和舞蹈的人。我们从他们的话里可以看出《大武》这个歌舞确能表现出武王统一中国获得武功施行文治的盛况。在他们眼中《大武》已经达于"尽美"的境地（《大武》和《韶乐》的比较在此不谈）。我们今天看不见《大武》舞，很难给予评价，而就季札孔子所给予的评价来看，《大武》的艺术性是相当高的，当然这和它的思想性是分不开的。在三千年前，我们的祖先已经能够创造出来一定高度的艺术性的歌舞，这是我们历史上一个值得重视的成就。

选自《高亨著作集林》第九卷《文史述林》，清华大学出版社，2004

《易传》探源

李镜池

上 《易传》非孔子作底考证

一 孔子与《易》

孔子与《易》发生关系，从西汉直到清末，经过二千年底定案，学者们虔诚的信仰着，无敢异议。因为它实在太神圣了，虽然甲虫噬了胡子，耗子开了洞，而金身依然，善男信女络绎不绝。间有一二狂徒大倡毁庙，结果只有空言，毫无影响。

孔子与《周易》底关系，据相传的"《易》历三圣"之说，孔子是三中之一。若果统计《周易》著作底分数来说，孔子底分数最多。经古文家把《十翼》完全归之孔子，虽只是"传"而不是"经"，然这份财产已是不少了，在全部《易经》的量上算来。经今文家虽把《说卦》以下三篇甚至《系辞》都送给他人，然而他们却把《卦辞》、《爻辞》这两份价值最贵的财产归之孔子——这真是"善于去取"了。总言之，无论是今文家，是古文家，孔子这份财产是分定的了。我们给他做个调停底人，大量一点，把《卦辞》、《爻辞》让给文王或文王周公父子俩平分，也把《系辞》、《说卦》、《序卦》、《杂卦》四种让给无名氏，那末孔子名下，至少还有《上象》、《下象》、《上象》《下象》，以及《文言》这五项财产。

然而，调停虽调停了，财产也已分好了，可是一查族谱，一问证人，却又发生了问题。结果，出一个批示道：

孔子只与《诗》、《书》、《礼》、《乐》、《春秋》发生关系，跟《周易》底缘分很浅，这些财产应该保留。

族谱在哪里？即是《论语》。《论语》里登记道：

> 子曰：加我数年，五十以学《易》，可以无大过矣。

全部《论语》只有这一条说及孔子学《易》底话；而这一条又有疑问，在《鲁论》里"易"字作"亦"，连下句读，成为

> 子曰：加我数年，五十以学，亦可以无大过矣。

再证之以《外黄令高彪碑》"恬虚守约，五十以敩"之言，则这个"易"字实在有问题，这怎能证明孔子与《易》有关系呢？

我们再来询问孔子底证人，孟轲先生，看他怎样说。孟子只告诉我们，孔子是一个了不得的人，"圣之时者也"；他说孔子作《春秋》而乱臣贼子惧。说这个，说那个，却始终没有说过孔子对于《易》有什么研究，更没有说他作《易》"经"或"传"。孟子是最崇拜最懂得孔子而自愿私淑孔子底人，为甚么他不出来替孔子争这项财产呢？孟子跟孔子相去尚近，他不为孔子做这项财产底保证人，直等到西汉之末，才有人出来说。而且说这话底，做保证底，又是善于作伪的刘歆，则事情就很可疑了。我们既不是孔家庙中底香客，更不是那边的庙祝祭司，用不着替他多要这一份香火钱。虽然孔子是圣人，不妨给他送点礼，然而古今来假冒圣人之名以贪财夺产者太多了，我们不能不先把赃物清除，然后再说送礼。不然，赃物与礼物混在一起，孔老先生看了也要生气哩。

本来孔老先生不过是个旧文化底保存者，旧文物的整理者，他自己彷佛预知有人冒牌贪赃，早就发出宣言，声明他是"述而不作，信而好古"底人。他自己说"不作"，后人偏要说他作这个作那个，拿了块顽石放在桌子上，夸称是他老人家所日夕把玩底宝玉，捡了块烂铜废铁带在身上，硬说是他老人家所佩带底宝剑，岂不是太笑话了吗？

二　《易传》非孔子作底内证

《十翼》之中，经今文家放弃了《系辞》、《说卦》等四篇，说是不合圣人之旨。因为这些顽石废铁太不像样了，给人攻击的无辞可辩，不能不放弃其所有权。至于《彖》、《象》、《文言》这三传，还没有人敢小施攻击，于是仍然保留。其实

这座建筑在沙上底楼台，一方倒塌了，全座也就站立不住。

《易传》之非孔子作，欧阳修在宋初早就怀疑了。他说：

> ……《系辞》……《文言》，《说卦》而下，皆非圣人之作；而众说淆乱，亦非一人之言也。昔之学《易》者，杂取以资其讲说，而说非一家，是以或同或异，或是或非。……《文言》曰，"元者善之长也；亨者嘉之会也；利者义之和也；贞者事之干也"：是谓乾之四德。又曰，"乾元者始而亨者也；利贞者性情也"，则又非四德矣。谓此二说出于一人乎，则殆非人情也。《系辞》曰，"河出图，洛出书，圣人则之"。所谓图者，八卦之文也，神马负之，自河而出，以授于伏羲者也。盖八卦者，非人之所为，是天之所降也。又曰，"包羲氏之王天下也，仰则观象于天，俯则观法于地，观鸟兽之文与地之宜，近取诸身，远取诸物，于是始作八卦"。然则八卦者，是人之所为也，河图不与焉。斯二说者已不能相容矣，而《说卦》又曰，"昔者圣人之作《易》也，幽赞于神明而生蓍，参天两地而倚数，观变于阴阳而立卦"，则卦又出于蓍矣。八卦之说如是，是果何从而出也？谓此三说出于一人乎，则殆非人情也。人情常患自是其偏见，而立言之士莫不自信；其欲以垂乎后世，惟恐异说之攻之也；其自肯为二三之说以相抵牾而疑世，使人不信其书乎！故曰非人情也。凡此五说，自相乖戾，尚不可以为一人之说，其可以为圣人之作乎！……余之所以知《系辞》而下非圣人之作者，以其言繁衍丛脞而乖戾也。……至于"何谓""子曰"者，讲师之言也；《说卦》，《杂卦》者，筮人之占书也。（《易童子问》卷三）

欧阳子仍然是今文家底见解，所以他仍信河图洛书底神话，孔子作《易》（他说，"孔子之文章，《易》，《春秋》是已"）底故事。《彖传》、《象传》，他是未敢怀疑底。然而他怀疑《系辞》而下非孔子所作，理由却很充足。《文言》解《乾》，共有四说，而互有异同。《系辞》上下，杂乱繁芜，显然是汇合诸作，不出一人。不知起初造孔子传《易》之说底人何以这样不高明，这样失检？于此可以看出"孔子传《易》"实是一种传说。传说是有变化性的，起始并不如此，后来渐渐变化，以至于固定。孔子传《易》底传说，到东汉以后便成为定说，为一般人所信仰。（关于这点，将于下一节论之。）又传说有时是没有理性的，一件故事可以有两种以上不同的说法，可以有前后矛盾的地方。《易传》本身，本来是经过战国后期直到西汉末一个长时间而作成底，顺着尊孔底潮流，儒家的拉拢，宣传，逐渐混入孔子底著作范围之内，当时也不及审察了；而且又经过有力者底采纳利用，于是成为固定，成为信仰，没人想到去怀疑他。

欧阳修之后，有个赵汝谈曾著论辨孔子作《十翼》之说；到了清朝，又有姚际恒著《易传通论》，抱着同样的见解。可惜他们的著作都失传了。最近有冯友兰先生从思想方面去考证《易传》非孔子作，他说：

> 易之《彖》、《象》、《文言》、《系辞》等，是否果系孔子所作，此问题，我们但将《彖》、《象》等里面的哲学思想与《论语》里面的比较，便可解决。
> 我们且看《论语》中所说孔子对于天之观念：
> 子曰："获罪于天，无所祷也。"　（《八佾》）
> 夫子曰："予所否者，天厌之！天厌之！"　（《雍也》）
> 子曰："天生德于予，桓魋其如予何！"　（《述而》）
> 子曰："吾谁欺，欺天乎？"　（《子罕》）
> 子曰："噫！天丧予！天丧予！"　（《先进》）
> 孔子曰："君子有三畏：畏天命，畏大人，畏圣人之言。"（《季氏》）

据此可知《论语》中孔子所说之天，完全系一有意志的上帝，一个"主宰之天"。但"主宰之天"在《易》、《彖》、《象》等中，没有地位。我们再看《易》中所说之天：

> 大哉乾元，万物资始，乃统天。云行雨施，品物流形。大明终始，六位时成，时乘六龙以御天。乾道变化，各正性命。（《乾·彖》）
> 天地以顺动，故日月不过而四时不忒。（《豫·彖》）
> 反复其道，七日来复，天行也；复其见天地之心乎？（《复·彖》）
> 天地感而万物化生。（《咸·彖》）
> 天行健，君子以自强不息。（《乾·象》）
> 大哉乾乎，刚健中正，纯粹精也；六爻发挥，旁通情也；时乘六龙，以御天也；云行雨施，天下平也。（《文言》）
> 天尊地卑，乾坤定矣。……在天成象，在地成形，变化见矣。（《系辞》）

> 这些话究竟是什么意思，我们暂不必管。不过我们读了以后，我们即觉

在这些话中，有一种自然主义的哲学；在这些话中，决没有一个能受"祷"，能受"欺"，能"厌"人，能"丧斯文"之"主宰之天"。这些话里面的天或乾，不过是一种宇宙力量，至多也不过是一个"义理之天"。

一个人的思想本来可以变动，但一个人决不能同时对于宇宙及人生真持两种极端相反的见解。

如果我们承认《论语》上的话是孔子所说，又承认《易·彖》、《象》等是孔子所作，则我们即将孔子陷于一个矛盾的地位。……（《燕京学报》第二期，《孔子在中国历史中的地位》）

《论语》一书，是我们相信为考究孔子言行思想最可靠的文献。《论语》所记孔子对于天底观念是"主宰之天"，而《易·彖》、《象》等则否，我们有什么方法可以把它解释得通，说是一个人的思想呢？孔子讲"仁"之道，虽然用的是"对症发药"、"因人施教"底方法，有各种不同的说法，但孔子对于天底观念却是发于他"内心底信仰"。他底信仰既如此，难道他又因为什么作用而著《易·彖》、《象》、《系辞》等，说些与自己信仰不符底话吗？断无是理。事实可证，何从附会！后人因为尊信孔子，反陷孔子于"二重人格"了。

现在我们可以干脆的说了，孔子并未作过《易传》。说"孔子传《易》"底，出于后人底附会。其始造成孔子作《十翼》之说底，有他们底动机与作用；后人相信"孔子传《易》"之说，也有他们底迷信的尊孔的好古的背景。

三　孔子作《易传》底传说演变

我们知道了《论语》里关于《易》底那一条话底不足靠，又知道《孟子》没有说到《易》，可知《易》与儒家底关系本来很浅，几等于零。直到战国末年，荀卿才说了句"善为《易》者不占"（《大略篇》），及引用《易》文。原来《周易》一书，只是供筮占之用底，试看《左传》、《国语》所载就明白了。

然而供筮占用的《周易》，加以义理的解释底，很早就有了。《左传》襄九年载：

穆姜薨于东宫。始往而筮之，遇《艮》之八☶。史曰"是谓《艮》之《随》☳，随其出也。君必速出！"

姜曰："亡！是于《周易》曰：'《随》：元亨利贞，无咎。'元，体之长也；亨，嘉之会也；利，义之和也；贞，事之干也。体仁足以长人，嘉德足以合礼，利物足以和义，贞固足以干事。然，故不可诬也，是以虽随无咎。今我妇人而与于乱，固在下位而有不仁，不可谓元；不靖国家，不可谓亨；作而害身，不可谓利；弃位而姣，不可谓贞。有四德者，随而无咎；我皆无之，岂随也哉！我则取恶，能无咎乎？必死于此，弗得出矣"！

这种以义理解释《卦》、《爻辞》底方法，正合于儒家底脾胃。儒家喜欢把旧文物加以一种新解释，如《论语》所载孔子与弟子谈"诗"及"礼云礼云，玉帛云乎哉？乐云乐云，钟鼓云乎哉"底话，孔子已是开其端，七十子后学更步武其后。所以《易》虽是筮书，而儒家不妨拿来做教科书，只要能够加以一种新解释，赋以一种新意义。——这是《周易》所以能加入《诗》、《书》、《礼》、《乐》一群而成为"经"底最先的根基。到后来，所谓"乐"者渐渐亡失，经典散佚；而同时时势变迁，儒者要求经典底范围亦扩大，于是《周易》遂一级级由筮书而升到经典底庙堂上来了。其发展底程序是：

筮书→义理新释→经籍散亡而要求范围扩大，《周易》成为"经"书。

《周易》成为"经"书之后，遂有人出来替它作传，如《春秋》与《礼》之有传一样。《史记》所谓《易大传》（《史公自序》）是也。考司马谈《论六家要指》所引"天下一致而百虑，同归而殊途"之言，在今之《系辞传》。《系辞传》是后人编纂论《易》诸作底碎语，及增以新材料而成，并非系统之作，故《系辞》未必就是大传。此点等到下篇再论，现在所要说底是考究"孔子作《十翼》"这个传说是怎样演变而成底。

《史记·孔子世家》说：

孔子晚而喜《易》，序《彖》、《系》、《象》、《说卦》、《文言》，读《易》韦编三绝。曰："假我数年，若是，我于《易》则彬彬矣。"

这一条据康有为氏考证谓：

……《隋书·经籍志》云："及秦焚书，《周易》独以卜筮得存，唯失《说卦》三篇，后河内女子得之。"《隋志》之说出于《论衡》，此必王充曾见武宣前本也。《说卦》"帝出乎《震》，齐乎《巽》，……"与焦京《卦气图》合。盖宣帝时说《易》者附之入经，田何丁宽之传无之也。史迁不知焦京，必无之。此二字（案指《说卦》）不知何时窜入。至《序卦》、《杂卦》，所出尤后，《史记》不著，盖出刘歆之所伪，故其辞闪烁隐约；于《艺文志》著《序卦》，于《儒林传》不著，而以"十篇"二字总括其间。（《新学伪经考》）

康氏因"其辞闪烁隐约"而定为"出刘歆之所伪"，我以为未必全是出于刘歆底作伪，而是"孔子作《十翼》"这个传说正在流行而未达到十分确定的阶段底时候底现象。

《史记》那段文字之前是历叙孔子与《诗》、《书》、《礼》、《乐》底交涉，所谓"删《诗》、《书》，定《礼》、《乐》"者是也。在那段文字之后，说：

"孔子以《诗》、《书》、《礼》、《乐》教，弟子盖三千焉。

这一句颇重要：第一，可见孔子没有拿《易》来教人；说孔子以《六经》教弟子，恐怕在西汉才有这个说法。第二，"孔子晚而喜《易》"一段文字，插在这里虽然可以，但与上下文没有关连，竟成为一节独立的文字。故这段文字若不是错简，定是后人插入。康氏怀疑"说卦"二字，据我想，《史记》不特没有"说卦"二字，连"序《彖》、《系》、《象》、《说卦》、《文言》"这一句也是宣帝时京房等插入的。在史迁时，固然有所谓《易传》底著作，但也所见尚少。《说卦》三篇，固然他未得看见；就是所谓《易大传》底《系辞》，他所见底也不是现在所存底全部。"赞"《易》之说，他固然未曾听说过；就是"序"《彖》、《象》等底传说，在他那时恐怕也未有。说孔子"序《彖》、《系》、《象》、《说卦》、《文言》"底，当在昭宣之间。那时《易大传》变为《系辞》，解《易》底旧说多被搜罗，新说又渐多，于是倡为孔子"序"《易传》之说，把《易传》价值提高。到了新莽时代底刘歆，已经又由"序"《易传》底传说转变到"作"《易传》了；已经由不著篇数底传说发展到整整齐齐地数目——"十篇"了。然而这"十篇"之目仍然在传说中，《汉书·儒林传》没有说清楚，《艺文志》也只说到《序卦》这一篇，《杂卦》则始终没有言及。可见这种传说是一步一步发展转变而成功底。

孔子作《易传》这个传说底演变，可以说是经过下列四步底阶段：

第一步，《周易》由占筮书变为儒家底经典；

第二步，有人为《易》经作传；

第三步，作传底渐多，于是有排列次序之必要，于是有孔子"序"《易传》底传说发生；

第四步，说孔子"作"《十翼》。

下 《易传》著作年代先后的推测

由上面底考证，《易传》不是孔子作底，既然明瞭了。但《易传》究竟是谁作底，这个问题不容易解答，恐怕永远解答不出来。因为作传之始，只注意到用底方面，而没有想到要"留芳百世"的名誉与领取稿费底"著作权"；而且作者又是情愿把版权送给孔圣人底。现在我们证明孔圣人不应领取这笔稿费，但作者又不明，没法，只好登广告"招领"罢。

作者虽不可考，然而这七种十篇文章不是一个人作底，也不是一个时代底产物，这一点却可断说；又这十篇底著作年代，哪一篇先，哪一篇后，这也是值得我们研究底问题。考究出各篇著作底先后，则作者虽不明，我们也就稍为满足了。现在让我来试作一番推测，有不对的地方，极望明达者指教。

《易传》一共七种，十篇文章，我把它们分为三组研究：

第一组 《彖传》与《象传》——有系统的较早的释"经"之传。其年代当在秦汉间；其著作者当是齐鲁间底儒家者流。

第二组 《系辞》与《文言》——汇集前人解经底残篇断简，并加以新著的材料。年代当在史迁之后，昭宣之前。

第三组 《说卦》、《序卦》与《杂卦》——较晚的作品。在昭宣后。

一 《彖传》与《象传》

《彖传》与《象传》，是《十翼》中最有系统的著作。《彖》释《卦辞》、《象》释《爻辞》，两传相衔接地把一部《周易》解释过了。且所解释底又完全依据了卦爻象位及所系之辞而作，所以学者间看这两传比他传为重要。今文家情愿放弃了《系辞》而下，却"死七八裂"的咬定这两传是孔子作底。这也难怪,因为他们看这两种是"最得圣人之旨"底大作;非圣人无以作《易》,亦非圣人无以解《易》。创"《易》历三圣"之说底原因在此,创"孔子自作而自解"之说底原因亦在此。

然而我们研究《彖》、《象》二传,比较其思想与释"经"之法,很有不同的地方,我们敢断定它决不出于一人之手。

两传都是释经底,我们先来看看它们怎样个解法。

《彖传》完全释《卦》与《卦辞》,它底方法有这几种:

(1) 以"爻位"释卦,如:

> 《小畜》☰☴《小畜》——柔得位而上下应之,曰小畜。
> 《履》☰☱《履》,柔履刚也。
> 《同人》☰☲《同人》——柔得位得中而应乎《乾》,曰《同人》。

(2) 以"取象"释卦,如:

> 《蒙》☶☵《蒙》——"山"下有"险","险"而"止",《蒙》。
> 《讼》☰☵《讼》——上"刚"下"险","险"而"健",讼。
> 《明夷》☷☲《明夷》"明"入"地"中,《明夷》。

(3) 释卦义,如:

> 《师》 师,众也。
> 《离》 离,丽也。日月丽乎天,百谷草木丽乎土。
> 《咸》 咸,感也。

(4) "卦""辞"直释,如:

> 《乾》 大哉"乾元",万物资始,乃统天。云行雨施,品物流形,大明终始,六位时成,时乘六龙以御天。《乾》道变化,各正性命,保合大和,乃"利贞"。首出庶物,万国咸宁。
> 《比》 "比,吉"也,比,辅也,下顺从也。"原筮,元永贞,无咎",以刚中也。"不宁,方来",上下应也。"后夫凶",其道穷也。

（5）哲理底引申，如：

> 《谦》……天道亏盈而益谦；地道变盈而流谦；鬼神害盈而福谦；人道恶盈而好谦。
>
> 《豫》……天地以顺动，故日月不过而四时不忒；圣人以顺动则刑罚清而民服：《豫》之时义大矣哉！

这五种方法，除了第三种，其余都为《象传》所采用了。如《乾·象传》说：

> 天行健，君子以自强不息。
> "潜龙勿用"，阳在下也。
> "见龙在田"，德施普也。
> ……

"天"与"健"是"乾"所"取象"；"阳在下"，是"爻位"；"德施普"释爻辞；"君子以自强不息"，是"哲理"底引申。

虽然，方法是采用了，而解释未必尽同。如，《需》卦《彖传》："'需：有孚，光亨，贞吉'，位乎天位，以正中也。"所谓"天位"，"正中"，是指"九五"说底。《象传》说："'……酒食，贞吉'，以中正也。"这是同了。又《讼·彖传》："'利见大人'，尚中正也。"九五《象传》："'讼，元吉'，以中正也"，这也相同了。总之，相同的地方很不少。然而不同的地方却也常见。如：

《彖传》	《象传》
《同人》☰ 《同人》：柔得位得中而应乎乾，曰《同人》。	六二——"同人于宗"吝道也。
《临》☷ ……刚中而应，大亨以正：天之道也。	九二——"咸临，吉，无不利"，未顺命也。
《大过》☱ ……"栋桡"，本末弱也。	初六——"藉用白茅"，柔在下也。
《坎》☵ "维心亨"，乃以刚中也。	上六——"过涉"之"凶"，不可咎也。
	九二——"求小得"，未出中也。
	九五——"坎不盈"，中未大也。

《彖》说"得位得中"，《象》却说是"吝道"；《彖》说"亨……乃以刚中"，《象》则说"未出中"，"中未大"；《彖》说是"天之道"，《象》则说"未顺命"。这是怎样解呢？若说是一个作者作这两种传，一会儿这样说，一会儿那样说，前后不符，自己打自己底嘴巴，教人怎样去相信他底话？常人尚且不致这样疏忽，何况我们底孔圣人！但要说明《彖》《象》二传之所以有异同底缘故，并不难，只要把孔子底长袍——弄魔术底人拿来遮掩底黑布——剥了下来，一瞧就瞧清楚了。

原来这两篇传是两个人作底，——至少是两个人。一个在前，作了《彖传》，解释六十四卦与其《卦辞》。"彖"底意思与"象"相同，《系辞传》说："彖者，言乎象者也。" 他解经之法，着重于卦底"爻位"之象与卦底"取象"，所以他用了个与"象"字同义的"彖"字。他所以不兼释《爻辞》底缘故，或许是以为有这全卦底总解释就够了，用不着再去每爻作传。到了《象传》作者出来，看见《彖传》只解《卦辞》，以为是不完之作，于是采用《彖传》底方法，把《爻辞》也解释了。至于每卦之下系以"君子以"、"先王以"的《大象》，我们还不能断定它与《小象》同出一个作者与否。若说是同作者的话，则《小象》是释《爻辞》，《大象》是作者底人生哲学，政治哲学。

明白了《彖》《象》二传不是出于一个作者，则二传中之有异同就不足奇了。《象传》虽模仿《彖传》，但因为《彖传》解《卦》与《卦辞》，而《象传》则解《爻》与《爻辞》，就不能处处与《彖传》吻合了；到了他遇到困难，不能把《爻辞》与《彖传》调合底时候，他不能不舍弃别的而单解《爻辞》。

其实，《象传》之解《易》，虽然模仿了《彖传》，但他对于"象"、"位"等，却没有《彖传》作者高明。他有时候只是"望文生训"。如《蒙》初六《爻辞》：

发蒙，利用刑人，用说桎梏，以往，吝。

《象传》解释道：

"利用刑人"，以正法也。

这何尝把《爻辞》解释清楚？又如《贲》初九《爻辞》：

贲其趾，舍车而徒。

《象传》说"舍车而徒",义弗乘也。

这也是白说了,解了等于没有解。这不过随便举例,传中像这种似解非解,抄袭《爻辞》,潦草敷衍的话多着呢。再看:

《爻辞》	《象传》
《师》:初六,师出以律,否臧凶。	"师出以律",失律,凶也。
《比》:初六,有孚,比之,无咎。	比之初六,有它吉也。
有孚盈缶,终来有它,吉。	
《小畜》:初九,复自道,何其咎,吉。	"复自道",其义吉也。
九五,有孚挛如,富以其邻。	"有孚挛如",不独富也。
《同人》:六二,同人于宗,吝。	"同人于宗","吝"道也。
《复》:六三,频复,厉,无咎。	"频复"之"厉",义"无咎"也。

够了,用不着再往下抄了。我们读《象传》这类的话,岂不是等于没有读？若《象传》真是孔子作底,那末,孔子就难免于给老师批作"敷衍字面,多说空话"了。

抄袭敷衍还不要紧,最坏的是强作聪明,断章取义,违反《易》底地方,例如:

《爻辞》	《象传》
《随》:上六,拘系之,乃从维之,王用亨于西山。	"拘系之",上穷也。

《爻辞》"拘系之"之下尚有文章,依文法也不应在"拘系之"断句。《象传》作者只见了"拘系之"三字,又见上六之爻位在最末,就立刻解道,"上穷也"。他不管下文是什么,也不顾文句怎样念,贸然下解释,岂不可笑！又如《蛊》九二《爻辞》:"干母之蛊,不可贞。"《象传》则说"'干母之蛊',得中道也"。明明是"不可贞",何以解作"得中道"？这是错用了"以爻位解释"的方法。或许他想来想去不得其解,只可用这话来塞责。他如《观》六二,"窥观,利女贞",解作"'窥观女贞',亦可丑也"。不知丑在何处？《无妄》九五,"无妄之疾,勿药有喜",解作"无妄之药,不可试也"。不知是他老人家（?）老眼昏花,看不见"疾勿""有喜"几个字,还是耳朵有点聋,教人

念给他听，他没有听清楚？否则是不该这样胡说的。

我们不用细细地替他校勘，就此可以见到《象传》解《易》并不高明。他没有像《彖传》作者把全卦烂熟胸中，把《卦辞》解释无遗，他虽然有意要模仿《彖传》，可惜学力未到。

然而《象传》作者并不是没有所长，他底长处在他底政治哲学，人生哲学等哲学思想。他在每卦之下把自己底哲学思想附合上去。虽然他所说底未必与《易》旨符合，然而他总算经过一番安排，借了《易》来表现他这一派底思想了。

《象传》作者底哲学思想是甚么呢？ 我们录些下来一看便知：

(1) 天行健，君子以自强不息。（《乾》）

(2) 地势坤，君子以厚德载物。（《坤》）

(3) ⋯⋯君子以果行育德。（《蒙》）

(4) ⋯⋯君子以饮食宴乐。（《需》）

(5) ⋯⋯君子以作事谋始。 （《讼》）

(6) ⋯⋯君子以懿文德。（《小畜》）

(7) ⋯⋯君子以俭德辟难，不可荣以禄。（《否》）

(8) ⋯⋯君子以向晦入宴息。（《随》）

(9) ⋯⋯君子以多识前言往行以畜其德。（《大畜》）

(10) ⋯⋯君子以慎言语，节饮食。（《颐》）

(11) ⋯⋯君子以独立不惧，遁世无闷。（《大过》）

(12) ⋯⋯君子以常德行，习教事。（《坎》）

(13) ⋯⋯君子以虚受人。（《咸》）

(14) ⋯⋯君子以立不易方。（《恒》）

(15) ⋯⋯君子以远小人，不恶而严。（《遁》）

(16) ⋯⋯君子以非礼弗履。（《大壮》）

(17) ⋯⋯君子以自昭明德。（《晋》）

(18) ⋯⋯君子以言有物而行有恒。（《家人》）

(19) ⋯⋯君子以同而异。（《暌》）

(20) ⋯⋯君子以反身修德 （《蹇》）

(21) ⋯⋯君子以赦过宥罪。（《解》）

(22) ⋯⋯君子以惩忿窒欲。（《损》）

(23) ……君子以见善则迁，有过则改。（《益》）

(24) ……君子以顺德，积小以高大。（《升》）

(25) ……君子以恐惧修省。（《震》）

(26) ……君子以思不出其位　（《艮》）

(27) ……君子以居贤德，善俗。（《渐》）

(28) ……君子以朋友讲习　（《兑》）

(29) ……君子以制数度，议德行。（《节》）

(30) ……君子以行过乎恭，丧过乎哀，用过乎俭。（《小过》）

(31) ……君子以思患而豫防之。（《既济》）

(32) ……君子以慎辨物居方。（《未济》）

六十四卦，我们不惮烦的举了三十二条来作例证。我们读了这些话，就很明显的见到《象传》作者底思想了。若果我们读过了儒家底一部重要的书——《论语》，再来读《象传》，就仿佛在温习旧书一般，很熟识，很易了解。《象传》这些话，差不多从《论语》里头都可以找出它相类似的话来。例如，孔子表明他自己是一个"发愤忘食，乐以忘忧，不知老之将至"底人，这就是"自强不息"的君子。又"果行育德"，在论语里有个子路，"子路有闻，未之能行，惟恐有闻"，所以孔子在季康子面前称赞他："由也果，于从政乎何有！"又"多识前言往行以畜其德"，《论语》里又有个传孔子衣钵底曾子，他自己说是"吾日三省吾身"底。至于"慎言语，节饮食"即是"君子食无求饱，居无求安；……敏于事而慎于言"之意。"非礼弗履"即是"非礼勿视，非礼勿听，非礼勿言，非礼勿动"那一套。此外所谓"有恒"，所谓"修德"，所谓"迁善""改过"，都是《论语》所载孔子的思想。而"君子思不出其位"，更是直抄《论语》之文，曾子所说的话。

总之，《象传》这一类话都可以从先秦儒家载籍中找出它的根据来，尤其是《论语》。除这里已举的之外，其他谈政治哲学的，什么"容民畜众"（《师象》），"作乐崇德"（《豫》），"省方，观民，设教"（《观》），"明罚敕法"，以及"殷荐之上帝以配祖考"等说法，无一不是儒家的说法。我们说《象传》作者的思想纯粹是儒家思想大概不会错。

这里有一个问题，就是，或许有人要说，《象传》这些话既与孔子的思想相合，可见这就是孔子作的；而后人作那些释《爻辞》的《小象》，把它混在一起，统名《象传》，以致淆乱。这话一攻自破，我且引崔述的话来作答。

《洙泗考信录》云：

> 《论语》云："曾子曰'君子思不出其位'。"今《象传》亦载此文。果《传》文在前与，记者固当见之。曾子虽曾述之，不得遂以为曾子所自言；而《传》之名言甚多，曾子亦未必独节此语而述之。然则是作《传》者往往旁采古人之言以足成之；但取有合卦义，不必皆自己出。既采曾子之语，必曾子以后之人之所为，非孔子所作也。（卷三）

《象传》出于"曾子以后之人之所为"，可以断定了。我想，《象传》作者当是齐鲁之间的儒生。《左传》既载韩宣子聘于鲁，见《易象》与《鲁春秋》（昭二年），《史记·儒林传》所载传《易》之人又多出于齐鲁。然则《周易》在齐鲁之间，研究的人之特别多，实非偶然；说孔子作《易传》，亦事出有因。

不特《象传》是儒家思想的产物，就是《象传》也带儒家色采。试读下列数条：

(1) 观天之神道而四时不忒；圣人以神道设教而天下服矣。（《观·象传》）

(2) 天地养万物；圣人养贤以及万民。（《颐》）

(3) 《家人》——女正位乎内，男正位乎外。男女正，天地之大义也。家人有严君焉，父母之谓也。父父，子子，兄兄，弟弟，夫夫，妇妇，而家道正；正家而天下定矣。（《家人》）

(4) "王假有庙"，致孝享也。（《萃》）

(5) 汤武革命，顺乎天而应乎人。（《革》）

(6) 圣人亨以享上帝；而大享以养圣贤。（《鼎》）

(7) 出可以守宗庙社稷，以为祭主也。（《震》）

"祀祭"，"孝享"，是儒家思想。汤武革命，顺天应人，是孟子底说法。而《家人》一条，更是儒家底礼教伦理；女内男外，界限分明；家齐国治，政教合一。儒家理想，何等显明！

不过《象传》作者并不是纯粹的儒家。他可以说"大哉'乾元'，万物资始，乃统天"；"至哉'坤元'，万物资生，乃顺承天"；"雷雨之动满盈，天造草昧"；"天地解而雷雨作；雷雨作而百果草木皆甲坼"等"自然主义"底哲学；他可说"天地以顺动，故日月不过而四时不忒；圣人以顺动则刑罚清而民服"（《豫》），迹近"无为主义"底道家思想：——总之，他多多少少是受过道家影响底。我们因这一点看出《象传》非孔子作底的证据来；因这一点看出它与《象传》不出于一个作者；也可以因这一点说它是出于七十子之后，以至在孟子之后

上面已从解"经"底文字上证明《象传》模仿《象传》，现在看他们表现思想底方式也足以佐证此说。《象传》注重解释卦义、《卦辞》，虽间或插入一两句议论，并不是有意安排，只是触机而发。《象传》便不同了，他解释《爻辞》是一套，他在每卦之下发挥底议论又是一套：是很有系统很有组织的一种作法。其格式是："君子以……"、"先王以……"或"后以……"，其范围不出伦理与政治两方面。这样整齐的文章，显然是较后的写作。

《象》、《象》二传底著作年代，最早不出于战国末，最迟不到汉宣帝。大概以作于秦汉间为最可能。秦皇不是行愚民政策，焚书坑儒吗，只有《周易》以卜筮之书没有殃及，儒家既把它尊为"经"典，所以在这独存而不禁的书上做功夫，把儒家思想附存上去。那时的作品，当不只这两传，不过这是幸存的完整的两篇，其余像《文言传·乾卦》四段文字中"'潜龙勿用'下也"及"'潜龙勿用'，阳气潜藏"两段，跟《象》传很相近，恐怕也是同时代的作品。只是散亡殆尽，就是西汉人也无从搜集了。

二 《系辞》与《文言》

《系辞》以下几篇传之非孔子作，经欧阳永叔一告发，今文家也就不能不割爱，把它们"清"了出来。真的，它们实在太不像样了。只因当初儒家尊孔的空气鼓吹的太浓厚，仿佛一层烟雾，笼罩得皂白难分，于是这些杂乱之文也混入了孔氏著作之林。这层烟雾，迷昧了千百年来学者的眼睛，虽曾被欧阳公冲破了一角放进一线光明，但一般人依然过他的迷信生活。

现在让我们先看欧阳修揭出的内容冲突之点。《易童子问》：

> 《系辞》曰"河出图，洛出书，圣人则之"。所谓图者，八卦之文也，神马负之而出以授于伏羲者也。盖八卦者，非人之所为，是天之所降也。又曰："包牺氏之王天下也，仰则观象于天，俯则观法于地，观鸟兽之文与地之宜，近取诸身，远取诸物，于是始作八卦。"然则八卦者，是人之所为也，

河图不与焉。

八卦之出于河图或人之所为，我们且不管，而《系辞传》关于八卦之来源有不同的说法却是事实。

我们更就文字上考察，《系辞传》真如欧阳子所批评，是"繁衍丛脞之言"。《系辞》里有论《易》理的，有说卦数的，有解《爻辞》的，有推崇《易》道的等等文章，然而毫无系统，东说说，西谈谈，说过了又说，谈过了再谈；拖沓重复，繁杂矛盾，好一味驰名今古的"杂拌儿"！

《系辞传》有解《易·爻辞》的几段文字，上下传都有，而编次约在每传的中间。这些文字，我疑其是解《易》的零篇断简，为后人所搜集，附存于此。其中大多数有"子曰"，并非孔子之言，实是《易》学家述其"师说"之谓，诸文亦大体相近。有"子曰"的十余条，或许是出于一个作者；无"子曰"的两条，又出于别个作者。吴澄《易纂言》把这些文字都分割出来置《文言传》下，说是《文言》的错简。不知《文言》本来也是一种搜罗旧说加以编次的《易传》，其成书的动因与《系辞》同，我疑其本出于一个编者，但因《乾》《坤》二卦有完整之解释，所以分了出来。至于其他不完整的，就随意放在这"辑佚箱子"里头，所以其次序全不依"经文系统"。

此外，如上下传之分，也并没有甚么意义与必要。《彖》《象》二传之分上下，是依"经"分底。"经"之分，又是依"简"分底。崔适《史记探源》说："《周易》分上经为三十卦，下经为三十四卦者，卦书初成，各以十八简书之。上经：《乾》纯阳，《坤》纯阴，《颐》，《大过》，《坎》，《离》，皆阴阳反对，不能共简，故六卦分为六简。《屯》倒之为《蒙》，《蒙》倒之为《屯》，他卦皆然，故二十四卦合为十二简。下经：惟《既济》，《未济》，各为一简，其余三十二卦合为十六简，总为十八简"。是则它们之分上下，有其理由。而《系辞》之分则毫无意义。我们可以替他想出两个解说：

(1) 经分上下，《系辞》模仿经的分法，把文字匀分两起，原无大意义。

(2)《系辞》本只一篇；后人为凑足"十篇"之数，遂把分量多点的《系辞》析分为二。

第二说虽也有可能，但劈分《系辞》，究不如分《序卦》为上下之较为自然；因为《序卦》是按着上下经之分而推想诸卦之次序底，所以韩康伯作注就讥其为"非易之缊"。若《易》不分上下二篇，则《序卦》解说诸卦序时，当必另有一番见解。现在《序卦》分为两截，则分篇凑数之说自以劈分《序卦》为宜。今则有明分上下篇底《序卦》而不采用，反强分《系辞》为二，其出于较早的形式，似为可信。然而较早的分篇法，也只是一种"模仿"的行为而非别有取义。它可以随便析为二篇，以至析为一二十篇亦无不可；因为它本来是"繁衍丛脞"之言，汇合众说之传呵。

既明白了《系辞》是丛杂之作，汇辑之书，我们才可以进而分析它底著作年代。然而就因为它丛杂，所以考究它底年代也大不容易。

我们说过，战国末，秦汉间，说《易》底人当很不少，然而有著作流传底却并不多。到汉武帝之后，儒家渐渐飞黄腾达起来；而《易》又有"广大悉备"底"神""通"，坐了《六艺》底头一把交椅；当时的大人物没有不会引用《易》文底。《汉书·艺文志》不绝的"《易》曰"称说，正如基督徒之称"耶稣说"，国民党之称"孙总理说"一样流行，一样有权威。《系辞》里推崇《易》道底话，如"《易》与大地准，故能弥纶天地之道；……范围天地之化而不过，曲成万物而不遗，通乎昼夜之道而知，故神无方而《易》无体"；"夫《易》，广矣大矣！以言乎远则不御；以言乎迩则静而正；以言乎天地之间则备矣"等，数量很不少。当我们读《彖》、《象》二传，只知道《周易》除卜筮之用以外，原来还有点伦理教训，政治哲学的价值；到我们读《系辞传》时，就不禁惊叹《易》道之"神""通""广""大"了。把《易》捧的这么高，恐怕非到了《易经》坐了《六艺》第一把交椅之后是办不到的。这就是说，《系辞》中这些话当产生于汉武之后。

《系辞》下有一大段文字讲古圣人因《易》象以制器底。据顾颉刚先生考证，把《系辞传》与《世本》及《淮南子》比较，断定《系辞传》后于《世本》，而是"袭用《淮南子》之文而后变其议论的中心"而成底（《燕京学报》第六期，《周易卦爻辞中的故事》）；《系辞传》作者（？）"拉拢一班古圣人来，又是出于要抬高《易》底地位底心理。他在那里大声疾呼：'《易》有圣人之道四焉，……以制器者尚其象'，不过是替《易》学宣传而已。我们由他宣传底大纲可以看出他底时代性来。

《系辞传》之成书，由上面两层看，当然是并不早了。但《系辞传》却不能说是一种新著，它是编辑而成底。新著的材料或许是不少，但旧说之搜集却也附存进去。我想编著《系辞》者底大目的，最少有这两个：一存佚，二宣传。解释《爻辞》底十余条，当不出于编者之手，虽然其年代亦未必怎样早。

最显著的，是在别种书上称引过底几条：

(1) 司马谈《论六家要指》云："《易大传》：'天下一致而百虑，同归而殊途。'"（《史记·太史公自序》。今《系辞》作"天下同归而殊途，一致而百虑"。）

(2) 仲舒对策云："《易》曰：'负且乘，致寇至。'乘车者，君子之位也；负担者，小人之事也。此言居君子之位而为庶人之行者，其患祸必至也。"（《汉书·董仲书传》。今《系辞》作"负也者，小人之事也；乘也者，君子之器也。小人而乘君子之器，盗思夺之矣。"）

(3)《韩诗外传》："传曰：昔者舜甑盆无膻而下不以余获罪；……故大道多容，大德多下，圣人寡为，故用物常壮也。《易》曰：'易简而天下之理得矣。'"（卷三）

司马谈与董仲舒所引，与今传文略有出入或颠倒，足见今传不是袭用《史记》、《汉书》，乃是师说相传之偶有差耳。旧说遗存于《系辞》中者究有多少，我们已无从稽考，总可以相信其中有一部分是。

此外，还有一件事应该研究底，就是"彖""爻"名词底转变。

《系辞传》有这么一条：

知者观其"彖辞"，则思过半矣。　（下传）

这个"彖辞"就是孔氏《正义》以后之所谓"爻辞"。《系辞》常以"彖""爻"对举，如：

彖者，言乎象者也。爻者，言乎变者也。　（上传）
彖者，材也。爻也者，效天下之动者也。　（下传）

八卦以象告，爻象以情言。

所谓"爻"就是我们说底"爻辞"。《系辞》载：

君子所居而安者，《易》之序也。　（序，《释文》：虞作爻。）
所乐而玩者，爻之辞也。　（上）

> 圣人……系辞焉以断其吉凶，是故谓之爻。（说凡两见）

"象辞""爻辞"，是《系辞传》编著者那时所通行的名词，有时候简称"象""爻"。

然而这种名词，在以前却没有人用。《卦辞》《爻辞》之在《左传》《国语》，都叫做"繇"。例如，

> 晋韩宣子为政聘于诸侯之岁婳始生子，名之曰元。…孔成子以《周易》筮之，遇《屯》☷。又曰，……遇《屯》之《比》☷。……且其《繇》曰："利建侯"。（《左传》昭七年）
>
> 公子重耳亲筮之，曰："尚有晋国？"得贞《屯》，悔《豫》，皆八也。筮史占之，皆曰："不吉。闭而不通，爻无为也。"司空季子曰："吉。是在《周易》，皆'利建侯'。……其《繇》曰：'元亨利贞，勿用有攸往，利建侯。'"《国语·晋语四》

在春秋战国，恐怕只有卦爻之分而无《卦辞》《爻辞》之别。最普通的是称《易》或《周易》。至指明其"辞"也只统称曰"繇"。"象"字古书不经见。"象辞"一名，当起于《象传》之后。象字本与象字同义，但后来因《象传》专解《卦》与《卦辞》，就用了"象"或"象辞"来代表《卦辞》。爻字早就通行（为《晋语》所载），无需乎另立名词。这样一来，就把从前的笼统的名词，"繇"字，分别清楚了。这种为应用便利而清晰起见，订定名词，不能不说是一种进步。到了孔颖达等修《正义》时，许是因为"象辞"这个名词不大好，遂改用"卦辞"。以后或用"象"，或用"卦辞"很不一律。"爻辞"一名，却固定了。其演变之迹是：

繇 象（或象辞）──→ 卦辞
　 爻（或爻辞）──→ 爻辞

《文言传》不是一个人底著作，痕迹很显明，只要看释《乾》一卦而有四说，就可以知道了。后人崇古心理太盛，不特说《文言》为孔子作，还要说是文王作，真是望"文"生训了。

然则何以叫做"文言"呢？这本来没有甚么故事在里头，所谓"文言"者，以其言之文也而已矣。我们最好请《系辞传》来做证据，因为《系辞》与《文言》是同时代底，说不定《文言》是从《系辞》分出来底。《系辞》说：

参伍以变，错综其数：通其变，遂成天地之文；极其数，遂定天下之象。道有变动，故曰爻。爻有等，故曰物。物相杂，故曰文。

又说：

夫《易》，彰往而察来，而微显阐幽；开而当名，辨物，正言，断辞则备矣。其称名也小，其取类也大，其旨远，其辞文，其言曲而中，其事肆而隐。

《易》是能通天地之变，成天地之文的；《易》是旨远而辞文底："文言"之义，盖取于此。《文言》与《彖象》都是解"经"之作，但《彖》《象》兼解"象""位"，而《文言》则注重解卦爻"辞"，这是《文言》与《彖象》二卦之别，亦即《文言》之所以为"文言"也。

《文言传》只有《乾》、《坤》二卦之解释；就是二卦也不一样，《乾》有四解，《坤》只一说。现在试把它分析此较研究一下。

《乾卦》四说举例

第一说	第二说	第三说	第四说
"初九，潜龙勿用"，何谓也？子曰：龙，德而隐者也。不易乎世，不成乎名，遁世无闷。不见，是而无闷。乐则行之，忧则违之，确乎其不可拔：潜龙也。	"潜龙勿用"，下也。	"潜龙勿用"，阳气潜藏。	君子以成德为行，日可见之行也。"潜"之为言也，隐而未见，行而未成，是以君子"弗用"也。

其中第一第四两说有释《卦辞》之文，二三两说则没有。第一说释《卦辞》之文，是参用《左传》穆姜解《随卦辞》之言（襄九年）与子服惠伯演《坤》六五《爻辞》之语（昭公十二年）而成。这个已经欧阳修崔东壁讨论过了，不必现说。其解《爻辞》之言，当是模仿《左》、《国》筮辞而作。

第二三两说，文类《象传》，试录之以资比较：

《象传》	《文言》第二说：	《文言》三说：
"潜龙勿用"，阳在下也。"见龙在田"，德施普也。"终日乾乾"，反复道也。	"潜龙勿用"，下也。"见龙在田"，时舍也。"终日乾乾"行事也。	"潜龙勿用"，阳气潜藏。"见龙在田"，天下文明。"终日乾乾"，与时偕行。

意义与句法都很相近，著作年代当亦颇早。这类文句，在《系辞》中是找不到底。《象传》有师说相承而幸存，其余则散佚，所见无多了。因此我们可以推想一下：自从《象传》出了之后，模仿续作底人极多，争为《爻辞》作注释，故有诸说。《文言》所取，不过其鳞爪而已。我们可以更放胆的推想一下：模仿《象传》而作底，只有释《爻辞》这一类东西，而无《象传》中"君子以"、"先王以"那一类儒家伦理政治思想。换言之，《象传》作者恐怕不只一人。

释《乾》第四说，是祖述《象传》底。《文言·坤卦》之说与这一说同出于一个作者。我们把《象传》与《文言》一比较就看得出来了。

《象传》	《文言》
大哉"乾元"，万物资始，乃统天。	"乾元"者，始而亨者也。
云行雨施，品物流形。	"利贞"者，性情也。
大明终始，六位时成；	乾始能以美利利天下；
时乘六龙以御大。	不言所利，大矣哉！
乾道变化，各正性命，	大哉乾乎！刚健中正，纯粹精也。
保合大和，乃"利贞"。	六爻发挥，旁通情也。
首出庶物，万国咸宁。	时乘六龙，以御天也。云行雨施，天下平也。
至哉"坤元"，万物资生，乃顺承天。	坤至柔而勤也刚，
坤厚载物，德合无疆。	至静而德方。
含弘光大，品物咸贞。	"后得主"而有常，
"牝马"地类，行地无疆，柔顺"利贞"。	含万物而化光，
"君子攸行"，先迷失道，后顺得常。	坤道其顺乎，承天而时行。
"西南得朋"，乃与类行。	
"东北丧朋"，乃终有庆，	
"安贞"之"吉"，应地无疆。	

这可见其用词相同，如"大""始""柔""顺"等；语句相袭，如"时乘六龙……"等；其有词语虽不同而意义实同者，如"天下平"之等于"万国咸宁"，"厚"与"方"都是"地"之"德"之类是。由此可见，（一）《文言》这一说是袭用《象传》底；（二）《文言卦》之第四说与《坤卦》一说同出于一个作者。

三 《说卦》,《序卦》与《杂卦》

我颇怀疑《易传》"十篇"这个整齐的数目。在西汉末刘歆校书以至班固作《汉书》时,这"十篇"之目恐怕尚在传说中。王充《论衡·正说篇》载:

> 至孝宣皇帝之时,河内女子发老屋得逸《易》、《礼》、《尚书》各一篇,奏之。宣帝下示博士,然后《易》、《礼》、《尚书》各益一篇,而《尚书》二十九篇始定矣。

这一篇逸《易》究竟是那一篇,王充没有说明白,我们无从知道。而所谓"逸",是"十篇"所逸,还是《易》本来不足"十篇"之数,后人作了来充数,而假称河内女子所得呢?与《易》同时得到底,还有《礼》与《尚书》各一篇,《礼》之篇数无人理会,《尚书》篇数则聚讼纷纭。这真是一笔糊涂账呵!

有人说这篇逸《易》就是《说卦》,其根据在《隋志》。《隋书·艺文志》载:

> 及秦焚书,《周易》独以卜筮得存,唯失《说卦》三篇。后河内女子得之。

这里说底是三篇,与一篇之说不同。若要证明《论衡》所说底是指《说卦》,非把"三"改为"一"不可。数目字之误容或有之,然而要把它改了以就己说便不当了。看河内女子得逸《易》之说,《隋志》虽与《论衡》同;但一者说"一"篇,一者说"三"篇;前者不明篇目,后者则指明《说卦》,可见《隋志》所说不过是一种传说或想像的话,不见得有甚么根据底。而《说卦》等之年代,却可以从这糊涂不清的传说里看出它们是后起而加以掩饰底痕迹来了。

这三篇之中,《说卦》或许是较早;然最早也不出于焦(延寿)京(房)之前。京房《卦气图》与《说卦》"帝出乎《震》,齐乎《巽》,相见乎《离》,致役乎《坤》;……震,东方也;……巽,东南也;……《离》,……南方之卦也"……的说法合。他们作了《说卦》,放在《易传》中,又在《孔子世家》添上"序《象》、《系》、《象》、《说卦》、《文言》"一句,以提高自己学说底价值。那时所已经有的只这五种传，所传说底只是孔子"序"传，还没有孔子"作"传的说法。

《说卦》后半部是讲八卦取象底。取象之说，在《左》、《国》中已开其端，《彖》、《象》传已衍其流，不过范围未广而意义亦简。以☰为天，为健；以☷为地，为顺，以☳为雷，为动；以☵为水，为险；以☶为山，为止；以☴为风，为木；以☲为火，为明；以☱为泽，为说。就是尽量的搜罗，也不过三二十种。但"到了京房荀爽一班经师出来，最喜欢弄这种玩意儿，于是又添了许多东西进去"。（顾颉刚先生语。见《上古史研究·甲编》，燕京大学讲义。）陆德明《经典释文》于《说卦传》末注云：

> 荀爽《九家集解》本，《乾》后更有四：为龙，为直，为衣，为言。《坤》后有八：为牝，为迷，为方，为囊，为裳，为黄，为帛，为浆。《震》后有三：为王，为鹤，为鼓。《巽》后有二：为杨，为颧。《坎》后有八：为宫，为律，为可，为栋，为丛棘，为狐，为蒺藜，为桎梏。《离》后有一：为牝牛。《艮》后有三：为鼻，为虎，为狐。《兑》后有二：为常，为辅颊。（卷二）

照他们的眼光看来，八卦是包罗万"象"的。《说卦》是在这样的空气中产生，可以断定。

《序卦》一篇，早就为人所驳斥了。韩康伯为《序卦》作注，评道：

凡《序卦》所明，非《易》之缊也 盖因卦之次，托以明义。……斯盖守文而不求义，失之远矣。

孔颖达等虽不敢摆脱"孔子就上下二经各序其相次之义，故谓之《序卦》"之说，但他是赞成韩氏的，他说：

> 今验六十四卦，二二相耦，非覆即变。覆者，表里视之，遂成两卦，屯蒙、需讼、师比之类是也。变者，反覆唯成一卦，则变以对之，《乾》、《坤》、《坎》、《离》、《大过》、《颐》、《中孚》、《小过》之类是也。且圣人本定先后，若元用孔子序卦之意，则不应非覆即变。然则康伯所云，因卦之次，托象以明义，盖不虚矣。（《序卦·正义》）

反对《序卦》之说，是不啻不承认孔子作《序卦》了。否则说孔圣人误会或改变古圣人作《易》之旨，岂不是更为罪过吗！

六十四卦之序，"二二相耦，非覆即变"，卦画之象本如此。如䷂（《屯》）覆而为䷃（《蒙》），䷄（《需》）覆而为䷅（《讼》）；䷚（《颐》）覆亦是《颐》，故变而为䷛（《大过》），䷼（《中孚》）变而为䷽（《小过》）。这种玩意儿，是根据于阴阳相对之理而来的。阴阳相对之理又是从宇宙的自然现象显示出来的，如天与地，日与月，山与水，禽与兽，人之有男女……等，随处都透露这个"无独有偶"的消息。八卦之成立，启源于此；六十四卦之排布，亦根据于这个原理。至于卦名之究竟，我们已无从知道。想当先有其音，后有其字；而音义又几经变迁，不易稽考了。我们现在沿用着的卦名，是否原始的卦名也很难说。如《坎卦》之写作"习坎"，虞翻注："习，常也。"（李鼎祚《周易集解》）王弼解习，"谓便习之"。孔氏《正义》说："习有二义：一者，习，重也，谓上下俱坎，是重叠；……一者，人之行险，先须使习其事乃可得通，故云习也。"诸说不一，倒不如说"习坎"是《坎卦》之本名，较为直捷了当。又《无妄》一卦，《象传》说："天下雷行，物与无妄。"《象传》常例，是卦象之下直书卦名的，如"山附于地，《剥》"；"雷在地下，《复》"；"天在山中，《大畜》"之类，是。何以独于《无妄》之上，多添"物与"两字？可见"物与无妄"许是《无妄》本名，后人因一名四字，为文太长，不便应用，遂省作"无妄"。

我们明白了卦名之有变更，就可以知道卦名本无大意义；知道了卦名无大意义，就可以见到以卦名之义来说明卦之次序的《序卦传》是由于后人附会出来的了。

我们更就他所说的加以比较，便见他附会的伎俩。

> 比必有所畜，故受之以《小畜》。物畜然后有礼，故受之以《履》。
> 有无妄然后可畜，故受之以《大畜》。物畜然后可养，故受之以《颐》。

《小畜》之后为《履》，《大畜》之后为《颐》，《履》与《颐》不同，所以既说"物畜然后有礼"，又要说"物畜然后可养"。然而这个还可以敷衍过去。又如，

> 物不可以终壮，故受之以《晋》。晋者，进也，进必有所伤，故受之以《明夷》。

> 物不可以终止，故受之以《渐》。渐者，进也，进必有所归，故受之以《归妹》。

"晋"与"渐"都解作"进"，何以一则"有所归"，一则"有所伤"呢？无他，要迁就"明夷"与"归妹"之义，不得不如此。若《晋》与《渐》之后不是《明夷》与《归妹》而是别的卦，他也随便给你解的通。又《晋》与《渐》之前若不是《大壮》与《艮》而是别的卦，他又何尝不可说的头头是道。谓予不信，试看下面一个例。

> 有事而后可大，故受之以《临》。临者，大也，物大然后可观，故受之以《观》。
> 得其所归者必大，故受之以《丰》。丰者，大也，穷大必失其居，故受之以《旅》。

"临""丰"之义都是"大"，但《临》之"大"是有"可观"之"大"，而《丰》之"大"则变为"穷大"，变为"必失其居"了。于此，我们可以看出他附会卦序的伎俩。他用的方式有正反两种；用语也是有格式的。是：

正——(1) "必有所……"或"……必……"
　　(2) "……然后……"
反——(1) "……不可不……"
　　(2) "……不可以终……"或"不可以……"

从正面说不通，可以从反面说，反正说通了就得了，管它对不对！

最后剩了一篇《杂卦》了。《杂卦》之名，《汉书》不载；东汉诸书也没有称引。我疑宣传孔子作《易传》"十篇"的刘歆班固之流未必见到它。它是"杂糅众卦，错综其义"（韩《注》语）的一首"六十四卦歌诀"。它不大着重卦义，只是有意把诸卦用韵编成歌诀，当是一种便于记诵的启蒙书也。

十九，五，一，完稿于燕大。

原载《燕京大学年报》第二期，收入《古史辨》第三册，北平朴社，1931

为屈子庚寅日生进一解

姜亮夫

　　古今论屈子生卒年者，皆以"摄提"、"孟陬"、"庚寅"三词为据。"摄提"、"孟陬"两词，王逸、洪兴祖与朱熹所释不同，其争论焦点在于星名、岁名之间。又或解之诂之，亦在求其碻义。两词含义实非关紧要，且论证亦易。至于"庚寅"一词，古今并无异论，然其义则至关紧要：一则与"摄提"、"孟陬"合而成"三寅"之一，一则与"降"、"初度"、"嘉名"、"正则"、"灵均"、"内美"、"修能"及屈子之所以自重自勉、一生忠爱、坚贞不拔之精神，亦即与全部作品表现之思想情愫密切相关，而绝非仅为推历定年之据也。此古今楚辞学者所未意及，故本文不惜费辞而专论。

　　"庚寅"为古代民间表吉祥之日。惟含吉祥，又与战国以降"男命起寅"、"女命起申"之传说及生寅弄璋之风习相并列，故嘉名以"正则"、"灵均"，称己有内在之美，侪于天"降"之列。凡此种种，皆与"庚寅"有关，锡名"正则"、"灵均"决非空言。

　　《离骚》："摄提贞于孟陬兮，惟庚寅吾以降。"朱熹《集注》云："昏时斗柄指寅，在东北隅，故以为名也。"原文自言此月庚寅之日，己下母体而生也。""按朱说最明快、干净，在今日考研古典载籍，为通俗之喻者，从朱说免去许多纠葛。然吾人对历史知识甚缺略，凡文学创作，必有其现时代之意义，于是而民情风俗、社会组织等事，遂为考研中必不可忽之事。细读屈子此文，先陈先世懿德，后言己身之内美等，恐非以"庚寅之日，下母体而生"一语之所能了，于是王逸《章句》之所说，不能不令吾人特加注意。以叔师去屈子不远，汉人风习所承袭于古者又至多，则所谓"男生而立于寅，得阴阳之正中"云云，是否全属荒唐，应有以辨证之者（辨叔师注文一段详后）。今谓此盖殷周以来所谓日辰吉凶之风习遗存，庚寅必为吉日之一，为古人民所崇敬之一事，谓屈子有所迷信，此固时代之局限，非必即为屈赋之瑕玼污点，此吾人必需具备之历史观点。

　　惟欲证成吉日之说，其事本至易（如本文第四段说吉日所陈），而欲探索其源流，则举近百年吾国学术上新发现之资料，与新吸入之学理，吾人固可作初步之考论，惟其事至繁赜，作最后之定论，则恐尚有所待也。

一　论十日传说

在古代有十日并出之传说，详《山海经》、《吕览》诸书（《淮南》言之亦最具体，惟汉人之说，姑不计在内）。中土记数之法止于十，此民族固有之认识，文字中一至十十字，皆从纵横线条表之（详郑樵《通志》），明其为同一系统之产物，即同一意识之结集，此当为中土数字之最多限度。日为一种常在之最大光明，而为人生活所不可暂缺，万福攸关之神物，此古代各民族同有之光明崇拜也。中土以日光及火光为光明崇拜之基本封象，与举世初民社会略同，而中土有十日并出（或交出）之传说。盖日有姓、阴、晦、明、春、秋、夏、冬之别，故日之为物为形，固有其最大之变幻，虽不如月之有圆缺，而日全食半食等现象，亦当在纪度之中，则以最大限度之字，表最大崇敬之光明，而日共有十个，固古初朴素之唯物知觉之应有现象。此一传说，不仅见于战国以前载籍之中，至两汉墓阙、祠堂石刻，尚大量为民间所使用，其势力足以压倒一切崇拜。此一迷信中实有其最伟大最重要之现实作用，"日月光华，旦复旦兮"，为何等伟大之祝颂，为人类与一切含生发生发展苗壮强大再生复活之最伟大之支配力量。在初民时代，能不以之作为生活中至上无极最可崇敬之事物乎？（别详余《中土古代光明崇拜试论》）所谓十日者，夏殷以来，以甲、乙、丙、丁十字所谓天干者代（与岁名之甲乙丙丁同名而异实）。昭七年云："天有十日。"杜注："甲至癸。"是甲乙为日名也。

二　以日名之风习

古帝王中有太昊、少昊、金天、葛天、祝融诸帝王，此光明崇拜之反映于最高统治阶级之说明。至夏以后，则帝王多以日名。禹娶涂山，生启，而曰辛、壬、癸甲，即《易》所谓先甲后甲此时之崇拜也。夏氏最后三王以日名，姑不计，殷人则帝王与帝王之妃或母亦皆以日为名，诸侯亦多同，吾人但一检《史记·殷本纪》即知之（甲骨文所称殷先王先公及妃名，见董作宾《甲骨文断代研究》一文）。惟吾人所得见之材料，皆当日王室之档案，考以日名之事实，但见于帝王及其妃、母，平民是否亦以名，则吾人可自王室之大臣、小臣、史、卜、百官等名姓考之，则以日为名者，竟无一人（余考得五十六人，以繁琐太甚，别为专文，大致董氏断代一文中，已多列之，可参），则民众不得以日名甚显。（此事至有考论之价值，一则周以前载籍无民众资料，二则民众恐尚无姓氏制度，故亦不得有名）而尤要者，则日既为崇拜之对象，则初民意识中，惟统治阶级能与天通，故可借此以为名，而民众既无上通于天之资格，则不得触犯所崇敬之神物，以渎乱神祇，此为最重要之一理论。假若民众可以日为名，则减弱其崇拜之作用，必待政治制度完全取代宗教统治后，此种崇拜既衰，而人民解放，乃得使用日为名矣。（此一理论之重要性，较上二类为有力）至周以后，宗教崇拜之心理，为人类理性发展之智力所取代，帝王命名以日之事象渐微，而民间得解放而有以日为名之事实，鲋里乙、剧辛等不一而足矣。

三　论择日

甲骨文以卜吉凶为基本作用，而每卜必记日，则卜而择日，为自然之发展，所谓记事必记日，亦此一事之现实作用。然以日命名，全部用十干甲、乙等十字，而殷虚卜辞之记日，则用甲子表，是此时记日之法，有一大转变，十二支已加入记日行列之中。此事之发展如何，近人虽有所推论，而迄未能说明此一事之本质存在为何，转变过程为何，余亦不能明其旨要，姑缺之，以待知者。然不论其转变如何，而其用以记日，则为最具体之事实。此数万片卜辞，是否可能统计出一种吉凶分明之日期，余未加研究，恐亦未必能有最接近科学之结论。吾人但欲借此以说明日期使用之过程变化，以达到屈子使用庚寅之作用与故习而已。故无所事于详考也。

四　吉日说

殷虚卜辞之卜筮，本义即为卜吉。《庄子·庚桑楚》："能无卜筮而知吉凶乎？"《礼记·曲礼上》言之更详："卜筮者，先圣王之所以使民信时日、敬鬼神、畏法令也，所以使民决嫌疑、定犹与也。"故择吉日一事为行筮之本质，亦即为初民崇拜迷信之一种事态，至小限度在殷商之时，已大兴盛，传之至春秋战国时代，其事盖未曾一日不存在。屈子有《卜居》而曰"愿因先生决之"，亦决疑也。此或为屈子设辞，而亦必为当时存在之事实，故《九歌》第一首即言"吉日良辰"。楚人好鬼，虽为传说，而《诗》、《书》、《左传》、《易经》亦多言吉日良辰。罗振玉言："周人铸钟，喜用丁亥。"岑仲勉辑金文中用丁亥者六十九器，其中亦有他器、非尽钟也。《多方》"惟五月丁亥，王来自奄，至于宗周"，似非偶然。《易·蛊》："先甲三日，后甲三日。"《巽》："先庚三日，后庚三日，吉。"《经义述闻》就此二则，证以《夏小正》、《召诰》、《少牢馈食礼》、《汉书·武帝纪》……而断之，曰："古人行事之日，多用辛与丁、癸者"。是辛与丁、癸为吉日，而择以行事者，西汉时古义犹存。俞樾《茶香室经说》一云："《复》象辞七日来复。"……今按《易》言"七日"，实即先甲三日丁、后甲三日丁也，自辛至丁，凡七日。先庚三日丁也，后庚三日癸也，自丁至癸凡七日。（按七日来复，此古人观察天象所得之一实证理论，故《复卦》曰："七日来复，天行地。"《正义》曰："七日来复之义，言及之与复，得合其道，唯七日而来复，不可久远也，此是天之所行也。天之阳气绝灭之后，不过七日，阳气复生，此乃天之自然之理，故曰天行也。"则先甲三日，后甲三日，先庚三日，后庚三日，皆一来复之义，而取甲、庚者，必以为吉宜故，《蛊卦》曰："《蛊》，元亨，利涉大川，先甲三日，后甲三日。"《彖辞》曰："先甲三日，后甲三日，终则有始，天行也"。《巽卦》九五曰："贞吉、悔亡无不利，无初有终，先庚三日，后庚三日，吉。"此皆卜吉之义。"先甲者，辛、壬、癸、甲也；后甲者，乙、丙、丁也。先庚三日者，丁、戊、己；后庚三日者，庚、辛、壬、癸也"。其说与上所陈皆可合，证之于古，则禹娶涂山生子，而曰辛、壬、癸、甲，此先甲三日吉之例也。《春秋左氏传》哀十三年曰："吴申叔仪乞粮于公孙有山氏曰：'佩玉繠兮，余无所系之。旨酒一盛兮，余与褐之父睨之。'对曰：'粱则无矣，粗则有之。若登首山以呼曰，庚癸乎，则诺。'"杜注："军中不得出粮，故为私隐。庚，西方，主谷。癸，北方，主水。"云云。《正义》申之，以为"庚在西方，谷以秋熟，故以庚主谷，癸在北方，居水之位，故以癸主水，言欲致饼并致饮也。"云云，其实不过告以后庚三日吉而已。即使作隐，亦断不可周折如是。此亦以《易》义七日来复之说告之，言后庚而吉，是以十干定吉凶，且远起于夏初，此当为吾族古代传说之可信者，若皆出战国以后传说，则辛、壬、癸、甲之义，何以生涩如是，故余辨之如此。）

按刘朝阳氏于周金中言初吉之八十七例，内用丁亥者为三十六（《华西协合集刊》四卷）。岑仲勉氏辑周金中言丁亥者，六十九则，为当日民俗重视之证。《多士》之丁亥，固非偶然，《诗》言"吉日庚午"，殆非无故矣。《左传》记此事尤多，不必烦引矣。

五 庚寅当为战国时楚民间习用之吉宜日

考周金中以干支记日者，于二百七十三器中分配如下：

甲 乙 丙 丁 戊 己 庚 辛 壬 癸

28 36 12 95 12 11 38 16 13 12

十二支分配在二百六十九器中为：

子 丑 寅 卯 辰 巳 午 未 申 酉 戌 亥

2 11 33 22 5 19 28 12 17 14 16 90

依上两表之分配计之，以丁亥为最多，其次则曰庚寅。庚凡三十八见，寅凡三十三见，皆占最高数次之第二位，则其为民俗所最重要之吉日，仅次于丁亥矣。具体录之，则

甲寅 大夫始鼎、姜伯𣪘、牧𣪘、师克𣪘、省卣五例。

丙寅 静卣、遇甗、文父己画。

戊寅 叔夷镈、戊寅作父丁鼎、遹鼎、豆闸𣪘、史懋壶、陈猷釜。

庚寅 克钟、中鼎、师奎父鼎、郳孝子鼎、静𣪘、录伯𣪘𣪘、师旬𣪘、宴𣪘、扬𣪘、走𣪘、谏𣪘、献彝、兮甲盘、襄盘、克盨。

壬寅 伯中父𣪘、无㠱𣪘、㠱鬲。

寅占三十三则，岂取寅有敬恭之义与？

庚寅各器，是否皆为楚器，因而引出庚寅为楚民俗独以为吉之日之说，亦不必详考（即如录公钟及师奎父鼎皆与楚有关）。

屈子所以言庚寅日降为内美者，吉宜之日生，与周金所传全可调遂。故《离骚》此语，非泛泛之言生之日也。

六 附论寅字申王逸说

上来所陈，自文学之表现立场论之，则朱熹之说已足解此句此章之义，而无所碍。自称颂先德，自言内美，名曰正则，字曰灵均等，此其后必有更深远复杂之含义，则词句所暗示于吾人者，必不仅于记载年月，而使内美正则等，徒为空言。故就其历史因力承袭论之，不能不深为发掘。自上五章，吾人可得一概念，及其发展之迹，则曰"崇拜光明"为其根基，史前传说，与日有关之事，与帝王名号，已见其端倪。夏殷以来，统治阶级以日名之事，乃此事

象发展之必然结果。周来，以宗法承宗教之政治措施，虽已自然地改变此一民习，而不能无遗痕，寝假而成为以日记事，以日记人。而日之吉凶，又成为发展之第二阶段必然现象。至屈子使用庚寅，由金文之统计，当为南楚民间吉祥日子，此一历史发展，非常自然，而且有其物质基础、辩证体系，为吾人所不可不知者。而殷周以来，尤其周以后，由十干之甲、乙、丙、丁加入十二支，乃至替代以十二支子、丑、寅、卯之发展，其转变之因缘，虽尚有待吾人今后之研究，而其事实固甚为明白。则庚寅之用，屈子必本之故国史实、人民风习而来，既非创作，亦非空言记事者矣。

至是汉人所传"男命起寅"之说，似亦当为吾人探索之一端，惜资料不足，未必即能视为定论。

男命起寅之说，吾欲自两事以明之：一则寅字之本义变义，即与日相关之旧说；二则禄命传说之分析。

《说文》："□，髌也，正月阳气动，去黄泉欲上出，阴尚强，象宀不达髌寅于下也。"云云，许释义至明，而解形则似当中说。徐锴曰："髌斥之意，人阳气、锐而出，上阂于宀，臼所以摈之也，象形。"云云，就小篆及许说言，徐解固甚得其义。考甲文寅字变形至多，而基本母型则作□，若□；省之则作□，若□，繁之则作□、□、□、□。最后两形，当为说文所本。就其省形与母型而论，皆即矢形，而以矢为据而演之形。其中｜、□、□、□等，皆架阁之形，则奉矢于架阁曰寅。而徒□若□，乃双手奏矢之形，小篆讹为从臼者也。至两周金文演变亦以此为基本，含义与甲文最近者，如戊寅父丁鼎作□，甲寅父癸角作□，至师奎父鼎之庚寅作□，师趛鼎之庚寅作□，无昊敦之壬寅作□，羌伯敦之□，裏盘之□，师奎以下各形，则稍有纹饰之象，而从手奉矢，则其事更明。细为分解，则寅字盖为奉矢祷祀之义，与后世文饰之词，则"三矢告庙"而已。在渔猎时代，矢为最重要工具，则有大事，必举以告于图腾，或宗神，或祖先，而后行事，此常礼也。更就古籍使用此字论之，余恐此为祭天祭日特定之用品，《尧典》"寅宾出日"注云："寅，敬也，以宾礼接之。出日，方出之日也。"是其证。又寅为东方之辰，亦以寅为日出之所也。又《舜典》内作"秩宗夙夜惟寅"，《传》训敬，古凡训敬之义，皆与天神相涉。《周书·祭公》："公曰：呜呼，'天子，我丕则寅哉寅哉，汝无以庶反罪疾，丧时二王大功。'"《书·皋陶谟》"同寅协恭和衷哉"、《无逸》"严恭寅畏"，皆是其证。惟先秦典籍，言敬者，有两阶段，最早用字皆与宗教之天地神祇之信仰有关，其第二阶段，则与宗法制度之祖宗先王有关。则寅之最初一义，已训敬，正与其祀日之民俗风习典礼相调协。而与祖先相涉，则宗法制之意识也。又《尚书》、《诗经》、《左传》、《国语》、《逸周书》等，多用寅畏连文，畏者与鬼神崇祀，有威可畏也，当为最原始字义。则寅之用亦必从同，故两词得以义同或义近相组合也。

抑又不仅此也，吾人苟自其语根语族论之，则寅本奉矢之形，古文凡从矢之字，皆有急进不已之义，故《汉书·律历志》云："引达于寅。"字与射同，而引与寅又双声之变也。《诗·小雅·六月》"元戎十乘、以先启行"，《传》云"夏后氏曰钩车，先正也。殷曰寅车，先疾也。周曰元戎，先良也。"郑笺"寅，进也"。《尔雅·释诂》："寅，进也。"进与寅亦双声之变，其叠韵之变，则曰春。春者，草木屯然而生之象，因以为四时之首。夏正建寅，正与春正月历合，则春寅有内在联系。春、屯与寅皆叠韵之变也，与声韵之变，如伸、如信、如晨、如循、如生，皆与寅义为同族。

至此，吾人得总结之，曰：寅者，古渔猎时代，人民奉矢祀日，以迎日，以象祀日之事，至为庄肃，故引申为敬。以同义词组合，则曰寅畏。此自宗教信仰之社会，应有之意识，至宗法社会，天日之尊已渐薄，祖宗之尊日益盛，于是而寅、敬、畏诸字之义，人民习之，已与其原始意识日渐蒙眬而不清。散在民间，则寅为记时之一名，而民俗以为吉宜之日。此汉字字形字义发展之常规，与社会发展之现象相结合，丝毫不乱，为吾人所必当知之者也。

至此，吾人讨论王逸《章句》所言"男命起寅"之说自觉非甚突兀，甚至荒唐可笑矣。其言曰：

> 寅为阳正，故男始生而立于寅；庚为阴近，故女始生而立于庚。（按两庚字当为申字之误）

按叔师之说，盖本《淮南·氾论训》及许氏《说文》。《说文》包字训曰："元气起于子。子，人所生也。男左行三十，女右行二十，俱立于巳，为夫妇。怀妊于巳，巳为子，十月而生，男起巳至寅，女起巳至申，故男年始寅，女年始申也。"朱骏声谓"十二辰说字体，岂传会古纬书之谈"，其言是也。凡纬书所记之说，固多荒渺，而吾人所不知、古史所已遗、昔先民习俗所不传，亦往往而见之，吾人固不必轻信，若使有据，则疑之可，信之亦可。且纬书始汉，而秦越人乃春秋时人，已有男子生寅、女子生申之语，则其说不自汉始矣。按十二辰说字，更傅会以三十而娶、二十而嫁之说，乃一种数字游戏，此与

《易》八卦同为文字游戏之一种，为巫史之一种魔术，虽未必即先秦旧物，而先秦自有此等文字与数字游戏，为不可否认之事实。吾人将此魔障气氛扫除，则寅以春正月之符号，引申而有此生发成长之内在规律。凡生皆吉宜，则以寅为吉宜之日。占卜者以之为吉占，生子以此为吉日。自周以来，男性中心之社会意识大立，能生男，则载之床，弄之璋，熊罴为男子之祥。而女性之地位大衰，故席之地，弄之瓦，为虺为蛇，为女子之象。男子如春发，女子如秋衰，故举申以配寅（此事当在十二肖属已立后，余别有说）。此术数家因寅吉而编造之一套数理循环与人生关系之哲学，吾人万不可受其蒙蔽，而亦万不可不事推考，一概屏弃。考论古事至难，以当前人情风习及进步之学理说之，则古人不任其咎，以历史主义探赜索隐说之，则固多钩擘不经之论。

余不敢自以为是，特提出与世之考古者一商之（沈大成《学福斋集》有包字说，亦足供吾人谨慎采取）。古来荒渺之说多矣。周公营雒，为后世阳宅之始；樗里相墓，为后世阴宅之始；左氏养子食子，为相术之始；高祖与虞珝同生，为禄命家所喜言。此等材料，皆各有其原始意义，存乎其中，但在吾人是否本之历史主义之态度，以从事研究而已。

原载《文学遗产》1981 年 1 期

屈原生年月日的推算问题

浦江清

  《史记·屈原传》没有提供可以考索屈原生年的材料，《离骚》王逸注有屈原生于寅年、寅月、寅日之说，因而有推算的可能性。照陈场等所推，屈原生在元前三四三年正月二十一或二十二日，这是旧说。旧说的错误在于误把历史年表上的干支纪年法的寅年作为战国时代岁星纪年的"摄提格"。郭沫若先生根据《吕氏春秋》里的一个岁星纪年例子用超辰法推求，假定屈原生于元前三四〇年正月初七日，也只在疑似之间，未为定论。一九四八年，我在清华大学讲授《楚辞》，开始注意这问题，有兴味深入研究，接触到向来经史学家所聚讼纷纭的岁星纪年的种种复杂方面。研究的结果是元前三四一年岁星在星纪，太阴在寅，太岁在子；元前三三九年岁星在娵訾，太阴在辰而太岁在寅。太阴、太岁的分别是依据钱大昕的旧说的。元前三四一年正月里无庚寅日，而"摄提格"也应该是太岁在寅之称，因此，我修正郭说，把屈原生年移后一年，推算他生在元前三三九年（楚威王元年）正月十四日庚寅，即阳历二月二十三日。

  一九四九到五〇年，我断断续续在古代天文学里摸索，曾经把战国秦汉之间的岁星纪年作通盘考虑，利用现代天文学家的表格，推算汉武帝太初元年的"摄提格"和《吕氏春秋》的"涒滩"那两个例子的岁星的正确方位，证明：(一) 战国时期的摄提格，岁星在娵訾宫；西汉时期的摄提格，岁尾在星纪宫；两式不同。 (二) 岁星纪年的古法是把岁星合日的那个月份作为定年名的标准的。元前三三九年可以肯定为摄提格之岁。

  不过《离骚》诗句有王逸、朱熹两家不同的注解，我们只依据王逸说推算屈原生年，不能作全面的肯定的结论的。这两家的说法互有短长，难判是非。现在我写作本论文时，再度考虑这问题。天文上有两个"摄提"。一个是有纪年作用的岁星摄提，一个是有纪月作用的大角摄提。但是，这两个摄提有关联作用，而王朱两家的意见也可以互相补充，不是互相矛盾的。要使屈原的生辰能够同时正确满足这两个摄提的要求，那末上面的那个答案是最合适的。

本论文虽然以屈原生辰的推算标题，讨论的问题广泛及于岁星纪年的各方面。这里讨论到：（一）岁星纪年和干支纪年的分别，即太岁超辰问题；（二）岁星纪年的原理和它的发展过程的推想；（三）岁星纪年的甲乙两式；（四）岁星摄提和大角摄提的关联作用。讨论的要点提供史学研究者的参考，并且期待天文历法专家们的指正。

一

《离骚》"摄提贞于孟陬兮，惟庚寅吾以降"，屈原自己叙说了他诞生的日子。这两句诗很难懂得，向来有两种不同的解释。一是后汉人王逸在《楚辞章句》里的注解，二是南宋人朱熹在《楚辞集注》和《楚辞辩证》里的意见。

按照王逸说，摄提是年名，太岁在寅曰摄提格，孟陬指夏历正月孟春建寅之月，庚寅是生日的干支。所以屈原生在寅年、寅月、寅日，他的生辰巧逢三寅，见得不平凡的。按照朱熹说，摄提是星名，它是随着斗柄指示方位以定月令的，正月孟春日没始昏之时，斗柄指寅，在东北隅。屈原只说他生在正月庚寅日，不一定在寅年。如果摄提是年名，其下不应略去格字，而贞于两字反而是多余的衍文了。怎么说寅年正于寅月呢？今按太岁在寅曰摄提格，见于《尔雅》，此外，《史记》和《淮南子》都有岁星纪年的摄提格的名称，王逸说是有根据的。至于摄提是星名则见于《史记·天官书》，朱熹虽没有引用《史记》，他是根据《汉书·律历志》"孟陬殄灭，摄提失方"的孟康注的。王朱两家说法不同，而都有根据，也都涉及天文历法专门之学，读者很难判决是非了。

学者之间，多数同意了王逸的解释。顾炎武说："古人必以日月系年……摄提岁也，孟陬月也，庚寅日也……岂有自述世系生辰，乃不言年而止言月日者？"（《日知录》卷二十。）戴震作《屈原赋注》，说："贞，当也，摄提之年当孟陬正月。"那支持朱熹的意见的却在少数。如果屈原只生在正月庚寅日，平均每两年可以有这样一个日子，他的生年就无法推测了；如果他生在寅年寅月寅日，平均二十四年内可以有这样一个日子，他的生年是有可能推定的。我们不愿辜负这位大诗人自己提供的材料，认王逸说是正解，试为推算，把朱熹的意见暂且搁开，回头再来讨论。

差不多一百年来，有几位学者尝试过推算的工作。邹汉勋、陈玚、刘师培三人先后用殷历、周历、夏历推算，推定屈原生在楚宣王二十七年戊寅（元前三四三年）正月二十一或二十二日庚寅。（邹说见《邹叔绩遗书》，陈玚有《屈子生卒年月考》，刘说见《古历管窥》。）三人所用历法不同，因而有一日之差，至于年份是相同的。因为前乎戊寅的丙寅年，后于戊寅的庚寅年，正月里都没有庚寅日，只有这年的正月里有庚寅，而且把这年定为屈原生年，和《史记》所叙屈原史实也暗相符合。这结论几乎成为定论，早时所出的文学史书籍往往采用了他们推算的结果，把屈原生年定在元前三四三年。

其实这结论是错误的，问题发生在年份上。何以知道楚宣王二十七年是戊寅年呢？从历史年表上的干支纪年得来。我们知道，在战国和在战国以前，干支只用来记日，不用来纪年的，所以当屈原生时，只有庚寅日而没有戊寅年。战国时代有岁星纪年法，摄提格是岁星纪年的名称，相当于寅年，可不同于干支纪年法的寅年，更不是我们现在所用的历史年表上的寅年。这历史年表上的干支年名，是后汉初期废去岁星纪年法，直接采用干支纪年的年历家所排定的，凡西汉以前的年份，逐年的干支是逆推附加上去的，和那个时期的岁星纪年年名，不相符合。

什么叫做岁星纪年呢？查考古代纪年法的历史，最早只有史官按照王公即位年次纪年的一种，称周某王某年、鲁隐公元年之类。到战国时期，天文学发达起来，天文占星家观测日月五星的运行，改进了历法，他们也企图着用天文现象来规定年名。他们利用岁星运行的规律拿来做纪年之用。岁星就是木星，这颗明亮的行星在古代人们的心目中认为是尊贵的天神所凭依，有规律地巡游在天空中的。它在恒星星座中的位置，逐年移动，从某星座回复到这星座，约计需要十二年。古代的天文家把黄道周围平均分划为十二"次"（古名"次"，今名"宫"），岁星年行一"次"。岁星每年和太阳会合一次，会合周期约计一年零一个月，如果今年在正月，明年便在二月，后年在三月，逐年推后一个月。它和太阳同宫会合，有三十天左右为日光所掩，人们看不见它，在合日前十五天晚见西方为黄昏星，合日后十五天晨见东方为晓星。木星合日好比日月合朔，晨见东方为晓星好比新月的出现。日月合朔和新月的出现可以做纪月的标准，那末一年一次的木星合日和新木星的出现为什么不可以做纪年的标准呢？岁星纪年法的被采用，一半是由迷信的占候吉凶观点出发，一半是有科学的、物质的基础的。

因为文献上的例证不多，所以岁星纪年法的发展过程不容易弄明白。约略说来，在战国初期，天文占星家说到"岁在星纪"、"岁在玄枵"等等那是岁星纪年的第一阶段。星纪、玄枵等是黄道周围平均分划的十二个"次"名，即宫名。每宫有显著的星座作为标纪，星纪宫有斗、牛两宿，玄枵宫有女、虚、危三宿，大致如此。如果某年岁星在星纪，次年岁星在玄枵，到第十三年岁星又在星纪。此后，约在战国中叶和末叶，产生了十二个太岁年名，是摄提格、单阏等等，乃是就岁星在某宫、在某月里和太阳会合而称呼的。这些年名，十二循环，以摄提格为第一年。此后，大概在西汉年间吧，称呼这十二年名做岁阴年名，另外加上十个岁阳是阏逢、旃蒙（一作焉逢、端蒙）等等，成为六十循环，以阏逢摄提格为第一年。十二循环的太岁年名，如果用十二辰名来替代，称寅年、卯年等也是相当的；六十循环的年名，如果用干支来替代，称甲寅年、乙卯年等，也是相当的。所以岁星纪年法渐渐蜕变而成干支纪年法。

我们必须注意两点：一点是在纪年的历史发展过程中，先有岁星纪年法，后用干支纪年法；一点是岁星纪年法有"超辰"，干支纪年法无"超辰"。干支是抽象的次第符号，六十循环永不间断，比较便利。岁星纪年由木星的方位得出年名，木星在星空中运行，不恰恰是十二年一周天，此十二年一周天微速，积至若干年后便超过一宫，因而必须跳过一个太岁年名，方始再能和岁星的方位相合，这叫做"太岁超辰"。当初天文占星家利用木星来名年，是假定它十二年一周天的，后来才知道它有超辰，不能不随时根据实测，规定年名，而超辰率又不容易计算正确，所以这古法终于被废弃，直接用干支纪年了。后汉以后，阏逢摄提格等古年名，还偶或被文人雅士所应用，那是按照当年的干支年名翻译过去的，和岁星毫无关系。可是屈原时代的摄提格，那末确定指示岁星所在，是当时历法上的原来术语，可以翻译做寅年而不是干支纪年里寅年的翻译。

邹、陈、刘三位不曾仔细研究这问题，在年表上找个寅年是不正确的。历史年表上的干支年名是后汉时代人所排定，推前推后，循环不断，中间没有超辰，逆推岁星纪年的时代，只有王莽时代的干支年名和当时的太岁年名相合，再往前推便不合了。例如，元前一〇四年是汉武帝太初元年，根据《史记》的记载，那时的天文历法家定这年为焉逢摄提格（甲寅）之岁，按照《汉书》，这年又有丙子的年名①，而历史年表把这年定为丁丑年。元前二三九年是秦王政八年，根据《吕氏春秋·序意篇》，这年"岁在涒滩"（太岁在申曰涒滩），而年表上作壬戌年。从此可证，楚宣王二十七年决不是战国时代太岁在寅之年。

我们要在屈原生年附近找定一个摄提格，有两种办法。一个办法是找一个

———————

① 《汉书律历志·岁术篇》："推岁所在，……从星纪起，……欲知太岁，数从丙子起。"

可靠的岁星纪年用超辰率推求；一个办法是研究什么叫做摄提格，木星应该在哪一个星座，用天文算法推算木星的行程。后面一种办法更可以得到正确的答案。

先说超辰率的计算法。照近代天文学所示，木星的恒星周期密率是11.8622年。它的合日周期密率是398.8846日，约为399日。木星在十二年中有十一次合日。我们用它的恒星周期密率计算正确的超辰率，算法如下：

真木星每11.8622年绕天一周，行十二宫，比之假定它十二年一周天行十二宫，逐年所超，以宫为单位是：

$$\frac{12}{11.8622} - \frac{12}{12} = \frac{0.1378}{11.8622} \text{宫}$$

$$\text{积至：} 1 \div \frac{0.1378}{11.8622} = 86.0827 \text{年}$$

适超一宫。

超过一宫就是超过一辰，需要跳过一个太岁年名，或与之相应的干支年名，方始能够使岁星和年名相合。八十六年是正确的"太岁超辰"率。战国秦汉间的天文家虽然不能知道这正确的太岁超辰率，但是那时期的岁星纪年年名既然从岁星方位上得来，岁星的方位和它的合日的月份是容易观测的，他们不知道超辰密率，由实测以定年名，等于知道超辰率一样。所以我们根据干支年表，反求岁星纪年年名需要用这超辰密率来计算。

郭沫若先生在《屈原研究》（一九三五）里不用邹、陈、刘三家旧说，另作推算。他根据《吕氏春秋》的"岁在涒滩"知道元前二三九年太岁在申，从此逆推，元前三四一年该是寅年。但这年的正月里没有庚寅日，他觉察到在这一百年中岁星应该超辰一次，寅年应该移后一年，便当得三四〇年。查这年的正月甲申朔，庚寅是初七日。郭先生推定屈原生在元前三四〇年正月初七日。

这个推算方法是合理的。结论是不是正确，还需要复核。查元前三四〇年的夏历正月癸未朔，庚寅是初八日，那甲申朔的是周正正月，这是首先应该更正的。但主要的问题还在乎年份上。

第一，《吕览》的"岁在涒滩"向来为学者们所聚讼不决的，许宗彦、王引之辈甚至疑八年为六年之误，以求强合于历史年表上的干支，这意见是谬误的。钱大昕知道它确切不误，因而推论历史干支年表是后汉人所逆推排定，最有卓见。可是钱氏也不能说明何以这年是申年。新城新藏加以申论，他认为元前三六五年是战国时代占星家所采用的元始甲寅岁（《东洋天文学史研究》，沈璿译本，页四〇二），从此顺推，元前二三九年是庚申年。如果新城的假定可以成立，那末寅年在元前三四一年。

第二，据《史记》，太初元年（元前一〇四年）是由历法家定为焉逢摄提格的，可以作为标准寅年。《史记》和《淮南子》说明摄提格之岁，岁星在斗牛，即星纪宫。标准寅年，木星应该在年初入星纪，年终出星纪而入玄枵宫。元前一〇四年年初距离公元纪年整整一百零四年，此数可以负号表示之①。从此数减去木星周天密率的倍数，可以约略推知在此年以前木星进入星纪宫的年月。算式如下：

$$-104-11.8622\times20=-341.2440 \text{年}$$

算式表示在公元纪元前三百四十一年零三个月木星步入星纪，所以元前三四一年岁星在星纪，此年该是寅年。

第三，我们照超辰法计算。元前一〇四年是摄提格，今年表作丁丑，年表上元前三四四年也是丁丑，中间距离二百四十年，该有三个超辰，寅年要移后三年，当元前三四一年。

复核的结果，寅年在元前三四一年，这年的正月里没有庚寅日，很使我们失望。元前三四〇年岁星在玄枵宫，很难定为摄提格的。

我们得重新考虑这问题。钱大昕《潜研堂文集》卷十六有一篇简短而重要的文章叫做《太岁太阴辨》，可以给我们启发。钱氏分别太岁、太阴为二，他认为太岁是太岁，太阴是太阴，相差两辰，太阴在寅则太岁在子，太阴在卯则太岁在丑，太阴在辰则太岁在寅，余可类推。太阴一名岁阴，《史记》和《淮南子》所说的摄提格都是指太阴而言的，太初元年从太阴纪年是焉逢摄提格，太岁在子，所以年名丙子。这个分别很重要，因此我们疑心上面所推的元前三四一年是太阴在寅，欲求太岁在寅还要移后两年，应该是元前三三九年。查此年正月丁丑朔，庚寅是十四日。这年的前后十二年，都应该是太岁在寅，正月里恰巧都有庚寅日，记出如下：

———————————

① 照天文年历学习惯，元前一〇四年应为负一〇三年，此处为了省去加减一年的麻烦，求简单明了，即用负一〇四年的数目计算。

元前三五一年正月初四日庚寅。

元前三三九年正月十四日庚寅。

元前三二七年正月二十四日庚寅。

我们参照《史记》所叙屈原事迹，以元前三三九年为最合适。

钱大昕的学说能不能成立呢？他分别两种寅年是正确的：不过太岁、岁阴、太阴这三个名词，在文献上有些地方是混用而没有分别的，因此他的意见为王引之所非难，为新城新藏所摈弃 (同上书，沈译本，三九四、三九九页)。此外，他认为岁阴纪年在前，用岁星年名，太岁纪年在后，用干支名称，这是不正确的。从钱氏的意见得到启发，我们深入研究，知道岁星纪年法实在有两种，甲式以岁星在娵訾为摄提格，即钱氏所谓太岁纪年，行于战国时代；乙式以岁星在星纪为摄提格，即钱氏所谓太阴纪年，是西汉时代新用的。《史记》和《淮南子》单说明了乙式。后面我们要详细证明这个结论，然后我们有理由定屈原的生年在元前三三九年。

二

先从整理史料入手。岁星纪年的名称详见于《淮南子·天文训》和《史记·天官书》，两处大同小异，今抄录于后，本文用《淮南》，括弧内是《史记》的异文：

太阴 (岁阴) 在寅曰摄提格，岁星 (居丑) 舍斗、牛，以十
一月 (正门) 与之晨出东方。

太阴 (岁阴) 在卯曰单阏，岁星 (居子) 舍须女、虚、危，以
十二月 (二月) 与之晨出东方。

太阴 (岁阴) 在辰曰执徐，岁星 (居亥) 舍室、壁，以正月
(三月) 与之晨出东方。

太阴 (岁阴) 在巳曰大荒落，岁星 (居戌) 舍奎、娄，以二
月 (四月) 与之晨出东方。

太阴 (岁阴) 在午曰敦牂，岁星 (居酉) 舍胃、昂、毕，以三
月 (五月) 与之晨出东方。

太阴 (岁阴) 在未曰协洽，岁星 (居申) 舍觜参，以四月
(六月) 与之晨出东方。

太阴 (岁阴) 在申曰涒滩，岁星 (居未) 舍井、鬼，以五月

(七月) 与之晨出东方。

太阴 (岁阴) 在酉曰作鄂，岁星 (居午) 舍柳、星、张，以六月 (八月) 与之晨出东方。

太阴 (岁阴) 在戌曰阉茂，岁星 (居巳) 舍翼、轸，以七月 (九月) 与之晨出东方。

太阴 (岁阴) 在亥曰大渊献，岁星 (居辰) 舍角、亢，以八月 (十月) 与之晨出东方。

太阴 (岁阴) 在子曰困敦，岁星 (居卯) 舍氐、房、心，以九月 (十一月) 与之晨出东方。

太阴 (岁阴) 在丑曰赤奋若，岁星 (居寅) 舍尾、箕，以十月 (十二月) 与之晨出东方。

太阴、岁阴同是一个东西。《史记》多星居丑、星居子等说法，丑指星纪丑宫，子指玄枵子宫，乃是十二宫名的简称。两书的异点在于晨见东方的月份相差二个月，《淮南子》是正确的，《史记》是错误的。

其次，我们画一个岁星纪年法简图来说明种种复杂的关系 (以下参看附图)。图的中心是太阳，里面一圈示地球绕日的轨道，外面一圈示木星绕日的轨道，这两个轨道都不是正圆的，而且也不在一个平面上，有微小的交角，但是为了方便起见，我们把它们画成正圆，而且画在一个平面上。把地球绕日的轨道做成平面，叫做黄道平面，这平面横剖天体圆球为二。最外的虚线大圈代表天体圆球上的黄道，平均分划十二宫，每宫三十度。十二宫有恒星星座斗、牛、女、虚等二十八宿作为标识，每宿有长有短，距度不一 (可参看《汉书》《律历志》)。地球自西向东在轨道上运行，绕日一周是一年，从轨道上不同的位置定冬至、立春等节气。相对的，从地球上测太阳，它在恒星星座中逐日移动方位，自西向东，循着黄道，一年一周，历十二宫、二十八宿、三百六十度[①]。冬至日，太阳在二百七十度，在战国时期元前四〇〇年左右，恰当牛宿初度，有摩羯座的明星β Capricorni为记认，古代的天文家是把这里定为零度的。西汉时期的冬至点已经不在牛宿初度了，但习惯上还把牛宿初度作为星纪宫的中心。我们设想一个冬至日，在黄道圈上星纪宫的中心画地球上所测见的"视太阳"。再在木星的轨道上画一个真木星，在黄道圈上面一个"视木星"，在星纪

---

① 如照古代天文，则为三百六十五度又四分之一度。

岁 星 纪 年 法 图

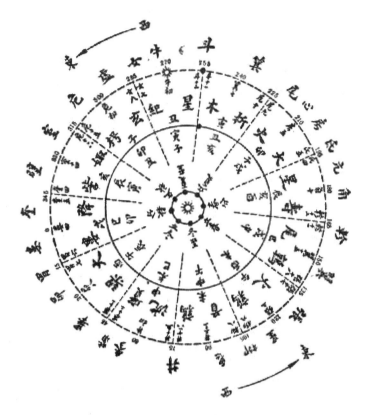

附注:本图中间十二地支原作红字,以示区别。

兹因版已制就,特此说明。

始点,二百五十五度许。历法家的一派以冬至为一个太阳年的开始,如果冬至日岁星居星纪始点,在太阳西十五度,日出前一小时晨见东方为晓星,是汉代天文家所规定的标准的摄提格。冬至在夏历十一月,以阴历年而论,属于上一年,这冬至日后的那个阴历年方才是摄提格之年。

图上有三圈十二辰名。外圈是属于宫名的十二辰,自东向西。中圈是《淮南》和《史记》的岁星纪年辰名,即钱大昕所谓太阴或岁阴辰名。内圈是钱大昕所谓太岁辰名。这两圈辰名都是自西向东的,跟木星的运行同方向。星在星纪丑宫,岁阴在寅,太岁在子,照《淮南》和《史记》,这年是摄提格。余可顺推。前代学者们讨论岁星纪年法的,只画外圈辰名,要人设想一个雄岁星,一个雌岁阴,在星纪始点,同时出发,背道而行,年行一宫,星居丑则岁在寅，星居子则岁在卯，用一个左转一个右转的说法。现在我们另画两圈辰名，那末只要跟岁星顺转，比较简单明白。

汉初用十月作岁首，到汉武帝元封七年十一月逢甲子朔旦冬至，历法家要把它做"历元"，改元封七年为太初元年，称焉逢摄提格之岁，并且改用正月作岁首。《史记》上没有记载岁星的方位，我们用天文算法可以推求的。这冬至日，照新城新藏《战国秦汉长历图》所特示，是儒略日1，683，431。旦指夜半零时，实合1，683，430.5，即西历元前一〇五年十二月二十五日零时。我们用Neugebauer氏的《天文年历日月行星行程表》推算[1]，在中国中部所见太阳和木星的方位如下：

太阳　　黄经270度27分

视赤经270度30分

视赤纬南23度29分42秒

木星　　实黄经256度54分36秒

实黄纬0度3分36秒

视黄经258度49分48秒

视黄纬0度3分10秒

视赤经257度49分48秒

视赤纬南23度9分14秒

实黄经是木星在它自己的轨道上的黄道经度，以太阳为中心的。视黄经是在地球上所测的黄道经度，以地球为中心的。视赤经是在地球上所测的赤道经度。汉代的天文家实在应用赤道经度。以视赤经而论，那一天的木星已过星纪始点二度五十分，距离太阳十三度不足。《后汉书·律历志》说：木星在太阳西十三度有奇则晨见东方，所以一〇五年十二月二十五日的那个冬至日的下一天可以有新木星在东方出现。

我们利用现代天文学精密推算知道汉武帝太初元年的"前冬至日"木星在星纪初，解决了《史记》和《汉书》注家的疑问，也证明了刘歆认为岁星在星纪末是误推的[2]。把太初元年定为摄提格，符合于《淮南》和《史记》的

─────────────

① Neugebauer: Tafeln zur astronomischen Ghronologie Ⅱ, Sonne, Planeten, Mond.

② 《汉书·律历志·世经》篇："太初元年前十一月甲子朔旦冬至，岁在星纪婺女六度，故《汉志》曰，岁名困敦，正月，岁星出婺女。女六度在星纪末，这是刘歆用他的不正确的超辰率误推的，不能得到岁星的正确方位。王引之等沿其误。

格式，我们称这个格式做乙式。星纪宫在十二宫中占着很重要的地位，《汉书·律历志》上说："五星起其初，日月居其中。"原来历法家中的一派把冬至作为一年之始，他们设想宇宙开辟元始第一年第一天，水、金、火、木、土这五颗行星都在星纪始点，而日月则处在星纪中央，这样"日月如合璧，五星如联珠"，叫做上元太初元年。这是甲子年、甲子月、甲子日、甲子时冬至。汉武帝太初元年的前冬至日，并不能那样理想，不过是十一月初一甲子日冬至，日月在星纪中央，木星在星纪初，火星在星纪末，水、金两星在玄枵，土星在析木，五星分居三宫，距离还不算太远。(今天我们用表推算，结果这样。)

从研究太初元年的这个例子，我们知道了西汉时期的摄提格方式。其次，我们研究《吕氏春秋》的岁星纪年。《吕览·序意篇》的全文如下：

> 维秦八年，岁在涒滩，秋甲子朔，朔之日，良人请问十二纪。

秦八年指秦王政八年，即元前二三九年。这年的木星在什么地方，可以先用简单的算法约略推算。知元前一○五年十二月二十五日零时木星实黄经二五六度五四分半，木星在它自己的轨道上平均每日行五分，要使它在星纪始点二五五度，应该推前二十三日，即十二月三日。这一天距离纪元元年一月一日有104.08年，以负数表之。使木星从星纪始点逆退十一周天有半，那末：

$$-104.08-11.8622 \times 11.5 = -240.4953 \text{年}$$

算式表示在元前二百四十年又六个月，木星在鹑首始点，即元前二四一年阳历七月木星入鹑首。次年阳历七月入鹑火。元前二三九年的阴历五月在鹑火，六月到鹑尾。这年的木星，一年跨行两宫，应该叫做什么年呢？照《淮南子》和《史记》，星在鹑火，岁名作鄂 (酉年)，星在鹑尾，岁名阉茂 (戌年)，现行年表上倒是壬戌年，但是吕不韦何以称它做涒滩 (申年) 呢？

这是使我们了解战国时代的岁星纪年法的关键性的问题：《淮南》和《史记》的说法在这里不能应用了。吕氏本文的"秋甲子朔"和"岁在涒滩"连文，中间有密切的关系。木星一年跨行两宫，年名要以合日的那个月份为标准。古人行文简略，这"秋甲子朔"实是"秋七月甲子朔"的省略。而且用殷历推算，那年的前冬至日是丙子，加二二八日得甲子立秋。所以这"秋"正是立秋日，正是秋季的开始，这个月份是标准的秋七月。立秋日太阳到鹑尾宫的始点，既然木星已经处在鹑尾，那末它和太阳同宫会合。涒滩在岁星年名中排行第七，岁星在七月合日称涒滩，又七月是申月，太岁在申曰涒滩，这决不是偶然的。

《周礼》："冯相氏掌十有二岁，十有二月，十有二辰，十日，二十有八星之位。"郑氏注："岁谓太岁，岁星与日同次之月，斗所建之辰。《乐说》说，岁星与日常应太岁月建以见。然则今历太岁非此也。"又《周礼》保章氏条下也有类似的注释。所谓岁星与日同次，就是木星和太阳同在一宫，看它在哪一个月份，这个月份初昏时斗柄所指的方位，得月的辰名和年的辰名，两相应合的。例如岁星在七月合日，斗柄建申，得申月，太岁也在申，年名涒滩。涒滩者，乃是岁星第七次合日的称呼。

以上是粗略的推算，是不是正确，还需要复核。这年的秋七月甲子朔合儒略日 1,634,351，即西历元前二三九年八月十一日。用 Neugebauer 氏表推算那一天的零时在中国中部所见太阳和木星的方位，结果如下：

太阳　黄经132度51分36秒

　　　视赤经135度37分

　　　视赤纬17度9分36秒

木星　实黄经143度10分

　　　实黄纬1度18分

　　　视黄经141度33分

　　　视黄纬1度5分24秒

　　　视赤经144度20分

　　　视赤纬15度51分

知太阳恰在鹑尾始点，木星已过鹑尾八度有余，约计那年的夏初木星已经入鹑尾，上面的简单算法是不够正确的，因为没有计算别的因素，如"岁差"等等在内，但是，秋七月木星和太阳同在鹑尾是确实不错的。七月朔，星和日距离八度有余，星为日光所掩，古书上叫做"伏"，约计十日后木星和日处于同度，又十三日有奇，在七月下旬，木星晨见东方。那年的木星的"伏"和"见"都在这个夏历七月。

用《周礼》来证明《吕览》，非常正确明白。岁星在鹑尾，"伏""见"于七月，称涒滩，那末战国时代的摄提格，岁星必须在娵訾宫，在正月里和太阳同宫了。这是岁星纪年的甲式，星在娵訾，太岁在寅，年名摄提格，从我们的图上看，用最内一圈的十二辰。

我们用现代天文学的精密推算可以解决《吕氏春秋》的疑难问题，证明王引之、许宗彦、刘师培辈认为秦八年是六年或七年之误，都是谬论。新城新藏假定元前三六五年为战国时代占星家所用的甲寅元，这个假定是单为解释《吕览》而设想的，无需的，也是错误的。因为元前三六五年，岁星在星纪，照战国时代的岁星纪年方式，乃是岁在困敦 (子年)，不是摄提格。在他那部大著作里凡根据这个假定而引申出来的意见都是蹈空的。此外，饭岛忠夫认为星在鹑火、鹑尾，决不能称为涒滩，因而疑心《吕览·序意篇》是伪作 (见他的《中国古代史论》，日文本四五四页)，也是因为拘执于《淮南》和《史记》，不知道岁星纪年有两种不同的方式而轻易下了个荒唐的判断。

为什么岁星纪年有两种方式呢？推究原因，实在因为历法家有两派。汉初出现的六历中，殷历、周历、鲁历、黄帝历这四家推算节气从冬至开始，他们把冬至到冬至作为一个太阳年；颛顼历、夏历这两家推算节气从立春开始，他们把立春到立春作为一个太阳年。六历都以一年之长为365.25日，没有什么不同，不过所用历元不同，前者要求十一月天正朔旦冬至的某年作为历元，后者是要求正月人正朔旦立春的某年作为历元。那天正派设想开辟元始第一年，日月五星都起于星纪一宫；那人正派设想开辟元始第一年，日月五星都起于娵訾一宫。

《唐书·历志·大衍历议》："颛顼历上元甲寅岁正月甲寅晨初合朔立春，七曜俱直艮维之首。 (中略) 其后吕不韦得之以为秦法。 (中略) 《洪范传》曰：历记始于颛顼，上元太始阏蒙摄提格之岁，毕陬之月，朔日己巳立春，七曜俱在营室五度。"艮维之首就是娵訾宫的始点，照《汉书·律历志》是危宿十六度，《洪范传》说是营室五度，有六度之差，所以然的原因，在这里我们可以略而不论。

历法上又有周正和夏正的分别。周正正月即夏正十一月，包含有冬至的那个阴历月份。夏正正月是立春前后开始的那个阴历月份。照天文学，把冬至作为一年之始来得合理；但是，冬至正在严寒，立春以后天气渐暖，方才有春天的景象，所以按照春夏秋冬四季的顺序，用夏正又有方便的地方，尤其能够配合农民的耕作习惯。在春秋时代，周朝廷所颁布的历法是周正，鲁国史官所记的《春秋》也用周正，但是当时许多国家，那些非姬姓之国和一般人民是不是都用周正呢？怕是不见得的。尤其是到了战国时期，各国都在用夏正。岁星纪年的年名既然产生在战国时期，而战国时期的各国既然都用夏正，那末把岁星在娵訾，在夏正正月里合日作为摄提格是极其自然的了。

《史记·天官书》上说："岁星一曰摄提，曰重华，曰应星，曰纪星。营室为清庙，岁星庙也。"这段材料必定是从战国时代占星家的星经来的，营室就是室宿，室宿和壁宿称营室东壁，是娵訾宫的标识，一共有四颗极其明亮的恒星，即飞马座三星和仙女座一星，构成一个四方形，也就是《诗经》"定之方中，作于楚宫"的定星。占星家把这四方形看做岁星的天庙，那末他们必定假定岁星的运行是从室宿起始的了。

所以毫无疑问，甲式是岁星纪年的古法。

为什么到了汉代要改用乙式呢？原因不得而知。汉代历法家虽有六家，重要的只是殷历和颛顼历两家，汉历调和两家，以殷历推冬至，颛顼历推立春，交相为用。汉武帝太初元年虽用乙式称焉逢摄提格，但是并没有抛弃甲式，因而又有丙子的年名，所以钱大昕说"太阴在寅而太岁自在子"。因为岁星在星纪，在十一月中和太阳同宫，按《周礼》太岁应月建以见的办法，十一月斗柄建子，是子月，因而也是子年。为什么不称甲子年而称丙子年呢？这丙子必定是沿着一个历元来的。最可能的是西汉年间的颛顼历家把元前三六六年正月甲寅朔旦立春的这年作为甲寅元而顺推下来的。所以在西汉时期已经有干支纪年，不过那个干支纪年还是和岁星方位有关，即是太岁所在的辰。

这太岁年名虽然用干支表示，要随岁星超辰的。从太初元年（元前一〇四）的丙子下推王莽始建国八年（即天凤三年，公元后一六年），距离一百十九年，此十二的倍数少一年，但是岁星已经超过一宫有半，所以在那年的年初岁星已到星纪中央了。《汉书·王莽传》说，"始建国八年，岁躔星纪"，这是正确的，那年也是丙子年。推前三年，元后一三年，岁星在寿星，《王莽传》："始建国五年，岁在寿星，仓龙癸酉。"仓龙即苍龙亦即太岁。这里是太岁纪年，用甲式，用干支，是和岁星方位应合的。直到后汉初年废去岁星纪年法，直接用干支纪年，不再顾到岁星的方位，就把王莽时代的太岁干支年名固定下来了，推前推后六十循环，无超辰，无间断的了。我们今天所用的干支年名，从王莽时代来，没有间断。但是，把王莽时代的始建国八年固定为丙子，那末逆推上去，汉武帝太初元年就变成丁丑；这是历史年表上丁丑的来历。

这些都是年代学上纷争的问题，我们总算弄明白了。我们知道西汉年间把太岁年名改用干支表示而把岁星年名施于乙式；至于在战国时期那末但用甲式，不以干支表示而是用摄提格、涒滩等年名的。那末屈原时代的摄提格必定是岁星在娵訾，在正月里和太阳同宫会合的那一年。

楚威王熊商元年正月十四日庚寅，合儒略日1，597，657，即元前三三九年西历二月二十三日①。我们用Neugebauer氏表推算这天的太阳和木星的方位，结果如下。

太阳　黄经329度22分

　　　视赤经329度25分

　　　视赤纬南11度48分36秒

　木星　实黄经330度38分

　　　实黄纬南1度22分

　　　视黄经330度25分30秒

　　　视黄纬南1度9分10秒

　　　视赤经332度55分30秒

　　　视赤纬南12度31分10秒

娵訾宫的始点三一五度照《汉书·律历志》合危宿十六度，危宿共有十七度，所以那天的太阳在室宿十三度许，木星在室宿十六度许，距离三度，都在娵訾宫的中央。那年的年名是摄提格，月份是孟陬正月，岁星和太阳同宫，照《周礼》太岁应月建的办法，正月斗柄建寅，即太岁在寅。所以按照王逸说，屈原的生年月日应该确定在元前三三九年阴历正月十四日，阳历二月二十三日。

朱熹怀疑王逸说，他认为如果摄提是年名，下面不应该略去一个格字，而贞于两字反而是多余的衍文，把寅年正在寅月上，在语文上显得不通顺。我们的答辩如下。

《史记·天官书》上说，岁星一名摄提。"格"字的意义是"正也，来也，至也"。"贞"字的意义是"正也、当也"。它们是同义字，说"摄提贞于孟陬"等于说"摄提格于孟陬"，没有什么两样的。在朱熹心目中，摄提格是浑成的一个专名，不可以分拆，其实"摄提格"就是"摄提正"，岁星正于正月是第一摄提格，年名就叫摄提格，岁星正于二月是第二摄提格，年名叫做单阏。逐年有一个摄提格，有一个岁星所当临的月份。那第一摄提格是岁星纪年的"正年"。

再深进一层说，岁星为什么一名摄提呢？那是就其作用而称呼的。摄提是

---

① 在公元前，如果知道确定的年、月和纪日的干支，可以算合儒略日，从儒略日再算合阳历（儒略历）。

天文上的术语，分析它的意义，包含有"标准"和"合辰"的意思。"合辰"就是日、月、五星的会合。岁星和太阳会合的这个现象可以做纪年的标准，因而它有摄提的别名。它一名纪星，一名应星，也是因为它应于某月作为纪年的标准，就其作用而称呼的。朱熹把岁星一名摄提这件事情忽略了，单举出恒星中的摄提星，即大角星下面的左右摄提星。那六颗小星为什么也叫摄提呢？《史记·天官书》上说：

> 大角者，天王帝廷，其两旁各有三星，鼎足句之，曰摄提。摄提者，直斗杓所指以建时节，故曰摄提格。

无论这六颗小星叫做左右摄提，或者连那颗明亮的大角星在内都叫做摄提，总之是按其作用而称呼的。大角同斗杓第七星连结成一根直线，通过左右摄提小星的中间，指示方位，下合于苍龙之首（即寿星宫角、亢、氐三宿），以建时节，有这样的作用，才叫做摄提。星的作用是摄提，摄提所当是摄提格。这儿不是也可以分拆开来吗？

《离骚》"摄提贞于孟陬兮"，孟陬是夏历正月。孟的意义是始，正月始春，同时也是一年的始月。陬字来历不明，或者是指正月里太阳在娵訾而得名的。这句诗的意义指示出岁星和太阳同在娵訾宫会合的天文现象，在一句话里同时表达了年和月。我们知道屈原在《左传》、《国语》的作者之后，在吕不韦之前。按照岁星纪年的发展过程，在战国初年，占星家只说"岁在星纪"、"岁在娵訾之口"等，那是直举岁星在星座中的位置的，还没有十二个太岁年名。到了吕不韦时代，既然有"岁在涒滩"的出现，可见那十二年名已经确立了。屈原时代的情况，因为没有别的文献作为旁证，所以这十二年名已确定了没有是无从推论的。如果已经有了，那末他用贞字代格字也不能说不通。如果还没有确定，而在酝酿时期，那末他的说法，比较前期的标举岁星所在的宫名已经发展了一步，指出了合日的月份了，而比用太岁年名则还在具体说明的过渡的阶段，在岁星纪年的发展过程上是很可以说得通的。

我们也不能知道《周礼》里面太岁应月建以见的办法，屈原时代已经有了没有。假如已经有了，那末屈原知道他生在寅年寅月，如果还没有，他只知道他生在岁星纪年的正年正月。

以上是根据王逸的注解，详细研究了岁星纪年的情况所得出来的结论，也补充了王逸注解的不足，去除了朱熹的疑问。后面我们再详细考虑朱熹的意见。

三

上面我们已经引用了《史记·天官书》关于大角星下摄提星的材料。朱熹并不根据这材料，他的根据在《汉书·律历志》的孟康注。《汉书·律历志》说：

> 历数之起上矣，《传》述颛顼命南正重司天，火正黎司地。其后三苗乱德，二官咸废，而闰余乖次，孟陬殄灭，摄提失方。尧复育重黎之后，使纂其业。故《书》曰：乃命羲和，钦若昊天，历象日月星辰，敬授民时，岁三百有六旬有六日，以闰月定四时成岁，允厘百官，众功皆美。

孟康注："正月为孟陬，历纪废绝，闰余乖错，不与正岁相值，谓之殄灭也。摄提星名，随斗杓所指，建十二月，若历误春三月当指辰而乃指巳，为失方也。"

又，《史记·历书》："其后三苗服九黎之德，故二官咸废所职，而闰余乖次，孟陬殄灭，摄提无纪，历数失序。"注解《史记》的也有类似的注释，因为出于孟康注以后，我们可以不引。

这儿刚巧是"孟陬"和"摄提"连文，所以朱熹引用孟康注来解释《离骚》，是平正通达的。如果按照他的解释，屈原只生在孟春正月，和岁星纪年的摄提格是无关的。

仔细研究，我们还可以提出许多意见。

孟陬殄灭和摄提失方是指远古时代的天文官失了职守，不知道在阴历年里随需要而插入闰月，以致不能和太阳季节调和，例如名为正月，斗杓不指东北寅位，气候不是孟春的意思。《史记》、《汉书》把这种现象说在尧舜以前，那不过是说说罢了，事实上在春秋的初期，历法还不够进步，所以也还有失闰的现象的。不过，照新城新藏的研究，在春秋末叶已经有规律地用十九年七闰法，在战国初期已经有七十六年一周期的历法了，已经过了"观象授时"的时代，用不到逐年观测，只要按历法推算了。在屈原时代，早已没有失闰的可能，他特地说"我生在一个摄提正的正月"，就是"不失闰的正月"，岂不是无的放矢吗？

若说他生在夏历正月，特别用这样的词句来分别周正和夏正的，我们疑心楚国原来在周人统治圈子以外，和周敌对的，就是在春秋时期也未必用周正，怕是向来用夏正的一个国家。而且要表明夏正正月，"孟陬"两字足以了之，"摄提贞于"都是衍文了。宋人诗话里有这样一个故事。有一天，苏轼见到秦观，问他近来写了些什么，秦观背诵了他得意的词句："小楼连苑横空，下窥绣毂雕鞍骤。"东坡道："十三字只说得一个人骑马楼前过。"屈原用"摄提贞于孟陬"那样一句话只说了个正月，不是太费劲了吗？

因此，我们疑心那句话不光是说个正月，内容还要丰富些，如果摄提不是纪年，那末也应该指示些别的。

先谈那几颗摄提星到底怎样定时节呢？北斗七星就是大熊座的七颗明星，形状像斗，俗名北斗，向外三星称斗柄或斗杓。这北斗七星在离开现在三四千年前，极近北极，所以终夜不没到地平线下的。古代的人民从生产斗争实践中，积累获得许多天文知识，把斗杓所指的方位推定四时节气也是古老的实用知识之一。在每天日没黄昏时看北斗，所指方向，四季不同，指正东是仲春节气，指正南是仲夏节气，指正西是仲秋节气，指正北是仲冬节气。天文家把人民大众的知识，加以发展，更求精密。斗杓三星是弯曲的，仅得大概，假如用大角星（牧夫座的明星）连结北斗第七星成直线，在战国时期，上面是正对北极的，下面交于赤道圈上约在亢、氐两宿之间，近寿星宫末点。这根直线在天体圆球上是一弧线，有"时圈"的作用。寿星宫的角、亢、氐三宿是东方苍龙七宿之首。摄提或者原来是大角星的别名，后来移称于"鼎足句之"的左右六颗小星，那六颗小星非极好的目力也不容易辨认。这摄提线所至就是苍龙之首所在的方位。冬至日，太阳在星纪宫中央，日平西方酉中，寿星中央到正北子中，日没后一小时，寿星末点到正北。立春日，太阳在娵訾初点，日平西方酉中，寿星中心到正东北寅初，日没后一小时寿星末点到寅初，余可类推。所以在战国时期，于日没后一小时初昏观测这根摄提线是可以定节气的。冬至正位于正北子中，春分正位于正东卯中，夏至正位于正南午中，秋分正位于正西酉中，立春正位于东北寅初，雨水正位于东东北寅中，余可类推。虽然在战国时期未必即有这二十四个节气的全部名称，但是用这摄提线可以推知太阳在某宫的中心或起点，等于定了节气。这摄提线所至就是摄提格，作用等于"斗建"，比较更正确些。

假如屈原只生在一个普通的正月里，可以有种种的说法，例如"孟春"、"孟陬"、"献岁发春"、"玉衡指孟春"等等都可以表示了，为什么要特提这摄提线呢？"摄提贞于"就是"摄提格于"，包含有标准和合辰的意义，不应该太空泛。因此，我们不妨作种种的猜测：

第一，他生在一个标准的正月里，正月朔日立春，阴历月份和阳历节气调和，得阴阳之正。庚寅不管是哪一天。正月朔日立春是颛顼历和夏历可以用作"历元"的年份，历法上的始年。《汉书》所说"孟陬殄灭，摄提失方"，是失闰的现象。要不失闰，需要观测天文现象，在"观象授时"的时代是如此的。但是累积了观象授时的经验，历法进步了，知道了十九年七闰的规律，知道用七十六年一周期的办法，用不到逐年观测，只要按历法推算，就能调和阴阳。所以"摄提失方，孟陬殄灭"在历法学来说，就是不曾找到一个正确的历元。屈原说，他生的那个正月是摄提正的，那末他应该生在一个可以作为历元的"朔旦立春"的正月了。

第二，他生在一个普通的正月里，而他的生日庚寅是立春日，是颛顼历家的年始，太阳入娵訾始点，初昏时斗杓和摄提正指东北寅初。

第三，他生在一个普通的正月里，而他的生日庚寅是雨水日，正月孟春的中气，太阳居娵訾宫的中央，初昏时斗杓和摄提正指东东北寅正。

有这么三个可能性。要检查有没有适当的年份，需要作一个立春表。

用颛顼历元前三六六年夏正正月甲寅朔旦立春，顺加三六五·二五日，推逐年立春，把新城新藏所作《战国长历》的夏正正月朔日干支附注于下，作立春表如下：

※ 元前三六六年甲寅·○○ (甲寅朔)

三六五年己未·二五 (戊申朔)

三六四年甲子·五○ (壬申朔)

三六三年己巳·七五 (丁卯朔)

※ 三六二年乙亥·○○ (庚寅朔)

三六一年庚辰·二五 (乙酉朔)

三六○年乙酉·五○ (己卯朔)

三五九年庚寅·七五 (癸卯朔)

※ 三五八年丙申·○○ (丁酉朔)

元前三五七年辛丑·二五 (壬辰朔)

三五六年丙午·五○ (丙辰朔)

※ 三五五年辛亥·七五 (庚戌朔)

三五四年丁巳·○○ (甲辰朔)

三五三年壬戌·二五 (戊辰朔)

三五二年丁卯·五〇 (癸亥朔)

三五一年壬申·七五 (丁亥朔)

三五〇年戊寅·〇〇 (辛巳朔)

三四九年癸未·二五 (乙亥朔)

三四八年戊子·五〇 (己亥朔)

※ 三四七年癸巳·七五 (甲午朔)

三四六年己亥·〇〇 (戊子朔)

三四五年甲辰·二五 (壬子朔)

三四四年己酉·五〇 (丙午朔)

三四三年甲寅·七五 (庚午朔)

三四二年庚申·〇〇 (乙丑朔)

三四一年乙丑·二五 (己未朔)

三四〇年庚午·五〇 (癸未朔)

※ 三三九年乙亥·七五 (丁丑朔)

三三八年辛巳·〇〇 (壬申朔)

三三七年丙戌·二五 (丙申朔)

※ 三三六年辛卯·五〇 (庚寅朔)

三三五年丙申·七五 (甲申朔)

三三四年壬寅·〇〇 (戊申朔)

三三三年丁未·二五 (癸卯朔)

三三二年壬子·五〇 (乙丑朔)

三三一年丁巳·七五 (辛酉朔)

三三〇年癸亥·〇〇 (乙卯朔)

三二九年戊辰·二五 (己卯朔)

在这些年份中间，正月朔日立春只有元前三六六年，此外三五八年、三五五年、三四七年正月朔日和立春仅差一日，但是这四个年份的正月都无庚寅日，可以不论。留下来可以讨论的只有三个年份。三六二年正月初一是庚寅日，年前十二月中的乙亥立春，加十五日得庚寅，所以这年的正月朔庚寅恰是雨水日。不过把这年定为屈原生年，他活到秦攻取黔中郡 (元前二八〇) 和白起拔郢 (元前二七八)，年寿在八十以上，是不合适的。这年的岁星在降娄，是单阏之岁，太岁在卯。三三六年正月初一也是庚寅日，初二辛卯立春，仅差一日，这个月份也够上标准的正月。不过把这年定为屈原生年，到元前三一三年张仪来楚，他被疏去职，才二十四岁，上推他初任左徒时，年才二十，未免年纪太轻些。这年的岁星在实沈，是大荒落之岁，太岁在巳。这两个可以考虑的年份都有缺点。

元前三三九年正月丁丑朔，上年十二月晦日是丙子，晦前一日乙亥立春，有〇·七五余分，正月朔旦不过在立春后一·二五日，也是近于标准的正月。《淮南子·天文训》说：立春日斗杓指报德之维，加十五日指寅则雨水。《天文训》里凡斗杓指着十二辰都建立"中气"，如指子则冬至，指癸则小寒，指丑则大寒，指报德之维则立春，指寅则雨水，指甲则惊蛰，指卯中绳则春分，指乙则清明，指辰则谷雨，指常羊之维则立夏 (余略)。把十二辰应用在十二个中气上，另外用四个维当立春、立夏、立秋、立冬，把甲乙丙等天干用在其余的节上。所以泛泛说斗柄指寅是孟春正月，严格说斗柄恰指寅位是正月中气的雨水日。现在十二月晦前一日乙亥立春，那么正月十四日庚寅恰当中气雨水日，斗杓和摄提指寅正。这个孟春中气，照《淮南·天文训》是雨水，别处也称惊蛰，惊蛰和雨水有时互换，那没有关系，总之是正月的中气。

所以就是我们尊重朱熹的意见，认为是同乎斗建作用的那个大角摄提，元前三三九年的正月十四日庚寅也是最合适的。而况这一年岁星在娵訾，恰在正月里合日，年名摄提格，太岁在寅呢！在这儿，王逸和朱熹的矛盾居然统一了，诚然是巧合！这年是楚威王元年，屈原生在这年，到张仪来楚，被疏去左徒的职位时，年二十七岁。从《史记》所记事迹和《楚辞》里可以推论他的年龄的，都能够配合，不发生困难。

《离骚》的"摄提"不管它指哪一种摄摄，关键在乎"贞于"两字。贞，正也。屈原说"正"，如果是的的确确正，一点儿不含糊，那末不是岁星的摄提当临在正月，便是大角的摄提正在立春或雨水。写《天问》的屈原他对于天文知识是丰富的，摄提是天文上的术语，有一定的意义。如果不能判断哪一种意义是主要的，那末我们能够找到一个同时能够满足两种摄提格的要求的答案是最合理的了。

照我们看，王逸和朱熹两家的注释都有毛病。王逸只作了训诂上的解释，说摄提格就是寅年，引起误会，使人误认为屈原时代已经有干支纪年的习惯，是诗人故意用了文雅、艰深的替换词的。因此也引起了后人根据干支纪年年表来推算屈原生年的错误。王逸是后汉时代的人，他已经习惯了干支纪年，也不清楚战国时代的所谓摄提格之年岁星在什么方位了。他只注意了训诂，却忽略了天文。朱熹注意天文，可是他单举出了大角星下的摄提星，忽略了"岁星一名摄提"的事实，所以他的解释也不够全面。恒星和行星里都有称为摄提的，同见于《史记·天官书》，我们相信它们都是战国时期的天文占星家所习用的，同样的古。在占星家看来，岁星的地位更其重要。在屈原时代已经有岁星纪年的习惯，所以《离骚》诗句中的摄提，应该主要指岁星，不指大角。不过既然是摄提格之年，又在孟陬正月，那末大角摄提同时也正在这个月份上，所以一句话可以既明其年又明其月了。

再深进一层考虑，我们觉得这两个摄提，是互相关联，交相为用的。申论如下：

(一) 中国的历法向来是阴阳合历，并不是纯阴历。古代的天文历法家，他们的主要工作在于调和阴阳，在阴历年里适当地插入闰月，调节太阳节气，使四季得其正。所以年有两种，从正月朔到十二月晦是一个阴历年，平年十二个月，闰年十三个月。另外有太阳年，从冬至或立春起算，以三六五·二五日为岁实。月份也有两种，阴历月是月朔到月晦，节气月是太阳年的十二分之一。例如孟春的那个节气月是从立春开始的三十天。用岁星纪年，既然是要把岁星和太阳同宫的那个月份作为标准的，这个月份应该用节气月，不用阴历月。否则岁星合在闰月，称什么年呢？节气月用什么来正呢？用大角摄提线来正是正确的。所谓寅月、卯月等都应指节气月的。岁星合日 (这是"合辰"，也是所谓"摄提") 在寅月，大角弧线正于寅位 (这也是"摄提")，岁星合日在卯月，大角弧线正于卯位，余可类推。从大角弧线的合辰，也就是从大角摄提所正，得岁星纪年的年名。这道理同《周礼》注上所说"太岁应月建以见"一样的。岁星一年只合日一次，只需要大角摄提一次。一年只有一个摄提格。

(二) 大角弧线的作用同于斗建，那末一年可以正十二个节气月，可以用十二次。但从文献上看来，孟春节气月只称斗杓指寅，而不说摄提在寅的。说摄提在寅等于说苍龙在寅。说苍龙在寅等于说太岁在寅。因为大角弧线所指即苍龙之首。论理苍龙之首所在也是十二个月份不同，每月正在一个辰位上。但是在习惯上特别提出苍龙所在是要关联着岁星所在而言的。例如说苍龙在寅，决不是说寅月，乃是说寅年，那就是岁星在娵訾在寅月合日，大角弧线正在寅位，苍龙之首也在寅位。这样的合辰才是摄提格。我们想像古代的天文占星家是有许多神秘的思想的，摄提格要求岁星、大角线、苍龙三方面的合辰是包含有天帝莅临在某方位的思想的。由此推论，似乎大角摄提总是结合岁星摄提的，而一年只有一个。这大概是因为用摄提来正月令，这时已经有岁星纪年，所以为岁星纪年的特殊用法所专用了。

（三）《大唐开元占经》卷二十三《岁星占》中引甘氏曰：

> 摄提格之岁，摄提格在寅，岁星在丑；单阏之岁，摄提格在卯，岁星在子；执徐之岁，摄提格在辰，岁星在亥（余略）。

这里称引甘氏，应该出于《甘氏星经》，其真伪可以不论。可以注意的是摄提格的用法，每年有一个摄提格。这里的摄提就是岁阴，是假想的雌岁阴，和雄岁星背道而驰的；"格"就是"到"，就是"正"。这儿的岁星纪年法是西汉时期的乙式。如果改为战国时期的甲式，那末是：

> 摄提格之岁，摄提格在寅，岁星在亥，单阏之岁，摄提格在卯，岁星在戌，执徐之岁，摄提格在辰，岁星在酉（余略）。

这儿的摄提就是大角摄提，也就是太岁，也就是苍龙了。

所以摄提是活用的，指星的合辰，是就星的作用而言的，原来不指木星或大角星或大角星下面六颗小星的物质本体的。《汉书》所谓"孟陬殄灭，摄提失方"，《史记》所谓"孟陬殄灭，摄提无纪"，也应该活看，那就是历官失职，找不到正年正月的意思。屈原《离骚》诗说"摄提贞于孟陬"指示他生在正年正月，而那个正年，在他的时代是岁星纪年十二循环的始年，也就是岁星在天庙的那一年。

所以我们认为王逸注虽然失之疏略，大致不错。朱熹注是片面的。上面的推算虽然恰巧能够同时满足双方的要求，庚寅日的恰值孟春中气不能作为主要条件。

我们根据夏历、殷历、周历三个历法来推算，元前三三九年的夏历正月丁丑朔，三历俱同。十四日庚寅零时，照现代天文表格推算，太阳视赤经三二九度二五分，当天的未时到三三○度，交雨水中气，和用颛顼历所推乙亥·七五立春，庚寅·七五雨水，相差极微，可以说是密合的了。这些历法是从战国流传到西汉年间的。假如当时楚国实用的历法比此稍有出入，那末可能节气和朔日有一日之差。这样，楚威王元年也可能碰到正月丙子朔旦立春，又值岁星在天庙，竟极适宜于作为历元的了。如果是那样的话，庚寅便变成了十五日，值日月之望。至于合算阳历，仍然是二月二十三日。

总结我们所推算的屈原生辰有下列几个特点：

（一）出生的月份是孟春正月，一年的始月。而且这个正月是近于标准的正月，朔日和立春极近，太阴月份和太阳节气相调和，得阴阳之正。

（二）出生的年份是当时天文占星家流行应用的岁星纪年法的正年，是十二循环纪年的始年。岁星在天庙，就在他出生的月份正月孟春和太阳同宫会合。如果用《周礼》从月建得太岁辰名的办法，那末这年就是寅年。他生在寅年寅月，月份上有太岁。

（三）出生的日子是庚寅，值孟春节气月的中气，雨水。而且也极近于阴历月的中心，望日。

《离骚》诗上说：
皇览揆余初度兮，肇锡余以嘉名。
名余曰正则兮，字余曰灵均。
纷吾既有此内美兮，又重之以修能。

这里皇即皇考，先父。揆是度算。初度就是生辰。大意说他生下以后，他的父亲察算了他的生辰的优点给他取了好的名字。王逸注："言父伯庸观我始生年时，度其日月，皆合天地之正中，故赐我以美善之名也。"《文选》五臣注："我父鉴度我初生之法度。"什么叫"初生之法度"呢？是指小孩的躯干容貌吗？不是的。是指出生的日子的天文星象，也就是后世所谓"星命"。因为这句诗是紧接着上面说他的生辰"摄提贞于孟陬兮，唯庚寅吾以降"的那一句的。王逸注得其大意。屈原的屈姓是楚王族的分支，楚王族自称是颛顼帝高阳氏之后，又是职掌天文的重黎氏之后，在楚国天文占星术必定很发达，在当时是结合着阴阳五行说的。屈原的父亲按照他的生辰来命名是非常自然的。我们今天说"生辰"，那不过是出生的日子的意思。"辰"字在古代包含有星象安排的意义，是带有具体的内容的。例如《诗经》里有"我生不辰"、"我辰安在"等说法，都是慨叹自己星命不好。因此，"初度"其实就是"生辰"。

屈原的生辰得到日、月、星三光的齐平中和景象。日月东西相望，岁星和日同宫相合。同时，年是正年，月是正月，日子是阴阳两历的齐平中和。因此他得到"正则"和"灵均"的美名。"正"和"均"都包含有齐平中和的意义。他的正式名字是一个"平"字。这"平"是从天文法度上的"平正有则"得来的。这"平"也是屈原一生立身行事的法则。古人相信人的德性是禀赋于天的，所以屈原称为"内美"，王逸注上说："言己之生内含天地之美气。"诗人实在暗示有这层意思，倒并不是注说者的穿凿附会。

《离骚》是难读的诗篇，"摄提"两句尤其难懂。倒不是屈原故意作难我们，二千三百年以前的天文历法的术语，到了今天变成了一个哑谜了。本文不惮烦地做了反复推寻的考据工作，不敢说把这个哑谜正确地打中了，不过是经过了一番细密的研究，报告这问题的复杂性，在许多可能的答案中挑选出比较能够符合各方面的条件的一个，把它提供给屈原研究者参考，天文历算专家复核和指正。

1953年5月5日写毕。北京大学。

原载《历史研究》1954年第1期

历史文物的新出土与
屈原生年月日的再探讨

汤炳正

探索屈原的生年月日，是把中国古代杰出的进步诗人屈原放到更为准确、更为具体的历史环境中进行评价的重要课题。因此，它曾引起了古今中外文学史家所注意，并做了不少的试探工作。

本来，对先秦时期文学家的生年月日，由于资料缺乏，有可能进行深入探索的并不多。而屈原在自己的诗篇《离骚》里却为我们留下了这样一段自叙性的诗句：

> 帝高阳之苗裔兮，朕皇考曰伯庸，
> 摄提贞于孟陬兮，惟庚寅吾以降。
> 皇览揆余初度兮，肇锡余以嘉名，
> 名余曰正则兮，字余曰灵均。

因此，"摄提贞于孟陬兮，惟庚寅吾以降"这句话，就成了探讨屈原生年月日最有力的根据和最可靠的第一手资料。不过，由于这句话的含义涉及到古代天文学、历法学上极其复杂的问题，所以从东汉直到现在将近两千年来的学术界，意见极其纷歧，科学的结论，仍待人们去进一步探索。而由于近年来历史文物的不断出土，也使我们有可能对这个问题提出一些新的看法和对过去的结论进行一次重新评价。

(一)从"利簋"的出土谈起

为了解决"摄提贞于孟陬"这句话在解释上的纷歧，这里不妨首先把新近出土的"利簋"铭文加以考释。

一九七六年陕西临潼县出土了一件"利簋"。器内有铭文四行，三十二字，叙述了周武王伐纣的过程。这是周初金文中在武王伐纣的当时直接叙述这一事件的唯一珍贵的原始资料，跟先秦其它文献根据传闻进行追叙者不同。但是，从这件铜器出土后，据我所见，包括唐兰、于省吾、徐中舒等同志在内，为之考释者计有十家之多，而对某些问题见解却不一致。(见《文物》一九七七年八期及一九七八年六期，《考古》一九七八年一期) 于省吾同志曾说："铭文的'岁贞克闻'，乃是全铭文训诂问题的症结所在。"事实正是如此。

对此，我先把总的看法提出，再作论证。第一，关于断句问题，跟其它各家不同，我认为应该以"岁鼎克"断句；第二，"岁"指岁星，古人或称"摄提"，即现在的木星；第三，"鼎"即贞字，训当；第四，"克"与"辜"同字，为月名，即《尔雅·释天》"十一月为辜"的辜字，各家对"克字都是用的传统旧说，故难通。总地说，"岁贞克"这句话是说：岁星正当十一月晨出东方。此系指木星的"会合周期"而言。铭文把"岁贞克"记于"唯甲子朝"之后，证明了周初犹袭殷甲骨文或金文先记日、后记月的旧习。还需指出，"岁贞克"这种纪时方法，既纪了月，又纪了年。例如"岁贞克"是岁星"会合周期"的建子之月，也必然是所谓"太岁在子曰困敦"之年。《周礼》保章氏"十有二岁之相"句下，郑注云："岁为太岁，岁星与日同次之月，斗所建之辰也。"即指此而言。下文即就上述的一些看法分别加以论证：

首先，铭文 氏，除个别同志外，一般都释为岁，这是对的。但我认为在这里应该理解为岁星之岁 (即木星)，而不是祭名之岁。齐器子禾子釜，岁亦作 氏。其中两点，象星辰之状；氏象钺形，在这里或系测星工具，其状如竖钺。这是根据测星辰的实际情景而造的字。但金文岁字又多数从步作 氏，这是根据人们用岁星运行的躔次以纪年月的事实而造的字。甲骨文中岁字已 氏 二形并用。从文字的结构来看，可以证明中国用简单工具测量星辰，并根据岁星的运行以纪年月，因而以"岁"作为年字的同义词，其来源是很早的；而且流行的区域也是相当广泛的。《尔雅·释天》说"夏曰岁"虽未必为实录，但远古已有其事，是没有疑问的。当然，这并不意味着当时已有精密的历法。

其次，铭文 氏 即鼎字。但在金文里鼎字与贞字形体相近，多混用。故小徐本《说文》云："古文以贞为鼎，籀文以鼎为贞。"诸家多释 氏 为贞，我很同意。但我不同意把贞字讲成贞卜之贞，而主张用《尚书·洛诰》马融注"贞，当也"这一古训，因为鼎与贞古音皆为舌头青部字，而当字古音则为舌头阳部字。青、阳二部为旁转。故鼎贞都可与当字通用。因而在训诂上，既可用当字训贞，也可用当字训鼎。如《汉书·匡衡传》服虔注云："鼎，犹言当也。"这跟马融训贞为当，是一个道理。

最后，铭文⟨字形⟩，诸家皆释"克"，是对的。但因为囿于"克"字的传统解释，故影响了铭文的文义，也影响了铭文的断句。如于省吾同志说："如果把'岁鼎'解释为岁星当前，于义可通。但'岁鼎'又以'克闻'为言，未免费解。"这就是因为对"克"字未得其解，而造成了"克闻"连读的原因。其实，"克"当与"辜"为一字之异形，当以"岁贞克"为句。　（下文"䤒"读"昏"，不读"闻"，应以"昏夙有商"为句。）

从克字与辜字的形义来讲，本来是相通的。《说文》曾说："⟨字形⟩，肩也。象屋下刻木之形。"许氏对克字的形体解释，很不确切。因而历来的注解，诸说纷纭，莫衷一是。段玉裁则谓："上象屋，下象刻木录录形。"但是，到现在为止，地下所发现的金文中，都与《说文》的⟨字形⟩形不相似，都不能以"象屋""刻木"释之。如⟨字形⟩（曾伯簠）、⟨字形⟩（善夫克鼎）、⟨字形⟩（陈侯因资锌）、⟨字形⟩（公克锌）等形，都跟《说文》不同，而跟这次出土的利簋作⟨字形⟩，属于一形的演变。可见，《说文》及段注对克字形体的解释是靠不住的。但是，从字义来讲，许慎用"肩也"解释克字，则系从古书运用克字的语句中总结出来的一条训诂，是比较确切的。徐锴曾对"肩也"一训，作了进一步说明："肩，任也，负何（即荷字）之名也。与人肩膊之义通。能胜此物谓之克。"徐说甚为通达。故《诗·敬之》毛传云："仔肩，克也。"郑笺则云："仔肩，任也。"而《说文》人部亦云"仔，克也"，与肩同训。《尔雅·释诂》则谓："肩，克也。"又谓："肩，胜也。"《说文》力部谓："胜，任也。"而人部又谓："任，保也。"因此，从训诂学来讲，克、肩、胜、任、保，都是一义的引申，都具有能够负荷重任的意思。从金文克字的形体来看，上半从古，当为音符，即克字从古得声；下半当为人字，乃克字的义符，金文或作⟨字形⟩⟨字形⟩等形，为人字的变体与演化。如金文凡从页者，下半人字则有⟨字形⟩⟨字形⟩⟨字形⟩等形。战国的秦诅楚文，克字作⟨字形⟩，虽上半已有讹变，而下半人字则极为正规。因此，克字的结构，当"从人，古声"。其从人，即表示人之能够负荷重任。至于辜字，《说文》云："辜，辠（罪）也。从辛，古声。"从结构与训诂来看，许说也是比较确切的。因为古文字凡从"辛"得形之字，多含罪辠之义，故古人训辜为"罪也"。其实从辜字的本义来看，乃指当奴隶的罪人服劳役、肩重任而言。"罪也"乃其引申之义。因此，辜与克的字体结构是相同的，"古"字是声符，"人"

"辛"都是义符。其区别只在于"克"是表示一般人的肩荷重任，而"辜"则表示罪人的肩荷重任。辜字的这个本义，在从辜得声的嫷字上至今还保留着。如《说文》女部云："嫷，保任也。"是"嫷"即今人所谓"担保"之义。不专指为罪人"担保"而言。《急就篇》有"保辜"一词，段玉裁云："辜者嫷之省，嫷与保同义迭字，师古以坐重辜解之，误矣。"按段氏虽不知辜嫷本为同义字，但谓"嫷与保同义迭字"，实为确论。可见，"辜"字跟"克"字的训诂，完全是一脉相承的。"保任"实即从辜字之"肩负重任"的本义发展而来。克字的由肩而胜而任而保的一系列训诂，皆与辜字有关。因此，克与辜，从字体结构到意义训诂，都是相通的。

至于从克、辜二字的音读来看，既然都是从"古"得声，就应该是一个读法。但从清代到现在的古音学家，都是把克字列入古韵之部，把辜字列入古韵鱼部，各不相属，这又是什么原因呢？

按古音学家把克、辜二字分属之、鱼二部，不是没有根据的。因为《诗·雨无正》辜字跟虑、图、铺三字叶韵，当然辜字应收入鱼部；又《诗·小宛》克字跟富、又二字叶韵，当然克字应收入之部。但是，他们还都没有注意到鱼、之二部古音相近而且通转频繁这一重要事实。其实克字或本来就在鱼部，后来才转入之部，故得与之部的富、又二字相叶，并不是克字原来就在之部。关于这个问题，要附带多谈几句：

清代顾炎武分古韵为十部，鱼部、侯部并为一部；江永虽把侯部字从鱼部分出，但又并侯部于幽部。迨段玉裁始将鱼部、侯部、幽部分立为三部。然段氏仍以为鱼部与侯部、幽部古音相近，故以鱼、侯、幽等部比次为一类，可以互相旁转。自此以后直到现代以太炎先生《成均图》为代表的凡言古韵旁转者，皆以段氏为依归，别无更定。但是，如果考之三百篇，则鱼部与侯部、幽部相叶之迹绝少，不过一、二见；而鱼部与之部则通叶之迹极繁。以上述各家阴、入不分的原则计之，例如《诗·常武》以祖、父叶士；《诗·巷伯》以者、虎叶谋；《诗·小旻》以肌叶谋；《诗·绵》以无叶饴、谋、龟、时、兹；《诗·蟏蛸》以雨叶母；《诗·宾之初筵》以呶叶傲、邮；《诗·柏舟》以愿叶侧、特；《诗·菀柳》以瘏叶息、极；《诗·无衣》以泽、作叶戟；《诗·民劳》以愿叶息、国、极、德；《诗·瞻卬》以愿叶忒、背、极、倍、识、事、织。故总观先秦群经、屈赋、诸子等，则鱼部与之部相叶者十之八、九，与侯、幽二部相叶者，不过十之一、二。据此可知，鱼部与之部古音极相近，与侯部、幽部则较远。正是由于上述原因，克字虽从古字得声，当在鱼部，而由于时地不同，却转入之部。我们应当根据形声系统，把克字看成鱼部字，与辜字形近、义通、音读相同。

我们说，利簋铭文"岁贞克"即"岁贞辜"，正是根据上述理由来判断的。《尔雅·释天》十二月名的"十一月为辜"，即"十一月为克"之异文。《尔雅》十二月名，在古籍中异文是极多的。如"正月为陬"的"陬"字，《史记·历书》作"聚"，《周礼》眡祲氏注引作"娵"；又"三月为病"的"病"字，《经典释文》谓"本或作宎"；又"四月为余"的"余"字，《经典释文》谓"余本作舒"；又"十二为涂的"涂"字，《周礼》眡祲氏注引作"荼"。不难看出，这些月名，古人的写法是不一致的。但这些异文的共同原则，都是用同一音符的字相代替。准此，则"十一月为辜"的"辜"字，古人又用同一音符的"克"字来代替，这就不难理解了。

关于《尔雅·释天》的十二月名，中国古代很早已经通行。如《诗·采薇》："曰归曰归，岁亦阳止。"毛传云："阳，历阳月也。"郑笺云"十月为阳"，即用《尔雅》原文。又《诗·小明》"昔我往矣，日月方除。"郑笺云"四月为除"，即《尔雅》"四月为余"之异文。又《国语·越语》："至于玄月。"韦昭注云："《尔雅》曰，九月为玄。谓鲁哀公十六年九月也。"这跟《离骚》称正月为"陬"，利簋称十一月为"克"，都是出于一个月名称谓的体系。而且，《诗·采薇》一篇，据《诗序》认为是文王西征昆夷、北伐猃狁时"遣戍役"之诗。此说虽不完全可靠，但从《采薇》、《出车》、《杕杜》三个姊妹篇的内容来看，其时代当在西周是无疑的。因此，利簋里出现"岁贞克（辜）"，而《采薇》里又出现"岁亦阳"，都用了当时通行的纪年月的惯语，是完全可以理解的。

尤其应当注意的是：解放前长沙出土的战国楚帛书，其中所标十二月名，跟《尔雅·释天》完全一致，不过文字的形体略殊。如《尔雅》以正月为"陬"，帛书则"曰取"；《尔雅》十一月为"辜"，而帛书则"曰姑"。这就不仅证明了《离骚》称正月为"孟陬"是楚俗，而且也证明了"辜"月既可作同音字"克"，也可作同音字"姑"。利簋的"岁贞克"，实即"岁贞辜"的异文，即指岁星正当十一月晨出东方。

这里准备再从利簋铭文"唯甲子朝，岁贞克"这两句话所指的具体年月作一些探索。本来，关于武王伐纣的年月，古今说法极其纷繁，直到现在，也没有得出统一的结论。但是，可以这样说，在利簋出土以前，只能根据后人的追叙进行研究；而利簋的出土，却为我们提供了武王伐纣的当时所记录下的第一手材料。这一点，是利簋独具的权威性。用它来作为衡量后世追叙记载的准则，是很有必要的。不少古籍记载，都说武王伐纣之战，是开始于"甲子朝"。从利簋的"唯甲子朝"这句话来看，古籍记载的日、时，是有根据的。但是古籍记载的年月，却异说纷纭，很难定于一是。不过，《史记·周本纪》记武王伐纣经过的下列一段叙述是值得注意的："十一年，十二月戊午，师毕渡盟津，诸侯咸会。……二月，甲子昧爽，武王朝至于商郊牧野，乃誓。……"从上文武王九年"观兵"来看，这个"十一年"，当然是指周的十一年；"十二月戊午"当然是指周的十一年"十二月戊午"。因此，下文的"二月甲子昧爽"，从时间上看，不可能在会师盟津、兵迫商郊之际，又驻军一个多月之久到十二年的"二月甲子"才跟纣宣战。所以对"二月甲子"这句话的"二月"，《史记集解》引"徐广曰：一作正。此建丑之月，殷之正月，周之二月也。"考徐广此语，对了一半，也错了一半。他说"二月"的"二""一作正"，这是对的；但他把"正月"讲成"建丑之月"，又说是"殷之正月，周之二月"，则是错的。因为从《史记》上文看，周在这以前，早已"改法度，制正朔"。因此《史记》前后文既用周的正朔以纪年，不当又用殷的正朔以纪月。所以这里的"二月"虽为"正月"之误，而这个"正月甲子"，却是周的十二年"正月甲子"，亦即建子之月，并非指殷代建丑的正月。周的"正月甲子"上距周的"十二年戊午"，只有七天，这个时间距离是比较合理的。周以农业兴国，为了适应农业生产，虽以建子之月为岁首，但言及时令，犹多用夏正纪月①。《尔雅·释天》的十二月名，以及上文所引周《诗》的十二月名，历来说者都是用夏正来解释的。夏正的"十一月为辜"，即周历的正月。因此，利簋的"岁贞克"，即指当时岁星正当周正的正月晨出东方。这样，利簋的"珷征商，唯甲子朝，岁贞克，昏夙有商。……"就跟《史记》的"正月甲子昧爽，武王朝至于商郊牧野，……"的记载，完全吻合。

再从当时的天文现象来看：岁星十二年而一周天，岁星所当之月，即岁星的"会合周期"，亦即指岁星在这个月里，晨出东方。我们说利簋的"岁贞克"是指岁星在周的正月晨出东方而言，是有根据的。据利簋言"甲子朝"以及古籍所说"甲子昧爽"，都是指的甲子之日天色刚刚要亮的时间与纣接战。因此，《荀子·儒效》说："武王之诛纣也，行之日以兵忌，东面而迎太岁。……厌旦于牧之野。"《淮南子·兵略训》也说："武王伐纣，东面而迎岁。"（"东面而迎岁"，是历史事实；所谓"兵忌"，则系战国时期兵家对历史的解释。）当时周在西而殷在东，武王伐纣，自是从西向东而行，"东面而迎岁"，当然正是天色刚亮岁星晨出东方之月。这就证明了利簋的"岁贞克"这句话，是跟当时岁星运行的实际情况相符合的。

根据上述的情况，可以得出这样的看法：

利簋的"岁贞克（辜）"这句话，跟屈赋的"摄提贞于孟陬"，说的是同一范畴的问题，都是以岁星的运行标记年月。以屈赋例之，铭文可以引申为"摄提贞于仲辜"；以铭文例之，屈赋也可以简化为 "岁贞陬"。而在纪日方面，利簋的"唯甲子"在纪年纪月之前；而《离骚》的"惟庚寅"则在纪年纪月之后。但是，虽然它们所标记的具体年月不同，而且由于习惯不同，文体各异，序有先后，句有繁简，而从句子的结构上看，是没有什么区别的。对此，下文再作论证。

（二）"摄提贞于孟陬"应当怎样理解

最早接触屈原生年月日问题的是东汉王逸，他的《楚辞章句》说："太岁在寅曰摄提。孟，始也。贞，正也。丁，於也。正月为陬。""庚寅，日也。降，下也。""言己以太岁在寅、正月始春、庚寅之日，下母之体而生。"而宋代朱熹则对王逸的解释提出了不同的看法。他在《楚辞集注》中说："摄提，星名，随斗柄以指十二辰者也。贞，正也。孟，始也。……正月为陬。盖是月孟春昏时斗柄指寅，……降，下也。原又自言此月庚寅之日，己始下母体而生也。"上述王、朱两家之说，在月、日问题上没有分歧，其主要分歧在于"摄提"究竟是指的什么？王逸认为"太岁在寅曰摄提"的"摄提"指"摄提格"，是以岁星所当的年次而言；朱熹认为"摄提，星名，随斗柄以指十二辰"，则是以与岁星无关的摄提星所指的月份而言。如果以为"摄提"即"摄提格"，乃纪年之称，则十二年一个"摄提格"，相当于后世的所谓寅年；如果以为"摄提"是指纪月而言，则十二个月就有个"摄提贞于孟陬"，即指夏历的正月。也就是说王逸认为屈原是自叙其生年、月、日；而朱熹则认为屈原只叙其出生的月、日，而没有提到出生之年。可见王、朱二说之间是有分歧的。因此，历代治屈赋者在这个问题上就形成了两大派：主王说的有钱杲之、王夫之、龚景翰、陈本立、蒋骥、朱骏声、戴震等人，以及当代的郭沫若、游国恩等同志；而主朱说的则有陈第、周拱宸、屈复、林云铭、王萌、董国英、沈云翔等人，以及当代的谢无量、林庚等同志。两派的意见，并没有得到统一。

因此，《离骚》所说的"摄提"究竟是指的什么，必须首先解决，否则对屈原生年月日的探索工作，就会失掉科学基础。

为了解决这个问题，有必要把朱熹反对王逸、别立新说的理由摘录于下：

王逸以太岁在寅曰摄提格，遂以为屈子生于寅年、寅月、寅日，得阴阳之正中。补注因之为说，援据甚广。以今考之，月、日虽寅，而岁则未必寅也。盖摄提自是星名，即刘向所言"摄提失方，孟陬无纪"，而注谓摄提之星随斗柄以指十二辰者也。其曰"摄提贞于孟陬"，乃谓斗柄正指寅位之月耳，非太岁在寅之名也。必为岁名，则其下少一格字；而贞于二字亦为衍文矣。故今正之。　(见《楚辞辩证》上)

按朱氏所引刘向语，见《汉书·楚元王传》，所引"注谓"，即此传注文孟康语的概括。其实，与"摄提失方，孟陬无纪"相同的话，早已见于刘向以前的《史记·历书》、《大戴礼·用兵》等，其注解也都与孟康相同，认为摄提是星名，"随斗柄所指建十二月"者。而且应当注意的是：司马贞的《史记索隐》已用这个定义来解释《离骚》"摄提贞于孟陬"的摄提。可见朱熹对屈赋"摄提"的解释，并不是自己首创的新说，而是袭用唐人司马贞的结论。其次，所有上述的注解，都是来源于《史记·天官书》里下列的一段话："大角者，天王帝廷。其两旁各有三星，鼎足勾之，曰摄提。摄提者，直斗杓所指以建时节。"又《韩非子·饰邪》篇也把"摄提"跟"岁星"并举，可证这个"摄提"与岁星无关，可能即指大角旁的六星而言。由此可见。朱熹的说法是有事实根据的。　(我们可以简称这个摄提为"大角摄提"。)

但是，从孟康直到朱熹，他们却没有注意《史记·天官书》中的另一段话：

岁星一曰摄提，曰重华，曰应星，曰纪星，营室为清庙，岁星庙也。

从这段话里可以看出，古人除了称呼用以纪月的大角两旁各有三星曰"摄提"外，同时用以纪年的岁星，也有"摄提"之名。(我们可以简称为"岁星摄提"。) 这是古书上常常碰到的同名异实之例，毫不足怪。故《淮南子·齐务训》云："摄提、镇星、日、月东行。"以"摄提"与"镇星（土星）"并列，则"摄提"亦指岁星而言。又《开元占经》引《石氏星经》云："岁星他名曰摄提。"石申战国人，则称岁星为"摄提"，战国已如此。因此，我们可以说，"摄提"一名，可以是指的"大角摄提"，也可以是指的"岁星摄提"，并不象朱熹所说的只能是指的"大角摄提"，而不是指的"岁星摄提"。这一点首先应当确定下来。

那么，《离骚》的"摄提"究竟是指的"大角摄提"还是指的"岁星摄提"呢?

这一点很重要。因为如果认为"摄提贞于孟陬"的摄提是指的"大角摄提",那么屈原的这句话就只叙述了自己的生月,就无法探讨他的生年问题;如果认为是指的"岁星摄提",则除了可以探讨他的生月,更可以探讨他的生年。因为岁星的"会合周期"如在夏历正月,则这个月一定是建寅之月,而这一年也必然是后世所谓"太岁在寅"之年。

为了解决这个问题,我们首先应当回顾一下前面对利簋的考释。我们知道,利簋的"岁贞克(辜)"跟屈赋的"摄提贞于孟陬",所谈的是属于一个范畴的问题。利簋所说的是岁星正当夏历十一月晨出东方,同时也就是所谓"太岁在子曰困敦"之年;屈赋所说的是摄提正当夏历正月晨出东方,同时也就是所谓"太岁在寅曰摄提格"之年。所不同的是利簋直名岁星为"岁",而屈赋则代之以岁星的另一名称"摄提"。从这两处二名交替使用的情况看,则屈赋的"摄提"必然是指的"岁星摄提",而决不是指的"大角摄提"。这是很清楚的。而且,《石氏星经》与屈原《离骚》是同一时期的产物,叮证屈原称岁星为"摄提",是有根据的。

对上述的结论,我们还要作进一步的考查。顾炎武《日知录》卷二十"古人必以日月系年"条说:"自春秋以下记载之文,必以日系月,以月系时,以时系年。此史家之常法也。……《楚辞》'摄提贞于孟陬兮,惟庚寅吾以降',摄提,岁也;孟陬,月也;庚寅,日也。屈子以寅年寅月庚寅日生。……或谓摄提星名,《天官书》所谓直斗杓所指以建时节者,非也。岂有自述其世系生辰,乃不言年而只言日月者哉。"这话是对的。

此外,我们还可以用同情屈原的为人、学习屈原辞赋的贾谊的诗篇为例。贾谊在《鵩鸟赋》里曾写道:"单阏之岁兮,四月孟夏;庚子日斜兮,鵩集予舍。"这显然是从《离骚》"摄提贞于孟陬兮,惟庚寅吾以降"的叙述方法而来的。这里所叙述的年、月、日是齐全的。其中所谓的"单阏之岁",即指岁星在卯之年,是很清楚的。这除了反映上距屈原之死不过百年左右的贾谊对《离骚》的"摄提"是用岁星纪年的正确理解以外,同时也反映了春秋战国以来在诗歌里以日、月系年的传统习惯。

尤其重要的是结合《离骚》首段自叙生年月日的上下文义来理解。这段诗,首先是叙述其远祖"高阳"及父亲"伯庸",接着就是叙述自己的生年月日,最后叙述父亲对他命名的情况。对此,我们不妨看看古代的风俗礼教。《周礼》地官司徒:"凡男女自成名以上,皆书年、月、日名焉。"注引"郑司农云：成名，谓子生三月父名之。"《疏》云："'子生三月父名之'，《礼记·内则》文。按《内则》，三月之末……父执子右手咳而名之。……书曰：某年某月某日某生，而藏之。"可见古代礼俗很重视命名之礼，这跟《离骚》所谓"肇锡余以嘉名"的叙述是一致的；而在命名的同时必纪录诞生的时日，这时日必须是年、月、日三者齐全，这也就是《离骚》所谓"摄提贞于孟陬兮，惟庚寅吾以降"。则"摄提"指年，"孟陬"指月，"庚寅"指日，更与中国古代的礼俗相符合。如果说这里的"摄提"是指"大角摄提"，而不是指的"岁星摄提"，那就是说只纪月日而不纪年，则不仅跟古代礼俗不合，也跟《离骚》首段上下文义相乖离。

当然，我们同意王逸这一派的说法，只是同意他们把"摄提"纳入纪年的范畴这一点，至于他们把"摄提"跟"摄提格"等同起来，我们并不同意。因为"摄提"是岁星的星名，而"摄提格"则是岁星纪年的年名。二者之间虽关系密切，但有区别。故《史记·天官书》及《淮南子·天文训》等，凡言星名则称"摄提"，凡称年名则言"摄提格"，其区别是很清楚的。其次，我们不同意朱熹这一派的说法，只是不同意他们把"摄提"解释为"大角摄提"，至于他们把"摄提"纳入星名的范畴这一点，还是对的。所以朱熹认为《离骚》的"摄提""必为岁名则其下少一格字，而贞于二字亦为衍文矣"，从这个意义上讲，朱熹的意见是合理的。清戴震《屈原赋注》认为："太岁在寅曰摄提格，亦通称摄提"，把二者混为一谈，与事实不符。而当代不少屈赋研究者，又往往认为"辞赋有修辞的限制"，故省去"格"字。其实，古代诗篇中由于字数限制而减缩词语的例子是有的。但屈赋的特征之一，就是句法上的参差错落、舒卷自如，"格"字决无删除的必要。这样，我们就既纠正了司马贞乃至朱熹以来以"大角摄提"解释《离骚》"摄提"而造成了只标月日而不标生年的错误，同时也纠正了王逸乃至戴震以来把"摄提"跟"摄提格"混为一谈的偏颇。

根据以上的理解，《离骚》里"摄提贞于孟陬兮，惟庚寅吾以降"这句话的意思就是说：岁星恰恰出现于孟春正月的那个月、庚寅的这一天我降生了。这里虽然没有正面提出诞生之年，但从上文的论证中知道：凡夏历正月岁星晨出东方，正标志着这一年必然是后世所谓"太岁在寅"之年。故古人亦即以此纪年。

(三)屈原在具体历史时代的生年月日

从上述情况看，无论是王逸还是朱熹，都只是在"摄提"这个词的含义上作了一番抽象的解释，并没有能结合具体历史年代来确定屈原的生年月日。对这项研究工作来讲，这虽然是不可缺少的第一步，但却仅仅是个开端，还没有能接触问题的实质。真正进行实质性探讨的，则是从清代以来的学者开始的。

根据我所接触到的资料来看，推算屈原具体生年月日的就有七种不同的结论：

（1）生于楚宣王四年乙卯（公元前366年）夏历正月（清·刘梦鹏《屈子纪略》。但本年正月并无庚寅日）。

（2）生于楚宣王十五年丙寅（公元前355年）夏历正月（清·曹耀湘《屈子编年》。但本年正月也无庚寅日）。

（3）生于楚宣工二十七年戊寅（公元前343年）夏历正月二十一日庚寅（清·邹汉勋《屈子生卒年月日考》；刘师培《古历管窥》同）。

（4）生于楚宣王二十七年戊寅（公元前343年）夏历正月二十二日庚寅（清·陈玚《屈子生卒年月考》）。

（5）生于楚宣王三十年辛巳（公元前340年）夏历正月初七日庚寅（郭沫若同志《屈原研究》）。

（6）生于楚威王元年壬午（公元前339年）夏历正月十四日庚寅（浦江清同志《屈原生年月日的推算问题》）。

（7）生于楚威王五年丙戌（公元前335年）夏历正月初七日庚寅（林庚同志《屈原生卒年考》）②。

可见，由于人们所依据的资料不同和采用的推算方法各异，所得到的结论是不一致的。如果用《史记·屈原列传》、《史记·楚世家》等资料进行考核，就会发现不少问题。如刘梦鹏定屈原生于楚宣王四年，就把时间提得过早；林庚同志定屈原生于楚威王五年，又把时间推得过迟。这中间的差距就有三十一年之久。各家的结论的不一致，一方面说明了问题的复杂性，另方面也说明了科学的结论还有待于学术界的不断探索。

对这个问题，在依据的资料和探索的方法上，我曾有过这样的设想：在周秦之间，是中国历法漫长的形成时期，又是诸侯各国的分立时期。各个时期和各个国家的试探性的历法是极不一致的。故企图以历法来推屈原的生年月日，由于资料的限制，很难得到合乎实际的结论。但有一点应当注意，即岁星纪年法的产生很早，它开始与历法并无一定的关系，后来才逐渐结合起来。正由于这样，所以当时人们一般的纪年方法，往往是以岁星的实际运行为主要根据。如古籍所谓的"岁在玄枵"、"岁在星纪"这是以岁星所在的黄道十二"宫"来标记年月的；又如"岁贞克"、"摄提贞于孟陬"，则是以岁星晨出东方的十二个月来标记年月的。从人类的认识过程来讲，第二种方式更为原始一些。因此，屈原既然是根据第二种方法纪录他的出生年月，则我们最可靠的探索方法是：能找到一个跟具体历史年代相结合的、以实测的岁星晨出东方的年月为标志的原始资料，再用岁星的"恒星周期"和"会合周期"进行推算，则不管各国的历法如何不一致，朝代如何更替，而所得到的结论总是比较可靠的。值得庆幸的是，一九七二年临沂银雀山汉墓出土的《元光历谱》跟一九七三年长沙马王堆三号汉墓出土的帛书《五星占》，恰恰满足了这个需要。

根据上述的出土文物，当前天文学家的研究结果表明：周显王三年（公元前366年）正月，木星的位置恰恰是晨出东方，即所谓"摄提格"之年。（见《中国天文学史文集》科学出版社出版）

我们知道，天文学家把黄道周围平分为十二"次"，木星每年行一"次"，约十二年行一周天（11.8622年），名为"恒星周期"；木星每年跟太阳会合一次，名为"会合周期"。"会合周期"约一年零一个月一次（398.8846日），所以今年在正月，明年在二月，……。古人用木星"会合周期"所在的月份以纪月，亦即以木星所在的月份以纪年。例如木星今年的"会合周期"在夏历正月，则这一年就是木星"恒星周期"的第一年，即所谓"摄提格"之年；木星明年的"会合周期"在夏历二月，则这一年就是木星"恒星周期"的第二年，即所谓"单阏"之年；……。所以《离骚》所说的"摄提贞于孟陬"，即指木星正当孟春正月晨出东方的"摄提格"之年。也就是说：这一年是木星"恒星周期"的第一年，是木星"会合周期"的第一月。

现在，我们打算利用夏历正月木星晨出东方的周显王三年（公元前366年）为座标，再用木星的"会合周期"、"恒星周期"等规律，并结合《史记·屈原列传》、《史记·楚世家》等有关屈原政治活动的历史资料，来推断屈原的出生年月。

推算的结果，从周显王三年，木星经过两个"恒星周期"，即二十四年的运行，于楚宣王二十八年（公元前342年）正月，又晨出东方。这一年应当就是"摄提贞于孟陬"的"摄提格"之年。又根据日本学者新城新藏的"战国长历"

这年正月朔乙丑进行推算，这一年的正月二十六日，又恰恰是"庚寅"日。因此，我们的结论是：屈原应当是生于公元前342年夏历正月二十六日。即楚宣王二十八年乙卯，夏历正月二十六日庚寅。

上述结论，跟历来所有的旧结论都是完全不同的。虽跟其中的邹、陈、刘三家的结论有些相近，但仍相差一年之久。因此，在这里我们有必要回顾一下清代邹汉勋、陈玚、刘师培三家的推算方法：邹汉勋的《屈子生卒年月日考》，用殷历推算，定为屈原生于楚宣王二十七年 (公元前343年) 戊寅，夏历正月二十一日庚寅；陈玚的《屈子生卒年月考》，用周历推算，定为屈原生于楚宣王二十七年 (同上) 戊寅，夏历正月二十二日庚寅；刘师培的《古历管窥》又用夏历推算，定为屈原生于楚宣王二十七年 (同上) 戊寅，夏历正月二十一日庚寅。刘的结论跟邹说完全相同；由于历法不同，跟陈说只差一天。以上三家的这一共同结论，如果用屈原所经历的一系列历史事件进行考查，基本上是符合的。因此历来的文学史家，多以此为定论，并据以评价屈原的生平活动。

但是，我们的结论为什么会跟上述各家的结论整整地推迟了一年多呢？

这主要是由于他们过分地相信后世的"历史年表"。我们知道，后世的"历史年表"是用干支纪年的。而这个干支纪年法，是汉代人废除岁星纪年之后才应用的。包括战国在内的古代干支纪年，都是后人用逆推的办法排列上去的。由于他们只以六十年一个轮回的干支逐年推排，并没有考虑岁星超辰等等条件，因而它跟岁星实际运行的情况完全脱了节。所以对战国时代岁星纪年法的名称"摄提格"，我们只能说它相当于后世干支纪年法的寅年，而决不能认为它就是寅年。而且古代只用干支纪日，不用干支纪年。所以，屈原所说的"摄提贞于孟陬"，只是根据当时岁星实际运行的情况，用朴素的岁星纪年法叙述的。我们只能说他生于"庚寅"日，而决不能说他是生于寅年。邹、陈、刘三家，在推算中，由于受到屈原生于"三寅"的旧说的影响，所以不得不在后世的"历史年表"上找出个"戊寅"年，就认为屈原是生于此年。这是不对的。而我们根据岁星实际运行情况所考出的屈原生年在"历史年表"上却不是"戊寅"，而是"乙卯"，就是这个原因。因此，上文所引用的顾炎武《日知录》直到当代高亨同志等的《楚辞选》等所谓屈原生于寅年寅月寅日的"三寅说"，只是后人的误解。屈原当时所知道的只是：他生于岁星纪年的第一个年头、岁星纪月的第一个月份的庚寅日。他并没有什么"三寅"的概念。

（四）屈原的生年月日与"正则""灵均"

从屈赋来看，屈原是很注意天文星象的。除上述《离骚》首段外，《天问》曾以大量篇幅对"盖天"学说中有关天体、星象运行等问题，提出了探索性的疑问。又如《东君》："举长矢兮射天狼，操余弧兮反沦降，援北斗兮酌桂浆。"《少司命》："登九天兮抚彗星。""天狼"、"北斗"、"弧"、"彗星"等都是指星象而言。他在抒发愤懑时，常以星象为比喻，如《惜往日》："情冤见之日明兮，如列宿之错置。"他在颠沛流离之际，又常借以辨方向，如《抽思》："曾不知路之曲直兮，南指月与列星。"……由此可见，"博闻强志"的屈原，对天文星象是极其熟悉的。这都说明了他以岁星运行的情况来记载自己的生年月日，决不是偶然的。

古人很重视年月日的吉凶问题。如上所述，屈原出生的年月是很奇特的，即岁星"恒星周期"的第一年，"会合周期"的第一月。至于"庚寅"日也是如此。《离骚》曾说："历吉日兮吾将行。"《东皇太一》又说："吉日兮辰良。"这都是楚俗日有吉凶之证。姜亮夫同志的《屈子之生》曾统计金文以"庚寅"为吉日而大量出现的事实，有力地证明了"庚寅"也是当时人们心目中的吉日。尤其在一个人出生的年月日上，古人更特别重视吉凶。如《史记·孟尝君列传》说田文出生的月日不吉利，其父不准留养他，认为五月生子"将不利其父母"。又如《诗·小弁》"天之生我，我辰安在"。毛传云："辰，时也。"郑笺云："此言我生所值之辰安所在乎。谓六物之吉凶。"《正义》引："昭七年《左传》，晋侯谓伯瑕曰：'何谓六物？'对曰：'岁、时、日、月、星、辰是也。'服虔认为：岁，星之神也，左行于地，十二岁而一周；时，四时也；日，十日也；月，十二月也；星，二十八宿也；辰，十二辰也。是为六物。"屈原的父亲生在那个时代，很注意屈原生年月日的不平凡，是完全可以理解的。

春秋战国时期，以人们诞生时的事物命名的习俗是很盛的。如郑的燕姞梦天与己兰，生穆公，名之曰兰（《左传》宣公三年）。晋穆侯以条之役生太子，名之曰仇；其弟以千亩之战生，名之曰成师（《左传》桓公二年）。当时楚国同样有此风俗：如楚令尹子文初生时，被弃之梦泽，虎乳之；楚人谓乳曰谷，谓虎曰于菟，故名之曰谷于菟（《左传》宣公四年）。因此，由于屈原出生年月日的不平凡，其父命以"嘉名"："名余曰正则兮，字余曰灵均"，这完全是合乎他们的生活逻辑的。

关于屈原的名"正则",字"灵均",历来的研究者,有的说是化名,有的说是乳名或小名,但在当时的历史条件下,我总怀疑他的名字跟他的生年月日的不平凡是有关系的。在这个问题上,我们不妨引《史记·秦始皇本纪》的一段话作为旁证:

> 秦始皇帝者,秦庄襄王子也。庄襄王为秦质子于赵,见吕不韦姬,悦而取之,生始皇。以秦昭王四十八年正月生于邯郸。及生,名为政,姓赵氏。

关于"名为政"的"政"字,实即"正"字,古字通用。故《史记集解》引"徐广曰:一作正。"宋忠云:以正月旦生,故名正。"《史记正义》又说:"始皇以正月旦生于赵,因为政。后以始皇讳,故音征③。"关于秦始皇的生年月日问题,我们如果用岁星纪年来考察,他恰恰是生于岁星在正月晨出东方之年。因为我们仍用上文所据以推算屈原生年的周显王三年(公元前366年)为基点,再往下推到秦昭王四十八年(公元前259年),乃系岁星运行的第九个"恒星周期",共108年。以岁星约86年(86.0827)超辰一次推算,则秦昭王四十八年正月,正是岁星晨出东方之月,这跟《离骚》"摄提贞于孟陬"的含义是一致的。(至于生日,诸家皆曰正月"旦生",盖系元旦之日。)秦始皇因为生于岁星纪年的第一个年头、岁星纪月的第一个月份的"正月",故命名曰"正"。可见,古人并不是生于一般的"正月",即可名"正",而必须是生于岁星十二年一个"恒星周期"的"正月",才可能由于奇异而以之命名。因此,屈原所谓"名余曰正则"的"正",显然跟他出生的年月有关。"则"是"正"的附加词,当与《离骚》"依彭咸之遗则"的"则"字义相近。

至于"灵均"的"灵",古字与"令"通,故古人"灵""令"都训"善",而"吉日"的"吉"字也训"善"。《仪礼·士冠礼》"令月吉日",郑注云:"令、吉,皆善也。"因此,屈原字曰"灵均的"灵",可能跟他生于"令月吉日"有关。"均"是"灵"的附加词,大概是说明他的生年月日全都吉祥的缘故。而且《仪礼·士冠礼》又云:"以岁之正,以月之令。""正"与"令"(灵)对举成文。郑注云:"正,犹善也。"则名"正则"字"灵均",也合乎古人名、字相应的习俗。可见屈原的父亲所给予屈原的名与字,都跟屈原的生年月日互相联系着。

因此,在这里应当注意的是:

从秦始皇的出生年月及命名的情况来看，不仅证明了屈原生于公元前342年，正是周显王三年之后岁星运行的第二个"恒星周期"；而秦始皇出生于公元前259年，则正是周显王三年之后岁星运行的第九个"恒星周期"，年代完全相合。而且也证明了屈原自称"正则"，而始皇则命名为"正"，都是从岁星于正月晨出东方这一有意义的天文现象而来的。这样来理解《离骚》首段的诗句，则会感到更为朗澈而亲切！

(五)结语

对屈原生平的研究，跟对屈原辞赋的研究是分不开的。为了把屈原及其作品摆在更为准确的历史年代里来探讨，学术界的前辈们，曾对屈原的生年月日问题，付出了很大的劳力。但由于所根据的资料不同与推算的方法各异，得出的结论是各不相同的。

不过，屈原的时代距离我们太远了，留下的资料也确实太少了，因而要想在短期内得出科学性的"定论"，看来现在还为时过早。因此在共同探讨的过程中，只要能提出新的论点，并且持之有故，言之成理，都是值得欢迎的。

我对天文历算是门外汉，而在利簋与《五星占》出土之后，却给了我以新的启发，故对屈原的生年月日提出了如上的论点。这个探索性的论点，只不过是在屈赋研究领域中略抒一孔之见；深望不久的将来科学界会结出"定论"式的硕果。到那时，错误的观点自然会在学术史上被抹掉，而正确的东西将被永远地流传下去。这是科学发展的规律，也是真理发展的规律！

写于一九七八年八月

---

① 周代虽以建子之月为岁首，仍与夏正的月数纪月并行。这主要是由于周以农业兴国，而夏正的十二月序跟农业生产关系很密切。从大量事实看，从西周以来，凡叙季节的文字，多用夏正月数。如《诗·七月》一诗，虽不一定如《诗序》所说乃周公"陈王业"之作，但它是周代作品，当无疑问。其中如"七月流火，九月授衣"等凡言月份之处，用夏历来解释，才合乎时令。尤其如"四月秀葽，五月鸣蜩"等，皆与《夏小正》的内容完全一致。又如《诗·四月》"四月维夏，六月徂暑"，如指周正"六月"，则系夏正四月。四月就"徂暑"，未免过早。又如《周礼·天官冢宰》："凌人掌冰，正岁十有二月，令斩冰。"杜注："正岁季冬，火星中，大寒，冰方盛之时，……正，谓夏正。"《疏》："正岁季冬者，周虽以建子

为正，行事皆用夏之正岁。若据殷周，则十二月冰未坚，若据夏之十二月，冰则坚厚。故正岁据夏也。"《逸周书·周月》又云："亦越我周王，致伐于商，改政异械，以垂三统。至于敬授民时，巡守祭享，犹自夏焉。"又如《国语·周语》单子对周景王一边说："先正之教曰，雨毕而除道，水涸而成梁"，一边又说："夏令曰：九月除道，十月成梁。"孔丘作《春秋》是用周正的，但另一方面又主张"行夏之时"。这都是当时周的正朔与夏的月序并行的反映。据近年出土的《元光元年例谱》得知汉初承秦制，虽以建亥之月为岁首，但《历谱》却从上年的夏正"十月"排至下年夏正的"九月"为一年，仍用夏正的月数纪月。此当犹承先秦的古制。

② 诸家皆谓夏历正月，是正确的。因为楚用夏历，已为云梦睡虎地出土的《秦楚月名对照表》所证明。而且屈赋所描写的时令状态，皆与夏正相合。如《怀沙》云："滔滔孟夏兮，草木莽莽。"《抽思》云："望孟夏之短夜兮，何晦明之若岁。"《思美人》云："开春发岁兮，白日出之悠悠。"《招魂》云："献岁发春兮，汩吾南征；菉蘋齐叶兮，白芷生。"皆与殷正、周正、秦正不相合。

③ 古籍正与政通，例不胜举，故徐、宋等说是可靠的。但《正义》又谓正月的"正"，"后以始皇讳，故音征"，此说并不可靠。因为"正"、"征"古音同，故远在秦始皇以前的父甲鼎，就把"正月"写成"征月"。可见后世读"正月"如"征月"，只是古音之遗，与秦讳无关。

选自汤炳正《屈赋新探》，齐鲁书社，1984

《诗经》恋歌发微

孙作云

一 古代人民生活的两大季节

农业是有一定的季节性的，所谓"春耕、夏耘、秋获、冬藏"，这程序不能紊乱。从事农业的人，他们的生活便为这种生产程序所规定。

农夫们的生活，大致可以分为两大季节：从旧历二月起，他们到野外耕地，一直到九月把禾稼收割完了以后，才结束他们的野外生活。从十月起，到来年一月底止，主要地在家中生活。总计一年十二个月之中，在野外的生活约占八个月，在家里的生活约占四个月。这就是广大农夫生活的主要节奏。许多活动、许多风俗习惯，以至于凝固为一种典礼、一种节日，皆由此而起。我们研究古代礼俗、古代文学，应该从民俗学的角度来观察，然后才能了解许多事物的起源。

我们就以《诗经》中所记载的农夫生活作证明罢！

《诗经》中讲述农夫生活最详细的莫过于《豳风·七月》。它把农夫的生活分为两大季节：它说农夫们在二月里开始耕地：

四之日（周历四月＝夏历二月）举趾（《毛传》：民无不举足而耕矣）。同我妇子，馌彼南亩（到公田里送饭），田畯（督耕人）至喜。

说农事完毕在十月：

十月蟋蟀入我床下。穹窒（即"空室"）熏鼠，塞向墐户（堵北窗、墁门缝儿）。"嗟！我妇子，曰（聿，语词）为改岁，入此室处！"

可以说把一年的两大季节，交代得很清楚。又说：

九月筑场圃（修理"场苑"，好预备收纳谷物），十月纳禾稼——黍、稷、重、穋、禾、麻、菽、麦（案以上这些谷物非同时收割，这里只是总起来说，不要泥执）。"嗟！我农夫！我稼既同（收集好了），上（尚）入执官功（工）！昼、尔于茅！宵、尔索绹（白天去割茅草，晚上打绳子）！亟（急）其乘屋，其始播百谷（不久又要开始种地了）！"（以上是"公"或"田畯"对农夫们所说的话。）

又说：

九月肃霜，十月涤场。

——一直到现在，农民们还说农事完毕，曰"扫了场了"。以上的叙述是生活的自然节奏，文艺只是这实际生活的反映。

《汉书·食货志》讲古代农夫生活也谈到这一点，并且也注意到《豳风·七月》里所反映的农夫生活的情形。它说：

春，令民毕出在壄（野），冬则毕入于邑（村落）。其诗曰："四之日举止（趾），同我妇子，馌彼南晦（亩）。"又曰："十月蟋蟀，入我床下。""嗟我妇子，聿为改岁，入此室处！"

可见这是大家公认的事实。

《尚书·尧典》也看到了这一点，它假托古时帝尧命令羲和管理历法，敬授民时。它说在仲春之时，"厥民析"，——"析"就是老弱在家留守，丁壮出外就功；仲夏之月，"厥民因"，——"因"就是因袭不改；仲秋之月，"厥民夷"，"夷"，平也，言与夏同；仲冬之月，"厥民隩"，《伪孔传》曰：

隩，室也；民改岁入此室处，以辟风寒。

可见也以二月至九月，为农夫在野外的生活期间；十月至一月底，为"室处"生活期间。这就是古代农夫生活的两大季节。

二　恋爱　祭祀　祓禊　游乐

因为从二月起，人们离开了自己的家庭，到野外生活，从事农业劳动，因此，有许多风俗习惯、也可以说是典礼仪式，多在旧历二月或三月初举行。其中之一，便是有关男女恋爱的许多活动。

大概人们在自己家庭里居住的时候，很少和外界接触，因此，也减少了男女相见、相爱的机会。春天一到，万物萌动，人们开始到田野里劳动，因此，增加了男女接触的机会；久而久之，便形成了许多固定的风俗习惯。

相传古人在仲春之月有会合男女的风俗。《周礼·地官·媒氏》条曰：

> 媒氏（即媒官）掌万民之判（配合）。……中春（二月）之月，令会男女，于是时也，奔者不禁（不禁止淫奔）；若无故而不用令者，罚之，司男女之无夫家者而会之。……凡男女之阴讼（郑玄注："阴讼，争中冓之事以触法者"），听之于胜国之社（郑注："胜国，亡国也"）。

《管子》卷十八《入国》篇曰：

> 凡国都皆有掌媒。丈夫无妻曰鳏，妇人无夫曰寡；取鳏寡而合和之，予田宅而家室之，三年然后事之，此之谓合独。

《管子》的"合独"，就是《周礼》的"会男女"，所言乃同一风俗。

我以为古人祭祀生子之神的"高禖"，以及用洗涤的方法来求子的风俗，皆在此期间举行。

先说祭祀"高禖"。"高禖"就是管理人间生育的女神。"高"言其大、其重要，"禖"即"媒"字，实亦即"母"字（古从"母"之字多从"某"）；高禖神就是管理结婚与生子的女神，亦即"大母之神"。若论其起源，这种"媒神"或"母神"在最早时期，都是各个部族的先妣，亦即该部族在母系氏族社会期间所想像的"第一位"女祖；到后代、主要的在阶级社会里，这些原始的部族的先妣，便变成了各地方司婚姻与生子的女神。如殷人的先妣曰"简狄"，相传简狄无夫，吞玄鸟（燕）之卵而生子，后人便以简狄为禖神。《礼记·月令》以及许多古代学者，皆以高禖的祭祀始于简狄吞玄鸟之卵之事，高

禖神就是简狄 (说详下)。周人的第一位祖先是姜嫄，相传姜嫄无夫，履大人之迹而生子 (参看本书《周先祖以熊为图腾考》)，周人便以姜嫄为禖神。《诗经·鲁颂·閟宫》曰：

> 閟宫有侐，实实枚枚；赫赫姜嫄，其德不回。

《毛传》以 "閟宫" 为 "先妣姜嫄之庙"，又引孟仲子曰："是禖宫也。" 可见殷、周二族都把自己的相传为 "第一位女祖宗"，祀为禖神①。

这种管理人间生子的禖神，便是后世有些地方所崇奉的娘娘庙。娘娘庙的主要作用，在于管理人间生子，而最有趣的是过去在晋南一带的娘娘庙，里面所供奉的娘娘正是姜嫄②。从这里可以看出，后代的娘娘庙，即是古代的高禖之祀。

《礼记·月令》说古代祭祀高禖，在燕子北来之候。它说：

> 仲春 (二月) 之月……是月也，玄鸟至，至之日以大牢祠于高禖。天子亲往，后妃帅九嫔御 (从行)；乃礼天子所御 (言特别礼敬有身孕的妃嫔)，带以弓韣 (弓衣)，授以弓矢，于高禖之前。

为什么要特别礼敬后妃中有身孕者，并且在她身上挂着弓套、授以弓矢呢？因为弓矢为男子之事，给她这许多武器，在于希望 (感应) 她将来生男孩子，可见高禖神的祭祀是为了求子。

郑玄《礼记·月令注》解释古人祭祀高禖为什么必得在 "玄鸟至" 之日，曰：

---

① 关于 "高禖" 与 "先妣" 问题，多骋括郭沫若先生《释祖妣》(《甲骨文研究》上册) 及闻一多先生《高唐神女传说之分析》(《闻一多全集》第一册) 二文；但说后代的 "娘娘庙" 源于古代的 "高禖"，以及把这些祀典和 "上巳祓禊" 联系在一起，却是我的愚见。关于上巳节的起源，我在拙著《殷先祖以燕为图腾考——从图腾崇拜到祈子礼俗》，及《中国古代的灵石崇拜》(按 "灵石" 指 "高禖石"、"乞子石" 等)，曾有所论述。后者载在 1937 年 1 月份《民族杂志》五卷一期。因本文谈《诗经》中的恋歌，内容本来是很轻松的，因此不想把它写成学究式的论文，故不加详注。

② 见《古史辨》第二册，97~108 页《游稷山感后稷教稼之功德记事》、《姜嫄之传说和事略及其墓地的假定》及顾颉刚先生读以上两文的《书后》。

> 玄鸟，燕也。燕以施生时来，巢人堂宇而孚（孵）乳，嫁娶之象也；媒氏之官以为候。高辛氏之出，玄鸟遗卵，娀简（即简逖）吞之而生契，后王以为媒官嘉祥，而立其（简逖）祠焉；变"媒"言"禖"，神之也。

可见他以为禖神即简逖。我想：这传说最初应该属于殷人系统，因为殷人以简逖为先妣，自然以简逖为禖神；正如西方的周人以姜嫄为先妣，又以姜禖为禖神一样。过去晋南有些人以姜禖为娘娘庙的"娘娘"，犹保存了这种古俗。大概东方人所崇祀的娘娘、泰山玉女碧霞元君，其前身也许就是简逖罢！这种民间祭祀的地方色彩，很执拗地保存了它的悠久的古老传统。

古人关于疾病、灾难有这样一个迷信：即他们认为一切疾病、灾难可以用水洗掉、用火烧掉；因为水火是至洁之物，所以人们相信它可以拂除不祥。而一般的解除法，尤以用水洗涤为主。

祭祀高禖是为了求子。古人相信：不生子也是一种病气，为了解除这种病气或促进生育，他们便在祭祀高禖时，顺便儿在河里洗洗手、洗洗脚，或干脆地跳到水里洗一个澡。他们相信这样作，便可以得子。这种迷信相沿成俗，在后代便成为三月上巳节的临水被禊的风俗。"被"字本是"拔"字，言拔除、拂除病气之意；"禊"字就是"洁"字，言修洁、净身之意；二字都从"示"，表示这种行动都属于迷信，与郑玄所说的"变媒言禖，神之也"，同义。

从传说上看，似乎被殷人认为先妣，又被后人认为禖神的简逖，其生子即与被禊有关。《史记·殷本纪》曰：

> 殷契，母曰简狄，有娀氏之女；……三人行浴，见玄鸟堕其卵，简狄取吞之，因孕生契。

《列女传》卷一《母仪传》曰：

> 契母简狄者，有娀氏之长女也；当尧之时，与其妹娣浴于玄丘之水。有玄鸟衔卵，过而堕之，五色甚好；简狄与其妹娣竞往取之，简狄得而吞之，遂生契焉。

这"行浴"，我以为即被禊（洗涤）。实在说，简狄生子这一个传说是由好几个传说、许多宗教迷信混合而成的。不管怎样，古人相信：简狄生子由于行浴、吞卵，而简狄又为高禖，可见古人祓禊 (行浴) 求子之俗与祭祀高禖有关，事实上即于祭祀高禖时行之。

祓禊在后代行于三月上巳，而前言祭祀高禖在仲春之月、玄鸟至之日 (古人以"春分"为玄鸟至之日)，好像二者有矛盾似的。其实"春分"在二月下旬，三月上巳在三月初 (自魏以后，又定为三月三日①)，二月下旬与三月初相去非遥，可能在这期间都是会合男女、祭祀高禖的节日。如旧历的"年节"，并不限于除夕，古人以腊八至元宵间皆为"年节"。不管怎样，三月三日的临水祓禊，即是祭祀高禖的延长，其初义是为了求子，到后来才变成一般性的士民游乐。现在只引两条材料以资说明。

《汉书》卷九十七《外戚传》曰：

武帝即位，数年无子，平阳主求良家女十余人，饰置家。帝祓霸上，还过平阳主。主见所侍美人，帝不说；既饮，讴者进，帝独说子夫。

《汉书》注引孟康曰："祓，除也，于霸水上自祓除，今三月上巳祓禊也。"可见汉武帝的祓禊灞滨，是为了求子。

《太平御览》卷三〇引晋成公绥《洛禊赋》曰：

考吉日，简良辰，祓除解禊，同会洛滨。妖童媛女，嬉游河曲，或涣纤手，或濯素足。临清流，坐沙场；列罍樽，飞羽觞。

可见三月上巳，即使在后代，也是男女游乐的节日。若有名的王羲之的兰亭修禊，则完全变成了文人的雅集了。这是一般祭祀节日常有的演变情况。

总括起来说，所有这一切风俗无不源渊于农业生活的变化，即因二月为农耕之始，所以在此时会合男女、祭祀高禖、祓禊求子。

三 诗经中有十五首恋歌反映这种礼俗

我以为：《诗经》中有许多恋歌，就是在这种情况下唱出来的;有时用回忆

---

① 《宋书·礼志》二：自"魏以后，但用三日，不以巳也。"

的形式，追述这种风俗。这一共有十五首诗都反映有这种情况，因此使我不能不这样说。

《国风》中的《郑风》、《卫风》以恋歌多为特点，这些恋歌是古代、近代卫道的伪君子们所最痛心疾首的地方。我们就从他们所最反对的地方谈起罢！

1.《郑风·溱洧》曰：

溱与洧，方涣涣兮；士与女，方秉蕑（兰）兮。女曰："观乎？"士曰："既且（徂）！——且往观乎？洧之外，洵訏且乐（言洧水旁边真热闹）！"
——维士与女，伊其相谑，赠之以勺药。

溱与洧，浏其清矣；士与女，殷其盈矣！女曰："观乎？"士曰："既且（徂）！——且往观乎？洧之外，洵訏且乐！"
——维士与女，伊其将谑，赠之以勺药。

溱、洧是郑国的二水名。"方涣涣兮"，《韩诗》说曰："谓三月桃花水下之时，至盛也①。"《毛传》曰："春水盛也。"可见这首诗的背景，是在春天三月、桃花水涨的时候。《韩诗》说曰：

《溱洧》，说（悦）人也。郑国之俗，三月上巳之辰，于两水上，招魂续魄，拂除不祥，故诗人愿与所说者俱往观也。

直以此诗为上巳节所作。《汉书·地理志》引此诗，颜师古注曰：

谓仲春之月，二水流盛，而士与女执芳草于其间，以相赠遗；信大乐矣，惟以戏谑也。

又把这诗说在二月。由此可见，祓禊之事亦可在二月。从这里也足以证明仲春之月的会男女、祀高禖，与三月上巳原来是一个节日。我们从诗中所说的"洧之外，洵訏且乐"，又说"士与女，殷其盈矣"！可以推想当时男女杂沓，狂欢极乐的情况。这种恋爱绝不像是一两个人的私下密语，而是在一个男女聚会的

---

① 按：以下引三家诗，皆参看王先谦《诗三家义集疏》。

节日中进行的。诗中又说，在这时候男女相谑、互相馈赠，以示定情，更使我们相信这一点。

这种在一个特定的节日、在一种男女杂沓的情况下所进行的恋爱，很有点儿像后代娘娘庙会时期，男女在庙会中"相看"的情况：虽然已经失掉了那种活泼生动的活力，但究竟还剩下了一个蜕壳。

2.《溱洧》这一首诗既是在溱水、洧水旁边所唱，我想《褰裳》也是在这种情况下唱出的，因为它也谈到溱洧，而且也是恋爱诗。《褰裳》曰：

> 子惠（爱）思我，褰裳涉溱（言你若爱我，咱们就一块到溱水去祓禊）；子不我思（你若不爱我），岂无他人！狂童之狂也且（哉）！
> 子惠思我，褰裳涉洧；子不我思，岂无他士！狂童之狂也且！

在这里应该特别注意的是"子不我思，岂无他人"！"子不我思，岂无他士"！这就是在当时、在男女聚会时期的谑词，这也就是《溱洧》篇所说的"维士与女，伊其相谑"的"相谑"。

3.从在集会中有谑词这一点，马上又可以联想到：《褰裳》的上一首诗《狡童》。《狡童》也是指着同一情况：

> 彼狡童兮，不与我言兮！维子之故，使我不能餐兮！
> 彼狡童兮，不与我食兮！维子之故，使我不能息兮！

这是女子向男子逃逗之语，也是谑词。

4.从"狡童"字样，又可以联系《山有扶苏》：

> 山有扶苏，隰有荷华；不见子都，乃见狂且！
> 山有乔松，隰有游龙（水荭草）；不见子充，乃见狡童！

这些嘲笑、戏谑的小歌，都是在同一背景下唱出的。其实《郑风》中还有不少同类的小恋歌，大约也都是同类之作，因为这种短歌很适合于此类即兴诗的用处。又三诗中同言"狡童"，我以为这狡童正指未婚男子，亦即《周礼·媒氏》所说的仲春之月，"司男女之无夫家者而会之"的"无夫家者"。

5.如郑国的恋歌多牵涉到溱洧一样，卫国的恋歌多集中在淇水，其数量竟达到八首之多! 最有代表性，并且也是最有名的一首诗是《鄘风·桑中》("邶"、"鄘"、"卫"，三风皆卫诗)。

> 爰（于何处）采唐（野菜名）矣？沬（音妹）之乡矣！云谁之思？美孟姜矣！——期我乎桑中，要我乎上宫（要，等候），送我乎淇之上矣！
>
> 爰采麦矣？沬之北矣！云谁之思？美孟弋（妣）矣！——期我乎桑中，要我乎上宫，送我乎淇之上矣！
>
> 爰采葑矣？沬之东矣！云谁之思？美孟庸（媵）矣！——期我乎桑中，要我乎上宫，送我乎淇之上矣！

这首歌每一章的前四句都充满了调笑的意味，主旨在下三句："期我乎桑中，要我乎上宫，送我乎淇之上矣!"这"桑中"我以为即卫地的"桑林之社"。卫国为殷故地，而且是殷的王畿，殷社曰"桑林"，相传汤祷雨于"桑林之社"。宋为殷后，宋之社亦曰"桑林"，其乐曰"桑林之乐"。殷人的社为什么叫"桑林"? 我想这是因为他们把桑树当做神树，在社的前后左右广植之，因此他们的社叫做"桑林"。"社"为地神之祀，但后来也变成聚会男女的所在，与高禖的祭祀相混。这或者是因为土地的祭祀是由于农业，而原始的种植为女子之事，因此使高禖之祀与土地之祀合起来。总之，桑林之社也是男女聚会的地方。《墨子·明鬼》篇说：

> 燕之有祖，当齐之〔有〕社稷、宋之有桑林、楚之有云梦也，此男女之所属而观也！

可见这"桑林之社"，确为男女聚会之地。"皆男女之所属而观也"的这个"观"字，不用说即《郑风·溱洧》"女曰观乎"之"观"，实即欢聚之意。"上宫"，我以为即指"社"或高禖庙，古人谓庙亦曰"宫"。"桑中"、"上宫"既是"桑林之社"，那么这首诗的背景，就是在举行桑林之社的祭祀时唱的。至于淇水，也就是他们在举行这种祭祀时所被禊洗涤的水。《太平御览》卷一七八引《郡国志》曰：

> 卫州苑城北十四里，沙丘台也，俗称妲己台，去二里，有一台，南临淇水，俗称为上宫也。

可见淇水旁边确有"上宫"。总之,从这首诗里,可以推知当时的祭祀聚会情形。

6.《卫风·淇奥》是女子赞美男子之歌,其地点也在淇水:

> 瞻彼淇奥(隩),绿竹猗猗。有匪(斐)君子,如切如磋,如琢如磨。瑟兮僩兮!赫兮咺兮!有匪君子,终不可谖(忘也)兮!
>
> ……
>
> 瞻彼淇奥,绿竹如箦。有匪君子,如金如锡,如圭如璧。宽兮绰兮!猗重较兮!善戏谑兮!不为虐兮!

从这种"谑而不虐"的谑,也可以推想这首歌的背景。

7.《卫风·有狐》也是同类的谑词:

> 有狐绥绥(朱熹:"绥绥,独行求匹之貌"),在彼淇梁(坝);心之忧矣,之子无裳!
>
> (二、三章叠咏、意同,从略。)

这首诗是女子所唱,她把她想亲近的那位男子比作小狐狸①。她说:小狐狸儿,你在淇水岸上徘徊什么呢?我心里正为你发愁,没有人给你缝衣裳呢!言外之意,我能给你缝衣裳呢!一种妞妮作态之状,宛如在目。这种诗必须把它当做谑词来解释,方才合于民歌的情调,否则便是焚琴煮鹤!

8.《卫风·竹竿》是一位失恋男子之作,其诗曰:

> 籊籊竹竿,以钓于淇;岂不尔思,远莫致之!
> 泉源在左,淇水在右;女子有行(出嫁),远兄弟父母!
> 淇水在右,泉源在左;巧笑之瑳(笑而见齿貌),佩玉之傩(行有节貌)。
> 淇水浟浟,桧楫松舟;驾言出游,以写(泻)我忧。

---

① 《诗经》中多以狐比荡子,如《齐风·南山》:"南山崔崔,雄狐绥绥,鲁道有荡,齐子由归——既曰归止(哉)!曷(何)又怀止(哉)!"正用狐狸比拟通妹的齐襄公。

这一首诗大概是一位失恋的男子重游淇水时所作。他当初和这位女子恋爱，也就在这淇水边。那时候他们相亲相爱，言笑晏晏，是何等的快乐！后来，这位女子出嫁了。这次，他又来到淇水，山川依旧，人物都非，回想起当初和那位女子在河边散步的情况，更使他回肠荡气，因此他只好"驾言出游，以写我忧"了！诗的意境很有点像《周南·汉广》，的确是一首好诗，而且音调意境尤美。

9.《卫风·氓》是《诗经》中最有名的一首长篇叙事诗，其价值不下于后来的《孔雀东南飞》。在这首诗里，叙述这位痴心的女子和这位"抱布贸丝"的小商贩，曾经在春天、在这淇水边游邀；而且在临别的时候，送他一程又一程。在这里不禁使我们想起《桑中》篇所说的"送我乎淇之上矣"的句子来。为什么卫国的男女在临别送行的时候，必得在淇水边儿呢？难道说更无其他的地方可以送行么？原来这些恋爱多在淇水边进行，因此这些恋爱诗多言在淇水边儿送行。诗里说：

> 送子涉淇，至于顿丘。匪（非）我愆期，子无良媒。将（请）子无怒，秋以为期！

从"秋以为期"这句话，显然可见他们在这里聚会的时候，不是秋天。又就在这一章以后说：

> 桑之未落，其叶沃若。于（吁）嗟鸠（斑鸠）兮，无（勿）食桑葚！于嗟女兮，无与士耽（乐）！——士之耽兮，犹可说也！女之耽兮，不可说也！

从时序的描写上看，也可以看出他们相会在春天。又在结尾处，说到她回忆过去的时候，

> 淇水汤汤（水盛貌），渐车帷裳。女也不爽，士贰其行（行为）。士也罔极（不定），二三其德！

又说：

> 淇则有岸，隰（低湿地）则有泮（边）！

一再说到淇水，好像有无限伤心事都集中在这淇水上，这就是因为他们当初在淇水边欢聚、恋爱，现在夫妻反目，所以一想到淇水，便无限伤心。从这里皆足见淇水是他们欢聚之所在。

10.《邶风·谷风》也是一首弃妇诗，在说到过去的时候，也说到水，也说到在水滨投赠。它说：

> 有洸有溃，既诒（贻）我肄；不念昔者，伊余来塈（唯余是怒）。

这"既诒我肄"的"肄"字，《毛传》、《郑笺》、朱注皆以为是"劳也"，但我以为此"肄"字即《周南·汝坟》"伐其条枚"、"伐其条肄"之"肄"。《毛传》于彼处训"肄"曰："余也，斩而复生曰肄。"即砍伐后新长出来的嫩枝儿。"既诒我肄"，言既以嫩枝作为定情物给我，当初如何好，现在就不应该变卦（《汝坟》的"伐其条枚"、"伐其条肄"也是折枝以赠所欢之意，与《郑风·溱洧》"赠之以勺药"同）。"有洸有溃"，《毛传》说是："洸洸，武也；溃溃，怒也。"诸家说同。但我以为此句指水而言，《说文》："洸，水涌光也。"引诗"有洸有溃"。"既诒我肄"既是回忆、又是他所"不念"之"昔者"，则"有洸有溃"也应该是"昔者"之事，即当初恋爱时在水边欢聚之事。此"有洸有溃"，正形容春水泛滥，也就是《郑风·溱洧》所说的"方涣涣兮"，《韩诗》说是"三月桃花水下之时"。从这水涨之状、折枝以赠所欢之事，特别与《汝坟》诗对比（说见下），皆可以知道：这位女子和她的男人当初也曾到河边欢聚、祓禊，与《卫风·氓》中的地位可怜女子完全一样。

说到此篇《谷风》，不能不谈到另一首《谷风》，即《小雅》中的《谷风》。这两首《谷风》，我以为当初原是一首民歌，后来因种种原因，写成两首诗，而且分散在二处；从内容上看，这两首诗所讲的是同一故事。所不同的，只是一繁一简。从文词上看，二诗相因之处亦极明显。《小雅·谷风》的开头句子说"习习谷风，维风及雨"，即《邶风·谷风》的"习习谷风，以阴以雨"；《小雅·谷风》的"将恐将惧，寘（置）予于怀"，即《邶风·谷风》的"昔育恐育鞠，及（与）尔颠覆"——我以为这两个"育"字皆"有"字之误，"鞠"为"惧"字之误："育恐育鞠"即"有恐有惧"，"及尔颠覆"，即"置予于怀"。二句同言夫妇男女之事，故下文紧接之曰："既生既育，比予于毒。"前人释"育"、"鞠"、"颠覆"、"生育"皆误。它若"将安将乐，女（汝）转弃予"，以及"忘我大德，思我小怨"，直等于《邶风·谷风》全诗的概括。所以，我认为它们原来是一首诗，后来分化为两首诗。从诗的发展上看，《小雅》的那一篇是早的，《邶风·谷风》是晚的。为什么西周民歌传到了卫地，变成了卫地民歌，我想这是西方的周人传播到东方卫地来的，可能就是"殷八师"这些人所传播的。关于"殷八师"与卫地的关系，参看本书《小雅大东篇释义》。

11.我疑心《邶风·谷风》的上一篇《匏有苦叶》也是在同样情形之下唱出的。

　　匏有苦叶（引句，无意义），济（渡头）有深涉。深则厉（沴，渡也），浅则揭（褰裳而过）。

　　有瀰济盈（渡处的水满满的），有鷕雉鸣（"鷕"，雌雉叫声）。济盈不濡轨，雉鸣求其牡。

　　雍雍（雁鸣声）鸣雁，旭日始旦。士如归（娶）妻，迨冰未泮。（言结婚应该在秋冬）

　　招招舟子，人涉、卬（我）否。人涉、卬否，卬须（婿，待也）我友。

"济有深涉"、"有瀰济盈"与《郑风·溱洧》"溱与洧，方涣涣兮"，《谷风》"有洸有溃"等形容春水生之状相合。"深则沴，浅则揭"与《郑风·褰裳》"子惠思我，褰裳涉溱"相合。"雍雍鸣雁"，大似春日雁北来之象。"士如归妻，迨冰未泮"，与《卫风·氓》"将子无怒，秋以为期"意近。凡此种种，皆足以显示此女子所唱的恋歌在春天、在水边，与以上诸诗皆合。不用说，这里的"济盈不濡轨，雉鸣求其牡"也是一种谑词。

12.说到谑词，使我又想起《卫风·芄兰》这一首诗。我疑心它和《郑风·褰裳、狡童、山有扶苏》一样，都是在聚会中女子嘲笑男子之歌。这首歌的"童子"，也就是以上诸诗的"狂童"，"狡童"，都是指在聚会中的未婚男子，也就是《周礼·地官·媒氏》所说的"司男女之无夫家者"。从这种称谓中，不但可以知道对方的身份，而且可以知道唱这首歌的背景。

　　芄兰之支（谓芄兰之荚），童子佩觿（解结之锥）！虽则佩觿，能（乃）不我知（"知"谓"相知"、"相爱"之意）！——容兮遂兮！垂带悸兮（悸，带下垂貌。此二句为形容男子服饰之美）！

　　芄兰之叶，童子佩韘。虽则佩韘，能（乃）不我甲（《毛传》云："甲，狎也。"《韩诗》作"狎"）。——容兮遂兮！垂带悸兮！

案此诗之"乃不我知"（竟不和我相好）、"乃不我狎"（竟不和我相狎），与《郑风·褰裳》"子不我思"同意，皆谑词也。

以上是郑卫两国的恋歌情形，现在再看看其他风诗有无同类情况。

13.《周南·汝坟》是汝水附近的青年男女在汝水滨聚会时所唱的恋歌：

> 遵彼汝坟，伐其条枚（小树枝儿）。未见君子，惄（饥意）如调（朝）饥。
>
> 遵彼汝坟，伐其条肄（砍伐后新生的嫩枝）。既见君子，不我遐弃。
>
> 鲂鱼赪尾，王室如毁（火）。虽则如毁，父母孔迩（甚近）！

我以为这首诗也是春天男女袚禊于水滨时所唱的一首诗。首先说他们欢聚的地点在汝滨，与郑之溱洧、卫之淇水同。第二，他们折枝相赠，与《邶风·谷风》"既诒我肄"同，说已见上。第三，"鲂鱼赪尾"，《毛传》说："赪，亦也，鱼劳则尾赤。"但我不知道鱼怎样会劳累。据生物学说，有一些鱼在春天交尾时期，尾巴发红，以招引异性。这说明这首歌是在春天唱的。第四，"王室如毁"，《毛传》无说，《三家诗》皆说"王室"为纣的朝廷——这大概因为他们相信《周南》为文王时诗，故扯到纣的身上。他们说"王室如毁"，即纣的朝廷像火一样的猛烈残暴；"虽则如毁，父母孔迩"，就是说：虽然纣的朝廷非常残暴，但因为父母贫困，所以也就顾不得这些，出去做官了。《后汉书·周磐传》引这一章诗就采取这种解释。它说：

> 磐居贫，养母俭薄不充，尝诵《诗》至《汝坟》之卒章，慨然而叹，乃解韦带就孝廉之举。

古今人说诗也多雷同斯说。但我以为此诗既是男女相恋之词，不应该在下面忽然说到因穷作官，这是"风马牛不相及"的。前两段既是讲男女相爱之事，此一章也应该讲男女相爱。我以为这里的"王室"即《桑中》诗的"上宫"，皆禖社神庙之意。"王"有"大"义，《广雅·释诂》曰："王，大也。"《尔雅·释亲》："父之考为王父，父之妣为王母。"王父即大父，王母即大母。《周礼·獻人》："春献王鲔。"郑玄注曰："王鲔，鲔之大者。"至于"室"有庙字之训，则在经典及铜器铭文中所在多有，不烦枚举。如此说来，"王室"即汝水旁之大庙、禖宫。汝水旁的庙，称为"王室"，犹嵩山因有涂山氏女娲庙而曰"太室"。《山海经·中山经》曰：

> 泰室之山（郭璞注："即中岳嵩高山也"），……上多美石。郭璞注曰：
> "……启母化为石而生启，在此山。"

应该补叙的：涂山氏女娲是夏人的先妣，又是夏人的高禖，相传为涂山氏所化的石，汉武帝封禅嵩山时，犹祭祀之①。从嵩山称"太室"，也可以推测此"王室"的性质。本诗的"王室如燬"，意谓在此神社之中，人山人海、如火如荼——这情形只要一想到乡下的娘娘庙会便知。这地方本为男女聚会、调笑戏谑的地方，但这位"既见君子，不我遐弃"的女子，却不能和她的"君子"姿意调笑，因为"虽则如燬（火），父母孔迩"！她有些不敢或不好意思。"父母孔迩"在这里的意思也就等于《郑风·将仲子》所说的：

> 岂敢爱之，畏我父母。仲可怀也，父母之言，亦可畏也！

其实，我们单从"父母孔迩"这一句话，也可以推知这一章的大意，以至于全诗的大意。《诗经》中凡言女子出嫁，皆曰"女子有行，远父母兄弟"。《鄘风·蝃蝀》曰："蝃蝀在东，莫之敢指；女子有行，远父母兄弟。"故下文曰："乃如之（此）人也，怀（思）昏姻也，大无信也，不知命也！"他若《卫风·竹竿》、《邶风·泉水》，并同。"远父母兄弟"既指婚媾，则与此句意思相反相成的"父母孔迩"，也必指婚媾一类事。

我说《汝坟》是汝水附近的男女祓禊于汝水的恋歌，其时间在二月之末或三月上巳，还可以由后人所作的上巳诗引用"鲂鱼赪尾"作典故得到旁证。《文苑英华》卷一七二梁庾肩吾《三日侍兰亭曲水宴》诗曰：

> ……禊川分曲洛，帐殿掩芳洲。踊跃赪鱼醉（《艺文类聚》引作"出"），参差绛藻（云按："藻"字应为"枣"字之误）浮。百戏俱临水，千钟共逐流（指流觞）。

又，江总《三日侍宴宣猷堂曲水》曰：

①《汉书·武帝纪》。

> 上巳娱春禊，芳辰喜月离。北宫命箫鼓，南馆列旌麾。绣柱擎飞阁，雕
> 轩傍曲池。醉鱼沉远岫，浮枣漾清漪。

从这些诗里，皆可以推知《汝坟》诗为上巳诗；同时，更可以知道这个节日是
如何的热闹了。

14.《周南·汉广》也反映汉水流域的青年男女在水边被禊，诗曰：

> 南有乔木，不可休思（思，语词）！汉有游女，不可求思！
> 汉之广矣，不可泳思！江之永矣，不可方思！
> 翘翘错薪，言刈其楚；之子于归，言秣其马。
> ——汉之广矣，不可泳思！江之永矣，不可方思！

这是一首失恋的悲歌。他所追求的女子变成"不可求思"的对象了，譬如汉水
之广，不可游泳而过，长江之长，不可坐方舟（今河南有之）而过。语气的婉
转、情意的敦厚，却掩盖不住他的内心的悲哀。的确是一首好诗！我们所注意
的是"汉有游女"一句话——这"游女"，有人说是神女，有人说是人，其实
神女还不是从人间的女子幻化出来的！朱熹《诗集传》解释这一诗最好，他说：

> 江汉之俗，其女好游，汉魏以后犹然，如大堤之曲可见也（案王质《诗
> 总闻》亦有此说，朱说精炼，故取之）。

但汉女好游，究竟在什么时候游呢？孟浩然《大堤行》给我们解答了这个问
题。他说：

> 大堤行乐处，车马相驰突。岁岁春草生，踏青二三月。王孙挟珠弹，游
> 女矜罗袜。携手今莫同，江花为谁发！

可见其背景在二三月。由此可见，《汉广》所说的"汉有游女"，其时间背景
也应该在二三月。

我们从以上这十四首恋歌中，可以归纳出以下的情形，即它们同言恋爱、
同言春天、同言水边。

恋爱+春天+水边

这就表示：它们都是在同一背景下作成的，或反映着同一风俗。这风俗就是在春天聚会、在聚会时祭祀高禖 (=后代的娘娘庙) 和被禊于水滨以求子。

15.最后我要谈的，是《召南·行露》这一首诗。今本《行露》，第一章与下文二三两章不是一首诗 (王柏《诗疑》已有此说)。第一章残阙过甚，简直无法说明它的原义，后二三章则确实是一位女子拒绝一个有妇之夫向她求婚。他们二人争吵着，以至于发生诉讼，本诗即女子责数男子之歌。诗曰：

谁谓雀无角 (嘴)？何以穿我屋 (雀本有嘴而说它无嘴，正喻此男子已有妻室而谎称无妻室)！谁谓女 (汝) 无家？何以速我狱 (速，致也。"速狱"、"速讼"一意，皆谓和我打官司)！——虽速我狱，室家不足 (言室家之礼不足)！

谁谓鼠无牙？何以穿我墉 (鼠本有牙而曰无牙，纯粹是瞎说，以喻此已有妻室之男子，而谎说未结婚)！谁谓女 (汝) 无家？何以速我讼！——虽速我讼，亦不女从！

我以为这首诗所说的就是指仲春之月会合男女时，因恋爱而发生的争执，亦即《周礼·媒氏》条所说："凡男女之阴讼，听之于胜国之社"的"阴讼"。大概古人已有此说，所以郑玄笺诗，亦知此即《周礼》仲春之月，"令会男女之无夫家者"[1]。又此诗亦为两章，与上引《褰裳》、《狡童》、《山有扶苏》、《芄兰》章法结构及词意情调并同。从这首诗之为仲春之月、会合男女之事，也可以证明以上诸诗皆属此男女欢会节日之诗。

四 从礼俗中所凝固的恋爱谚语

因为古代男女在春天聚会、在水边被禊唱歌，即景生情，因物见志，所以

---

① 郑玄所见之《诗经》已如今本一样，误合二诗为一诗，故以《周礼》之说属之前章，殊误。参看孙作云《诗经的错简》。《人文科学杂志》1958年第Ⅰ期。

在诗中往往用钓鱼、食鱼来象征恋爱，寻致成为一种专门性的谫语，如俗说之所谓"典故"。这实在是非常有趣的一件事。

前引《卫风·竹竿》是卫国男女恋爱的情诗，它开头第一句就说到钓鱼：

> 籊籊竹竿，以钓于淇；岂不尔思，远莫致之！

这"钓"究竟是实际的钓呢，还是一种谫语，很难说。依我看，应该是一种谫语。因为如上所说，卫国男女到淇水边聚会，是为了恋爱，为了祓禊以求子，而不是来生产。并且，此处人山人海，也不像是钓鱼的环境（此"钓鱼"参看下文所引的《召南·何彼秾矣》一诗）。

《陈风·衡门》也是一首带戏谑性的恋歌，歌中大义如《郑风·褰裳》所说的"子不我思，岂无他人"；不过《褰裳》是女子之词，此诗是男子之词。前人以此诗为"隐居自乐而无求者之辞"（朱熹《诗集传》语。朱熹对于恋歌颇多正确见解，尚有此误，他人可知），大误。

> 衡门之下，可（何）以栖迟？（言用横木作的门儿，如何能在此居住！"可"为"何"字通假。拙说。）泌之洋洋，可（何）以乐（瘵，疗）饥？（言饮水如何能解饥，以喻情思之甚。）
> 岂其食鱼，必河之鲂！岂其娶妻，必齐之姜！
> 岂其食鱼，必河之鲤！岂其娶妻，必宋之子！

在这里要注意：它说到河，又说到鱼，并且用食鱼来隐喻娶妻。

《曹风·候人》也用食鱼来代表恋爱，不过在字面上它不说鱼，而说捕鱼的水鸟儿。这一首诗表示女子渴望男子的欢爱。

> 彼候人兮（"候人"是一种小官，主送迎宾客者，武士为之）！何（荷）戈与祋（殳，军棍）。彼其之子，三百赤芾（言服饰之盛）！
> 维鹈（鹈鸪）在梁（捕鱼的小坝），不濡其翼（不肯下水、翅膀不沾水）。彼其之子，不称其服（谑词。勿泥执读之）！
> 维鹈在梁，不濡其咮（鸟喙曰"咮"）。彼其之子，不遂其媾（男子不主动求爱，当然恋爱不成）！

荟兮蔚兮（云兴貌），南山朝隮。婉兮娈兮（美貌），季女斯饥！

这是"老"姑娘（季女）向"候人"（小军官儿）求爱的诗，里面充满了挑逗与期望的意味。她用鹈鹕鸟来比喻这位武士：鹈鹕鸟应该下水捕鱼，但它这次却变成了呆鸟，只站在坝上不下水；好比这位不懂事的候人，不向她求爱。因此，这位"婉兮娈兮"的季女，便感到如饥如渴了——这"饥"字，如前引《陈风·衡门》："泌之洋洋，可（何）以疗饥"的"饥"字一样，皆表示求爱的期望。此诗虽不明言"食鱼"，而食鱼在其中。

《豳风·九罭》大概也是同类的诗。

　　九罭之鱼，鳟鲂！——我观（遇）之（此）子，衮衣绣裳（"罭"是密网，用以捕小鱼者，而今却得到了大鱼鳟鲂。我所遇见的这位男子，穿着非常阔绰的衣裳。"衮衣绣裳"犹《候人》诗所谓"三百赤芾"，极言服饰之盛）。

　　鸿飞遵渚（《毛传》："鸿不宜循渚也。"甚是），公归无所（即下章"公归不复"之意），于（与）女（汝）信处（《毛传》："再宿曰信"）！

　　鸿飞遵陆（《毛传》："陆非鸿所宜止"），公归不复，于（与）女（汝）信宿（《毛传》："宿，犹处也"）！

　　是以有衮衣兮，无以（使）我公归兮！无使我心悲兮（经典、金文"以"字作"使"字解处甚多，兹从略）！

此诗也用鱼来表示恋爱。这里的"鸿"，我以为即指"公归不复"的"公"（注意："鸿"、"公"同音，歌谣中多喜欢用这种同音异义的双关语pun），也就是"我观之子"的"子"。总之，绝不是周公！"鸿"是下水捕鱼的水鸟，但它这次却不下水，只是在沙洲上、陆地上飞，如何能捕到鱼！犹如这位"衮衣绣裳"的公子，不懂事要回去，如何能成就好事呢！这种比喻法与《曹风·候人》用鹈鹕在梁，不下水捕鱼，来比拟这位"候人"不与这位"季女"成就恩爱，完全相同。用《候人》诗来旁证、比较《九罭》，是了解本诗的不二法门。

　　最后一章也像《候人》诗的末章一样，说出主旨，在于"无以（使）我公（公子）归兮，无使我心悲兮"！其最后目的，还是在"与汝信处"，再过一宵。这首诗是这样一首情诗，好像作《易经·爻辞》的贞人已知道。《易经》第五十三卦《渐》曰：

> 九三，鸿渐于陆，夫征不复，妇孕不育，凶。……

便是檃括《九罭》诗的大义。他用"鸿渐于陆"，来比喻"夫征不复"；这里的"夫征不复"，亦即"公归不复"之意。可怜的古代《诗经》研究家，一看见"公"就想起周公（《毛传》、《郑笺》、朱注……），以为这首诗是讲的周公的事，未免要为周公所窃笑了！

说到了"鸿"，因而想起了《邶风·新台》。《新台》是卫国人讽刺卫宣公筑台纳媳之事（卫宣公娶公子伋妻齐女，是为宣姜，事见《左传》桓公十六年）。这里也用鸿鸟食鱼，来比喻男女关系，只不过是一种不正当的男女关系而已。诗曰：

> 鱼网之设，鸿则离（罹）之！燕婉之求，得此戚施（虾蟆，喻卫宣公）！

《诗经》的第一篇《关雎》是男子所唱的恋歌，首两句也用捕鱼的"鱼鹰"来象征男子向女子求爱。

> 关关雎鸠，在河之洲；窈窕淑女，君子好逑（好的配偶）。

这"关关"，是雌雄相和之声，"雎鸠"即鱼鹰。清多隆阿《毛诗多识》（卷上）列举八证以证雎鸠为鹭鸟，即鱼鹰。此诗用鱼鹰隐喻，与《候人》用鹈鹕、《九罭》用"鸿"同，皆用水鸟食鱼来象征恋爱与婚媾。

还有许多结婚诗，都连带地说到鱼，有的隐喻极鲜明，有的变成一种套词。如《卫风·硕人》讲到齐庄姜嫁卫庄公时，说：

> 河水洋洋，北流活活。施罛（撒网）涉涉（网入水之声），鳣鲔发发（鱼跳，击水声）。葭菼（芦荻之类）揭揭，庶姜孽孽（形容从嫁者之多），庶士有朅（形容侍卫之盛）。

即其例一。

《齐风·敝笱》是齐国人讽刺文姜归鲁（文姜，齐襄公妹，与襄公通，鲁桓公三年［公元前709年］嫁桓公，事见《春秋经传》），也用同样的比喻。

敝笱在梁，其鱼鲂鳏。齐子归止（哉），其从如云。

（二、三章叠咏，从略。）

其例二。

《召南·何彼秾矣》赞美王姬下嫁，诗的最后一章说：

其钓维何？维丝伊缗；齐侯之子（新郎），平王之孙（新娘）。

其例三[①]。

为什么这些诗一说到恋爱、一说到结婚，就说到钓鱼、食鱼呢？我以为这种带猜谜性质的隐喻法，或带象征性的辞藻，就是因为当初男女欢会在河滨，被禊在河滨，因此把这些带现实性的东西变成打情骂俏的谰语，以后就完全变成一种套词，一说到恋爱、一说到结婚，就把它用上了。一种风俗、典礼，居然能在诗歌中形成一种专门性的术语，也可见这种风俗如何地源远而流长，如何地为大家所习知了。

我用这种风俗作线索，用民俗学的方法来分析，发掘了以上二十三首诗的奥秘。

（本文一部分论点，在学生时代曾写入读书"报告"，解放后，载于《文学遗产增刊》1957年第5期。此文并附录均收入《诗经与周代社会研究》，中华书局，1966年版）

附录四：

关于上巳节(三月三)二三事

我在《诗经恋歌发微》里说：由于农业生活季节所决定，古人们在仲春之月会合男女，又在仲春之月祭祀高禖；在祭祀高禖的时候，有被禊（洗涤）求子等风俗。有许多余义未遑引申，也有许多材料未及组入。今就其中二三事，

———————

① 关于以鱼隐喻恋爱，参看闻一多先生《诗经通义》，《全集》本乙编124页，开明书店版。关于此种隐喻构成的原因及其解释，则详见本文。

略事补缀，以证明我在那篇文章中的诸论点。

一　说上巳祓禊与商部族图腾信仰的关系

首先要谈谈，上巳节与高禖祭祀的关系，然后再进一步谈谈它与哪一个高禖祭祀特别有关，更进而追溯它的原始意义，即图腾信仰。

我已经说过，高禖神就是各部族所认为最初的女祖。他们认为：这些女祖在后代管理这一族的婚姻及生育之事。我说，现在在民间所保存的娘娘庙，就是这种高禖神祭祀的遗留。

我们知道，团聚成为"华夏族"（汉族的前身）以前的中国古代各部族，大体上可以分为中、东、西三系，即中原的夏族（河南、山西，以后才向西北发展），东方的商族（山东等地）及西方的周族（陕西）。以这三大族为中心，各结成一个大集团。大概到夏亡国以后，夏人西迁，才基本上变成了夷夏东西二系。

这三大部族，在原始社会时期，各有其图腾信仰（若称为"图腾主义"，则包括的更广一些），及在传说上各有其被认为最早的一位女老祖宗。我认为原始时期的夏人，以蛇（即龙）为图腾，其最早的女祖为鲧"妻"修己，或禹妻女娲。商族的图腾信仰及其始妣，大家知道的很清楚，即"玄鸟"与简逖。相传简逖吞玄鸟之卵而生契，玄鸟即是原始商人的图腾（"玄鸟"即燕，有人说是凤皇，是根据一个错误的孤证［文字本身错误］而推论的，不可信）。周人的图腾是熊，说见本书《周先祖以熊为图腾考》，其始妣即姜嫄。这三族人各把自己的始妣奉祀为禖神：即夏人以女娲为禖神、商人以简逖为禖神、周人以姜嫄为禖神。

祭祀高禖的节日或行事，在后代演变为三月上巳节的祓禊求子之事。首先说，我认为"上巳"的"巳"字即"子"字，"上巳"即"尚子"（"上"、"尚"古通用）；正名定义，上巳的最初意义就是为了求子。

说十二辰中之"巳"字即"子"字，已由甲骨文与金文得到证实，此为古文字学家之通说，无庸赘述。说古人用"巳（子）"日求子、恋爱，还可以由少数民族的风俗中得到印证。刘锡藩先生《岭表纪蛮》说：广西凤山县山乡的少数民族，其青年男女，"各于正、二、三月之子日，于一定之地点，分为两队，各持红绿色带结成之圆毬，互相抛接……即成配偶"（刘书第七章《婚姻与丧葬》，页22）。此用"子"日恋爱结婚，犹汉族古人于上巳节恋爱、祓禊求子一样。

高禖之祀既与上巳祓禊是一非二，但高禖之祀各族不同，照推理讲，在后代的上巳礼俗，也应该按照地区而有所不同。但在古代中国，就现有的材料看，并无不同；而且好像所有的这些行事皆与商族的高禖祭祀、商族的原始信仰（即以燕为图腾）有关似的。这是一个非常值得注意的现象。

这现象有以下两点，应该注意。

第一点，古书上记载：商族始妣简狄生子，是由于她和姊妹们在行浴的时候，见燕子遗卵，吞之而生契。契即商族的第一位男祖，自此以后绳绳不绝，皆为男系。我们说：商族在契以前，是母系氏族社会；从契起，进入父系氏族社会，问题是"行浴"二字。这记载最早见于《史记·殷本纪》。《史记》的写作虽晚，但汉人都这样说，知道司马迁一定有所本。假使他所根据的是民间传说，这民间传说，也一定远有所承（并且对待民间传说的"时代"，也不能和对待书本的时代等量齐观）。《史记》说：

> 殷契母曰简狄，有娀氏之女，……三人行浴（洗澡），见玄鸟堕其卵，简狄取吞之，因孕生契。

刘向《列女传》说简狄"与其妹娣浴于玄丘之水"（又见《古微书》引纬书《诗推度灾》、《诗含神雾》等）。我以为这"行浴"就是被襖，与后代上巳被襖之事，是基于同一风俗习惯（或者有关简狄的这项材料，是根据后代的礼俗补缀上去的）。这是应该注意的第一点。

其次，是在后代的上巳礼俗之中，有曲水浮卵之戏。大概把鸡蛋或什么蛋煮熟了，在水的上流放入，让水漂着，人们在水的下流等着，等卵流来时，即取之，或食之。古书记载只有两条，但变相的记载却很多，这大可注意。我认为这个风俗，不是人们随便想出来的毫无意义，应该有一个古老的传统。这传统，我想：应该追溯到原始社会东夷诸族以鸟为图腾，传说他们的始妣吞鸟卵而生子的原始信仰。《山海经》记东方有"卵民国"，"其民皆卵生"，就是这种原始信仰在后代的遗留（详见拙著《说羽人——羽人图、羽人神话及飞仙思想之图腾主义的考察》，载在《沈阳博物院汇刊》第一期）。

晋张协《洛襖赋》曰：

> 夫何三春之令月，嘉天气之絪缊；川流清泠以汪涉，原隰葱翠以龙麟。于是缙绅先生，啸俦命友；携朋接党，冠童八九，税驾兰田。……遂乃停舆蕙渚，税驾兰田；朱幔虹舒，翠幕蜺连。浮素卵以蔽水，洒玄醪于中河。

（《北堂书钞》一五五、《太平御览》三〇及九二八引）

又晋潘尼《三日洛水作诗》：

> ……暮春春服成，百草敷英蕤；聊为三日游，方驾结龙旂。廊庙多豪俊，都邑有艳姿。朱轩荫兰皋，翠幕映洛湄。临岸濯素手，涉水褰轻衣（云按：此用《郑风·褰裳》典故）。沉钩出比目，举弋落双飞。羽觞乘波进，素卵随流归。（见《艺文类聚》四、《北堂书钞》一五五）

我想这种在上巳节临流浮卵之戏，一定与简逖行浴、吞玄鸟之卵有关；否则，绝不会无端地产生这种怪风俗。这浮卵，也就是不可想像的古老的简逖所吞的卵罢！

　　和浮卵差不多，或者是浮卵的变相，就是"浮枣"。梁萧子范《三月三日赋》曰：

> 右瞻则青溪千仞，北睹则龙盘秀出。……洒玄醪于沼址，浮绛枣于泱池。

庾肩吾《三日侍兰亭曲水宴》：

> ……禊川分曲洛，帐殿掩芳洲。踊跃赪鱼出（按此用《周南·汝坟》典），参差绛枣浮。百戏俱临水，千钟共逐流。

江总《三日侍宴宣献堂曲水》：

> 醉鱼沉远岫，浮枣漾清漪。

这"浮枣"的风俗，或者是"浮卵"的简化罢！我们北方人对于"枣"有一种特别亲切的感觉：祭祀用枣（在米饭上插着），特别在结婚的时候，多用枣。在许多奁匣中放置枣栗，好像在交杯酒中也有枣，要含羞的新郎新妇在幸福的一霎那中食之。这源渊应该很早罢！更值得惊奇的，是一直到现在为止，乡下结婚时还有食红皮鸡蛋的风俗，这能不令人深思么？

"上巳"取其尚子之意，而干支纪日先后参差，为了便于记忆，所以自魏以后，只用三日，不用上巳，见《宋书·礼志》。又古上巳多与寒食同日，《白孔六帖》云"寒食多与上巳同时"；而寒食有馈卵、斗鸡子之戏等俗。晋陆翙《邺中记》云：

> 寒食俗多画鸭子以相饷。

梁宗懔《荆楚岁时记》云：

> 去冬节一百五日，即有疾风甚雨，谓之寒食（云按：寒食由于换社火，此解稍误）。禁火三日，造饧、大麦粥、斗鸡、镂鸡子、斗鸡子。

隋杜台卿《玉烛宝典》云：

> 寒食，城市多斗鸡蛋之戏，出古之豪家，食称画卵。今代（世）犹染蓝茜，加雕镂，递相饷遗。

宋孟元老《东京梦华录》卷七《清明节》条云：

> 清明节，寻常京师以冬至后一百五日为大寒食，前一日谓之"炊熟"。……寒食第三日，即清明节矣！……四野如市，往往就芳树下或园囿之间，罗列杯盘，互相劝酬。都城之歌儿舞女，遍满园亭。抵暮而归，各携枣锢炊饼、黄胖掉刀、名花异果、山亭戏具、鸭卵、鸡雏，谓之门外土仪。

一直到现在，在清明节时，农村还有吃鸡蛋的风俗。这种古老的风俗，我想一定还有所承。若独立地去解释，将永远不会明了它的真相。若一联想到简狄吞玄鸟之卵的传说，而且所吞的卵，据《列女传》说是"五色甚好"，将不免使人哑然失笑罢！

二　再论上巳求子及其他

关于上巳节（三月三）最初为求子之祀，我在一九三七年所作的《中国古代的灵石崇拜》中已经指出来了（载在1937年1月份《民族月刊》五卷一期）。二十年来，随手纪录，亦随手散佚。今就手中现有材料择记数则，以资补证。

《三辅黄图》说汉代长安有"百子池",

> 百子池，三月上巳，张乐于池上。

按池曰"百子"，很显明地是因为祓禊求子于此。

《西京杂记》(虽小说书，但古人甚重视之) 云：

> 高祖与戚夫人……出百子池边灌濯，以祓妖邪。戚夫人侍儿贾佩兰说戚
> 夫人尝以……三月上巳张乐于流水。

可见西汉帝王在上巳节祓禊求子。

《汉书·外戚传》说武帝生子甚晚 (案武帝二十九岁始得戾太子)，曾经祓禊
于灞水以求子。

> 武帝即位，数年无子。平阳主求良家女十余人，饰置家。帝祓霸上，还
> 过平阳主。主见所侍 (储) 美人，帝不说。既饮，讴者进。帝独说子夫。

又《北史·高琳传》：

> 高琳字季珉……琳母尝祓禊泗滨，遇见一石，光采朗润，遂持以归……
> 及生子，因名琳，字季珉焉。

皆说上巳与求子有关。宋乐史《太平寰宇记》卷七十六：

> 石乳水在县北 (四川简州，今简阳县) 二十一里玉女灵山，东北有泉，
> 各有悬崖，腹有石乳房一十七眼，状如人乳流下，土人呼为玉华池。每三月
> 上巳，有乞子者，漉得石即是男，瓦即是女 (云按：此与《诗经·小雅·斯
> 干》弄璋弄瓦之说合)，自古有验。

宋张君房《云笈七籤》云：

> 金堂县 (今四川县名) 昌利化圆元观南院有九井焉……盖醴泉之属也。每

岁三月三日蚕市之辰，远近之人祈乞嗣息于井中，探得石者为男，瓦砾为女。

元费著《岁华纪丽谱》记成都岁时风俗曰：

> 三月三日出北门，宴学射山……山有小池，士女探石其中，以占求子之祥。

这些材料都充分地证明：上巳节的原始意义是为了求子。

最后，再附带地谈谈有关上巳节的一些行事。首先要谈谈"行浴"的问题。有的书上说，在这时候，只是洗洗手脚就算了（晋成公绥《洛禊赋》："妖童媛女，嬉游河曲。或盥纤手，或濯素足"），但有的书上却说洗澡。而这记载，却又出人意外地见于儒家的经典《论语》。《论语·先进》篇记载孔夫子问他的学生，"盍各言尔志"，本来是一种闲谈。学生们振振有词，各抒己志。最后有一个老学生曾点，只是弹琴不说话，孔子一再问他，他才说出他的志，是：

> 暮春者，春服既成，冠者五六人，童子六七人，浴乎沂（水名），风（讽）乎舞雩，咏而归。

孔子也是一个很有风趣的人，一听此话有味，便喟然叹曰："吾与点也!"此暮春行浴之事，即指三月上巳。朱熹《论语集注》云"今上巳祓除是也"（这行浴即洗澡，前人疑之者非）。

元陶宗仪《元氏掖庭记》云：

> 每遇上巳日，令诸嫔妃祓于内园迎祥亭、漾碧池……池之旁一潭，曰香泉潭，至此日，则积香水以注于池。池中又置温玉狻猊、白晶鹿、红石马等物；妃嫔浴澡之余，则骑以为戏。或执兰蕙、或系球筑，谓之水上迎祥之乐。（见《说郛》）

从这两条材料中，可以相信在上巳节中确有行浴之事。

又古代华北气候，较今日为温，胡厚宣先生《气候变迁与殷代气候之检讨》说："殷代气候至少当与今日长江流域或更以南相当也。"（《甲骨学商史论丛》二集下册，50页，1945年版）两周时代亦较今为燠，则在旧历二月末、三月初入水行浴，事极可能。并且，有关宗教迷信诸行事，也不能完全以常理衡之。

其次，在后代的上巳行事中，有钓鱼之事（如晋潘尼《三日洛水作诗》"沉钩出比目"，晋阮修《上巳会诗》"沉此芳钩，引彼潜鱼"）；又有舟龙之戏（如陆机《櫂歌行》"元吉逢初巳，濯秽游黄河。龙舟浮鹢首，羽旗垂藻芭"）等等。所有这些行事，都很容易使我们联想到《诗经》中的一些恋爱诗；如说到钓鱼的，有《卫风·竹竿》：

> 籊籊竹竿，以钓于淇；岂不尔思，远莫致之！

这"钓"一方面是谰语，一方面又是写实。又如说到"舟"的，如卫诗中有两首《柏舟》。《匏有苦叶》又说：

> 招招舟子，人涉、卬（我）否。——人涉、卬（我）否，卬须（待也）我友！

大概也是三月上巳水嬉的情况罢。

又《水经注·漳水注》云：

> 漳水对赵氏临漳宫，宫在桑梓苑，多桑木，故苑有其名。三月三日及始蚕之月，虎（石虎）帅皇后及夫人采桑于此。

把"桑梓宫"和三月上巳联系在一起，也不难使人想起《鄘风·桑中》的"上宫"与男女恋爱之事。从这里，不更可以推想《桑中》一诗的唱和背景么？

总之，男女聚会、恋爱、游遨、戏谑、唱歌、祭祀、祓褉、求子，这一连串儿的事都不是孤立的，而是出于一本的。依我看，就是出于古代人生活季节的变化。由于生活季节的变化，遂演成一系列的礼俗，自远古以迄于今。

最后，我再引两条现在少数民族中关于三月三的一些行事，以资参证。因为这些行事与古代的三月三，几乎可以说完全一致的。

这类材料很多，只引解放以后的记载两条，其它从略。1957 年《民族画报》第 9 期，载《黎族舞剧三月三》一文曰：

> 每年农历的三月初三，是海南黎族苗族自治州西部部分黎族人民的传统

节日。在这一天，男女老幼都浸沉在像诗一样的节日生活中。

特别是青年男女，他们要在这个节日里选择自己的对象。

三月初三这一欢乐的节日，经过戏剧家们编成歌舞剧"三月三"，搬上了舞台。在舞台上演出的内容，着重地描述了节日中男女青年恋爱的情景。在节日这一天，男女青年成群结队地来到富有南洋海岛特殊风味的山坡上，他们相互选择、相识，彼此交换礼物，倾诉爱情，尽情地在山坡上欢度爱情。

总之，我们知道，三月三日是黎族人民恋爱的节日。

其次是"泼水节"。泼水节，我以为与上巳祓禊为一事。同期《民族画报》载有《泼水节》一文：

泼水节，是傣族人民一年一度的传统节日……

泼水节，在每年清明节后第七天（即傣历元旦）举行。元旦的早晨，人们都换上新衣服，姑娘们成群结队地到山冈、四野，去采集鲜花，用来装饰供奉佛像的花房。节日的三天，到处充满着欢乐的歌声、笑声，人们尽情地舞蹈着。妇女们担水，由傣族僧侣将水泼到佛像身上，为佛洗尘（即浴佛），以后人们才欢乐地互相泼水，祝福彼此健康和四季平安无恙。水越泼越有劲，你泼我一桶，我泼你一桶，人人身上都湿透了，发出的笑声也格外爽朗了。

在节日里，除去泼水，还要在澜沧江上举行龙舟赛，"堆沙"，（庆祝丰年的活动）、"丢包"（男女青年的一种社交活动）、"放花火"、"高升"、"孔明灯"，表演各族优美的舞蹈，演唱各种民歌等

过去泼水只是傣族自己互相泼，现在泼水的范围扩大了，其他民族的居民、工人、农民、士兵、干部……也都卷入了热烈的"水战"，不论你是哪个民族的，都要给你洒上点泼水节的甘露。共同分享傣族人民节日的喜悦。

由此可见，这个节日本来是许多民族所共有的。

附记：

在日本也有同样的风俗。日本人于樱花盛开之时，有游山赏花之俗，而爱知县南部某山村，则以此日为青年们恋爱、订婚之日。此日年长者全不参加，村中的婚姻便是在这时候决定的。这一天的婚姻，父兄照例认可，等到秋收之

后便结婚。更有趣的是：这种春游，有的地方"总在三月三或稍后几日"；有的地方因为气候寒冷，"樱花开得迟，所以日子也不限于三月三"（柳田国男《山歌及其他》，载《民谣觉书》，1941年版)。把这日子固定在三月三，是受了中国文化的影响，由此可见：我国古代的三月三原是青年男女恋爱的节日，到后来才变成一般性的游乐。

又日本未婚男女在此时所唱的恋歌，系唱和体，一唱一和，于互通情愫之中，有时杂以调笑、嘲讽，日本名之曰"歌垣"。我想《诗经》中有许多小恋歌、谑歌，如《卫风·芄兰、有狐、木瓜》、《郑风·山有扶苏、狡童、褰裳》等，就是这类歌谣。在这些歌里所嘲笑的对象是"童子"、"狡童"、"狂童"，即未婚男子，尤足以证明这一点。

又日本三月三，生子人家多供纸制小人形（"雏"），祭毕，于水边解除之。我想这也是上巳袚禊的变相，与祈子之祭有关。凡此，皆与拙论相合。

选自孙作云《诗经与周代社会》，中华书局，1966

《商颂》考

杨公骥

《诗经》中辑有《商颂》五篇，即《那》、《烈祖》、《玄鸟》、《长发》、《殷武》。

最早谈到这几篇《商颂》来历的，是鲁国有学识的大夫闵马父。闵马父是公元前六世纪到公元前五世纪初期的人，与季札、晏婴、叔向、师旷、子产等同时，是孔子同时代的前辈①。据《国语·鲁语》载，闵马父于周敬王三十三年(鲁哀公八年，公元前四八七年) 说道：

> 昔正考父校商之名颂十二篇于周太师（乐官），以《那》为首。其辑之乱曰："自古在昔，先民有作，温恭朝夕，执事有恪。"先圣王之传恭，犹不敢专，称曰：自古，古曰在昔，昔曰先民。

由闵马父的话中可以看出："以《那》为首"的《商颂》是"商之名颂"，是经过长时流传从而为人所习知的商代著名的颂歌；这些"商之名颂"是"先圣王之传恭"的制作，是先代圣王制作的垂训诗；这些由"先圣王"制作的著名的《商颂》，曾在周幽王、周平王 (公元前八世纪) 时，由殷商后裔宋大夫正考父 (孔子上七世祖) 请周司乐大师考校过一遍②。由此可知，《诗经》中的《商颂》是殷商遗留下来的诗歌。

这是关于《商颂》的最早的可靠的文献记载。在秦以前，没有人怀疑《商颂》是殷商的作品，也没有与《鲁语》记载相抵触的说法和提法。

但到汉朝以后，由于封建社会发展的需要，出现了鲁、齐、韩三家诗说，于是对《商颂》的制作年代也出现了新的说法。

司马迁在《史记·宋世家》中采用了鲁、齐、韩诗说③，故称："(宋) 襄公之时，修仁行义，欲为盟主，其大夫正考父美之，故追道契、汤、高宗，殷所以兴，作《商颂》。"以后，鲁说学派学者扬雄在《法言》中说："正考甫尝睎尹吉甫矣；公子奚斯睎正考甫矣。"薛汉的《韩诗薛君章句》中也称"正考父，孔子之先也，作《商颂》十二篇"，"美 (宋) 襄公"④。此外，汉代的一些碑文中往往也将正考父称作《商颂》的作者。

由此可知，到汉代以后，才出现了否认《商颂》是商代的作品的说法。鲁、韩诗学派的学者认为：《商颂》是正考父为赞美宋襄公而制作的，是春秋时的诗歌。

如果将这些晚起的诗说和先秦文献对照研究的话，便可以看出：在这些说法中，正考父之所以和《商颂》发生关系的唯一根据，仍是本于《国语·鲁语》的材料，所不同的，是将《鲁语》中的"正考父'校'商之名颂于周太师"改作"正考父'作'商颂"；同时增添了"美宋襄公"一类的话——而这却是先秦文献中连影子都没有的。当然，由于古文献的阙漏和散失，我们不能将凡是不见于先秦史籍的汉时人记载都看作伪造，因此，必须先探讨这说法的本身是否合乎历史事实。

首先从先秦史籍看来，正考父和宋襄公并不是同时代的人，前者根本不可能作颂赞美后者。对此，唐司马贞在《史记索隐》中曾称："考父佐戴、武、宣，则在襄公前且百许岁，安得（对襄公）述而美之？斯谬说耳！"按：正考父曾佐宋戴公、武公、宣公祖孙三代，事见《左传》昭七年。戴公的在位年限是自周宣王二十九年（公元前七九九年）到周平王五年（公元前七六六年），共在位三十四年；而戴公五世孙襄公则是在周襄王二年（公元前六五〇年）即位。不难计算出，从戴公卒到襄公立，中经一百一十五年。显然，即使正考父是在戴公最后一年任大夫，但下距襄公之立也有一百一十六年。一个人能当一百一十六年大夫，最后还从事文学创作，显然是不可能的。由此可知，鲁、韩诗说所称道的"襄公欲为盟主，其大夫正考父美之，作《商颂》"的说法，是不合历史事实的。

其次，《商颂》并不是宋襄公时的作品。就在宋襄公时，宋襄公的从兄弟大司马公孙固就曾将《商颂》作为古诗来引用，来解说，来比喻。事见《国语·晋语》："公子（重耳，即后之晋文公）过宋，与司马公孙固善。公孙固言于（宋）襄公曰：'晋公子亡，长幼矣，而好善不厌，父事狐偃，师事赵衰，而长事贾佗。……此三人者，实左右之。公子居则下之，动则谘焉，成幼而不倦，殆有礼矣！树于有礼，必有艾（韦注：艾，报也）。'《商颂》曰："汤降不迟，圣敬日跻。"降，有礼之谓也。君其图之。'（宋）襄公从之，赠以马二十乘⑤。"由公孙固将《商颂》作为经典格言来劝说宋襄公这一点便可看出，《商颂》并不是襄公时代的新作。不仅如此，在宋襄公卒后的百年间，各侯国的政治家引到《商颂》时，都视作表现先王之德的古诗⑥。由此说明，鲁、韩诗派学者认为《商颂》是春秋时作品的说法，是毫无根据的。

由此可知，这说法既不合乎历史事实，也没有历史根据。然而，为什么这说法竟在汉代出现，而且曾风行一时？须说明，这并不是由于汉时人故意伪造，而是由于汉时人对"六艺"的总看法和对《诗》的基本认识所形成的。

由于汉封建社会的发展和经济基础的需要，汉初逐渐形成了"儒教"。当时的儒教实际上起着封建宗教的作用，孔子被尊为教主 (素王)，儒家的"六艺" (指《易》、《礼》、《书》、《春秋》、《乐》、《诗》) 被当作宗教性的经典 (或法典)。在封建社会，"文学是宗教的侍婢" (马克思语)。因此，"诗三百篇"成了礼教的附庸，被当作载道传教的工具。汉时人大多是在这样的观点支配下说《诗》的。

汉时学者认为，"六艺异科而皆同道" (《淮南子》)，"六学 (艺) 者，王教之典籍，先圣所以明天道，正人伦，致至治之成法也" (《汉书·儒林传》)。显然，作为"六艺"之一的《诗经》，也是王教的典籍、先圣的成法、载道的经典。这说法是根据《论语》"志于道，据于德，游于艺"而来的。汉时学者认为：所谓道是指子贡所说的"文 (王)、武 (王) 之道"；所谓德，则是孔子所称道的"周之德，可谓至德也已矣"的德；所谓艺，则被解释作《诗》、《易》、《书》、《春秋》、《礼》、《乐》。因此，当时一些人错误地认为"诗三百篇"都是文武之道的产物，是"周之德"的表现。另外，孟子在说教时曾信口说了句话："王者之迹熄而诗亡，诗亡然后《春秋》作。"汉时一些学者根据这句话进而认为"诗"是与周文王、周武王之业和周公之教相始终的——周的王道兴而诗作，周的王道竭而诗亡，并以这观点作为"诗三百篇"断年的根据。其次，汉时学者认为"诗三百篇"之所以是儒教经典，是因为相信它是由孔子根据褒贬大义而删订的。孔子在谈到三代文化时曾说道："周监于二代，郁郁乎文哉！吾从周。"汉学者误将这句话看作孔子删诗的原则和采诗的范围，以此推论，便认为诗三百篇全是周代的诗[⑦]。汉代的一些学者认为：既然"诗三百篇" (即《诗经》) 是周文王、周武王的王业之迹，是周教和王道的典籍，当然不应该有商代的颂歌；既然孔子所选订的是周诗，当然不会误将商诗选入。基于这样的对《诗经》的基本看法 (也可以说是误解)，出现了正考父作《商颂》的说法。

由此可知，汉学者否认《商颂》的说法，并不是根据历史文献，也不是根据《商颂》的内容，而是本于"诗教"教义和对《诗经》的基本看法而形成的。

但是，为什么要将《商颂》的制作说成赞美宋襄公呢？同样，也是本于"诗教"的教义和对《诗经》的基本看法。汉代一些学者认为，《诗经》是周的"王教典籍"，其中有褒贬二义。《商颂》显然不是"刺诗"，如果以诗论诗说《商颂》是褒美商王的，显然与"诗教"教义不合。于是，根据这主观看法认为《商颂》是褒美周代宋公的。但为什么偏偏选上宋襄公呢？这同样是本于"教义"。当时人认为：所谓颂，是"太平歌颂之声"，是"美盛德之形容"；宋历代诸公都不足以当之，只有宋襄公才能当之无愧。

宋襄公是个堂吉诃德式的人物，但在西汉显学公羊学派大师看来却是一位圣人。据历史记载：公元前六三六年，宋襄公与楚成王率军战于泓水北岸。宋军已布阵待战，楚军正在渡泓水。宋司马说："现在敌众我寡，敌人尚未全部渡河，趁敌人混乱之际，应率军击之！"宋襄公答："不可！吾闻之：君子不乘人之危。吾虽弱国，但不忍行此不仁不义之事！"楚军全部渡过泓水正在排整行列时，宋司马又说："请趁敌军尚未整理就绪时，率军攻之！"宋襄公说："不可！吾闻之：君子不攻击没有准备好的敌人。"等到楚军布置妥当之后，两军交战。战时，宋襄公下令：凡楚兵受伤后就不可再加伤害；对楚军中有白发的老兵要尊重，不可擒拿。结果，宋军大败，襄公的大腿也受了伤[⑧]。

也就是由于这次失败，宋襄公在汉代儒家中获得最高的评价。《春秋公羊传》在评宋襄公"泓之战"时称："君子大其不鼓 (意为攻) 不成列 (之敌)，临大事而不忘大礼。有君而无臣。以为虽文王之战，亦不过此也！"何休注："若襄公所行，帝王之兵也！"由此可知，汉公羊派学者认为宋襄公的德行高过"有憾德"的周武王，可以和"纯德"的周文王媲美，与五帝三王并列。周文王是儒家所崇拜的最高偶像。这说明汉儒对宋襄公推崇到怎样的程度[⑨]。

一些汉儒正是由于将宋襄公看作上承文王之德的仁义之君，才本于诗教原则将《商颂》的制作说成美宋襄公之德——而襄公之德则是文王德风遗泽的表现。于是必然得出这样的结论：正考父为了赞美宋襄公所表现出来的"文王之德"而作《商颂》；《商颂》是周的"王教典籍"，所表现的是"文武之道"和"周之德"。

由此可知：为了将《商颂》说成周诗，汉儒于是改变了闵马父的话，把正考父说成《商颂》的作者；为了将《商颂》说成周文王之迹 (当然这迹是被印在宋襄公的受了伤的大腿上的)，汉儒于是将《商颂》的制作说成正考父为了赞美"文王之德"的继承人宋襄公。这样虽然符合了"诗教"教义，但却不符合历史事实，不符合《商颂》的内容：在《商颂》中没有一个字涉及宋襄公。

因此，汉代许多学者并不相信或不完全相信这种说法。司马迁虽然在《史记·宋世家》中采用了鲁诗说和《公羊传》，但在《史记》其他篇中却未否认《商颂》是商代的诗⑩。王充、班固则承认《商颂》确是商代的颂歌①。

在《商颂》的制作年代上与鲁、齐、韩三派说法不同的是《毛诗》学派。《毛诗序》称："(宋) 微子至于戴公，其间礼乐废坏。有正考父者，得《商颂》十二篇于周之太师，以《那》为首。"显然，《毛诗序》认为正考父是宋戴公时人的说法是符合历史年代和历史记载的；在不认为正考父是《商颂》作者这点上，是与最早的关于《商颂》的记载相一致的。因此，这说法为以后历代的大多数学者所承认。

但近百年来，有些学者遵循"今文"学派的说法，并以鲁、齐、韩三家义驳《毛诗序》。为此，共提出二十多条例证，企图证明《商颂》是宋诗⑫。

现对其所提出的主要例证分别探讨如下：

第一，他们根据《左传》哀九年"不利子商"，杜预注"子商，宋也"，《左传》哀二十四年"孝、惠娶于商"，杜预注"商，宋也"，从而认为在先秦，"商"与"宋"可以通用，因此"商颂"即"宋颂"。同时宣称："盖鲁定公名宋，故鲁人讳宋称商。夫子 (孔子) 录诗据鲁太师之本，皆仍其旧。"这就是说，"商"与"宋"本可通用，宋襄公时制的颂歌之所以称作"商颂"，是因为鲁哀公父定公名宋，鲁人为了避讳而将"宋颂"改作"商颂"。

按：在先秦有时偶然称宋为商，那是因为从其旧称，正如孔子自称是"殷人"一样，但作为庙堂祭歌则不能将宋颂称作商颂。先秦文献中凡是引到《商颂》时皆名为商颂，从无称宋颂的例子。至于因避定公名讳而改"宋"为"商"的说法，是没有根据的。事实上，在春秋时，虽有避讳之说 (见《左传》桓六年及《国语·晋语》)，但在诗、书、史册中并不避讳。在西周时，周王祭文王的祭歌中并不避文王姬昌的名字，如《周颂·雍》："宣哲维人，文武维后。燕及皇天，克'昌'厥后。"成王时的颂歌中也不避成王父武王姬发的名字，如《周颂·噫嘻》："噫嘻成王，既昭假尔。率时农夫，播厥百谷。骏'发'尔私，终三十里。"即以春秋时的鲁国为例，《鲁颂·閟宫》中称"周公之孙，庄公之子"，显然这是庄公子僖公时制的颂歌，但就在《閟宫》中也并不避庄公同的名字："至于海邦，淮夷来'同'。"如果说，避讳是自鲁定公或其子哀公时开始，那么不妨以定公、哀公时的鲁国史为例，鲁国史《春秋》 (即《春秋经》) 在定、哀时的记载中，"宋"字凡三十二见，"商"字一个也没有⑬。这说明，认为《商颂》称商是由于避定公名讳的说法是无根据的，无理由的。但由此恰恰证明，《商颂》之所以称《商颂》是因为它是商代的颂歌。

第二，这些学者以《鲁、齐、韩诗》说驳《毛诗》说，坚信《商颂》是正考父作来赞美宋襄公的。但是，如前所述，生活在戴、武、宣时代的正考父如何能历事九君活到宋襄公时代呢？于是，这些学者遵循今文家的偏见，认为《左传》的记载不可信，认为《史记·宋世家》中除引用的《鲁诗》说"正考父作颂美襄公"是可靠的信史以外，其他关于宋公的谱系年数，皆淆讹不可信，并极主观地提出："假如（戴、武、宣）三公之年共止十余载，焉知考父"不能活到襄公时代？这就是说：假如戴、武、宣共在位十年，又假如宣公最后一年（公元前七二九年）正考父只有三十岁，那么下距襄公之立只有七十九年。同时，他们认为"恭则益寿"，正考父既然是个恭谨的人，因此就一定会"年逾百载"。根据这样的假设，便认为正考父在襄公时不过只有一百一十岁左右，是可以作《商颂》的。

按：这些学者以自己的假设作为证据，显然是不科学的。为了证明正考父的相对的生年和所处的时代，现根据可靠的先秦材料，将宋公谱系和在位年数与正考父的谱系对照列表于右。

不难看出，正考父与宋哀公是从曾祖兄弟，上距共高祖湣公只隔三世，因此彼此所生活的年代不可能相差悬殊。据史载，正考父在族侄戴公、族孙武公、族曾孙宣公三朝为上卿（秉政大夫），受"三命⑥"。这说明在宋襄公即位前一百一十六年，正考父已是德高望重的元老——当然，这时不可能是青年人。

其次，由正考父子孙的事迹中可以看出正考父的相对的生活年代。据史载，

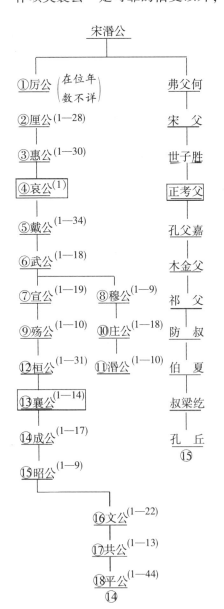

正考父之子孔父嘉，在宋穆公朝 (公元前七二八—公元前七二〇年) 已仕为大司马⑰，到殇公十年 (公元前七一〇年)，为华父督所杀，其子木金父降为士⑱。以后，在华父督执政的二十八年间 (公元前七〇九—公元前六八二年)，孔父嘉的曾孙防叔为躲避华氏的迫害，逃奔到鲁国仕为防邑大夫⑲。由此可知，孔父嘉死时，已有中年的儿子，并有青年的孙子。也正因为孔父嘉在死时已有青年的孙子，其死后二十八年之内，才能有成年的曾孙防叔出国就仕。这证明，孔父嘉死时已是老年人⑳。由此可知，正考父之子——老年的孔父嘉死于宋襄公即位前六十一年，正考父的玄孙防叔是在襄公即位三四十年前出奔鲁国——防叔如活到襄公时最少也已是五六十岁的老年人。因此，便不能设想正考父在其四代玄孙防叔奔鲁后的三四十年仍活在宋国，而且仍在从事文学创作以赞美他的六世从孙宋襄公。

据史载，孔子生于公元前五五一年，与宋平公同时。以此上推，则在约四百年内，自宋滑公到宋平公共有十四代，自弗父何到孔子共有十一代。这说明，宋滑公的两个儿子的子孙，历十多代之后，彼此也不过只有三代之差。显然，正考父是不可能身经六代、历仕九君的。

由此可知，一些学者忽略了正考父的家族和子孙事迹，孤立地推测正考父的年岁，并作出有利于自己的假设。这种假设不仅在方法上不科学，而且由历史事实上看来，也根本不能成立。

另有一说，认为：《商颂》即使不是正考父作的，也是宋襄公时的某个大夫作的。须说明，《鲁、齐、韩诗》学派学者之所以说是正考父作颂美宋襄公，是因为《国语》中有正考父 "校商名颂" 的记载，虽然经过修改和增添，但总算是 "托古" 有据。然而，另一说的说者，抛掉正考父之后，便完全成了口说无凭了。

第三，《商颂·殷武》中有 "挞彼殷武，奋伐荆楚，罙入其阻，裒荆之旅" 和 "维汝荆楚，居国南乡，昔有成汤，自彼氐羌，莫敢不来享，莫敢不来王，曰商是常" 等诗句。有些学者认为：由《春秋经》的记载看来，楚国在鲁僖公元年 (公元前六五九年) 以前称荆，僖公元年之后方称楚；以此推论，《商颂·殷武》中既称 "楚"，可知是僖公元年之后的诗。其次，这些学者认为：据史载，楚祖熊绎在周成王时方被周封为子爵，列为诸侯，殷商时怎能有 "奋伐荆楚" 之事？以此推论，《商颂》既称伐楚，可知是指宋襄公父桓公追随齐桓公伐楚一事而言。从而宣称：《商颂》是宋襄公为侈张其父功业而作的颂歌。

按：楚为芈姓，原为祝融族八姓之一。楚之称楚，并非始于春秋时，早在西周初年的铜器铭文中，便有了楚或楚荆的名号。

殷商灭亡后五年 (约公元前一〇二二年)，在周成王践奄时所铸的铜器铭文中，记载着成王、周公"伐楚伯"、"伐楚侯"的战争㉑。

据历史记载，昭王时 (约公元前九六五—公元前九四七年)，曾数次伐楚荆。在当时所铸的铜器铭文中，便有"王南征，伐楚荆"和"王伐反荆"的记载㉒。结果，周被楚战败，"丧六师于汉 (水)"，昭王也死在伐楚的战争中㉓。

这不仅说明，楚之称楚，由来甚早㉔，而且说明，早在周初，楚已是周的大敌㉕。

由此可知，周灭商的五年后，周、楚间便发生了战争。那么，那些认为在这场战争之前六年的殷商时代，不仅不可能有商楚战争，甚至连楚的名号都不存在的说法，显然是不合乎历史事实的。

事实是：在甲骨卜辞中便有伐楚的记载："戊戌卜：佑伐芈。" (《新获卜辞》三五八) 所谓芈，是楚的族姓㉖。其次，在甲骨卜辞中，有地名"楚"，当是古楚人旧居㉗；并有关于楚族女子"妇楚"的记载㉘。所有这些都证明，在商代是有楚方或楚族的。

当然，由于史料的不足，今天已无法查考商楚战争的时与地，但这些地下史料，却有力地证明了殷商时代曾发生过商芈 (楚) 战争。

至于宋襄公父桓公，虽曾于公元前六五六年随盟主齐桓公伐楚，但也只进到许国南境楚国北境的召陵一带，并未如《殷武》所称"深入其阻"；同时，齐、楚并未交兵便结盟而退，未如《殷武》所称"衰荆之旅㉙"。值得注意的是，《殷武》中还把齐桓公的祖先贬了一顿："自彼氐羌，莫敢不来享，莫敢不来王，曰商是常。"显然，《殷武》中所描写的伐楚与齐桓公的伐楚是不相干的两回事。

因此，根据《殷武》否定《商颂》为商诗的说法，是不能成立的。

第四，有的学者根据《商颂·殷武》中曾提到"陟彼景山，松柏丸丸"，而《鲁颂·閟宫》仿此作"徂徕之松，新甫之柏"，由此认为，《鲁颂》中"徂徕"既是山名，那么《商颂》中的"景山"也应该是山名。其次，认为《左传》"商汤有景亳之命"的"景亳"是两地联称，即景山与北亳。又据《水经·济水注》内载：汉己氏县北有景山。于是认为：此景山距汤都北亳 (河南蒙县、商丘一带) 百数十里，故联称"景亳"；而商自盘庚之前皆都河北，如建寝庙也不可能远伐景山之木，"惟宋居商丘，距景山仅百数十里，又周围数百里内别无名山，则伐景山之木以造宗庙于事为宜"。因此认为，《商颂》中之"景山"乃宋都北之景山，从而证明《商颂》为宋诗㉚。

按：《鲁颂》中的"徂徕"虽是山名，但与《商颂》无关，不能以此证明"景山"也是山名，正如《鲁颂》中"奄有龟蒙"的"龟"、"蒙"虽是两个山名，但不能据此证明《商颂》中"奄有九有"的"九有"也是山名。其次，《左传》所称"商汤有景亳之命"的景亳，是商汤会合诸侯的地点，显然是一地之名，不可能是景山与南百数十里北亳二地的总称[31]。

同时，认为《商颂》中"陟彼景山"的景山，就是《水经·济水注》中所记述的己氏县故城北的景山，并以这景山的方位在黄河南岸距宋都近为理由，企图证明《商颂》为西周时宋诗的说法，也是错误的。

汉的己氏县，在春秋初年是戎己氏之邑，其地在今之山东省曹县东南二十公里的楚丘集。景山则在楚丘集（己氏故城）北十九公里，西距曹县县城约十五公里，南距河南省商丘（周时宋都）七十五公里[32]。以周的封国疆域考知，在春秋前期，景山尚在曹国境内。显然，宋国即使建寝庙，也不会远伐曹国之木，宋国庙歌中也不会颂美异国名山。

据古史所载，称作景山的名山共有五个。在殷商都城（安阳殷墟）西北四十五公里就有一个景山[33]。不难看出，一些学者由于主观上先认为《商颂》为宋诗，因此才只在宋都附近寻找景山，而忽略了殷都附近矗立着的景山；同时，只计算了己氏北的景山距宋都商丘的里数，并没有考虑到当时的政治疆域。

因此，这说法是以主观主义方法组成的，是不合事实的。

据《诗经》诗看来，诗中的"景"字与"大"同义，如：《定之方中》之"望楚与堂，景山与京"；《公刘》之"既溥既长，既景迺冈"；《车舝》之"高山仰止，景行行止"；《玄鸟》之"景员维河，殷受命咸宜"；《既醉》之"君子万年，介尔景福"。因此，《商颂》中的"景山"应是泛指大山而言。

第五，有的学者认为，自《商颂》的"文辞观之，则殷墟卜辞所记祭礼与制度文物于《商颂》中无一可寻"，因此认为《商颂》非商代诗。

按：《商颂》是诗歌，并不是记载祭礼与制度文物的"礼书"。因此在《商颂》中寻不出卜辞所记的祭礼与制度文物是不足为怪的。事实上，在《周颂》中也没有记载周的祭礼与制度文物。如以汉《房中乐》文辞观之，则《史记》、《汉书》所记祭礼与制度文物，于《房中乐》中也是无一可寻。难道可以以此否定《周颂》和《房中乐》的制作时代？显然，这种以卜辞否认《商颂》的方法是错误的。

殷商时代，人们求问神的指示时，在神前用火灼龟腹甲（或牛胛骨），然后从龟腹甲的裂痕上推测神意，判断吉凶。有时还将所卜问的事件以最简单的文字刻在龟腹甲上，以备查：这便是卜辞。当时，并不是事事皆卜，因此所卜占的大多是关于祭祀、年成、风雨、征伐、疾病等事。这些事件并不是被完整地刻记在甲骨上，而是用很少的文字摘要地刻记下来。因此，卜辞所记的都是一定范围之内的事，卜辞所用的语言都是极简略的语言，大多是片言只字，仅足以示意备查而已。

由此可知，殷墟卜辞虽然具有宝贵的文献价值，可以补充历史记载，可以校正记载中的某些史实，但不是史书，绝不能以其记载中的有无断定史书记事的真伪。然而，有些学者却将卜辞当作殷商时的百科全书看待，并认为凡是不见于卜辞中的史书记载都是伪史，凡是卜辞中所无的历史传说都是后人捏造。这一认识是错误的。根据这认识可以否定和甲骨同层的出土物，因为殷墟出土的铜范、青铜觚、觯、盂等物，在卜辞记载中"无一可寻"；甚至可以根据卜辞否定殷商文字，因为在卜辞中并没有关于"文字"本身的记载。当然，没有人敢于这样说，那么又为什么敢以《商颂》所记的人、地、事不见于卜辞为理由，从而否定《商颂》为商诗？

有的学者认为："卜辞称国都曰商不曰殷，而颂（《商颂》）则殷、商错出"，此"称名之异"正表明《商颂》非商诗。又有些学者进而认为：商人自称商，从不自称殷（甚至商之后裔宋人也是如此）；西周时，由于周人对商的敌视，故改商为殷。以此论断，则《商颂》既有"殷土"、"殷受命"、"殷武"等字样，当然应该是周代的宋诗。

按：这说法是很难自圆其说的。如果"殷"字是周人加给商人的贱称，那么宋人的颂歌中也不应有"殷"字样。以此说法，则《商颂》不仅不是商诗，而且不应是宋诗，反而成了周人的颂歌了！

事实上，商与殷原是地名（皆见于卜辞），而最初的国往往是以地名为号。在《商书·盘庚》中，盘庚曾自称为殷；《微子》篇中，微子既称商又称殷[34]。这证明，在商代文献中已出现了"殷"的称号。

在周初的书诰《酒诰》、《君奭》、《多方》和诗歌《大雅》的《文王》、《大明》、《荡》中，既称殷也称商："殷商错出"[35]。同样，在周初期的铜器铭文中，有的称商，也有的称殷[36]。这证明，在周的初期或中期，并未"改商为殷"，而是"殷"、"商"并用。

由此可知，以说文解字的方法将"商"、"殷"二字作为判断商、周文献的绝对标准，只不过是一种臆测，并没有什么可靠的根据。因此，不能以"殷"字证明《商颂》非商诗。

第六，有的学者将《商颂》和殷墟出土的卜辞作比较，从而认为：根据甲骨文字的语汇和文法看来，当时的语言是很低级的，因此，在殷商时代不可能产生像《商颂》那样高水平的诗歌。

按：如前所说，卜辞中的语言是极简略的语言，大多是片言只字，所以如此，是因为：受卜骨面积的限制，在一角骨片上不可能刻许多字；受工具和材料的限制，在较硬的龟腹甲上不易刻较长的文辞；卜骨上刻辞只是为了事后考核卜占是否灵应，当然没有必要将所卜问的事由详细完整地记载下来。由此可知，卜辞是一种简略的、半示意性的、有一定程式的、特殊的文辞：它不仅不是文学，而且不是书诰散文；它所使用的语言不仅不是艺术语言，而且不能代表当时普遍语言的水平。这说明，尽管从卜辞的研究中可以获得最珍贵的史料，但卜辞并不是当时语言的典范。

不难理解，卜辞和《商颂》在所用语言上存在差别，是不足奇怪的，因为：卜辞本来就不是以形象反映现实的文学，不是用来歌唱的；而《商颂》也不是卜占文，不是用来求神问卦的。两者不同，倒是必然的合理的现象。如果将《商颂》和卜辞的不同语言体裁混同起来，并将后者作为标准而否定前者，那么就等于以元、明时的流水账簿或当票 (尽管是家藏秘本，是珍贵的社会经济史料) 的语言水平否定《水浒》一样，将是可笑的行为。

不难理解，文学是语言的艺术，诗歌或文学作品所用的是从普遍语言加工而成的艺术语言，因此不能根据一般的书写文字 (即使是出土物) 的水平来判断同期的文学作品的真伪。例如，虽然周、秦的铜器铭文，汉碑汉简，敦煌唐人写本都是极可靠的出土的历史文献，然而与流传下来的周、秦的《大雅》和《离骚》，汉代的《史记》和五言诗，唐代的李白、杜甫和白居易的诗作作比较的话，那么，不难看出，流传下来的作品的水平要比这些出土的文献高得多，甚至高到不可比拟。显然，只有实证主义者或拜物教徒，才会捧起周、秦青铜器打击《大雅》和《离骚》，才会拿起汉代石头或竹木否定《史记》和汉诗，才会抱起唐绢唐纸否认李、杜、白的文学成就，才会以"地下信史"出土实物否定历史传统文化。当然，同样也可以用殷墟出土的龟甲或牛骨否定流传下来的商代颂歌。

由此可以看出这种比较研究法是不科学的。

其次，有的学者没有提出根据和理由，却认为"《商颂》不像商代的诗"。显然，我们没有在商代生活过，手中又没有另一种真本《商颂》以资校勘，那么所谓像或不像也不过是主观上想当然的想法而已。

第七，有的学者认为："《商颂》语句中多与周诗相袭，如：《那》之'猗那'即《桧风·芃楚》之'阿傩'，《小雅·隰桑》之'阿难'，石鼓文之'亚箬'；《长发》之'昭假迟迟'即《云汉》之'昭假无赢'，《烝民》之'昭假于下'也；《殷武》之'有截其所'即《常武》之'截彼淮浦，王师之所'也；又如《烈祖》之'时靡有争'与《江汉》句同，'约轵错衡，八鸾鸧鸧'与《采芑》句同。凡所同者，皆宗周中叶以后之诗……则《商颂》盖宗周中叶宋人所作以祀其先王。"

按：虽然《商颂》中有某些语句与周诗相同或相似，但是，如果不存有成见的话，那么仅仅根据语汇或语句的相同，就无法证明是《商颂》袭周诗而不是周诗袭《商颂》。其次，《商颂·那》之"猗"、"那"虽与《芃楚》之"阿傩"或《隰桑》之"阿难"古音同，但在诗中看来，《商颂》的"猗与那与"却是叹词，与《周颂·潜》之"猗与漆沮"或《齐风·猗嗟》之"猗嗟娈兮"相似，而与《桧风·芃楚》之"隰有芃楚，猗傩其枝"或《小雅·隰桑》之"隰桑有阿，其叶有难"不类。

至于与《商颂》一些语句相似或相同的，并不"皆是宗周中叶以后之诗"，在周初诗歌中也有与《商颂》相近或相同的语句，如《那》之"我有嘉客，亦不夷怿"与《周颂·振鹭》之"我客戾止……在此无斁"意近，《烈祖》之"有秩斯祜，申锡无疆"与《周颂·烈文》之"锡兹祉福，惠我无疆"相似，《玄鸟》之"奄有九有"即《周颂·执竞》之"奄有四方"，《长发》之"上帝是祇"即《执竞》之"上帝是皇"，《烈祖》之"绥我眉寿"与《周颂·雝》句同，甚至《商颂·那》与《周颂·有瞽》全篇相似。由此可知，有的学者正是为了将《商颂》说成宗周中叶的诗，才只在宗周中叶的诗歌中"求证"，并以这"证"证明《商颂》是同期作品。

古时，诗歌的制作往往是对旧诗的加工或改写，许多诗歌在主题、手法、语句上大多套袭前代的诗歌。因此，《商颂》与周诗在某些语句上的相同，并不能证明它们就是同期的诗歌。这一认识方法不仅对认识先秦的文学发展不适用，对后代也不适用。魏晋南北朝的许多诗人大多生吞活剥汉古诗；明、清的许多诗歌是对唐诗的模拟和套袭，甚至无一句无蓝本无出处。

显然，以诗句的异同作为诗歌断年的标准是不科学的。这已为文学史的现象所证实。

第八，有些学者认为："《周颂》皆只一章，章六七句，其词噩噩；《商颂》则《长发》七章，《殷武》六章，且皆数十句，其词灏灏。""使用进化论的眼光看，文学是先简后繁，先古奥后流畅。今天我们看到的《商颂》反而繁而流畅，而《周颂》却简而古奥。可断然地说，《周颂》早，《商颂》晚。"

按：这理由是不能成立的。如果可以这样"使用进化论的眼光看"问题的话，则希腊古典的文学艺术一定"应该"出现在中世纪之后，汉的《房中乐》一定"应该"制作于《诗经·国风》之前，谢灵运的五言诗必须早于汉"古诗十九首"，《陌上桑》和《孔雀东南飞》必须晚于宋、齐、梁、陈庙歌。显然，这些现象不是历史进化论者所能解释得清的。《周颂·清庙》等篇所以"简而古奥"，"其词噩噩"，是因为它是封建宗教的说教诗，宣扬抽象的道德观念，使用概念化的庄严语言，追求神秘的形式；《商颂》之所以是"繁而流畅"，"其词灏灏"，是由于它是奴隶制社会的颂歌，宣扬的是暴力思想，使用着神话材料和史实，继承着英雄诗歌的传统。不难看出，《周颂》和《鲁颂》的主题思想是宣传宗教哲学的"德"、"孝"和等级制度造成的"威仪礼法"，《商颂》的主题思想是歌颂神的暴力和商的武功。这正说明，《周颂》、《鲁颂》和《商颂》虽然在一些字句上有相似之处，但在基本思想上却是两个不同的社会的产物，具现着两个时代的阶级思想的特征。正是由于这样的原因，构成了彼此在诗形象上的差异。显然，那种将《周颂》看作"文学进化"的起点的说法，无异是在宣称：文学起源于概念化的说教诗。

除上述较主要的"例证"以外，否认《商颂》为商诗的学者们还提了一些理由极不足的理由。

例如，有的学者认为："《商颂》果作于商，如《笺》（郑康成《笺》）说，《那》之祀成汤者为太甲（《笺》云汤孙太甲也)，《烈祖》之祀中宗者谓仲丁……则皆以子祭父……何以遽称之曰自古，古曰在昔，昔曰先民，而且曰'顾予烝尝，汤孙之将'，岂非（?）易世之后，人往风微，庶冀先祖之眷顾而佑我孙子乎?""汤孙乃主祭君之号，即当属（?）宋襄公。"

按：这是钻郑康成的空子。显然，即使驳倒东汉郑康成的说法，怎能由此推翻春秋时的记载？怎能由于郑康成的说法不妥，便可以从而否定了商代的诗？其次，《那》称"自古"、"在昔"、"先民"并非一定指汤时而言。同时，商并非开天辟地的时代，而"古"、"今"皆是相对的，商代任何时候都有这时之"古"，都有当时人之"先人"。何况早于"今"的皆可称"古"，孟子曾将孔子作为"古之君子"看待（见《孟子·滕文公》)。那么，怎能因《商颂》中有"自古"字样，便敢断定是"易世之后"之作！据《史记》和卜辞所载，自汤孙太甲以后至商亡共历十五世二十八王（《史记》为二十七王)。显然，其中任何一王皆可自称汤孙。这说明，所谓"汤孙，即当属宋襄公"的说法是很无理由的。

例如，有的学者根据魏王肃的说法，认为夏后氏一辕驾两马，殷代一辕驾三马，周代一辕驾四马，《烈祖》中既有"约軧错衡，八鸾鸧鸧"，当是一辕驾四马，合于周制，由此断定《商颂》为周代诗。

按：在发掘殷墟时，曾在殷墓中发现殉葬车马。武官村殷大墓中有车四辆，马骨骼十六副。其他的墓葬中有的是一车四马，有的是一车二马。可知，王肃的关于三代车制的说法，只是本于"三统"观念的臆测，是不能以之作证的。

由以上的探讨中可以看出，这些学者为否定《商颂》，虽然提出了数量很多的例证，但并没有一条是铁证；虽然根据感想提出了众多的论点，但并没有充足的理由。对待古文学或古文献，盲目相信固然是书呆子积习，但盲目怀疑也不是有才华的表现：二者都不是科学的态度。

总之，由以上的探讨中可以得到这样的认识：

一、根据先秦可靠的文献记载，《商颂》是商代的诗。在先秦人的引诗或说诗中从没有与这记载不一致的说法。在秦后各家学派的考据中并没有提出足以推翻这一记载的直接的或间接的证据。因此，没有理由怀疑这一记载的可靠性。

二、认为《商颂》是宋诗的说法，最初只是出于汉代今文学家的"经说"。这一说法，不仅与先秦史籍中对《商颂》的记载相违背，而且在涉及人与事时都与历史事实不符合，但是它却合于今文学家的"经术"。显然，这说法并不是本于古文献的记载，而是当时思潮的反映，是时代观念中的产物。

三、这种本于汉儒"经术"观念而形成的说法，反而成为近代一些学者著书立说的根据。所以这样，是因为：清代的一些学者曾以"汉学"反对了"宋明理学"，曾以训诂字句考源索隐的方法反对了封建社会长期积累成的封建文化（主要是哲学方面的）。无疑，这在政治上思想上都是具有反封建意义的，是当时新的进步思想的反映，而且在文献的整理上有着巨大的贡献。历史证明，一切新的思想产生时，大多使用着原有的材料，采用着复古的形式。因此，当清代学者托汉学名义反对封建传统文化中占绝对优势的"古文"学派时，便更多地采用"今文"学派的"经说"作依据。正是由于这样的原因，清代的一些学者也将汉"今文家"本于"经术"观念形成的"《商颂》为宋诗"说作为立论的前提，并为证明这前提而搜求证据，为维护这前提而创制些"义例"。但是，这些证据不仅不足证明这前提，而且其中充满主观的附加，是根据主观企图而寻求来的或编制成的；同样，这些"义例"也是出于臆造。显然，这方法是唯心主义的。更以后，实证主义者借用这说法，企图抹杀我国殷商文化，却拿不出实证来。

四、从诗的内容看来，在《商颂》所反映的现实事件中，并没有周灭商以后的事，没有宋国的任何事件，在《商颂》所表现的思想情感中，并没有《周颂》、《鲁颂》中所强调的"德"、"孝"思想和道德观念，而是对暴力神的赞美，对暴力的歌颂；显然，这是符合商代社会的统治思想的。

由此看来，《商颂》是商代的颂歌，是距今三千年前的商代的诗歌。

① 闵马父的言行和事迹见于《左传》襄二十三年、昭十八年、昭二十二年、昭二十六年；并见于《国语·鲁语下》。闵马父见于史书的最早时间是公元前五五〇年，最晚时间是公元前四八七年，可知他是享有高龄的学者。

② 《左传》昭七年孟僖子称："正考父佐戴、武、宣。"按：宋戴公、武公、宣公相继在位的时间是自周宣王二十九年 (公元前七九九年) 起至周平王四十二年 (公元前七二九年) 止.正考父约在戴公后期至宣公初期为大夫。

③ 汉时，说《诗》(《诗经》) 有四个学派，即鲁、齐、韩、毛。前三派在西汉时是显学。汉武帝建元五年 (公元前一三六年)，鲁、齐、韩三家诗义皆被尊为国学，设博士传习。其中鲁诗学派最盛。鲁诗学派大师孔安国、周霸是司马迁的师友，故司马迁解《诗》大多采用鲁诗义。

④ 《韩诗薛君章句》见《后汉书·曹褒传》李注引，又见《史记集解》摘引。

⑤ 宋司马公孙固，《左传》作大司马固或公孙固。《史记正义》引《世本》："宋庄公孙名固，为大司马。"其事迹见《左传》僖二十二年、二十七年、二十九年和文七年；又见《史记》之《宋世家》、《晋世家》和《十二诸侯年表》)。

⑥ 《左传》襄二十六年 (公元前五四七年) 载，蔡大师子朝之子声子答楚令尹子木称："《夏书》(逸书) 曰：'与其杀不辜，宁失不经。'惧失善也。《商颂》有之曰：'不僭不滥，不敢怠皇，命于下国，封建厥福。'(此乃引《商颂·殷武》) 此汤所以获天福也。古之治民者，劝赏而畏刑。"昭二十年 (公元前五二二年) 载，齐晏子称："诗曰：'亦有和羹，既戒既平，鬷嘏无言，时靡有争。'(此乃引《商颂·烈祖》) 先王之济五味和五声也，以平其心成其政也。"

⑦ 《汉书·儒林传》："古之儒者博学乎六艺之文。六艺者，王教之典籍，先圣所以明天道，正人伦，致至治之成法也。周道既衰，坏于幽、厉。……孔子兴，以圣德遭季世，知言之不用而道不行，乃叹曰：'……文王既没，文不在兹乎！……又曰：'周监于二世，郁郁

乎文哉! 吾从周。' 于是……论诗则首《周南》。" 按: 此是班固概述汉时通行的说法。班固本人并不认为"诗三百篇"全属周诗。

⑧ 《公羊传》僖二十二年: "宋 (襄) 公与楚人期战于泓之阳, 楚人济泓而来。有司复曰: '请迨其未毕济而击之!'宋 (襄) 公曰: '不可! 吾闻之也: 君子不厄人。吾虽丧国之余, 寡人不忍行也!' (楚) 既济, 未毕阵。有司复曰: '请迨其未毕陈而击之!'宋 (襄) 公曰: '不可! 吾闻之也: 君子不鼓不成列!' (楚) 已陈, 然后襄公鼓之, 宋师大败。" 《左传》僖二十二年: "宋师败绩, (襄) 公伤股, 门官歼焉。国人皆咎公。(襄) 公曰: '君子不重 (chōng) 伤, 不擒二毛。……不鼓不成列!'"

⑨ 汉时, 解释《春秋经》"微言大义"的有公羊氏和谷梁氏两个学派。武帝尊公羊家, 建元五年 (公元前一六三年) 立为学官, 公羊学派大兴。公羊学大师董仲舒是司马迁的师友, 故司马迁在《史记·宋世家》中评宋襄公时, 采用公羊氏学派的意见。

⑩ 按: 《殷本纪》: "余以颂次契之事, 自成汤以来, 采于《书》、《诗》。" 《孔子世家》: "古者诗三千余篇, 及至孔子, 去其重, 取可施于礼义者, 上采后稷, 中述殷、周之盛, 至幽、厉之缺。" 《平准书》: "故《书》道唐、虞之际, 《诗》述殷、周之世。" 《太史公自序》: "余闻之先人曰: 汤武之隆, 诗人歌之。" 由上述引文看来, 似乎司马迁并不否认《诗经》中有殷 (商) 诗存在。

⑪ 王充《论衡·须颂》: "殷颂五。" 班固《汉书·礼乐志》: "自夏以往, 其流不可闻矣! 殷颂犹有存者, 周诗具备。" "昔殷、周之雅颂……光名著于当世, 遗誉垂于无穷也。" 《食货志》: "殷、周之盛, 《诗》、《书》所述, 要在安民。" 《艺文志》: "孔子纯取周诗, 上采殷, 下取鲁, 凡三百五篇。" 按: 班固家学为《齐诗》, 《汉书》中论诗大多本《齐诗》说, 但在提到《商颂》的制作年代时, 班固抛弃《齐诗》说而采纳《毛诗序》。

⑫ 清代魏源《诗古微》列举十三证, 皮锡瑞《诗经通论》列举七证, 企图证实《商颂》为宋诗。

⑬ 《春秋经》定元年至十五年, "宋"字凡十三见; 哀元年至十六年, "宋"字凡十九见。

⑭ 表中宋公宋系和在位年数是根据《史记》之《十二诸侯年表》和《宋世家》, 而年表和《宋世家》则是根据古文献《谍记》和《春秋历谱牒》。《史记》的殷、周"世表"和"诸侯年表", 对王、侯世系和在位年数的记载是比较准确的, 这已为出土的甲文和金文所证实。其次, 《史记》中所记载的诸侯谱系和在位年数是互见在《周本纪》和十二"世家"的。不难理解, 如果任意将宋戴、武、宣三公的在位年数"假设"为十年, 那么就必须将周代各国和历史重新各自"假设"一遍。须说明, 《谍记》和《春秋历谱牒》是先秦的古文献, 与古文学派不相干。由此可知, 今文学家的假设是没有任何根据和理由的。

⑮ 表中的孔氏世谱是根据《汉书》、《潜夫论》、《孔子家语》、《诗商颂正义》、《谷梁传疏》等书所引用的古文献《世本》。《汉书》作者班氏父子传习《齐诗》, 《潜夫论》作者王符是《鲁诗》学派闻人。由此可知, 一些学者认为正考父世系谱是出于《毛诗》学派伪造的说法

是错误的。

⑯ 《左传》昭七年载，孟僖子称：“孔丘，圣人之后也，而灭于宋。其祖弗父何以有宋而受 (授) 属公。及正考父佐戴、武、宣，三命兹益共 (恭)。”按：诸侯之佐为上卿 (相当于后代的相国)。《礼记·祭义》：“一命齿于乡里 (只和同乡论齿)，再命齿于族 (只和同族本家论齿)，三命不齿 (不和任何人论齿)。”按：“三命”是一人之下万人之上的勋位。

⑰ 《左传》隐三年 (公元前七二〇年)：“宋穆公疾，召大司马孔父而属殇公焉，曰：‘……若以大夫之灵，得保首领以殁 (意为：如果能托您大夫之福，能保全躯而寿终) ……请子奉之 (奉殇公) 以主社稷，寡人虽死亦无悔焉。’”按：从孔父嘉的职位和穆公托以后事时的口气看来，孔父嘉当时绝不是青年人。所谓“若以……之灵”，是当时下对上或幼对长的谦辞；其例见于同书僖二十三年、襄十三年、昭十四年、昭二十五年、定四年。

⑱ 《左传》桓元年：“宋华父督见孔父之妻于路，目逆而送之曰：‘美而艳。’”桓二年：“宋督攻孔氏，杀孔父而取其妻。 (殇) 公怒。督惧，遂弑殇公……召庄公于郑而立之。”

⑲ 《潜夫论》引《世本》：“正考父生子孔父嘉，孔父嘉生子木金父，木金父降为士，故曰灭于宋。金父生祁父。祁父生防叔，防叔为华氏所逼，出奔鲁为防大夫，故曰防叔。” (《毛诗商颂正义》、《孔子家语》引用《世本》与此略同) 按：宋太宰华父督于殇公十年 (公元前七一〇年) 杀孔父而弑殇公，立庄公。由此，华父督执政。到闵公十年 (公元前六八二年)，华父督被宋南宫万所杀 (事见《左传》庄十二年)。据此，则华父督在杀孔父嘉之后，共当政二十八年。由此可知，防叔被华氏所逼奔鲁，当是在这二十八年之间的事。

⑳ 有人认为孔父嘉死时尚有“美而艳”的妻子，从而断定孔父嘉死时尚在壮年。按：由孔父嘉子与曾孙的相对年岁来看，这说法是错的。当时，老夫少妻是世所习见。即以宋国为例：宋襄公死后二十六年，其妻襄夫人竟与襄公幼孙公子鲍奸通，并谋杀襄公嫡孙昭公，扶鲍即位，是为文公。可知，尽管孔父嘉妻子美而艳，但却不足证明孔父嘉是少而壮。

㉑ 郭沫若《两周金文辞大系考释》载：《令毁》：“佳王于伐楚 (𣎵) 伯在炎。”《考释》：“此成王东伐淮夷践奄时器。”《禽毁》：“王伐禁禁 (𣎵) 侯。周公某 (谋)，禽祝。”《考释》：“禁即楚之异文。……周公自周公旦，禽即伯禽。……此‘伐楚侯’与《令毁》‘伐楚伯’自是同时事。”据陈梦家《西周年代考》：武王克商年为公元前一〇二七年，克商后二年，武王死；成王即位三年践奄。陈梦家解释禁为盖。

㉒ 古本《竹书纪年》：“昭王十六年，伐楚荆，涉汉 (水)。”《两周金文辞大系考释》载：《狱毁》：“狱御从王南征，伐楚荆。”《過伯毁》：“過伯从王伐反荆。”《考释》：上二器，“唐兰以为均昭王南征时器”。

㉓ 古本《竹书纪年》：“昭王十九年……丧六师于汉。”“昭王末年……王南征不复。”《左传》僖四年：“昭王南征而不复。”《史记·周本纪》：“昭王南巡狩而不返，卒于江上。”《帝王世纪》称：“昭王没于水中而崩。”

㉔ 春秋战国一些人之所以称楚为荆，是出于对楚人的轻视。荆是山名。周初，楚人战败后，曾一度退入荆山。楚灵王曾说：“昔我先君熊绎，辟在荆山，筚路褴缕，以处草莽，

跋涉山林。"(《左传》昭七年) 因此，周人称楚为荆，意为"荆山草莽中的人"。对此，《春秋纬·运斗枢》称："抑楚言荆，不使夷敌主中国。"可知，称楚为荆是由于周人对楚的敌视，并不是楚在僖公元年时改了国号。因此，一些学者以《商颂》中的"楚"字来否定《商颂》的说法，显然是错误的。

㉕ 按：楚在周初可能暂时"受王命为荒服"。但据金文、《竹书纪年》、《诗经》看来，周、楚之间似乎时战时和。其次，楚并非周的子爵属国。周人之所以称楚侯为楚子，是由于对"四夷"的轻视，正如《礼记·曲礼》所说："其在东夷、北狄、西戎、南蛮，虽大曰子。"因此，早在西周夷王时，楚已自称王 (见《史记》)。

㉖ 甲文芈作𝖸，据《说文》："芈，羊鸣也，从羊 (按：甲文作𝖸)，像声气上出 (按：以芈置羊字上，以表示羊鸣出气状)。"《国语·郑语》："祝融……其后八姓……融之兴者，其在芈姓乎……唯荆 (楚) 实有昭德。"《史记·楚世家》："芈姓，楚其后也。"

㉗ 《殷契粹编》一三一五："舞于楚高。"一五四七："于楚佑雨。"陈梦家认为即卫地楚丘。按：据古文籍记载，古祝融八姓各族在夏、商之际曾居留在黄河两岸，故后之卫国境内有昆吾之墟、豕韦城、帝丘 (颛顼、祝融之丘)、漕丘、楚丘等地，郑国境内有祝融之墟、桧 (邻)、昆吾之墟、苏、温、邬等地。在黄河两岸，楚丘有三，一在卫地 (今河南滑县考岸镇)，一在曹地 (今山东成武境内)，一在己氏国 (河南)。由此有根据认为，在商、周之前，楚曾居留在黄河两岸，楚丘原是楚人故居。

㉘ 《殷虚卜辞》二二二·二三六四："辛卯，帚楚……"郭沫若认为："帚为妇之省文，帚下一字乃是女字。"按：古时称妇女往往以族或国的氏号。在甲文记载中，有井方、井伯，故又有妇井 (或作妌)；有龙方，故又有妇庞；有杞侯，故又有妇杞；有羌方，故又有妇姚；有土方，故也有妇宝。而妇商、妇妹显然是商、沫贵妇人的尊称。因此，妇楚是楚方女子，是商王嫔妃或商贵人的妻子。据甲文载，商曾征伐土方、羌方、龙方。所谓妇宝、妇姚、妇庞可能是和亲来的或俘虏来的女子，待考。

㉙ 《左传》僖四年："春，齐侯 (即桓公) 以诸侯之师侵蔡，蔡溃，遂伐楚。楚子使与师言曰：'君处北海，寡人处南海，唯是风马牛不相及也，不虞君之涉吾地也，何故？'管仲对曰：'昔召康公命我先君大公曰：五侯九伯，女实征之，以夹辅周室，尔贡包茅不入，王祭不共，无以缩酒，寡人是征；昭王南征而不复，寡人是问。'对曰：'贡之不入，寡君之罪也，敢不共给。昭王之不复，君其问诸水滨！'师进，次于陉。夏，楚子使屈完如师。师退，次于召陵。齐侯陈诸侯师之，与屈完乘而观之。齐侯曰：'岂不谷是为，先君之好是继，与不谷同好如何？'(屈完) 对曰：'君惠徼福于敝邑之社稷，辱收寡君，寡君之愿也。'齐侯曰：'以此众战，谁能御之！以此攻城，何城不克！'(屈完) 对曰：'君若以德绥诸侯，谁敢不服。君若以力，楚国方城 (山名) 以为城，汉水以为池，虽众，无所用之！'屈完及诸侯盟。"由此可知，齐桓公伐楚只不过是一次军事示威，故求成而退。这与《殷武》中所述的伐楚无一事相合。

㉚ 王国维《观堂集林》卷二《说商颂》："《殷武》之卒章曰'陟彼景山，松柏丸丸'，毛、郑于景山均无说。《鲁颂》拟此章则云'徂徕之松，新甫之柏'，则古自以景山为山名，

不当如《鄘风·定之方中》传'大山'之说也。按:《左氏传》'商汤有景亳之命',《水经注·济水》篇:黄沟枝流'北迳己氏县故城西,又北迳景山东',此山离汤所都之北蒙不远。商丘蒙亳以北,惟有此山,《商颂》所咏当即是矣。而商自盘庚至帝乙居殷墟,纣居朝歌,皆在河北,则造高宗寝庙,不得远伐河南景山之林。惟宋居商丘,距景山仅百数十里,又周围数百里内别无名山,则伐景山之木以宗庙于事为宜,此《商颂》当为宋诗不为商诗之一证也。"

㉛《左传》昭四年载:楚子合诸侯于申,椒举曰:"夏启有钧台之享,商汤有景亳之命,周武有孟津之誓,成有岐阳之搜,康有酆宫之朝,穆有涂山之会,齐桓有召陵之师,晋文有践土之盟。"显然,文中所列举的地名,皆是历代侯王会诸侯之地,各是一地之名,不是也不可能是两地联称,否则诸侯大会就开不成了。按:王氏说是参考了《史记正义》引《括地志》:"宋州(河南商丘)北五十里大蒙城,为景亳,汤所盟地,因景山为名。"但《括地志》说不确,宋州北五十里并无景山,故王氏称景山在大蒙地(即北亳)北百数十里。这样就将景亳分为二地。至于景亳究竟在今之何地,亦不可考。

㉜《汉书·地理志》补注:"己氏。……《通典》:今宋州楚邱县,古之戎州己氏之邑。盖昆吾之后……己是戎君之姓,汉曰己氏县也。"《地方舆纪要》:"曹州曹县东南四十里有楚邱,春秋时戎州己氏之邑。"《山东通志》卷三六:"己氏县故城,在县东南四十里,春秋时戎州己氏之邑,汉置县属豫州梁国,今为楚邱集。"《舆地广记》:"景山在今……楚邱。"《太平寰宇记》:"景山在……楚邱县北三十八里。"《山东通志》卷二六:"景山在(曹)县东南四十里故楚邱城北。""楚邱、景山在春秋大本属曹地。"

㉝《山海经·北山经》太行山系内:"景山,有美玉。景水出焉……"《淮南子·墬形训》:"釜出景。"高诱注:"景山在邯郸西南,釜水所出,南泽入漳。其源,浪沸涌,正势如釜中汤,故曰釜,今谓之釜口。"按:釜口与景山在河南安阳东北约四十五公里。

㉞《盘庚》:"殷降大虐。"《微子》"殷其弗或乱正四方";"殷罔不小大,好草窃奸宄";"今殷其典丧";"殷遂丧","天毒降灾荒殷邦";"今殷民及攘窃神祇之牺牷牲";"降监殷民";"商今其有灾";"商其沦丧"。(以上见《尚书·商书》)

㉟《酒诰》"在昔殷先哲王";"辜在商邑"。《君奭》"殷既坠厥命";"商实百姓王人"。《多方》"非天庸释有殷";"乃惟尔商后王";"告尔有方多士暨殷多士"。(以上见《尚书·周书》)

《文王》"有商孙子。商之孙子";"殷士肤敏";"殷之未丧师";"宜鉴于殷"。《大明》"天位殷适";"自彼殷商";"燮伐大商";"殷商之旅";"肆伐大商"。《荡》"咨汝殷商";"殷不用旧"。(以上见《诗经·大雅》)

㊱《大丰簋》:"丕克三衣(殷)王祀。"《小臣单觯》:"王后反克商。"(上二器郭沫若考订为武王时器)《小臣𧪝簋》:"白懋父以殷八𠂤征东尸。"(郭称为成王时器)《宜侯夨簋》:"武王、成王伐商。"《康侯图司土疑簋》:"王束伐商邑。"

(选自《杨公骥文集》,东北师大出版社,1998)

《左传》的真伪和写作时代问题考辨

胡念贻

《左传》这部书，是一部重要的历史著作，在文学史上也有重要的地位。然而关于它是怎样产生的，关于它的作者和写作时代等问题，却是异说纷纭。如果不对各种说法一一加以考察，作出判断，我们将很难对这部书作出正确的估价。关于这部书，有三个重要的问题：一、它是不是为《春秋》作传；二、它是不是西汉末年刘歆的伪作；三、它是作于春秋末年还是作于战国时代。这三个问题都是应当认真对待的。特别是第二个问题，如果作出肯定的回答，《左传》的写作时代就要推后几百年，它的史料价值就要大打折扣，它在文学史上也要从先秦移到西汉。过去人们对于《左传》，提出的问题很多，没有进行认真的清理。本文就是首次试图作一下这样的清理工作。

一　《左传》是否为《春秋》作传

《左传》在唐代的"九经"和宋代的"十三经"中，都被列为"《春秋》三传"之一。所谓"传"，就是阐释经义的意思。"《春秋》三传"的《公羊传》和《谷梁传》，确是以阐明《春秋》的"微言大义"为目的的。《左传》是否阐释《春秋》，汉代的经学家曾经有过激烈的争论。西汉宣帝刘询以前，《公羊传》和《谷梁传》，朝廷都立博士，没有立《左传》。西汉末期，以刘歆为代表的一些经学家极力为它争立博士。这里有所谓今古文学派之争。《春秋公羊传》和《春秋谷梁传》属于今文经学[①]，它们是战国以来一些经师口相传授，到西汉初期才写定的。《左传》是战国时人书写和流传下来的，"多古字古言"。刘歆是古文经学家，想在朝廷给它（还有古文《尚书》等等）争取列于学官（立博士），发展古文经学的势力。这当然遭到今文经学家的极力阻挠。西汉哀帝刘欣"令歆与五经博士讲论其义，诸博士或不肯置对"[②]。那些博士"谓《左氏》为不传《春秋》"[③]。争论继续到东汉时期。汉光武帝刘秀时，又讨论《左氏》立博士的问题，博士范升反对，认为"《左氏》不祖孔子，而出于丘明"[④]。当时虽然在陈元的极力主张下"卒立左氏学"[⑤]，但不久随着博士李封的死去也就废了⑥。其后贾逵用图谶来附会《左传》，《左传》又"行于世"⑦。李育认为《左传》"不得圣人深意"，写了四十一条来非难它⑧。尽管有范升、李育等这样一些人力持异议，然而东汉著名的学者如桓谭、王充、班固等都在他们的著作里肯定左丘明从孔丘那里传授《春秋》为它作传⑨。晋杜预《春秋经传集解》更是不遗余力地系统地讲解《左氏》是怎样传《春秋》。他说："左丘明受经于仲尼，以为经者不刊之书也。故传或先经以始事，或后经以终义，或依经以辨理，或错经以合异，随义而发⑩。"这样说来，《左传》一书，真好象无论怎样看都离不开《春秋》。在汉代，《春秋经》和《左传》是分开的。杜预"分经之年与传之年相附"，合在一起加以解释。他还作了《春秋释例》一书。他从《左传》中归纳出《春秋》"义例"的"五十凡"。从此《左传》作为所谓"《春秋》三传"之一的地位完全确定下来，成为以后各个封建王朝的正统观点。虽然也有少数学者对左氏传《春秋》之说提出怀疑，如晋王接说"《左氏》辞义赡富，自是一家书，不主为经发"⑪，以及唐宋以后一些学者对《左传》的批评等，但这些都不能动摇《左传》作为"《春秋》三传"之一的地位。

然而，从西汉今文经学家的"《左氏》不传《春秋》"到王接的《左氏》"自是一家书"以及唐宋以后一些人从经学出发对《左传》的批评，都是值得重视的。《左传》不是一部为《春秋》作传的书，我们应当还它以本来面目。

以下分三点来说：

首先，孔丘作《春秋》之说，是没有确切根据的，它在历史上是一大疑案。在《论语》中，没有关于孔丘作《春秋》的记载。战国初期的《商君书》中，极力攻击儒家的"诗、书、礼、乐"，却没有攻击《春秋》。孔丘作《春秋》之说，最早见于《孟子》，而战国诸子，除《孟子》外，没有任何一部书提到《春秋》为孔丘所作⑫。"春秋"之名，是我国奴隶制时代一定时期内对史书的通称，一些诸侯国都有《春秋》。《国语》的《楚语》和《晋语》里都记载《春秋》是贵族所讲授和学习的内容之一。《墨子》的《明鬼下》载有"周之《春秋》"、"燕之《春秋》"、"宋之《春秋》"、"齐之《春秋》"，佚文还有"吾见百国春秋"⑬。《左传》昭公二年记载，鲁国有《鲁春秋》。我们今天所见到的《春秋》，实际上是《鲁春秋》。《韩非子·内储说上·七术》说："鲁哀公问于仲尼曰：'《春秋》之记曰"冬十二月，霣（陨）霜，不杀草"，何为记此？'仲尼对曰：'此言可以杀而不杀也。夫宜杀而不杀，梅、李冬实⑭。'"这里所说的"冬十二月，陨霜，不杀草"，"梅、李冬实"等语句，见于《春秋》

僖公二十三年。这说明鲁哀公所传习的《春秋》，即我们今天所见到的《春秋》。《礼记·坊记》里记述孔丘两次称引《春秋》或《鲁春秋》，文字大体上和今天所见到的《春秋》相同。孔丘当然不是称引自己的著作，而是称引传世的和当代的史籍。这些都可以说明今天所传下来的《春秋》，不是孔丘所作。孔丘可能曾经采用鲁国的《春秋》来作为讲习的课目，在讲习过程中也可能作过某些整理和发挥，作过个别文字的订正工作，这可能就是"孔子作《春秋》"传说的由来。

第二，一些"《春秋》家"认定《春秋》里面几乎每一条都表现了孔丘的"微言大义"，这是没有根据的。如上所述，孔丘对于《鲁春秋》，可能只是作过一些整理、解释和个别文字的订正工作，《春秋》很难说是孔丘的著作。从《春秋》里寻找"微言大义"，开始于战国时期。《公羊传》和《谷梁传》在战国时期已开始私相传授。但所谓《春秋》的"微言大义"，在《孟子》里并没有见到具体的反映，《荀子》只有个别篇章里提到⑮。这些对孔学进行专门研究的大师对于《公羊》、《谷梁》里面所讲的"微言大义"似乎素所未习，值得注意。到了汉代，《公羊》、《谷梁》之学，由于得到封建统治者的提倡盛行起来了。《公羊》最早成为显学，《谷梁》随着受到重视。《左传》一书，也被人塞进了一些讲"微言大义"的东西，用来和《公羊》、《谷梁》竞争。

《公羊》和《谷梁》大讲《春秋》的"微言大义"，它们之间的互相矛盾以及它们各自的许多说法的牵强附会，纰漏百出，就充分说明了所谓孔门传授的无稽。如果那些"微言大义"真是孔丘之意，真是孔丘的弟子传授下来，至少大体上有一个共同的蓝本，不至于各说一套，有时相差那么远。

《左传》里面的那些解释《春秋》的"微言大义"的地方也是如此。《左传》里面讲"微言大义"，称之为"书法"或"凡"。所谓五十"凡"，唐宋以后遭到许多学者的辨驳，如刘敞《春秋权衡》、叶梦得《左传谳》、程端学《春秋三传辨疑》、郝敬《春秋非左》，等等，其中都有很精辟的地方。宋代黄仲炎《春秋通说》说《左传》讲"义例"，"质诸此而彼碍，证诸前而后违"，这两句话是很好的概括。

由于所谓《春秋》三传的讲"微言大义"愈讲愈糊涂，唐代以后就有一些人索性抛开"三传"来研究《春秋》，韩愈"《春秋》三传束高阁，独抱遗经究终始"的诗句就是这种心理的写照⑯。虽然这都是从维护"《春秋》经"出发，并且是以新的牵强附会来代替"三传"的牵强附会，但这也说明战国西汉人的一些说法，即使在封建时代，有正常头脑的人在一定程度上对它也是抱怀疑态度的。

第三，《左传》这部书和《公羊传》、《谷梁传》有着带根本性的不同。《公羊》和《谷梁》都是依经立传，是阐释《春秋》的，它对《春秋》的文义常常作一字一句的解说。它依附《春秋》而存在。虽然有时它有一些叙事的成分，但目的还是为了说"经"。尽管《春秋》不一定为孔丘所作，它并不是什么经，但《公羊传》和《谷梁传》的作者却笃信它是"经"，他们的任务就是挖空心思去发挥"经义"，这在书中表现出来是极其明显的。如果从《公羊传》和《谷梁传》中把说经的部分抽出来，余下的叙事部分就无法独立了。《左传》则不然。《左传》本来是一部叙事较详的史书，是公元前五世纪的一部私家著作。它在写作过程中当然参考了《鲁春秋》——我们今天见到的《春秋》，但它并不是为解释《春秋》而作，它独立于《春秋》之外。后来有人陆续窜入一些解释《春秋》的文字，这些文字有的虽然经过精心弥缝，消灭了痕迹，但有许多却是窜入之迹宛然。清末皮锡瑞说得好："左氏于叙事中搀入书法，或首尾横决，文理难通。如'郑伯克段于鄢'传文，'太叔出奔共'下接'书曰郑伯克段于鄢'，至'不言出奔，难之也'云云，乃曰'遂置姜氏于城颍'，文理鹘突。若删去'书曰'十句，但云'太叔出奔共。遂置姜氏于城颍'，则一气相承矣。其他'书曰'、'君子曰'，亦多类此，为后人搀入无疑也⑰。"《左传》里面那些属于"书曰"以下的文字以及其他讲《春秋》"义例"的文字，如果全部删去，丝毫不影响《左传》叙事的完整性。这些文字游离于叙事之外。这和《公羊传》、《谷梁传》可以说是恰恰相反。这就是因为，《公羊传》和《谷梁传》是解经的书；《左传》不是解经的书，解经的文字是后加的。

过去封建时代的学者对于《左传》不传《春秋》这个命题作了大量的研究，揭发了《左传》里面讲论"书法"、"义例"所表现出来的大量矛盾。但他们大都是以承认孔丘作《春秋》，承认《春秋》是经为前提。他们有的将《公羊传》、《谷梁传》、《左传》同等对待，凡是认为不合"经意"的就加以指责；有的则是站在今文经学的立场，专门揭发《左传》。清代刘逢禄的《〈左氏春秋〉考证》是属于后者，是成就较高的。刘逢禄根据《史记·十二诸侯年表序》"鲁君子左丘明作《左氏春秋》"一语，确定《左传》的旧名是《左氏春秋》；《春秋左氏传》名称是"刘歆所改"，"东汉以后以讹传讹"。他指出《十二诸侯年表序》中，《左氏春秋》与《铎氏》、《虞氏》、《吕氏》并列，则非传《春秋》"。他还根据一些材料论证陆德明《经典释文》和孔颖达《左传正义》所引刘向《别录》的左丘明授曾申，曾申授吴起，一直到西汉的张苍这样一个传授系统是伪撰。这些都是很好的见解。但他认为《左传》中讲"书法"、"凡例"的文字都是刘歆所伪造，郑兴"亦有所附益"，却不完全恰当。在刘歆以前，那些文字至少有一部分已存在。如《十二诸侯年表》陈桓公三十九年，"弟他 (佗) 杀太子免代立，国乱，再赴"；鲁桓公十七年，"日食，不书日，官失之"；鲁禧公十五年，"五月，日有食之，不书 (朔与日) ⑱，史官失之"；《史记·周本纪》："二十年，晋文公召襄王，襄王会之河阳践土，诸侯毕朝。书讳曰：'天王狩于河阳。'"这些都采用《左传》讲"书法"、"义例"文字。这说明司马迁所见到的《左氏春秋》，其中已搀入了一些解经的东西。这些东西可能是战国汉初《公羊》、《谷梁》之学兴起以后，在它们影响之下所加入的。西汉中期以后，古文经学和今文经学的斗争日益激烈，古文经学家想利用《左传》这部书；窜入的解释"义例"、"书法"的文字也随着增加。司马迁所见到的《左氏春秋》，这类的文字可能还不多；司马迁没有把它当作《春秋》传，似可以为证。

关于《春秋》非孔丘所作，《左传》不传《春秋》，我们的论述到此为止。这些论述是违反两千年来的《春秋》经学的，也许有人不赞成。然而即使一些人要坚持那些讲"书法"、"义例"的文字都是《左传》作者所写，也不能贬损《左传》的价值。因为事实上《左传》的主要内容是写春秋一代历史，讲"书法"、"义例"的地方，所占比例极其微小。无论如何，这部书不是为了宣扬《春秋》"微言大义"而写出来的。

二 《左传》是否刘歆伪作

经今古文学之争，清末发展得很激烈。康有为写了一部《新学伪经考》，提出西汉古文经传都是刘歆伪造，其中以《左传》部分的论述在学术界影响最大。从清末到今天，一直有人赞成并加以发挥。这是一个很值得研究的问题。这个问题不弄清，使人感到《左传》这部书是一笔糊涂账。

关于这个问题，可以分三个部分来讨论：

(1) 康有为和在他影响之下的同时人崔适是怎样论证的；

(2) 康、崔以后其他一些人是怎样论证的；

(3) 他们的错误，归结到一点就是主观主义的研究方法。

以下分别地来论述。

(1) 康有为、崔适的论证。康有为认为《左传》是刘歆根据《国语》改编的，在刘歆以前，根本不曾存在过一部编年的《左氏春秋》。《国语》不编年，刘歆把它改编之后，系上年月，和《春秋》比附，就成为《左传》。从《国语》到《左传》，不但体例改变，内容也有显著不同。按照康有为的说法，刘歆发挥了巨大的创造性。《左传》的著作权自然要归到刘歆。

《新学伪经考》于一八九一年出版。当时今文经学家崔适推崇它"字字精确，自汉以来未有能及之者"。崔适写了《史记探源》和《春秋复始》等书，对康有为的说法作了补充。他把康有为比作"攻东晋《古文尚书》的阎若璩，把自己比作惠栋⑲。在三十年代，有的学者把刘逢禄的《左氏春秋考证》比作阎若璩的《古文尚书疏证》，把康有为的《新学伪经考》和崔适的《史记探源》、《春秋复始》中《左传》辨伪部分比作惠栋的《古文尚书考》、丁晏的《尚书余论》⑳。总之，在一些学者的心目中，《左传》和东晋《古文尚书》一样是伪书。三十年代以后，这个问题搁置了几十年，没有人加以研究和解决。在人们中间，信者自信，疑者自疑。解放以后，虽然学术界一般把《左传》当作先秦典籍，但疑团并没有打破。有的论著里还是相信刘歆伪作之说。

应当指出，刘逢禄是并没有想当阎若璩的。刘逢禄虽然考证《左传》中讲"书法"、"义例"的文字是刘歆伪作，他没有考证《左传》是伪书。他虽在《左氏春秋考证》卷上桓公十一年说过"楚屈瑕篇年月无考，固知《左氏》体例与《国语》相似，不必比附《春秋》年月也"。但他在同一书的卷上庄公十七年又说："左氏后于圣人，未能尽见列国宝书，又未闻口授'微言大义'，惟取所见载籍，如《晋乘》、《楚梼杌》等相错编年为之。本不必比附夫子之经，故往往比年阙事。"他所谓"《左氏》体例与《国语》相似"，是指它记载事实，不附于经。他也认为《左氏》体例和《国语》有不似，他承认《左传》是编年，不过认为不是那样拘拘"比附《春秋》年月"，所以有时一年或连着几年没有记载。即所谓"文阙"。刘逢禄的说法并不全对㉑，但他所采取的态度还是比较审慎的。

康有为却是锐意要把《左氏春秋》当作一部伪书来推翻。他在《新学伪经考》里说：

> 按《史记·儒林传》，《春秋》只有《公羊》、《谷梁》二家，无《左氏》。《河间献王世家》无将《左氏春秋》立博士事。马迁作史多采《左氏》，若左丘明诚传《春秋》，史迁安得不知？《儒林传》述"六艺"之学彰明较著，可为铁案。又《太史公自序》称"讲业齐鲁之都，天下遗文古事靡

不毕集太史公"，若河间献王有是事，何得不知？虽有苏张之舌不能解之者也。《汉书·司马迁传》称"司马迁据左氏《国语》[22]，采《世本》、《战国策》，述《楚汉春秋》"。《史记·太史公自序》及《报任安书》俱言"左丘失明，厥有《国语》"，《报任安书》下又云"乃如左丘明无目，孙子断足，终不可用，退论书策以抒其愤"，凡三言"左丘明"，俱称《国语》。然则左丘明所作，史迁所据，《国语》而已，无所谓《春秋传》也[23]。

这一段文字可以说是康有为"《左传》辨伪"的基本论点。康有为的论证方法可分两步。第一步，先推翻《汉书》里面关于《左传》的记载。他的方法是用《史记》证《汉书》。《汉书·儒林传》里将《春秋左氏传》和《公羊传》、《谷梁传》并列，而且还列出了汉初以后《春秋左氏传》的传授世系。《汉书·河间献王传》记载了献王立《左氏》博士。这些都和《史记》不同。《史记》的《春秋》只有《公羊》、《谷梁》二家，《河间献王世家》没有立《左氏春秋》博士之说。康有为因此推断在刘歆以前的司马迁根本没有见到过《左传》一书。《汉书》的记载都是根据刘歆伪造。第二步，康有为断定司马迁只见到过《国语》，说司马迁屡次提到左丘明作《国语》就是明证。刘歆利用《国语》伪造《左传》；又伪造其他一些证据，被班固写进了《汉书》。《左传》为刘歆伪造之说，在康有为的笔下就这样论定了。

然而这些论证是很脆弱的。这里首先必须分清两个问题：一、《左传》是否为《春秋》作传？二、《左传》是否伪作？这两个问题不容许混淆在一起。否认《左传》为《春秋》作传，不等于说它是伪书。《汉书》将《左氏春秋》改称《春秋左氏传》，将它和《公羊传》、《谷梁传》并列，而且列出传授世系，这可能受了刘歆和古文经学家的影响，不能对它相信[24]。《史记》不是这样。从《史记·儒林传》的《春秋》只载《公羊》、《谷梁》二家看，司马迁并不认为《左氏》传《春秋》。《史记·河间献王世家》不写献王立"《左氏》博士"一事，推究原因，这有三种可能：一、献王立《左氏》博士之说不可信；二、献王确曾立《左氏》博士，司马迁不相信《左氏》传《春秋》，故不载；三、司马迁略而不载，——他对于河间献王写得很少。司马迁对于藩国的文化、学术活动，都是不大写的。不独对河间献王如此，《淮南王刘安传》和《梁孝王世家》也都极少写这一方面。总之，我们从《史记》里找不到关于《左氏春秋》传《春秋》的任何证明，但绝不能由此推断司马迁没有见过《左氏春秋》。

诚然，司马迁在《太史公自序》和《报任安书》里都提到左丘明作《国语》，不说他作《左氏春秋》，这似乎颇费解，康有为抓住了这一点。然而这也是不难解释的。两处的"左丘失明，厥有《国语》"的上文都有"仲尼厄而作《春秋》"，相隔只有两句。如果再写成"厥有《春秋》"，不但文字上犯复，而且这里《左氏春秋》和仲尼的《春秋》也缠夹，所以换成《国语》。《国语》可以兼指《左氏春秋》和《国语》。《左传》在《史记》里有时称为《左氏春秋》，见于《十二诸侯年表序》；有时又称《春秋古文》，见《吴太伯世家赞》；有时又和《国语》通称为《春秋国语》，如《五帝本纪赞》：

予观《春秋国语》，其发明《五帝德》、《帝系姓》章矣，顾弟弗深考，其所表见皆不虚。

《十二诸侯年表序》：

于是谱十二诸侯，自共和讫孔子，表见《春秋国语》，学者所讥盛衰大旨著于篇，为成学治古文者要删焉。

这两个《春秋国语》，过去有人认为它是指《春秋》和《国语》二书，那是不对的。《五帝本纪》的内容，和《春秋》毫无关系；《春秋》没有发明《五帝德》、《帝系姓》之处。《五帝本纪》采用了《左传》中所载"高辛氏有才子八人"，"少皞氏有不才子"，"颛顼氏有不才子"等等；《国语·鲁语》里提到黄帝、颛顼、帝喾、尧、舜。所以《五帝本纪赞》的《春秋国语》，可以说是包括了《左传》和《国语》。《十二诸侯年表》和《国语》没有关系；《国语》不编年，撰《年表》时当然无法采用它。《十二诸侯年表》实际也不是依据《春秋》，《春秋》记事"其辞略"，《年表》一些说明文字，《春秋》不能提供。《年表》上所写，绝大部分见于《左传》；个别在《左传》里找不到的，很可能是在流传中脱漏了。因此《十二诸侯年表序》的《春秋国语》是专指《左传》。汉代传说《左传》和《国语》都是左丘明作；司马迁将"《春秋国语》"简称为"《国语》"，——这里是兼指《左传》和《国语》。"左丘失明，厥有《国语》"句就是这样来的。东汉末年应劭《风俗通义》引用"《春秋国语》"[25]，所引的是《国语》中文字，也许应劭所说的《春秋国语》专指《国语》，和司马迁又不同了。

《汉书·艺文志》里还有 "《新国语》五十四篇"，注明 "刘向分《国语》"。康有为的所谓刘歆割裂《国语》伪造《左传》之说，就是根据这二条。他认为刘歆采用《国语》五十四篇中的大部分改写成《左传》三十卷，余下的部分收拾起来编为《国语》二十一篇。他的理由是：

> 《国语》仅一书，而《志》以为二种，可异一也。其一，二十一篇，即今传本也；其一，刘向所分之《新国语》五十四篇；同一《国语》，何篇数相去数倍？可异二也。刘向之书皆传于后汉，而五十四篇之《新国语》，后汉人无及之者，可异三也。盖五十四篇者，左丘明之原本也。歆既分其大半，凡三十篇，以为《春秋传》，于是留其残剩，掇拾杂书，加以附益，而为今本之《国语》，故仅得二十一篇也。考今本《国语》：《周语》、《晋语》、《郑语》多春秋前事；《鲁语》则大半敬姜一妇人语；《齐语》则全取《管子·小匡》篇；《吴语》、《越语》笔墨不同，不知缀自何书；然则其为《左传》之残余而歆补缀为之至明。歆以《国语》原本五十四篇，天下人或有知之者，故复分一书以当之，并托之刘向所分，非原本，以灭其迹，其作伪之情可见[26]。

康有为所列举的三 "可异"，其实都见不出 "可异" 之处。第一、我们怎么能够因为今天只看到一部《国语》，从而推断汉朝在《国语》之外不能有一部《新国语》？试想：《汉书·艺文志》里的书，失传的有多少？岂止一部《新国语》。第二、《新国语》是一部什么书，我们已无从得知，不知道它和《国语》有什么关系，当然无法和《国语》进行比较。它和《国语》的关系有两种可能：一种可能是两部书的内容不同，是两回事；另一种可能是两部书的内容基本相同而分篇较细。这两种可能都不能对康有为的论点有所帮助。第三、后汉人没有提到刘向《新国语》，这也不足奇。刘向的书，后汉人未必都提到，提到了我们也未必都知道。后汉人的东西，失传的又有多少啊！

康有为的论证十分曲折。他认为《汉书·艺文志》里的《新国语》五十四篇也是刘歆伪造，另外还有 "《国语》原本" 五十四篇。刘歆将 "《国语》原本" 割裂而伪造了《左传》，又怕这 "《国语》原本" 五十四篇 "天下人有知之者"，就再伪造《新国语》五十四篇来冒充它，并且托名刘向所分。这就是说，"《国语》原本" 五十四篇不存在了，伪造出一部《新国语》五十四篇，并且托名刘向，这就可以蒙混 "天下人"。这实在太富于想象。

如果我们要对《汉书·艺文志》的《新国语》一条作一点比较近乎情理的猜测的话，其中有两点值得注意：一、《新国语》的"新"字；二、"刘向分"三字。这部书似乎是刘向从什么书中分出来的，因此称为"新"。我疑此书是刘向纂集《左传》中所纪各国事实，依照《国语》体例按国别分列出来，所以称为《新国语》。据桓谭《新论》和王充《论衡》，刘向爱读《左传》㉗，他做这样一件工作，不是没有可能的。

我们考查了康有为的一些主要论点，发现这些论点都是站不住的。下面我们再来谈崔适。

《史记·十二诸侯年表序》里提到"鲁君子左丘明"作《左氏春秋》，这对于《左传》为刘歆伪造之说是一个极大的障碍。康有为在《新学伪经考》里说这是刘歆窜入，但没有举出理由。崔适《史记探源》（卷四）赞成康说，并且举出七条理由来加以论证。钱玄同在《〈左氏春秋考证〉书后》里说崔适"胪列七证，层层驳诘，语语精当"，说由此"知今本《十二诸侯年表》不足据，则《左传》原本之为《国语》益可断定"。崔适这段文字在"《左传》辨伪"问题上，是有它的重要性的，因此应当作一番研究。

先录《十二诸侯年表》的一段原文：

> 是以孔子明王道，干七十余君莫能用，故西观周室，论史记旧闻，兴于鲁而次《春秋》。上记隐，下至哀之获麟。约其辞文，去其烦重，以制义法。王道备，人事浃。七十子之徒，口受其传指，为有所刺讥褒讳挹损之文辞，不可以书见也。鲁君子左丘明惧弟子人人异端，各安其意，失其真，故因孔子史记，具论其语，成《左氏春秋》。铎椒为楚威王傅，为王不能尽观《春秋》，采取成败，卒四十年，为《铎氏微》。赵孝成王时，其相虞卿上采《春秋》，下观近世，亦著八篇，为《虞氏春秋》。吕不韦者，秦庄襄王相，亦上观上古，删拾《春秋》，集六国时事，以为"八览"、"六论"、"十二纪"，为《吕氏春秋》。及如荀卿、孟子、公孙固、韩非之徒，各往往捃摭《春秋》之文以著书，不可胜纪。汉相张苍历谱《五德》，上大夫董仲舒推《春秋》义，颇著文焉。

崔适认为从"鲁君子"起至"为《吕氏春秋》"止一百二十六字"皆为刘歆之学者所窜入，当删"。他列举七证：

《七略》曰："仲尼以鲁史官有法，与左丘明观其史记，有所褒毁贬损，不可书见，口授弟子，弟子退而异言。丘明恐弟子各安其意以失其真，故论其本事而作《传》。"与此表意同。《七略》与上下文意相联，此与上下文意相背（原注：详下）。则非《七略》录此表，乃窜《七略》入此表也。证一。

此表上云："七十子口授，不可书见。"中云"左丘明因孔子史记，具论其语"，则是"书见"而非"口授"矣。若太史公一人之言，岂应自相背谬若此！证二。

刘歆誉《左氏》，所以毁《公羊》。此表下称董仲舒，无由先誉左丘明。贾逵曰："《左氏》义长于君父，《公羊》多任于权变。"（原注：逵此说，非实也。《左氏》以兵谏为爱君，可谓不任权变乎！《公羊》谓君亲无将，将而诛，不可谓不长于君父也。）《太史公自序》："余闻之董生云：'为人臣者不知《春秋》，守变事而不知其权。'"此说正与逵之称《左氏》义相反。若此篇亦以"惧弟子失其真"称《左氏》，则"知权"之说正在"失真"之内，不犹助敌自攻乎！证三。

《刘歆传》曰："歆以为左丘明好恶与圣人同。"夫曰"歆以为，"则自歆以前未尝有见及此者也。乃此纪与《七略》皆曰："左丘明惧弟子各安其意以失其真。""安意失真"者，即"好恶与圣人不同"之谓。不失其真，即"同"之谓。如太史公已云然，即谓左氏与圣人同矣，安得云"歆以为"耶！证四。

歆让太常博士书曰："或谓左氏为不传《春秋》。"如此表已云"左丘明成《左氏春秋》"，歆何不引太史公言以折之耶！证五。

《自序》云"左丘失明，厥有《国语》"，然则"左氏"其氏，"明"是其名，有《国语》而无《春秋传》。《七略》称"丘明"，此表曰"左氏春秋"，则左氏而丘明名，传《春秋》而无《国语》。止此四字，与《自序》相矛盾，与《七略》若水乳。证六。

此表自周平王四十九年以后皆取自《春秋》。《吕氏春秋》非纪年月日之书，复何所取。铎氏虞氏，其书今亡，弗论。要自后人杂取四家书名，从中插入，致上下文皆言孔子之《春秋》者语言隔断。不然，虞、吕世次在孟、荀后，岂其书亦为孟、荀所捃摭乎！证七也。

这是崔适所举的七条理由。七条理由中，证一和证二可以并在一起讨论。证一是用刘歆《七略》（《汉书·艺文志》根据了《七略》）和《十二诸侯年表序》对照，二者文意有相同处。按常理说这应当是《七略》抄《年表》，崔适却认为是刘歆将《七略》文字窜入《年表》。他的理由是：《七略》"上下文意相联"，《年表》"上下文意相背"。所谓"上下文意相背"，就是"证二"所说的"七十子口授，不可书见"与"左丘明因孔子史记，具论其语"矛盾。

其实细按文意，二者并不矛盾。《年表》是说孔丘作《春秋》，对于其中所含褒贬深意，只能向弟子口授，不能用书面表现出来。左丘明是"鲁君子"不属于"七十子"之列，他怕"七十子"根据口授相传，会要走样（"失真"），就收集史料，写成《左氏春秋》，记载事实，帮助人们研究《春秋》所褒贬的本意。《年表》的意思很清楚：作为"七十子"以外的左丘明，没有"口受其传指"，他的《左氏春秋》，只是"具论其语"。"论"是撰述之意㉘。"因孔子史记，具论其语"，就是根据史料，备述历史人物的言与事㉙。这正是司马迁对《左氏春秋》的一贯看法，他认为《左氏春秋》是史。这哪里有什么上下文意背谬呢？

《七略》抄《年表》，作了一些改动，添进了一些文字，如《年表》"故西观周室，论史记旧闻"，《七略》改作"以鲁周公之国，礼文备物，史官有法，故与左丘明观其史记"；《年表》"鲁君子左丘明惧弟子人人异端，各安其意，失其真。故因孔子史记，具论其语，成《左氏春秋》"，《七略》改作"丘明恐弟子各安其意，以失其真，故论本事而作传"。对刘歆的古文经学说来，这是两处关键性的改动。它的目的是告诉人们：一、孔丘作《春秋》，左丘明曾经亲自参加，暗示左丘明最懂得孔丘的褒贬之意；二、左丘明为《春秋》"作传"。这两点意思，《年表》里都没有，正好说明《年表》没有经过窜乱。如果刘歆真是窜改《年表》，为什么不改得和《七略》一致呢？

崔适的证三，实际是将今文经学家的门户之见强加给司马迁。崔适把《左传》和《公羊》看成势不两立，把司马迁和刘歆混为一谈。他认为刘歆"誉《左传》"，是为了"毁《公羊》"；司马迁既然称赞《公羊》家董仲舒，就不应该"誉《左氏》"。这是很奇怪的逻辑。刘歆是刘歆，司马迁是司马迁，为什么要说成一样？我们知道，司马迁是一个好学深思的史家，他跟董仲舒学《春秋》，也从孔安国"问故"，没有今古文门户之见。司马迁对于左丘明，是赞扬他的"因孔子史记，具论其语"；对于董仲舒，是称道他的能"推《春秋》义"，着眼点不同。在司马迁看来，这都是可佩服的。

崔适在"证三"里还把东汉贾逵之说引了来，认为贾逵说过"左氏义长于君父，公羊多任于权变"，而司马迁赞成董仲舒的"知《春秋》"则"守变事"而能"知其权"，和贾逵之说相反。这也毫无意义。司马迁怎么能够知道一百余年以后的贾逵之说呢？至于"'知权'之说正在'失真'之内"，此语很费解。"知权"是指"为人臣者"处理事情的方法而言；"失真"是指孔丘弟子背离《春秋》本意。二者各不相涉，不知崔适何所谓而云然!

崔适的"证四"也很牵强。他引《刘歆传》中"歆以为左丘明好恶与圣人同"句，说《年表》里"惧失其真"，就是表明了左丘明"好恶与圣人同"之意。司马迁既已说过，就不能再说"歆以为"。而《刘歆传》里说"歆以为"，可以反过来证明《年表》里那一段为伪。这个论证很奇怪。一、"惧失其真"，不等于"好恶与圣人同"；二、即使司马迁曾经"以为"这样，为什么刘歆就不能再这样说？三、《刘歆传》全句是"歆以为左丘明好恶与圣人同，亲见夫子，而谷梁、公羊，在七十子后，传闻之与亲见之，其详略不同"，刘歆所"以为"的，有这么多内容，这和《年表》并不重复，崔适却只截取小半句，把其余的都删弃了。

崔适的"证五"是他误解了《十二诸侯年表》。《年表》里说左丘明"具论其语，成《左氏春秋》"，其意是说《左氏春秋》和《春秋》相辅而行，并不是《左氏春秋》为《春秋》作传。而且《年表》里是把《左氏春秋》和《铎氏微》、《虞氏春秋》、《吕氏春秋》等并列的，那些书都不传《春秋》，显而易见。因此，刘歆当然不能引太史公言来和太常博士辩论。这点刘歆知道得很清楚，太常博士也很清楚。

崔适的"证六"，牵涉到左丘明姓左还是姓左丘的问题。这似乎是两说，两说实际都没有错。司马迁称"左丘失明"，这可见左丘是氏。但为什么又说《左氏春秋》呢？"《左氏春秋》"是旧称，和《虞氏春秋》、《吕氏春秋》一样。复姓简称单姓，古有此例。如春秋时鲁国臧孙氏又称臧氏，季孙氏又称季氏。"左丘氏春秋"简称"左氏春秋"，并非不合习惯的。至于《七略》称丘明，这或许是由于相沿已久，在人们印象中，认为左丘明就是姓左了。何况文人弄笔，故意截搭，如"马迁"之例，原不足怪。司马迁于书名取旧称，于姓则仍称左丘，并非矛盾。《七略》在左丘明姓名上发生讹变，也并非不可解释。把二者扯在一起，作为"辨伪"的理由，太牵强了。

崔适的"证七"，说"鲁君子"以下一百二十六字是被"插入"篇中，"致上下文皆言孔子之《春秋》者语意隔断"，这是误解文义。上下文诚然都是讲《春秋》，上文是讲《春秋》的产生和它的意义及传授，"鲁君子"以下一直到"颇著文焉"，是讲《春秋》的影响：孔子作《春秋》以后，陆续又产生了《左氏春秋》、《铎氏微》、《虞氏春秋》、《吕氏春秋》等；还有荀卿、孟子、公孙固、韩非之徒著书，也都采用《春秋》；汉代张苍和董仲舒，对《春秋》也作出了贡献，——全文的大意就是如此。行文完全合乎逻辑，有什么"语意隔断"之处呢？如果删去一百二十六字，倒是文气不连，不相衔接了。

（1）这里我们就康有为和崔适所主张的《左传》为刘歆伪造之说的主要论点作了一番考察。康有为和崔适都没有提出任何确凿的证据，都是就一些有关文献来推论。推论的方法不是不可以用，但总得大体结合客观事实，力求能符合事物本来面目。他们立论很大胆，而论证却是很脆弱。如崔适的断定《十二诸侯年表序》中一百二十六字为刘歆窜入，列举七证之多，细按起来，漏洞百出。康有为《新学伪经考》中有关论述也是如此。这里所举出的是他们两人著作中的几段著名文字，它们常常被人称引，影响很大。这应当算作"刘歆伪造说"的基础吧。对它剖析一番，是很必要的。凭他们这些理由，无论如何得不出刘歆伪造的结论。

（2）康、崔以后其他一些人的论证。康有为和崔适关于《左传》的论述，到了本世纪二十年代和三十年代初，随着学术界疑古辨伪之风兴起而受到很大重视。辨伪的工作是很重要的，古书中确有不少伪书，还有许多书中有后人窜入的篇章或段落和个别文字，这些都要加以辨别。这是科学地整理古籍的一项不可少的工作。但辨伪要坚持冷静的科学态度。二十年代和三十年代初的辨伪工作有一种形式主义倾向，那时一些人认为，凡是对古书提出怀疑的都要表彰，"与其过而信之也，宁过而疑之"，不知"过而疑之"和"过而信之"同样是违反科学的，科学的态度应当是实事求是。《新学伪经考》的价值如何，应当具体分析，这里不论。钱玄同的《重论经今古文学问题》对它全盘肯定，极力赞扬；对于其中论《左传》部分还作了补充论述。他的补充论述对康有为实在没有多少帮助。他把《左传》和《国语》纪事的异同作了比较，得出八条，结论说："《左传》与《国语》二书，此详则彼略，彼详则此略，这不是将一书瓜分为二的显证吗？"这和康有为发生了矛盾。康有为认为《国语》是刘歆将《国语》"分其大半"后留下的"残剩"，钱玄同却承认《国语》还有许多同于·《左传》者，只是彼此详略不同，那就不仅是留下的"残剩"了。钱玄同看到了事实：《国语》本来不是《左传》的"残剩"；但他不肯承认二者各自成书。二书的体例不同，作者取材不同，文学才能不同，因而造成两部书的不同面目。它们的作者既不是同一个人，它们之中也不是一部书由另一部书割裂改写而成的。

经过钱玄同等人的提倡，康有为之说在学术界发生了很大影响。一些学者在论著里纷纷采用它。如傅斯年《周颂说——附论鲁南两地与〈诗〉、〈书〉之来源》文中㉚，一则曰："我们用《左传》证《诗》、《书》，有个大危险，即《左传》之由《国语》出来本来是西汉晚年的事"；再则曰："《左传》昭二年见《易象》与《鲁春秋》句显然是古文学者从《国语》造出《左传》来的时候添的。"郭沫若同志在《论吴起》里也说：㉛ "本来《春秋左氏传》是刘歆割裂古史搀杂己见而伪托的。"其他在有关《左传》论著里采用康说的，不列举了。

还有人从天文历法研究上来支持康有为之说。日本学者饭岛忠夫在本世纪二十年代发表的《由汉代之历法论〈左传〉之伪作》㉜及《中国古代历法概论》㉝等论著就是如此。饭岛忠夫的基本论点是汉代的历法为西方传入说。他认为春秋、战国时代的天文历法，不可能达到《左传》里面所记载的发达程度；汉代的太初历，是西方历法传入发生影响的结果。他认为《左传》里面的岁星纪事是刘歆根据汉代天文历法知识逆推而伪撰的，说《左传》和《国语》是从《左氏春秋》"润色而来"，"《左氏春秋》（一名《国语》）"已"弗传于今日"。饭岛忠夫的汉代历法西方传入说，遇到了他同时的日本学者新城新藏《东洋天文学史研究》的反驳。随着《五星占》等地下材料的发现和中国古代天文历法研究的深入，饭岛忠夫之说不攻自破了。

一九五七年，科学出版社出版的刘坦《中国古代的星岁纪年》，其中第二章第二节提出《国语》和《左传》里面的岁星纪事为刘歆伪托。刘坦没有进一步论断《左传》一书为刘歆伪作，这还比较审慎。但是，刘坦的论证也是错误的，《左传》里的岁星纪事，和刘歆不发生关系。关于这一点，留待下面"关于岁星纪事问题"一段中论述。

去年十二月，《社会科学战线》发表徐仁甫同志的《马王堆汉墓帛书〈春秋事语〉和〈左传〉的事、语对比研究——谈〈左传〉的成书时代和作者》，重新提出《左传》为刘歆作的问题。《春秋事语》的释文，见一九七七年《文物》第一期。全书存十六章，每章字数自百余字至二百余字不等，都是摘录春秋和战国初期的历史故事，大部分是以对历史人物和事件的评论为主。其中评论有的是当事人或同时人说的，有的是后来的人说的。故事的来源有《左传》、《谷梁传》、《管子》等，但不说明出处，也不完全是照抄原书。

针对《春秋事语》中许多章的故事和《左传》相同而在文字上和部分内容上存在着差异，徐仁甫同志断定为《左传》因袭"《春秋事语》所采的原书"，而不是《事语》采《左传》，从而得出结论说《左传》为汉人所作，作者是刘歆。

徐仁甫同志的理由是：

一、"《春秋事语》其事实多见于《左传》；但其词语则多不见于《左传》"。"鲁桓公与文姜会齐侯于乐（十六），医宁曰，即竖曼曰，其语见于《管子·大匡》。《左传》虽然采《大匡》之事，但省略竖曼之语。可见《左传》作者虽然见《春秋事语》所采的原书，也只采其事实，而省略了它的词语"。

二、"《春秋事语》（四），东门襄仲杀嫡而佯以君命召惠伯，其宰公襄目（负）人曰'入必死'，……《左传》文公十八年作'公冉务人止之曰，入必死'，《左传》作者在'曰'字的上面添'止之'二字，则公襄目（负）人说话的意思，先就明确了是止之不死。这种引人的语言，先以一二字表示其主旨，无疑是很好的办法。《左传》作者在《左传》中常常用这办法。"徐仁甫同志还举出《汉书·艺文志》也用这个办法，说："从这种行文规律看，我们可以明确两个问题：一是《春秋事语》的原始作者没有见过《左传》，若见到《左传》，他绝不会删去'止之'二字。二是《左传》的作者，从这儿可以推测了，因为《汉书·艺文志》是班固根据刘歆《七略》写的，《七略》的行文规律既与《左传》相同，那么《左传》的作者，不是刘歆，又是谁呢？"

三、"《左传》用语，优于《春秋事语》；《春秋事语》的原文作者，若见过《左传》，何以不用《左传》的词语呢？文章也譬如莺迁：只有'出于幽谷，迁于乔木'，决不会'下乔木而入于幽谷'！"

徐仁甫同志的论证，似乎是根据这样一个原则：如果有两部作品，其中一部采用了另外一部，要推测它们谁采用谁，可以从语言上的优劣判断。后出者总比前人之作强：后出者的语言应当更周密；前人之作的优点，后出者都可以吸收；前人之作的芜蔓或不合需要的东西，后出者可以删除。乍看起来，似乎很有道理，但实际情况并不都是如此。如果前人写的是一部优秀作品，后来者是一个庸手，当然不能超过前人，前人的优点他未必能学到。即使同是优秀作家，后来者也未见得处处比前人好。《春秋事语》的全貌虽然不可得知，但从残存的十六章看，不是出于高手。张政烺同志的《〈春秋事语〉解题》[34]说它"显得分量轻，文章简短，在编辑体例上也乱七八糟。它的编者大约是个头脑冬烘的教书先生"。张政烺同志认为这样的书当是儿童课本，讲些历史故事，学点语言，为将来进一步学习作准备。这些论断都是符合这部书的实际内容的。它出现在《左传》之后，怎么能要求它的语言胜过《左传》呢？它摘抄群书，不能字字照抄，因为它的每章字数一般在二、三百字以内，还要有评论。为了压缩篇幅，不得不尽量删削，文字往往显得不顺畅。

《左传》的作者是一位语言大师，确是作到了"极其重视文法"，"文理鲜明"。但《左传》的文法并非超越了它的时代，像"止之曰"这样的语法，并非要到汉朝才有。《论语》里面就有"夫子矢之曰"（《雍也》）、"子路不说曰"（《阳货》）一类的句子。《左传》的用语即使有的和刘歆相似，也并不能证明《左传》为刘歆所作。刘歆爱好《左传》，用语上受它的影响，这是毫不奇怪的。

《春秋事语》的出土，对于《左传》为刘歆伪作之说增添了一条反驳的证据。《春秋事语》十六章中，有十三章的故事见于《左传》。虽然它兼采群书，对一些故事作了改写，使人不能容易断定它采自《左传》，但有些章中，直接采用了《左传》的语句。如《齐桓公与蔡夫人乘舟》章中几句：

> 禁之，不可；怒而归之，未之绝；蔡人嫁之。

和《左传》僖公三年以下几句大体相同：

> 禁之，不可。公怒，归之。未绝之也，蔡人嫁之。

究竟是谁抄谁呢？我们再继续看下去，《事语》这一章章末有两句：

> 桓公率师以侵蔡，蔡人遂溃。

《左传》僖公四年为：

> 齐侯以诸侯之师侵蔡，蔡溃。

《左传》写明"以诸侯之师侵蔡"。这是记述历史。如果本来只是像《事语》所说的"率师"，它不能妄添"诸侯之师"。《事语》只着眼在评论蔡国嫁女绝齐事，不必管他齐侯是否用"诸侯之师"，所以它可以省略成"率师"。由此可以看出，这显然是《事语》根据《左传》。

又如《事语·长万宋之第士》章中几句：

> 君使人请之，来而戏之，〔曰："始"〕吾敬子，今子，鲁之囚也。吾不敬子矣。"长万病之。

和《左传》庄公十一年"乘丘之役"章中几句比较：

> 宋人请之。宋公靳之，曰："始吾敬子。今子，鲁囚也。吾弗敬子矣。"病
> 之。

除了把"宋人请之"改成"君使人请之"，把"靳"字改成"戏"字，以及在
"病之"上加主语"长万"外，其余文字几乎全同。这些改动，是为了通俗易
懂。这显然是摘录《左传》的故事来加以评说。这两章中《春秋事语》采录
《左传》的痕迹宛然可见。据《春秋事语》的《释文》考订，"书中不避'邦'
字讳，抄写的年代当在汉初甚或更早"。它里面采录《左传》，说明《左传》在
汉初以前确实在流行。这件文物的出土，对于研究战国秦汉间《左传》的流传
状况，是有帮助的。

（3）主观主义的研究方法。把《左传》这样一部先秦著作说成出于西汉刘
歆之手，这种奇怪的结论，是用主观主义的研究方法得出来的。在一些持此说
者的论著中，主观主义的方法，主要表现为以下三点；

一、否认客观，颠倒事实。过去有的学者如刘师培等曾经举出战国、西汉
一些书中引用了《左传》中的一些故事和文字㉝。如《韩非子·奸劫弑臣》引
"楚王子围杀君"和"齐崔杼杀君"二事，称"《春秋》之记曰"，故事和《左
传》大体相同。贾谊《新书·礼容》篇引"鲁叔孙昭子聘于宋"事，其中"哀
乐而乐哀，皆丧心也。心之精爽，是谓魂魄，魂魄已失（《左传》作去之），何
以能久"，字句和《左传》昭公二十七年全同。西汉的诏令、奏疏以及其他著
作里袭用和概括《左传》词意处，举不胜举。持刘歆伪造说者都一律否认。

凡是战国、西汉文字和《左传》相同或相似之处，持刘歆伪造说者不外是
用两个办法来抵挡：一是说二者都根据了"《国语》原本"，而这"《国语》原
本"在古代记载中连书名都是影子也没有的，你当然没法去查对；二是刘歆窜
入。这两个办法在解释《史记》和《左传》的文字相同之处时表现很突出。
《史记》的《十二诸侯年表》和一些"本纪"、"世家"、"列传"里都大量地
采用了《左传》，凡是读过《史记》并且读过《左传》的人都会深刻感到。如
果作一番细致的工作，把《史记》采用《左传》之处，和《左传》原文加以比
较，就会发现司马迁对一些文字作了一些必要的改动，使它更加明白易懂，也
和他采用《尚书》的作法一样。可是一些坚持刘歆伪造说的人极力否认这个事

实。他们解释二者文字相同之处，在用第一个办法讲不通时，就用第二个办法。他们把分明是《史记》采用《左传》的地方说成是刘歆将他的"伪《左传》"文字窜入《史记》，任意颠倒，无理可说，而他们却习以为常。

二、虚张声势，回避问题。康有为等人提出此说，连篇累牍，讲了许多道理，却回避了两个极其重要的问题：第一，《国语》不编年，《左传》编年，如果《左传》是根据《国语》改编，它的编年是怎样来的？回答只能说，它是刘歆任意编排的。这就必然全盘否定《左传》所记载的系年史实，使春秋时代二百余年的历史成为一团漆黑。当然，《左传》如果真是伪书，那也没话可说。但是，要推翻这样两千多年来相传的公认的信史，总得要有可靠的证据，不能全凭臆测。第二，《国语》的文学成就远不如《左传》。《国语》中有许多章和《左传》的许多章是写的同样的事实，《国语》往往很简朴，而《左传》却写得形象生动，刻画入微。如果是刘歆改编，刘歆真不愧是历史上第一流的文学家，他根据《国语》进行了绝妙的艺术创作。然而《左传》是否仅仅是这样一部文学作品，没有编年史的价值？刘歆究竟是不是这样一位伟大的文学家？这一抑一扬，也总得有可靠的证据，不能全凭臆测。

钱玄同似乎隐隐约约地感到了这些问题，因此他在《论获麟后〈续经〉及〈春秋〉例书》⑯一文中声明："所以对于今之《左传》，认为它里面所记事实远较《公羊》为可信，因为它是晚周人做的历史。"但是，既然刘歆进行了巨大的艺术创作，而且任意编年，它就不再是"晚周人做的历史"。这样一些极其重要的问题，持刘歆伪造说者应当怎样明确地回答呢？他们总是极力回避，害怕提出讨论。这些问题不解决，说得天花乱坠也是没有用的。

三、涂抹历史，不合情理。西汉哀帝刘欣时，今文学派和古文学派在皇帝面前有过一场争论，争论几部书列学官的问题。争论的焦点是《左传》。古文家要给《左传》立博士，今文家反对。今文家所坚持的是"《左氏》不传《春秋》"，并没有否认《左氏》是一部古书。否认《左氏》传《春秋》是一回事，否认这部书是古书是另一回事。那些博士说"《左氏》不传《春秋》"，从这口气里透露出来，他们对这部书有所理解，并不陌生。这很能说明问题。如果是刘歆伪造，那他们素所未闻，在争论中应当是另一种说法了。

这次争论那样激烈，成为全国政治生活中和学术领域内所注视的中心。刘歆造了这样大一部伪书，竟然不被揭穿，这除非下面两种情况：一、刘歆是一个大权奸，指鹿为马，不可一世，人们知道他作伪，也不敢说出；二、当时所有那些博士都是不学无术，他们根本不了解学术文化，根本不知道先秦有一些什么典籍。刘歆伪造出这么一部大书，没有人能检查出来，任凭他当众愚弄自皇帝以下公卿百官以及所有掌管和研究学术的人。事实上这两种情况都不可能。刘歆在哀帝刘欣时虽然"贵幸"，但职位并不很高。在这次关于《左传》立学官的争论中，他"忤执政大臣，为众儒所讪"。可见执政大臣和众儒并不买他的账。"儒者师丹为大司空，亦大怒，奏歆改乱旧章，非毁先帝所立"㊲，说明师丹等人对刘歆是要置之死地而后快。如果有作伪事，他们必然会揭露出来。他们指责刘歆"改乱旧章，非毁先帝所立"，是指责他改乱西汉尊崇今文经学的旧章，非毁过去所立《公羊》、《谷梁》等今文经学。用"旧章"㊳、"先帝"一类的词，是尽量给他加上政治罪名。所指责的事实，却是并非没有根据的，立古文经学，就是改乱了"先帝所立"今文经学的"旧章"。这和"《左氏》不传《春秋》"是一个口径。《汉书·王莽传》载公孙禄上书建议诛七人，其中包括刘歆，说"国师嘉信公，颠倒五经，毁师法，令学士疑惑"。"颠倒五经"曾被康有为等解释为伪造经传，这是错误的。"颠倒五经"，是指搅乱今古文经学。从字义上说，"颠倒"只能解释为变乱秩序，无"伪造"之意。公孙禄还是就刘歆提倡古文经学，变乱西汉经学传统说的。师丹、公孙禄等人把问题提到那样严重的地步，至于请求杀他的头，但还是没有说他伪造古书。可见刘歆伪造《左传》之说，在当时一点影子也没有。在过去时代，一部伪书或一篇伪作，开始总是悄悄地传出来，等到经历了一段时间之后，逐渐被人们所相信。随着作伪者及其同时代人的死去，没有人知道它是伪作，于是在人们的脑子里逐渐形成了牢固的观念，把伪当真了。一个作伪书的人在他的伪书刚脱手的时候就大吹大播，并且向全国学术界挑战，不怕成为众矢之的，这样的伪作不被当代揭穿，那是很难设想的。

三 "《左传》为战国时作"说的考察

《史记·十二诸侯年表序》说《左传》为"鲁君子左丘明"所作，这是关于《左传》作者的最早记载。左丘明其人，相传和孔丘同时。《论语·公冶长》里记述孔丘说："巧言令色足恭，左丘明耻之，丘亦耻之；匿怨而友其人，左丘明耻之，丘亦耻之。"这就是刘歆所说的"与圣人同好恶"。唐代以后，对《左传》的作者，产生了许多怀疑。赵匡认为《论语》所引左丘明，是孔丘的前辈，"乃史佚、迟任之类"，《左传》的作者，是另一个左氏，这个左氏是孔丘以后人㊴。赵匡没有作具体的论证。宋代一些学者从《左传》一书里面举出一些例证，企图证明《左传》是战国时的作品。这个工作，从宋代以来，不断有人努力去作，然而直到现在，并没有人令人信服地得出《左传》作于战国的结论。

宋以后持《左传》为战国时代作品之说的人，他们的论据归纳起来，有以下几种：

一、《左传》里面写了三家分晋等一些战国史实；二、《左传》里一些预言，它的应验发生在战国时代；三、《左传》写了岁星纪事，但所记各年岁星所在之次不是当时实际观象所得，而是战国时人根据当时元始甲寅之年逆推的；四、《左传》所用的助词不同于"鲁语"，作者非鲁人，而是战国时期某一国人。——持此说者着重在谈作者所属的地域，不是着重研究作者的时代，但也涉及时代，所以一并在此讨论。

以下就这些问题分别地加以研究。

（1）关于写了战国史实问题。相传王安石曾作《春秋解》，论证左氏非丘明，理由有十一条，书没有传下来。叶梦得《春秋考》卷三《统论》提出《左传》"辞及韩魏知伯赵襄子事，而名鲁悼公、楚惠王"，因此认为"左氏应当赵襄子后"。又说"官之有'庶长'、'不更'，秦孝公之所名也；祭之有腊，秦惠公之所名也；饮之有酎，《礼》之所无，而吕不韦《月令》之所名也"，而"获不更女父"，"秦庶长率师"，"虞不腊"，"子产对晋言尝酎"，都见于《左传》，"则《左氏》固出于秦孝公、惠公、吕不韦之后矣"。朱熹也说《左氏》谓'虞不腊矣'，是秦时文字分明"⑩。郑樵《六经奥论》卷四《左氏非丘明辨（左氏乃六国人）》举出八条理由来论证《左传》作于战国，除了他的新见外，还综合了他人之说，论述较全，具有代表性。他的八条为：一、《左氏》中纪韩魏智伯之事，又举赵襄子之谥，自获麟至襄子卒八十年。二、"战于麻隧，获不更女父"，又"秦庶长鲍、庶长武帅师及晋师战于栎"，"不更"、"庶长"，孝公时立。则左氏在秦孝公以后。三、"虞不腊"。秦至惠公十三年"初腊"，则左氏在秦惠公以后。四、左氏师承邹衍之诞，而称帝王子孙。按齐威王时，邹衍推五德终始之道，其语不经。则左氏在齐威王以后。五、左氏言分星，皆准《堪舆》。按韩魏分晋之后，而堪十二次，始于赵分曰大梁之语。则左氏在三家分晋之后。六、《左氏》云："左师辰将以公乘马而归"。按三代时有车战，无骑兵，惟苏秦合从六国始有车千乘、骑万匹之语。是左氏在苏秦之后。七、《左氏》序吕相绝秦、声子说齐，其为雄辩狙诈，真游说之士，捭阖之辞。八、左氏之书，序秦楚事最详。如"楚师斨"、"犹拾沈"等语，则左氏为楚人。这八条，除了个别问题由于文献不足，成为悬案外，大部分是可以获得合理解释的。其中有的过去曾经有人解释过了。现在分述如下：

关于第一条，郑樵根据了《左传》末尾的一条附录。《左传》叙事，止于鲁哀公二十七年。最后附了这样几行：

> 悼之四年，晋荀瑶帅师围郑。……知伯谓赵孟："入之！"对曰："主在此。"知伯曰："恶而无勇，何以为子！"对曰："以能忍耻，庶无害赵宗乎！"知伯不悛。赵襄子由是惎知伯，遂丧之。知伯贪而愎，故韩魏反而丧之。

这几行里，提到赵襄子谥，提到韩、魏、赵"丧知伯"。然而这一段文字疑非作者所写，而是后人所加。因为：一、它不是正文，正文已在哀公二十七年结束；二、它的最后几句写到韩、魏、赵灭知氏之事，这件事上距"悼之四年"又已十年，书中草草带过，"丧之"二字复出，显得笨拙，不似作者手笔；三、哀公二十年写到赵孟，没有写赵襄子谥，可见《左传》作者和赵孟是同时人。从哀公年间叙事不举赵襄子谥可以反过来证明"悼之四年"一段举赵襄子谥是后人所加。

这里附带谈到叶梦得提出的"名惠王"的问题。《左传》中称楚"惠王"有三处，两处为"君子曰"之辞，"君子曰"之辞不必都是作者所写。一处见于叙述文字，而叙述文字中有好几处都称"王"，无"惠"字，这一处"惠"字当为后人窜入。

关于第二条，《左传》成公十三年唐孔颖达《正义》已作了解释："案此有不更女父，襄十二年有庶长鲍、庶长武，春秋之世已有此名。盖后世以渐增之，商君定为二十，非是商君尽新作也。"清钱绮《左传札记·总札》也说："商鞅特因旧制而益之。"这些解释是合理的。《史记·秦本纪》怀公四年有庶长晁，出子二年有庶长改，《赵世家》秦献公时有庶长国，都在秦孝公前，可为确证。

关于第三条，"腊"是一种冬季祭祀的名称。据《广雅》："夏曰清祀，殷曰嘉平，周曰大蜡，亦曰腊，秦更曰嘉平。"应劭《风俗通义·祀典》："《礼传》云：'夏曰嘉平，殷曰清祀，周曰蜡，汉改曰腊。'"虽然《广雅》和《风俗通》的说法略有差异，但可看出这种祭祀是由来已久的，决非秦惠王的首创，秦惠王不过开始效法三代举行这种祭祀罢了。"腊"与"蜡"同音，据

《广雅》所说，周代"腊"、"蜡"通用，是可信的。

这里附带谈到"饮酎"问题。《吕氏春秋·孟夏纪》有"天子饮酎，用礼乐"之文，这并不能证明吕不韦时始有"饮酎"。叶梦得提出的这一条，可以说没有意义。

关于第四条，所谓《左传》"称帝王子孙"，大约是指昭公二十九年蔡墨回答魏献子所说的"少皞氏有四叔：曰重，曰该，曰修，曰熙，实能金木及水。使重为句芒，该为蓐收，修及熙为玄冥"；"颛顼氏有子曰犁，为祝融，共工氏有子曰句龙，为后土"。这是所谓五祀："木正曰句芒，火正曰祝融，金正曰蓐收，水正曰玄冥，土正曰后土。"然而作为和金木水火土相配的"五帝"，《左传》里面没有。从《左传》里，我们可以看到开始将神话传说中人物和金木水火土五行相配合，但由此而发展到"五德终始"之说，还需要一个相当的过程。这一条恰好证明《左传》的成书远在邹衍之前。

关于第五条，这一条在《左传》里确是成为一个问题。"分星"之说，不知起于何时。《左传》里有"分星"，可能春秋时代已有之，也可能是后人窜入。至于"分星"和岁星纪事配合，则为后人窜入无疑。《左传》"分星"和《堪舆》也不完全符合。《周礼·春官·保章氏》郑注引《堪舆》："星纪，吴越也；玄枵，齐也；娵訾，卫也；降娄，鲁也；大梁，赵也；实沈，晋也；鹑首，秦也；鹑火，周也；鹑尾，楚也；寿星，郑也；大火，宋也；析木，燕也。"这里把星纪作为吴越的分野，把析木作为燕的分野，是汉人之说[41]，可见《堪舆》是汉人所作。《左传》却是以析木为越的分野[42]，和《堪舆》不同。郑樵以《左传》准《堪舆》，是不对的。

关于第六条，《左传》昭公二十六年孔颖达《正义》曾提出过此问题，然而他同时又引刘炫语作了解答："此左师展（《六经奥论》误作辰）将以公乘马而归，欲共公单骑而归，此骑马之渐也。"刘炫说得好。战国时代大规模用骑兵，不能是突然而起，从春秋末期开始有"骑马之渐"，这是合乎情理的推测。

关于第七条，吕相绝秦，声子说楚（《六经奥论》误作齐），语言上有一些夸张的色彩，然而我们很难说春秋时人不会运用夸张的使人动听的语言。这和战国时代的游说之词有严格的区别。《左传》里面的"行人辞命"和战国时代的游说之词，都是时代的产物，具有鲜明的时代色彩。我们通读《左传》和《战国策》，就会异常明显地感到二者的区别，不会发生混淆。这也正好证明《左传》不是战国时人所作。

关于第八条，《左传》的作者采用的史料，晋楚等大国较多，所以叙晋事最详，楚国次于晋国、鲁国而居第三位。但是没有材料证明左氏是楚人。郑樵所引"犹拾沈"，见于哀公三年，是鲁国富父槐至所说，不是楚语。

一些持《左传》作于战国时代之说的人，总是冀图从《左传》里找到更多的证据。郑樵不遗余力地找到了这八条。这八条实际已经包括了宋以后人所常常提到的一些理由。这些理由有的过去有人反驳过，但驳得比较简单，很少引起人们的注意。一些持怀疑态度的人看到《左传》里面有这么一些问题，总是反复地提了出来。我们希望有更多的人来研究这些问题，以期得到更完满的解决。

（2）关于预言的问题。《左传》里面喜欢宣扬占卜星相一类的迷信，常常通过占卜星相家之口来预言一些个人或国家的吉凶，通过一些"贤人"之口预言一些个人或国家的祸福，而且往往很"灵验"。这些预言的"应验"绝大部分在春秋时期以内，这一部分和我们要研究的问题无关。但另外有个别的预言，"应验"在战国时代，这对于考证《左传》的写作年代却大有关系。朱熹说："《左传》是后来做，为见陈氏有齐，所以言'八世之后，莫之与京'；见三家分晋，所以言'公侯之子孙必复其始'[43]"。叶梦得《春秋考》卷三《统论》里也提到此问题。这的确是很重要的材料。考证《左传》的成书时代，人们必然要想到这两条材料。后来有许多《左传》研究者，还从《左传》里面搜集到更多的这类预言材料。我们的任务是需要对这类材料作一些研究和恰当的说明。

在春秋时代，人们相信占卜，相信星相，相信预言，这是当时普遍的历史现象。当时确实有许多占卜家之类对一些个人或国家的吉凶祸福作过许多预言。他们的预言当然有许多不应，但不可否认也有一部分应了。其所以应，是由于占卜家之类发出预言时，对某一个人或国家有所了解，经过研究作出大概的估计，并且含糊其辞，他们所说的和后来事实的发展似乎大体符合，就算是"验"了。有时即使没有什么根据，也有偶然说中的情形，这样的事，生活里有时也可见到。《左传》的作者追求这些东西，记述二百五十余年间事，记下了不少的预言和"应验"，而且添油添醋，加以渲染，给人以印象，好像《左传》是专门根据事情的结果来伪造预言似的。但是，《左传》里的这些记述，也许还是有传说根据，不完全是作者个人虚造。当时人们普遍相信这些东西，一定有许多关于这些东西的传闻和记载。《左传》的作者得到那些传闻和记载，而且看到了那些历史事实的结果，可以根据结果来把预言加以修订，写得更加神乎其神。至于他看不到结果的，就没法悬拟了。所以《左传》涉及战国时事的预言，尽有一些不应验。因此我们研究《左传》的预言，可以看到两种情况：一、凡是二百五十余年间事，无不应验；二、凡是涉及这以后的，并不都是如此。

关于后一种情况，顾炎武早已发现了。他在《日知录·左氏不必尽信》条里说：

> 昔人言兴亡祸福之故不必尽验，《左氏》但记其信而有征者尔，而亦不必尽信也。三良殉死，"君子是以知秦之不复东征"㊹。至于孝公，而天子致伯，诸侯毕贺；其后始皇遂并天下。季札闻《齐风》，以为"国未可量"㊺，乃不久而篡于陈氏。闻《郑风》以为"其先亡乎"，而郑至三家分晋之后始灭于韩。浑罕言'姬在列者，蔡及曹滕，其先亡乎"㊻，而滕灭于宋王偃，在诸姬为最后。僖三十一年"狄围卫，卫迁于帝丘，卜曰三百年"，而卫至秦二世元年始废，历四百二十一年。是左氏所记之言，亦不尽信也。

顾炎武举了五条没有应验的预言，很有助于说明问题。这因为《左传》的作者生活在春秋末年，看不到战国时代历史事实的发展。第一条预言的"君子"，我们姑且不问他是谁。书中写这么一句，就是因为作者只看到秦穆公死后一、二百年间，秦国不曾东征。这句话如果说在文公六年，是预言；如果说在《左传》成书时，是对历史的回顾和感慨。秦国后来历史的发展，作者是无法预计的。第二条预言，也许有不同意见，有人也许认为"国"是指陈氏的齐国。然上句为"表东海者，其太公乎"，紧接下来所说的"国"，应当是"太公"的齐国。太公的齐国几十年后亡于陈氏了。第三条也失灵了。在季札观乐的诸国中，晋国比郑先亡。第四条和第五条都没有说准，顾炎武已经说得很明白了。

另外还可举出两条不验的预言。如宣公三年说："成王定鼎于郏鄏，卜世三十，卜年七百，天所命也。"实际周代传世不是三十，而是三十七；国祚不止七百年，而是八百余年。又如哀公九年说"赵氏其世有乱乎"，赵氏后来世代相传，没有常发生变乱。

从以上七条不验的预言，可以证明《左传》作者对于战国时的历史全然不知，说明他不是生活在战国时代。他把一些信口开河的预言写进他的书里了。

那么，"八世之后，莫之与京"和"公侯之子孙必复其始"两条预言怎样说呢？

朱熹把这两条预言同举，前一条见于庄公二十二年，它是一首占辞中的两句。占辞全文为："凤凰于飞，和鸣锵锵。有妫之后，将育于姜。五世其昌，并于正卿；八世之后，莫之与京。"是说陈完的子孙将在齐国昌盛。《左传》这一章的篇末说："及陈之初亡也，陈桓子 (五世孙) 始大于齐 (为卿)；其后亡也，成子 (八世孙) 得政。"这个"莫之与京"，《左传》本文的解释是指"成子得政"，即陈成子在齐国掌握了大权。如果这样说，还不是预言陈氏代齐。这一条还在疑似之间。

后一条见于闵公元年。这是晋国魏氏的祖先毕万初仕时，辛廖给他占卦的解说之词。毕万是西周毕公之后，"公侯之子孙必复其始"，预言魏氏将为公侯。魏国称侯在战国初期，超出了《左传》作者的时代。

《左传》里面和这条相类似的还有"魏子之举也义，其命也忠，其长有后于晋国乎"[⑰]，"晋国其萃于三族乎"[⑱]，等等，这些都可以解释为战国时人窜入，更可能是魏人窜入。战国时《左传》曾在魏国流传。西晋时汲县魏襄王墓出土的书中，有《师春》一篇，据《新唐书·刘贶传》，说它"录卜筮事与《左氏》合，知按《春秋》经传而为也"。战国时魏人既然对《左传》卜筮事曾辑录成书，他们窜入个别预言来颂扬魏氏，不是不可能的。

姚鼐的《经说》卷十一《论语说》和《惜抱轩文集》卷三《左传补注序》，根据孔颖达《左传正义》所引刘向《别录》的《左传》传授系统，认为《左传》自曾申以下，"后人屡有附益"，"其书于魏氏事造饰尤甚，窃以为吴起为之者盖尤多"。虽然《正义》所引刘向《别录》不必可信；附益者不必是吴起；但魏人"造饰以媚魏君"的文字是存在的，这也许是《左传》曾在魏国流传所留下的痕迹吧。

(3) 关于岁星纪事问题。岁星即木星，古又称"岁"，是太阳系的九大行星之一。它绕太阳一周，略近十二年。战国秦汉间，曾用它来作为纪年的标准。古人将黄道周天分为十二次，用恒星二十八宿定位。现将十二次名称和它相当于二十八宿的位置依次列表于次：

十二次	星纪	玄枵	娵訾	降娄	大梁	实沈	鹑首	鹑火	鹑尾	寿星	大火	析木
二十八宿	斗、牛	女、虚、危	室、壁	奎、娄	胃、昴	毕、觜、参	井、鬼	柳、星、张	翼、轸	角、亢、氐	房、心、尾	箕、斗

按照岁星纪年的规则，每一年有一个名称，而且有十二地支和它相应，如岁星行到星纪之次，这年叫摄提格，是寅年；岁星行到玄枵之次，这年叫单阏，是卯年，等等。《左传》有岁星纪事而无系统的岁星纪年；岁星纪事也很少，一共只出现了五次⑩。如果加上两次关于"分星"的事，也只有七次。略述如次：

一、襄公二十八年 (前545年)，"春，无冰。梓慎曰：'今兹宋、郑其饥乎。岁在星纪，而淫于玄枵。'"裨灶说这年周王和楚子都将死，因为"岁弃其次，而旅于明年之次"。这都是说这年岁星应当在星纪，可是越次到了玄枵。

二、襄公十九年 (前554年)，这年"岁在降娄"。裨灶预言再过十一年，"岁在娵訾之口"，伯有将死。襄公三十年 (前543年)，伯有果被杀 (这一条的记载，见于襄公三十年)。

三、昭公八年 (前534年)，这年岁星"在析木之津"。史赵预言：到"岁在鹑火"时，陈国将灭亡。到了哀公十七年 (前478年)，岁在鹑火，果然楚灭陈。

四、昭公九年 (前533年)，陈国遇火灾。这年岁在星纪 (因昭公八年岁在析木而知)。裨灶预言，再过五十五年，陈国将亡；岁星旋转到第五轮的鹑火时，就是陈国灭亡之年 (参看上条)。

五、昭公十一年 (前531年)，岁星在豕韦 (娵訾)，苌弘预言，这年蔡国将亡，"岁及大梁"时，蔡又将复国。昭公十三年，岁星在大梁，蔡果复国。

另外两条关于分星的事：

一、昭公十年，岁星在玄枵。岁星所在之次出现了妖星。裨灶预言：晋君将死。因为玄枵是齐国的分野，齐国有岁星照临；晋国始祖唐叔的夫人是齐女，所以灾祸向晋君转移。这年晋君果死。

二、昭公三十二年 (前510年)，"越得岁"，岁星在析木⑪。这年吴伐越。史墨预言：不到四十年，吴国将为越所灭。因为析木是越的分野，越国正得福，吴国攻之，"必得其凶"。其后三十八年，越果灭吴。

新城新藏所著《东洋天文学史研究》中有《由岁星之纪事论左传国语之著作年代及干支纪年法之发达》及《再论左传之著作年代》两编，他的结论是：

> 凡《左传》及《国语》中之岁星纪事，乃依据公元前三六五年所观测之天象，以此年为标准的元始年，而案推步所作者也。故作此等纪事之时代，当在该年后者，是不待言。然自此标准的元始年经十数年后，观测与推步之间，自有若干参差，而当时人亦自然注意及之。爰著此记事之年代，恐在此

标准的元始年以后数年之内也㉛。

新城新藏的这个结论很精当。他是同时研究了《左传》和《国语》而得出此结论的。《国语》载岁星纪事除《周语》武王伐殷及《晋语》晋之始封两条年代不明或难以确定外，《晋语》中有两条：

一、晋重耳出亡时，经过卫国五鹿，向当地人讨食，当地人给他土块。这年岁在寿星 (据《左传》是鲁僖公十六年，即前644年)。子犯预言，再过十二年，岁在鹑尾，定能取得五鹿。据《左传》，鲁僖公二十八年正月晋文公重耳攻取五鹿，合夏历为僖公二十七年十一月，这年岁在鹑尾。

二、重耳从秦国回到晋国，途中问董因，能否成大事。董因回答：今年"岁在大梁" (据《左传》，这年是僖公二十三年，即前637年)，明年"岁在实沈"，出亡的第一年是"岁在大火" (据《左传》为僖公五年，即前655年)，都很吉利，一定成功。

综合《左传》和《国语》的记载㉜，最早为公元前六五五年 (重耳出亡第一年) 岁在大火，最晚为公元前四七八年 (楚灭陈) 岁在鹑火，共跨一百七十八年，其间每一年都可顺序排一个星次，这是很奇怪的。如果每年按星次顺序一轮一轮排下去，每隔八十五年要超一个星次，叫做"超辰"，因为木星绕日一周只要十一·八六年。一百七十八年要超两次辰，而《左传》和《国语》恰好一次辰也没有超，可见它不是根据实际星象观测，而是后代的人以某一年为标准推步的。它也绝不是刘歆所推步，因为它不符合刘歆的超辰法。刘坦《中国古代之星岁纪年》根据昭公三十二年"越得岁"来推断《左传》里面的岁星纪事都是刘歆伪托，这是错误的㉝。新城新藏发现，以公元前三六五年为起点，每年按星次向上逆推，即和《左传》、《国语》所载，无不符合，因而断定《左传》、《国语》的岁星纪事，都是公元前三六五年以后几年中的占星家所作，"俾世人信其占星术之妙，遂溯其前代著作岁星纪事"。如果是说占星家为了宣扬其占星术而编造了几个故事窜入《左传》、《国语》，我认为这是令人信服的；如果由此而推断《左传》、《国语》两书都是那些占星家所作，或者由此推断两书作于公元前三六五年以后那几年的时代，却是不能成立的。有三点理由可以说明《左传》和《国语》里面的岁星纪事不是本书的作者所写而是后人写了插进书中去的：

第一，岁星纪事在这两部书中出现太少，而且出现很集中。在《国语》里，都出现在《周语》和《晋语》。在《左传》里，都出现在襄公和昭公时；

更可怪的是，几乎都在从襄公二十八年至昭公十一年的十余年间。这说明那些占星家只是小心谨慎地在书中插入几则故事。如果这两部书是公元前三六五年以后几年间所作，作者是占星家，他们可以放手写去，可以编造更多的岁星纪事，为什么只写这么几条，而且时间和所属篇卷这样集中呢？

第二，两书中出现的几次岁星纪事都是预言，而且都是裨灶、苌弘、史赵、史墨、董因等一些有异能的人或者著名史官所说，似乎经过了精心设计。如果作者是战国时人，通占星之术，在书中表现岁星纪事还可多方面写，不限于写几条预言。

第三，两书中所写的几条岁星纪事，都是可以和上下文脱离的。如襄公二十八年梓慎和裨灶各自的议论；昭公八年晋侯和史赵的问答；昭公九年裨灶和子产的问答；昭公十年裨灶对子产说的一篇话；昭公十一年景王和苌弘的问答，昭公三十二年史墨的议论，这些都是很简单的独立的片段，可以从书中抽出。《晋语四》里子犯的一段话可能原来只有"天赐也"三字，下面直接接上"再拜稽首受而载之"。"董因迎公于河"一大段也是独立的，"沈璧以济"句完全可以直接接上"公子济河"。

比较复杂的是襄公三十年裨灶预言伯有之死一段，为了说明问题，这里作一点较长的摘引：

> 伯有死于羊肆。子产襚之，枕之股而哭之，敛而殡诸伯有之臣在市侧者，既而葬诸斗城。子驷氏欲攻子产，子皮怒之曰："礼，国之干也；杀有礼，祸莫大焉。"乃止。于是游吉如晋；闻难不入，复命于介；甲子，奔晋。驷带追之，及酸枣。与子上（即驷带）盟，质于河；使公孙肸入盟大夫；己巳，复归。
>
> 〔书曰："郑人杀良霄。"不称大夫，言自外入也。
>
> 于子蟜之卒也，将葬，公孙挥与裨灶晨会事焉。过伯有氏，其门上生莠。子羽曰：
>
> "其莠犹在乎？"于是岁在降娄，降娄中而旦。裨灶止之曰："犹可以终岁，岁其不及此次也已。"及其亡也，岁在娵訾之口；明年，乃及降娄。〕
>
> 仆展从伯有，与之皆死。羽颉出奔晋，为任大夫。鸡泽之会，郑乐成奔楚，遂适晋；羽颉因之，与之比，而事赵文子，言伐郑之说焉；以宋之盟，故不可。子皮以公孙钽为马师。

这里第一段和第四段都是叙述伯有死后所引起的一些反应。第一段写了子产和游吉的行动，第四段写了伯有党羽仆展的下场和羽颉的下落。第四段接第一段非常自然。中间横插第二段和第三段，切断了文气，把完整的叙述文字分做两橛。这说明讲《春秋》"义例"和岁星纪事的文字都是后人插入的，这两段文字可以说是典型的例子。

（4）关于助词用法问题。本世纪二十年代初，瑞典古汉语学者高本汉从助词用法来考证《左传》产生的地区和时代，出版了一本《左传真伪考》。不久，陆侃如同志把它翻译过来，在新月书店出版。一九三五年，又在商务印书馆再版。曾在国内发生过较大影响。高本汉宣称："司马迁、刘向、刘歆、班固、王充、许慎所说的关于《左传》的话，不过是第二等的证据。我自己相信的原则是《左传》之科学的研究应该注重《左传》的本身。"这个原则是值得注意的。如果对"《左传》的本身"作了透彻的研究，对于《左传》的作者和写作年代问题可能会解决得比较好。

高本汉专门从助词的用法着手来研究。他认为《论语》和《孟子》是用鲁国方言写的，称为"鲁语"，用七种助词作为比较的标准，把《左传》和这两书加以比较，发现它们有这样一些不同：

一、"若"与"如"：甲、作"假使"解时，《左传》几乎全用"若"，鲁语全用"如"；乙、作"像"解时，《左传》全用"如"，鲁语则"如"、"若"二字并用。

二、"斯"作"则"解：鲁语常见，《左传》无。

三、"斯"作"此"解：鲁语常见，《左传》无。

四、"乎"作"於"解：鲁语"乎"字常常用作"于"字，《左传》绝无仅有。

五、"与"字作疑问语尾：鲁语常用，《左传》无。

六、"及"与"与"：鲁语只用"与"字，《左传》兼用"及"、"与"。

七、"於"与"于"：甲、置于人名之前，《左传》多用"於"；乙、置于地名之前，《左传》多用"于"；丙、表示地位所在或动作所止，但其下不是地名，《左传》"于"、"於"兼用。这三者鲁语都只用"於"。

高本汉在书的末尾，对他研究的所得结果，作了这样的总括："《左传》有一律的文法，和《国语》很近，但不全同（和别的古书却完全不同）。这种文法绝不是一个后来的伪造者所能想象的或实行的，所以这一定是部真的书，是一个人所作的，或者是属于一派和一个方言的几个人作的。它同鲁国学派没有

关系 (至少没有直接关系)，因为它的文法和孔子及弟子及《孟子》完全不同。此书是在 (公元前) 四六八年以后 (书中所述最迟的一年)，而无论如何总在 (公元前) 二一三年前，多份还是 (公元前) 四六八年到 (公元前) 三○○年中间。"

高本汉从几个助词的用法一律，以及用法和别的古书 (《荀子》、《韩非子》、《吕氏春秋》、《战国策》等) 不同，证明《左传》是一部产生在公元前三○○年以前的真书，这有助于反驳《左传》是刘歆伪造之说。但是，高本汉否认《左传》是鲁国人所作，却未必可信。

高本汉所说的鲁语，没有包括鲁国人所作的《春秋》，是不全面的。《春秋》虽然不一定是孔丘所作，但不能否认它是鲁国的史籍。要判断《左传》是否鲁国人所作，《春秋》是一部可资比较的书。有的助词用法在《左传》常见，在《春秋》里也常见，不能因为它在《论语》、《孟子》里不常见而把它排除在鲁语之外。按照这个原则，高本汉的七条标准中，第六条和第七条不能成立。第六条是说《左传》和鲁语的区别是在于"及"字用法，而这种"及"字用法在《春秋》中是常见的，如：

> 三月，公及邾仪父盟于蔑。（隐公元年）
> 秋八月，庚辰，公及戎盟于唐。（隐公二年）

这等地方，《春秋》里面都是用"及"字，倒是没有"与"字。第七条是说《左传》和鲁语的区别在于"于"字用法。《左传》的"于"字一是用于地名之前，一是用于表示地位所在或动作所止。其实这种用法在《春秋》里也是常见的。如上两例中"盟于蔑"、"盟于唐"，就是用于地名之前。又如：

> 秋，筑王姬之馆于外。（庄公元年）

这"于外"就是表示地位所在和动作所止。《春秋》中既然"及"字和"于"字可以这样用，就不能在《左传》中因为它这样用而证明它非鲁国人作品。因此第六条和第七条失去了意义，所谓七条标准就只剩下了五条。

这五条也是存在着问题的。一个根本的问题是：《左传》和《论语》、《孟子》中这些助词用法的区别，究竟是否都属于方言的歧异？不同的著作中某些助词的用法不同，可能是由于方言歧异，也可能是由于作者用词的习惯不一致。这要先看这些词是否方言词。往往有这种情形：在普通话中，表达同一个意义的词有两个以上可供选择，甲喜欢用第一个，乙喜欢用另外一个，他们用的都是普通话。《左传》和《论语》、《孟子》用词的差异是否可能属于这种情形呢？

这就要根据其他文献来考查"若"、"如"、"斯"、"则"、"此"、"乎"、"与"等词在春秋和战国初期以前是各地通用，还是各在不同的方言里使用。

高本汉第一条提出"若"和"如"的用法。这两个助词，《尚书》和《诗经》里都可以见到⑬。关于假设的句子，《尚书》和《诗经》里不多。《尚书》中有两例，还有《孟子·滕文公上》引《书》一例，都是用若。被高本汉看作"很好的鲁语的例子"的《礼记·檀弓》，有"若"解作"假使"的两例："若疾革"，"若从枢及圹皆执绋"。这说明"若"解作"假使"，并非限于鲁国以外某一地区的方言。至于"如"解作"像"，《诗经》中有六十余例，分属于《邶风》、《鄘风》、《卫风》、《王风》、《郑风》、《小雅》、《大雅》、《商颂》等，分布的地区很广。"若"解作"像"，《尚书》里有十余例。春秋以前，凡比喻什么，不是用"若"，就是用"如"，早已如此，因此《左传》喜用"如"，《论语》、《孟子》兼用"如"和"若"，并非由于方言的歧异。

高本汉的第二条和第三条其实可以合并为一条，都是讲的"斯"字。这两条打通来说，就是《左传》用"则"用"此"的地方，《论语》和《孟子》往往用"斯"。先秦书中，"斯"字当作"则"和"此"字来用，确是比较少见，大量的是用"则"和"此"。据粗略估计，"则"字在《尚书》中有十四例，在《诗经》中有十六例。"此"字在《尚书》中有二例（《尚书》多用"兹"），在《诗经》中有六例。即使在《论语》和《孟子》中，虽然用"斯"字，但用"则"和"此"也很多：《论语》用"则"二十七例；《孟子》用"则"一百七十七例，用"此"三十七例，可见"则"和"此"是当时的常用字。"则"在西周初期文献中已大量存在，"此"字虽然出现较晚（早期用"兹"），但《诗经》中的六例，都出现在《小雅》中，也不算很晚。"斯"字出现较少，也难说是鲁国的方言，因为《尚书》的《秦誓》和《诗经》的《小雅》中都可见到，《秦誓》和《小雅》产生在西北或中原地区。

高本汉的第四条，"乎"用作"於"字，这在《论语》以前书中确是比较少见；但也难说是鲁国方言，因为在《诗经》中，《鄘风》、《郑风》、《齐风》、《魏风》等国风里，也有这种用法，分布的区域也比较广。

高本汉的第五条，"与"字作疑问语尾。这种用法确是比较晚起，在《尚书》、《诗经》等书中没有。战国时期子书如《庄子》、《荀子》、《韩非子》、《吕氏春秋》等渐渐地用了起来。《左传》不用比较晚起的"与"，而用常见的"乎"，这是不难理解的。

这里涉及《左传》和《论语》、《孟子》两书的不同内容和风格问题，同时也涉及产生的时代先后问题。《左传》是史书，它的文字要求典雅一点，所以它用的多是一些在经典中常用的助词，如用"若"作"假使"；用"则"、"此"，少用"斯"；不用"乎"作"於"；不用"与"字作疑问语尾等，都是基于这种要求。它用"若"作"假使"了，作"像"解的就选择用"如"。"如"解作"像"，也是比较古的，《大雅》和《小雅》里就不少。《论语》和《孟子》多是对话记录，语言可以通俗活泼一些，所以它用只见于《国风》的"乎"作"於"，用不见于古书的"与"字作疑问语尾等，都体现了这种特色。《左传》产生的时代略早于《论语》，也是用字有所不同的一个原因。

《左传》和《论语》、《孟子》两书在某些助词用法上的差异，不是由于方言的不同，而是由于作品内容、风格和作者的用字习惯不同，从这一点来说，可以证明《左传》确是出于一人之手。它虽然采用了文献资料，但它不是文献的摘抄，是经过作者加工改写的。后人虽在其中某些部分窜入了一些文字，那毕竟是个别的，对于整个这部书的风格和用字习惯都不发生大的影响。高本汉的工作，能够促使我们深信这一点。

四 《左传》作于春秋末年

以上我们就《左传》为刘歆伪造说和《左传》作于战国时代说等各种说法作了一番考查，发现这些说法都是不可靠的。但是为什么几百年来，一直有人提出这样一些说法呢？主要的原因是《左传》产生的时代早，包括的内容复杂。《左传》是一部十九万余字的首尾一贯的历史巨著，篇幅之大，《史记》以前，无与伦比。这就发生两种情况：第一，它所写的东西多，涉及的问题多，有一些问题，由于年代久远，书缺有间，不容易弄得很清楚。例如，有的事物，似乎是战国时才有，可是它见于《左传》，这就引起怀疑，如郑樵所举的一些问题，就是属于这一类。然而这样一些事物，并不能断定春秋时没有。当然要彻底弄清楚，也是困难的。但是，我们应当持审慎态度，不能在这样一部大著作中拈出几条就下结论。第二，《左传》中不可避免地有后人窜入文字。从先秦到西汉，典籍的流传有一种特殊情况，就是往往有人增入篇章或窜入一些文字。《左传》里面已成为学者所公认的窜入文字，有"其处者为刘氏"，"陶唐氏既衰，其后有刘累"等处。汉王朝的统治者自认为唐尧之后，有人就在《左传》里面窜入这几句捧场[㉞]。清陈澧《东塾读书记》卷十说："既可插此一句，安知其不更有所插者乎？"此语很能给人启发。《左传》不仅汉人有插入，战国时人也有插入。不要说《左传》如此，司马迁的《史记》也是如此。《史记》有褚少孙的增补，还有其他一些窜入[㉟]。褚少孙增补之处如果不题"褚先生曰"，后人考证起来也不容易。《左传》经历战国流传到西汉，其间不经历各种增补窜入，是很难想象的。由于这种原因，人们总可以从《左传》中找到个别的例子企图证明它是战国时人或汉人所作；所找到的正是或可能是战国时人或汉人窜入的文字。然而找来找去只能找到个别的例子。如果从整个作品来看，无论如何不能令人相信它是战国时人所作，更不要说汉人了。

读了整个这部书，如果真是一位像高本汉所说的"注重《左传》之本身"，而且尊重客观事实的人，就会相信历来相传的《左传》为孔丘同时代的鲁国人所作之说比起其他说法来要符合实际得多，更加可靠得多。

首先，《左传》写到哀公二十七年为止，可见作者为春秋末年时人。如果是战国时人，他会继续写下去，写到战国时代。战国西汉时人写史都是写到当代为止。魏襄王时的《竹书纪年》和汉代司马迁的《史记》都是如此，《左传》不会例外。

其次，《左传》的作者是鲁国人。鲁国为周公之子伯禽受封之地，带去了周朝的文化。它的国土不算小，经济比较发达，曾经成为当时中国东部地区的一个政治文化中心。春秋末年，产生了一位文化名人孔丘，在鲁国聚徒讲学，学术文化呈现繁荣景象。《左传》就是在这样一个适宜的环境中产生的。到了战国时代，鲁国一天天衰弱下去，降为泗上十二诸侯之列，情况大不如前，不具备产生这样一部大著作的条件了。

《左传》是鲁国人的作品，这在书中是表现得非常明白的。《左传》叙事以鲁国为中心。凡写到鲁国，都是称"我"，如：

> 庚午，郑师入郜；辛未，归于我。（隐公十年）
> 齐为鄟故，国书、高无丕率师伐我。（哀公十一年）

凡写到鲁君，都是称"公"，如：

> 公立，而求成焉。（隐公元年）
> 吴人以公见晋侯。（哀公十三年）

凡是写各国诸侯或大夫使节到鲁国，都是称"来"，如：

> 滕侯薛侯来朝，争长。（隐公十一年）
> 晋侯将伐齐，使来乞师。（哀公十四年）

如此等等。这里都是就鲁隐公和鲁哀公时期各举一例，而这类写法在书中从头到尾都是如此，丝毫疏忽也没有。如果把例子都举出来，至少百条以上。鲁国在春秋时代军事上和政治上的地位并不很重要，可它在《左传》中所占的篇幅仅次于晋国而居第二位，而晋国在春秋时代是持续几代称霸的。《左传》这样破格地详细叙述鲁事，始终如一地表现一种尊敬自己国家的立场，这清楚地说明作者是鲁国人。如果是他国人，模拟鲁国人的口气来写，中间总难免有疏忽。如果如一些人所说，作者是战国时魏人，身居大国，更没有理由来模拟一个微不足道的鲁国的人的口吻，对鲁国如此尊敬和亲热。一个甲国人模拟乙国人——而且所模拟的是一个小国家——的口气来写史，这样的事例罕见。因此，作者是鲁国人，这是一个无可辩驳的事实。一些人却对此视而不见，偏要说作者是魏国或其他什么国家的人，不能不令人奇怪。

第三，上面我们在反驳《左传》作于战国说时曾经说到，有些问题的提出，正好启发我们找到了《左传》作于春秋末年的一些证据，现在综述几条如下：

一、《左传》里面有一些预言，到战国时代并没有应验，如"秦之不复东征"，"郑先卫亡"，"滕先亡"，"赵氏其世有乱乎"，周朝"卜世三十，卜年七百"之类。《左传》如果产生在战国，不应该在书中出现一些这样不验的预言。有的论者想加以弥缝。如徐中舒同志的《〈左传选〉后序》认为《左传》之作，不能早于公元前三七五年（这年韩灭郑），不能晚于公元前三五一年（这年赵魏盟于漳水之上）。秦孝公的"取西河之外"在公元前三五一年之后，算是说得过去了。但徐中舒同志假定公元前三五一年以前几年"卫有亡征"，根据就是那几年中赵国连续出兵攻卫，这就很牵强。受到攻伐，不一定会亡，卫国过了一百多年以后才亡。而且"滕先亡"还是不验[⑤]，还有"赵氏其世有乱乎"，周朝"卜世三十，卜年七百"也不验。这些不验的预言还是无法一一弥缝。

二、高本汉发现《左传》几种助词用法和《论语》、《孟子》不同，还和《庄子》、《荀子》、《韩非子》、《吕氏春秋》、《战国策》等书不同，和这几部书共同的不同点是：多用"于"字；不用"与"字作疑问语尾。《左传》多用"于"字，是保存了一种较古的用字习惯。西周和东周的金文、《尚书》、《诗经》等都用"于"字。至于用"与"字作疑问语尾，起源较晚，《论语》以前文献不曾用过。这两条助词的用法，也可以证明《左传》的产生在战国以前。

三、《左传》正文襄公二十七年以前称赵孟，不称赵襄子谥；《左传》开始将神话传说中人物和金木水火土五行配合而无"五德终始"之说；《左传》写骑马只出现一次，而且是接近春秋末年。这些都可以说明它的产生时代。

四、《左传》的行人辞命和战国时的游说之辞都显出各自的时代色彩，说明《左传》和《战国策》都是各自的时代产物。

如果我们要找一些比较具体的个别事例来论证《左传》的写成在春秋末年，还可以找出一些，那样也许会嫌繁琐。最重要的是前面所举的两条论据。特别是"其次"一条，一部书摆在那里，那是一眼就可以看到的客观事实。如果要否认《左传》作于春秋末年，必须对书的本身所反映出来的这些客观事实作出合理的解释，不能避而不谈。

至于《左传》的作者是谁，我们今天如果要把他证据确凿地考证出来，当然不容易。从司马迁以来，相传为左丘明所作。否认左丘明的人不少，然而理由也不充足。否认他的理由，总是根据《论语·公冶长》里面有"左丘明耻之，丘亦耻之"等语，说孔丘自己称名，可见左丘明为孔丘前辈，不能是《左传》的作者。此说始于唐赵匡。赵匡认为左丘明是孔丘以前"贤人"，左氏另是一人。从孔丘自称名就断定左丘明是孔丘以前"贤人"，这未必可靠。孔丘和别人对话时有时也自称名。

如：

> 巫马期以告。子曰："丘也幸；苟有过，人必知之。"（《论语·述而》）
> 子疾病，子路请祷。子曰："有诸？"子路对曰："有之。《诔曰：'祷尔于上下神祇。'"子曰："丘之祷久矣。"（《论语·述而》）

巫马期和子路都是孔丘的学生，对话中尚且自称名，可见孔丘自己称名也是平常的事。孔丘对同时代的左丘明表示赞赏，称了左丘明的名，自己也称名，这并不过分。有些人觉得孔丘是"圣人",既然他自称名,相对的一方非前代"贤人"不可。这种观念今天不应该再坚持了。

有些人否认左氏是左丘明,还提出了一些关于左氏的说法。如宋叶梦得说:"左氏鲁之史官,而世其职,或其子孙也。古者以左史书言,右史书动,故因官以命氏。《传》但记其为左氏而已,不言为丘明也⑤。"还有人认为左氏是楚左史倚相,元程端学表示赞成⑤。近人卫聚贤认为左氏是地名;吴起是左氏人。《左传》为子夏所作,因传于吴起,故有"左氏春秋"之称⑥。卫聚贤从几个字的方音上论证《左传》"非齐鲁人"⑥,又从《左传》记晋事最详而推断作者为"魏文侯师"子夏;又因吴起为左氏人而归到吴起,并且认为《左氏春秋》的名称由此而来。他的论证是很牵强附会的。

千百年来虽然有许多人想对《左传》的作者提出新说,但都是凭空立论,缺乏可靠的根据,还不足以推翻司马迁《史记·十二诸侯年表序》的旧说。

至于左丘明其人,《论语·述而》篇何晏《集解》里引孔安国注和《汉书·艺文志》都说是鲁太史,这个说法比较合乎情理。写这样一部伟大的历史著作,在那个时代,恐怕要担任太史这样职务的人才具备条件。《春秋左传注疏·春秋序疏》引沈氏:"《严氏春秋》引《观周篇》云:'孔子将修《春秋》,与左丘明乘如周,观书于周史,归而修《春秋》之经,丘明为之传。'"这可能出于汉人附会。

司马迁《太史公自序》和《报任安书》里说"左丘失明,厥有《国语》",清钱绮发出"不知本名明而失明乎,抑因失明而名明乎"的疑问⑥。郭沫若同志说"左丘明者即左丘盲","左丘盲就是楚国的左史倚相","其所作者或仅限于《楚语》,所谓《梼杌》之一部分"⑥。徐中舒同志说左丘明是"最有修养的瞽史,《左传》及《国语》中大部分或一部分历史都是根据他的传诵"⑥。郭、徐二说都包含了太多的主观想象成分,缺少史料根据。

总之,关于《左传》,我们所能知道的是:它作于春秋末年;后人虽有窜入,但它还是基本上保存了原来面目。传说它的作者是左丘明,否认他的人都提不出确凿的证据材料,还是无法把旧说真正推翻。如果采取老老实实的态度,目前只能作出这样的结论。

---

① 《谷梁》历来经学家都认为它是今文学,只有清末崔适提出异议,认为它是古文学,见《春秋复始》卷一。

② 《汉书·刘歆传》。

③ 刘歆《移太常博士书》，见《汉书·刘歆传》。

④ 《后汉书·范升传》。

⑤ 《后汉书·陈元传》。

⑥ 《后汉书·陈元传》。

⑦ 《后汉书·贾逵传》。

⑧ 《后汉书·儒林传》。

⑨ 见桓谭《新论》、王充《论衡·案书》及班固《汉书》的《艺文志》和《儒林传》。

⑩ 《春秋序》。

⑪ 《晋书·王接传》。

⑫ 《庄子·天运》篇有"丘治《诗》、《书》、《礼》、《乐》、《易》、《春秋》六经"之语，这里把《春秋》和《诗》、《书》等并列，是孔丘所"治"的古籍。

⑬ 见《墨子间诂·附录》。

⑭ 梅，通行本作桃，依顾广圻引道藏本校改。

⑮ 《荀子·大略》有"《春秋》贤穆公，以为能变也"和"《春秋》善胥命"句。然《大略》篇，杨倞认为"盖弟子杂录荀卿之语"，非荀卿所作。其可靠性也成问题。

⑯ 《寄卢仝》。

⑰ 《经学通论·春秋》。

⑱ 《左传》作"不书朔与日，官失之"。《史记》"朔与日"三字脱误。

⑲ 给钱玄同的信。引自钱玄同《〈左氏春秋考证〉书后》。

⑳ 张西堂《〈左氏春秋考证〉序》。

㉑ 刘逢禄说《左传》不拘拘于比附《春秋》年月是对的，但他认为《左传》某年"文阙"或"比年文阙"，后经刘歆等人附益，这却是臆断。事实上刘逢禄所说的附益，往往亦见《史记·十二诸侯年表》，可见并非附益。所谓"文阙"，不一定可信。

㉒ 这里按康有为原意标点。康有为认为这说明左丘明只有《国语》，无《左氏春秋》。王念孙《读书杂志·汉书第十一》中"左氏国语"条说："左氏下脱春秋二字，则文义不全。《汉纪·孝武纪》引此赞正作据《左氏春秋》、《国语》。"王氏之说诚为有据。然《论衡·案书》："《左氏》传经，辞语尚略，故复选录《国语》之辞以实。然则《左氏》、《国语》，世儒之实书也。"可见"《左氏》、《国语》"，为汉人恒语。

㉓ 《新学伪经考·汉书艺文志辨伪上》。

㉔ 为审慎起见，本文对于《经典释文》、《左传正义》引刘向《别录》和《汉书·儒林传》所列《左传》，传授世系以及许慎《说文解字叙》中"张苍献《春秋左氏传》"一类记载概不采用。这些有可能是古文家编造的。

㉕ 《风俗通义》第三卷"豫章太守汝南封祈"条。

㉖ 《新学伪经考·汉书艺文志辨伪上》。

㉗《新论》说刘向父子“尤重《左氏》，教授子孙；下至妇女，无不读诵”。《论衡·案书》：“刘子政玩弄《左氏》，童仆妻子，皆呻吟之。”

㉘《汉书·艺文志》解释《论语》为：“当时弟子各有所记。夫子既卒，门人相与辑而论纂，故谓之《论语》。”

㉙“具论其语”的“其”，绝非指孔子，因为《左传》一书，非记孔子言行。“语”可包括言与事，《论语》中除记言外，记了许多事。《国语》也大量叙事。

㉚《中央研究院历史语言研究所集刊》第一本第一分。

㉛收入《青铜器时代》。

㉜《东洋学报》第二卷。本文所根据的是新城新藏《东洋天文学史研究》(沈璿译，中华学艺社出版) 所引述。

㉝《中国历法起原考》第一章，沈璿译，《东洋天文学史研究》中译本附录。

㉞《文物》1977年第1期。

㉟刘师培迷信所谓刘向《别录》及《汉书·儒林传》的《左传》传授系统，这是古文家的偏见。但他举出战国、西汉人征引《左传》处，却是值得重视的。

㊱《北京大学国学门周刊》第一期。收入《古史辨》第一册下编。

㊲引文均见《汉书·刘歆传》。

㊳《诗经·大雅·假乐》：“不愆不忘，率由旧章。”“旧章”就是所谓“祖宗所传”，是必须遵守的。

㊴陆淳《春秋集传纂例》卷一《赵氏损益义第五》。

㊵清王掞等编《春秋传说汇纂》卷首《纲领》引。

㊶徐发《天元历理·考证之四》。

㊷参看《天元历理·考证之四》。

㊸《五经朱子语类·春秋一》。

㊹文公六年。

㊺襄公二十九年。

㊻昭公四年。

㊼昭公二十八年。

㊽襄公二十九年。

㊾这里不包括襄公九年晋悼公对鲁季武子所说“十二年矣，是谓一终，一星终也”这一次，因为晋悼公是泛言十二年为“一星终”，没有提到岁星所在之次，不算岁星纪事。

㊿《汉书·律历志》和《左传》杜预注认为越国的分野在星纪，这年岁在星纪。然与以上岁星纪事不合。这里采用徐发《天元历理》的考证。

(51)《东洋天文学史研究》，沈璿译，中华学艺社出版，第418页。

(52)《国语》不编年，必须查对《左传》，才能落实它的纪事年份。所以这里《国语》和《左传》合在一起研究。两书的岁星纪事可以推断是同时窜入的。

(53) 刘坦之说是这样：昭公三十二年“越得岁”，根据《堪舆》和《汉书·律历志》，越的分野在星纪，这年岁在星纪，和襄公、昭公时其他岁星纪事相差一年。根据刘歆三统历，昭公十五年超了一次辰，这样就能“契合”。然而这是说不通的。这年如果岁在星纪，则哀公十七年应当岁在鹑尾，和陈亡岁在鹑火不合。据徐发《天元历理·考证之四》说，战国时越的分野在析木，这年应当岁在析木，则和《左传》所有岁星纪事都能真正契合。

(54) 高本汉认为《尚书》和《诗经》中文字可能经过修改，这是一个无法证实的推想。著在简册的文字，即使有所改动，也只可能是个别的，不会大规模地改易。

(55) 此说唐孔颖达即已提出，见《左传》文公十三年《正义》。

(56) 如《楚元王世家》有“地节二年”，“地节”是宣帝年号；《齐悼惠王世家》有“建始三年”，“建始”是成帝年号。又如《屈原贾生列传》有贾嘉“至孝昭时，列为九卿”，等等。

(57) 据《战国策·宋策》滕亡于宋王偃，而宋王偃即位于公元前三二八年。如果根据《史记·越世家》的《索隐》引《竹书纪年》晋幽公十四年（前423年）于粤子朱句灭滕之文，则滕一度亡于越。但楚灭越在公元前三五五年，这时滕一定早已复国，不然国土并入了楚国，就没有《孟子》里面的滕文公了。照徐中舒同志所说的《左传》作于公元前三七五—三五一年，这时滕已复国，预言还是不验。

(58) 《春秋考》卷三《统论》。

(59) 朱彝尊《经义考》引。

(60) 卫聚贤：《左传之研究》，《国学论丛》第一卷第一号。

(61) 说见《左传之研究》和《跋〈左传真伪考〉》。卫聚贤从方音论证的方法，是先认定《公羊》、《谷梁》为齐、鲁方音，举出《左传》有三个字和《公羊》、《谷梁》读音不同：一、邾，《公羊》作邾娄；二、宋捷，《公羊》作宋接；三、仍叔，《谷梁》作任叔。然第一例，《谷梁》亦作邾；第二例，《谷梁》亦作捷；第三例，《公羊》亦作仍。他的这种论证，连胡适也认为是“任意去取”，是“很危险的方法”（见胡适《〈左传真伪考〉的批评》，《〈左传真伪考〉及其他》附录之一）。

(62) 《左传札记·总札》。

(63) 《述吴起》，见《青铜器时代》。

(64) 《〈左传选〉后序》。

原载《文史》第十一辑，收入胡念贻《中国古代文学论稿》，上海古籍出版社，1987

图书在版编目（CIP）数据

20 世纪中国文学研究论文选.先秦卷/张燕瑾，赵敏俐丛书主编；檀作文选编.
—北京：社会科学文献出版社，2010.1
ISBN 978-7-5097-1166-8

Ⅰ.①2… Ⅱ.①张… ②赵… ③檀… Ⅲ.①古典文学-文学研究-中国-秦代-文集 Ⅳ.①I206-53

中国版本图书馆 CIP 数据核字（2009）第 201357 号

20 世纪中国文学研究论文选·先秦卷

丛书主编 / 张燕瑾 赵敏俐
选　　编 / 檀作文

出 版 人 / 谢寿光
总 编 辑 / 邹东涛
出 版 者 / 社会科学文献出版社
地　　址 / 北京市西城区北三环中路甲 29 号院 3 号楼华龙大厦
邮政编码 / 100029
网　　址 / http://www.ssap.com.cn
网站支持 / (010) 59367077
责任部门 / 人文科学图书事业部 (010) 59367215
电子信箱 / bianjibu@ ssap.cn
项目经理 / 宋月华
责任编辑 / 段景民　张晓莉　梁运华
责任校对 / 李秀军　张茂涛
责任印制 / 岳 阳　郭 妍　吴 波

总 经 销 / 社会科学文献出版社发行部
　　　　　 (010)59367080　59367097
经　　销 / 各地书店
读者服务 / 读者服务中心(010)59367028
排　　版 / 北京春晓伟业
印　　刷 / 三河市文通印刷包装有限公司

开　　本 / 787mm × 1092mm　1 / 16
印　　张 / 36
字　　数 / 640 千字
版　　次 / 2010 年 1 月第 1 版
印　　次 / 2010 年 1 月第 1 次印刷

书　　号 / ISBN 978-7-5097-1166-8
定　　价 / 1680.00 元(共十卷)

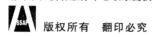

ISBN 7-80606-357-9

ISBN 7-80606-357-9/G·103

免费赠送：
全国高校报考指南
CD-R 光盘

语文 23.60　　数学 23.60　　英语 23.60
物理 18.80　　化学 18.80　　历史 18.80
地理 18.80　　政治 18.80　　生物 18.80

定价：（全套共九册）183.60 元

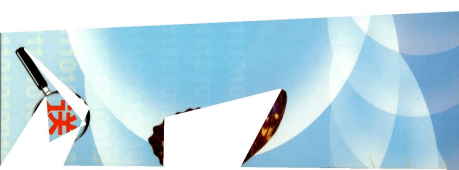